GUANGXI DUOMINZU WENXUE JINGDIAN

广西多民族文学经典

（1958—2018）

戏剧卷

总 主 编◎黄伟林 刘铁群

本卷主编◎李咏梅 黄伟林

GUANGXI NORMAL UNIVERSITY PRESS

广西师范大学出版社

·桂林·

图书在版编目（CIP）数据

广西多民族文学经典：1958—2018. 戏剧卷 / 黄伟林，刘铁群总主编；李咏梅，黄伟林分卷主编. —桂林：广西师范大学出版社，2018.11（2019.1 重印）
ISBN 978-7-5598-1219-3

Ⅰ. ①广… Ⅱ. ①黄… ②刘… ③李… Ⅲ. ①中国文学－当代文学－作品综合集－广西②剧本－作品综合集－中国－当代 Ⅳ. ①I218.67

中国版本图书馆 CIP 数据核字（2018）第 226186 号

广西师范大学出版社出版发行
（广西桂林市五里店路 9 号　邮政编码：541004
网址：http://www.bbtpress.com）
出版人：张艺兵
全国新华书店经销
广西民族印刷包装集团有限公司印刷
（南宁市高新区高新三路 1 号　邮政编码：530007）
开本：720 mm × 1 010 mm　1/16
印张：48.75　　字数：710 千字
2018 年 11 月第 1 版　　2019 年 1 月第 2 次印刷
定价：198.00 元

广西多民族文学经典（1958—2018）

编委会

编委会主任

张艺兵

编委会成员（按姓氏音序排列）

高　蔚　黄伟林　李北京　李　逊　李咏梅　刘铁群
罗财勇　谭　彦　温存超　曾　攀　张俊显

编选成员（按姓氏音序排列）

陈珊珊　陈　霞　丁　慧　杜子壮　冯爱琴　冯依晴　何维义　黄伟林　黄　怡
贾雅楠　李北京　李　逊　李咏梅　梁译芳　廖雪霞　刘铁群　罗盈盈　莫楚仪
谭凯匀　谭　彦　汪怡贝　王　丹　王　希　王　燕　王云杉　温存超　吴晓涵
杨　婧　杨斯淇　曾　攀　张冬英　周丽华　周清清

总策划：黄伟林　张俊显

总主编：黄伟林　刘铁群

诗歌卷主编：刘铁群　黄伟林

散文卷主编：刘铁群　黄伟林

短篇小说卷主编：黄伟林　曾　攀

中篇小说卷主编：黄伟林　曾　攀

长篇小说卷主编：黄伟林　温存超

戏剧卷主编：李咏梅　黄伟林

史料卷主编：黄伟林　李咏梅

总　序

一个有文学大师的国家或地区是值得自豪的。比如丹麦，虽为北欧小国，但因为有安徒生而得到全世界的尊敬。比如四川，地处偏远，但因为有李白、苏轼而足可傲视华夏。在当代广西，因为拥有梁羽生、白先勇、林白、东西等著名作家，让这个拥有喀斯特地貌的多民族地区，平添了文化的底气。

翻开中国文学史，从《诗经》到《楚辞》，从先秦诸子到两汉骈赋，从唐诗宋词到明清小说，在群星璀璨的文学天空，都找不到广西的名家，读不到广西的名作。这种局面，直至新中国成立之后才有所改观。《百鸟衣》一瞥惊艳，《刘三姐》一鸣惊人。当时光的脚步迈进 1990 年代，《南方文坛》华丽转身，“广西三剑客”横空出世，文学桂军边缘崛起。文学桂军的崛起，体现了广西的文化自觉和转型发展。

这种文化自觉和转型发展，对广西形象的改变是显而易见的。如今，人们读到这套广西多民族文学大系，除了想到如诗如画的山水风光，还会想到“百鸟衣”，想到“刘三姐”，想到“美丽的南方”。

中国作家协会副主席、著名评论家李敬泽说：“对于我来说，提起广西就会想起它的文学，在我心中的中国文学的地图上，广西远不像它的地理位置那么偏远，它正处在中国文学创造的中心地带。”①

这是文学造就的广西。

认识一个国家和地区最好的媒介是什么?

是文学。

我们因为莎士比亚的戏剧而认识英国,我们因为巴尔扎克、雨果、福楼拜的小说而认识法国,我们因为普希金、莱蒙托夫、叶赛宁的诗歌而认识俄罗斯,我们因为爱默生、梭罗的散文而认识美国。

那么,认识广西最好的媒介是什么呢?

当然还是文学。

阅读《百鸟衣》,我们才知道广西的大地是如此绚丽。

阅读《刘三姐》,我们才知道广西的歌声是如此动听。

阅读《台北人》,我们才知道广西人的乡愁如此深邃。

阅读《桂系演义》,我们才知道广西人曾经如此纵横捭阖、深谋远虑。

阅读《一个人的战争》,我们才知道广西人能够如此孤绝率性、平地拔起、卓然独立。

通过文学,我们可以了解广西的历史,认识广西的现实,感知广西人的性格,体会广西人的心灵世界。

为了展示广西壮族自治区成立60周年的文学成就,为了呈现广西文学经典化的历程,为了让广大读者获得一个最好的认识广西、审美广西的途径,广西师范大学文学院中国现当代文学学科的师生,凭数十年广西文学阅读之积累,积数十年广西文学研究之心得,多方搜寻,爬梳剔抉,编选了七大卷十二册数百万字的《广西多民族文学经典(1958—2018)》。

当代广西文学是当代广西历史沧桑的记录,是当代广西人物形象的写真,是当代广西心灵世界的透视,是当代广西人文形象的重塑,是广西未来愿景的预见

① 李敬泽:《广西:创造力的来源》,《文学报》2006年6月15日。

和想象。美国诗人惠特曼说：“指出最美好的，并把它同最坏的东西区别开来，是一世代带给另一世代的烦恼……”《广西多民族文学经典（1958—2018）》就是将那些最好的、最具代表性的广西当代文学作品从汗牛充栋的期刊、报纸、图书中精选出来，附之以该作者的相关信息和创作评论、该作品的相关信息和经典解读，使之铭文于眼前，铭记于内心，铭刻于历史。它是广西壮族自治区60年的文学见证，是对广西文学精英的致敬，并将成为广西更多文学名家、文学名著的催生剂。

黄伟林

2018年9月28日

总导言

广西多民族文学60年（1958—2018）

序言：开门见山

广西是一个多山地区：东有六万大山，北有九万大山，南有十万大山，西为云贵高原。对于广西人而言，开门见山，不是说话作文的修辞技巧，而是日常生活的司空见惯。不过，这里所说的山，不是自然之山，而是修辞之山，说的是广西文学那些越过了广西疆域，屹立于中国文坛的山峰、高峰。

尽管我们对广西当代文学的研究已经持续了30多年，但是，当我们在编选广西壮族自治区60年文学经典的时候，仍然不断有发现的惊喜。在这里，我们不妨开门见山，首先呈现一份广西文学的中国之最，让读者看看广西文学60年高原上的高峰，共同见证广西文学60年的历程：

中国港台新派武侠小说的创始人梁羽生（1952）；

创办台湾《现代文学》，引领台湾现代主义文学潮流的白先勇（1960）；

继《白毛女》之后中国新歌剧发展历史上的第二个里程碑彩调剧《刘三姐》（1960）；

新中国第一部也是最优秀的音乐风光艺术片电影《刘三姐》(1962)；

引起中越两国领导人高度重视的话剧莎色的《南方来信》(1965)；

第一个在大陆刊物发表的当代台湾小说白先勇的《永远的尹雪艳》(1979)；

大陆第一部探索话剧谢民的《我为什么死了》(1979)；

中国第五代导演诞生地广西电影制片厂（1983)；

中国文坛第一篇寻根宣言：梅帅元、杨克的《百越境界——花山文化与我们的创作》(1985)；

新中国第一部反映国民党正面战场抗日的影片《血战台儿庄》(1986)；

中国女性文学代表作家林白（1989)；

中国今日批评家成长的摇篮《南方文坛》(1996)；

边缘崛起的“文学桂军”(1996)；

中国文坛的常青文学品牌“广西三剑客”(1997)；

中国第一个大型山水实景演出《印象·刘三姐》(2003)；

传承抗战文化城精神血脉的大学文化品牌“新西南剧展”(2014)；

中国文坛的新品牌“广西后三剑客”(2015)。

中国文章之道讲究起承转合，开门见山之后，不妨从头说起，看看广西文学60年的沧桑历程。

1950年代：多民族元素凸显

回望1950年代的广西文学，我们可以发现它主要来自三个文学传统。

第一个是秦似、梁羽生、白先勇（回族）所代表的桂林文化城文学传统。作为在抗战桂林文化城成名的作家，秦似的文学声誉与抗战桂林文化城联系在一起。如今人们更倾向将秦似定位于一个杂文作家，殊不知，1950年代的秦似，更多的热情投入到戏剧改编和小说创作。他改编的桂剧《西厢记》《秋江》由广西桂剧团演出，盛况空前；他创作的小说《太白山下》则是在巴金主编的《收获》杂志刊登，这或许是广西作家首次在《收获》上刊登小说。梁羽生（梧州蒙山人）在桂林文化城度过他人生的高中阶段，正是在桂林文化城，他大量地汲取了新文学的营养，实现了新旧文学在他个人精神世界的融合。1954 年，因为一场武术门派的比武打擂，在香港《大公报》任职的梁羽生，将新文学理念注入旧武侠传统，写出了武侠小说《龙虎斗京华》，开创港台新派武侠小说先河。之后，梁羽生一发而不可止，又完成了《七剑下天山》《白发魔女传》等名作。而出生于桂林文化城的白先勇，1950 年代定居台湾。1958 年，正在台湾大学外文系上学的白先勇在夏济安主编的《文学杂志》上发表了他的短篇小说成名作《金大奶奶》，从此走上文坛。

第二个是以陆地（壮族）、苗延秀（侗族）为代表的延安文学传统。1940 年代，苗延秀和陆地都曾在延安鲁迅艺术文学院接受过革命文学的洗礼，延安革命文学传统从此成为他们文学创作的精神血脉。1954 年苗延秀以苗族“嘎别福歌”形式创作的长诗《大苗山交响曲》由新文艺出版社出版，1958 年，他在《红水河》创刊号发表了小说《解除旧约》，1959 年，他的长篇叙事诗《元宵夜曲》开始在《红水河》连载，当年的文学史有如此评价：“侗族诗人苗延秀的《大苗山交响曲》和《元宵夜曲》，以热烈的情感，优美的语言，深刻地反映了广西苗族和侗族人民反封建的斗争和社会生活。”[①] 20 年后，北京大学张钟等著《当代文学概观》亦有类似说法。对于陆地来说，1950 年代，他以极大的热情投入了长篇小说《美丽的南方》的写作，该书始写于 1953 年，完成于 1959 年，成为作者给新中国成立十周年的献礼作品。

第三个是以韦其麟（壮族）、包玉堂（仫佬族）为代表的广西本土民间文学传统。1953 年，18 岁的中学生韦其麟就在《新观察》第 15 期上发表了处女作《玫瑰花的故事》，该诗很快被译成日文、英文，向国外介绍。1955 年，已经上大学的韦其麟又在《长江文艺》6 月号发表了叙事长诗《百鸟衣》，很快被《人民

① 山东大学中文系 1960 年 4 月编印：《中国当代文学史》，下册，第 75 页。

文学》《新华月报》转载，1959 年入选新中国成立十周年优秀文艺作品，由人民文学出版社出版单行本。后还收入中国文联出版公司 1991 年出版的《中国新文艺大系·1949—1966 年少数民族文学集》和花山文艺出版社 1995 年出版的《共和国文学作品丛书·诗歌卷》。苏联《文学报》专门介绍了韦其麟的《百鸟衣》，文章称：

> 长诗的人民性鲜明地表现在作者所运用的艺术技巧中。他这样描写自己的英雄人物，古卡种的包粟"比别人高一半"，古卡长到二十岁，他"打死过五只老虎，射死过十只豹子"；依娌的美貌"像天上的仙女一样"，依娌是个聪明伶俐爱唱歌的姑娘，她绣的蝴蝶"差点儿就飞起来"，她绣的花朵"连蜜蜂也停在上面"。这种描写的方法与民间文学很近似，所以这诗就有一种特殊的风格。[①]

文学史家李鸿然称："《百鸟衣》不仅是韦其麟的成名作和代表作，而且是中国当代多民族诗坛上的艺术珍品。"[②] 韦其麟因此成为最早获得全国声誉的广西诗人，并于 1996 年和 2001 年分别当选中国作家协会第五和第六届副主席。显而易见，韦其麟的诗歌创作深得广西民间文学的滋养。1957 年，包玉堂同样以民歌的意趣获得了主流文坛的赞赏，《走坡组诗》最初发表于《作品》1957 年 12 月号，很快收入 1957 年度的全国《诗选》，并译成英文在《中国文学》上向国外推介。

桂林文化城的知识分子文学传统、延安的革命文学传统和广西本土的民间文学传统，共同构成了广西 1950 年代的文学景观。随着 1958 年广西壮族自治区的成立，广西文化构成中的多民族元素日益凸显，融入知识分子文学和革命文学营养的广西民间文学传统，逐渐在广西本土成为强势。

---

① ［苏］奇施柯夫：《李准和韦其麟》，苏联《文学报》1956 年 3 月 31 日。

② 李鸿然：《中国当代少数民族文学史论》(上)，云南教育出版社，2004，第 332 页。

1960年代：《刘三姐》高峰耸立

壮族自治区的定位，为广西多民族文学带来了前所未有的机遇。1960年代的广西文坛，多民族文学获得了空前的发展。

陆地继长篇小说《美丽的南方》之后，1962年发表了他的短篇名作《故人》。如果说《美丽的南方》只是侧面书写了一群知识分子在新时代的精神成长，那么，《故人》则聚焦式地写出了一个知识分子在旧时代的幻灭，发表当时即被认为是“广西小说创作不可多得的佳作”①。

莎红（壮族）虽然有其壮族的民族族别，但他似乎有为广西各个民族写诗的愿望。1960年代，他写了《苗寨诗抄》《瑶寨诗抄》《侗寨夜曲》《仡佬寨诗抄》《彝寨组诗》，等等，广西各民族的生活在他的笔下都获得了诗意的描绘。这些书写广西各民族当代生活的抒情诗，大多由爱情、劳动、收获等内容组成，令人联想到传统的世外桃源或西方的伊甸园，成为广西多民族奇异风情和幸福生活的双重变奏。

1960年代，从武汉回到广西的韦其麟，经过反右斗争的挫折，仍然坚持诗歌写作，先后发表了《红水河边的传说》《歌手》《凤凰歌》等叙事诗，保持着他在诗坛的影响。

1962年，李英敏（京族）发表了短篇小说《椰风蕉雨》，1963年发表了短篇小说《夏朗》。李英敏是第一个知名的京族作家，至今尚未有京族作家超过李英敏的文学创作成就。他的上述作品均取材于作者在海南的武装斗争经历，属于革命历史小说。

说到广西的少数民族文学，不能不提《刘三姐》。

1960年，依易天（壮族）在作家出版社出版了1200行的长篇叙事诗《刘三

---

① 刘硕良：《喜读〈故人〉》，《广西文艺》1963年2期。

妹》，在民间传说基础上对“刘三妹”（刘三姐）的故事进行了大量改动和补充。

1960年，由柳州《刘三姐》剧本创作小组创编、广西壮族自治区《刘三姐》会演大会改编的新彩调剧剧本《刘三姐》由《剧本》正式推出。同时，广西举办了《刘三姐》文艺会演活动，“有六十五个县文工团、剧团演出此剧……形成了一个群众性的《刘三姐》演出高潮”①。

1962年，电影《刘三姐》公映，1963年，获第二届大众电影百花奖最佳音乐奖、最佳摄影奖、最佳美术奖和最佳配角奖四项大奖，“它不仅是新中国第一部音乐风光故事片，也是当时拷贝发行量最大的影片，后来发行到港澳地区以及东南亚各国，风靡一时，长映不衰”②。

广西不仅是壮族自治区，而且是边疆地区，是祖国的南疆，与越南海陆相连。边疆性是广西很重要的属性。1964年，《广西文艺》刊登了敏歧的《写在中越边境》和莎红的《水口渔歌》两首诗歌，写的是中越边境的和平友好氛围，也写到越南的抗美斗争。广西拥有南海北部湾大片海域，海洋与边疆是广西独特的资源，更是广西文学的优势题材。自1965年《广西文艺》2月号开始，《广西文艺》不定期地开设了诸如《反对美国侵犯越南民主共和国，庆祝越南人民反美斗争的伟大胜利》《全世界人民行动起来，迫使美国侵略者从越南滚出去》《坚决援越抗美，把美国侵略者从越南赶出去》等专栏，这些专栏不仅刊登广西作家的作品，刊登外省作家的作品，而且刊登越南作家的作品，充分显示了广西文学的边疆性质，显示了广西文学所特有的国际化特征。而莎色的话剧《南方来信》的全国性乃至国际性影响，显示了广西文学的特殊意义和特殊地位。这是当代中国一段特殊的历史，也是当代中国一个特殊的文学类型，尽管时过境迁，但仍然有值得后人关注的地方。

1960年代，定居香港的梁羽生继续在武侠小说这片土地上耕耘，完成了他的

---

① 梁昭：《表述“刘三姐”：壮族歌仙传说的变迁与建构》，民族出版社，2014，第113页。

② 刘硕良主编《广西现代文化史》（第二卷），广西师范大学出版社，2016，第369页。

武侠小说代表作《萍踪侠影录》和《云海玉弓缘》，与金庸、古龙一起成为港台新派武侠小说的代表作家；白先勇写出了他的短篇小说代表作《玉卿嫂》《永远的尹雪艳》《谪仙记》《游园惊梦》等，这些作品已经成为20世纪中国文学不朽的杰作，他创办的《现代文学》，成为一代台湾作家成长的摇篮。

1960年代，一些外省籍作家加入了广西文学的创作队伍，主要有河南籍作家刘玉峰和湖北籍作家秦兆阳。刘玉峰的长篇小说《山村复仇记》1963年由广西人民出版社出版，是广西出版界出版的第一部长篇小说。秦兆阳1959年下放广西，1962年在《广西文艺》第5期发表中篇小说《一封拾到的信》，1963—1964年在《广西文艺》连载长篇小说《两辈人》。秦兆阳下放广西，在广西文学界起到了文学导师的作用。

1960年代，广西文学旗开得胜，《刘三姐》从传说到诗歌，从诗歌到戏剧，从戏剧到电影，终于成为一个时代广西文学的高峰。陆地的长篇小说《美丽的南方》亦成为那个时代广西文学的经典。遗憾的是，随着“文化大革命”的爆发，陆地、秦似、苗延秀、莎红等广西文学标志性的人物，皆成为批斗的对象。1966年6月，《广西文艺》在出版了常规的第6期之外，专门出了一期增刊，该增刊几乎是一个批判作家陆地的专题。1951年创刊，始名《广西文艺》，1957年更名《漓江》，1958年更名《红水河》，1960年更名《广西文学》，1961年又更名《广西文艺》的广西文学“区刊”，1966年终于停刊。广西文学进入“休克”状态。

1970年代：跨海峡文学对话

1971年，《广西文艺》复刊，更名《革命文艺》。《广西文艺》是全国恢复最早的文艺刊物之一。[①]“区刊”的恢复，意味着广西文学的复苏。1972年，《革命文艺》再度恢复《广西文艺》刊名。

---

① 参见陈肖人《一支难忘的歌》，漓江出版社，2013，第268页。

1972年，秦兆阳被宣布“解放”后到了河池都安，加入“三结合”创作组，受命写一部反映桂西大石山区“农业学大寨”的长篇小说。1975年，秦兆阳、蓝汉东等人合作完成长篇小说《穿云山》，1977年由广西人民出版社出版。

几乎同时，陈肖人、饶晓等人组成的百色创作小组创作了长篇小说《雨后青山》，1976年由人民文学出版社和广西人民出版社同时出版。

《雨后青山》和《穿云山》是1970年代广西两部著名的长篇小说，它们留下了那个时代深刻的文化印记，既是那个时代的文学样本，也以文学的方式记录了那个时代的历史。

1973年，《广西文艺》发表于峪的《南海捕鲨人》，这是海洋题材的短篇小说，引起人们的关注；1979年，因为中越边境战事，《广西文艺》开设了专栏《自卫还击，保卫边疆》，刊登许多中越边境战事的文学作品，边疆题材又成为引人瞩目的文学题材。

1970年代的广西文学，主要有两股新生力量。一股力量是“文革”前受过大学教育的一批大学生，逐渐走上广西文学的前台，代表人物主要有蓝怀昌（瑶族）、韦一凡（壮族）、陈肖人、凌渡（壮族）、潘荣才、彭匈等人；另一股力量则是所谓“知青作家”，代表人物主要有聂震宁、冯艺（壮族）、杨克、林白、孙步康（壮族）等人。两股新生力量1970年代崭露头角，蓄势待发。

1976年，“文化大革命”结束，一个时代终结。1978年，改革开放启动，一个时代开始。

1970年代的最后一年，广西文坛传来佳音。

在人们人目中，广西出现《刘三姐》这种淳美的民族土特产是可以理解的，但人们无法想象，广西能够最早出现充满实验意味的文学洋产品。如今我们很难相信，中国的探索戏剧是从属于边远地区的广西开始。1959年支边到广西艺术学院任教的谢民是中国探索戏剧的开拓者。《剧本》1979年第8期发表了谢民的探索话剧《我为什么死了》，谢民称之为“悲喜剧”。这是中国戏剧界最早的探索话剧，发表后受到国内外的广泛关注，被罗马尼亚编入《二十世纪中国戏剧选》，先后由罗马尼亚雅西市瓦·亚力山德国家剧院和布加德斯特演出。

《邕江》1979 年发表了李栋、王云高（壮族）合作的短篇小说《彩云归》，《人民文学》1979 年第 5 期转载。《彩云归》在“伤痕文学热”的氛围中，独具一格，将目光投注于海峡对岸，讲述了一个台湾军人思恋大陆，终于回归的故事。小说获 1979 年度全国优秀短篇小说奖，被译成英、法、日等五种文字向国外介绍。

当李栋、王云高这两位广西本土作家以《彩云归》向海峡对岸的台湾眺望的时候，白先勇的作品也开始了渡海之旅。《永远的尹雪艳》于 1965 年在台湾《现代文学》发表多年之后，终于在 1979 年由大陆《当代》创刊号转载。这是台湾小说首次登陆大陆刊物。两岸的广西作家以不约而同的方式展开了具有历史性意义的文学对话。广西作家以这样的对话完成 1970 年代的文学谢幕，堪称中国文学史上一个有意味的形式。

1980 年代：谋突围观念转型

1980 年代，当各省区作家纷纷收获各类文学奖项的时候，广西作家无一斩获，几成“被遗忘的土地”[①]。

对于广西文学而言，1980 年代是一个十年磨一剑的年代，是一个几代作家济济一堂的年代，是一个突围转型的年代。

“十年磨一剑”说的是黄继树积多年史料积累、文学创作而成就长篇历史小说《桂系演义》。

《桂系演义》讲述的是民国广西以李宗仁、黄绍竑、白崇禧、黄旭初为首的桂系集团从发生到覆灭的历史。从统一广西到出师北伐，从蒋桂战争到喋血抗战，从囊括半壁江山到瞬间风流云散，《桂系演义》既写出了民国时期的战争风云，

① 参见张宗栻、黄伟林《被遗忘的土地》，《文学自由谈》1990 年第 2 期。

又写出了国民党内部的分崩离析，更写出了“世界潮流，浩浩荡荡，顺之者昌，逆之者亡”的现代历史进程，既是实事求是的历史，也是形神兼备的文学，以文学的方式呈现了“三分之一部中国民国史”，被喻为“当代的《三国演义》”。自1988年出版之后，已经有多个版本，至今仍然为人们津津乐道，成为坊间声誉极大的长篇佳作。

几代作家济济一堂的年代指的是1980年代广西文坛活跃着几代作家。

陆地、秦似等1949年前成名的老一代作家继续创作。陆地长篇小说新作《瀑布》于1980年正式出版。秦似杂文写作仍有活力和锐气。莎红诗歌创作仍然一往情深。

“文革”前接受大学教育的中年一代作家正值当年，纷纷拿出了他们文学代表作，韦一凡的长篇小说《劫波》、蓝怀昌的长篇小说《波努河》、陈肖人的中篇小说《黑蕉林皇后》、凌渡的散文集《故乡的坡歌》，等等。

知青一代作家锐气十足，成为1980年代广西文坛主力。聂震宁改弦更张，1980年代以《长乐》系列小说开启对文化传统的反思，变山歌体小说为杂文体小说，试图在广西的喀斯特地貌中寻找通往中原的暗河，在全国文坛产生了一定影响。张宗栻《漓水谣》《人雕》等漓江叙事，写出了桂林山水的神韵，耐人寻味。陈敦德以电影人的身份进入报告文学写作，写出了《毛泽东、尼克松在1972》等有影响力的报告文学。林白1980年代复出文坛，开辟一片新的文学天地。孙步康的小说、黄琼柳（壮族）的诗歌在1980年代亦有一定影响。

“文革”后接受大学教育的青年一代作家脱颖而出。一批有过知青经历并且在知青年代发表过文学作品的青年作家“文革”后考上了大学，如冯艺（壮族）、杨克、林白、彭洋。更年轻的一代大学生初出茅庐，如张燕玲、东西、凡一平（壮族），他们在大学时代浸润于1980年代的文学热，走出校园后仍不忘初心，继续在文坛跋涉，他们迟早将在中国文坛打下一片属于他们自己的文学江山。

“转型”指的是广西作家文学观念的转型。

1960—1970年代，广西本土多民族文学传统已经成为广西文学主流。这个主流一方面推波助澜成就了《百鸟衣》《刘三姐》这两座广西文学高峰，另一方面，也造成了广西文学色调单一、内容浅显、形式简化的局面。1980 年代的广西文学开始谋求从八桂大地的崇山峻岭突围。

《广西文学》1985 年第 3 期发表梅帅元、杨克的论文《百越境界——花山文化与我们的创作》。

这篇论文是中国文坛最早的寻根文学宣言，早于阿城 1985 年 7 月 6 日在《文艺报》发表《文化制约着人类》、韩少功在《作家》1985 年第 6 期发表《文学的“根”》、郑万隆在《上海文学》1985 年第 5 期发表《我的根》。

这篇文章一方面明确了广西文学的审美文化传统——花山文化更接近屈原为代表的长江流域楚文化；另一方面，文章表示，必须将古老的花山文化与现代的西方现代主义审美形态融合，在融合的基础上抵达广西文学新的审美追求——百越境界。

显然，1985 年，当“文化寻根”思潮在中国文坛汹涌澎湃之时，广西作家领了时代风骚。中国文坛沸沸扬扬的楚文化屈骚传统以及拉丁美洲魔幻现实主义文学，在这篇文章中都有明确讨论。广西作家的“寻根”意识，并不是简单地表现民族生活或者民族文化，而是地域传统文化与世界前卫文化融通的方式，是以现代主义的文学观念观照原始文化，创造一个反理性的，变形的，感觉的，魔幻的，现实与幻想、传说与现实浑然一体的形象世界。

黄宾堂《广西文坛的三次集体冲锋》一文认为“百越境界”的提出及创作是广西文坛进军全国的第一次集体冲锋，“百越境界”作家群从马尔克斯等拉美作家所展现的地域环境及心理背景中，发现与广西西南部地区的环境和背景竟有惊人的共通之处。显而易见，这一代广西作家与他们的广西前辈作家在文学观念上已经有了深刻的不同。如果说前代广西作家的文学范式是十七年文学，他们的文学形态是现实主义的；那么，这一代广西作家的文学观念已经走向世界，他们的文学形态是现代主义的。

这是一个重要的转型。过去的广西文学主要接受国内主流文学的影响，虽然出现过谢民“悲喜剧”的探索戏剧，但没有触动广西文学的主流形态。梅帅元一代广西作家，有了明确的世界意识，他们直接接受西方文学的影响。他们也重视广西本土文化资源，但这种重视已经不是题材意义上的重视，他们是用现代主义的文学观念去激活古老的广西文化传统，进而发现这种传统的价值，而不是用广西文化资源作为素材，去证明某种主流文学观。他们的文学转型，不仅是方法论意义上的转型，而且是观念意义上的转型。

正是在百越境界的影响下，1980年代广西文坛出现了一批具有鲜明探索色彩的文学作品，如李逊的小说《沼地里的蛇》《坐在门槛上的巫女》，李逊因为这些作品被认为是中国文坛最具有魔幻色彩的小说家；如张宗栻的小说《魔日》《大鸟》，梅帅元的小说《红水河》，聂震宁的小说《暗河》《岩画与河》，如杨克的诗歌《走向花山》《图腾》，如林白的诗歌《山之阿　水之湄》，如史晓京的诗歌《三月三》，等等。

1980年代，广西本土之外，一位广西籍作家在中国文坛引起了广泛关注，他就是童年时代从北海移居北京，在北京大学中文系就读的陈建功。1980年和1981年，陈建功以短篇小说《丹凤眼》《飘逝的花头巾》两度获得全国优秀短篇小说奖，成为1980年代中国高校文学声誉最高的在读学生。

1980年代，一位老人引起了读书界的注意，他是柳苏，原名罗承勋，桂林人，抗战时期在桂林进入《大公报》，一直做到《大公报》副总编。1986年前后，他在《读书》发表了一系列文章，汇集为《香港文坛剪影》于1993年出版。柳苏的系列文章改变了人们心目中香港是一个文化沙漠的印象，使一批香港作家得到了内地读者的关注。

1980年代，中国第五代导演在广西诞生。1982年，广西电影制片厂专程派人到北京电影学院引进人才，导演系张军钊，摄影系张艺谋、肖凤，美术系何群等外省毕业生到了广西电影制片厂。1983年，广西电影制片厂组成青年摄制组，拍摄了由郭小川长诗改编的电影《一个和八个》。1984年，广西电影制片厂邀请陈凯歌到广西拍片，并提供了张子良根据柯蓝散文改编的剧本《深谷回声》，陈凯歌与张艺谋合作，拍成了电影《黄土地》。

《一个和八个》《黄土地》的问世，揭开了中国电影史新的一页。张颐武指出：“《一个和八个》开始通过影像革命在中国提供了一种启蒙的欲望表述方式。《黄土地》则真正实现了‘第五代’早期的全部意图，他们所开启的道路则成为中国电影与外部市场相联系的开端。而广西的边缘的自由和开放反而成了一个异常有力的因素，促成了中国电影想象的国际化的历程。”① 电影理论家倪震指出“第五代电影是1983年从最边远的广西电影制片厂破土而出的”②。

1980年代广西最具影响力的诗人是杨克和黄堃（壮族）。更多的诗人还在默默前行。1988年，曾健杰在河池大化县创办了一份民间诗刊《扬子鳄》，这份民间诗刊一直坚持到1995年，麦子、阿权、刘春皆参与了这份诗刊的编辑。诚如主持人麦子所说：“它以特有的视觉、胆识，为中国现代汉语诗歌的民间精神，埋下了延续和传播的种子。”③

1980年代是中国文学激情洋溢的年代。广西最有才华的一批文人把他们的智慧和才华献给了文学。需要等到另一个时代来临，他们才能发现隐藏在他们生命深处的另一种潜能，他们中有些人将在其他领域释放他们生命的能量。

1980年代的广西文学是以一场声势浩大的文学反思活动终结的，那就是“88新反思”。1988年，黄佩华（壮族）、杨长勋、黄神彪（壮族）、韦家武（壮族）、常弼宇五位青年作家集体撰写了《广西文坛88新反思》系列文章。文章充满冲击力的观点在广西文坛产生了强烈的反响。后来被称为“文学桂军”的广西文学新生力量，以这样的方式登场。

---

① 张颐武：《边缘的崛起》，《文艺报》2006年6月15日。

② 倪震：《北京电影学院故事——第五代电影前史》，作家出版社，2002，第152页。

③ 麦子：《过往——广西民间诗歌概述》，民刊《独立》（10周年纪念专号），2006年，转引自陈代云《民族地域现代——广西当代诗歌研究（1949—1999）》，中国文联出版社，2015，第223页。

1990年代：新桂军边缘崛起

1990年，《三月三》第3期推出“广西青年30人作品专号”，聂震宁、凡一平、常弼宇、黄佩华、廖润柏（仫佬族，后来笔名鬼子）、黄堃、喜宏、沈祖连的小说，刘承辉、杨克、盘妙彬的诗歌，冯艺、黄神彪、庞俭克、包晓泉（仫佬族）、严风华（壮族）的散文，彭洋、杨长勋、张燕玲、黄伟林（壮族）的评论。这个专号表明广西青年作家形成了团队，而且是作家与评论家联袂登场。

1990年，《上海文学》第12期同时推出喜宏、李希、黄佩华、常弼宇、小莹、岑隆业（壮族）的五部小说，这是广西作家在全国著名文学媒体的第一次集体亮相。

1991年8月，在诗人杨克、曾健杰的协助下，诗人非亚、麦子、阿权主持出版了《自行车》第1期，当时的《自行车》第1期还寄生在《扬子鳄》身上，为《扬子鳄》总第10、11期特刊，本期标明《观念91·广西青年诗歌大潮》，广西青年诗人以其特有的方式开始集结。[①]

1993年，《当代》第3期同时推出常弼宇、黄佩华、凡一平、姚茂勤的四部中篇，这是文学新桂军在国家权威文学媒体的第一次集体亮相。

1994年，《三月三》第4期推出“新桂军作品展示专号”，刊登了喜宏、沈东子、东西、黄佩华、凡一平、鬼子、常弼宇、沈祖连、姚茂勤、陈爱萍的小说，冯艺、庞俭克、彭洋、黄神彪、包晓泉的散文，黄琼柳、黄堃、盘妙彬、黄咏梅的诗歌，黄伟林、杨长勋、李建平、张燕玲的评论。

“新桂军”，这是广西作家与评论家团队的一次重要命名。这个命名既是对民国广西军事业绩的致敬，也是对1993年文坛陕军崛起的呼应。“新桂军”的命名，

---

① 参见陈代云《民族地域现代——广西当代诗歌研究（1949—1999）》，中国文联出版社，2015，第224—225页。

寄托了广西作家冲击中国文学名刊，夺取中国文坛桂冠的愿望。黄伟林 1994 年发表《论新桂军的形成、特征和创作实绩》一文。后来，“新桂军”逐渐被“文学桂军”这个名字取代。文学桂军，成为 1990 年代广西文学崛起的品牌标志。

1994 年，已经定居北京的林白在《花城》发表长篇小说《一个人的战争》。《一个人的战争》既是个人化写作的代表，又是女性主义文学的代表。它的发表，确认了林白在中国当代文坛作为女性文学代表作家的地位。王德威称“林白的小说仿佛要为千百同辈女子，写下‘一个人的战争’，一首变调的‘青春之歌’”[①]。1999 年以后出版的几乎所有中国当代文学史，都将林白纳入了专门评介的作家序列。《一个人的战争》之后，林白的作品大都成为评论家谈论的话题。

1994 年，《广西文学》第 6 期策划了“广西‘下海’作家作品专号”，李竑、梅帅元、张仁胜等作家发表了他们“下海”经商之后的文学作品。当时的广西文坛仍然充满着张力，作家在文学与商业之间徘徊，20 世纪 90 年代的经济大潮席卷广西文坛。有意思的是，无论是执着于文学的作家，还是敏感于商业的作家，后来都获得了可观的成绩。

站在新时代的高度回望，可以发现，1996 年是文学桂军崛起的关键一年。

这一年，张燕玲主持《南方文坛》全新改版。从此，《南方文坛》由于它的精英作者团队、前沿栏目设计、高峰话题策划和卓越品牌打造，成为中国文艺批评重镇、今日批评家摇篮，成为广西文学受到中国文坛关注的重要渠道。

这一年，《广西文学》推出了常弼宇、黄佩华、东西、凡一平、沈东子、陈爱萍、鬼子、李冯的作品所组成的“广西青年小说家八人作品专号”，文学桂军逐渐形成了它的领军人物。

这一年，东西中篇小说《没有语言的生活》在《收获》搁了一年后终于发表，并在两年后荣获首届鲁迅文学奖，使 20 年前李栋、王云高《彩云归》的获奖

---

① 王德威：《一个人的战争》台湾版序，该序收入林白《一个人的战争》(20 年纪念珍藏版)，花城出版社，2015。

纪录得以刷新。

这一年，鬼子以《农村弟弟》(《钟山》1996年第6期)、《走进意外》(《花城》1996年第3期)、《谁开的门》(《作家》1996年第5期）三部中篇小说揭开了他重返文坛的序幕。

这一年，李冯从广西大学辞去教职，开始了自由作家的写作生涯，在《花城》杂志上发表了他第一部长篇小说《孔子》。

这一年，广西区党委宣传部邀请30名青年作家、艺术家在宁明花山召开“广西青年文艺工作者花山文艺座谈会”。与会代表就如何繁荣广西的文学艺术作了深入讨论。时任宣传部部长的潘琦在总结会上作了《理清思路，强化措施，振兴广西文艺事业》的讲话。

1997年4月，广西百名青年作者创作会在南宁召开，与1993年的“陕军东征”对应，有论者称这是文坛新桂军“文学北伐”的誓师大会。①

1997年5月，广西首批青年作家招聘签约仪式在桂林榕湖举行，东西、鬼子、李冯、凡一平、黄佩华、沈东子、海力洪（回族)、陈爱萍八位小说家成为首批广西签约作家。

1997年12月，中国作协创研部、广西作家协会、广西文艺理论家协会、《南方文坛》杂志社、《花城》杂志社和广西师范大学中文系数家单位联合召开东西、鬼子、李冯“广西三剑客”作品讨论会。

1998年，《南方文坛》第1期本期焦点栏目分别发表马相武《造势当下的南国三剑客》、黄伟林《论广西三剑客》和朱小如《“挑战”广西三剑客》等论文，《南方文坛》1998年第2期发表了陈晓明的论文《直接现实主义：广西三剑客的崛起》。2000年，陈晓明在《南方文坛》第2期发表《又见广西三剑客》。“广西三剑客”，作为一个文学符号、一个文学品牌，终于定格。

1998年，《青年文学》开辟“1998文学方阵”，以创作实力雄厚的省份为单

① 黄伟林：《从花山到榕湖——1996—2004年广西文学巡礼》，《南方文坛》2004年第4期。

位，集中展示最新的创作成果，每期一省，第 2 期展示的就是广西文学方阵，同时刊登了李冯、常弼宇、黄佩华、东西、鬼子、凡一平等六位广西作家的小说。此举意味着文学新桂军已经进入中国文坛实力派阵容。《青年文学》主编黄宾堂认为："广西文学近两年创作势头汹猛，大有井喷之势，不仅形成了一个有实力有后劲的创作群体，而且拿出了一批摆上当今中国文坛也不愧色的力作。"①

1990 年代，广西戏剧界取得骄人成绩。杨波、惠国兴编剧的大型桂剧《瑶妃传奇》荣获戏剧文华奖，张仁胜、常剑钧编剧的大型彩调剧《哪嗬咿嗬嗨》和梅帅元、陈海萍、常剑钧编剧的大型风情壮剧《歌王》荣获曹禺戏剧文学奖。这些戏剧界最高奖项的获得，充分体现了广西戏剧文学的创作实力。1998 年，梅帅元开始了后来被称为山水实景演出的《印象·刘三姐》的策划和运作。

1999 年，北京《民族文学》发表黄伟林《边缘的崛起》一文，展示了文坛桂军崛起于 20 世纪 90 年代的创作实绩。从此，边缘的崛起，成为用来描述广西文学现象一个约定俗成的短语。②

批评家洪治纲曾经提出过一个问题：为什么广西这个经济和交通都并不是特别发达的边陲之地，却能够涌现出这样一群生机勃勃的文学生力军？

洪治纲列举了东西、鬼子、李冯、凡一平、海力洪、黄佩华、沈东子、陈爱萍、光盘、映川、黄土路（壮族）、纪尘、朱山坡、李约热（壮族）、锦璐、凌洁等人的小说，冯艺、张燕玲、凌渡、徐治平、彭匈、包晓泉等人的散文，张燕玲、黄伟林、李建平等人的评论，刘春、非亚、谭延桐等人的诗歌，以及从广西走出去的林白、杨克、黄咏梅……他专门谈到《南方文坛》"这本刊物不仅为广西作家走向全国发挥了重要的推介作用，也为中国当代文学的发展提供了一个重要的

---

① 黄宾堂：《广西文坛的三次集体冲锋》，《南方文坛》1998 年第 3 期。

② 黄伟林的《边缘的崛起》，发表于《民族文学》1999 年第 6 期。2006 年 6 月 15 日北京大学教授张颐武在《文艺报》也发表了《边缘的崛起》一文，谈的是广西作家对中国电影文化的贡献。《南方文坛》主编张燕玲也发表过《边缘的崛起》同名文章。贺州学院教授肖晶于 2011 年在河南人民出版社出版了专著《边缘的崛起——桂军当代女性文学的文化探析》。

理论平台。”对上述问题，他的回答是，“就像《作家》主编宗仁发所说的那样，广西的这种文学格局，犹如长白山的雾凇，是十几种甚至几十种因素合力而成的结果，它们缺一不可”[①]。

历史正是这样以合力的方式将广西文学推向了时代的前沿。

2000 年代：诸文体风生水起

新世纪，两位曾经在广西文坛影响卓著的小说家有了新的人生定位：聂震宁全力以赴从事出版业，成为中国出版界领军人物；梅帅元创造性地推出《印象·刘三姐》，成为中国山水实景演出创始人。

更多的广西作家仍然在文坛耕耘。

2000 年，白先勇在《收获》第 5 期发表了长篇散文《少小离家老大回》。白先勇的作品绝大多数都是首发于台湾，《少小离家老大回》或许是他首发于大陆的第一个作品。

2000 年 6 月 23 日，刘春创办了网络版扬子鳄诗歌论坛，这是创建最早的网络诗歌论坛之一，它延续了《扬子鳄》诗刊的精神，为广西青年诗人创造了一个自由交流的空间。

2001 年，凡一平发表《理发师》。《理发师》与《寻枪记》以其独特的文化内涵和情节构思受到电影界的关注。陆川将《寻枪记》改编成电影《寻枪》，陈逸飞将《理发师》拍成了同名电影。凡一平成为最受影视界关注的小说家之一。

2002 年，鬼子继东西之后，以中篇小说《被雨淋湿的河》荣获第二届鲁迅文学奖。

2002 年 4 月，1999 年在北流创刊的民间诗歌刊物《漆》组织了首届广西青年诗会。这个诗会是广西诗人的一个新的集结。《扬子鳄》《自行车》《漆》三个民间

① 洪治纲：《来自广西的文学冲击波》，《人民日报》2006 年 6 月 9 日第 14 版。

诗刊均在会上亮相。

2003年，梅帅元“五年磨一剑”的山水实景演出终于“浮出水面”，2004年，正式演出的《印象·刘三姐》在遭受市场冷遇不长时间之后大获成功，成为旅游演艺领域的“中国创造”。

新世纪第一个十年的广西文学有三个女硕士值得关注。

2002年，在美国爱达荷大学获得电机工程硕士学位的陈谦，出版了她的第一个长篇小说《爱在无爱的硅谷》，发表了中篇小说《覆水》。数年后，《特蕾莎的流氓犯》使陈谦得到了更多的关注。

2004年，映川、黄咏梅两位广西师大文学硕士，同时发力。映川在《人民文学》发表中篇小说《我困了，我醒了》和《不能掉头》，黄咏梅在《人民文学》发表短篇小说《勾肩搭背》和《草暖》。映川小说既有传统小说的情节结构，又有现代小说的哲理探寻，还有当下中国现实的各种社会文化心理的渗透。黄咏梅小说洋溢着珠三角文化圈的地域风情、语言风韵以及对这个中国成长最为迅猛的发达地区底层社会的体察入微的人文关怀。

2004年7月1日，上海《文学报》以整版篇幅发表黄伟林《从花山到榕湖——漫谈近年广西文学创作》一文，对广西90年代以来的文学创作进行了高度评价。

2004年12月11日，广州《羊城晚报·花地副刊》在“在现代性的焦虑中突围”的标题下以整版篇幅介绍广西文学。这是《羊城晚报·花地副刊》策划的华文文学巡礼的第二期，第一期介绍的是江苏文学。在权威性大众媒介眼里，广西文学处在了中国文坛的前沿地带。

中国社会科学院文学研究所编的《中国文情报告（2004—2005）》专门收了贺绍俊撰写的《广西群体的意义》一节，时任中国社会科学院文学研究所所长杨义指出："在这部中国文情报告中，'广西群体'是唯一以专节加以报告的区域作家群。"①

2006年，一个颇具创意的文化推广活动"广西文化舟"开进了北京，东西、鬼子、凡一平、张燕玲、梅帅元、张仁胜等文学桂军主力走向北京大学、中国人民大学、中央民族大学等著名高校，讲述广西的地域风情和文学故事。

2006年，一批评论家纷纷在多种权威性的报刊上撰文，热情地肯定了20世纪90年代以来广西文学所取得的重要成就，主要有中国作家协会副主席陈建功的《勇敢的推广　谦虚的请教》、《人民文学》主编李敬泽的《广西：创造力的来源》、北京大学教授陈晓明的《有一种性格和精神的广西文学》、北京大学教授张颐武的《边缘的崛起》、暨南大学教授洪治纲的《来自广西的文学冲击波》、中国社会科学院研究员张柠的《广西的文学精灵》和《小说选刊》主编贺绍俊的《为当代文学创造关键词》。

2007年，贵阳《山花》的《中国文学版图》栏目里，继介绍北京作家群之后，发表了黄伟林《全面突围与边缘崛起——论20世纪90年代以来文坛新桂军的小说创作》一文。

新世纪的第一个十年，文学桂军在小说、诗歌、散文、戏剧各个文学门类均有可观的建树。

小说方面，林白的长篇小说《万物花开》《妇女闲聊录》《致一九七五》发表后均引起评论界极大反响；东西推出其苦心经营的第二部长篇小说《后悔录》，得到批评界广泛好评；鬼子完成了由《被雨淋湿的河》《上午打瞌睡的女孩》《瓦城上空的麦田》三部中篇小说组成的《悲悯三部曲》；李冯为张艺谋编剧了武侠大片《英雄》《十面埋伏》；广西三剑客之后，李约热的《戈达尔活在我们中间》《李壮回家》《青牛》《涂满油漆的村庄》等作品引起文坛广泛关注；朱山坡从诗歌创作转到

① 李建平、黄伟林等：《文学桂军论——经济欠发达地区一个重要作家群的崛起及意义》，中国社会科学出版社，2007。

小说创作，发表了《我的叔叔于力》《跟范宏大告别》《陪夜的女人》等力作；凡一平创作了《投降》《怀孕》《扑克》等有影响的作品。林白之后，一批广西女性小说家脱颖而出，除陈谦、映川、黄咏梅之外，还有纪尘（瑶族）、锦璐、凌洁、贺晓晴、辛夷坞等人。纪尘的《九月》《演员莫认真》，锦璐的《灰姑娘》《美丽嘉年华》，凌洁的《幸福嫁衣》《怀念父亲》，皆在文学界产生了一定的影响。辛夷坞成名于晋江原创网，2007 年连载长篇言情小说《致我们终将逝去的青春》引起广泛关注，后来改编为电影获得金像奖、金鸡奖、百花奖等奖项。

诗歌方面，盘妙彬、刘春、刘频、非亚、庞白等诗人渐成气候，成为广西诗坛代表人物。

散文方面，冯艺从诗歌创作转入散文创作，连续推出《桂海苍茫》《红土黑衣》两本散文集，将诗情、哲思、人文体验融为一体，前者侧重八桂大地的历史文化叙事，后者侧重广西山川的民族文化叙事，开辟了广西散文创作的新途径；张燕玲以批评家身份介入散文创作，发表了《此岸，彼岸》《耶鲁独秀》《朝云朝云》等一批力作，情系两岸，思接东西，理系古今，充分显示了批评家视野的阔大、情怀的高远和境界的深邃；严风华的长篇散文《一座山，两个人》竭力从土地那里寻找精神支持，在长达十年的山野生活体验中，“用一座山来构造我的心灵之窗”[①]；彭匈的忆旧散文夹叙夹议，言语诙谐，叙事记人皆有意趣。2007 年，《广西文学》推出“重返故乡”栏目，栏目持续十多年，既唤醒了广西作家的土地意识，又催生了一批可圈可点的散文佳作。

戏剧方面，齐致翔、杨戈平、王志梧桂剧《大儒还乡》集多项国家奖励于一身，荣获国家舞台艺术精品工程优秀剧本奖，入选 2005—2006 年度国家舞台艺术精品工程十大精品剧目，荣获全国第十二届文华奖文化剧目奖；常剑钧现代壮剧《天上的恋曲》入选国家舞台艺术精品工程重点资助项目。张仁胜的实景演出剧本创作《天门狐仙》《康熙大典》《文成公主》《武则天》等为中国实景演出注入了

---

① 严风华：《一座山，两个人》，广西民族出版社，2009，第 118 页。

丰满的戏剧性、浓郁的文学性和鲜明的思想性，独具一格，使中国旅游演艺的人文内涵获得大幅度提升。

新世纪的第一个十年，文学桂军携1990年代边缘崛起之力，八面来风，风生水起。

2010年代：新时代多元共生

时间进入了2010年代。

2016年，白先勇在《上海文学》第1期发表了短篇小说《Silent Night》，这大约是白先勇短篇小说第一次在大陆文学期刊首发。如白先勇所有作品一样，小说表现了他以人类世界为背景的悲悯情怀。

这个时代有一个新的命名：新时代。

仿佛是冲出了高山峡谷，越过了险滩激流，新世纪第二个十年的广西文学风平浪静，百川合流。

新世纪第二个十年广西文学的有三个现象值得关注。

首先是长篇作品的繁荣。

2012年，林白发表了对于她个人来说篇幅最大的长篇小说《北去来辞》。从《一个人的战争》的“逃离”到《北去来辞》的“回归”，林白用数百万字的个人化叙事去认识自我，发现自我，她在她的时间之流中经历过多么漫长的惊涛骇浪般的“迷失”，又收获了怎样风平浪静的“回归”？

2013年，凡一平发表了长篇小说《上岭村的谋杀》，小说融入了复仇、侦破等通俗小说的元素，加入了对当下中国乡村社会现实的思考，既有凡一平小说原来的波谲云诡，又有回到乡土的沉潜厚实。“上岭村系列小说”显示出凡一平重回乡土的努力，从天马行空的想象虚构重新回到纷纭复杂的土地，有力地强化了凡一平小说的现实感和思想性。

2015年，东西发表了他的第三个长篇小说《篡改的命》，小说一方面坚持了东西小说所特有的荒诞色彩，另一方面，加强了东西小说与社会现实的有机关联，语言上力求具有先锋意识的与时俱进。他的《请勿谈论庄天海》《双份老赵》等短篇小说，仍然以荒诞的形式委婉曲折地隐喻了当下现实，显示出东西小说创作的形式与思想的双重探险。

2016年，陈谦出版了她的第二部长篇小说《无穷镜》，该作延续了陈谦一贯的对海外新移民科技精英现实处境和内心生活的关注。此外，《繁枝》《莲露》《望断南飞雁》等中短篇小说表明陈谦在形式技巧、题材内容和情感思想各方面的精进。

新世纪第二个十年广西文学的长篇创作还有沈东子的《少不更事》、朱山坡的《懦夫传》、李约热的《欺男》、黄佩华的《河之上》、光盘的《英雄水雷》、红日的《驻村笔记》、萧萧的《南方的风》、龚桂华的《红船》、小昌的《白的海》、映川的《圣堂之约》、凌洁的《双桅船》、田耳的《下落不明》、张仁胜的《桂林城》、陈雨帆的《山海石话语》等等。文学桂军竞技长篇，在长篇小说王国，他们“欲与天公试比高”。

长篇作品并不只是长篇小说，新世纪的第二个十年，黄继树回到他擅长的历史题材写作领域，创作了《北伐往事》《败兵成匪》两部长篇历史纪实文学，前者以孙中山与陈炯明的政见分歧为书写对象，后者以广西剿匪为创作题材，凭借丰富的史料积累和独到的史识洞见，这两部长篇正好构成其长篇历史小说《桂系演义》的前史和后续，只是体裁上从历史小说变成了历史纪实，显示了作者的写作日趋历史实证。

陈敦德多年来一直致力新中国外交题材纪实文学的写作，《接触在1944：美军观察组》《合作在1946：军调岁月》《崛起在1949：开国外交纪实》等，被认为是“壮阔的中国外交风云长卷”，“高端题材、高端内容、高端品位的高水平力作”。[1]

其次是文学新人的成长。

2015年10月，由中国作协创研部、文艺报社、南方文坛杂志社、广西作协联合主办了“广西后三剑客”研讨会。

广西后三剑客是文学桂军一个新的品牌，指的是田耳、朱山坡、光盘三位小说家。广西后三剑客的出现，表明广西文学后继有人，后劲十足。

广西后三剑客之外，一批广西的文学新人正在成长，主要有小说家陶丽群（壮族）、小昌、潘小楼，诗人陆辉艳，散文家林虹（瑶族）、罗南（壮族），儿童文学家的王勇英。文学新人的出现，是广西文学可持续发展的保障。

再次是外省作家的加盟。

2014年10月，最年轻的鲁迅文学奖获得者，小说家田耳到广西大学担任驻校作家。田耳是湖南凤凰人，土家族。定居广西之前，已经发表出版《一个人张灯结彩》《天体悬浮》等力作。田耳加盟广西，为广西文学增添了异彩，也见证了八桂山川的吸引力。

江苏籍散文家朱千华，早在2006年开始旅居广西南宁从事写作，出版了《雨打芭蕉落闲庭——岭南画舫录》《水流花开——南方草木札记》《岭南田野笔记》等散文集。朱千华的广西文字，令人想起范成大的《桂海虞衡志》、周去非的《岭外代答》、赵翼的《檐曝杂记》，不同的是，范成大、周去非、赵翼之到广西是朝廷派遣，朱千华到广西是自由选择。范成大、周去非、赵翼的时代，广西是穷乡僻壤，是荒野瘴乡，而对于朱千华而言，今天的广西，是水流花开，遍地妖娆的广西。

小昌，1982年生于山东冠县，在兰州读本科，在桂林电子科技大学读硕士，2009年任教桂林电子科技大学（北海校区），定居北海，2011年开始发表小说，

---

① 尹承德：《壮阔的中国外交风云长卷——评〈新中国外交年轮丛书〉》，《国际问题研究》2007年第11期。

已经成为广西80后作家的代表人物。

2014年，黄伟林发表了《卓然独秀南中国》一文，提出“新广西文学”概念，作者以为，从新广西文学，既可以感受到中国内部经济发展的速度和力度，感受到这种速度和力度造成的对传统生态和心态的撞伤感和撕裂感，也可以感受到中国与外部世界的融合和分歧，感受到中国向前发展时面临的内与外的阻力与动力。中国当下社会各种隐蔽的危机和蓬勃的生机在广西文学都得到了深刻的书写。[①]

从1958年到2018年，广西文学经历了自我追寻和自我发现的历程。自我追寻就是追寻广西各民族的来龙去脉，自我发现就是发现广西各地域的人文积淀。广西文学正是在这种追寻和发现的过程中确认自我，进而形成创作和评论的文化自觉。文化自觉使广西的山峦、河流、海洋，广西的民族、民间、民情，广西的历史、现实、未来，都成为广西作家激扬文字的文化财富。广西文学不再是对主流文学的亦步亦趋和人云亦云，而是中国多民族文学版图不可或缺的重要组成，成为中国多民族文学共同发展的有力证明。

结语：百川入海

这个民族太喜欢歌唱，
必须有鼓声为伴；
这个民族需要起舞，
只有鼓声才能敲出心灵的颤音。
山歌好比春江水，
鼓声就是春雷，
有歌声的日子越过越滋润，

① 黄伟林：《卓然独秀南中国》，《文化与传播》2014年第1期。

爱铜鼓的民族能翻过最高最险的山。

这是石才夫（壮族）诗歌《八桂颂》里的句子，看来，翻过最高最险的山仍然是广西的目标，是广西的愿景。

那么，翻过最高最险的山之后，广西文学将走向何方？

自古以来，广西壮族人民一直流传着一个“妈勒访天边”的故事，天边，指的是什么呢？

在中国地理版图上，广西基本属于珠江流域。

今日广西是太平洋—南海视域下的广西，是中国—东盟视域下的广西，是风生水起北部湾的广西。

广西既与云贵高原融为一体成为中国西部的一个重要组成部分，又与中国当下最发达的经济圈珠江三角洲紧密相联；广西的西部紧靠云贵高原孕育有丰富多彩的少数民族文化，广西的南部与越南接壤构成了悠久而敏感的边疆文化，广西的东部与珠江三角洲相邻呼吸着中国经济最前沿的气息，广西的北部因为秦始皇修建的灵渠与长江流域沟通而融入了中原文化，广西因为拥有北部湾这片海域，滋生出与大陆文化截然不同的海洋文化。

广西是中国与东盟的接合部，是中国东部与西部的接合部，是中国陆地与海洋的接合部，是中国汉族文化与少数民族文化的接合部。这四个接合部决定了广西文化的多元与丰富。

这是“桂海苍茫”的广西，这是“红土黑衣”的广西，这是“沿着河走”的广西，冯艺新世纪创作的三部散文集，形象而生动地概括了广西丰富多元的人文地理和人文生态。

“沿着河走”，广西江河大都汇入西江，流成珠江，汇入南海。

这就是百川入海吗？

是，也不是。

时间到了2018年。

这一年有一件饶有意味的事情，上海作家王安忆主持的复旦大学当代文学创作与批评研究中心创意并联合《南方文坛》于2018年7月7日召开“广西作家与当代文学”学术研讨会，探讨广西近三代作家对当代文学的贡献。

《文汇报》2018年7月11日许旸《王安忆：方言的养料我们只调遣了一点点，这是很可惜的》、《文学报》2018年7月12日金莹《广西作家的写作是挑战文学法则的》、《文艺报》2018年7月16日行超《诗性的南方个性的文学》等对这次研讨会进行了大篇幅的报道。

2018年第3期的《南方文坛》，王安忆、陈思和亲自主持《批评论坛·广西作家研究》，林白、东西、田耳、凡一平、陈谦、李约热、刘春、朱山坡、映川、光盘、小昌、陶丽群共十二位广西作家同时进入了上海批评家的视野，他们的作品得到上海批评家的诠释和解读。

这就是百川入海吗？

是，也不是。

2018年，广西籍女作家黄咏梅以短篇小说《父亲的后视镜》荣获第七届鲁迅文学奖，从梧州到桂林，从桂林到广州，从广州到杭州，黄咏梅的文学道路，是否也是一条从小溪到大海的轨迹。

是，也不是。

本文所说的百川入海，说的是广西的文学百川，汇入世界文学的汪洋大海。

2018年6月19日，广西作家东西长篇小说《后悔录》(英文版）作为“当代中国文学书系”之一，由美国俄克拉荷马大学出版社出版。

是的，这里所说的百川入海，特指广西文学被翻译成各国文字，汇入世界文学的汪洋大海。

妈勒访天边的天边，是否就应该是比天空更辽阔的海洋呢？

在作品译成他国文字，走出中国方面，林白和东西成绩最为突出。

林白的长篇小说《一个人的战争》，已经有日本、韩文、法文三种单行本，中篇小说集《回廊之椅》有意大利文、法文、英文三种译本，诗歌《过程》《阳台》《致武汉》译为日文，《中国现代文学丛刊》2017 年出版。德国学者 Bettinavon Reden 研究林白的论著《Der Kriegder Einzelnen》，由 Tedfum 出版。

东西长篇小说《后悔录》已经有韩文版（韩国银杏树出版社 2008 年出版）和英文版（美国俄克拉荷马大学出版社 2018 年出版），另有一批中短篇小说被译成日文、德文、泰文和希腊文多种文字。特别值得指出的是，世界文学大国法国对东西小说高度重视，翻译出版了多部东西的中短篇小说集，如《把嘴角挂在耳边》(法文版）由法国黎明出版社于 2007 年出版，《没有语言的生活》(法文版）由法国黎明出版社 2010 年出版，《救命》(法文版）由法国黎明出版社 2013 年出版，《你不知道她有多美》(法文版）由法国黎明出版社 2013 年出版。

1996 年 7 月，林白在瑞典斯德哥尔摩的“沟通：面向世界的中国文学”会议上作了《记忆与个人化写作》的发言，发言中说道：

> 个人化写作建立在个人体验与个人记忆的基础上，通过个人化的写作，将包括被集体叙事视为禁忌的个人性经历从受到压抑的记忆中释放出来。我看到它们来回飞翔，它们的身影在民族、国家、政治的集体话语中显得边缘而陌生，正是这种陌生确立了它的独特性。[①]

套用林白的发言，我们希望在百川入海的过程中，边缘而陌生的广西文学，终将为世界感到熟悉而亲切。

比陆地更辽阔的是海洋，比海洋更辽阔的是天空，比天空更辽阔的是人的心灵。广西文学书写的不正是辽阔的广西人、中国人的心灵世界吗?

沧海桑田，桑田沧海。60 年弹指一挥间。从少数民族文化的张扬到海洋文化的觉悟，从经济不发达地区的定位到“中国—东盟”新的增长极、国家第四经济圈的构建，从文学观念的转型到文学桂军的崛起，60 年的广西文学对其脚下这片

① 林白：《记忆与个人化写作》，收入林白散文集《秘密之花》，新华出版社，2005。

土地的认识在不断丰富、不断深化。文学桂军不仅扩大了它的文化版图、社会版图、生活版图，而且也拓展了广西人的心灵世界，塑造了广西五彩缤纷、内蕴丰厚的人文形象。文学桂军在南中国的边缘崛起，不仅重建和提升了广西的文化自信，而且为中国、为世界提供了不可替代的精神创造、文明果实。

黄伟林

目录

·1990 年代

·2000 年代

·2010 年代

导　言

好戏连台　精彩纷呈
——广西戏剧60年

60年的广西戏剧可以用“好戏连台”、“精彩纷呈”来概括。作为新中国戏剧的重要组成部分，60年来广西在中国当代戏剧舞台上，每一个历史时期都有闪光的贡献，是新中国戏剧发展的重要疆域。1960年代《刘三姐》这一取材壮族山歌的歌舞剧在广西壮族自治区成立伊始登上首都舞台，是广西秀丽山川、民族地域文化的全面展示。一部《刘三姐》惊艳了全世界，从此一曲传唱60年。继《刘三姐》之后，广西的戏剧舞台又推出了《南方来信》《朝阳》《甜蜜的事业》《我为什么死了》《泥马泪》《瑶妃传奇》《哪嗬咿嗬嗨》《歌王》《大儒还乡》《天上的恋曲》等一批优秀戏剧作品。在自治区成立60周年的今天，站在戏剧中国的舞台回望广西戏剧60年，我们欣喜地看到，广西戏剧舞台的这些作品，在中国戏剧历史的坐标上，都是浓墨重彩的标志性符号。

1960年代：广西戏剧精彩登场

1960年代的十年，是广西戏剧历史上重要的十年。这期间，广西戏剧有以下三点值得书写：一是全区范围内群众性的《刘三姐》大会演活动。在全区人民同排、同唱、同看《刘三姐》的艺术盛会基础上，诞生了日后成为广西标志性文化符号的歌舞剧《刘三姐》。二是广西话剧与时代同步的水准。1960年代，广西话剧团先后排演了《雷雨》《同志，你走错了路》《红岩》《霓虹灯下的哨兵》《夺印》《千万不要忘记》《年轻的一代》，以及阿尔巴尼亚名剧《渔人之家》等一批全国话剧舞台的著名剧目在全区公演，体现了广西话剧舞台的繁荣。三是广西作者原创话剧《南方来信》和《朝阳》的全国影响力。广西话剧团莎色根据越南同名报告文学改编的反映越南军民抗美爱国六场话剧《南方来信》在全国轰动一时，总政话剧团以及各地剧团竞相排演。广西话剧团排演的我区作家谢民创作的话剧《朝阳》在1965年中南五省区话剧演出中一炮走红，先后在北京、上海等地演出200多场，其演出规模仅次于《刘三姐》。

1958年12月11日，广西壮族自治区成立。1960年《刘三姐》的成功打造让全国人民了解了美丽广西，认识了生活在这美丽南方的壮族。《刘三姐》是广西戏剧工作者集体智慧的结晶，是在自治区党委政府的主导下集中全区优势资源合力打造的经典。

广西是山歌的故乡，壮族是能歌善舞的民族。广西民间，特别在壮族中，有许多美丽的传说，刘三姐是其中流传最广泛、影响最深远的。《刘三姐》的文人创作始于1929年戏剧家欧阳予倩创作的歌剧《刘三妹》[①]，由于历史的局限，《刘三妹》离不开旧戏剧的窠臼。经研究者梳理，新中国成立后最早出现的《刘三姐》剧本是柳州地区宜山中学教师邓昌伶1953年创作的彩调剧《刘三姐》，随后广西各地相继有彩调剧、歌剧、歌舞剧《刘三姐》《刘三妹》演出。1959年，柳州市创作演出了彩调剧《刘三姐》，成为当时影响最大的《刘三姐》剧目。1959年8月底9月初，《广西日报》分五期刊登了柳州市创作的《刘三姐》剧本，与此同时，广西各地掀起了演出《刘三姐》的高潮。1960 年2月中共广西壮族自治区委员会作出关于举行全区

① 欧阳予倩：《刘三妹》（四幕歌剧），原载《戏剧》1卷4—6期（1929年11月—1930年1月）。收入《欧阳予倩文集》，中国戏剧出版社，1980。

《刘三姐》会演的决定，4月中旬，广西全区举行了《刘三姐》文艺会演。据报道，全区共有1209个专业和业余演出团队、58000多人、11个剧种演出了《刘三姐》，观众达1200多万人次，占当时广西人口的60%。①

1960年7月，歌舞剧《刘三姐》进京进行了为期两个多月的汇报演出，轰动京城。许多专家学者撰文，对《刘三姐》给予高度赞赏，美学家蔡仪认为：

> 从歌剧的发展上来看，《白毛女》是我们新歌剧的第一部获得很大成功的作品。它的成功，不用说是在于体现了毛主席《在延安文艺座谈会上的讲话》的基本精神。无论从作品所描写的对象来说，从它所表现的作者的思想感情来说，或从它的表现形式来说，都是根本上实践了工农兵的方向，是革命的政治内容和优美的艺术形式相结合的作品。因此可以说它是新歌剧发展中第一个里程碑。但是《刘三姐》在主要之点上表现了我们新歌剧发展的又一个新的阶段，也可以说是发展过程中的第二里程碑。②

进京演出期间，首都的艺术家对这台充满民族地区色彩的清新的作品十分厚爱，表现出了极大的热情和高度的重视。著名京剧表演艺术家盖叫天亲自示范，和《刘三姐》演员们切磋技艺；中国戏剧家协会邀请首都文艺、戏剧界知名人士举行了座淡会，到会的有田汉、萧三、凤子等作家、艺术家，大家普遍认为这部戏既是现实主义的，又是浪漫主义的，从民歌改编为戏剧的过程中，进行了艰苦的创造工作。它既继承了传统，又经过了重新创造，有很高的成就，值得重视。大家一致认为这出戏的舞台美术富有地方色彩，以美丽的桂林山水的景色，生动地烘托了戏的内容。

舞台剧《刘三姐》在全国的传播和影响吸引了电影艺术家的创作热情。1961年，长春电影制片厂拍摄的电影《刘三姐》在全国公映。电影《刘三姐》由乔羽、苏里

---

① 宋安群：《〈刘三姐〉剧本生成以及版本与著作权问题探究》，《歌海》2015年第6期。

② 蔡仪：《论刘三姐》，《文学评论》1960年第5期。

合作剧本，雷振邦作曲，苏里导演，十七岁的广西桂林姑娘黄婉秋饰演刘三姐。电影《刘三姐》在全国引起极大反响。影片充满民族地域色彩的优美的唱段，质朴美丽的刘三姐扮演者，以及与优美的音乐、美丽的姑娘融为一体的仙境般的桂林山水征服了广大观众。电影《刘三姐》被称为是一部“人美、歌美、景美”的“三美”佳作，成为当时拷贝发行量最大的中国电影。1963年，第二届《大众电影》“百花奖”评选，《刘三姐》一举夺得最佳摄影奖、最佳音乐奖、最佳美工奖和最佳男配角奖四项大奖。电影《刘三姐》在港澳地区及东南亚乃至世界华人圈也引起了轰动：在新加坡创造了连续两次各上映 120 天的电影放映纪录；在马来西亚被评为世界十部最佳影片之一。由于电影《刘三姐》的影响，桂林山水成为最有吸引力的旅游胜地，黄婉秋成为东南亚最有人气的女演员，具有浓郁壮族民间色彩的《刘三姐》音乐家喻户晓、广为传唱。

《刘三姐》是广西作为新成立民族自治区为全国乃至世界舞台奉献的一台精彩的民族文化大戏。今天我们站在历史的高度看《刘三姐》，它的影响远远超出了一出戏的价值，甚至远远超出了文化的价值。《刘三姐》被评论者称为“中华人民共和国成立以来，广西最有光彩、最有影响的舞台剧目”①。《刘三姐》的成功，让中国和世界认识了广西这片美丽的地方，认识了壮族这个勤劳勇敢又幽默诗意的民族。

莎色在中国话剧史上是一位值得书写却被长期遗忘的编剧。莎色1934年12月生于江苏，曾任江苏话剧团演员。1956年至1958年在北京电影学院学习，随后到广西话剧团工作。1964年，全国人民援越抗美热潮如火如荼，气氛高涨，来自越南的书信体报告文学《南方来信》中译本出版，在中国广为传播。《南方来信》第一集和第二集，印数分别达到30万册和50万册。《南方来信》原名《祖国来信》，由抗美战争期间越南南方人民写给北方亲人和朋友的信件汇集整理而成。这些信反映了在美国入侵下南越人民的生活。时任广西话剧团演员的莎色，敏锐地捕捉到这一重大题材，根据书信体报告文学《南方来信》构思了同名话剧。剧本完成后，莎色

① 宋安群：《〈刘三姐〉剧本生成以及版本与著作权问题探究》，《歌海》2015 年第 6 期。

把剧本寄到了北京。当年谈到《南方来信》剧本创作背景时，时任总政话剧团团长的傅铎是这样记述的：

> 一九六三年八月，我们英明伟大的领袖毛泽东同志发表了《反对美国—吴庭艳集团侵略越南南方和屠杀越南南方人民的声明》，全力支援越南南方人民反美爱国的正义斗争。作为部队的文艺工作者，要用文艺这一武器去讴歌越南人民的英勇斗争，揭露美帝国主义的侵略罪行，是我们义不容辞的政治责任。一九六四年夏，我们怀着激动和崇敬的心情读到了越南南方人民用血和恨写成的书信集《南方来信》，书中每字每句都浸透着越南南方人民的血海深仇，和越南南方人民坚贞不屈的斗争意志。我们决心要把越南南方人民的英勇斗争反映在舞台上。正当我们开始根据《南方来信》书信集构思剧本时，广西文工团莎色同志寄来了一个反映越南南方人民斗争的剧本。剧本是以一九五五年"永贞"事件为背景的。[①]

傅铎的记述表明，总政话剧团排演的话剧《南方来信》第一编剧是莎色，在接到莎色的剧本后，傅铎又与马融、李其煌合作，对剧本进行了修改和完善，但剧中主要人物、剧本的框架结构都采用了莎色的话剧剧本形态。总政话剧团排演的话剧《南方来信》1965年9月在北京公演。一时间，全国各地纷纷排演《南方来信》，据当时媒体报道：

> 继今年九、十月中国人民解放军总政治部文工团话剧团在北京首次演出话剧《南方来信》以后，各地纷纷上演《南方来信》。中国人民解放军驻昆明部队国防话剧团、广州部队政治部文工团联合演出队、武汉部队胜利文工团话剧团、云南人民艺术剧院、广西话剧团、上海人民艺术剧院、天津人民艺术剧院、

① 傅铎、马融：《支援越南兄弟的抗美斗争——话剧〈南方来信〉创作心得》，《戏剧报》1965年第3期。

天津市评剧院二团、上海越剧院、云南京剧院一团等戏剧团体纷纷上演《南方来信》。其中有的是根据总政话剧团的改编本，也有的是根据《南方来信》原著重新改编的。它们的演出，都受到广大观众的热烈欢迎。[①]

一时间，全国话剧舞台掀起排演《南方来信》盛况，全国戏剧舞台上，根据话剧剧本还改编成京剧等民族传统剧种上演。据《人民日报》消息，周恩来、朱德、董必武、彭真、李先念、薄一波等国家领导人以及时任越共中央委员会第一书记的黎笋、越南总理范文同、老挝苏发努冯亲王等外国贵宾都先后观看了话剧《南方来信》。与此同时，广西话剧团也排演了《南方来信》并引起轰动，在南宁等地演出74场。[②]

谢民是广西戏剧界又一个有全国影响的重要作家，1959年从上海戏剧学院毕业分配到广西艺术学院任教，后在广西文联、百色地区文工团、广西大学、广西文化厅工作，曾任广西艺术学院副院长。1965年，广西话剧团排演了谢民编剧的话剧《朝阳》。该剧在广州举行的中南戏剧会演上演出引起轰动，参加广州汇演的全国戏剧界同行对《朝阳》给予高度评价。时任中共中央中南局第一书记的陶铸同志在汇演期间先后两次接见剧组全体工作人员，与剧组人员一起探讨，对《朝阳》剧本及演员表演做了认真的分析研究，提出了修改意见。时任中共中央宣传部副部长的林默涵在看完演出后认为这部剧应该推广到全国舞台，建议广西话剧团《朝阳》剧组到北京演出。1965年12月初，广西话剧团《朝阳》剧组在北京民族宫礼堂、全国政协礼堂、中国青年艺术剧院、北京展览馆剧场以及北京大学等高校连续演出，载誉京城。在北京民族宫礼堂演出时，周恩来总理亲临观看，并亲切接见谢民，对谢民说："你是我们党培养的剧作家，要为人民多写好剧本。"1966年元月，剧组又到上海、苏州、西安、延安、成都、重庆、贵州等地演出，创造了广西话剧团，也是广西话剧演出210场的最高纪录。与此同时，广州羊城话剧团和上海沪剧团也同时排

①《各地纷纷上演〈南方来信〉》，《中国戏剧》1964年第1期。

② 顾乐真：《广西戏剧史论稿》，中国戏剧出版社，2002，第592页。

演了谢民编剧的同名话剧。[①]

舆论界对《朝阳》的创作和演出十分重视，据不完全统计，当时包括《人民日报》《南方日报》《文汇报》《成都日报》《西安日报》《广西日报》《南宁晚报》等十余家报纸刊载了五十篇评论文章，全国各省各地区的大专院校以及中专学校纷纷发来邀请函，希望这出众口称赞的话剧莅临演出。老作家李健吾在报纸上热情撰文："我们的剧作家，他们抓政策抓得紧，抓群众抓得牢……没有生活，抓紧了政策也写不出好戏！没有感情，群众成了应景的龙套。我们的剧作家，活像这群朝气蓬勃的年轻人，活像工读学校的校长林恒，认定了方向，敢于突破一切条条框框，大踏步向前迈进……这才是戏，社会主义的戏。看这样的戏，让我这老头子也变得年轻了。"[②]

1965年，周民震创作的儿童彩调剧《三朵小红花》也取得了不俗的成绩。《三朵小红花》剧本写于1964年，定稿于1965年，选取的是当时的阶级斗争题材。这个戏剧在全国演出广受好评。

1970年代：探索戏剧开中国剧坛风气之先

经历了"文革"十年，1970年代的广西戏剧在全国仍然有突出的贡献，成就可圈可点。

新时期广西戏剧在全国有影响的作品首推周民震的话剧《甜蜜的事业》。计划生育题材的话剧《甜蜜的事业》1978年在舞台上出现。作者把围绕计划生育问题上的新旧观念以及感情纠葛的戏剧冲突写得诙谐幽默，充满生活气息，作品具有较高的艺术水准。该剧由广西话剧团搬上舞台，在各地先后演出百余场，是粉碎"江青反革命集团"后广西第一个进京汇报演出的创作剧目。1979年同名影片面世，在全

---

① 参见《谢民剧作集》，漓江出版社，2008。

② 李健吾《〈朝阳〉使我年轻——看广西话剧团的演出》，原载《陕西日报》1966年2月11日，转引自《谢民剧作集》，漓江出版社，2008，第208页。

国产生广泛影响。

60年代创作了《朝阳》的话剧作者谢民，70年代又有卓越建树，他1979年发表于《剧本》的话剧《我为什么死了》成为中国第一部探索剧。

一九七八年底党的十一届三中全会召开，一九七九年十月第四次全国文代会召开，与此同时，整个社会掀起了思想解放运动和文化的开放，西方现代主义文学影响的到来自在情理之中。一九七九年，在诗歌界挑头的是“朦胧诗”，小说界“意识流”小说盛行一时，都见出现代主义潮流的初涌。而戏剧界，则是《我为什么死了》和《屋外有热流》揭开了话剧探索的序幕。①

《我为什么死了》写的是“江青反革命集团”横行时一对夫妇范辛和夏俊的经历。这部戏从故事情节和主题思想的角度看都是当时的流行题材和流行主题，即对“江青反革命集团”的控诉，对政治投机分子的鞭挞。然而，作品的价值在于它的艺术探索。“作者处理这一题材，别出心裁采用‘喜剧’形式表现；其次，作者打破了‘三一律’的束缚，戏的时间跨越了两年多，（这在独幕剧中是少见的），戏剧地点变换了三处，戏剧动作也随之变化；第三，戏的情节倒置，大胆采取倒叙的写法，先让观众看结果，然后再一步步追溯前因，这种表现手法在独幕话剧中是罕见的；第四，大量使用独白、旁白和直接同观众交流的说白，人物跳进跳出，把说故事与戏剧表演巧妙地糅合在一起，处理得十分贴切；第五，着力刻画人物的内心世界。全剧思想深邃、语言生动、文笔流畅，人物性格鲜明。”②

作为党的十一届三中全会后中国戏剧舞台上第一部探索剧，《我为什么死了》在国际戏剧界也引起关注。罗马尼亚雅西市瓦·亚历山德里国家剧院排演了该剧，由50年代曾把曹禺的《雷雨》搬上罗马尼亚舞台的著名导演弗洛里安执导。谈到该剧的排演，弗洛里安导演说：“我们所以选这个剧本，是因为它具有独特的风格、精

① 甄西：《新时期的话剧探索与探索话剧》，《文学评论》1991年第2期。
② 张应湘：《〈我为什么死了〉导演札记》，《戏剧艺术》1980年第1期。

炼的语言和带有普遍意义的思想内容。”① 该剧在罗马尼亚上演受到罗马尼亚观众的好评，罗共中央候补委员、大国民议会议员、雅西国家剧院院长雅各班说：“我们上演中国话剧，与中国上演罗马尼亚话剧《公正舆论》一样，都是为了促进两国文化交流和相互了解。”②除在罗马尼亚演出外，《我为什么死了》还曾在加拿大公开演出，美国百老汇也作了试验演出。由此可见，该剧具有某种现代意味的普世价值，因此才能在国际舞台得到广泛认同。

1980年代：广西戏剧“各美其美”

如果说1970年代的广西戏剧是以重大题材的表现、戏剧艺术的探索在全国戏剧舞台上成绩斐然，进入1980年代，表现地方历史和民族特色的广西戏剧开始在全国崭露头角。

韦壮凡、符震海创作，柳州桂剧团表演的桂剧《泥马泪》被评论者称为“大手笔”。《泥马泪》“摆脱了传统戏曲传奇性的悲欢离合，寓藏褒扬、针砭或浇胸中块垒的旧观念，通过一个普通而又陈旧的民间故事，点悟出中华民族数千年来一切纷乱的悲剧之源——一个伟大民族国民性的沉疴”③。这个戏塑造了匡政等个性鲜明的人物形象，赋予《说岳全传》“泥马渡康王”这一民间传说以崭新的意义，展示了封建统治者如何取得皇权、巩固皇权的奥秘，挖掘了数千年来民族心理深层结构的一面。《泥马泪》是桂剧，但是在艺术上博采众长，广泛地吸收了中西音乐、中西舞蹈等其他艺术种类的艺术表现手法，令人耳目一新。评论者称《泥马泪》是“戏曲剧目中横向借鉴得最多的一个戏，也是创新步子迈得最大的一个戏之一”。

美籍华人作家白先勇是广西桂林人，是当代海外华人作家中作品被改编成电影、电视剧、话剧、舞台剧等综合艺术较多的作家。自1984年台湾导演白景瑞将白

---

① 骆东泉：《中国话剧〈我为什么死〉在罗上演》，《瞭望》1983年第9期。

② 骆东泉：《中国话剧〈我为什么死〉在罗上演》，《瞭望》1983年第9期。

③ 顾乐真：《深层次的探索与思考——韦壮凡戏剧创作论》，《南方文坛》1993年第4期。

先勇小说《金大班的最后一夜》改编成电影开始，迄今为止有超过十五部电影、电视剧以及话剧、舞剧、音乐剧改编自白先勇的小说。白先勇的作品独特的艺术特征使其成为最受影视及舞台艺术青睐的、最有影响的海外华人作家之一。小说《游园惊梦》创作于1966年，1981年白先勇亲自改编创作了同名话剧。

小说《游园惊梦》与舞台艺术有着天然的联系。在谈到小说《游园惊梦》的创作时，白先勇曾经说："我写这篇小说写了五次。前三次用比较传统的手法写内心的活动，我都不满意。起初我并没想到要用意识流手法。女主角回忆过去时的情绪非常强烈，也有音乐、戏剧的背景，为了表达得更好，尝试用了意识流手法。"[①] 话剧《游园惊梦》描写窦夫人桂枝香大宴宾客，邀请昔日得月台唱昆曲的各位姐妹们，钱夫人应窦夫人之邀，与当年在南京得月台的姐妹故人相聚的故事。宴会上，众人闲话谈天，演唱昆曲《牡丹亭》唱段，经历过荣华富贵，见识过各种奢华场面，如今繁华落尽的钱夫人跌入往日情感交织的痛苦回忆中。话剧《游园惊梦》演绎了白先勇对昆剧的痴迷，也通过女主角钱夫人现实的寂寥和对往日繁华不再的失落寄托了白先勇对时代流离、人生无常的感怀。话剧《游园惊梦》1982年8月在台北隆重公演引起轰动，连演十场，场场爆满。

梅帅元是崛起于1980年代的广西实力派戏剧家，中国山水实景演出创始人。梅帅元戏剧代表作品有大型壮剧《羽人梦》，大型民族歌剧《歌王》（合著），舞剧《妈勒访天边》（合著），儿童音乐剧《太阳童谣》等。曾获全国少数民族戏剧创作金奖、广西文艺创作铜鼓奖、文化部"文华奖"、文华剧作奖、中国曹禺戏剧文学奖、中宣部精神文明建设"五个一工程"奖等。梅帅元1980年代的代表作是表现现代题材、现代意识的壮剧《羽人梦》。《羽人梦》由梅帅元改编自其创作的小说《黑水河》。发表于1985年的小说《黑水河》是广西文学界"百越境界"探索作品。小说通过渔婆婆和她的儿媳妇满妹，以及收鱼少年的现实生活，他们间的感情联系、纠葛，同幻想的世界糅合起来，并以人物的联想、幻觉和意象（具有象征性的羽人、赤蛇、

① 白先勇：《蓦然回首》，文汇出版社，2004。

小盒子、古老的歌韵、自然界的神秘气氛等）与直接的现实描摹交相叠映，来反映迷信守旧和对传统风习的忠贞，与对美好向往、追求和抗争的矛盾、碰撞，最后对旧传统的屈服，借以思考一种复杂的生存意识。1986年，在广西第二届戏剧展览会上《羽人梦》荣膺广西戏剧最高奖“桂花奖”第二名。正如评论者评论的：从小说到戏剧，作者再不是消极地只满足于落后愚昧生活表面现象的描写，而是积极地力求剖析造成这种现象的内在因素。为了揭示现实生活中潜藏着的一种文化意识对人的思想、行为的影响和制约，他进行了一次很有意义的探索，一种深沉的人生价值的哲学思考。在这出戏剧里，他显现了出众的灵气和文学才华并在创作倾向上，真正踏在生活这个厚实的大地上，迈出了比较坚实的脚步。①

此外，1980年广西话剧团排演了该团王文忻根据我区作家李栋、王云高中篇小说《彩云归》改编的话剧《天涯望归人》。《天涯望归人》是一部反映台湾老兵恋乡思归的作品，评论者评价这部戏“是我们戏剧脱离几十年写正面人物模式的一个创举”②。该剧赴京演出获得成功，著名作家刘绍棠在《光明日报》发表评论文章，盛赞这出话剧。1981年，广西话剧团王琦、杨令燕创作的四幕儿童话剧《宝宝贝贝乖乖》通过三个同龄伙伴的成长，提出了孩子的教育问题这一严肃问题。《宝宝贝贝乖乖》参加全国儿童剧汇演获创作奖和演出奖，1988年获广西文艺最高奖铜鼓奖。

1980年代的广西戏剧，题材上有本土题材，有外省题材，有历史题材，有现实题材，有成人题材，有儿童题材；戏剧形式上有桂剧、壮剧、话剧。可谓品种多样，立异标新，各美其美，和而不同，为下一个十年广西戏剧的繁荣奠定了坚实的基础。

1990年代：戏剧精品屡获殊荣

1991年，文化部设立了专业舞台艺术政府最高奖“文华奖”。“文华奖”的设立，旨在促进中国戏剧事业的发展繁荣。1990年代，广西《瑶妃传奇》《哪嗬咿嗬嗨》《歌

① 谢福民：《壮剧〈羽人梦〉改编得失谈》，《民族艺术》1987年第2期。

② 顾乐真：《广西戏剧史论稿》，中国戏剧出版社，2002，第604页。

王》《商海搭错船》获得“文华奖”殊荣。

由桂林戏剧家杨波、惠国兴编剧，桂林市桂剧团演出的新编历史剧《瑶妃传奇》根据明朝瑶族女子、孝宗皇帝的生母纪妃的故事改编而成。这部剧舞台艺术上继承了传统戏曲写意的手法，巧妙地将现代物质技术融入戏曲舞台，运用舞台上转台和三棱柱将皇宫大殿、冷宫、寿宫、瑶妃神庙等空间表现出来。

瑶妃：哪里山水甲天下，
哪里岭上满青衫，
绣花丝线自己纺，
山塘开出什么花？
皇上：岭南山水甲天下，
八桂岭上满青衫，
我猜姑娘你姓纪，
山莲就是眼前花。

剧中，瑶妃的“长鼓舞”、“香哩歌”等体现了广西的地方民族特色，如诗如画的山水，风光旖旎的山寨展现了秀甲天下的南国风光。《瑶妃传奇》1993年在文化部第三届文华奖评奖中，获“文华新剧目奖”和“文华表演奖”，这是广西首次获得全国戏剧最高奖项。

1990年代广西戏剧的成就离不开一代戏剧人的探索耕耘，这其中编剧除梅帅元外，还有张仁胜、常剑钧。1956年出生的张仁胜，是编剧和导演双栖艺术家。1990年代以来，张仁胜担任编剧及导演的剧目多次获中国戏剧节奖项、中国艺术节奖项、中宣部“五个一工程”奖、广西文艺创作铜鼓奖、曹禺戏剧文学奖等。张仁胜编剧的代表作有彩调剧《哪嗬咿嗬嗨》，音乐剧《桂林故事》，张家界山水实景音乐剧《天门狐仙》，广播剧《千条水总归东》，电视连续剧《我们的父亲》《最后的子弹》等。1955年出生的常剑钧主要作品有《歌王》《哪嗬咿嗬嗨》《大山小村官》《瓦氏夫人》《梦里听竹》《漓江燕》等，获“五个一工程”奖、“文华新剧目奖”、曹禺戏剧文学奖等多项全国奖及广西壮族自治区政府颁发的文艺铜鼓奖。常剑钧1996年被授予“文化部优秀专家”称号，1998年被评为“广西德艺双馨50杰艺术家”。

彩调剧《哪嗬咿嗬嗨》写的是战乱频繁的民国初年，广西桂林近郊“飞彩班”一群唱调子的男女青年的命运故事。该剧通过飞彩班艺人这些小人物在战乱年代悲凉的命运，揭示了战争的创伤。剧本最初发表在《剧本》杂志1994年第10期上，此后又经过多次修改，最终由广西彩调剧团编排演出并在1995年四川成都举行的第四届中国戏剧节上大放异彩，夺得优秀编剧奖等九个奖项。此后，该剧又获得第六届文华新剧目奖、中国曹禺文学奖等二十多个奖项，成为1949年之后广西戏剧获奖最多的剧目之一。彩调剧《哪嗬咿嗬嗨》的出现引起了当时中国剧坛的震动，被誉为“可与世界接轨的作品”、“继《刘三姐》之后彩调剧演出史上的又一里程碑”。彩调剧《哪嗬咿嗬嗨》的编剧张仁胜、常剑钧，导演龙杰锋、胡筱坪，再加上《羽人梦》及《歌王》的编剧梅帅元，这五人当时尽管还只是三四十岁的年轻人，却已经成长为广西戏剧界的扛鼎人物，因此被时人并称为广西戏剧界的“三编两导”。[①]

继彩调剧《哪嗬咿嗬嗨》之后，“三编两导”成员在1990年代又合作推出壮剧《歌王》。《歌王》由梅帅元、陈海萍、常剑钧编剧，由广西壮剧团演出。《歌王》讲述古骆越族的首领勒欢，痴情于山歌，山歌成为他精神世界中最为重要的一个组成部分。该剧“以独特的角度切入历史的肌理，超越了具体的历史时空，以一个杜撰的历史故事，概括了宽泛的历史生活，对历史事实并不亦步亦趋，不拘泥事事有根据，而在更高层面上显示了高度的历史真实性，给观众提供了联想与想象的广阔空间。剧情你可以看成是发生在秦军南征的时期，也可以认作是汉代‘出兵三岁’时期的故事。剧中的征南元帅，既可以从秦军统帅尉屠唯身上找到一些影子，也能从马援将军的行踪得到某些印证，乃至感到狄青等人的遗绪。至于骆越王勒欢、寨佬卜加、骆越山民、产婆、花婆等等，更是岭西地区历朝历代都可以见到的普通人。

① 黎学锐、罗艳：《小人物身上的大时代痕迹——从彩调剧〈哪嗬咿嗬嗨〉到话剧〈花桥荣记〉》，《南方文坛》2017年第5期。

那优美的民歌，纯朴的风俗，独特的恋情，也都是现在的壮乡壮寨里可以见到它们的遗风流韵。正是以上的这一切交织成一幅真实的历史画卷，把观众带到那遥远的历史年代”[①]。《歌王》获中宣部第五届精神文明建设“五个一工程”奖（戏剧部分），文化部第七届文华奖（戏剧部分），曹禺戏剧文学奖，第三届广西文艺创作铜鼓奖。

《泥马泪》的编剧符震海这一时期又有新成就。符震海编剧的大型现代桂剧《商海搭错船》敏锐地抓住了社会变革给人的精神带来的冲击，表现了在来势汹涌的经济大潮中一些人的迷失、困惑和最后的回归，准确地反映了在改革开放中的人们的各种思想和生活的状态，具有强烈的时代感和现实观照。[②]《商海搭错船》1996年荣获文化部第八届“文华奖”。

桂林市桂剧团排演的桂剧《风采壮妹》（杨波、宋西庭编剧）描写壮族妹子罗妹走出大山弘扬壮族工艺壮锦，实现自己从打工妹到企业家蜕变的故事。1997年，该剧获中宣部“五个一工程”奖。南宁市粤剧团演出的粤剧《月到中秋》（崔志光、邓炳光、黄肇郎编剧）讲述在“文革”前结怨的两家人，内地实行改革开放后，已成为香港企业家的韦正明回到家乡，帮助家乡致富，两家人的恩怨终于在中秋月下尽释。《月到中秋》获第五届中国戏剧节曹禺戏剧奖。

2000年代：梅花、荷花、文华竞相开放

2001年，第七届中国戏剧节在广西举办。作为东道主，广西优秀剧目《白莲》《妈勒访天边》《漓江燕》《瓦氏夫人》《烈火南关》等参加中国戏剧节展演，得到参加艺术节的同行和专家好评。《白莲》《妈勒访天边》《瓦氏夫人》获得本届戏剧节“中国曹禺戏剧奖”。

大型民族音乐剧《白莲》是柳州市歌舞团1998年创作演出的。该剧运用国内外

① 丘振声：《文化沟通：民族团结之魂——评大型风情壮剧〈歌王与将军〉》，《民族艺术》1996年第3期。

② 裴志勇、彭梅玉：《中国戏剧的“广西现象”》，载潘琦主编《广西文学艺术六十年》，广西人民出版社，2010。

最先进的光、色、音响器材，汇美妙绝伦的灯光、舞美和服饰于一台，集音乐、舞蹈、故事于一体，被称为中国第一部大型民族音乐剧。该剧先后获自治区党委颁发的“五个一作品奖”，广西第五届剧展“桂花金奖”第一名，并获文化部第九届“文华奖”、中国曹禺戏剧奖优秀剧目奖。该剧曾到香港、广东、山东等地公演78场，观众达10多万人次，并代表国家出访瑞士、荷兰、葡萄牙、西班牙、意大利。宋安群、谢国权、常剑钧编剧的壮剧《瓦氏夫人》以主人公瓦氏夫人和壮族将军莫古的爱情为主线，塑造了广西历史上敢爱敢恨个性鲜明的女英雄瓦氏夫人形象，谱写了一曲悲壮的爱情史诗。该剧获中国曹禺戏剧奖提名奖、第十二届全国少数民族题材剧本金奖。

宋西庭、常剑钧编剧，桂林市桂剧团演出的桂剧《漓江燕》以桂林抗战时期“八百壮士”的故事为背景，讲述桂剧名伶柳飞燕的爱情故事，表现了民族气节和爱国主义精神。该剧获中国曹禺戏剧奖剧目奖、优秀表演奖，该剧柳飞燕的扮演者张树萍获中国戏剧表演最高奖“梅花奖”，南宁市粤剧团演出的粤剧《紫金锤》中扮演果娘的粤剧演员梁素梅与张树萍同时获得梅花奖。

由齐致翔、杨戈平、王志梧编剧的《大儒还乡》讲述年逾古稀的东阁大学士兼工部尚书陈宏谋将取道运河回广西桂林老家养老，回桂林之前，到他曾任职的陕西还一笔积在心底的苦情账。没想到竟发现自己引以为豪、皇帝嘉定的桑政，其实是坑农害农的假政绩，是一个“短期形象工程”，他离任后，所创下的“秦绢”名牌，成了后继官员的面子工程、造假工程。大儒陈宏谋痛切反思，就此演绎出官场君臣、师生、亲情的大碰撞，而陈宏谋求真之路终未果，在对清纯漓江的无限向往中客死异乡。《大儒还乡》展现的人文内涵颇为丰富，其主题内涵对当今社会具有警示作用，有着非常深刻的现实意义。其中蕴含的“天人合一”思想与当前的“可持续发展”理念相接，“廉政爱民”、“忠君报国”与国家主流意识形态的执政理念相一致，“和谐共存”与当今主流意识形态所提倡的建设和谐社会相得益彰，这使其整个文本实践着主流意识形态的诸多理念。而且，《大儒还乡》思考了行政决策的责任与义务、依据与效果、官员的政治素质与文化素质、施政作风与官民关系等一系列和政治文明有关的重大问题，对当今广泛存在着的为追求政绩而乱搞形象工程，为讨好上级领导而唯上级命令是从的腐败现象是极大的讽刺。陈宏谋老先生“人心需要疗救，假政必须戳穿！诏告天下百姓：桑政有误，秦绢是假。造假者害人，造假者误国”的铮铮之言发人深省。将时代召唤的精神注入戏曲创作，赋予戏曲更为持久的生命力，这可以说是桂剧在历史文化和现实需要的交相滋养中所作的当代探索。[①]《大儒还乡》是一部“叫好又叫座”的精品力作，该剧2003年获广西第六届剧展最高奖“桂花工程奖”金奖、获2003年至2004年度国家舞台艺术精品工程优秀剧本奖、第九届中国戏剧节“中国戏剧奖”。2004年12月公演以来一年多时间里，在桂林、南宁、宁波演出90多场，场场爆满，好评如潮。

在90年代声名鹊起的广西戏剧界的“三编两导”成员常剑钧在2000年代又有建树。常剑钧根据东西的小说《没有语言的生活》改编的壮剧《天上的恋人》由广西壮剧团搬上舞台。《天上的恋人》发表于《剧本》2009年第8期，写的是为寻找哥哥而流落他乡的瑶家哑妹蓝玉珍被壮乡聋哥韦家宽家庭收留，在这个组合家庭里的三人各有残疾：分别是聋、哑、瞎，三个人相濡以沫、互为支撑，在爱的情感中克服了生理的缺陷造成的沟通障碍，奇迹般地找到了表达和倾诉的特殊方式。在平淡又充满温馨的相处中，哑妹被聋哥正直豁达的品格和无私的胸怀深深吸引，聋哥也不断感受到来自善良美丽哑妹的温暖。他们于是从相扶相助到相依相爱相伴，谱写了一曲感天动地的爱情恋曲。从此，残缺的生活因爱而变得完整幸福，残缺的家庭因爱而变得健全欢乐。《天上的恋人》入选2010年度国家舞台艺术精品工程30台初选剧目，获全国第二届中国少数民族戏剧会演银奖。2012年获国家舞台艺术精品工程资助。

由常剑钧、胡红一编剧，张仁胜任总导演，傅磬担纲作曲，百色市右江民族歌舞团演出的壮族歌剧《壮锦》以一个母亲和三个儿子历尽千辛万苦，用爱情、智慧和生命寻找带有民族“幸福密码”的美丽壮锦为线索，将壮锦、百鸟衣、驮娘江等

① 邓晓燕：《从〈大儒还乡〉看当代戏曲的美学追求》，《戏剧之家》2007年第3期。

壮族民间传说故事串联起来，以歌剧的形式对故事做出了新的解读和阐释，剧中包含了“嘹歌”等壮族经典音乐元素，展示了壮族绚丽多彩的服饰、舞蹈，民风民俗等民族风情。《壮锦》自2008年底公演以来，受到广泛好评，荣获广西剧展“桂花金奖”，2009年荣获第11届“中国戏剧奖·剧目奖”，第九届中国艺术节“文华优秀剧目奖”，主演韦艺获得“中国戏剧奖·优秀表演奖”。

由冯双白、梅帅元编剧，南宁市艺术剧院演出的壮族舞剧《妈勒访天边》演绎一个古老的美丽传说：壮族人生活的地方被阴暗和寒冷笼罩，一位美丽的孕妇到天边寻访阳光，路上一个新的生命勒降生了，母亲没有走完寻访太阳的路而渐渐苍老，勒成长起来，继续艰难地跋涉寻访太阳。《妈勒访天边》以美丽的民间传说为基础，运用现代的编舞、舞美、灯光、服装等艺术手段，全剧既有史诗般的雄浑，又有丝丝入扣的细腻情感和独具民族色彩的谐谑欢快情绪，展示了广西壮族人民勇敢坚定、不断进取的民族性格，昂扬向上的民族精神和多姿多彩的民族风情。该剧自1999年上演至今，在全国各地演出400多场，美、英、法、德、瑞士、比利时等国巡演二十多场。《妈勒访天边》荣获中国舞剧最高奖“荷花奖”金奖、中国戏剧文华奖、“五个一工程”奖、国家舞台艺术精品十佳等全国大奖。

2003年，以梅帅元策划的《印象·刘三姐》为标志，一种全新的戏剧演出形态——山水实景演出在广西诞生。《印象·刘三姐》2004年3月20日正式公演，此后，这台世界首创的山水实景演出大获成功，每年观众逾百万，十余年不衰。2004年，《印象·刘三姐》荣获国家首批文化产业示范基地称号，2005年荣获“中国十大演出盛世奖”、首届文化部创新奖。

虽然有些研究者认为实景演出是对西方景观戏剧或者环境戏剧的摹仿，但是，也有研究者认为：“山水实景演出不是‘西已有之’的景观戏剧或环境戏剧，而是中国艺术家的重大创举。山水实景演出将自然山水作为剧场，实现了剧场的革命；让原住民演员演自己，实现了演员的革命；由于剧场和演员的革命，导致了艺术法则的改变，实现了演出的革命。它将中国丰富多样、绚丽多姿的地形地貌和博大精深、多元共生的文化资源有机整合提炼成视听艺术，创造性地传播了优美的中国形象，含蓄地释放了中国文化的影响力。”

研究者认为，“迄今为止，山水实景演出的价值或许尚未得到充分估价。它在‘中国制造’遍及世界的时代，提供了一个‘中国创造’的品牌；它又是文化产业时代一个创意型的文化产品，将中国多样性的地理景观与文化资源进行了有机的结合，寻找到一种丰富多彩和博大精深的中华文化的呈现方式；它还是旅游时代一个创新型的旅游项目，将文化与旅游进行了有机的结合，解决了中国旅游长期存在的一系列难题，增加了旅游的文化内涵，提升了旅游的文化品位，成为文化与旅游结合的典范”①。

《印象·刘三姐》的成功，引发了全国性的实景演出热。继《印象·刘三姐》之后，以梅帅元为领军人物的实景演出团队，先后打造了《禅宗少林·音乐大典》《大宋·东京梦华》《天门狐仙·新刘海砍樵》等《山水盛典》系列的十九个大型山水实景演出，成为中国山水实景演出的开创者和引导者。

2010年代：戏剧舞台多元共生

进入21世纪的第二个十年，文艺舞台已经发生了巨大变化，各种影视艺术、网络文化艺术以及自娱自乐的各种艺术形式的百花齐放，戏剧舞台的发展面临新的挑战，同时也面临新的机遇。

在1990年代、2000年代都有卓越建树的广西戏剧界“三编两导”成员张仁胜，2010年代为戏剧舞台奉上了两台大剧——桂林方言话剧《龙隐居》和话剧《花桥荣记》。这两部戏有一个共同特点：均是桂林题材。

在桂林度过青少年时光的张仁胜，对桂林的山水人文有着天然的感情，这影响到他日后的文学创作。他曾说：“如果以后能写成什么大东西，一定也是以桂林作为背景或主题的。”在他创作时，脑中音调仍是桂林话。2015年，抗战胜利70周年之

①黄伟林：《此山 此水 此人——山水实景演出的艺术法则与核心价值》，《南方文坛》2014年第6期。

际，张仁胜亲自编剧并执导了桂林方言话剧《龙隐居》。刘、关、张是南明桂林三个守军，他们曾在桂林北门跟清兵打得你死我活，立下战功。龙隐居是南明重臣瞿式耜赠送刘、关、张三家的一户民居，是一家人的格局，为三家人共有。将近300年后的抗日战争时期，中国又一次面临亡国灭种的危机。《龙隐居》将南明桂林抗战和民国桂林抗战两段历史做了巧妙的连接，通过讲述同住龙隐居的刘、关、张三家底层百姓的情感纠葛以及龙隐居的来龙去脉，反映抗战时期桂林城的命运以及中国人在国破家亡之际的历史担当。《龙隐居》公演后赢得了广泛好评，2018年荣获第八届广西文艺创作铜鼓奖。

话剧《花桥荣记》是根据白先勇桂林题材同名小说改编，讲述桂林水东门外花桥荣记米粉丫头流落台湾后在台北长春路开花桥荣记小食店的故事。小说中桂林米粉成了蕴含着乡愁的意象，这个意象和乡愁引起张仁胜的共鸣。正如评论者所说“小说《花桥荣记》由张仁胜改编成话剧，堪称得人。张仁胜是戏剧人，深谙戏剧之道；张仁胜又是小说家，颇能领略小说艺术的奥妙；张仁胜还是桂林人，对桂林地域文化有深入的了解。由于同时具备这三项综合素质，张仁胜将小说《花桥荣记》改编为话剧，可谓文逢解人，琴遇妙手，乐遇知音”①。话剧《花桥荣记》强化了桂林米粉的意象。在话剧中，桂林米粉不仅是乡愁的寄托，还连着广西人的过去和现在，连着家和远方。话剧演绎了桂林米粉的配方与制作过程，将桂林米粉与桂林的山川河流、地域文化交融为一体。在话剧中，花桥、漓江、桃花、桂花、桂戏、山歌、三花酒等多个桂林文化符号得到了整体的呈现。桂林米粉经过这些地方文化符号的丰富和解读，形象、生动、丰满地传达了作品所要表达的文化乡愁。

“三编两导”成员常剑钧这个时期延续了其90年代的创作活力，精品迭出。常剑钧编剧、广西戏剧院排演的新编传奇壮剧《牵云崖》是一部由壮族民间传说故事改编的新剧，讲述的是骆越壮乡远古时期的一个传奇故事，具有浓郁民族风情。《牵云崖》曾在2017年全国少数民族文艺会演上获好评，入选2018年度国家舞台艺术

① 黄伟林：《话剧〈花桥荣记〉评论》专栏主持人语，《歌海》2015年第4期。

精品创作扶持工程，2018年荣获第八届广西文艺创作铜鼓奖。

常剑钧、裴志勇编剧，南宁市民族文化艺术研究院排演的大型方言话剧《水街》以南宁市特色文化历史街巷水街为背景，以跨越半个世纪的时空交错，三个不同家庭的发展变迁，表现了南宁历史的沧桑巨变。作品将邕江、水街、双孖井等南宁地标元素作为故事背景嵌入戏剧情节，描绘了一幅老南宁的城市画卷。该剧2018年荣获第八届广西文艺创作铜鼓奖，同时荣获广西第十四届精神文明建设“五个一工程”奖。此外，广西戏剧院推出的现代壮剧《第一书记》、壮剧《冯子材》、京剧《油茶御史》也同时获得广西第十四届精神文明建设“五个一工程”奖。

2015年，中国人民抗日战争胜利70周年。广西师范大学以“青春激活历史、学术引领时尚、信仰照亮人生”为宗旨策划排演的校园话剧文化工程新西南剧展给剧坛带来了意外的惊喜。新西南剧展是对抗战时期西南剧展的呼应和致敬。1944年2月至5月，欧阳予倩、田汉、李文钊等知名文化人士在桂林举办了盛况空前的“西南剧展”活动。西南8省千名戏剧工作者共演出60多个剧目170多场次。西南剧展是中国现代戏剧史上浓墨重彩的一页。2014年，作为纪念中国人民抗日战争胜利70周年的先声，新西南剧展横空出世，广西师范大学重排、重演桂林抗战时期的优秀剧目，重温“西南剧展”，引起了各界的广泛关注。2014年5月开始，新西南剧展三台核心剧目《秋声赋》《桃花扇》《旧家》先后在广西师范大学、桂林广西省立艺术馆和南宁锦宴剧院进行了演出，并在第五届“广西校园戏剧节”中荣获“大学生戏剧奖”的多个奖项。2014年11月，《秋声赋》参加在上海举办的第四届中国校园戏剧节，荣获优秀导演奖、优秀剧目奖和优秀组织奖。《光明日报》《中国艺术报》《文艺报》等国家级媒体均对其进行了大篇幅的报道和评论。2017年，广西师范大学新西南剧展第二季核心剧目《花桥荣记》同样赢得社会广泛好评，被誉为“一个新的桂林文化符号”，甚至催生了“花桥荣记马肉汤粉”这样一个新的桂林米粉品牌。

2017年，胡红一编剧并导演，由广西木偶剧团制作的儿童音乐剧《壮壮快跑》引起关注。《壮壮快跑》讲述的是盲童壮壮穿越梦境，用诚实、勇敢、智慧打败邪恶的蝙蝠王，解救母亲的故事。作为国家艺术基金2016年度大型舞台剧资助项目，

《壮壮快跑》"将主创的童心和温情全部释放了出来。严肃的事情玩笑化，玩笑的事情严肃化的特点，消解和重构，精明老到与戏谑游戏似乎是一体两面，矛盾统一着。而这种消解重构和矛盾统一的自身特质体现在《壮壮快跑》中，就是能够用好玩的游戏心态呈现一个真挚善良美好的故事，而且还毫不拘谨，无论是人物台词还是舞台手段都亮点颇多"①。

2017年，由林超俊任总导演、钦州市排演了大型原创历史粤剧《刘永福·英雄梦》。该剧讲述"英雄保家卫国，坚决反对'台独'，并奋力用实际行动维护祖国疆土完整、两岸统一，骨肉同胞不分离"。《刘永福·英雄梦》为2017年广西重点文化精品项目，该剧还原了民族英雄刘永福抗日斗争的历史事实，填补了这类题材戏剧创作的空白。

《刘三姐》一花引来百花开，60年的广西戏剧可谓百花盛开。一个甲子的岁月里，广西戏剧以浓郁的地域色彩、独特的民族风情和清新的民间旋律为中国大舞台增光添彩。60年来，广西戏剧舞台你方唱罢我登场，精品连连、人才辈出，在广西戏剧人一代又一代的努力下，其独特的强音始终在历史的舞台回响。

李咏梅

① 张之薇：《小制作 大想法：谈广西木偶剧团〈壮壮快跑〉》，《中国戏剧》2017年第3期。

1960年代

·集体创编《刘三姐》

·莎色、傅铎、马融、李其煌《南方来信》

·谢民《朝阳》

刘三姐

集体创编

人　物

刘三姐	兰　芬	莫进财	男女青年歌伴若干人
小　牛	春　姐	莫　福	丫环若干人
刘　二	冬　妹	王媒婆	家丁若干人
老渔翁	亚　木	陶秀才	外乡人甲
章老奶	亚　祥	李秀才	外乡人乙
德　刚	莫海仁	罗秀才	外乡人丙

作者简介

刘三姐是广西民间特别是在壮族中流传最广泛、影响最深远的民间传说。《刘三姐》剧本的最初创编者是柳州市创编组。他们深入民间采风，足迹遍及半个广西，收集了13000多首民歌、200多个传说和几十种民歌曲调，这些民间珍品，给《刘三姐》剧本创作奠定了基础。1960年4月，广西在全自治区开展了一次大规模的《刘三姐》会演。据统计，全区共有 1209 个专业和业余演出团队、58000 多人、11个剧种演出了《刘三姐》，观众达1200 多万人次。这些演出各有千秋，丰富和发展了柳州创编组的剧本。

作品信息

原载《剧本》1961年第8、9合期。基础版本有《刘三姐：七场歌舞剧（修订本）》(柳州《刘三姐》剧本创作小组创编、广西壮族自治区《刘三姐》会演大会改编)，广西人民出版社1960年出版。《刘三姐：八场歌舞剧》(广西壮族自治区《刘三姐》会演大会改编、柳州市《刘三姐》剧本创作组创编)，中国戏剧出版社1961年出版。

第一场　投　亲

古代。

山峰蜿蜒重叠。江流曲曲弯弯，一片红色的早霞，映现在山峦的隐处。

春风拂面，清新、舒畅。

顺着流水，飘来了刘三姐的歌声。

三　姐　（内唱）唱山歌，这边唱来那边和，山歌好比春江水，不怕滩险湾又多。

〔歌声中，须眉皎白的老渔翁，驾着一只小船，载着三姐、刘二上。

三　姐　（唱）唱歌好，树木招手鸟来和，江心鲤鱼跳出水，要和三姐对山歌。

老渔翁　小姑娘，你唱得好，唱得好。把我这七十岁的老头迷住了。

刘　二　老伯，你莫夸奖我妹子了。

三　姐　（唱）莫夸我，画眉取笑小阳雀，黄嘴嫩鸟才学唱，绒毛鸭仔初下河。

刘　二　三妹，你不要唱了好不好！

三　姐　老伯，你来唱，我来学

老渔翁　要我唱？哈！哈……（打趣地唱）要我唱，牙齿不全口漏风，我若开口唱一句，虾公鱼仔脸都红。

〔这时红日已升上江面，照得通红。

三　姐　（唱）老伯莫讲口漏风，唱得云开日头红，山歌好比拦江网，鱼鳖虾蟹落网中。

刘　二　下滩了。

老渔翁　下滩了。

〔一流急水，小船摇荡着冲了过去，刘二为之一震。

刘　二　三妹，水急浪高，你要站稳了！

三　姐　（唱）浪滔滔，河里鱼虾都来朝，急水滩头唱一句，风平浪静乐逍遥。

刘　二　三妹，风也没有平，浪也没有静，你怎么就不懂得怕？

三　姐　（唱）浪送船行风送帆，唱起山歌湾过湾，山歌唱破千层浪，闯过一滩又一滩。

老渔翁　唱得好……又下滩了。

〔又是一流急水，小船又被冲到另一边。

老渔翁　（镇静地唱）过了一滩又一滩，莫怕艰险莫怕难。

〔老渔翁一时唱不出口。

三　姐　（接唱）只要留得长流水，有朝冲倒九重山。

老渔翁　（唱）只要留得长流水，有朝冲倒九重山。小姑娘，你唱得太好了，你是哪里人？高姓啊？

刘　二　三妹不要讲了。老伯，靠岸吧！

老渔翁　好，好，靠岸了。

〔兄妹正上岸，幕内有争吵声，莫家的家丁莫福手提野兔，大摇大摆地走上。一彪壮的青年——小牛和两个青年猎手随后赶来。

小　牛　放下！

莫　福　老子拿你一只野兔来下酒是赏你的脸。

小　牛　你好无理！

莫　福　穷鬼！睁开眼睛看看大爷是哪家的！

小　牛　我认识你是莫家的一条狗！（从莫福手中夺回猎物，并将他一脚踢倒）

莫　福　你还打人？哼！我禀报我家老爷，你休想再在这里打猎。

小　牛　你仗着莫家势力为非作歹……

〔莫进财从一旁上。

莫进财　什么事？

莫　福　莫管家，我好说好讲和他要一只野兔给老爷下酒，这穷鬼不识抬举，张口就骂……

莫进财　好大的胆子。来呀，把猎物取下。

〔家丁欲上。几个青年怒目而视，家丁犹疑，不敢力夺。

三　姐　（唱）天地山川盘古开，飞禽走兽众人财，想吃鲜鱼就撒网，想吃野兔带箭来。

莫进财　你是什么人？可晓得莫家的厉害。

三　姐　（唱）大路不平众人踩，情理不合众人抬，横梁不正刀斧砍，管你是斜还是歪。

莫进财　你……你……

〔刘二阻止三姐。

老渔翁　喂！莫大管家，他们是外乡人，不晓得你莫家的厉害，算了吧！为了一只野兔争吵不休，叫外人看起来，有失你莫家的体面。

〔众人大笑。

莫进财　哼！你们这些刁蛮，不愿和你们生这些闲气。走！

〔莫福、家丁随下。

老渔翁　真是个又聪明又胆大的小姑娘！

小　牛　（走向老渔翁惊奇又胆怯地问）这位姐姐是哪里来的？

刘　二　莫夸奖我妹子了，她就是爱唱歌惹事生非。

老渔翁　你妹子唱歌人人爱听，好似热茶暖透心。

刘　二　唉！老伯，你不晓得呀！（唱）我兄妹在罗城，砍柴织笠度光阴，妹妹年幼性执拗，不知天高和海深，皆因唱歌惹……惹了事，这才离乡弃土来投亲。

老渔翁　来投亲？（看看三姐和刘二）你们是不是来找韦老奶的？

小　牛　找韦老奶的？！

三　姐
刘　二　老伯，你怎么晓得？

老渔翁　同条村子共条河，哪家的亲戚老汉我不晓得，你是韦老奶的外孙女，爱唱山歌的刘三姐。

小　牛　啊！刘三姐！

〔小牛示意二青年猎手去告诉韦老奶。

三　姐　老伯，你怎么猜到的？

老渔翁　（念）高山打鼓远闻声，三姐唱歌久闻名，二十七钱摆三注，九文九文又九文。（“九文”谐“久闻”音）

三　姐　老伯，你讲笑话了。

〔韦老奶、兰芬、冬妹、春姐等上。

韦老奶　啊！我的外孙女，你长得这样高大了。

刘　二
三　姐　外婆！

兰　芬　三表姐。

三　姐　你是兰芬表妹。

小　牛　我叫李小牛。三姐，你人我没见过，你的歌我们早就会唱了。

众　人　（唱）山歌一唱起春风，穷人一唱乐融融，唱得一禾生九穗，唱得黑夜太阳红。

——幕徐落

第二场　霸　山

一年后。

春天的山野，满山满坡都是青翠的茶树，万绿丛中夹杂着火红的杜鹃。

〔兰芬和几个姑娘手提茶篮边唱边舞上。

众　人　（唱）春天茶叶嫩又鲜，姐妹双双走茶园，满山茶树妹手种，辛勤换得茶满园。春天茶叶香又香，茶山一片好风光，自己种来自己采，甜满心头香满筐。

兰　芬　姐妹们，你们看哪！这茶枝密密的，茶叶多多的……

老渔翁　（暗上）味道香香的。

姑娘们　老公公来啦！

兰　芬　老公公，看我们这茶山好不好？

老渔翁　前几年是一片荒山野岭，如今变成花果山了！（唱）满山茶树满山花，蝴蝶采花妹采茶；一片茶叶香百里，赛过园中茉莉花。

春　姐　老公公你没在河里打鱼，来西山上做什么？

老渔翁　你们茶山的香味、姑娘们的歌声把老汉引上来的呀！

冬　妹　老公公，自从你把三姐接来这一年多，我们学了好多歌。

兰　芬　老公公，我晓得你是来找三姐的。三姐上山打柴去了，一下就回来。

老渔翁　好啦，你们快采茶吧！

兰　芬　姐妹们，采起茶来！

姑娘们　（唱）姐妹生得灵巧手，采茶好比绣金球；上采好似蝶恋花，下采好似金鱼游；左采好似龙戏水，右采好似凤点头；采得春风笑开口，采得青山笑点头。

老渔翁　（接唱）今年采茶手提篮，明年采茶用肩担，长街换得红线线，缝个绣球和哥连。

姑娘们　老公公，你又讲笑话了。

老渔翁　莫吵，你们听。

〔远处传来三姐的歌声。

三　姐　（内唱）姐砍柴，挑起柴火把口开，柴火压弯竹扁担，山歌伴姐飞回来。

〔亚木、亚祥和几个砍柴的小伙子上。

亚　木　趁着大家休息，和三姐盘歌好不好？

兰　芬　人家三姐开口是歌，见什么唱什么，你哪里是她的对手。

亚　祥　怕什么，我们人多智广，又有老公公当军师，今天我们一定要对赢三姐。

亚　木　三姐来了。

〔三姐肩挑柴担，口唱山歌上。

〔刘二挑柴随上。

三　姐　（唱）阿哥阿妹上山坡，打的柴多歌更多，砍柴要砍黄连树，唱歌要唱欢乐歌。

〔姑娘们及小伙子们拥上。

众　人　三姐！

兰　芬　三姐，你看谁来啦？

刘　二
三　姐　老伯，好久没有见你了。

老渔翁　水上漂了一个多月，刚一靠岸，就听见你们山歌唱得热闹，两条腿就随着耳朵走来了。

亚　祥　三姐，大家都等着和你盘歌呢。

刘　二　三妹，我先回家啦。

老渔翁　老二，你也来和大家一起唱嘛。

刘　二　不啦，我先把柴送回去。三妹，（把三姐拉到一旁，念）唱歌莫唱是非事，免得开口得罪人。

三　姐　二哥，你讲话才怪呢！无是无非我惹什么祸。

〔刘二下。

兰　芬　二哥的胆子真是和芝麻一样大。

众　人　三姐，快唱呀！

亚　木　（唱）引姐唱，清潭起浪引鱼来，花开引来蝴蝶舞，有心引姐上歌台

三　姐　（唱）心想唱歌就唱歌，心想撑船就下河，你拿竹篙我拿桨，随你撑到哪条河。

亚　祥　（唱）什么结子高又高？什么结子半中腰？什么结子成双对？什么结子棒棒敲？

三　姐　（唱）高粱结子高又高，玉米结子半中腰，豆角结子成双对，收了芝麻棒

棒敲。

众青年　（唱）什么有嘴不讲话？什么无嘴闹喳喳？什么有脚不走路？什么无脚走天涯？

兰　芬　（唱）菩萨有嘴不讲话，铜锣无嘴闹喳喳；板凳有脚不走路……（答不上了）

三　姐　（接唱）大船无脚走天涯。

〔众欢笑。

众姑娘　（唱）什么结果抱娘颈？什么结果一条心？什么结果包梳子？什么结果披鱼鳞？

三　姐　（唱）木瓜结果抱娘颈，芭蕉结果一条心，柚子结果包梳子，菠萝结果披鱼鳞。（稍停，反问）什么水面打筋斗？什么水面起高楼？什么水面撑雨伞？什么水面共白头？

众青年
众姑娘　（唱）鸭子水面打筋斗，大船水面起高楼。荷叶水面撑雨伞，鸳鸯水面共白头。

三　姐　（唱）什么大大四四方？什么双双坐中堂？什么样人常来往？什么饱吞万担粮？

老渔翁　（唱）猪栏大大四四方，

兰　芬
多　妹　（唱）公猪母猪……

三　姐　（阻止兰芬、冬妹，另唱）老爷奶奶坐中堂。

亚　祥　（唱）抢吃猪食常来往，

三　姐　（唱）饱吞千家万担粮。

〔在盘歌时，莫进财带着两个家丁探头探脑从众人后面过场。老渔翁发现，他没有惊动众人，自己跟下去探视。

〔大家正唱得高兴，忽闻弓弦声，一只锦鸡落地，兰芬拾起。

众　人　锦鸡！

兰　芬　一定是小牛哥射的。

兰　姐　你怎么知道？

兰　芬　听见弓声，锦鸡落地，除了小牛哥谁也不能。

亚　木　我们把它藏起来，让他找一找。

众　人　好

〔三姐藏鸡，小牛身背弓箭上。

兰　芬　小牛哥，找什么？

小　牛　兰芬，你们看见一只锦鸡吗？

兰　芬　锦鸡，是有一只。

小　牛　是我射下来的。

三　姐　小牛，你射的锦鸡可有凭记？

小　牛　箭穿鸡颈正中。

三　姐　若不是呢？

小　牛　那就不是我射的。

兰　芬　拿来大家看。

三　姐　（拿出锦鸡）不前不后，正中当中。

亚　木　小牛哥真是神箭手。

〔众欢笑，三姐把鸡递还小牛。

小　牛　这只锦鸡就送给二哥吧。

兰　芬　（憨直的）小牛哥，你总是送给二哥，为什么不送给三姐？

春　姐　蠢妹仔，他嘴上说给二哥，心里是给三姐。

兰　芬　三姐，真的吗？

〔众哄笑，小牛不好意思跑下，韦老奶挑茶上。

韦老奶　喝茶啰！（唱）挑来一担神仙露，老人喝了寿命长，后生喝了配织女，姑娘喝了配牛郎。

〔众笑，小牛手拿一块写有“莫”字木牌上，德刚随上。

小　牛　你们看这是什么？

兰　芬　莫海仁的莫字，圩场上、地头上到处插着这种牌子，哪个不认得。

〔老渔翁上。

小　牛　怎么插到我们茶山来了呢？

韦老奶　莫非他又要霸占茶山？

老渔翁　对，莫海仁要霸占这座山。

小　牛　老公公，你怎么晓得？

老渔翁　方才莫海仁在山脚下，朝着山上指手画脚，对莫进财讲了几句，骑马就走。

小　牛　他讲什么？

老渔翁　莫家在此安葬祖坟。从今天起，封山禁林。

小　牛　莫海仁你这个狗贼子……

三　姐　（唱）众人天，众人地，众人河川众人山，众人茶山众人管，与他莫家不相干。

韦老奶　（唱）开天辟地到如今，未曾见过禁山林。

小　牛　（唱）谁人敢把茶山禁，一箭要他命归阴！

德　刚　莫家财多势大，和官府常来常往，你怎能斗得过他？

三　姐　（唱）一根木柴难起火，柴多火苗高过天。只要穷人同心意，不怕莫家霸茶山。

众　人　（合唱）只要穷人同心意，不怕莫家霸茶山。

〔莫进财与二家丁复上。

莫进财　你们讲什么？（念）此乃龙山宝林，老爷要葬祖坟。你等动刀弄斧，神龙必定受惊。伤龙龙口喷火，全村灾难来临。老爷今日有命，严禁采茶伐林。

三　姐　哼！（唱）西山原是荒山岭，不见茶树不见林，问你莫家那时节，不葬祖坟为何情？西山如今会生财，全因穷人把茶栽，一片茶叶一滴汗，莫家强抢该不该？

众　人　（唱）不该，不该，大不该，莫家强抢大不该！

莫进财　众位父老弟兄，莫老爷为了全村人的吉祥平安，特地请来风水先生，他们讲西山原是生龙口……

小　牛　呸！（唱）若然这是生龙口，我们早有绫罗穿，撕下莫家鬼脸壳，封山原是为霸山。

莫进财　穷有穷命，富有富命，老爷要葬祖坟，这乃天注定，怎么说是霸山！

三　姐　（唱）不是命，不是天，莫家有把铁算盘，莫家算盘一声响，把穷人逼进鬼门关。

莫进财　刘三姐你吃了豹子胆，竟敢骂起莫老爷来了！

三　姐　（唱）上山有棍打得蛇，下水有网捉得鳖，有理敢把皇帝骂，管你老爷不老爷。

众　人　（唱）有理敢把皇帝骂，管你老爷不老爷。

莫进财　好啊！刘三姐，你几次唆使土民与莫老爷作对，你等着看吧！（狼狈地边说边欲下，绊在一块大石头上，几乎跌倒）

〔众人大笑。

莫进财　你们这些穷骨头，莫高兴得这样早，这山早晚是莫老爷的。

三　姐　莫进财，你说这山是莫老爷的，你为什么不帮他搬回家去？

小　牛　（举起大石头）还有这块大石头！给你！

〔莫进财惊慌失措。

兰　芬　哎哎！还有这块破木牌。（掷莫进财）

〔众笑。

莫进财　刘三姐，你小心点，你小心点。（下）

刘　二　三妹，你到处闯祸，你有几条命！

众　人　三姐！

三　姐　姐妹们，我们还是采茶去！

——幕落

第三场　定　计

紧接上场。

莫海仁家二堂。雕梁画栋帷幕低垂。

〔四丫环随莫海仁上，一丫环手捧金丝鸟笼，内中装的是莫海仁爱如珍宝的鹩哥。

莫海仁　（念）良田万顷我嫌少，老婆九个不嫌多。我，莫海仁，可恨那些穷骨头叫"谋害人"哼！只要年年粮谷满仓，岁岁黄金万两，管他海仁还是害人。来呀！看茶果上来。（逗弄笼中鹩哥，教它学话）黄金……万两……妻妾……满堂。

〔鸟语甚为逼真，莫海仁大笑。

莫进财　（上）见过老爷。

莫海仁　进财回来了，封山之事可曾办好？

莫进财　老爷呀！（唱）奉了老爷命，前去禁山林，山上众穷鬼，砍柴采茶闹纷纷，禁牌被拔掉，开口还骂人，他说老爷你……

莫海仁　怎么样？

莫进财　（唱）封山原为霸山林。

莫海仁　什么人如此大胆？

莫进财　（唱）为首就是刘三姐。

莫海仁　又是那刘三姐！

莫进财　她唆使众刁民，不许（唱）不许莫家占山林。

莫海仁　这个黄毛丫头，三番五次与我作对，我恨不得将她……

莫进财　将刘三姐一刀……

莫海仁　不可……想那刘三姐深得人心，远近闻名，若是将她杀死，那些穷鬼岂肯甘休。

莫进财　赶她出境！

莫海仁　岂不太便宜了这个丫头。

莫进财　杀既不能，赶又不好，难道就这样罢不成？

〔眼望笼中鹩哥，沉思不语。

莫进财　老爷，刘三姐不除，终是心腹大患。

莫海仁　（阴笑）进财，（鹩哥叫）你看。鸟儿进了金丝笼，谅她有翅难飞腾。

莫进财　（会意地）笼——中——鸟！

莫海仁　自古道："射人先射马；擒贼先擒王。"这徉既可封住她的嘴，又可离间她和众刁民。快去把王媒婆请来。

莫进财　老爷远见，老爷高才！（下）

——幕落

第四场　拒　婚

中幕前。

〔王媒婆手捧莫家聘礼上。

媒　婆　（唱）三寸舌头一嘴油，男婚女嫁把我求。哄得狐狸团团转，哄得孔雀配斑鸠。（白）我，王媒婆，一不耕田，二不种地，专靠做媒为生，昨天奉了莫老爷之命，要我到刘三姐家去说媒。（唱）刘家丫头谁不晓，人又刁蛮嘴又嚣，不是路边闲花草，她是高山红辣椒。（想）哼！我王媒婆也不是好惹的咧！一来看在银子分上，二来凭着老娘这张利嘴，也要去试她一试。（唱）白银子来黑眼睛，只认银子不认人。只要银子拿到手，哪管天理与良心。（下）

中幕开。

紧接上场。

刘二家门口，二株木瓜树、一架瓜棚、一排竹篱。

〔三姐在纺棉纱，刘二从屋里出。

三　姐　（唱）拿起镰刀会割禾，拿起竹篾会编箩。棉里纺出千条线，口中唱出万首歌。边纺棉纱边唱歌，一条银线飞过河。

刘　二　三妹，做活路你也唱什么？

三　姐　（唱）分明妹子在讲话，又怪妹子在唱歌。

刘　二　唱吧，唱吧，三妹，我是管你不得了。

三　姐　讲吧，讲吧，二哥，我也拿你没办法了。

刘　二　前天在茶山上，莫管家的话你没有忘记吧？

三　姐　没有忘呵！他说要我小心点。

刘　二　没忘记就好，我下地干活去了。

三　姐　二哥。（拿草帽挂在刘二身上）

刘　二　你在家好好纺纱，不要出去砍柴了。（下）

三　姐　二哥，你要早去早回啊。

〔三姐纺棉纱。媒婆上，将聘礼置石台上。

媒　婆　哟！三女儿呀，三女儿！你真是聪明能干啊！

三　姐　（唱）亲手种棉亲手纺，自己织布自己穿，三姐不爱人夸奖，花言巧语莫来谈。

媒　婆　不是妈妈夸奖，像你这样才貌十全，将来定享大福。

三　姐　（唱）天大福气不稀罕，三姐偏偏爱种田，从小生来有双手，哪愁吃来哪愁穿。

媒　婆　三女儿，你哥哥呢？

三　姐　我哥哥哪有你清闲，他下地干活去了。

媒　婆　三女儿，我是来向你兄妹两个道喜的呀！

三　姐　王妈妈，什么喜呀？

媒　婆　三女儿，看你聪明一世，懵懂一时哟！你唱得一口好歌，又长得如花似朵，东西南北，远远近近，谁个不知，哪个不晓。（观看三姐神色，不敢直言）三女儿你的时运来了，本村莫……莫……莫老爷……

三　姐　莫老爷有良田万顷。

媒　婆　是呀，是呀！

三　姐　莫老爷有家财万贯。

媒　婆　是呀，是呀！

三　姐　莫老爷家吃的是山珍海味。

媒　婆　是呀，是呀！

三　姐　莫老爷家穿的是绫罗绸缎。

媒　婆　对啰，对啰！（唱）家财万贯且不讲，

三　姐　（唱）奶奶太太有九房。

媒　婆　（唱）大小九个不生养，

三　姐　（唱）但愿人间绝虎狼。

媒　婆　（唱）进财找我好几趟，

三　姐　（唱）你想说媒我相帮。

媒　婆　三女儿呀，三女儿，你真乖啊！

三　姐　不知莫老爷又想找哪一个？

媒　婆　这个……（唱）一要人品最风流，

三　姐　（接唱）二要能说又会讲，

媒　婆　（唱）三要远近都闻名，

三　姐　（唱）四要才貌两相当。

媒　婆　这个人哪……

三　姐　这个人也不难找呀！

媒　婆　远在天边，近在……

三　姐　近在眼前！（指媒婆，唱）看你人品最风流，扭扭捏捏到处游。看你能说又会讲，好比疯狗吠日头。看你名声传得远，臭名鼎鼎盖九州。看你才貌最相当，黄牙白眼一嘴油。你同老爷两相配，好比山猪配花猴。烧香谢天又谢地，送你鬼婆出门楼。

媒　婆　呸！刘三姐，你可不要狗咬吕洞宾，不知好人心哪！

〔刘二扛锄上。小牛和男女青年陆续上。

三　姐　（唱）好篮从来不装灰，好人从来不做媒，今天碰着刘三姐，红薯落灶你该煨。

刘　二　三妹，什么事？

媒　婆　刘二，莫老爷看上了你家三姐，老娘好心好意前来说媒……

三　姐　（念）给你大路九十九，叫声媒婆你快走。

媒　婆　（念）老爷等你开金口，婚事不成我不走。

三　姐　（念）山中虎狼我见过，难道还怕一条狗？

刘　二　（拿过聘礼给媒婆）王妈妈，自古道："竹门对竹门，木门对木门。"这门亲事我们不敢高攀。

青年群众　快走！

小　牛　（唱）老刁骡，背起东西往回驮，我赶刁骡赶得怪，不打屁股专打脚。

〔众笑。

媒　婆　好，你们兄妹不知好歹……你等着……你……

〔莫进财上，踩到媒婆的脚。

媒　婆　哪个砍头鬼！（抬头一看是莫进财，忙带笑行礼）

〔莫进财回头请莫海仁上，二家丁随上。

莫进财　刘二，莫老爷亲自看你兄妹来了。

媒　婆　刘三姐，莫老爷亲自来了，你有什么话，就同老爷讲吧！

刘　二　莫老爷来了，你看这里也没个坐处。

莫海仁　（伪善地）刘二，你的病好了没有？莫某事务繁忙，过去照顾不到，今后嘛……

莫进财　今后你们要是靠上莫家这棵大树，那就风吹不怕，雨打不惊了。

三　姐　（唱）别处财主要我死，这里财主要我活；往日只见锅煮饭，今天看见饭煮锅。

〔群众哄笑。

刘　二　老爷请莫见怪，我三妹性情执拗，不敢……

莫海仁　不！你三妹聪明过人，若能陪伴老爷，那我就称心如意了。

刘　二　我们家贫命苦，实在不敢高攀！

莫进财　刘二，你不要不识抬举，你莫忘记了你种的是莫老爷的田，吃的是莫老爷的饭，若还怒恼了莫老爷，收回你的田地……

三　姐　（唱）他要收田由他收，三姐饿死不低头，多少人家无田地，砍柴一样度春秋。

莫进财　打开天窗说亮话，刘二，你到底答应不答应？

刘　二　还是请老爷另选高门吧！

莫海仁　你既不应承，这也没什么，进财……

莫进财　（拿出算盘算账）刘二，你去年治病借的银子，利加利，利滚利，本利共欠一十五两三钱七。

莫海仁　马上还清！

媒　婆　马上还清！

刘　二　这……

莫海仁　这……这什么？还不起，是吗？把刘二带走，送官治罪！

三　姐　慢着，我哥哥犯了什么罪？

莫进财　你哥哥犯了什么罪？你犯罪了，你敢唱歌骂……

莫海仁　进财，休得啰唆，只要她答应亲事，就不用退田还债，送官治罪了。

三　姐　（唱）说的什么媒？提的什么亲？明明起的是歪心，葫芦里头装的什么药，三姐一眼看得清。

〔众人议论。

莫海仁　岂有此理，你竟敢说老爷是歪心！

三　姐　（唱）霸山说是葬祖坟，恨我你又来提亲，外贴门神内有鬼，分明怕我唱歌人。

〔众人恍然大悟。

莫海仁　什么？老爷怕你唱歌？

莫进财　众位，老爷还会怕她唱歌。笑话，笑话！

三　姐　那好嘛！（唱）三姐生来脾气怪，只爱山歌不爱财，你既不怕我唱歌，结亲先要摆歌台，谁能唱歌唱赢我，不用花轿走路来。

莫海仁　什么，要对歌？

小　牛　按我们壮家的规矩，要想结亲就对歌！

莫进财
媒　婆　这可不能答应呀！

莫海仁　我若有人唱得过你，你就嫁给我？

三　姐　有人？（想）若唱不赢我呢？

莫海仁　这个……从此不提婚事。

三　姐　再不准霸占西山茶林！

莫海仁　这个嘛……

众　人　你不敢答应了吧？

莫海仁　好！

三　姐　说话当真？

莫海仁　当真！

三　姐　不得反悔！

莫海仁　堂堂老爷，哪有反悔之理。

众　人　我们作证。

莫海仁　走！

〔莫海仁等下。

小　牛　三姐，对歌的时候我给你打鼓助威！

兰　芬　我把村里会唱歌人的都找来。

众　人　对！

——幕落

第五场　对　歌

二幕前。莫进财率四家丁挑“歌书”书箱过场。陶、李、罗三秀才上。老渔翁迎面上。

陶秀才　桃花开放三月天，

李秀才　李花遍地白连连，

罗秀才　落花有意随流水，

老渔翁　狗屁不通臭上天。

陶秀才　老艄公，你讲什么？

老渔翁　我讲“天连水来水连天”。

陶秀才　小小一条河，怎称得上“天连水来水连天”？

李秀才　真是不通之至也！

老渔翁　怎见不通？

李秀才　陶、李、罗是我等三人姓氏，你懂得吗？

老渔翁　你们讲的是头，我讲的是尾呀！

罗秀才　请道其详。

老渔翁　你们的诗尾一个是天，一个是连，一个是水，是不是？

罗秀才　不错，不错。

老渔翁　我把你们三人的尾巴这样一抓，岂不是天连水来水连天吗？

陶秀才　妙哉！

李秀才　佳句！

罗秀才　佳句也！

陶、李、罗　佳句也！

李秀才　二位仁兄，莫老爷不惜重金，请我等来此与刘三姐对歌，必须深思熟虑，不可信口开河。

陶秀才　李兄言之过矣！想我等皆一方名士，小小一村姑，何足惧哉！

罗秀才　陶兄言之有理，不过小弟才疏学浅，此次冒上歌场，万一沙罐破底，则无地自容矣！

李秀才　罗兄，休长他人志气，灭自己威风。就凭我等随身所带之歌书……

莫进财　（上）三位先生，船已备好。

陶秀才　歌书可曾装好？

莫进财　装了满满一船。

陶、李、罗　此次对歌必操胜券无疑矣！

老渔翁　上船啰！

〔三秀才相让而下，老渔翁随下。

〔莫海仁上，媒婆、丫环、家丁随上。

莫海仁　进财！带上花轿，准备过江。

媒　婆　这个包在我身上、随后就到，请老爷放心。

莫进财　老爷今日对歌必定旗开得胜，马到成功。

媒　婆　马到成功！

莫海仁　上船！

〔众下。

二幕开。

距前场若干日。

河边小山坡上，矗立两株高大的木棉树。鲜红的花朵挂满枝头。

〔小牛在树下擂鼓助威，若干青年歌舞相伴，人们在歌声中陆续上。

众　人　（唱）山对山，崖对崖，河边搭起斗歌台。一声歌起山河应，不怕虎狼打队来。山对山，崖对崖，河边搭起斗歌台。唱平江心三尺浪，遮日乌云也唱开。

亚　木　（上）小牛哥，听说今天来和三姐对歌的，是莫家特地从外地请来的秀才！

小　牛　莫说是外地请来的秀才，就是京城请来的状元，也不怕他。

〔三姐边唱边上。后随刘二、兰芬、韦老奶。

三　姐　（唱）一把芝麻撒上天，我有山歌万万千。唱到京城打回转，回来还唱十把年。

〔群众热忱地招呼三姐。老渔翁上。

老渔翁　喂！乡亲们，莫海仁请来的三个秀才从这边上岸了。

刘　二　三妹，莫海仁请来的三个秀才必定是满腹文章，你要用心来对才是。

小　牛　乡亲们，我们试他一试，看他们是秀才还是蠢材。（领唱）唱歌就唱两三排，三头两句你莫来，三头两句你莫唱，快卷包袱穿草鞋。

〔众人合唱。

〔歌声中三秀才上。

罗秀才　好大的口气。

陶秀才　莫老爷未到，我们可以置之不理。

李秀才　知已知彼，百战百胜，不妨见见刘三姐是何等人也。你们哪个是刘三姐？

老渔翁　（唱）上山砍柴要用刀，出门过河要架桥，壮家用歌来问话，无歌你就夹尾逃。

〔三秀才茫然。

三　姐　（唱）隔山唱歌山答应，隔水唱歌水回声；今日歌场初见面，三位先生贵姓名！

陶秀才　问我等姓名。

〔三秀才不直接道出姓名，各吟诗一句。

陶秀才　争春花开我最先，

李秀才　兄红吾白两相连，

罗秀才　报信敲来震天响，

陶、李、罗　三人歌才赛歌仙。

三　姐　哦，你们三人一个姓陶、一个姓李、一个姓罗，对不对？（唱）姓陶不见桃结果，姓李不见李花开；姓罗不见锣鼓响，三个蠢材哪里来？

罗秀才　果然厉害。

陶秀才　待我回她一首，以显我等威风。

李秀才　陶兄言之有理。

陶秀才　你是刘三姐吗？

老渔翁　（指三姐）她是刘三妹，你们是不是要和她试一试？

罗、李　刘三妹？

韦老奶　你对不过刘三妹，就莫再找刘三姐啦，三姐比她还厉害啵！

陶秀才　先给他来个下马威！（唱）牛角不尖不过界，马尾不长不扫街，我若不是画眉鸟，怎敢飞往这里来。

三　姐　（唱）你是山中画眉鸟，我是游山打猎人，利箭扣在弓弦上，叫你有翅难飞行。

李秀才　（唱）没有真才我不来，千里乘舟上歌台，腹内藏书千万卷，叫你呜呼又哀哉。

三　姐　（唱）书读万卷也白费，你会腾云我会飞，黄蜂歇在乌龟背，你敢伸头我敢锥。

罗秀才　（唱）你莫恶来你莫恶，你歌哪有我歌多，不信你到船上看，船头船尾都是歌。

三　姐　（唱）不懂唱歌你莫来，看你也是无肚才，唱歌从来心中出，哪有船装水运来。

李秀才　（唱）小小黄雀才出窝，谅你山歌也不多，那日我从桥上过，开口一唱歌成河。

三　姐　（唱）你歌哪有我歌多，我有十万八千箩，只因那年涨大水，五湖四海都是歌。

罗秀才　好厉害！

陶秀才　我来。（唱）不知羞，井底蚂蜗想出头，见过几大天和地，见过几多大河流？

三　姐　（唱）住你口，我是江心大石头，经过几多风卷浪，撞破几多大船头。

罗秀才　此次对歌，恐怕凶多吉少，不如及早趁风转舵！

陶秀才　尚未对歌，何出此不祥之言，罗兄真是胆小如鼠。

众　人　（唱）对歌为何不还歌，喉咙起了蜘蛛窝，你既拜过孔夫子，莫把歌场丢冷落。

〔此时有人喊："莫海仁来了！"

〔莫海仁率进财、丫环、家丁上。

莫海仁　三位先生对赢了吧？来呀，接人！

陶秀才　且慢！方才我们和刘三妹试了几首，还未分胜负。

莫海仁　哪里有个刘三妹？

李秀才　那个不是。

莫进财　那就是刘三姐嘛！

罗秀才　明明讲是刘三妹嘛，

陶、李、罗　刘三妹。

莫海仁　刘三姐哪里有妹妹？

春　姐　三妹！

陶、李、罗　喏，喏！

冬　妹　三姐！

莫进财　喏，喏，喏！

罗秀才　喂，你到底是刘三妹呀，还是刘三姐？

兰　芬　我们比她小的就叫她三姐，比她大的就叫她三妹。那你说，她是三姐，还是三妹？

罗秀才　有理，有理！

李秀才　难怪！

陶秀才　原来如此！

〔众哄笑。

莫海仁　三位先生赶快对来，对赢了重重有赏。

老渔翁　对歌了！

莫海仁　哪位先唱？

陶先生　我先来！（唱）之乎者也矣焉哉，不读诗书哪有才，开天辟地是哪个？哪个把天补起来？

三　姐　（唱）开口就是矣焉哉，之乎也者烂秀才！开天辟地是盘古，女娲把天补起来。

李秀才　（唱）出个谜子给你猜，什么长年土中埋？一旦出头惊天地，谁不知我是高才。

三　姐　（唱）你是竹笋在山间，脸皮厚来嘴巴尖，肚里空空无料子，只好挖来换臭钱。

罗秀才　（唱）莫逞能，三百条狗四下分，一少三多要单数，看你怎样分得清。

三　姐　（唱）九十九条打猎去，九十九条看羊来，九十九条守门口，还剩三条……

陶、李、罗　啊！怎么样，三条什么？

三　姐　（唱）狗奴才。

〔众哄笑。

陶秀才　（唱）你聪明，一个大船几多钉？一箩谷子几多颗，问你石山有几斤？

三　姐　（唱）是聪明，大船数个不数钉，谷子论斤不论颗，你抬石山我来称。

〔陶、李、罗急忙翻书。

李秀才　（唱）什么上圆下四方？

陶秀才 （唱）什么下圆上四方？

罗秀才 （唱）什么内圆方在外？

陶、李、罗 （唱）什么外圆内四方？

三　姐 （唱）箩筐上圆下四方，筷子下圆上四方，火盆内圆方在外，铜钱外圆内四方。

〔秀才语塞，目瞪口呆，胡乱翻书。

罗秀才 这首，这首。

陶秀才 不好，不好，这首她对得出的。

莫海仁 快对，快对。

〔陶、李、罗仍对不上，众哄笑。

兰　芬 （唱，众和）唱歌莫给歌声断，吃酒莫给酒杯干，既然敢来把歌对，为何不见把歌还？

〔接亲鼓乐声由远而近，媒婆与四家丁上。

媒　婆 来迟了，新人上轿吧！

莫海仁 （狼狈地）先退下去，先退下去！

〔媒婆退后，四家丁下。

莫海仁 （见势不对）今日三位先生远路而来，舟车劳累，对歌暂时到此为止，改日再分胜负。

小　牛 （唱，众和）山歌擂台已摆开，输赢未分怎下台，半路收场你认输，你不认输再唱来。

莫海仁 好，唱！

陶秀才 （唱）你莫狂，孔子面前卖文章，麻雀怎与凤凰比，种田哪比读书郎。

三　姐 （唱）真好笑，关公面前耍大刀，我们不把五谷种，要你饿得硬条条。

罗秀才 （唱）真粗鲁，皆因不读圣贤书，不读诗书不知礼，劝你先学人之初。

三　姐 （唱）饭桶秀才死读书，看你越读越糊涂，不如跟我耕田地，帮拉犁耙种稻谷。

李秀才 （唱）你发狂，开口敢骂读书郎，惹得圣人生了气，从此天下无文章。

三　姐 （唱）笑死人，开口秀才最聪明，问你几时种麦子？问你几时种花生？

〔陶、李、罗目瞪口呆。

兰　芬 快答，快答！

陶秀才 （唱）你发昏来你发昏，这点小事问我们，阳春三月种麦子，八月十五种花生。

〔众大笑。

韦老奶 （唱）笑死人，哪有八月种花生，若还三月种麦子，要你狗屎吃不成。

三　姐 （唱）秀才只会吃白米，手脚几曾沾过泥，一块大田交给你，怎样耙来怎样犁？

〔陶、李、罗互相推让，最后将罗秀才推出。

罗秀才 （唱）听我言，我家田地宽无边，耙田犁地我知道，牛走后来我走先。

〔众更大笑不已，莫海仁气得讲不出话来。

李秀才 谁和你们讲耕田种地，要讲……就讲天文地理。

三　姐 （唱）你讲地来就讲地，你讲天来就讲天。天上为何有风雨？地上为何有山川？

陶秀才 （无赖地）哪一个要和你们讲天比地，我们讲眼前。

三　姐 （唱）讲眼前，眼前眉毛几多根，问你脸皮有几厚，问你鼻梁有几斤？

〔众人哄笑。

三　姐 （唱，众和）风吹桃树桃花谢，雨打李花李花落，棒打烂锣锣更破，花谢锣破怎唱歌！

莫海仁 快对呀！

罗秀才 （唱）见你种田受奔波，长年四季打赤脚，不如嫁到莫家去，穿金戴银住楼阁。

三　姐 （唱）三姐不怕受奔波，你爱穿金住楼阁，何不劝你亲妹子，嫁到莫家做小婆。

莫进财　（唱）莫家有势又有财，丫环小子两边排，

媒　婆　（唱）你若嫁到莫家去，出门三步有人抬。

三　姐　（唱）莫夸财主家豪富，财主心肠比蛇毒，塘边洗手鱼也死，路过青山树也枯。

莫海仁　岂有此理！

陶秀才　你出口伤人！

三　姐　（接唱）高高山上低低坡，三姐爱唱不平歌，再向秀才问一句，为何富少穷人多？

陶秀才　穷人多者不少也，

李秀才　富人少者是不多，

罗秀才　不少非多多非少，

莫海仁　快快回答莫啰唆。

〔陶、李、罗手忙脚乱，翻书不止。

众　人　（唱）不会唱歌跟我来，帮我拿伞又拿鞋，拿伞拿鞋拿不动，丑死秀才去跳崖。

三秀才　告辞，告辞。（狼狈下）

老渔翁　（唱）回去啰，回去吃饭刮鼎锅，一连吃它十把碗，免得到夜睡不着。

〔众哄笑。

莫海仁　（念）你的山歌算什么，山歌怎比我家财多，合得黄金三百两，要你有嘴难唱歌。

三　姐　（唱）知道你家钱多，见着什么抢什么。抢米粮，抢田地，抢房屋，抢马骡，假借风水霸茶山，强抢民女做小婆。只有嘴巴抢不去，留着还要唱山歌。

〔众复唱后四句。

莫海仁　你敢造反！

老渔翁　莫大老爷，管他正也好，反也好，反正你是输了。

众　人　（唱）笑你癫来笑你疯，灯草架桥枉费工，桐油浇火火更旺，竹篮打水一

场空。

〔对歌胜利，群众欢舞。

——落幕

第六场　阴　谋

中幕前。

〔男女群众三五成群下田回来，边走边唱。

众　人　（唱）唱山歌，一人唱来万人和。唱得穷人哈哈笑，唱得财主打哆嗦。

中幕开

对歌后三五天。

莫海仁家二堂

〔外面传来此起彼落的歌声，莫海仁在室内不安地徘徊着，捧着金丝笼的丫环随侍在侧。

莫海仁　（念）可恼，可恼！山歌如烈火，把我烧！

〔这时山歌声大作。

莫海仁　（烦燥地）与我关起窗来！

〔丫环关窗，仍有山歌声。

莫海仁　（愤怒地）关门（把头蜷伏在太师椅上）

〔丫环关门，仍有山歌声。

莫海仁　（四处寻找，发现是笼中的鹩哥学唱，暴怒，念）小小畜生太猖狂，太猖狂！你也唱歌把我伤，把我伤。（抓鹩哥）居然你也把反歌唱，我要你一命见阎王，见阎王。（狠狠地把鹩哥摔死）

〔捧鸟笼的侍女惊叫。被莫海仁一脚踢开。

莫海仁　刘三姐，刘三姐！你叫我好恼，你叫我好恨！（唱）实指望用巧计把她笼中关定，谁料想害得我声名狼藉。

莫进财　（上，唱）大集镇、小垌场歌声如雷震，莫进财急忙忙报与老爷知。开门啊！

〔莫海仁开门，进财入门。

莫进财　启禀老爷，外面成群结队的穷鬼四面八方而来，都要在今晚歌圩上会刘三姐，他们一边走一边唱……

莫海仁　唱些什么？

莫进财　还不是刘三姐的反歌。

莫海仁　这还了得。来呀！

〔四家丁各执匕首上。

莫海仁　将刘三姐杀了，除掉这个祸根。

莫进财　不可！——老爷当初说过，刘三姐深得人心，远近闻名。如今更是名扬千里，和那帮穷鬼鱼水不分，若是杀了她定会造成大祸。

莫海仁　难道由她造反不成？

莫进财　老爷何不奉上五百两纹银，另外修书一封，呈请州官下令禁歌。

〔丫环正端茶上。

莫海仁　禁歌？

莫进财　刘三姐为首，聚众教唱反歌，煽惑刁民，辱骂老爷，当然要禁。

莫海仁　嘿嘿！倘若那丫头胆敢违抗禁令如何是好？

莫进财　老爷，我们正好借此……（做一个抓人的手势）

莫海仁　好，纸笔伺候。

〔丫环下。

莫进财　正是，牢笼巧计安排定。

莫海仁　一心拔除眼中钉。

〔丫环捧笔砚上，进财接过去。

莫进财　将帷帐放下！

〔丫环放帷帐，偷听，下场。

——中幕闭

第七场　抗　禁

中幕前。

〔男女青年三五成群，穿着节日的服装，口唱山歌过场。

众　人　（唱）唱山歌，一人唱来万人和；唱得穷人哈哈笑，唱得财主打哆嗦。

〔兰芬、冬妹、韦老奶、小牛、亚木、老渔翁、三姐在歌声中陆续上。

多　妹　听说今晚赶歌节的人好多呀！有翻山越岭来的，有撑船渡江来的，今晚一定很热闹。

兰　芬　快走，快走，今晚歌圩上我一定要唱个痛快！

韦老奶　哪个要听你唱，人家都是来会三姐的啦。

〔刘二背着锄头上。

刘　二　外婆，你们讲什么？

亚　木　二哥，今晚歌圩上有成千上万外乡来的人，找你家三姐学歌来了，还说要请三姐到各地去传歌呢！

老渔翁　老二呀！你有这样好的一个妹子，该高兴了吧！走，到歌圩上你也得唱个痛快。

刘　二　老伯，我……我唱不好。

兰　芬　二哥，你不是还教我们唱过。（唱）唱首山歌解心忧，喝口凉水浇心头；凉水……（装作忘记下面的词）

刘　二　（接唱）凉水浇得心头火，唱歌解得万般愁。

〔众笑。突然幕后有人喊："三姐！"众人止住笑声，莫家一丫环跑上。

丫　环　三姐！

三　姐　你是哪家姐姐？找我做什么？

丫　环　我是莫家的丫环。三姐，快回去吧！今晚千万不要去赶歌圩了。

老渔翁、韦老奶等　什么事？

丫　环　莫老爷说三姐唱了反歌，他已禀报官府，今晚就要派人前来禁歌，看样子……

众　人　怎么样？

丫　环　看样子，是要抓三姐！

〔众沉寂片刻。

丫　环　三姐，我得赶快回去了。

三　姐　好，谢谢你了。

〔丫环下。

刘　二　三妹，……怎么办呀？

老渔翁　哼！老狗斗歌斗不过，搬来官家……

小　牛　他敢碰一碰三姐，我们大家就跟他拼了！

兰　芬　对，他禁他的，我们唱我们的。走……

众　人　走！

三　姐　慢着，芬兰，冬妹，你们先去歌圩上，我们随后就来。二哥，老伯，小牛，我们来商量一下。

〔众人围拢三姐，三姐布置歌阵。

小　牛　好！

老渔翁　哈哈哈。

——灯暗

中幕开。

第六场当天晚上。

一轮明月高挂天空，月光透过茂密的榕树丛林，照着远处山坡上的花草。

〔三三五五的人群唱着山歌，吹着木叶在山林中漫步。有些人好像在盼望着和等待着什么，又有些人互相询问和奔走相告。

众　人　（唱）年年三月是歌节，月儿明亮歌儿甜，自从来了刘三姐，歌声唱得月更圆。

外乡人甲　三姐还没有来？

外乡人乙　三姐呢？

外乡人甲　三姐怎么还不来呀？

亚　木　三姐等一下就来。

亚　祥　三姐就要来啦！

众　人　（唱）一心想念刘三姐，八方歌手四路来。四处歌手都来到，只等三姐上歌台。

〔兰芬、冬妹、春姐边唱边上。

兰芬、冬妹、春姐　（唱）唱一声，多谢四方众乡亲，姐换新妆还未到，我代三姐谢亲人。

兰　芬　乡亲们，三姐等一下就来。

外乡人丙　三姐能来吗？

兰　芬　能来。

外乡人甲　三姐能来就好，我们从各地赶来就是为了拜会三姐。

外乡人乙　我们也是会三姐的。想请三姐到我们那里去传歌。

〔其他外乡人也纷纷说："我是来拜会三姐的。"兰芬、冬妹又和他们小声说些什么。下。

〔春姐、亚木、亚祥等唱起情歌来。

亚木等　（唱）想妹一天又一天，想妹一年又一年，铜打肝肠都想断，铁打眼睛也望穿。

春姐等　（唱）水泄滩头哗哗响，妹不见哥心就忧，喝茶连杯吞下肚，千年不烂记心头。

亚木等　（唱）妹相思，妹有真心哥也知，蜘蛛结网三江口，小冲不断是真丝。（“丝”谐音“思”）

春姐等　（唱）哥相思，哥有真心妹也知，十字街头卖莲藕，节节空心都是丝。（“丝”谐音“思”）

男青年　唔喂！

〔春姐等不好意思赶块跑开。壮族人民喜爱的绣球舞开始了。

女青年　（唱）金丝绣球鲜又鲜，千针万线妹手连，绣球飞过相思树，妹心落在哥身边。

男青年　（唱）金丝绣球鲜又鲜，千针万线妹手连，哥接绣球胸前挂，条条线把哥心牵。

〔这时莫进财与二家丁上。

莫进财　“哥接绣球胸前挂，条条线把哥心牵。”好，好歌！乡亲们，唱歌就要唱这种歌，莫学刘三姐唱那种歪风邪气的怪歌。

老渔翁　莫管家，什么是歪风邪气的怪歌呀？

莫进财　那些骂财主的、不怕王法的都是歪风邪气的怪歌。

老渔翁　莫管家，你这一讲我倒糊涂了，我唱一首你听是好是坏？（唱）什么大大四四方？什么双双坐中堂？什么样人常来往？什么饱吞万担粮？

兰芬、冬妹　（唱）猪栏大大四四方，老爷奶奶……

老渔家　（截唱）公猪母猪坐中堂，

兰芬、冬妹　抢吃猪食常来往，饱吞千家万担粮。

老渔翁　莫管家如何？

莫进财　唱一唱猪嘛，倒还可以。

〔众哄笑。

老渔翁　（唱）什么生来耳朵宽？黑白花袍身上穿？为何生来肚子大？手脚不分背朝天。

韦老奶　（唱）老爷生来耳朵宽，黑白花袍身上穿，老爷享福肚子大，拜见皇帝背朝天。

莫进财　这倒是一首赞扬老爷福大命大的好歌。

〔众笑。

家　丁　莫管家，耳朵宽、肚子大、背朝天的是猪呀！

〔众大笑。

莫进财　（恼羞成怒）你等大胆，竟敢……

老渔翁　莫管家，请先莫生气，这里还有一首好听的呢。（唱）什么心肠比蛇毒？什么翘脚等禾熟？什么人是众人仔？哪个聪明快答出。

众　人　（唱）财主心肠比蛇毒，老爷翘脚等禾熟，光吃不做众人仔，千家养他享清福。

莫进财　哎，哎，这就是刘三姐的歌。

兰　芬　我学会了就是我的歌。

众　人　我们学会了就是我们的歌。

莫进财　这是反歌，你们不要受刘三姐的挑唆。

亚木、亚祥等　（唱）如今世道荒唐多，水牛生蛋马生角，心有不平嘴要唱，哪用旁人来挑唆。

莫进财　众位乡亲，你们千万莫上刘三姐的当，唱了反歌是要杀头的呀，莫老爷不让大家唱这种歌是为了大家好哇……

老渔翁　（唱）如今世道颠倒颠，野猫给鸡来拜年，龙角生在猪头上，象牙长在狗嘴边。

莫进财　（一把抓住老渔翁）你这老鬼，不要在我面前装疯卖癫，刘三姐就是你用船把她接来的。

〔莫海仁带四家丁上。

莫海仁　住手！（在人群中寻找三姐）

莫进财　老爷，刘三姐还没有来。

莫海仁　众位乡亲听了，刘三姐为首聚众，教唱反歌，辱骂官家。今有州官传谕禁唱山歌。老爷我念她是外地来人，年幼无知，在州官面前与她担待，今后她须改邪归正，不许再唱山歌。

〔三姐、小牛、刘二在莫海仁说话时上，随即隐没在群众中。

三　姐　（唱）州官出门打大锣，和尚出门念弥陀，皇帝早朝要唱礼，三姐生来爱唱歌。

莫海仁　刘三姐，你来了。

三　姐　听说州官传谕要拿我治罪，多蒙莫老爷担待，特来道谢。

莫海仁　刘三姐，只要你当众认错，不再唱山歌，老爷不但保你无罪，还重重有赏。

三　姐　莫老爷，我年幼无知，不知错在何处，罪在哪里？

莫海仁　你聚众唱歌。

三　姐　什么叫聚众？

莫海仁　二人为伍，三人为众。

三　姐　聚众唱歌，该定何罪？

莫海仁　轻者责打，重者关监。

兰　姐　那聚众为首者呢？

莫海仁　斩！

三　姐　众位乡亲，可曾记得莫海仁与我对歌之事？

众　人　记得！

三　姐　他请来了陶、李、罗三个秀才，不多不少正好三个。莫海仁，聚众为首的是你，看来你的人头难保。

〔众人兴奋，纷纷道好。

莫海仁　（冷笑）刘三姐，你看这是什么？

〔家丁展开州官禁令。

莫进财　州官大令，禁唱山歌！（念）土民不服王化，唱歌扰乱民心，州官为民着想，明令从此严禁！

三　姐　（唱）天上大星管小星，地上狮子管麒麟，皇帝管得大官动，哪个敢管唱歌人。

〔众人合唱。

三　姐　乡亲们，我们还是唱歌去！

莫海仁　你敢！

众　人　唱歌去！

三　姐　走，我们唱歌去。

莫海仁　你敢唱！

三　姐　（唱）山歌不唱忧愁多，（下）

众　人　（唱）大路不走草成窝，钢刀不磨生黄锈，胸膛不挺背要驼。

〔莫进财带家丁追下。

莫海仁　乡亲们……

众　人　（唱）山歌好比龙泉水，深山老林处处流，若还有人来阻挡，冲破长堤泡九州。

莫海仁　州官大人既已下令禁歌，我看还是不唱为妙。

三　姐　（拿伞从群众中出，唱）好笑多，好笑州官禁山歌，锣鼓越打声越响，山歌越禁歌越多。（下）

莫进财　（上）老爷，刘三姐不见了！

莫海仁　拿伞那个就是！

〔莫进财又朝拿伞的“三姐”方向追去。

三　姐　（从群众中出，唱）山顶有花山脚香，桥下有水桥面凉，心中有了不平事，山歌如火出胸膛。

〔三姐走入群众中。

众　人　（合唱）唱起山歌好种田，不费功夫不费钱。一不偷来二不抢，众人唱歌大过天。

〔群众围住“三姐”，合唱最后二句，莫海仁从群众中把“三姐”拉出。

莫海仁　刘三姐！

莫进财　（拉一拿伞姑娘上）老爷，这哪里是刘三姐？

〔莫海仁一看两个都不是三姐，气极摔开。

〔刘三姐从另一堆群众中唱出。

三　姐　（唱，众和）我唱山歌你抓人，再唱一首给你听，穷人嘴巴封不住，要想禁歌万不能！（下）

小　牛　（唱，众和）刀砍杉树不死根，火烧芭蕉不死心。刀砍人头滚下地，滚上几滚唱几声。

莫海仁　不准唱！

〔四处歌声起。

众　人　（唱）大雨濛濛不见天，大河涨水不见船，四处歌声不见姐，引得狐狸四处钻。

〔莫海仁气得发昏。

兰芬、冬妹等　（唱）气死他，气得螃蟹满地爬，四面八方歌声响，气死财主老王八。

莫海仁　你们这帮小穷鬼也敢唱歌骂我。

三　姐　（唱）小小公鸡尾婆娑，穷人代代爱唱歌，唱得天旋地也转，财主官家莫奈何。

莫海仁　你竟敢目无官府，违抗禁令！

三　姐　（唱）富人少来穷人多，锁住苍龙怕什么，剥掉龙麟当瓦盖，砍下龙头垫柱脚，力不穷来智不尽，敢和龙王动干戈。

〔小牛一箭把禁令射落。

众　人　（唱）富人少来穷人多，锁住苍龙怕什么，力不穷来智不尽，敢和龙王动干戈。

〔唱得莫海仁浑身颤抖，在歌声中二幕闭。

二幕前

〔莫海仁气得昏了过去。

莫进财　老爷，老爷……

莫海仁　（醒了过来）都是你这奴才的好计！

莫进财　依小人之见……

莫海仁　你还有什么“见”！

莫进财　老爷，还是回府另谋良策。

莫海仁　（想了想）刘三姐，刘三姐！我叫你明枪易躲，暗箭难防。

莫进财　暗箭？

莫海仁　蠢材！走啰！

莫进财　（对家丁）狗才，滚啰！

——幕落

第八场　脱　险

距七场若干日后的一个早晨。

舞台左右，两座石崖遥遥相对，石崖当中是一条山沟，右首石崖上空伸出一枝老松，上面缠着长短不齐的青藤。远处江水环抱着山群。

〔天刚破晓，朝霞中飞出三姐的歌声。

三　姐　（唱）日出东来月落西，行人要谢五更鸡，鸡叫一声天亮了，狼虫虎豹藏形迹。（走上了石崖，唱）三姐砍柴不用刀，只用脚踩手来摇。扯根青藤捆柴火，唱歌送柴下山腰。藤缠柴火抛下崖，高山滚柴不散开。

众青年　（接唱）人多心齐同声唱，气死财主用歌埋。（白）三姐，你来得好早呀！

三　姐　大家都早。走！我们一起上山砍柴去。

众　人　好！

〔三姐和众人向山上走去，这时远远传来对面山上小牛的歌声。三姐停止脚步朝歌声望去，众人见此情境悄悄地下。

小　牛　（幕内唱）日出东方打猎去，射了山鸡射狐狸。悬崖陡壁路难走，抓只老虎当马骑。

三　姐　喂，小牛！

小　牛　（内声）哎！三姐！

三　姐　我在这里！

小　牛　（内声）我来了！

三　姐　（唱）金丝箭袋递给哥，

〔兰芬拉冬妹上。

三　姐　装满利箭挂身旁，望哥箭箭不空发，

兰　芬　（接唱）射尽世间虎和狼。哟，原来是个箭袋。

冬　妹　小心点，莫要掉下沟里去，这是三姐送人的。

兰　芬　三姐，你送给哪个？送给哪个？

三　姐　哪里，冬妹讲笑的。

小　牛　（在另一边崖石上，喊）三姐！

三　妹　哪，挂箭袋的来了。

兰　芬　喂！小牛哥，这是三姐送你的箭袋，快过来吧！（说着把一条长藤甩给小牛）

〔小牛不好意思接。老渔翁在兰芬和三姐说话时，驾着渔船来了。他悄悄地上了岸，这时走到小牛的石崖下，用船篙将藤挑给小牛。

老渔翁　（唱）山中只有藤缠树，世上哪有树缠藤，青藤若是不缠树，枉过一春又一春。

兰　芬　三姐，为什么只有藤缠树，没有树缠藤的？

老渔翁　哎，兰芬，还不快捡猪菜。

兰　芬　走！捡猪菜去！

〔兰芬、冬妹下。

老渔翁　我也打鱼去了。（笑着驾小舟顺水而下）

小　牛　（唱）新买水缸栽莲藕，莲藕开花朵朵鲜，金丝蚂蚁缸边转，隔次难得拢花边。

三　姐　（唱）对河有只鹭鸶鸟，眼睛明亮翅膀尖，有心飞过连天水，莫怕山高水连天。

小　牛　三姐！

三　姐　竹子当收你不收，笋子当留你不留，绣球当捡你不捡，捡得忧来捡得愁。

小　牛　三姐！（手攀青藤，腾身飞过河去）

小牛、三姐　（唱）连就连，我俩结交订百年，哪个九十七岁死，奈河桥上等三年。

〔另一边崖石上突然出现莫福，他朝三姐一望，急急跑下。

小牛、三姐　（唱）风吹云动天不动，水推船移岸不移，刀切莲藕丝不断，斧砍江水水不离。

〔三姐给小牛挂箭袋，小牛把手镯送给三姐。韦老奶、兰芬、冬妹与二男青年暗上。

〔莫幅带两个家丁手执利刃走来。

三姐、小牛围在石崖上，莫福冲上，被小牛打下。

老渔翁　（撑船急上）小牛，快从上面放藤下来拉船！

〔小牛顺藤而下，一跃上船，正欲以藤拉船，莫福挥刀将藤砍断，船被急流冲下滩去。

〔莫海仁率莫进财上。

莫海仁　哈哈，刘三姐，我看你这回还逃往哪里去？

三　姐　（傲然挺立，唱）山崩地裂我不怕，水泡九州我不惊，三姐生来不怕死，哪怕财主谋害人。

老渔翁　（复划船上）小牛，放箭！

小　牛　啊呀！箭在上面。

〔三姐忙将箭袋丢给小牛，一股急流又把老渔翁、小牛的船冲下。

〔刘二跑上，欲救三姐，被莫进财刺伤，刘二顺势一脚将莫进财踢下。莫海仁举刀欲刺三姐。老渔翁奋力把船划上。

小　牛　莫海仁，看箭！

〔小牛一箭把莫海仁射死。群众拥上，家丁等逃下。

小　牛　乡亲们，放心吧！莫海仁射死了！

〔群众欢呼，与三姐、小牛、刘二拥向台口。

——中幕闭

中幕前

刘　二　三妹，莫海仁射死了，恐怕官家……

外乡人甲　三姐，你马上离开这里，到我们那里去吧！

外乡人乙、丙　对！先到我们那里去。

兰　芬　到你们那里去做什么？

外乡人甲　到我们那里传歌呀。

刘　二　三妹，你和小牛一起走吧，你要到处走到处唱，把天下穷人的心都唱开。

三　姐　（唱）山歌能把山推倒，山歌能把海填平，穷人一起高声唱，乌云唱散天大晴。

刘　二　乡亲们，大声地唱吧！

众　人　（唱）唱到皇帝倒龙位，唱到穷人掌乾坤，唱到花开满天下，唱到人间万年春。

兰　芬　三姐，你教我们的歌，我们要永远唱下去。

众　人　（唱）唱尽人间不平事，唱出穷人一片心，唱得一禾生九穗，唱到黑夜太阳红。

尾声　传　歌

众　人　（唱）送姐送到大江河，乘风破浪去传歌，财主听见心头跳，穷人听见笑哈哈。

〔在歌声中三姐、小牛上了老渔翁的小船，

三　姐　（唱）乘风破浪去传歌，刀山火海当平坡，天下穷人心一条，一人唱歌万人和，

众　人　（唱）一人唱歌万人和，唱得江水滚金波，江水滚滚流不尽，千年万代不断歌。

——幕落，全剧终

| 作品点评 |

以歌舞剧《刘三姐》的改编工作为例，在改编中，阶级斗争的意识形态不可避免地支配了作品的改编程序，可是促使其成功的因素，却是显形的现代通俗文艺形式与潜藏其下的民间隐形结构。刘三姐的传说很早就流传在广西壮族地区，几百年来其内容颇为芜杂，隐含了多方面的矛盾和可能性。彩调剧《刘三姐》剧组依据当时的文艺方针，以阶级斗争为剧本的基本主题。在具体选材过程中，凡符合当时文艺政策的就作为"真"和"精"采纳，否则就作"伪"和"芜"加以摈弃。如有的传说刘三姐被自己的哥哥杀死，后者见她成天唱歌，而且推掉了许多可以让自己发财的机会，非常生气，借机把她推下崖去。也有的传说讲刘三姐与白鹤秀才对歌，七日七夜不分胜败，于是都升天化为歌仙。歌舞剧剧本编者都把它当作对"劳动人民"的污蔑而摈弃。从其基本情节来看，它隐喻着主流意识形态对阶级斗争的强调。舞剧的基本情节是，刘三姐以山歌为武器，揭穿了地主莫海仁企图霸占农民茶

山的阴谋，地主派人说媒，企图娶刘三姐为妾，被拒绝后便以逼债威胁刘三姐的哥哥，刘三姐只好答应，但“结亲先要摆歌台”，唱不过她，不但不能娶亲，也不能霸占茶山。地主雇了三个秀才，装满两船书来对歌，被刘三姐驳得哑口无言，狼狈而去。地主于是设计加害刘三姐，结果被爱慕刘三姐的小牛杀死。在这里，山歌不是单纯的民间声音，而成为阶级斗争的工具；对歌也不再是一种朴素的民间风格，而直接是一场短兵相接、关系重大的阶级斗争；地主及其代言人秀才在对歌中的失败，也直接隐喻着封建势力在精神上的失败，阶级斗争的政治话语借助民间文学的改编达到了宣传自己的目的。可是，在这个明显的意识形态化了的作品中，民间趣味、民间意识、民间的声音不论在表层还是在深层依旧有着充分的保留，表层如刘三姐带有浓厚民间鲜活生命的唱词，深层如作品的隐形的“一女三男”模式等，这也是这个作品深得人民喜欢的艺术上的原因所在。

——陈思和:《中国当代文学史教程》，复旦大学出版社，1999，第127页

从歌剧的发展上来看,《白毛女》是我们新歌剧的第一部获得很大成功的作品。它的成功，不用说是在于体现了毛主席在延安文艺座谈会上的讲话的基本精神。无论从作品所描写的对象来说，从它所表现的作者的思想感情来说，或从它的表现形式来说，都是根本上实践了工农兵的方向，是革命的政治内容和优美的艺术形式相结合的作品。因此可以说它是新歌剧发展中第一个里程碑。但是《刘三姐》在主要之点上表现了我们新歌剧发展的又一个新的阶段，也可以说是发展过程中的第二里程碑。

——蔡仪:《论刘三姐》,《文学评论》1960年第5期

刘三姐像一颗埋在泥土里的珠宝，不免沾上许多尘土，今天这块珠宝不但从泥土里挖掘出来了，不但洗净了尘土，恢复了它本身独具的色泽，而且，在社会主义文学艺术园地里，由于广西壮族自治区整理和编写这个剧本的同志们在党的领导和关怀下，正确执行了党的“百花齐放”的方针，较好地运用了革命现实主义和革

命浪漫主义相结合的艺术方法，使得这块久埋地里的珠宝光芒四射，成为整理、创造民间传说这一方面的一个成功的例子。在恢复劳动人民智慧和理想的化身——刘三姐的本来面目的基础上，予以加工和提高，创造了这样一个富于反抗性的人物形象——刘三姐。

山歌成为戏，这是创举。《刘三姐》的出现是新事，不单是民歌本身吸引人，而是塑造了刘三姐这样一个具有鲜明的斗争性格的人物，山歌和三姐的性格是融为一体的。刘三姐的斗争性格激发了人们的阶级感情，人们从美的欣赏中也可以丰富封建社会中阶级斗争的知识，这是《刘三姐》具有的教育意义和作用。北京的广大观众受到激动，欢迎《刘三姐》不是偶然的。

——凤子:《谈“刘三姐”的性格塑造》,《剧本》1960年第10期

舞台剧、影视剧的剧本，具有较高文学价值的首推集体创作的歌舞剧本《刘三姐》，我国著名诗人闻捷、乔羽等用“红装素裹”，用“森林”，用“曲径通幽谷”，用“耳目一新”这些赞话来形容《刘三姐》的语言艺术成就。

——陈雨帆:《群籁参差，亮光朗照——广西区直作家的创作概览》,《南方文坛》1992年第6期

1958年恰逢现代戏创作掀起高潮，同时重视民族特色的题材。彩调剧《刘三姐》的创编正是源于此，它既有地方性，同时也具有浓厚的壮族民族色彩。《刘三姐》的创编由彩调剧团发起，地方文化馆干部参加，当地民歌手提供材料。该剧一改从前的“搭桥戏”，而是推行了导演制。“搭桥戏”，即过去戏曲演员在学艺时，学会固定的表演技术程式之后，不需要导演就能演出任何一出戏的角色，一般认为“其不利于发掘传统，酿成新的剧目”，“没有细致科学的导演工作，不仅在形式上粗糙松懈，在政治上也常出毛病”。可见导演制的推行，逐步将戏曲纳入新的国家话语体系，同时改变了传统戏曲的艺术形式。彩调《刘三姐》之所以在柳州地市文艺会演中胜出，这与其实行导演制直接相关。在相关人员的回忆中提到此，“该剧目（桂

剧《刘三姐》——笔者按）乃搭桥戏，缺乏加工提炼，故而思想性艺术性逊于彩调剧《 刘三姐》”。会演大会评委会一致认为“两个《刘三姐》不仅剧种不同主题各异，而且有文野之分”。可见彩调剧由于其导演制已经纳入“文人创作”，成为符合戏曲改革要求的剧目。因此，彩调《刘三姐》改变了过去无剧本无导演的演出和编排方式，而实行了新型导演制，并根据新的内容与艺术要求，形成了新的现代戏剧目。另一方面彩调《刘三姐》，将“彩调”这一民间小戏形式完全纳入新的文化秩序，用统一的文化符号交流与共享。当然也并非毫无益处，在一定程度上给了民间小戏发展与成长的契机，另外正如傅瑾所说它使得“中国戏剧整体更趋多元”。中华人民共和国成立后戏曲改革重视“民间小戏”的发掘与创编。1951年5月5日，发布了《中央人民政府政务院关于戏曲改革工作的指示》，要求“改戏、改人、改制”，梅兰芳就戏曲改革撰写了《戏曲大发展的十年》，文中将戏曲种类分为“古老的剧种”“年轻的剧种”“小戏”三大类，其中“小戏”的蓬勃发展确实是中华人民共和国成立初期的一大特色，重视对“民间小戏的搜集、记录、刊行”。正如周扬所说：民间小戏自由活泼，可以创造更符合当代意识形态的题材，恰是缘于戏曲改革重视民间小戏的背景，彩调《刘三姐》才有机会在中国戏剧版图中崛起，但这一过程依然充满了波折。1959年4 月，彩调《刘三姐》在南宁参加全区献礼剧目汇报演出后，当时虽然《广西日报》等推出相关评论，并编撰了《彩调“刘三姐”讨论集》等，但是其艺术形式也遭到了类似戏曲改革中遭遇的“四不象”现象。有些戏剧专家认为《刘三姐》“大量运用民歌曲调使《刘三姐》山歌不山歌，彩调不彩调，风格不统一”，“戏剧需要动作性的语言，而山歌是形象性语言，用山歌写戏，缺乏动作性”等；正在戏剧专家与普通评议者争论之际，中国戏剧研究院院长张庚和戏剧家贺敬之赶到南宁观看汇报演出，这一“彩调结合民歌”的新形式得到了他们的肯定，他们认为“这个戏地方色彩和民族特点都非常浓郁，内容新，形式美，整理一下可以拿到北京去”，“足以迷住北京观众”。 彩调《刘三姐》灵活运用民间小戏的形式，得到了代表“中央”及新中国主流文学思想——来自延安的剧作家的首肯与褒奖。另外它的这种结合民歌的新的艺术表现形式，也适应1958年在全国掀起的

"新民歌运动",所以它可以迅速发展起来,进而赢得全国声誉,被称为是"大跃进形势下出现的全广西人民的艺术瑰宝"。可见,在艺术形式上,导演制与民间小戏的灵活运用,使得彩调剧《刘三姐》进入"国庆十周年献礼"。从此,《刘三姐》的推广与传播都与国家话语密切相连,直至今天"刘三姐"依然是壮族,乃至广西最有影响力的文化形象,尽管《刘三姐》主题几经变化。

——毛巧晖:《现代民族国家话语与〈刘三姐〉的创编》,《民族艺术》2016年第2期

| 经典花絮 |

最近,盖叫天先生看了广西壮族自治区歌舞剧《刘三姐》之后,来到了后台。

演《刘三姐》的一大群青年演员,紧紧地围着年高七十五岁的盖老,听他谈《刘三姐》好,好在哪里。说着说着,盖老提出,艺无止境。光说好不行,还需研究研究,哪些地方可以再提高一步。他指着演员唐继说"小伙子,你演的小牛,是怎样出场的,演给我看看"。

唐继脱了上袄,大伙儿给他念着锣鼓点,一声"崩、登、仓",小牛微斜着身子,略低着头,悠然出场。他左手握弓,右手从左到右,画了个半圆圈,顺手抓住抢走他的野兔的地主的家丁,眼睛看着家丁手上的野兔,喝道"放下,你好无理"。

"演到这里好了。"盖老也脱了上袄,笑着说:"你这一节表演很认真,但还没有仔细揣摩,要讲缺点,前半段表演叫做'有假无真',后半段表演叫做'有真无假'。"接着,他模拟唐继的动作说,"你看,你是斜着身子,低着头出场的,这姿势挺'美',可是你忘了,走在你前面的那个家丁,把你的野兔抢走了,你干嘛'看着台板'出场呢?"盖老这一点穿,满场人都笑起来了。盖老说:"眼睛不盯住抢去你野兔的人,而像没事儿地看着地板,是脱离了生活的'假',这叫做有'假'无'真'。后来你抓住家丁的手,一扭头,看着家丁手上的野兔,喝道:'放下,你好无理!'"盖老边演边说,"你的头这么一扭,观众除了你的后脑勺,什么也看不见。"

盖老这一说破，满场笑得更响了。盖老接着说：“这时，你眼睛死盯住野兔，有了‘生活’，可是观众看不见你的脸，不知道你的神色，也就不了解你心里在想什么，这叫做有‘真’无‘假’。”

他要大伙给他念锣鼓点，随着一声“崩、登、仓”，盖老演小牛出场，他站定，稳如泰山，眼看住家丁，给观众一个清楚的“照面”。接着，再踩住锣鼓点，“仓、仓、仓”，抢上前三步，抓住家丁的手，面对观众眼看兔，让观众清楚地看见小牛脸上充满了愤怒的神色，大喝“放下，你好无理!”，满场异口同声地叫：好!

盖老抹去额上的汗珠，说：“‘真’是生活。‘假’是艺术。有‘假’无‘真’，就失掉了‘基础’，艺术成了空壳，没有灵魂；有‘真’无‘假’，就像少了个‘显微镜’，不能把‘真’给‘透’出来。所以，演戏得真中有假，假中有真，来它个真假难分。”一席话，把生活与艺术的关系，讲得精而深。

——何慢：《真假难分——盖叫天和〈刘三姐〉的演员一席谈》，原载1961年2月8日上海《新民晚报》

广西壮族自治区民间歌舞剧团到北京来演出《刘三姐》，引起了广大观众和文艺、戏剧界的很大兴趣。中国戏剧家协会于8月28日，邀请首都文艺、戏剧界人士，举行了座淡会。到会的有萧三、林山、马少波、薛恩厚、吴雪、卢肃、金紫光、孙福田、伊兵、孟超、凤子、张真等30多人。座谈会由中国戏剧家协会主席田汉主持。

在座谈会上，广西壮族自治区民间歌舞剧团负责人郑天健，首先介招了《刘三姐》的创作和演出经过。

在会上发言的同志们都认为，《刘三姐》的富有革命性、战斗性的内容，和富有民间艺术色彩的形式和谐地统一起来，不仅有强烈的政治鼓动作用，又给人以很好的艺术享受。马少波指出了《刘三姐》在思想内容方面的特点：一、它描写了古代劳动人民对封建地主阶级的英勇反抗和斗争。二、描写了古代劳动人民的聪明、智慧和才华，集中地表现了“高贵者最愚蠢，卑贱者最聪明”的真理。三、表现了文学艺术为阶级斗争、为政治服务的威力和战斗作用。伊兵说，刘三姐机智、勇敢，富有劳动人民的才华和美德。她向封建统治阶级进行顽强不屈的斗争，打败了敌人，取得了胜利，给人以很大的鼓舞力量。她是从劳动中，从人民群众中涌现出来的。这一点对今天的知识分子必须深入生活，必须劳动化、工农化，才能成为劳动人民的代言人，有着很好的启发作用。张真说，使这个戏成功的主导的东西，是它的强烈的政治性、鼓动性。把刘三姐的聪明和农民对地主的斗争结合起来，显示了真正的才华。刘三姐顽强地同地主斗争，丝毫不为个人设想。刘三姐唱的很多很好的歌词，说出了群众心里的话。吴雪说，刘三姐同地主阶级进行斗争，受到地主的迫害，但她能很好地对付敌人，最后战胜了敌人，这使整个戏洋溢着乐观主义精神。会上对《刘三姐》的文学性，有较高的评论。萧三说，有些戏曲的舞台艺术很好，但文学性不高，使人感到应该迫切地提高文学性。而这出戏戏剧性强，文学性也很强。用民歌来突出表现了人物的思想是成功的。为了表示他对《刘三姐》赞美，他当场朗诵了一首新作的诗。林山说，《刘三姐》传说在南方几省流行很广，她是民间歌手的典型或化身。这个民歌剧是在民间文艺的深厚的基础上再创作的，它继承和发扬了民歌的战斗性，表现劳动人民的勇敢、机智和无限才能，富有民歌的风格和色彩。这个戏的成功，充分证明继承和发扬民间文艺传统的重要意义和作用，鼓舞我们进一步去发掘和整理民间文艺。

大家认为，这个戏的导演、表演、音乐，以民间舞蹈和民歌为基础，和它的内容、它的民间文学的色彩，是和谐一致的，具有朴素、清新、健康、优美的风格，基本上是成功的。张真说，这个戏在演出处理上，找到了最适合于自己的形式。伊兵说，舞台调度十分流畅、有条不紊，采用了民间戏曲的手法，充满了民间艺术的风格。扮演刘三姐的演员气质很好，纯朴、健康，表现了劳动人民的美。同时，也有的同志认为有些反面人物的表演，还没有把戏曲传统的表演形式与民间歌舞形式很好地融合起来。

对于这出戏的音乐部分，会上有着不同的意见。金紫光说，民歌本来很悦耳、流畅，但显得单调。这出戏的配器和乐队演奏比较成功，在单调的唱腔间加上了“过门”，气氛就来了。作为一个戏剧形式，要表现故事，不同于民歌，只用原来的民歌调子，是不够的。比如歌剧《王贵与李香香》里把〔信天游〕民歌调子进行了丰富发展，表现群众斗争的气氛，就更好些。卢肃、薛恩厚、金紫光举出《对歌》等唱刘三姐的唱腔为例，认为在戏里戏剧性强的地方，人物感情激昂的地方，民歌调子就觉得不足了。

伊兵有另外的看法，他认为，民歌有形象性、鲜明性、生动性，它不借助于外加的音乐成分。音乐加得不适当，反会影响它原有的民歌体、朗诵体的风格。对这个戏不能当作一般的戏曲、歌剧来要求，这就是民歌剧，现在用的民歌风格的音乐，并且把刘三姐和别的角色区别开来，如现在让反派人物唱彩调，就很好，这样更能把刘三姐唱的民歌风格突出来。吴雪也说，在音乐上可以独具一格，不宜从歌剧、戏曲的角度去追求。马少波说，戏的音乐很美，很有感情。特别是《对歌》一场是性格化的，有战斗性的，而且是戏剧化的。后半部的音乐，现在虽也丰富了很多，但还嫌单调，可以更发展，但应该在保持民歌风格的基础上去丰富它。

大家认为这出戏的舞台美术富有地方色彩，以美丽的桂林山水的景色，生动地烘托了戏的内容。缺点是在个别地方，实景和虚拟的表演动作之间还有矛盾，需要改进。

座谈会上，大家也指出了《刘三姐》的前半部戏很完整，后半部戏特别是《抗禁》以后，弱了些，戏场下来了。伊兵说，这是因为《对歌》《抗禁》等场采取了群众斗争的场面，在群众斗争中来表现刘三姐，而后面斗争的形式、斗争的场面都不同了，刘三姐的斗争和群众脱离了。到《对歌》胜利以后，戏剧冲突没有更高的发展，好像刘三姐的胜利局面已经决定了。后面应该在敌人的更大的压力下，继续把刘三姐放在群众斗争中去描写，激起比《对歌》更高的高潮。如何保护原来传说中的积极的浪漫主义因素，很重要，现在对这位被群众誉为“歌仙”的刘三姐的描写还不很足。他认为，这个戏如果以悲剧结束，使浪漫主义成分更加丰富，也许更能激动人心。他说，关于这一题材的处理，也不妨百花齐放，不必拘于一格。马少波认为如果敌人在“对歌”失败以后，进一步布置阴谋迫害，而刘三姐也在组织工作上发挥才能，与人民同命运共呼吸，对敌人进行更激烈的斗争，就会更好。吴雪说，戏的后半部描写阶级斗争有些简单化。封建官府的禁歌布告被猎手小牛一箭射掉，后来甚至地主也被他射死了，地主阶级怎能善罢甘休，可是刘三姐和小牛却轻易地出走到各地传歌去了，就给人不够真实的感觉。如果刘三姐最后竟被迫害而死，像原来传说那样，骑着鲤鱼升天而去，但还在不断地歌唱，真正是歌声满乾坤，这样处理也是乐观主义的。

很多同志谈到，《刘三姐》的成功，是党的推陈出新方针的胜利。马少波说，关于刘三姐的很多传说材料，有精华也有糟粕。这个戏是用马克思主义观点进行分析、创造，去芜存菁，去伪存真的结果。它是现实主义的，又是浪漫主义的。现在的刘三姐，是劳动人民的代言人，并且一道站在斗争最前线，比传说中的刘三姐更提高、更典型化了。在从民歌改编为戏剧的过程里，也进行了艰苦的创造工作。它既继承了传统，又经过了重新创造。

田汉最后发言。在发言中他表示同意大家对这个戏的成就的估计。他说，这个戏有很高的成就，是值得重视的。他也对这个戏提了几点意见。他说，对于文艺的战斗作用，必须作适当的估计，不能表现得用文艺进行斗争可以代替人民的政治斗争和武装斗争。他也同意这个戏可以有悲剧和胜利的结局。他说，对这个戏主张改成悲剧结局的人不少，他们的意思是可以参考的。过去农民闹革命，都是以悲剧结束。农民射死地主，在过去的封建时代，不管你走到哪里，统治者也不会让你逃掉，因此现在的结局不够可信。革命浪漫主义要与革命现实主义结合。刘三姐如果在战斗中壮烈地死去，可以造成《对歌》以后的另一个高潮。柳州的鲤鱼峰，传说就是刘三姐死了，化为鲤鱼，还张嘴歌唱。这传说也是以悲剧结束，但仍然表现了劳动人民战斗不息，这样的力量就更强大，并且更符合过去农民反封建的历史现实。这个戏战斗性的歌唱很多，但抒情性不足，因此，刘三姐的性格写得不够饱满。放在斗争的场合描写她，很好，但这只是一面，应该有她与周围人的关系的描写，如与哥哥、爱人、亲戚等的关系，现在对这些关系，有时写得比较具体，有时就写得太朦胧，要有应有的叙述和抒情。她的爱情和斗争是统一的，把她的爱情生活和斗争更好地结合起来，会把她的性格写得更丰富。他指出这个戏里的个别场面的处理，如序幕中和川剧《秋江》近似的行舟的表演，《霸山》一场的采茶舞等还缺少艺术的独创性。戏里的次要人物，还需要下功夫刻画，使整个戏更精致，现在看来，有些部分还比较粗糙。

——鲁煤:《中国剧协举行〈刘三姐〉座谈会》,《戏剧报》1960年第17期

南方来信

莎色　傅铎　马融　李其煌

人　物

阿　霞　二十四岁，越南南方人民革命党某“战略村”支部委员

四大伯　五十余岁，越南南方人民革命党某“战略村”支部委员

阿霞妈　五十七岁

玉　嫂　三十五岁，阿霞之大姐

小　春　十五岁，玉嫂之子

老爷爷　七十岁

作者简介

莎色（1934—），男，江苏人，曾任江苏话剧团演员。1956年至1958年在北京电影学院学习，后到广西话剧团工作。历任广西话剧团演员、桂林地区文工团编导、资源县文化队导演、临桂县文化馆创作员、桂林地区彩调团编导，1985年起任桂林地区群众艺术馆副馆长。

傅铎（1917—2005，原名傅桐芬，参加革命后改用现名），男，出生于河北蠡县，新中国第一代著名剧作家。1938年参加新世纪剧社。次年加入中国共产党。1940年毕业于华北联合大学戏剧系。1942年参加八路军。曾任冀中军区火线剧社副社长、社长。新中国成立后，历任总政治部文化部创作员，总政治部文工团副团长、话剧团团长，总政治部文化部文化处处长，八一电影制片厂政委，中国文联第四届委员，中国剧协第三、四届理事。曾获三级独立自由勋章、二级解放勋章。作品有歌剧《王秀鸾》、话剧《南方来信》，有《傅铎剧作选》等。话剧《冲破黎明前的黑暗》1956年获全国话剧会演剧本二等奖。

作品信息

《南方来信》（六场话剧）原载《剧本》1964第9期、《解放军文艺》1964年第10期，单行本由中国戏剧出版社1965年出版。

阿　珍　十三岁

黎队长　越南南方人民武装自卫队队长

杨老青　五十多岁，越南南方人民武装自卫队队员

韩老五　三十七岁，伪军

五　婶　三十五岁，村民，韩老五之妻

文　安　中学教师

肯　塔　美军顾问，上校

阮　金　“公民事务部”特务长

警察局长

警察局女秘书

伪军连长

少年伪军

伪军甲、乙……若干人

打更人

“战略村”警察

侍者

工会范主席

报童

市警察局警察甲、乙

“公民事务部”特务甲、乙

人民武装自卫队队员甲、乙、丙

某“战略村”，村民甲、乙、丙

美军士兵甲、乙

第一场

时　间　1962年某天的一个傍晚。

布　景　越南南方某地的一个“战略村”。右方是阿霞家住房的一角。房子用竹竿作柱，水椰叶搭顶。由于年久失修，屋顶已经有几处沤烂了。舞台深处是铁丝网，围篱，哨楼。

〔开幕时：迎空飘散着悲凄的歌声。村民们在张望，在等待亲人的消息。有人在哭泣，有人在叹息。

老爷爷　该死的美国鬼子，把咱们的亲人都抓走啦！唉！简直没法活下去了。

村民甲　要是咱们的部队能打到这儿来就好了。

阿　珍　爷爷，爸爸能不能回来呀？

老爷爷　孩子，爷爷也不知道哇！

阿霞妈　别难过了孩子，等等看吧！

五　婶　（提水桶上）阿霞妈，被抓走的人一个也没有放回来？……你家阿玉呢？

阿霞妈　一大早就到城里打听她丈夫的消息去了。唉，这叫什么世道啊！自从搬进这个鬼“战略村”，没有过过一天安生日子。

五　婶　可不。你家阿玉的女婿阿春，是个多好的人啊！不是帮这家干这，就是帮那家干那。他可犯了什么法啦，也把他抓起来。阿霞妈，他要有个三长两短，你们家可怎么过呀！

群众乙　警察来了！

〔“战略村”警察上。

“战略村”警察　都站在这里干什么？三人一群，五人一伙，这是犯法，你们不知道吗（见众人不理，威胁地）你们在这儿想议论政府，反对政府吗？都给我滚！

村民甲　我们在等被抓走的亲人。

“战略村”警察　等什么？都是政治犯，一个也回不来。快滚！（以枪威胁群众）

阿霞妈　（对众人）大家先回去吧。

〔众人下。

五　婶　狗仗人势！

“战略村”警察　什么？（见五婶欲用水泼他，只好搪塞地）得，得，得。

〔五婶下。

“战略村”警察　（对阿霞妈）你家来客人啦。（对内）请吧，先生。

〔文安提着提包上。

文　安　姑妈！

阿霞妈　文安？

文　安　姑妈你老人家好啊？

阿霞妈　唉，（一言难尽地）还好呢！文安，好久都没见了，今天怎么有空出来呀！学校里还忙吧？

文　安　忙是忙呀，可今天是星期天，来看看你老人家。

阿霞妈　文安，你坐。（进屋去）

“战略村”警察　先生。（伸手示意要钱。文安给了他几张钞票）先生，快一点，连长知道了我可担当不起。（下）

阿霞妈　（拿着一个椰子上）来，喝点椰子水吧！

文　安　姑妈，你们日子过得怎么样？

阿霞妈　唉！自从那年阿霞和他姐夫参加罢工，让工厂给开除了，就搬到乡下来住。前几个月又让美吴反动派给赶到这个鬼“战略村”。

文　安　那你们靠什么生活呢？

阿霞妈　别提了，家里的东西，让他们烧的烧，抢的抢，全光了。地里的粮食也让他们全入了库。吃一顿，领一顿，日子过得连狗都不如！

文　安　姑妈，你们有什么困难尽管说好了，只要能做到的，我一定帮忙。

阿霞妈　文安，你的日子也不算宽裕，反正我们苦日子过惯了，怎么着也能凑合着活下去。

文　安　姑妈，刚才这儿好像发生了什么事情？

阿霞妈　是呀！那些坏蛋们，天天在“战略村”抓人杀人。前天晚上美国顾问来视察，又无缘无故抓走了二十多个人！说他们什么跟游击队有来往，是危险分子！今天天一亮，乡亲们就派人到城里打听消息去了，这不，到现在还没有回来。

文　安　居然会有这样的事情？真没有想到“战略村”原来是这个样子！

阿霞妈　比这更惨的事情还多呢！唉，阿玉的丈夫也让他们抓走了。

文　安　（吃惊地）什么？阿春哥也被他们抓走了？这太不像话了。随随便便就抓人，这连起码的一点人身自由也没有，这是什么政府！……姑妈，阿霞呢？

阿霞妈　帮助照顾乡亲们去了。

〔阿霞上。

阿　霞　表哥！

文　安　阿霞！

阿　霞　文安，你怎么跑到这里来了？

文　安　你托我买的药品，早就买好了，可你一直不去取。正好学校里今天没事情，我就给你送来了。（把提包交给阿霞，阿霞转交给阿霞妈）

阿霞妈　文安，你坐一回儿，我去烧点茶。（下）

阿　霞　多危险哪！让他们查出来就麻烦了。表哥，他俩怎么能放你进来？

文　安　这些家伙，只要有钱，连灵魂都肯出卖。给了他们几个钱就让我进来了。

阿　霞　真麻烦你了。

文　安　看你说到哪儿去了。这点小事算得了什么。阿霞，刚听姑妈说你们的生活很苦，你怎么不回到城里纱厂里去做工呢？

阿　霞　现在到处都是失业的工人，上哪儿去找工作！……

"战略村"警察　（上）先生，该走了！

文　安　阿霞，我走了。

阿霞妈　（从屋里走出，歉然地）文安，看看，连杯茶也没有喝！

文　安　没有什么，姑妈，以后有时间我再来看你老人家。（下）

〔"战略村"警察跟下。

阿霞妈　阿霞，这几天这么乱，你在外面工作，可得格外加小心哪。真怕你……

阿　霞　妈妈，不要紧。我姐夫不是常说，干革命要有骨气，不能叫敌人吓倒，一定和敌人斗争到底。敌人抓走了我们好多同志，他们留下的担子我们得把它挑起来呀！

阿霞妈　哪天盼到美吴反动派全消灭了就好了。

阿　霞　（自信地）妈妈，不是有句俗话："山再高也能攀越，路再险也能通过。"妈妈，我们又组织起来了。

〔五婶边喊边上。

五　婶　老五！老五！你刚回家怎么又要走啊！孩子病得这么重你也不管了？

韩老五　我……我……

五　婶　（发现了什么）你口袋里是什么？过来让我摸摸。（从韩老五口袋里掏出了钱，暴发地）好哇！孩子有病你不管，还把给孩子买药的钱偷去喝酒，你，你还有点心肝没有？

韩老五　我还有心思去喝酒，这是……

〔少年伪军上。

少年伪军　五叔！五叔！……五婶在这呀！五叔，连长不是告诉你了吗，他太太的头生儿子今天满月了，让你去喝喜酒。

韩老五　我知道了。

少年伪军　连长刚才可催你快去哪！

五　婶　（不满地）有现成的酒送来了，不快去喝，还站在这儿干什么？

韩老五　想得可倒好，天下有不吃鸡的黄鼠狼？还喝酒呢，是让给他那宝贝儿子送贺礼！把钱给我吧。（见五婶不理，急了）你是存心要害死我呀！

五　婶　什么？孩子的命你不管啦？

韩老五　不去送贺礼别说孩子的命，咱全家命也别想要了。

少年伪军　五叔，连长等得已经不耐烦了。

阿　霞　五婶，把钱给五叔拿去吧。我家里还有几块钱，先拿去给孩子买药。

五　婶　（痛苦地）给你连长的孩子作满月，让咱们的孩子等死。

少年伪军　五婶，你就委屈点吧。

阿霞妈　他五婶，少说几句吧，让狗连长知道又不得了啦！

阿　霞　（把钱交给五婶）五婶，快去给孩子买药吧！

韩老五　阿霞，谢谢你了。一辈子我也忘不了你的好处。

阿　霞　谢什么，往后心里多想着点乡亲们比什么都强。

韩老五　放心，我不会做昧良心的事。

五　婶　老五，把钱给他们，让他们一家子买棺材去吧！

韩老五　我，咳！（下）

阿　霞　五婶，算了，算了……

五　婶　阿霞，五婶我有一肚子委屈呀！我省吃俭用，好不容易攒了几十块钱，还让他们抢走了。这是什么世道！让这些坏蛋们横行霸道……

阿　霞　五婶，你说得对。不把那些坏人赶走，咱们别想过一天好日子。

五　婶　阿霞，你真是个好姑娘！总有一天，非把他们千刀万剐了不可。

阿霞妈　他五婶，快回家看看孩子去吧。

〔五婶提水桶下。玉嫂和小春上。

小　春　外婆！

阿霞妈　你们回来了！阿玉，见到阿春了吗？

玉　嫂　没有。警察局连门都不让进。

小　春　我好容易从窗子里钻进去了，偏偏又让个该死的警察发现了。狗东西揪着我的耳朵把我给赶出来了。

阿霞妈　警察来了！

"战略村"警察　（上）玉嫂，今天你上城里干什么去了？

玉　嫂　去找我丈夫。……

"战略村"警察　找到了吗？

玉　嫂　没有。

"战略村"警察　城里吴局长来电话了，以后不许你们再到警察局去捣乱。

小　春　（倔强地）要不是我爸爸被抓走了，你们用美国汽车来接我，我还不去呢！

"战略村"警察　你说什么！以后再敢对我这样说话，我就把你送到监牢里去。

玉　嫂　我们这儿比监牢也好不了多少。

"战略村"警察　什么？你们要什么威风！我看你们全是皮肉发痒了。

阿　霞　警察先生，你别生气。她还能比得上你威风。

“战略村”警察　告诉你，以后不准进城。

玉　嫂　我丈夫不回来我还要去。

“战略村”警察　再去我打断你的腿！（下）

阿霞妈　（望着警察的后影）呸！

〔四大伯伏身急上。他遍体鳞伤，严峻的脸上闪着怒火。

阿　霞　四大伯，你怎么回来的？

〔阿霞机警地去瞭望。

四大伯　昨天晚上敌人在兰湖想杀害我们，趁着天黑我就跳水跑出来了。

阿　霞　四大伯，你怎么还回村？敌人知道了还要抓你呀！

四大伯　我有要紧的事来告诉你们。

阿　霞　出什么事了？

四大伯　（感情沉重地）玉嫂……

玉　嫂　（预感地）四大伯，阿春他……

四大伯　玉嫂，你坐下。

〔众人坐下，场上空气异常紧张。

四大伯　昨天夜里，美国佬和秘密警察押着我们走到兰湖岸边，硬逼着人们招出越共来。可是大家都闭口无言！美国佬急了，警察就用皮鞭抽，铁尺打，乡亲们还是不吭声。后来就用刺刀戳人们的眼睛。他们戳一个，站起来两个；戳两个就拥上来一群！警察慌了，就把汽油浇在人们身上放火烧。有个孕妇身上烧着了，警察把她推过来，搡过去，故意捉弄她。后来这个孕妇摔倒了，一个美国野兽跑上去，照准肚子就是一脚……这些灭绝人性的禽兽，还嘎嘎地怪笑呢！就在这时候，有一个被烧得血肉模糊的人站了起来，他狠狠地吐了美国佬一口，骂道，你们这群强盗、刽子手，总有一天要你们偿还血债！美国佬向他连开了三枪，他还高呼：打倒美吴集团！民族解放阵线万岁！人民革命党万岁！这个人就是阿春……

玉　嫂　阿春……（晕了过去）

阿　霞　　　　　姐姐！……
阿霞妈　（同时地）阿玉！……
小　春　　　　　妈妈！……

〔阿霞妈忙把玉嫂扶入屋内。

四大伯　敌人杀害了我们五个同志，把尸体扔进了兰湖，其余的人又押进了城里去……

阿　霞　四大伯，我们不能让烈士的血白流哇！

四大伯　我回村就是为了这个，阿春同志牺牲了，他是我们党支部的书记，我们需要马上把组织健全起来，领导群众跟敌人继续斗争。

阿　霞　我们已经开过会了，大家推选我今天晚上去找区委，请示工作。

四大伯　正好，我已经到过区委了。区委指定你担任支部书记工作，区委还写了信，让我带着去找县游击队指挥部，请求咱们的部队来捣毁“战略村”。阿霞，村里的工作交给你啦，我去找县游击队……

〔四处警笛声，狗吠声。

阿　霞　四大伯，敌人来了，赶快藏起来。

韩老五　（跑上，发现四大伯）四大伯？快……快！连长带人来抓你。

〔阿霞同四大伯急下。

伪军甲　（上）老五，陈老四是跑回来了吗？

韩老五　我没见。

伪军甲　他妈的，美国顾问硬说跑回来啦。

〔伪军连长，肯塔上校和几个伪军上。

伪军连长　（命令伪军）快去搜，一定把他抓到。

〔伪军们下。

肯　塔　（对伪军连长）我的连长阁下，一个逃犯进“战略村”竟然没有发现，你也太麻痹啦！

伪军连长　上校先生，所有的岗哨我都查问了，确实没有发现陈老四回村。

肯　塔　你真是个饭桶，还敢跟我狡辩，难道逃犯不会越过“战略村”的胸墙，爬过铁丝网进来。我再一次地警告你，饭桶连长！在村里抓走了政治犯之后，“战略村”的民心必然不稳，你要严加控制，出了乱子当心你的脑袋。

伪军连长　是，上校先生！

〔几个伪军返回。

伪军甲　报告连长，没有搜到。

伪军连长　（火）混蛋！我就不信陈老四还能飞上天去，把村民都给我抓来！

伪军甲　是！（同众伪军下）

肯　塔　我马上还要回城里去，逃犯抓到连夜押到警察局，听到没有？

伪军连长　是！

肯　塔　从今天起，宵禁时间提前两个钟头，发生情况村民一律不准出屋，谁敢违犯，打死活该。

伪军连长　是！

肯　塔　每家门前的照明灯通夜不灭，否则以通共论罪。

伪军连长　是！一定照办！

肯　塔　再见！（下）

伪军甲　（上）报告连长，村民抓来了。

〔村民们从不同方向被带上。大家在不满地议论着：“你们还讲不讲理！”“黑更半夜的为什么抓人？”……

伪军连长　要造反哪！（站在高处）村民们，刚才陈老四逃进了“战略村”，他逃到你们哪家去了？快说出来，不说，我就不客气了。（巡视，突然对村民甲）逃到你家去了！

村民甲　没有。

伪军连长　（又对村民乙）一定是跑到你家去了！

村民乙　没有见。

伪军连长　他妈的！（气急败坏地拉过玉嫂）在你家没有？

玉　嫂　你管我要人，我还管你要人呢！你还我丈夫！

伪军连长　滚你妈的！（对阿珍）小妹妹，逃犯你见到没有？说呀！说了实话，政府会把你爸爸放回来，我可以让你去上学，还多发给你家粮食……

阿　珍　爷爷！……

伪军连长　他妈的，我宰了你！

〔阿霞急上。

阿　霞　住手！你凭什么随便杀人？

伪军连长　他家里窝藏着政治犯！

阿　霞　你有什么证据？

伪军连长　我，我……你管不着。

阿　霞　没凭没据，随便杀人就不行。

村民们　不能随便杀人！

伪军连长　（对阿霞）你是干什么的？

阿　霞　“战略村”的村民。

伪军连长　好大胆子，你给我滚开！（又去抓阿珍）

阿　霞　（阻拦）你们干什么？连长先生，政府建立“战略村”，不是说是为了保卫人民的安全，让村民过民主、自由的生活吗？随便抓人杀人，这就是保卫人民的安全？这就是你们给我们老百姓的民主、自由吗？

伪军违长　什么民主自由，那是美国人玩的那一套，我不会！（命令伪军甲）把这个小姑娘给我带走。你们交出陈阿四，再把人赎出来。

〔伪军甲上前抓阿珍，老爷爷上前阻拦。

老爷爷　你们不能抓人！

伪军连长　连老头子带走一块作抵押。（见伪军甲把阿珍、老爷爷抓住，群众拉住不放）滚开！（向天空打了几枪）

〔伪军甲带着老爷爷和阿珍要走。阿珍抱住伪军连长的大腿恨恨地咬了几口。伪军连长开枪打倒阿珍。伪军连长等人拉着老爷爷下。

阿　霞　（把阿珍放在台阶上）乡亲们，前天他们抓走了咱们的人，今天又打死了阿珍，他们要杀就杀，要抓就抓，还有咱们的活路吗？

村民甲　反正也没法活了，跟他们拼了算啦！

村民们　对，走，跟他们去拼！

阿　霞　（阻止住众人）乡亲们，是要和他们拼，可咱们赤手空拳地和他们干会吃亏的。咱们得想好了办法再和他们干！大家先回去，一有了办法就告诉大家。

〔村民们下。片刻，四大伯上。

阿　霞　四大伯，刚才……

四大伯　（沉重地）我知道了。

阿　霞　四大伯，群众实在忍不下去了，咱们应该马上行动起来呀！

四大伯　阿霞，我马上去找县游击队。

阿　霞　四大伯，敌人正在抓你，行动不方便，你不能出村，还是先在村里隐藏几天吧。

四大伯　那谁去游击队呢？

阿　霞　我去。四大伯，你留在村里，先负责一下村的工作，千万要注意隐蔽。那一带地区我也熟悉，顺便把游击队需要的药品带去。

四大伯　也好。这是党组织的信，新的联络口号是：老乡你们这儿有老虎吗？

阿　霞　（重复地）老乡你们这儿有老虎吗？

四大伯　回答是：多得很！再反问一句：你怕吗？

阿　霞　第二句回答呢？

四大伯　我正想打它两头为人民除害，你说我会怕吗？

阿　霞　你说我会怕吗？

四大伯　好。

阿　霞　四大伯，我走了。

——幕落

第二场

时　间　第二天天黑后。

布　景　森林里，人民武装自卫队的驻地。

〔开幕时：战士们正在休息。灯下，有的人在看画报，有的人哼着战斗歌曲，也有人在打瞌睡……

自卫队员甲　阿姐，（指着画报）你看这是什么地方？

自卫队员乙　这是河内的西湖公园。

自卫队员甲　你到过河内吗？

自卫队员乙　去过。那是我十岁的时候，我爸爸在一家法国工厂里做工……（遐想地）现在的河内跟过去可完全不一样了。胡伯伯住在河内，正领导着北方的同胞，进行着轰轰烈烈的社会主义建设，河内建设得更美丽了。

自卫队员甲　可惜，我没去过河内。

自卫队员乙　阿勇，将来南北方统一了，你一定有机会到河内去。

自卫队员甲　对，等我们南方完全解放了，我一定去一趟河内，最好是在五一节，或者是国庆节，那就能见到胡伯伯！

自卫队员丙　（梦呓地）胡伯伯！胡伯伯！

众　人　阿多，你怎么啦？

自卫队员丙　同志们，我做了一个好梦！我梦见胡伯伯了！

自卫队员们　真的？

自卫队员丙　真的，胡伯伯穿得非常朴素，就像个慈祥的母亲。老人家和我坐在一起，拉着我的手，微笑着对我说，小伙子，你打仗一定很勇敢吧！杀死了多少敌人？当上战斗英雄了吗？当时我有很多话要跟他老人家说，可也不知道怎么了，紧张得我连一句话也说不出来。(惋惜地)唉，同志们，这要不是梦该多好啊!

自卫队员丁　阿多同志，这不是梦！不久的将来，我们一定能见到胡伯伯。

〔战士们怀念地唱起越南歌曲《我的故乡》。黎队长上。

黎队长　同志们，刚才指挥部通知，有一股敌人开到安保“战略村”去逮捕我们的同志。为了消灭这股敌人，指挥部命令我们马上出发，到二号地区打他个伏击。

自卫队员们　是！坚决把它消灭掉！

黎队长　同志们，山下集合，动作要快！

〔自卫队员下。

〔黎队长检查了一下，把灯捻小，下。

〔杨老青押着穿伪军服装的阿霞上。

杨老青　走！不许随便乱看！包里的东西一定是毒药，不准带进去。（把背包放到别处又回来）坐下。你是聋子吗？我叫你……不，我命令你坐下。听见没有？你要是再不服从我的命令，我就要对你执行纪律了。听到了没有？

阿　霞　(无可奈何地点了点头)……

杨老青　你要老老实实地回答我的问题。对了，我得先把你记在我的账本上。（掏出一个小本边说边写）今天我又抓到了一个俘虏，……

阿　霞　(纠正地)老爷爷，你弄错了！

杨老青　什么！一个俘虏竟然胆大包天地说我杨老青错了！我问你，你是从哪里来的？

阿　霞　从“战略村”来的，我找……

杨老青　你找谁？

阿　霞　那你这位老人家是谁？

杨老青　嗨！我是在问你的口供，你倒反问起我来了……好，我告诉你：(自豪地)我是南方民族解放阵线人民武装自卫队的战士。听清楚没有？

阿　霞　原来是一家人！老爷爷，老同志，……

杨老青　胡说！谁是你的同志？

阿　霞　老爷爷，我有要紧事找你们领导。

杨老青　我就是领导！

阿　霞　老爷爷，（使用联络口号）你们这儿有老虎吗？

杨老青　什么老虎？我们这儿到处全是游击队！（激烈的枪声传来）不许动！想跑？你也不打听打听，你落在我杨老青手里，还想跑掉！

阿　霞　老爷爷，我真有要紧事见你们的最高领导。

杨老青　你没有听见枪响？我们的领导忙得很，不能见你。

阿　霞　老爷爷，给我点水喝，把我都渴死了。

杨老青　嗯，这个要求可以答应。慢点喝！

阿　霞　老爷爷，我的手腕痛极了，你……

杨老青　想让我给你松绑？不成，这是原则问题。

阿　霞　反正我不会跑。

杨老青　你们的这种花招我早就领教过了。等我给你松了绑，你趁我不注意，突然给我一拳，再来个美国式的赛跑——溜！对吧？

阿　霞　老爷爷，我知道你是怀疑我这身衣服。我化装成一个伪军，全是为了工作需要。要不，路上不好走。

杨老青　什么？你化装成伪军是你的工作需要？可我把你抓起来也是我的工作需要！

阿　霞　可你不能抓自己人啊！

杨老青　少啰唆！

阿　霞　你们这里属于MA区吧？

杨老青　什么？想打听军事机密！办不到！（用手巾把阿霞的嘴堵上）这下该老实了吧。你要老老实实交代，坦白从宽处理，要赖狡猾从严。

〔自卫队员们带着战利品上。

自卫队员甲　老青爷爷，我们今天又打了一个漂亮仗！看，缴获的美国汤姆斯。

自卫队员乙　还有饼干、罐头。

自卫队员丙　老青爷爷，瞧这个！（指望远镜）

自卫队员丁　你再看这儿！（打开半导体收音机开关，响了一阵嘈杂声）眼馋了吧？

杨老青　眼馋！你们看我又抓了一个活的！

自卫队员们　老青爷爷真行，又抓了一个！

黎队长　（上）同志们，今天打得好啊！动作迅速，勇敢，敌人一个也没有跑掉。

杨老青　报告队长同志，战士杨老青又抓了一个反动派。

黎队长　在什么地方抓的？

杨老青　今天下午放哨，在敌人警戒区抓的。

黎队长　好，把你的小本子给我，我给你记上。

杨老青　（不好意思地）我已经记上了。

黎队长　噢，（看小本子）打死和活捉敌人一共是二十七个了，真了不起啊！今天我就向上级申请给你挂奖章！

自卫队员们　对，给老青爷爷挂奖章。

黎队长　老青同志，还有别的情况吗？

杨老青　今天下午，18号公路有敌人二十五辆十轮大卡车通过，看样子都是军用物资。

黎队长　好。（指阿霞）把她松开。

杨老青　队长同志，得保持高度的警惕性，她可狡猾哪！（给阿霞松绑）

阿　霞　（弄掉嘴里的手巾，无限激动地）队长同志！

自卫队员乙　（拦住阿霞）站住！

黎队长　（对阿霞）你是干什么的？

阿　霞　老乡，你们这儿有老虎吗？

黎队长　多得很，你怕吗？

阿　霞　我正想打它两头为人民除害，老乡你说我会怕吗？

黎队长　（一把握着阿霞的手）同志啊！你叫什么名字？

阿　霞　阿霞。

黎队长　你就是阿霞同志！

阿　霞　队长同志，这是党组织交给你的重要文件。

〔黎队长看文件。自卫队员们拥向阿霞，有的端水，有的送饼干。

杨老青　（紧紧握着阿霞的手）阿霞同志，真对不起你呀！你不知道，敌人的别动队总是千方百计地想搞咱们部队的情报，他们什么手腕都使，我是怕上了他们的当呀！刚才让你受苦了，原谅我老头子吧！

阿　霞　老爷爷，你做得对！

自卫队员们　阿霞同志，喝水呀！吃饼干呀！

阿　霞　（阶级的爱温暖着她的心，泪，夺眶而出）同志们，我吃不下去。

自卫队员乙　阿霞同志，多少吃一点吧。

阿　霞　……我实在吃不下去。（拭泪）看我是怎么了，在敌人面前我从来没有掉过一滴泪，可见到亲人们我……同志们，我们"战略村"实在活不下去了！反动派把所有的东西都抢走了，可他们还天天逼人们交粮纳税。我们实在无路可走了，就组织起来抗捐抗税。可是，敌人也对我们进行了残暴的镇压。他们把一位七十多岁的老爷爷捆在树上，问他为什么不交粮纳税，老爷爷回答说，不为什么，就为了把粮食存下来留给阵线游击队，让他们吃饱了肚子好消灭你们。这群野兽举起十字镐就向老爷爷的胸膛打去，一连打了几十下，又把老爷爷的尸体用水牛拉着游街过市，一片一片鲜血，一块一块肉，落得满街都是。血腥的镇压，并没有吓倒人们，相反更激起了人民的仇恨！敌人越来越疯狂，他们又把三个不肯交粮的同胞砍断手脚，推进泥塘，把牛套上犁，在他们身上犁来犁去。这三位同胞没有哭，也没有向敌人求饶，他们齐喊："乡亲们，不要怕，一定要把斗争坚持到最后胜利！……"敌人见压服不了人们，就在前天晚上进行了大搜捕，把我们二十多个同志逮捕了。押在兰湖岸边，严刑拷打，用火烧，用刀刺，当场就有五位同志牺牲了，烈士的尸体被敌人扔进了兰湖。……其余的人又押进城去，关进了监牢。同志们，“战略村”的人民正在磨拳擦掌等待着和你们一起捣毁“战略村”，结束这暗无天日的生活。

杨老青 （激愤地）这些狗强盗！

自卫队员甲 队长！打进城里去，救出被捕的同胞！

自卫队员乙 我们要以血还血，以牙还牙！

自卫队员丙 队长，下命令吧！

黎队长 同志们，“战略村”一定要捣毁，被捕的同志一定要营救出来，烈士的仇一定要报！阿霞同志，你们“战略村”人民组织得怎么样？

阿 霞 我们秘密组织了地下战斗小祖，每个小组有二十来个人。一共有六支步枪和几十个手榴弹，其余的都是竹尖和砍刀。

黎队长 敌人兵力情况呢？

阿 霞 我们“战略村”驻着伪军两个排，另外还有二十多名保安队。武器全部是美国造。

黎队长 村里有些什么工事？

阿 霞 有一道壕沟，两道铁丝网，最近又增加了一道竹篱笆。除了东西道口两个检查哨，还有四个哨楼。

黎队长 其他“战略村”怎么样？

阿 霞 都差不多。

黎队长 好！阿霞同志，我马上去把这些情况向战区指挥部报告，上级有什么指示我再告拆你。（下）

阿 霞 同志们，你们需要的药品，我带来了！可是老爷爷硬说是毒药，放在竹林外边了。

杨老青 唉呀！我真当成是毒药了，差点扔到山沟里去。（取药上）阿霞同志，谢谢你们呀！卫生员，这些药品来得很不易，千万要保存好。“战略村”的同志们，他俩没有吃的，穿的，宁肯流血牺牲，也给我们买来药品。（激动地）同志们，这不是药，是人民的心哪！

阿　霞　老爷爷，对敌人，他们要什么我们没有什么，可是对自己的同志，只要需要，什么都会有！无论敌人怎么屠杀，镇压，也割不断我们和解放军、阵线游击队的联系。

自卫队员乙　阿霞同志，你们在“战略村”和敌人斗争得真英勇！我们得向你们学习。

阿　霞　不，同志。这是因为有你们！只要一想到你们，我们全身就是力量，生活再苦，敌人再狠毒，我们也能把斗争坚持下去。

〔黎队长上。

黎队长　同志们，上级指示我们，立即行动，把“战略村”拔掉，把被捕的同志营救出来。阿霞同志，你回去以后，把“战略村”的群众都发动起来，抬着烈士的尸体，到城里去游行示威。这样，一方面，能够向越南人民和全世界人民彻底揭露美吴反动集团的滔天罪行；另一方面，可以牵制城里的敌人，便于我们拔掉“战略村”。指挥部已经用电台通知了城里地下党组织配合你们行动。什么时候开始游行，城市和农村怎样配合，由你直接和工会范主席接头。这样，我们把农村斗争和城市斗争结合起来，把政治斗争和军事斗争结合起来，就能给敌人一个狠狠的打击。

阿　霞　好，我马上就回去。

黎队长　老青同志，你护送阿霞出警戒区。

杨老青　是。

阿　霞　同志们再见了！

自卫队员们　再见！

——幕落

第三场

时　间　数天后。

布　景　某城市的一个酒吧间里。左侧是售货亭。草坪上有一张桌，两张椅。

〔开幕时：酒吧间里正放送爵士乐唱片，游人陆续从场上穿过。

文　安　（闷闷不乐地）BOY！一杯白兰地。

〔报童上。

报　童　晚报！晚报！西贡咖啡馆被炸，岘港火药库失火。请看晚报！

〔一醉熏熏的美国士兵过场。他吓走了游人，又喝了文安的一杯酒。

〔范主席上。

报　童　先生，看晚报吗？

范主席　（低声地）她来了吗？

报　童　来了，在那边。

范主席　把她请到这儿来，我在这儿等她。传单印好了吧？

报　童　印好了。工会黄大伯已经散发了。

范主席　好！（与报童分头下）

〔散步的游人过场。一声枪响，警车过，场上一片混乱。

文　安　（忿慨地）这算什么民主？有什么自由？这是过的一种什么生活呀！（下）

〔报童上，张望。阿霞随上。

阿　霞　晚报！（低声地）范主席呢？

报　童　你先在这儿等一等，我去叫他。晚报来了！晚报来了！

〔范主席上。报童卖报下。

阿　霞　七哥，你才来呀？

范主席　对不起，我有事，来晚了。（对内）喂！咖啡！

阿　霞　你们准备好了吗？

范主席　群众已经组织起来了。这次行动，不仅有工人参加，还有知识界和宗教界参加。“战略村”的群众发动得怎样？

阿　霞　按照上级决定，一共发动了六个“战略村”的群众，大约有三千多人。

范主席　好。咱俩城乡这两股力量会合到一起，可以达到一万多人。这是游行示威以来规模最大的一次！

阿　霞　我们准备明天早晨就进城。你看怎么样？

范主席　可以。明天是礼拜天，街上的闲人多，到时候我们的游行队伍上了街，一定会有很多的群众自动加入我们的行列。阿霞同志，你们进城有困难吗？

阿　霞　在通过八号地区的时候，怕敌人会阻拦。

范主席　（想了想）这样吧，我们叫工会汽车司机小组在那个地区制造一个事故，转移敌人的注意力，使你们顺利通过。

阿　霞　好！上级为了防备敌人采用武装镇压，让我们把水牛全赶到城里来，把交通路口给它堵住。

范主席　我们也组织了工人纠查队和学生纠查队，来对付敌人的武装镇压。阿霞同志，就这样吧。明天清早你们队伍进城的时候，我们带领城里的群众去接应你们！

阿　霞　好，我走啦。再见！七哥，再见！（改装，戴上眼镜，摘掉纱巾，下）

〔报童上。

报　童　晚报！晚报！

范主席　你去告诉汽车司机组长阿光，叫他们明天四点钟，在八号地区制造一个……（对报童耳语）

报　童　好！晚报……

范主席　BOY！（放钱下）

〔文安上。

文　安　BOY！白兰地！（饮酒，感叹）唉，他们口口声声喊着“自由世界”，哼，在这自由世界里，只有饿死的自由，只有当美吴集团奴隶的自由！（饮酒）一片黑暗！出路在哪儿呢？

〔阿霞急上，迅速改装，摘掉眼镜，披上纱巾。

文　安　阿霞！

阿　霞　表哥是你？赶快掩护我一下，有人盯梢。

〔阿霞坐下。掏出扑克发牌，文安机灵地把酒倒在两个杯子里。

〔特务甲、乙上，观察阿霞。

阿　霞　电影票买好了吗？

文　安　买好了。

特务甲　（掏出纸烟，走到文安面前）先生，借个火！（借机窥视阿霞）

文　安　对不起，我不吸烟。

〔特务甲、乙，在旁做手势。特务甲认定阿霞是刚进来的那位女人，特务乙摆手。显然是阿霞的伪装使他们一时难以相认。

阿　霞　（松弛地）该你出牌了。

〔突然有一个戴眼镜，装饰与阿霞相同的妇女从侧后穿过，马上引起特务的注意，特务跟踪而下。

文　安　阿霞，你赶快离开这个鬼地方吧！

〔阿霞起身要走。外面突然传来一片嘈杂的人声“往哪儿跑？”……警车飞驰而过。

阿　霞　不行，现在不能出去，外面很乱。这时候在这个鬼地方反倒安全一些。

文　安　那咱们谈谈心吧！

阿　霞　好吧。表哥，你怎么跑到这种地方来了？

文　安　唉！有什么办法，全是命运的安排。

阿　霞　出什么事了？

文　安　我从你们那儿回来以后，如实地写了一篇关于“战略村”的文章投到报馆，他们不但不发表，反把我从学校里赶出来了。

阿　霞　真卑鄙！

文　安　阿霞，你说，人权毫无保障，这算是什么社会呀！

阿　霞　（示意文安轻声）轻点！

文　安　我不怕，反正我已经失业了。有耳不能听，有口不能言，难道这就是政府所谓的“勤劳人位”政策？你是了解我的，从小我就向往着做一个安分守己的文人，在社会上做些有意义的事情。可是，这些年来的现实，完全打破了我的理想……（喝酒）

阿　霞　表哥，你不能这么消沉下去。该多想想今后怎样生活才更有意义！我们的祖国，南北统一遭到了破坏，南方人民正在和美吴反动派进行着斗争，有多少工作等着我们去做呀！

文　安　像我这样一个教书匠，又能做些什么呢？唯一的办法是躲开它，离它越远越好…

阿　霞　不，你这是在欺骗自己！在我们南方，任何人想逃避这个斗争是不可能的。在南方的土地上，每天都有成千上万的同胞在流血，美国强盗到处杀人放火，把祖国美丽的河山变成他们“特种战争”的实验场。作为一个越南人，怎么能对这一切无动于衷呢？表哥，就连佛教徒也起来和敌人展开了斗争。你是个人人敬爱的老师，不但要传播知识，更重要的是要热爱祖国，维护真理！

文　安　阿霞，我承认我是在欺骗自己，我也想过重新开始生活，可……阿霞，我刚才得到了一张传单，你看！（气愤地）秘密警察又在抓爱国同胞，在兰湖用最残暴的方法杀害了其中的五名。我愤恨政府的残暴，可我对这种暴行却无能为力！

阿　霞　一个人的力量当然有限，可是一旦和人民结合起来，就会知道自己的力量是多么大！

文　安　阿霞，有一件事我不知道该问不该问。我早就看出来你是个不平常的人。最近城里动荡得很厉害，你能不能告诉我：群众会不会为了这件事采取行动，向政府表示抗议？

阿　霞　（以问为答）你说呢？……

文　安　如果对这种暴行都容忍下去，那我们还有什么做人的权利哪。

阿　霞　是啊！如果群众真行动起来．我希望你能运用自己的影响，把老同学、老同事都联合起来，参加到斗争的行列中去。

文　安　那是理所当然。我绝不沉默，一定尽我微薄的力量，投入到斗争的激流中去！

阿　霞　这就对了。街上清静点了，我还有要紧的事情，再见吧，表哥！（下）

〔文安正送阿霞下。阮金游游逛逛地上，他认出了文安。

阮　金　文安？文安……老朋友，怎么连老同学也不认识了？

文　安　（意外地）阮金！

阮　金　真没有想到，在这儿会碰上你！（指阿霞）这位是……

文　安　我的一个亲戚。

阮　金　哦！（望着阿霞的背影）你的亲戚。

文　安　阮金来坐一坐吧！

阮　金　好！BOY！香槟。老同学，多年不见了，我请客。坐坐，今天咱们得好好谈谈。

〔侍者送酒上。

阮　金　文安，你什么时候到这个城市来的？

文　安　好多年了。阮金，你可大变样了，我都不敢认了！

阮　金　你还是老样子。文安，我们有五年不见了吧？几年不见，你可真是越来越像个学者的样子了！

文　安　你还那么爱开玩笑。这些年你都在哪儿做事？

阮　金　中学毕业后，我就和父亲到美国去了。上个月刚回来。本来我父亲的一个老朋友，想让我在政府里工作，我谢绝了。现在在公司里帮助父亲料理一些事情。你呢？

文　安　一直在教书。

阮　金　噢！到底实现了你的理想：献身于伟大的教育事业！

文　安　哼，还献身于伟大的教育事业……

阮　金　怎么？有什么不如意的事情吗？

文　安　就在几个钟头以前，我已经被剥夺了这种权利。

阮　金　为了什么？

文　安　为我写了一篇关于“战略村”的文章，他们就把我解聘了。

阮　金　岂有此理嘛！……我刚回国不久，还没有去过“战略村”，只是从报纸上看到，“战略村”的人民都在过着新生活。

文　安　新生活？没有到过“战略村”的人简直想象不到我们同胞过的是一种什么样的悲惨生活，一句话，名副其实的人间地狱！

阮　金　人间地狱？这些年一真住在国外，对国内的事情可以说是一无所知。回国以后，很多地方看不过眼，到处是乌烟瘴气，乱七八糟！真叫人生气！

文　安　可是美国人还说，我们这里是“自由世界”在东南亚的民主橱窗，真是绝大的讽刺！这是我刚才拾到的一张传单，你好好看看！咱们这自由世界的民主生活。

阮　金　（看传单）啊？真卑鄙，想不到在二十世纪六十年代还有这样野蛮的行为！文安，咱们要向政府提出抗议，还要拿起笔来向全国、全世界揭露这种惨无人道的暴行！

文　安　不！写文章没用。我们应当积极参加到群众斗争中去。

阮　金　（引起了注意）参加到群众斗争中去？……对，对，可是咱们怎么斗争呢？

文　安　如果群众起来斗争的话，我们首先响应，我希望你用你的影响，动员更多的人参加。

阮　金　好！老朋友，我听你的。文安，几年不见，想不到你这个从来不爱过问政治的人，居然也搞起政治来了！

文　安　不，我只不过是刚刚觉醒。

〔特务甲上。

特务甲　阮先生！（阮金走近特务，特务机密地）刚才坐在这儿的那个女人呢？

阮　金　怎么啦？

特务甲　那是个嫌疑分子。我们在注意她的活动。

阮　金　（一愣）为什么不早报告？

特务甲　我们……刚盯上……她。

阮　金　笨蛋。（赶快给特务指示阿霞走的方向。命令特务）追！（特务急下后，阮金回身对文安）这是公司里一个职员。

文　安　（发现阮金不是好人）阮金，我该走了！

阮　金　多年不见了，应该畅谈畅谈嘛！刚才你的话对我启发很大……

文　安　不了，我还有要紧事呢！

阮　金　什么事还能比老同学久别重逢要紧啊？再少坐一会儿。

文　安　天太晚了，改天再谈吧！

阮　金　老同学，刚才听到那些叫人气愤的消息，又得到你对我的开导，我心里激动极了！我真恨不得把这个吃人的社会给它来个大翻个儿！公司的事情我决定不干了！我要和人民站在一起参加到斗争中去。老兄，无论如何你得帮助我，带领我走向新生活。

文　安　我没有办法帮忙。

阮　金　这样吧，你看过去老同学有谁住在这个城市里，我去找找他们。也许有办法。

文　安　老同学？中学毕业以后，各奔一方，有的人为了生活到处流浪，有的被政府关进了集中营。也有个别的，出卖了祖国，当了叛徒，成了民族败类！

阮　金　我的老同学，你对我太不信任了！（故意地）哎，刚才你那位亲戚，她，我看她不大寻常，她准是个……

文　安　她怎么样？

阮　金　文安，你看我正渴望着进步，非常需要有人拉我一把！你能不能带我去找找她呢！

文　安　我不知道她住在哪里！再见！

阮　金　（阻拦）文安，你这就不够朋友了。既然你们是亲戚，还能不知道她的住处吗？（抓住文安的手）老同学，我现在十分需要你的帮助。

文　安　你这是什么意思？

阮　金　没有别的意思，先委屈你一下。

文　安　放开我！

阮　金　文先生，不要激动，陪我走一趟吧！

文　安　到哪儿去？

阮　金　去找你那位亲戚！

文　安　我不去。

阮　金　那就跟我到警察局。（狠狠地抓住文安）

文　安　你！（突然用力推开阮金，将自己的上衣盖在阮金头上，跑下）

阮　金　（开枪）抓住他！

〔特务甲、乙将文安押上。

阮　金　想在我手心里耍花招？哈……

文　安　（啐了阮金一口）狗特务！

阮　金　带走！

——幕落

第四场

时　间　第二天上午。

布　景　警察局局长办公室。舞台正面是两扇镶着玻璃的大门，推开门能看到阳台上的栏杆。右侧，是一张大写字台，一张皮转椅。写字台上摆着数部电器。靠着墙有一部可作扩音用的收音机。左侧有两张小沙发。墙上挂有星条旗和三色旗。

〔开幕时：局长正在打电话。电话一个接一个地急响。

警察局长　……什么？郊外发现了游行队伍？嗯嗯……什么，他们抬着尸体，还赶着水牛？……用不着大惊小怪，一群手无寸铁的乌合之众，还怕对付不了！美国顾问早答应过我们，到必要的时候城内的军队、宪兵全归我们使用。给我把他们堵在郊外，不准进入市区。（刚放下电话，另一电话又响了）喂，东门外也发现了游行队伍？什么人？（一惊）工人！他妈的，给我用催泪弹、水龙头把他们驱散。（电话放下，紧接着又一个电话铃响）什么？南门里学生和市民也在游行。你的警车、警犬干什么去了，为什么不出动？（放下电话）都是他妈的饭桶！（铃声又响，不理；又响，还是不理；再响，气得抓起电话机，大声地）哪里……（肃然起敬）是，上校先生，我已经布置了。我向你保证，游行队伍绝不会在广场集中，我完全有把握镇压游行队伍。我是有经验的。（放下电话，对内）带文安！

〔市警察乙带文安上。

警察局长　（虚伪地）文先生，请坐。喝茶。抽烟。（文安不睬）文先生，你是个有知识的人，是国家的栋梁，现在国家正处在风雨飘摇之中，你应当和政府合作，共挽狂澜才对。我们现在想请你帮个忙。我想你是不会推辞的，因为你不是个执迷不悟的人。文先生，昨天晚上在咖啡馆和你在一起喝酒的那个女人住在哪里？你告诉了我们，不仅是有功于国家，而且也大大帮了我本人一个忙。怎么样？我们来交个朋友吧。我以我的人格担保，绝对替你保守秘密，只要你说了，你的工作不用担心，回头我打个电话给你们学校，你马上可以复职，还可以加薪。如果你不愿意做教师，我可以在城里给你介绍个别的职业。

文　安　（冷淡地）谢谢你的好意。

警察局长　文先生，我说话一向算话，你大概还不了解我，日本统治时期，法国人在的时候，我就在这儿做事情。我的门路广，人也熟，给你找个职业还算得了什么。

文　安　（冷冷地）我用不着你的帮助。

警察局长　何必哪文先生，识时务者是俊杰，为什么放着敬酒不吃，吃罚酒哪，哈——

文　安　局长先生，你认错人了。我不是出卖灵魂的人！

警察局长　（神情骤变，露出原形）好！很好！大概你想尝尝我们全套美式装备的行刑室滋味，那好极了，我马上请你喝辣椒水，肥皂水，等你喝饱了，再让带着钉子鞋的人在你的肚子上跳个伦巴。如果你还不满足，我还可以用小铁钩，钩着你的脚背，把你倒挂在大梁上打秋千。再用电流通过你的全身。……

文　安　你这个人面兽心的东西，什么毒辣手段也使得出来，可是这吓不倒我。

警察局长　不见得吧？只要你稍稍试一试，你就会马上变个腔调跟我讲话。来人！拉下去，动刑！

〔文安被警察乙推下，接着幕后由行刑室传出拷打声：“说不说？上老虎凳！”再接着又传出惨厉的喊叫声。

警察局长　（悠闲地吸着烟，自信地）有口供吗？……

〔幕后回答：“没有。”

警察局长　再打。

警察局女秘书　（急上）吴局长，公民事务部阮金先生派人送来了一个姑娘和一个老太婆！

警察局长　从哪儿抓来的？

警察局女秘书　从游行队伍里，就是昨天在咖啡馆的那个姑娘。根据阮先生的判断，她是这次游行示威的领导人。

警察局长　好！带上来。

警察局女秘书　是！（下）

〔阿霞母女由市警察甲押上。

市警察甲　报告局长先生，根据阮先生的命令，把犯人押来了。

警察局长　（假惺惺地）混蛋！什么犯人，是客人！滚！

〔市警察甲下。

警察局长　请坐，请坐。秘书，给客人倒茶。

阿　霞　用不着你这样殷勤招待。

〔警察局女秘书狠狠瞟了阿霞一眼，下。

警察局长　姑娘，你叫什么名字？

阿　霞　阿霞。

阿霞妈　长官先生，我女儿犯了什么法？我这老太婆又惹了政府什么了？凭什么把我们母女抓来？

警察局长　老太太，不要激动嘛，政府从来是保障人权的。我们把你女儿请了来，是想跟她商量一件事情。我们完全宾主相待。

阿　霞　（讽刺地）难道世界上有这样好客的主人，把客人绑上，还用武装警察押送？局长先生，你不觉得这太可笑了吗？……

警察局长　（望着阿霞）等一等，怎么这样面熟哇？（想）哦，姑娘，你是改了名字吧？如果我没记错的话，在一九五九年纱厂罢工，你是领导者之一对不对？

阿　霞　对，当时被你们开除了。

警察局长　看来你的确是个危险人物，依然还在进行反对政府的阴谋活动。

阿　霞　局长先生，什么叫作反对政府的阴谋活动？

〔警察局长把门打开，立即传来群众口号声。

警察局长　听，大街上的人群是干什么的？你们为什么要进行反对政府的游行示威活动，扰乱社会治安？

阿　霞　局长先生，你别装糊涂，难道你忘了犯下的滔天罪行？

警察局长　（把手一摊）姑娘，我不明白你的意思。

阿　霞　在兰湖边上，你们为什么偷偷地杀害了我们“战略村”的同胞！

警察局长　姑娘，这完全是坏人的煽动嘛！政府建立“战略村”，是为了让人们过幸福的生活，怎么会有这种事呢？

阿　霞　哼！你以为你们做事机密，没有人会知道。告诉你，铁证如山，你们抵赖不了！

警察局长　请问，证据何在？

阿霞妈　烈士的尸体就是证据！

警察局长　那……（极力掩饰内心的空虚）当然啰，你们存心要对政府进行破坏活动，什么耸人听闻的手段还使不出来！阿霞，你是个聪明人，年纪很轻，我对你毫不指责，我只有规劝你，可不要受坏人愚弄，与政府为敌。

阿　霞　局长先生，别演戏了。你把我们抓来究竟想干什么，说好了。

警察局长　也没有什么大不了的事，只是想请你通过麦克风，向游行队伍讲几句话……

阿　霞　讲什么？

警察局长　（作想状）你这么说：兰湖事件完全是坏人的造谣，是越共分子阴谋反对政府，扰乱社会治安。政府本着爱护百姓的意愿，不怪罪大家。让他们立刻解散，各自回家去。

阿霞妈　呸！你这强盗！简直是颠倒黑白！

警察局长　老太太，聚众闹事是违法的，要治罪的，你知道吗？

阿　霞　局长先生，难道你们抓人、杀人不犯法，我们游行示威倒犯法了！你们不是天天喊什么民主、自由，难道这就是你们的民主，你们的自由吗？

〔市警察甲跑上来报告。

市警察甲　吴局长，游行的人已经在广场集中了！

警察局长　（故意说给阿霞听）通知宪兵队，把装甲车开出去，准备武装镇压！

市警察甲　是。（下）

警察局长　阿霞姑娘，我可要对游行队伍不客气了！不过我还是劝你再想想，我吴某实在不愿意看到鲜血染红我们美丽城市的街道。请你还是对游行队伍讲几句话，我们和平解决的好。

阿　霞　让我讲话也不难，你必须：交出杀人凶手，释放被捕人员，抚恤受难者的家属。你要有一条不答应，游行队伍就轰不走，打不散！

警察局长　阿霞姑娘，你可不要后悔！

阿　霞　革命的人民你吓不倒！

警察局长　（冷冷一笑）好！带文安！

〔市警察甲急上报告。

市警察甲　吴局长，游行示威的人冲过了警戒线，抬着尸体朝警察局冲来了！

〔阿霞见吴局长面有惊慌之色，和阿霞妈交换了个眼色，脸上露着微笑。

警察局长　他妈的，我亲自去镇压，快带文安！

〔文安被市警察乙带上。

警察局长　阿霞姑娘，看见了吧？他就是你的榜样。让文先生好好给你谈谈皮鞭抽在身上是什么滋味，会对你有启发的！

〔对市警察乙耳语了几句：警戒好！（下）

〔阿霞母女急走到被打得遍体鳞伤的文安跟前。

阿霞妈　文安！

阿　霞　（警惕地）妈。（又看了看一旁的警察）

市警察乙　（倒了一杯水给文安）来，喝杯水，你们谈谈。我到外边凉快凉快！（下）

阿霞妈　孩子，你……他们怎么把你打成这个样子？

文　安　（逐渐清醒）伯母！阿霞！你们也被捕了？

阿　霞　表哥，他们为什么把你给抓了来？

文　安　别提了。昨天在咖啡站碰见了我那个中学时期的同学阮金。我太天真了，以为他跟过去一样，是个热心肠的人。我跟他讲了政府的残暴，社会的黑暗，希望他能站在人民一边起来斗争，谁知道他是个美国训练多年的特务，当场就把我逮捕了！

阿　霞　（气愤地）让他们抓吧，这并不说明他们强大！表哥！要记着这个教训。

文　安　阿霞，眼前的事教育了我，还是你说得对，这个社会太黑暗了，这个政府太不人道了！这个世界太不公平了！现在我心里像有一团火在燃烧，真恨不得一拳把这个吃人的社会砸掉！

市警察乙　（探探头）小点声！（下）

阿霞妈　孩子，他们再不讲理，也不敢把你怎么样。

文　安　姑妈，谢谢你的安慰。对死，我并不害怕，使我终身遗憾的是我醒悟得太晚了，庸庸碌碌地过了半生，却没有给人民留下一点点有意义的东西。

阿　霞　现在并不算晚，只要我们自己和革命事业紧紧地结合在一起，哪怕是在生命结束的最后一分钟，我们也能为人民做出贡献，使千千万万的人们，从我们身上看到革命人的坚贞不屈的正气！（打开窗子）

〔游行示威口号传进窗内。这声音就好像响在警察局的四周。

阿　霞　文安，你听，这是觉醒了的人民的声音，这是人民的力量！胜利一定是我们的！

市警察乙　（匆匆上，示意）局长来了。（故意地）快说，皮鞭抽在身上有什么感受。

〔警察局长狼狈地上，他的衣服被扯碎了，头被打破了。

警察局长　先把他们拉下去！（急打电话）喂！吴司令吗？游行队伍太多了，我堵不住！赶快派队伍来，快派队伍来！

警察局女秘书　吴局长，公民事务部阮金先生来了。

警察局长　请！

阮　金　吴局长，审问进行得怎样？有什么好消息吗？

警察局长　阮先生，我又审问犯人，又镇压游行群众，两头忙得过来吗？（摇了摇头）实在是一筹莫展！

阮　金　这次示威游行，西贡已经知道了。美国顾问肯塔上校，让你采取有效措施，马上平息这次事件。

警察局长　阮先生，事情相当棘手呀！

阮　金　吴局长，别忘了你的身份，治安工作你警察局可是负有全责！如果任其事态发展下去，一切后果你可要全部承担了！

警察局长　怎么？由我全部承担？阮先生，你这是在开玩笑吧？我这个小小的警察局能负起这么大责任？

阮　金　什么意思？

警察局长　请看，（举起一个示威游行牌子）“越南共和民主万岁！”阮先生，麻烦全出在民主这两个字上。按照吴总统的意思，根本就不允许老百姓聚众闹事，可是美国顾问偏偏要什么民主、自由，耍他妈的把戏！现在让我有什么办法呢？轰轰不散，打打不走，堵又堵不住，镇压又镇压不下去！

阮　金　吴局长，肯塔上校要我来，不是为了听您这些慷慨的言词的！不管怎么说，你得赶快平息这次示威游行。我可先告诉你，顾问已经说了，把事情拖延了，撤你的职！（急下）

警察局长　呸！他妈的，什么东西！（对内）带阿霞！

〔阿霞上。见警察局长头破血流，不由冷笑。

警察局长　姑娘，想好了没有？我刚才说过，只要你在群众面前讲几句话，你们母女就可以回家去了。其实，我这完全是为你们着想，政府有的是军队，只要把队伍开出去，还怕老百姓不散！

阿　霞　那你为什么不开军队去镇压？

警察局长　这，这……政府非不得已，决不采取这种极端措施。姑娘，我再说一遍，只要你肯向游行群众说几句话，我决不会让你白帮忙的，我可以给你一笔数字相当可观的美金，你们母女可以舒舒服服地过日子。只要你点一点头，我马上签发支票。姑娘，苦海无边，回头是岸，何去何从，你要再思再想啊！

〔市警察甲跑上，他刚要报告，警察局长制止了他。市警察甲向局长耳语，警察局长十分慌张，这一切，都被阿霞看见了。

警察局长　（故作镇静地）姑娘，我可不能无限制地等待，请你回答我，说，还是不说！

阿　霞　好，我说！

警察局长　（如释重负）好极了！（拿起麦克风）同胞们，静一静！现在事情真相已经调查清楚了！（窗外飞进石子、果皮，打在警察局长身上）我们现在请“战略村”阿霞姑娘给大家讲几句活。姑娘请吧！（威胁地）来人哪，准备好刑具！

阿　霞　同胞们！静一静！静一静！刚才警察局长对我说，他们抓人，杀人都是有人造谣。

警察局长　对！讲下去！讲下去！

阿　霞　同胞们，可是我们肩上抬着的烈士的尸体又是谁杀害的呢？杀人犯就是警察局，就是他们的主子——美帝国主义！同胞们，我们决不上敌人的当！花言巧语骗不了我们，血腥镇压吓不倒我们，只要他们不释放被捕的同志，不惩办凶手，解散“战略村”，不抚恤受难者的家属，美国鬼子不从我们美丽的国土上滚出去，南方人民不得到彻底解放，我们就要和他们战斗到底！

〔群众用热烈的口号声来呼应她。

警察局长　关掉！关掉！你好大的胆子！是谁指使你这样干的！

阿　霞　是美帝国主义和它的走狗——你们！在兰湖边杀害我们的同胞是你们！把烈士尸体沉入湖底的也是你们！事情败露了害怕自己的罪行大白于天下的还是你们！

警察局长　住口！给我动刑！

阿　霞　你们的法西斯暴行，我早就领教过了。你们吃人肝，喝人血，奸淫烧杀，无所不为，把越南南方变成了人间地狱。可是人民并没有屈服，局长先生，请摸摸你的脑袋，别忘了人民群众的尖桩和石头的滋味吧！

警察局长　（抚摸脑袋，哭笑不得）姑娘，你年纪轻轻的就要失去生命，难道你一点也不惋惜吗？

阿　霞　我惋惜的是没能亲手多杀死几个美国强盗，为死难的烈士们报仇！

警察局长　拉下去！拉下去！给我动刑！

〔市警察甲拉阿霞。

阿　霞　（狠狠打了市警察甲一个耳光）不准碰我！（昂然地下）

〔口号声大作。肯塔上校和阮金狼狈而上。

肯　塔　你算是什么警察局长，连赤手空拳的老百姓都对付不了。你看看街上乱成什么样子了！到处是水牛，到处是游行人群，我的汽车都开不过来了！你还能不能给我平息这次事件？限你三小时，一定把游行队伍赶散！

警察局长　上校先生，我的全部人马都出动了呀！我还亲自出阵……结果我……

肯　塔　你为什么不镇压？

警察局长　我这是根据顾问团的指令，……

肯　塔　混蛋！……和平的游行示威，我们从来是允许的！可是，这是暴乱！对待暴乱就得采取坚决措施！

警察局女秘书　局长，游行的队伍冲到警察局大门口了，他们口口声声喊着，要我们释放阿霞！

肯　塔　赶快武装镇压！

警察局长　是！

肯　塔　等等，你这儿很不保险，我得把犯人带走！不然，他们会冲进警察局，把犯人劫走，我的全部计划就完了！（对阮金）把犯人给我带走！

阮　金　是！（下）

警察局长　上校先生，把犯人带到什么地方？

肯　塔　利波台号船上，连夜押往昆仑岛。（要下）

警察局女秘书　游行的人群冲进来了！

〔场上的人惊慌起来。

肯　塔　什么地方能出去？

〔此时阮金押着阿霞、文安上。

警察局长　请走地道。

肯　塔　（对阮金）带走！

〔窗外口号声大作，碎石子、水果皮打破窗户，投入室内。肯塔上校、警察局长、阮金带着阿霞、文安惊慌而逃。

——幕落

第五场

时　间　掌灯时分。

布　景　同第一场。

〔开幕时：阿玉正在削竹尖。远处时而有几声犬吠，阿玉不时停下来谛听。四大伯上。

四大伯　玉嫂，竹尖削好了吧？

玉　嫂　只剩这一根了，马上就好。四大伯，也不知道为什么，这心直跳。我真怕妈妈和阿霞他们……

四大伯　玉嫂，别担心。只要今晚“战略村”捣毁了，阵线游击队会去救他们的。

玉　嫂　我们总算盼到这一天了。（从屋里抱出一捆削好的竹尖）四大伯，给你。这全是。

四大伯　这么多，玉嫂，可把你累坏了。

玉　嫂　（深沉地摇了摇头）一想起阿春，就是让我把南方的竹林全削成竹尖，我也不会累的。

四大伯　是啊！美吴反动派欠我们的血债太多了，把竹子全扎进他们的胸膛，也难解咱们心里的仇恨啊！

〔随后传来更夫的吼声、梆子响，战斗小组长们上。打更人上。

打更人　四大伯，人到齐了。

四大伯　好。（对打更人）你在那边看着点。

〔打更人下。人们围在四大伯周围。

四大伯　乡亲们，阵线游击队在今天晚上拔掉这个“战略村”。咱们战斗小组，里应外合，配合游击队把敌人全部消灭掉。

村民乙　太好了！四大伯，我们小组的任务是什么？

四大伯　你们负责把东西道口检查站的哨兵干掉，搭上浮桥，接应游击队进村。

村民乙　好！

村民丙　我们呢？

四大伯　剪断敌人的电话线。（对两名妇女）妇女小组，主要是照顾老人、小孩的安全。阿和，你们小组火力强，到时候跟我一块儿参加战斗。

村民乙　四大伯，什么时候开始打？

四大伯　我已经派人到村外跟游击队取联系，回来就知道了。

村民甲　（急上）四大伯……

四大伯　你回来啦，见到游击队了没有？

村民甲　我还没出村。今晚上哨口上防守得太严，不管男女老少，放进不放出。

四大伯　爬胸墙，偷越铁丝网，要赶快跟外边的游击队接上头。

村民甲　游动哨也太多，我害怕暴露了目标。

四大伯　这怎么办！游击队还等我们支援他们哪，取不上联系，里外怎么配合？

村民甲　我再去试试看，一定想办法出村。（下）

四大伯　要快！（心急如火）这真急死人哪！

村民乙　四大伯，取不上联系，那今晚上还能不能打？

四大伯　那可就难说了。

〔忽然射来手电筒的亮光，继而有人声。

玉　嫂　四大伯，有人！快躲起来。

〔村民们下。少顷，伪军连长带伪军甲和“战略村”警察上。

伪军连长　怎么还没有点照明灯？（对“战略村”警察）去，通知村民们，马上把照明灯点上！老弟，城里游行还没有散，刚才美国顾问来电话，对我们今天放村民进城闹事很生气，要是再出了事，怕你、我的脑袋就保不住了！为防止村民暴乱，从今天起要特别加强警戒，实行屋禁。天黑以后，不准村民出屋！

“战略村”警察 （喊着）点照明灯了！再过半小时开始房区宵禁，无论大人、小孩，一律不准出屋子。（下）

伪军连长 （对伪军甲）加强巡逻，特别要注意这一片，住的都是点子不稳分子！有什么情况，立即报告！（下）

〔伪军甲下。

〔玉嫂上，点灯又下。

〔韩老五和五婶上。五婶在哭泣。

韩老五 别哭了，我心里乱得跟团麻一样。

五　婶 你走了，撇下俺娘儿俩，让我们怎么过呀？

韩老五 咳！有什么法子，是上头的命令。我不去咱全家都得遭殃！

〔四大伯从房后走出。

四大伯 老五，你要上哪儿去呀？

韩老五 上昆仑岛。

五　婶 四大伯，你说说，昆仑岛是活人去的地方吗？昆仑岛，昆仑岛，只见有人去，就没见有一个人活着回来。（哭泣）

韩老五 咳！又不是把我送到昆仑岛，是让我押送犯人去昆仑岛。

四大伯 （警惕地）押送犯人去昆仑岛？……老五，你知道押送的都是谁吗？

韩老五 不知道。

四大伯 那押送犯人的船什么时候开？

韩老五 要是没有风暴，明天早上开船。

四大伯 老五呵！那些犯人可都是干革命的爱国志士呀，说不一定还有咱们村的阿霞他们。路上多照顾着点。

韩老五　四大伯，我知道。

四大伯　老五，美吴反动派长不了啦，把眼光放远点！

韩老五　四大伯，你还不知道我，不是一家老小全住在“战略村”里，这身美国皮早就扒下来扔他娘的了。唉，没有法子呀！……四大伯，我看你还是早点离开村吧，万一让他们搜出来就糟了。

四大伯　我会当心的。

韩老五　四大伯，我走了。

五　婶　老五，你……

〔韩老五欲言又止，下。

四大伯　他五婶，回家看孩子去吧，往后你家有什么困难，乡亲们还能不管！

五　婶　四大伯，要有什么动静，你还躲到我家里来。（下）

打更人　（对屋）玉嫂，你妈回来了！

〔玉嫂上，打更人下。

〔阿霞妈上。

阿霞妈　阿玉！

玉　嫂　妈妈，警察局把你放回来了？

阿霞妈　哼，还不是怕我给他们多添口棺材。

玉　嫂　阿霞妹妹呢？

阿霞妈　等会再说吧，阿玉，四大伯呢，快叫他来，有人找他！

四大伯　（闻声而上）阿霞妈，谁找我？

〔杨老青化装警察上。

阿霞妈　这就是你找的那位陈老四。

杨老青　（上前与四大伯握手）老四同志！

四大伯　你……（愕然）

阿霞妈　他是杨老青同志，是游击队派来和你联系的。

杨老青　部队已经埋伏在村外了，我们等村里出去人接头，可是左等不去人，右等还不去人，队长担心村里出了事，就让我进村来看看。可哨口上的敌人今天检查得特别严，我没有办法进来。你说巧不巧，有个警察押着阿霞妈回来了……

四大伯　不用说，你把警察捉住，换上他的衣服混进来了。

杨老青　不！是大摇大摆进来的，站岗的还他妈乖乖给我打了个敬礼哩！（众高兴地笑了）四大伯，里边准备得怎么样了？

四大伯　都准备好了，任务交代下去了，我们出村派人跟你们去联系，就是不能出村。

杨老青　现在情况有变化，美国佬明天早晨要把阿霞和一批政治犯送到昆仑岛集中营去。阵线指挥部决定：把捣毁“战略村”的时间提前……任务完成之后，咱们还要马上去港湾营救阿霞同志。上级为了尽快结束战斗，还指示要咱们在发起攻击之前，最好把敌人的连长抓住。他们失去了指挥，便于咱们消灭敌人，缩短战斗时间。

四大伯　（考虑）把敌人的连长抓住？

杨老青　有办法吗？

四大伯　狗连长住在碉堡里，那家伙狡滑得很，他要不下来怎么办？

杨老青　能不能想个办法把他骗下来？

阿霞妈　过去照明灯一灭，狗连长就亲自下来检查。咱们把这一片的照明灯熄掉它，还愁他不下来。

四大伯　对，把他们的照明灯灭了，他准下来！

杨老青　他要是不下来呢？……咱还得再准备一手。

阿霞妈　找人给他送个假报告！

四大伯　老青同志，你快回去报告领导吧，这个任务交给我们好了，保证想尽一切办法完成。

杨老青　我不回去了。领导让我和大家一块完成这个任务。只要这里把敌人的连长抓住，马上敲梆子，信号是紧三声，慢三声！听到梆子一响，外边立刻向天空打两发红色信号弹，攻击就开始。

四大伯　老青同志，跟我去组织人，灭灯。

杨老青　好。阿霞妈，把大家的灯灭了吧！

阿霞妈　放心吧，我什么都准备好了。

〔杨老青、四大伯下。

〔阿霞妈把灯吹熄，将灯油泼在地上。片刻，周围各家的照明灯相继而灭。

阿霞妈　阿玉，坐着等狗连长！（同玉嫂坐下）

玉　嫂　妈妈，阿霞妹妹受苦了吧！

阿霞妈　（难过地）让那些个坏蛋折磨得不成人样啦。阿玉，我看到小春了。

玉　嫂　他在哪儿？

阿霞妈　参加游击队了。他们黎队长对我直夸他，说他打仗挺勇敢。头一次参加战斗，就缴了一挺美国机关枪。

〔"战略村"警察手持电筒，喊叫着，从远处而来。

"战略村"警察　（把手电筒的亮光射在玉嫂母女身上）谁？刚才不是告诉你们禁屋了吗？为什么还坐在门口？

阿霞妈　大女婿死啦，女儿关进了监牢，心里难过，睡不着。

"战略村"警察　我看你是活得不耐烦了。你们家的照明灯为什么灭了？

玉　嫂　风刮的！

"战略村"警察　胡说！连个风丝都没有，怎么会灭？

玉　嫂　那就是没油了！

"战略村"警察　为什么不买油？

阿霞妈　哪儿还有钱！警察先生，你就可怜可怜吧！

"战略村"警察　可怜可怜，村民公约第十三条明文规定：照明灯一夜不点，罚款五十元。

阿霞妈　要钱没有，要老命有一条。

"战略村"警察　他妈的！你们这些越共的家属，成天跟政府捣蛋。赶快打油点灯，要不我就去报告连长了！

阿霞妈　没钱就是没有钱，你把吴总统叫来，照样还是没有钱！哼，少拿着你们那狗连长吓唬人！

“战略村”警察　什么？你们骂连长是狗连长！

阿霞妈　你去报告吧！我骂了，狗连长！狗连长！

“战略村”警察　你们敢造反！

阿霞妈　这是你们逼的！

“战略村”警察　（气急地）我就去叫连长。

阿霞妈　怕他不敢下来。

“战略村”警察　不敢下来？还怕你这赤手空拳的糟老婆子？你等着！（下）

〔四大伯、杨老青上。

杨老青　阿霞妈，骂得好！这一下，准能把狗连长骂下来。

阿霞妈　他再不来，我就到碉堡下边去骂！

四大伯　阿霞妈，放心大胆地骂，我们的人都已经准备好啦！只要狗连长下来，管保他跑不了！

〔一阵脚步声传来。

玉　嫂　有人来了！四大伯，你们快躲起来。

〔四大伯、杨老青隐下。少顷，“战略村”警察、伪军连长和伪军甲、乙上。

“战略村”警察　就是她们娘儿俩！拒不点灯，还骂你是狗连长。

伪军连长　他妈的，简直是要造反！政府有规定不点照明灯就是私通游击队，就要挖心取胆，你们知道不知道？

阿霞妈　知道。你们今天这个捐，明天那个税，全身的油都叫你们榨干了，哪有钱买油！

伪军连长　你还他妈的有理！没钱买油我不管，不点照明灯就算犯法！（对“战略村”警察）老弟，你到那边去看看，谁家没点照明灯，让他们马上点着，另外，还一律罚款五十元！谁敢不交，就抓起来！老婆子，拿钱吧，五十元！

〔“战略村”警察下。

阿霞妈　一个也没有！

伪军连长　没有？你女儿的满头黑发不就是钱吗？美国公司专门高价收购女人发。剪下来！

玉　嫂　什么？你们杀死了我丈夫，逼走了我儿子，抓走了我妹妹，现在连我的头发也不肯放过，你们的心也太狠了！

阿霞妈　他们的心早让狗给吃啦！

伪军道长　住嘴，剪不剪？

玉　嫂　不剪！（凛然而立）

〔伪军连长想上前抓玉嫂，阿霞妈迎上。

阿霞妈　你敢！

伪军连长　把枪给我！（从伪军甲手里夺过枪来）老婆子！把眼睛睁大，你来看看，我一只手就能把你女儿的胸膛穿透，（举起枪来威胁）剪不剪？

玉　嫂
阿霞妈　不剪！

伪军连长　你敢说三个不剪。

阿霞妈　不剪，不剪，就是不剪。

伪军连长　（兽性大发，声嘶力竭地喊着拨开阿霞妈逼近玉嫂）啊！（刚要猛刺玉嫂）

〔就在这一刹那，杨老青、四大伯和几个小伙子摸上来一阵厮打，抓住了伪军连长和伪军甲、乙。

杨老青　四大伯，赶快敲梆子给外边打暗号，紧三下，慢三下！（听梆子响）注意，两发红色信号弹升起来，攻击就开始。

四大伯　乡亲们，准备好，注意信号弹！

〔天空出现两颗红色信号弹，接着枪声大作。

四大伯　乡亲们！向敌人讨还血债的时候到了，冲啊！

〔村民们举着武器冲杀而下。枪声激烈地响着。几个伪军溃退而过，杨老青紧紧地追赶。

杨老青　（举枪射击）三十一个！（又举枪射击）三十二个！（追下）

〔又一个伪军被小春追赶上来。小春开枪，伪军倒地。小春上前夺枪，被伪军一脚踢倒。伪军爬起来与小春厮打。正好杨老青又返了回来，举枪射击，伪军死去。

杨老青　三十三个！小春，跟我来！（与小春同下）

〔一伪军机枪射手端着机枪边打边退上。他把机枪放在地上，正要趴下射击，阿霞妈、玉嫂上来拽住两腿拉了下去。机枪留在场上。四大伯跑上，抱起机枪跑下。接着，妇女们用竹尖逼着满身满脸伤痕的“战略村”警察上来，他跪在地上求饶。

黎队长　（跑上）乡亲们，敌人已经被我们消灭了！大家赶快点上火把，把“战略村”的竹篱笆、哨楼全部烧光，然后去港湾营救阿霞和受难的同胞们！

〔群众高举火把在胜利的欢呼声中冲下。

——幕落

第六场

时　间　黎明前。

布　景　港湾。一艘运输艇的甲板上。港湾的灯火映在波涛滚滚的海面上，远处的航标灯有规则地闪烁着。

〔开幕时：远处传来汽笛声。韩老五和少年伪军正在甲板上站岗。

少年伪军　五叔，船什么时候开呀？

韩老五　快啦！顶多还有半个小时了。

少年伪军　五叔，阿霞姑娘和咱们村被捕的乡亲们，一到昆仑岛去，可再也回不来了！

韩老五　是啊！（叹气）唉，落在美国佬手里，还想有个活！

少年伪军　五叔，阿霞是个多好的姑娘，他们为什么总这么折磨她！

韩老五　为什么？唉！还不是为她不肯像咱们一样，像条狗一样地活着。任他们打，任他们骂，也不敢吭一声！自从政府把咱们村建成了“战略村”，今天抓，明天杀，家家户户吃不上，穿不上，阿霞她们为了让大伙儿能活下去，暗地里领着乡亲们和政府斗。……

少年伪军　她真是个好人！五叔，刚才我听人说，阿霞被他们折磨得不成人样子啦！上半夜美国顾问还往她身上通电哪！这些该死的美国佬！

韩老五　（制止地）轻点声，你不要活命啦！

少年伪军　（天真地）要是能刮起一阵台风，把轮船送到北方去，阿霞就有救啦！

韩老五　别胡思乱想啦！

〔远处传来立正的口令。美军甲上。

美军甲　准备好！犯人马上就要上船了。

韩老五　是！

〔幕后传来犯人的脚镣声、鞭打声、口号声和阮金的喊叫声。

〔少年伪军不忍目睹，哭。

〔阮金上。

阮　金　（发现了少年伪军）哭什么？怎么，你敢同情越共分子？

少年伪军　不！不！长宫。

〔阮金把少年伪军打倒。肯塔上。

肯　塔　（对少年伪军）你，很同情共产党？

少年伪军　不！不！

肯　塔　（把手一挥）扔到海里去！

韩老五　长官，他还小，饶了他吧！

〔肯塔不理。两个美军将少年伪军举起，韩老五上前拦阻。

韩老五　长官，你们不能这样……

肯　塔　滚！（踢了韩老五一脚）

〔美军甲、乙将少年伪军投入海里。阮金又向海里连打两枪。

〔韩老五全身充血，紧紧地握了握枪，愤愤不平。

阮　金　上校，西贡打来特急电报，让我们必须从阿霞口里得到城内越共地下组织的名单。

肯　塔　把电报给我看！

阮　金　是！（交电报）

肯　塔　（看电报）带阿霞。

阮　金　是！（对内）带阿霞！

〔阿霞遍体鳞伤，昂首而上。

肯　塔　小姐，请看这海滨的夜色是多么美丽呀！徐徐的清风，闪烁的灯光，你有些什么感触？

阿　霞　我们的海湾，我们的国土，是很美丽，可是，因为有你们这些野兽在这里走来走去，我只能感到耻辱！

肯　塔　小姐，难道你对于失去享受这一切的权利不惋惜吗？今年你才只有二十四岁。生活对你来说，就是再加上三倍的岁月也并不算多呀！

阿　霞　（不屑一理）……

肯　塔　小姐，就算你对这一切不惋惜，可你家里还有一个年老的母亲呀！难道你对她也毫不留恋吗？也许她现在正站在门口苦苦地等着你回家去呢……

阿　霞　妈妈等着回去的是对人民有用的女儿，决不是投敌变节、苟且偷生的阿霞！

肯　塔　小姐，何必把事情说得这么严重！我们平心静气地来谈谈。把刑具卸掉。（美军甲给阿霞去掉刑具）小姐，我是一个人道主义者，同时，我又是个虔诚的耶稣教徒。教父告诉我，对于别人的幸福不能允许有丝毫的损害，因此，尽管我的上司已经下命令处决你，可是我还是决定让你活下去。不过，幸福从来是要付出代价的，所以，只要你肯把这次示威游行的领导人告诉我，……

〔美军乙送上饮料。

阿　霞　还要什么？

肯　塔　没有别的了，这样你就完全自由了。你不仅可以回家和妈妈、姐姐团聚，当然，你如果愿意和我进一步合作，把城里地下组织的名单告诉我，我还可以送你到我们美国去留学。或者，随你在繁华热闹的纽约和美丽如画的旧金山去挑选任何的工作。由于你跟我们的亲密合作，我们的政府还会发给你勋章。你胸前挂上我们的勋章，再照上一张相，登在我们美国的报纸上，啊！一位出色的越南姑娘，在向美国和自由世界致敬！这是多么好啊！小姐，为了我们之间的合作……（举酒）

阿　霞　（恨恨地把酒打翻）呸！你这个狗强盗！想要我背叛自己的祖国，出卖自己亲密的同胞，这办不到！我宁可站着死，决不屈辱地跪着生！

阮　金　给我住嘴！

阿　霞　你这民族的败类，美帝国主义的走狗！帮助敌人杀害自己的同胞，呸！

阮　金　我枪毙了你！

肯　塔　（制止阮金）小姐，这不是什么屈辱，这完全是一种友谊！

阿　霞　友谊！我问你，你们用凝固汽油弹，把我们的椰子林、稻田烧成一片焦土，这就是你们的友谊？你们把化学毒药撒在香蕉树、水井里，使千百人中毒而死，这就是你们的友谊？你们的飞机、你们的军舰、你们的坦克，在我们祖国神圣的天空、海洋、国土上横冲直闯，让我们的母亲失去儿子，让年轻的妇女变成寡妇，让刚刚会喊爸爸、妈妈的孩子变成孤儿，难道这也是你们对我们越南、亚洲人民的友谊！

肯　塔　小姐，太野蛮了！

阿　霞　太野蛮的不是我们，是你们！你们不但在越南进行烧杀抢掠，还把罪恶的战火带到了老挝！是你们侵占了中华人民共和国神圣的领土台湾！是你们死赖在南朝鲜和日本不走！你们到处建立军事基地，企图霸占全世界。但是，我要告诉你：二十世纪的世界人民已经觉醒了，任你们宰割的时代也一去不复返了！千百万被奴役的人民已经拿起了武器，曙光正在从东方升起！我们的祖国就要统一，你们欠下的血债必须偿还，上校先生，你们的末日到了！

肯　塔　不，小姐，是你的末日到了！（开枪）

阿　霞　（挣扎着）亲爱的祖国永别了！乡亲们，战友们永别了！祖国统一万岁！胡伯伯万岁！（倒在甲板上）

〔美军甲上。

美军甲　报告上校，发现游击队！

肯　塔　什么？集中火力，把他们消灭掉！

〔美军甲下。阿霞微动一下挣扎爬起。

肯　塔　阮金，再给她一枪！（跑下）

〔阮金正举枪要打阿霞，韩老五开枪击毙阮金，继而追肯塔下。

〔游击队在枪声、冲杀声中冲上。

黎队长　同志们抓活的！把敌人全部消灭干净！（发现了阿霞）

〔阿霞妈、玉嫂等人上。

阿霞妈　阿霞，我的孩子。

玉　嫂　妹妹！

〔杨老青押肯塔上。

杨老青　报告队长：捉住了个美国上校！

群　众　揍他……

肯　塔　（畏惧地抱头吼叫）……

黎队长　带下去！四大伯，打开船舱把同志们放出来。

四大伯　是！（下）

自卫队员甲　报告队长，战斗胜利结束！

黎队长　通知部队打扫战场，马上转移。

自卫队员甲　是！（下）

四大伯　队长，同志们全营救出来了！

〔被捕的同志们和文安上。亲人相见，悲喜交加。

阿　霞　（挣扎着起来）乡亲们，同志们，咱们写封信，告诉北方同胞，告诉胡伯伯，告诉全世界的人民，就说：我们在战斗！

——幕缓落·剧终

| 作品点评 |

这个剧本和演出的成就，不止是表现了越南南方各个阶层的革命群众进行的波澜壮阔的斗争，而且集中笔力写出了阿霞这个光辉的英雄形象。阿霞这个人物形象，使我们能感觉到作者成功地集中了《南方来信》中很多优秀青年妇女的品质，因此，她的行动、思想与精神具有了典型的意义，概括了越南人民优秀儿女的革命英雄气概。

——安波:《越南南方人民英勇斗争的赞歌——评介话剧〈南方来信〉》,《戏剧报》1964年第9期

在电视远未普及的时代，文化水平不高的群众乃至语言不通的外籍人士也能欣赏自如的戏剧，就是传播能力最强的文艺形式。被搬上舞台的《南方来信》，通过艺术的再创造充分表达了作为“收信人”的中国人民对越南人民的苦难感同身受，与之同仇敌忾的强烈意愿和丰沛情感，不仅感动了大江南北的中国观众，也让观看了表演的越南来宾感慨万千。不仅范文同总理情不自禁，两位来华进修的越南留学生在看了京剧《南方来信》和评剧《南方烈火》之后也表示，每当看到中国文艺工作者用各种形式表现越南人民的反美斗争时，他们“都感到无比的亲切，并从中得到巨大的鼓舞”。话剧《南方来信》不仅风靡中国，还流传到了越南南方，引来一

封新的“南方来信”:“我们决心早日把美国强盗赶出越南南方，创造条件，使我们能有机会亲眼看到张梦棣同志扮演的阿霞。”借由戏剧改编,《南方来信》在中国无远弗届的影响力“回流”越南，使单向传播变成双向的互动和交流，为译介工作的巨大成功增添了新的注脚。

——李广益:《南方来信：越南现代文学在中国的译介和传播》,《开放时代》2018年第2期

自从中国人民解放军总政文工团话剧团编演话剧《南方来信》以来，到今天，这出戏已经成为在全中国广泛流传的剧目。它通过阿霞、杨老青、黎队长、四大伯等艺术形象，生动地反映了我国南方人民在越南南方民族解放阵线的领导下，英勇不屈地进行反美斗争的生活面貌，深刻地揭露了美国侵略者及其走狗的滔天罪行。这出戏已经越过越中边界，传到了我国南方，给战斗在最前线的战士们以很大的鼓舞。在一封从越南南方寄给我们的信中这样说:“我们决心早日把美国强盗赶出越南南方，创造条件，使我们能有机会亲眼看到张梦棣同志扮演的阿霞。”我们相信，这个愿望，一定会很快地成为现实。

——武玉琏、成登庆:《充满了无产阶级国际主义精神的演出》,《戏剧报》1965年第4期

看剧时，我们被阿霞、阿霞妈、阿珍、韩老五、老青爷爷的宁愿站着死、决不跪着生的英雄行为所深深感动。我们和他们一起燃烧起对敌人仇恨的怒火。

——北京体育学院全体越南留学生:《胜利必将属于我们——话剧〈南方来信〉观后感》,《戏剧报》1964年第C1期

| 经典花絮 |

1964年，反映越南人民抗美斗争的《南方来信》书信集出版，在国内引起巨大

反响。不久，傅铎与其他几位同志合作写的话剧《南方来信》(莎色第一作者，编者注）正式出炉。国庆十五周年之际，越南范文同总理应邀来京，其间他专门观看了话剧《南方来信》。剧中真实感人的情节，让范总理胸中荡起涟漪，不知不觉地流下眼泪。演出后，范总理一气送了两个大花篮。

——陈晓光:《因为话剧〈南方来信〉他让江青整惨了》,《北京广播电视报》人物周刊第40期第10版

朝　阳

谢　民

人　物

林　恒　三十四岁，男，某工读学校校长

林秀丽　十七岁，林恒的大哥的女儿，工读生

林　泰　七十岁，林恒的父亲，中共某市市委委员

林　原　四十岁，林恒的堂姐，某市教育局副局长

刘克成　四十三岁，林原的丈夫，医生

刘秀梅　十六岁，林原的女儿，工读生

张思根　十八岁，男，工读生

雷小虎　十六岁，男，工读生

雷大昌　四十余岁，雷小虎的父亲，运粪工人

作者简介

谢民（1933—2011），男，汉族，山东掖县人。1959年从上海戏剧学院到广西艺术学院任教，后在广西文联、百色地区文工团、广西大学、广西文化厅工作，曾任广西艺术学院副院长。1966年，他创作的话剧《朝阳》在全国演出引起轰动。1979年，谢民创作的独幕话剧《我为什么死了》，在国内发表演出，并引起国际戏剧舞台关注。

作品信息

原载《剧本》1966年第1期；单行本由中国戏剧出版社1966年出版。收入《谢民剧作选》，漓江出版社1995年出版;《谢民剧作集》，漓江出版社2008年出版。

彭　生　三十二岁，男，工读学校教师

方利珍　三十五岁，女，工读学校教师

韦社长　四十多岁，男，农村人民公社社长

工读生若干人

时　间　事情发生在一九五八年夏至一九六二年夏之间

地　点　祖国的南方，某市

第一幕

一九五八年夏，某日傍晚。

林泰的家。

室内陈设朴素简单，处处显示出这位工人出身的老同志的节约习惯。墙上挂着毛主席的生活照片。小桌上放着电话机，一侧有台旧缝纫机，上面放着要补的衣服。正面是窗子。

〔开幕。稍停，林秀丽神情兴奋地唱着歌上。她是个热情、真挚，有一股子倔劲的姑娘。

林秀丽　北大荒，伸出你的双手，迎接你的新兵吧！

〔林恒身披球衣，捧着足球上。他是个朝气勃勃、脾性刚毅、思想锐敏的人。

林　恒　秀丽！

林秀丽　谁？

林　恒　火炭头！

林秀丽　红煤球！三叔，一跑半个月，也不回来看看人家。

林　恒　哼，我根本就把你忘了。

林秀丽　哎，我可天天想着你。瞧你这打扮，团市委副书记，活像个标准球迷！

林　恒　这话不假，今天我到市里各个学校转了一圈，后来在二中踢了场球，踢得真痛快，结果……

林秀丽　赢了？

林　恒　嗨，大败而归！

林秀丽　哈，我长这么大，就没见你赢过一次球。三叔，你真是越活越年轻了。

林　恒　噢，老不了。干青年工作，就好比吃了服长生不老药。到你成了八十岁的老太婆，叔叔我还是个老青年！得，给盆水洗个脸！

林秀丽　有，现成的，洗吧！（说着唱起歌来）

林　恒　看你，考完高中这么轻松，还没发榜呢，就这么高兴啊？

林秀丽　考上高中当然高兴啦，可我呀，还有比这高兴一百倍、一千倍的事哪！嗨！三叔，干脆告诉你吧，我准备离开你们了！……

林　恒　离开我们？到哪里去？

林秀丽　你瞧！（把决心书放在林恒手上）

林　恒　……决心书？噢，你要到北大荒去？（把决心书又递给秀丽）

林秀丽　对啦，三叔，我的心呀，早就飞向祖国遥远的北方，飞向那千里冰封、万里雪飘的地方去了……（朗诵起来）

天空是我们的被，
大地是我们的床，
扯下云彩当纱帐，
我们最爱早晨的红太阳！
听，总路线的号角多么响亮，
“大跃进”的歌声多么激昂，
让我们挺起胸膛，张开翅膀，
迎着暴风雨飞翔！……

林　恒　嘿，真够浪漫主义的！

林秀丽　三叔，你批准我的请求吧！

林　恒　可你为什么要去北大荒呢？

林秀丽　闹——革——命！……三叔，解放前，奶奶死在国民党的老虎凳上，爸爸妈妈在工厂给特务枪杀了。他们都为革命牺牲了，可我干了些什么呀？三叔，爷爷为革命战斗了一生，满头白发，可他病了也闲不住，不是关心这个事，就是关心那个事。三叔，就说你吧，你从十四岁在厂里当学徒的时候就开始闹革命。可我都十七岁了，还光吃饭不干活。三叔，你明白我的意思吗？

林　恒　明白，明白。秀丽，实话对你说了吧，叔叔我也要走了。

林秀丽　什么，你也要走？

林　恒　是啊，我是回来拿行李的。

林秀丽　上哪儿去？

林　恒　南——大——荒。

林秀丽　南大荒？中国还有个南大荒？

林　恒　对，全中国等待着我们去创业的地方多着哪，南大荒那地方甭说多带劲了。这工夫，我一闭上眼就好像看见它了。我不会写诗，可这里边（指自己的心）的浪漫劲儿不比你少呀……

林秀丽　那儿也很艰苦吗？

林　恒　看来不比北大荒轻松。

林秀丽　嘿，一个南、一个北，真好！三叔，你们那儿也是个农场吗？

林　恒　它呀，要它像农场它就像农场，要它像工厂它就像工厂，可说到底，它还是所学校。

林秀丽　嗨！闹了半天，原来是所学校呀……

林　恒　瞧不起吗？这所学校可不简单，它既要你劳动生产，又要你认真学习知识，但最根本的一条还是要你懂得什么叫革命！

林秀丽　嗬，真好。这是什么学校，它大吗？

林　恒　说它大，也真大，大到和共产主义有联系；说它小，也真小，小到目前连一片瓦一块砖都没有！

林秀丽　哟，真够神啊！三叔，你能去，真好，将来我一定要到你们学校去参观参观。

林　恒　非常欢迎！可现在我们想的不是叫人来参观，而是战斗！

林秀丽　这么好的学校，一定会有好些人给你们递战斗申请书的。

林　恒　噢？真的？

林秀丽　当然啰！

林　恒　这么说，我们那里值得去？

林秀丽　当然值得去！

林　恒　好！那……（从秀丽手里拿过决心书）你就和我一起到南大荒去吧！

林秀丽　啊？！闹了半天，你是在打我的主意哪！（夺回决心书）

林　恒　秀丽，怎么样？

林秀丽　我，我……

〔刘秀梅兴冲冲地上。

刘秀梅　噢，舅舅，你也在家，你好！

林　恒　噢，小机灵来了，出院了。

刘秀梅　好了。姐姐，我今天打了两次电话，都没找到你，你到哪儿去了？

林秀丽　我们在商量一件重要的事儿呢，你瞧。（给决心书）

刘秀梅　你蒙在鼓里呢，刚才我到学校去，听说你们组张思根他们申请去什么青年工读学校了！

林秀丽　青年工读学校？

刘秀梅　是啊，谁知道这是个什么学校？他们把它宣传成什么……南大荒！

林秀丽　南大荒？（看林恒）哦，原来——

林　恒　（止住她）哦，原来是这么回事！

刘秀梅　张思根他们一听都争着报名，要求重填志愿。他们还鼓动我去呢！

林　恒　那你打算去吗？

刘秀梅　我？（笑了笑）舅舅，你想到哪儿去了，我宁愿在家白呆一年，也不拿自己的前途去开那个玩笑！

林　恒　哦，去这个学校是拿前途开玩笑？

刘秀梅　难道不是吗？舅舅，听说这个学校穷得连片瓦也没有，一切都要学生自力更生哪！我看哪，等把宿舍、课堂盖好，还不就得三四年，还上什么课？他们说是培养农业四化人才……

林秀丽　培养农业四化人才？

刘秀梅　我看哪，顶多能当个泥瓦匠，怎么考大学？我才不去当傻瓜！

林秀丽　什么，这叫当傻瓜？

刘秀梅　那当然是。

林　恒　秀丽，你说呢？

林秀丽　好，三叔，（交上决心书）这就算我的决心书吧，请你批准我去建设这个叫人动心的南大荒！

林　恒　秀丽，你不怕上当吗？

林秀丽　不，三叔，闹革命不叫上当！

林　恒　你不怕艰苦？

林秀丽　艰难困苦才能磨炼人的意志！

林　恒　你不嫌那儿穷？

林秀丽　……穷则思变！

林　恒　好样的，让我代表青年工读学校，接受你这个南大荒的开拓者吧！

刘秀梅　（意外地）啊？！舅舅，你就是……

林　恒　噢，我就是青年工读学校的工人兼校长，你想不到吧？

〔林泰，一位须发皆白的老人，拄拐杖上。

林秀丽　爷爷回来了！爷爷，医生叫你好好休息，你总不听话，又跑出去了！

林　泰　不要紧，不要紧！

刘秀梅　外公!

林　泰　噢，秀梅来了，外公可想你呢。怎么，身体完全复原了吗?

刘秀梅　动了手术以后，还重了两公斤哩!

林　泰　耽误了统考，听说你哭鼻子了?

刘秀梅　外公，急性阑尾炎，真叫人没办法，这样倒霉的事给谁遇上会不伤心呢?不过，现在我想通了，今年误了还有明年。爸爸说，埋头自学一年，功课的基础可以打得更扎实。

林　泰　嗬，你爸爸真会给你拿主意啊。

林　恒　瞧瞧，她们俩真是各有打算啊!

林秀丽　爷爷，我来不及征求你的意见……我已经把给北大荒的决心书给了南大荒了。

林　泰　南大荒?（看看林恒）你可真有两下子，一转眼的工夫就把招生简章贴到家里来了。

林　恒　这样的革命，难道能不打自己家里开头吗?爸爸，今晚我就搬去，我得收拾行李去了。

林　泰　今晚就搬去?好，不留你!

林　恒　哎，你想留还留不住呢。爸爸，今天我到市委去了，赵书记又对我说了:“林恒，你们要好好管管咱们的老头儿，叫他好好休养，他要不听，就强迫他休息!”

林秀丽　爷爷，你听见了吧?

林　泰　嗬，多厉害呀!

刘秀梅　应该!

〔林秀丽、刘秀梅笑起来，林恒下。

林　泰　孩子们，卖瓜的很少有说瓜苦的，他们那儿可不是儿童乐园啊!

林秀丽　不，爷爷，你不是说过吗——不在艰苦斗争中磨一磨，总是块软面团，风一吹，雨一淋，稀里哗啦，糨糊一盆!

林　泰　嘿，专捡我的零碎儿！秀梅，你看姐姐想得对吗？

刘秀梅　姐姐，我还得再劝劝你，不要因为一时冲动而虚度宝贵的一生呀！

林　泰　噢，照你看来怎样才不虚度你宝贵的一生呢？

刘秀梅　我想，至少应该做一个有作为的、对人民有伟大贡献的人。

林　泰　哦，伟大的贡献！说说，什么是伟大贡献？

刘秀梅　我想当一个真正的人类灵魂工程师。外公，你没有看到昨天晚报上登了我四句诗了吗？

林　泰　拜读过了。假如你这个理想实现不了呢？

刘秀梅　那，我要像爸爸那样，当个外科专家，有影响的医学教授。外公，当作家，应该从医学上开始，就像伟大的鲁迅那样！

林　泰　雄心不小！要是这还不行呢？

刘秀梅　那起码……

林　泰　起码和你妈妈一样，当个教育局副局长？

刘秀梅　不，……外公，有志者事竟成，我一定要实现我的理想的！要不，人生还有什么意义呢？外公，你不相信吗？——现在，我已经在想长篇小说了。

林　泰　长篇小说，你打算写什么事呢？

刘秀梅　写解放前的著名工人领袖、现在的市委委员林泰的斗争故事。外公，你的那篇回忆录没有艺术性，再说，你解放后当市委书记的事也没提到，将来我一定帮你重写。

林　泰　噢……

刘秀梅　外公，你看好吗？

林秀丽　秀梅！……

林　泰　我这个普通劳动者回答不了你这个特殊问题呀。你爸爸妈妈都赞成你这些伟大的理想吗？

刘秀梅　我爸爸……

〔电话铃响。

林　泰　孩子，人生怎么样才算有意义，你要好好想想呀，秀丽，你应该多和妹妹谈谈。（去接电话）

林秀丽　爷爷说得对！秀梅……

林　泰　（打电话）暖，……是呀，……老赵呀，……我身体很好啊，你怎么专门给我布置包围圈呀！……好，您等等。（捂住电话耳机，向室内喊）阿恒，赵书记来电话。

林　恒　（上，接电话）呵！是我。……赵书记！……好呀，太好了，我们正需要这样的教员。赵书记你送给我们的“半工半读，又红又专”八个大字和一部《毛泽东选集》，我们收到了。……你来参加我们的开学典礼？好呀……好！（放下电话）看样子不出一个星期，我们就可以正式宣告（朗诵般地）同志们，我市第一所新型的学校，在“大跃进”的一九五八年以战斗的姿态诞生了！

林　泰　嘿！看你这股劲头儿！阿恒，你们的教员问题解决了？

林　恒　教育局正在帮我们调一个教员，市委已经调了一个，是你认识的。

林　泰　谁呀？

林　恒　我的老伙伴、工人出身的技术员，彭生同志。

林　泰　嗯，阿生呀，这样的同志对你们有用！阿恒，你看市委赵书记这么关心你们学校，你是学校的支部书记又是校长，得掌稳了舵呀！干这工作你得准备个铁头碰钉子！要敢于冲破一切困难！

林　恒　嗯！秀丽，爷爷对咱们讲的话听清楚了没有？

林秀丽　听清楚了！

〔林恒下。林原、刘克成上。林原提个手提袋，她穿着朴素，举止老练，给人一种果断、胸有成竹的感觉。刘克成服饰简朴，但言谈中却不自觉地流露出知识分子的气味。

林　原　二叔！

刘克成　二叔，你好！近来身体怎么样？

林　泰　很好，而且一天比一天好！

刘克成　二叔，听说你整天东奔西跑，这对你的心脏很不合适呀，应该多多休息。

林　泰　多多休息？我对你们这些当医生的简直没办法。

刘克成　二叔，我们当医生的对你也简直——

林　泰　没办法！

〔众融洽地笑起来。

刘克成　不，有办法！（拿出钓鱼竿）

林　泰　克成你真有办法。

林　原　秀丽，你怎么不去我们那儿玩呢？

刘克成　秀梅今天打了两次电话，最后耐不住，自己跑来了。

林秀丽　姑姑，我很忙呀！（坐到缝纫机前，欲补破衣服）

林　泰　秀丽，你姑父、姑姑难得来聚聚，去，到食堂多打两个菜，大家一齐热闹热闹！

林秀丽　嗳！

林　原　秀梅，去帮帮姐姐！

〔林秀丽，刘秀梅下。

林　原　婶婶留下的这部缝纫机还在发挥作用呢！……克成，你还记得吗？在斗争最艰苦的时侯，婶婶用它解决了多少问题呀……

刘克成　二婶真是个能干人哪！

林　泰　克成，听说你近来挺忙啊？

刘克成　是忙啊，又教课又搞研究，还要不断地去主持一些大手术。有什么办法呢？顶用的人还少呀……

〔林恒提行李上。

林　原　阿恒，你这个闯将准备走马上任了吧？

刘克成　噢，你要去搞半工半读，这挺有意思，可以普及文化，很值得赞成！以后你和阿原是同行了。

林　恒　姐姐，今后我是你的兵马了，我没办学经验，你可得多帮助我呀。

林　原　瞧你说的！有事多商量。

林　泰　对，你们要共同搞好市委这个试点。

林　原　哦！阿恒，你们招生办事处有个小张和局里的一个同志吵了一架，说局里不帮助、不支持你们的筹备工作，说我们对一所新型的学校抱着资产阶级老爷式的态度！阿恒，这话可不妥当呀！

林　恒　姐姐，这件事，我们是有意见！

林　泰　谈谈吧，怎么回事？

林　原　噢，事情是这样的，……他们也太心急了些，事情也得分个主次嘛！（对林恒）前个时期我们搞“统招”工作非常紧张，把你们的招生简章压了一下。可是，你们那个小张自己把招生简章直接贴到各个学校去，搞得一些学生不分青红皂白，要求重填志愿，结果搞得我们很被动呀！

林　恒　姐姐，你们这种做法实际上是不承认我们学校，取消我们参加“统招”的资格。不参加“统招”，我们的学生从哪里来？

林　原　你们的学生来源很好解决。不就是要七八十名吗？那些条件很好、很有发展前途的学生，送他们去深造；“统考”没录取的学生，任你们去挑选！

林　泰　噢，原来你们是这样打算的？

林　原　是啊。我们是这样打算的！

林　恒　这么说，你们认为条件好、很有发展前途的学生，是不能到工读学校来的呀？

林　原　哎，话不能这么说嘛！多几个学生升学总是件好事。

刘克成　嘿！我看大家的意见也没什么矛盾，愿望都是好的！现在是科学技术时代了，条件好、有发展前途的学生，应该让他们去深造。

林　恒　你们的话，我不完全同意。科学技术当然重要，可是科学尖端并非高不可攀。我相信半工半读学校培养出来的是又红又专的青年人，是能攻打科学堡垒的人才！

林　泰　对，要这么认识，半工半读与全日制是两种不同类型的社会主义教育制度。半工半读是一种新生事物，现在社会上，对它有各式各样的看法，我们应该大力支持它。

刘克成　当然，当然！工读学校还是大有可为的！

林　原　当然，学校还是在人去办。工读学校只要办得合适，同样可以出人才。阿恒，我相信你会往这方面努力的！

林　泰　那好啊，既然你们信任半工半读，我们就来个全家齐上阵，怎么样？

林　恒　好，既然秀梅错过了“统考”，就让秀梅也去工读学校！

林　泰　对！

刘克成　叫秀梅到工读学校去？！呵，她不合适吧，她的身体不太好，而且条件也不同嘛。

林　桓　她的什么条件不同？

刘克成　那当然啦，她的功课基础好，条件好，我要为她的前途考虑！

林　恒　姐夫，你给孩子考虑的是什么前途？她什么条件比别人好，她不是工农子弟，要特殊一些，是吗？

刘克成　阿恒，你怎么能这么说呢？

林　恒　不！姐夫，我们可不能对别人一套，对自己一套。

刘克成　我不能同意秀梅去工读学校！二叔，孩子的前途要由孩子自己去选择！

林　泰　当她们自己不懂得选择的时候，我们有责任帮助他们选择。难道你们对秀梅那一脑门的邪门歪道毫无感觉吗？这孩子的一些表现倒是狠狠地打在我的心上，刚才就给我提了个特殊的问题，说什么要给我写长篇小说，还要当什么这个家、那个家，要是当不了，说什么人生就没有意义。你们做父母的欣赏欣赏吧？……记得还有一次我和她们去公园玩，有一个穿着破衣服的孩子跑过来招手叫秀梅，可秀梅看都不看她一眼。我问秀梅：“这是谁？”秀梅说：“班上的同学。”我又问：“你为什么不理她？”她说：“看她那个脏样！……”听了这话，一股寒气从我脊梁骨直往上冲。……“脏样！……”我们革了一辈子命，没想到在自己子孙身上革出这么一句话来！……要让秀梅这样发展下去，我看前途是不堪设想的。克成，这就是为什么我同意秀梅去工读学校的根本原因！

〔停顿。刘秀梅、林秀丽上。

林　恒　姐夫，让秀丽、秀梅一齐去工读学校吧！

刘秀梅　什么，叫我去工读学校？！爸爸！……

刘克成　这个嘛……

林　原　……二叔，叫秀梅去工读学校锻炼锻炼，也好。克成，她确实是应该好好锻炼一下。可为什么叫秀丽去呢？她是个优秀生呀！二叔，看到了秀丽，我就想起牺牲了的大哥大嫂，他们把孩子留给了我们，我们要对她的前途负责呀！……

林　泰　这正是对她负责！孩子要求到一个艰苦的斗争环境中去锻炼革命的胆识，我们应该支持她嘛！再说，工读学校刚刚开办，很需要几个共青团干部去起作用呀，秀丽不是很符合这样的条件吗。我建议把秀丽分配去，希望你考虑考虑。

林秀丽　好姑姑！批准我的请求吧！……

林　原　嗯……

刘克成　不！二叔，我仍然……

林　泰　克成！我们要长孩子的革命志气，扎革命的根呵，不能让社会主义的土地上冒出资本主义的芽来！

〔刘秀梅有点茫然，但看得出来她的思想也在动了。

林　恒　去吧，秀梅，去当个创业者！

林秀丽　秀梅，去吧！

林　恒　对！（拉住秀丽和秀梅）未来的新人，让我们共同去开辟一条有意义的生活道路吧！

——幕落

第二幕

距前场两个月后。

青年工读学校建筑工地上。有一条横幅标语，上面写着“半工半读，又红又专”八个大字。远处是临时宿舍。

〔在激昂的劳动号子声中开幕，工地上一片沸腾的景象。

〔林恒领着同学们拉着两根粗大的缆绳，正为翻砂车间竖化铁炉。彭生衔着哨子，扬手指挥着。林秀丽和一些女同学挑着担子上，情不自禁地也帮着拉起来。

彭　生　慢点！慢点！停！好！

林　恒　老彭，行了。

〔众欢呼雀跃，林恒和彭生下。

林秀丽　同学们，加油干吧！要不了多久，咱们的翻砂车间就可以投入生产了。到那时候，我们可以向人们宣布：这座厂房，从每粒砂子到设备，都有我们工读生的血汗，都是我们用双手建造的！

众　人　对！……

工读生甲　然后，咱们再加把油，把动力、车工、冷锻车间建设起来！

工读生丁　再把以水轮泵为中心的机械排灌制造设备也建设起来！

林秀丽　对！咱们一边生产劳动，一边学习知识，你说有多好啊！

雷小虎　嘿，半年以后，我们就不用交伙食费啦！

工读生乙　你就晓得整天嚷嚷伙食费。难道我们当工读生就是为了找饭吃的吗？

雷小虎　你有钱，你家里八口人中间有四个拿工资，我爸爸可是一个人做工养活八口人！……专会说人风凉话。

林秀丽　你们吵什么！不要嚷嚷嘛！我们当然要做到以工养读，减少国家和家庭的负担，可是，我们劳动不光是为了吃饭呵！上个星期，校长给咱们讲劳动观点课的时候，不是专门讲了什么叫“新型劳动者”吗？你把他的话全扔到脑后去了？

众　人　林秀丽说得对！给他们每人五十大板！

雷小虎　算了，斗不过你们！（欲下）

〔众笑，挑起担子下。刘秀梅、工读生辛挑担子过场。

工读生辛　秀梅，歇一会儿吧！

雷小虎　怎么，又刹车啦！（下）

刘秀梅　走吧，免得叫他们讲闲话！（同工读生辛）

〔工读生丙——一个年纪较小的女孩，正在临时搭的灶头烧开水。

工读生丙　（生不着火，呛得直咳）唉呀，妈呀……（又吹火，火不燃，烟熏了眼睛，哭起来）

林　恒　（上）怎么啦，小不点儿，想家啦？

工读生丙　才不是呢，瞎冤枉人！这鬼炉子，专跟人闹别扭。一包火柴都快划完了，还是点不着！

林　恒　唷！困难真不小。小不点儿，这跟在家里就是不一样吧？不像以前放学回到家，把书包一扔，叫声“妈妈哟，宝宝要喝水哩”，水就乖乖地送到你嘴边了。

工读生丙　（被逗得噗哧笑了）才不是呢！

林　恒　我来看看，它干吗老和你闹别扭？嗨！我说小不点儿呀，你初中时学的自然知识丢到哪儿去了？你把柴火塞得这么满，灶王爷闷得喘不过气来，它怎么不跟你闹别扭呵！（抽出些柴火）唷唷！我要拿个棉花团把你的嘴堵起来，你会怎么样？

工读生丙　哦，燃烧也需要氧气，书上讲过！

林　恒　“讲过”，“讲过”！可不用呀，书是书，你还是你。来，你再吹！

〔工读生丙吹火，火燃起来了。她高兴得笑出声来。

林　恒　记住，加柴要这么加，这么烧又省柴，火又旺！……小不点儿，斧头呢？

工读生丙　在那边呢。（与林恒高兴地下）

〔雷大昌扛着箱子，方利珍提着个小包，上。

雷大昌　（放下行李）到了！

方利珍　（似乎不能相信，四处观望）同志，这里就是青年工读学校？你弄错了吧？

雷大昌　没错！我有个儿子也在这儿念书呢。

方利珍　哦！同志，谢谢你帮我扛了这么远的行李……

雷大昌　同路来的，帮点忙，没什么。

〔林恒与小不点儿捧着木柴上。

方利珍　同志，请问，你们校长办公室在哪里？

林　恒　你找谁？

方利珍　我找你们校长！

林　恒　哦，你是教育局派来的方老师吧？

方利珍　（看了林恒一眼）对，我是林局长派来的……

林　恒　方利珍同志，欢迎，欢迎！

方利珍　同志，请带我去校长办公室见见你们校长吧！

林　恒　（忍不住笑了）方老师，这里（指工地）就是校长办公室，我就是林恒。

方利珍　你就是林校长？啊，我没看出来……

林　恒　没关系。

方利珍　这是我的介绍信。

林　恒　请坐！我们这儿连个招待客人的像样的板凳都没有。

方利珍　嗯，嗯，（不自然地）没关系，没关系，你们这儿很有意思！（皱着眉头四处看着）

工读生丙　老师！（搬木箱给方利珍坐）

雷大昌　噢，林校长，你知道雷小虎在哪儿吗？

林　恒　雷小虎在那边挖土呢。

雷大昌　林校长，我听说这里劳动多，给他送件衣服来。（打开一件补了又补的衣服）

林　恒　嘿，这可真是干活的人穿的衣服啊！

雷大昌　这孩子，以前你打死他也不肯穿呢！

林　恒　同志，您是……

雷大昌　我叫雷大昌，是拉粪车的工人，虎子的爸爸……

林　恒　噢，小不点儿，去把雷小虎叫来！

工读生丙　好！雷小虎！（边喊边下）

雷大昌　算了，别喊他了，就托你把这件衣服交给他。他不愿意见我！

林　恒　不愿意见你，为什么？

雷大昌　说来话长呀……林校长，你忙吧，我们回头再谈。

林　恒　行，大昌同志。方老师，我带你去宿舍吧。（扛行李欲下）

雷大昌　我来，我来！

林　恒　噢，雷小虎来了，你大老远地跑来不容易啊，你们父子俩谈谈吧。（领方利珍下）

〔雷小虎扛锄头上。

雷大昌　虎子！

雷小虎　啊，你，……你怎么来了？（回头望望）

雷大昌　怎么，我不能来？

雷小虎　（低声地）爸爸，我要什么自己会回去拿，要不你让妈拿来不一样吗？你来……又要惹人家讲闲话。

雷大昌　哼，我给你丢人啦？你这没骨气的东西！（把衣服扔给雷小虎，生气地下）

〔雷小虎追了两步，站住。

工读生丙　（从灶旁出来）怎么了？你惹他生气了？他是谁呀？

雷小虎　（一怔）是……是我舅舅！（下）

工读生丙　舅舅？

〔林秀丽和一些工读生挑担子上。

工读生丙　同学们，告诉你们一个好消息，我们又来了个新老师，是女老师。

工读生丁　噢，她是什么样啊？

工读生丙　戴着眼镜，（学方利珍样）看样子还是个蛮有学问的哩！

工读生己　她有多大年纪？

工读生丙　蛮大的！

工读生己　那一定是个有经验的人啦！

工读生甲　我看哪，再有经验也难和彭老师比，像彭老师这样工人出身、有本领的老师就是少有！

众　人　小不点，你知道新老师是从哪儿来的？

工读生丁　管她从哪儿来的，反正老师来了，可以正式上课了！

〔彭生暗上，众未发现。

工读生戊　对，快上课吧，别老这么泡蘑菇了！

林秀丽　这怎么叫泡蘑菇呢？这话不对！

工读生戊　我看就有点浪费！

彭　生　这叫浪费呀？（拍工读生戊一下肩膀，他叫了起来）看你，轻轻拍一下就吃不住了？我看你这劳动基础课可没上好呀！同学们，我们是要上课的，不上课不断地调老师来干什么？可我们现在和水泥、盖厂房，一边操作一边讲道理，不也是上课吗？同学们，你们忘了校长是怎么说的了？

林秀丽　校长说：我们现在上的是最重要的一课，是真正的基础课，不上好这第一课，学什么也不扎实！

彭　生　对嘛，你怎么说是浪费呢？你呀，心里的小算盘可不对劲！

〔众笑。工读生庚上。

工读生庚　彭老师，那边的架子搭好了，你去一下吧！

彭　生　好，走。（与工读生庚下）

工读生己　（学彭老师的样）你呀！我说小覃哪，你心里的小算盘可不对劲呀！

林秀丽　真不知你怎么想的，把咱们这么有意义的生活看作是浪费！

工读生戊　哎，哎，你们别冲着我来，这话可不是我说的呀！

林秀丽　谁说的？

工读生戊　谁说的？——你去问你的表妹吧！

林秀丽　秀梅说的？

工读生己　她呀，整天不好好地劳动，专和覃小芬一起说怪话！

工读生乙　还有呢，她打砖窑挑八块砖到厂房，一路挑一路扔，到了那边只剩两块了。

工读生己　林秀丽，我要向你提个严重抗议，你挑得已经够多了，为什么还偷着帮刘秀梅挑？她一路扔，你一路捡，这是迁就落后！

林秀丽　……砖是大家的，她扔了，我们就应该捡回来！不捡，不是叫大家受损失？

〔工读生甲手拿碎砖上。

工读生甲　大家来看啦！刘秀梅又扔砖头了。喏，还扔破了一块！

众　人　太不像话了，——她不好好劳动，一天到晚发牢骚！——开会和她讲理！

〔刘秀梅担着空担，看着书上，工读生辛跟在后面。

工读生甲　（把砖头扔到刘秀梅面前）看你干的好事！

刘秀梅　噢，一块砖吗？是我扔破的怎么样？我赔！几分钱一块？

工读生辛　真的，一块砖值多少钱？

〔众气愤地议论起来。

林秀丽　秀梅！说这种话，你就一点不脸红？砖是大家烧的，每一块砖上都有大家的血汗和理想，这是你能用钱买得到的吗？

工读生甲　简直是资产阶级的态度！

刘秀梅　什么，我是资产阶级态度？哈，好在我爸爸妈妈都是凭劳动吃饭的，不然你还会说我是资本家呢！

林秀丽　你不珍惜大家的劳动产品，你看不起劳动，这就像个资本家。

刘秀梅　好啊！秀丽，你鼓动吧，你鼓动吧！来吧，来吧！

工读生甲　来，来，来就来，你为什么把砖扔在地上？为什么叫林秀丽帮你挑？

刘秀梅　（气狠狠地看着林秀丽）你把这个也拿来表功了？你还口口声声答应我妈要照顾我！我不领你的情，说吧，还要我付什么代价？

林秀丽　秀梅，你，你怎么这个态度！

众　人　开会，开会！和她讲道理！

工读生乙　你们看，班长回来了！班长！

〔张思根挑着两个装满东西的口袋上。他身穿农装，是个精干的小伙子。

众　人　哟，班长回来了！

林秀丽　张思根！

张思根　（喘着气）一口气跑了二十里，……我没误时间吧？

工读生乙　才一眨眼工夫就回来了，简直是喷气式的速度！嗬，带两口袋米来？

张思根　不，这一袋是米，这一袋是红薯。今年我们公社大丰收，我妈说："丰收了，也不能忘记过去，要讲节约。"她叫我带些红薯来搭着吃。再说，我爱吃红薯……

林秀丽　我们大家也爱吃，小不点儿，把红薯送到伙房去！

工读生丙　好！（扛起红薯袋）走！

刘秀梅　（趁机发泄）我不同意！我胃酸过多，不能吃红薯！（推开工读生丙的手，一块红薯滚到地上）

〔林恒上。众没发觉。

张思根　（把红薯袋拿回来）刘秀梅，别发这么大的火。我本来也不想让别人吃我的红薯，我可爱吃呢！我们到底不一样呀，你是在医院里出生的，我是在我母亲挑粪下地的时候……我不怪你。（欲去捡红薯）

工读生甲　叫她捡！

众　人　对！叫她自己捡起来！

刘秀梅　就不捡！谁叫他带红薯来的？我没见过拿红薯顶伙食费的。还是个班长呢。

工读生辛　是嘛！

张思根　（仍然心平气和地）你见没见过我不管，我们这里既然可以带米来，我也可以带红薯来。

众　人　对！

林秀丽　（对刘秀梅，厉声地）把红薯捡起来！

〔雷小虎上。刘秀梅扭过身去。林恒走出。

众　人　校长！……

林　恒　（慢慢捡起红薯）张思根！把红薯交出来，全体吃红薯饭！

张思根　校长……

工读生甲　（激动地）校长，我建议把刘秀梅在学校的所有表现，拿到班会上讨论讨论！

林　恒　对，我们今晚就开个会，大家可以争论争论！

工读生乙　我建议学校给她处分！

众　人　对，给她处分！

工读生己　罚她把这些天少挑的砖，补挑回来！

众　人　对！

林　恒　同学们，把劳动当作一种处罚，和我们学校的荣誉可不相称。劳动是光荣的，为什么要往一个不爱劳动的人身上加呢？

众　人　对，那我们就不叫她劳动！

林　恒　张思根，对大家说说，在旧社会，你们家有红薯吃吗？

张思根　林校长，我们家过去被地主剥削得连种一颗芝麻的地方都没有，逼得给地主家打长工，一年到头，吃糠咽菜！记得我八岁那年，爸爸因为生重病不能劳动了，地主就把我们一家子赶了出来！……大冷天连口热水也喝不上，哪来红薯吃？要是有……（哭出来）我两个妹妹就不会饿死了！……今天，我们不但能吃饱了，我还上了学。……你当一块红薯来得容易吗？这上面有多少公社社员的汗珠子呀！刘秀梅，你为什么要把它丢在地上呢？

林　恒　秀梅……你想想，你做得对吗？（把那块红薯放在刘秀梅手上）把红薯交给张思根去。

〔刘秀梅拿着红薯，沉默了一下，蒙面哭下。

林　恒　同学们，这是很生动的一课呀！大家想想，刘秀梅为什么会有这种表现呢？大家好好想想吧，我们决不能忘记根本呀！

雷小虎　（猛起立，捧着雷大昌刚拿来的衣服）林校长！……我……（欲冲下）

雷大昌　（从人群里走出）虎子！

雷小虎　（转身，扑向雷大昌）爸爸！

雷大昌　孩子！……

林　恒　大昌同志，对大家说说吧。

雷大昌　……说来话长呀！还在他小时候，就跟我哭闹过。他说，有些同学知道我是拉粪车的，看不起他！起初我也没在意，我想，拉粪车也是为人民服务，是光荣的职业，怕什么？谁知这件事倒成了他心里的病疙瘩了。这次到这儿来的时候，他干脆提出叫我不要当众认他这个儿子，他也不叫我爸爸。我实在气不过，就揍了他两巴掌！……林校长，你说，为什么他刚认识几个大字，就连爸爸都不敢认了呢？为什么他书念得越多，就离我越远了呢？

林　恒　同学们，雷伯伯这个问题提得很好。同学们，劳动人民用血汗培养了我们，我们可不能有了点文化就翻脸不认人哪！同学们，你们说，现在我们在干什么呢？

众　人　造厂房、建高炉、建课堂！

林　恒　不，我们建造的是两门大炮！

众　人　两门大炮？！

林　恒　对，大炮！这两门大炮，一门是要向轻视劳动看不起劳动人民的资产阶级思想开火；一门大炮，是要向一穷二白开火，向大自然开火！同学们，有人说，我们只劳动不上课，不，我们每天都在上着最重要的一课！

众　人　对！

林秀丽　校长说得对，我们的汗是不会白流的，我们每挑一担土，每烧一块砖，都使我们向劳动人民靠拢一步，都在揍资本主义的耳光！

张思根　对！我们一定要把这两门大炮造好，让它发出威力来！

林　恒　同学们，投入战斗吧！

〔张思根与众下。只有工读生丙留下。

雷大昌　虎子，去吧！

〔雷小虎下。林恒陪雷大昌下。林原上。

林　原　小同学，你们林校长在哪儿？

工读生丙　他呀，哪儿战斗紧张，他就在哪儿。我帮你找他去。（下）

〔林原在等待中，四处眺望。刘秀梅上。

林　原　秀梅！

刘秀梅　妈妈！（扑到林原怀里哭出声来）

林　原　秀梅，怎么啦？唉，瞧你这个娇生惯养的样子，……

刘秀梅　你为什么一定叫我到这儿来呀！……

林　原　来锻炼锻炼对你有好处！不要这样，叫同学看见多不像话。

刘秀梅　爸爸叫我明年再考高中去！我……

林　原　不，那是以后的事！现在你需要的是劳动！怎么，你们上课了吗？

刘秀梅　（摇摇头）……

林　原　不要紧，学校很快就会正式上课的。我今天来，就是想跟你舅舅谈谈这个问题，把你们的学习提到重要日程上来。今天不是又给你们调来一位有经验的老师吗？以后，你要加强学习，不懂就多请教老师嘛！

方利珍　（上）林局长，你来了！

林　原　哎！秀梅，认识一下，这就是你们的方老师！

刘秀梅　方老师！

方利珍　你好！怎么，您的孩子也在这儿读书？

林　原　对，让她来锻炼锻炼！秀梅，去劳动吧！

〔刘秀梅下。

林　原　给她爸爸娇惯坏啦！方老师，你一来就参加劳动了？

方利珍　在“大跃进”的洪流面前，我怎么能袖手旁观呢！你瞧，他们干得多起劲。

林　原　是啊，这是一些很可爱的孩子啊！正因为这样，我们要对他们加倍负责。方老师，你的担子不轻啊！

方利珍　林局长，我虽然是刚到，可已经意识到这个问题。听说他们开学一个多月，还没正式上课哩！

林　原　方老师，你要首先抓好这个问题！希望你尽快地协助学校制定出教学计划来，争取早日全面开课。等一下我和你们校长谈谈。不过你们校长以前不是搞教学的，经验不多，在这方面你应该多协助他。

方利珍　林局长，您放心吧！我会尽自己最大的努力来工作的！就是怕心有余而力不足啊！

林　原　哎，你应该有信心嘛！

方利珍　噢！您看大家还住在工棚里……当然，住得艰苦些倒没有什么，可是教室没有，教学设备没有……学校领导的注意力，好像又都集中在厂房、车间上……上课有困难哪！

林　原　嗯，这是个问题。我们要设法解决。必要时，市里可以拨些经费。我已经向孙副市长谈过了。

方利珍　那太好了，太好了！教学计划几天内我一定全部草拟出来。

林　原　好，必要时，你们甚至可以展开一个学习运动嘛，集中力量把落下的教学进度突击上去！

方利珍　我一定按照您的指示去努力。

林　恒　（上）林局长你来了！

林　原　林校长，这就是方老师，见过了吗？

林　恒　刚才见过了。

方利珍　好吧，你们谈吧，我去见见同学们。（下）

林　原　阿恒，她是有十多年教学经验的老师，而且很能坚持原则。我看可以搞教研组和班主任工作。

林　恒　好，我们党支部研究一下。

林　原　阿恒，你们的革命干劲是很动人啊！但是我还要提醒你一句，孩子们的学业也不能荒废下去呀！我希望你们能赶快正式上课。

林　恒　我们并没有荒废呀！我们已经正式上课了，而且是最重要的第一课！

林　原　那是劳动锻炼，我说的是课堂学习。

林　恒　课堂学习方面，我们也正在逐步结合进行。

林　原　阿恒，教育工作，是门复杂、细致的科学。孩子们的热情一点就燃，可我们首先要注意，办学校最重要的是教学质量，首先要抓紧这一条。我看还是让方老师制定一套专业教学计划，早日使学校走上正轨吧！

林　恒　学习计划我们很需要。至于如何使学校走上正规的工读生活，我们正在实践中摸索，请你放心。

〔喊声："林爷爷来了！"许多学生拥着林泰上。一个同学和一个汽车司机抬着第一幕里见到过的那台缝纫机随上。缝纫机上蒙着块红绸子。

众　人　林爷爷！林爷爷！

林　泰　哟哟哟！个个都像小老虎似的。都来了，好，把手伸给我看看。（逐个看那些伸出的手）嘿，可以给五分了。五分！五分！你……四分，哈，都不错。

众　人　林爷爷，你看我们的小冲天炉！

林　泰　才一转眼的工夫，你们的小冲天炉也竖起来了，小厂房也盖起来了，是好汉的样子！

林秀丽　爷爷，你把家里的缝纫机打扮得像个新娘子，抬到这里来干什么呀？

林　泰　过去，这台缝纫机给我们的革命事业出过力，今天，它还希望为我们新型劳动者服务。(摸摸工读生丙、丁的头)孩子，你们一定要养成勤俭节约的习惯，要学会自己缝衣服，自己理发，自己补袜子。总之，要用自己的双手，创造自己的生活！赵书记说：你们要不愧为新型劳动者，要大兴延安作风！今天我来参加劳动，给你们补补衣服。(打开挎包)你们看，我搜罗了一大堆碎布头，够给你们补衣服的吧？谁先补，谁举手！

林　恒　同学们！林爷爷也太小看我们了，难道我们不能自己补？

众　人　对，我们自己补！

张思根　林爷爷，你给我们讲讲话比干什么都强！

林　恒　我们今天请林爷爷来，就是给大家讲讲的。

林　泰　我说什么呢？还是你们说说吧！(对小不点)你不觉得你们学校条件太差，缺的东西太多吗？

工读生丙　不！我们林校长说，劳动可以创造世界。

林　泰　(看看林恒)呵，说得对，有延安作风！可是……

林　原　我看呀，条件是差了些，缺的东西的确不少。

张思根　不！林局长，我们觉得党和国家给我们的支援很多，(指原材料)您瞧，没有这些，光凭我们的手，能造厂房、建高炉、盖课堂吗？

林　原　好孩子，你说得对。可是比起正规学校来，你们缺的东西还是太多了，我们还是应该想办法给你们装备一下，拨笔款，搞些设备……

林　泰　对嘛，这就对了。(向大家)难道你们不赞成？嗯？

〔许多人赞同地笑了，有的还拍了巴掌。

工读生丁　哎，别上林爷爷的当！我们不当伸手派！

林　泰　嘀嘀！这个快嘴的胖姑娘，一下子揭了我的底了。说得对呀，孩子们，问题不在当不当伸手派，问题在于，我们相信艰苦劳动最能锻炼人！只有在艰苦劳动中流过汗的人，才能学会闹革命！才知道国家每一分钱来得多不容易！学校开办的时候，赵书记不是送给你们一部《毛泽东选集》和八个大字吗？有毛泽东思想，有这双勤劳的手，什么干不出来？

众　人　对！

林　泰　孩子们！看到了你们，我就想起了二十年前我到延安去学习的事。

众　人　什么事？跟我们讲讲嘛！

林　泰　讲讲？好，讲讲！……那时候在延安，也有那么一所学校，那时候的环境可艰苦哪！外有日本鬼子的围攻，内有蒋介石反动派的封锁。可是那所学校，坚决响应毛主席的号召，自力更生，又生产，又学习。身披着羊皮大衣，掌握着党中央给他们的三件宝——

众　人　哪三件宝？

林　泰　锄头、枪杆子和笔杆子！拿起锄头开荒种地，建设学校；举起枪杆子，保卫革命事业，在战争中学习战争；提起笔杆子，学习毛主席著作，学习科学文化知识，学习闹革命的真本领。

众　人　那是所什么学校？

林　泰　抗日军政大学！

林　恒　抗大！

林　泰　对，抗大！当年抗大为我们培养了一批无坚不摧的革命战士，不仅打下了社会主义江山，而且在今天的社会主义建设中还是我们的火车头。同学们！我们要像抗大那样，在阶级斗争中、在生产实践中学习、锻炼！

林　恒　同学们，林爷爷的话，听清楚了没有？

众　人　听清楚了！

林　恒　我们要像抗大那样——

众　人　在阶级斗争中、在生产实践中学习、锻炼。

林　恒　对！同学们，我们的条件，比起抗大来要好得多，难道我们就不需要发挥抗大的革命传统吗？

林秀丽　对！我们向抗大学习！

众　人　（高呼）向抗大学习！

林　恒　同学们，请林爷爷领我们唱支抗大的校歌，好不好？

众　人　好！林爷爷，来一个！林爷爷，来一个！……

林　泰　好！（领唱）黄河之滨……

众　人　（随唱）集合着一群中华民族优秀的子孙……

——幕落

第三幕

一九五九年夏，第二学期，某日下午。

一侧是教室一角，一侧有“工读园地”。

〔幕启：“当当——！当当——！”下课钟声响。甲班同学下课过场。三个甲班同学玩篮球上。

工读生己　喂！乙班同学打球去啰！

工读生庚　还没下课呢！

〔幕内传来方利珍和学生的声音：“做完作业的交上来，没做完的继续做。下课！”“起立！”“同学们再见！”“老师再见！”

工读生戊　（随上）喂！乙班球队同学，打球去啰！

工读生乙　（追出来）喂！小覃，你的作业做完了没有？

工读生戊　哎呀！（对甲班同学）你们先去吧，我就来！

工读生庚　那你什么时候来？

工读生戊　赶完作业就来！

工读生庚　赶完作业？你们班的作业呀，一辈子也没个完！

工读生庚、己、乙　走，走，走！（下）

工读生戊　（急叫）喂，我们马上就来呀！（坐下赶作业）

〔雷小虎上。

工读生丁　（追雷小虎上）雷小虎，你怎么啦？

雷小虎　（把书往桌上一甩）学习赛普通中学，学习赛普通中学，一堂课就布置了一大堆作业，三天也赶不完。把人搞得昏头转向的！

工读生丁　做不完也得做呀！要不然方老师看见了又得剋我们了！快做吧！

雷小虎　看，（念“工读园地”上贴的喜报）甲班张思根、林秀丽他们根据金工工艺学的原理把变速牙轮制造成功了！——喂，你们看人家甲班同学在彭老师带领下，生产和学习搞得多好。嗨，真倒霉！把我分配到乙班来，吃方老师的苦头！

工读生丁　算了，算了，有意见以后再提吧，先做功课吧。

工读生戊　嗨，作业作业，你是多么艰巨的劳动！

〔林秀丽和几个同学唱着歌上。

雷小虎　林秀丽，你谈谈，你们是怎么制造成功的？

林秀丽　彭老师教我们上金工工艺学，又带我们去实践，边教边学，边学就边做，就这样搞成了。

雷小虎　嗨，林秀丽，你们班哪，真好！哎，你帮帮忙，让我调到你们甲班去！

林秀丽　这可不行呀！

工读生乙　雷小虎，你这个想法，不对头哟！

林秀丽　对呀，在哪个班也要用功读书哇。

工读生乙　哎，这话，我百分之百同意！小虎，你也真是，人家甲班还有同学要求调到我们乙班来呢。连校长都在我们乙班听课，就你特别！

雷小虎　我——

林秀丽　雷小虎，我们的教学实验很快就要小结了，甲乙两班哪种教法好，学校会下结论的。

工读生丁　（把作业给小虎）给你，雷小虎！

林秀丽　雷小虎，你的作业还没做完呀？我帮你一起做好吗？

〔林恒上，看见大家在埋头做作业。

林　恒　嘿，同学们，自由活动时间，你们倒用起功来了？

众　人　校长！

工读生乙　校长，要完成这些作业，就得分秒必争！

林　恒　最近你们班同学一天到晚赶功课，什么活动也不搞，一个个都快成小老头了。（见工读生乙在擦眼镜）嗬，快八十岁了吧！

〔众笑。

工读生戊　校长，不是我们不愿活动，是方老师布置的作业太多嘛！

留小虎　何止是多，简直像填鸭子一样，抻着脖子，硬往里塞。

工读生乙　学习嘛，就是要塞，你不会把嘴张大，使劲吞！

林秀丽　校长，方老师教的课，很难消化。死记了一大堆，可心里呢，还是不明白。我背了后边，前边又忘得差不多了！

雷小虎　就是嘛！

林　恒　哎，你们说呢，覃才，你说呢？

〔工读生戊伏在桌上睡着了。

工读生辛　他呀，保持中立！

〔众哈哈大笑。方利珍与刘秀梅上。

方利珍　（礼貌地）林校长！

林　恒　方老师！

方利珍　（问工读生乙）你们俩的作业怎么样了？

工读生乙　方老师，刚赶完！（交三本作业）

方利珍　好。你的呢？

工读生戊　还有一题。

方利珍　嗨，你呀，拿来吧！看，刘秀梅可是今早就交了！

林　恒　秀梅，那你就把自己的经验，介绍给大家吧！

方利珍　对，秀梅，对校长说说嘛。

刘秀梅　校长，方老师说，要想学习好，就得善于挤时间，我的作业，是开夜车赶的。

林　恒　啊，原来是这么回事！

工读生乙、戊　（同时）我们哪，谁都得开点夜车！

林　恒　啊，晚上开夜车，白天打瞌睡，这样对身体和学习是不是都有影响呢？

林秀丽　方老师，校长，我听乙班好多同学都反映说作业负担太重了。

方利珍　林秀丽，同学们产生了这种苦学精神，值得鼓励嘛。校长，昨天晚上我见到林局长了，她对乙班的实验成果很满意，要我们继续这样努力下去！

林　恒　关于今后的做法，我也想找你谈谈，好好地交换交换意见。

方利珍　现在，我还得检查作业。

林　恒　那好吧，我们另外找个时间。

方利珍　好的。

林　恒　方老师，是不是让同学们活动活动去？

方利珍　嗯，好呀，做完作业的休息一会儿吧！

工读生戊　校长，我们要和甲班赛球呢，参加我们队吧！

〔工读生戊和几个同学拥着林恒下。

方利珍　雷小虎，作业做完了吗？拿来我看看（拿过雷小虎的作业）怎么，差那么许多。说你什么好呢！

雷小虎　方老师，你布置的作业，很多跟生产不沾边，我……

方利珍　你们现在首先是吸收，而不是用。好吧，你口头回答我吧：蜡的性质，制脂肪酸的化学方程式。

雷小虎　蜡的性质比重小，熔点低，能燃烧；化学方程式 $C_{17}H_{30:\ 35}$:$-CH_3$加……加——

方利珍　你看，你看，自己不会嘛，又不好好地学，光靠生产就能记住这些复杂的方程式了？还光想贪玩。

〔几个同学陆续上。

林秀丽　方老师，雷小虎在学习上不够用功是不对的，可他在生产上是很努力的呀！

方利珍　生产，生产！你们现在的任务是什么？雷小虎，昨天晚自修干什么去了？

雷小虎　方老师，最近我们班生产很不好，任务没有完成，我到车间去了。

方利珍　啊，明白了。你们现在生产任务太重了，可读书才是学生的本分。全班同学都在为了每门功课全五分而奋斗，可你呢，好几门功课都没得过五分，最多是三加。学习知识要全面，不能偏科。再说你们想不想继续深造？你们到学校来的目的是什么？是读书，还是做工？

林秀丽　报告方老师，我们来学校的目的，既要读书，又要做工；而最根本的，是要学会闹革命的真本事。

方利珍　可什么是闹革命的真本事呢？知识，知识就是力量！

众　人　知识就是力量？

方利珍　对，林局长指示了，要我们迅速走上正轨。同学们，现在正是你们长知识、发展智力的黄金时代，精力得用在读书上，可不能扔了西瓜捡芝麻！

众　人　（怀疑地）扔了西瓜捡芝麻？

方利珍　同学们，和你们说几句心里话吧：作为老师，我多么希望你们早日成器呀！我真恨不得长出四十双手替你们去劳动，让你们把所有的时间，都放到学习上。有一天，当我看见你们都成了物理学家、数学权威、名教授，那我真是……

刘秀梅　（激动地）方老师，方老师！

方利珍　同学们，“一寸光阴一寸金”，别的什么事情都先放一放吧。今后，我们要多增加些课堂学习，多做难题，多抽问，多考试，少搞些非学习性的活动，少搞些生产劳动。学习也是劳动，而且是高级的劳动！

林秀丽　我不同意这种说法。那难道体力劳动就是低级的啦？方老师，我们不搞生产劳动，那怎么学习抗大的传统，在实际斗争中学习锻炼呢？

方利珍　我们是要学习抗大，可是时间、地点、条件都不同了嘛。我们要学的是抗大的革命精神和干劲，用到我们课堂学习上去，将来让大家都能考上大学。对了，我这里有些数学难题，你们可以做一做。（给工读生丁，丁不接）哎，笨鸟先飞嘛。林秀丽，团支部也可以发动发动，甲乙两班都可以去抄一抄。

林秀丽　方老师，大家马上就要接生产劳动班了。

方利珍　哎，又是生产劳动班！

刘秀梅　方老师，给我吧，我给大家抄去。

方利珍　林秀丽，你是个团支部书记，应该懂得怎么样带领同学走上正道。（下）

雷小虎　林秀丽，方老师这种做法……

林秀丽　我也想不通！

工读生丁　林秀丽，你看他们！（指抄难题的同学）

林秀丽　同学们，我们当前生产上出现了不少难题，我觉得，这才是我们学习的最好课题。

刘秀梅　生产，生产！你没听方老师说吗？咱们现在的任务是读书。

工读生丁　她呀，她是害怕劳动！

刘秀梅　什么，我害怕劳动，嘿？过去你们这么说我，那还对点题，可现在我已经闯过来了。你说，挑、抬、车、刨，我哪样不行？

林秀丽　秀梅，那你为什么在生产上还老出废品呢？

刘秀梅　那，那——

工读生丁　她的心哪，根本没放在劳动上！

工读生戊　劳动，劳动，难道考大学，还把冲天炉搬到考场上去吗？

〔林恒上，同学们未发现。

刘秀梅　又想劳动，又想学习，不可能。一心不能二用！

雷小虎　反正呀，一只手抓不了两个兔子。

刘秀梅　对对对，同学们，你们说，一只手能抓两个兔子吗？

众　人　（意见纷纭）能！……不能！……能！……不能！

工读生己　呃，算了，别跟他们争了，打球去！

林　恒　同学们，为什么不谈了呢？刚才大家的问题提得很好嘛。一个手能不能抓两个兔子，这实际上是工和读能不能结合的问题。嗯，这的确是我们学校的一件大事，值得认真辩论辩论。你们说能抓，到底怎么抓法？

林秀丽　怎么抓，你看甲班在彭老师带领下，围绕生产进行学习，生产劳动，课堂学习，哪样不是很好？

工读生丁　林秀丽、张思根他们生产劳动、课堂学习哪门不是五分？

工读生丙　是呀，为什么人家能抓，你们不能抓？

刘秀梅　反正呀，我们不同意这种学法。

林　恒　那你说怎么学呢？

刘秀梅　我建议学校减少生产劳动，增加课堂学习。

雷小虎　什么，减少生产劳动？哎哎哎，校长，我说，减少课堂学习！

工读生辛　不对，我不同意。劳动，不就是为了锻炼锻炼吗？我看我们已经锻炼得差不多了！

众　人　你呀，还差得远呢！

刘秀梅　同学们，这一年来，我们劳动得还不够？你们看，那，那，那，不全是我们劳动出来的呀？我看，我们也应该坐下来安安静静地读书了！

林秀丽　哎，刘秀梅，雷小虎，你们两人的看法我都不同意，方老师的话我也不同意。我们是半工半读的学校，既要读书，又要劳动，我们要学会用脑子劳动，还要学会用双手劳动。校长说过，要我们锻炼成一个新型的劳动者！

刘秀梅　校长的话当然是要听的啦，可是，劳动者我们中国有的是，要多少有多少。我赞成方老师的话，我们今天需要的是科学技术的专家！我们不能老在沙堆里混日子。

工读生丁　哎，我问你，刘秀梅，什么叫混日子？

林秀丽　对，你说，我们半工半读是混日子吗？

〔张思根、彭生上。

刘秀梅　反正时间就那么多，我们精力有限，顾得了工，就顾不了读了！反正一个手抓不了两个兔子！

工读生辛　对！

张思根　对，对什么？（对雷小虎和刘秀梅）你们俩来看看吧，（把轴放下）我说你们俩呀，四只手也没抓住一个兔子！校长你看，又出废品了！

众　人　怎么，又出废品了？他们班怎么老出废品！……

雷小虎　刘秀梅！你看你是怎么搞的？专家专家，废品专家！

刘秀梅　别讽刺人啊，我车的是对的！是你自己的数据算错了！

雷小虎　我算的是对的，你——

张思根　别吵了，你们俩都错了。

彭　生　雷小虎，你看你的数据是怎么算的！刘秀梅，你说说自由公差的原理！

刘秀梅　（流利地）在加工水轮泵的轴和轴套的时候，两者之间的间隙只允许自由公差正负五公丝，如果超过额定数，在旋转的时候，就会造成轴和轴套之间过大的磨损！

彭　生　背得很正确呀！那你量量看。

刘秀梅　（量）小四丝，大四丝，哎，对的呀！

彭　生　同学们，你们说对吗？

众　人　不对！

彭　生　为什么？

林　恒　张思根，你说说！

张思根　轴和轴套，要是单个分开来看，都没超过五公丝，可两个零件合在一起就超过额定数了，原因是她加工的时候没有把两个零件配合起来计算。

彭　生　对，额定数是五公丝，你加加间隙是多少？

刘秀梅　小四丝，大四丝，啊，八丝。

彭　生　同学们，刘秀梅能把定理背得烂熟，可为什么老出错呢？

林　恒　同学们，彭老师这个问题提得很好。大家说说，这是什么道理呢？

张思根　光会背，不会用，那还不等于零！

彭　生　对！同学们，我们是要读书的，但要反对读死书。我看成绩的好坏，就在于能不能把理论运用到生产实际中去，解决生产实际中的问题。

林　恒　对，大家说林秀丽和张思根为什么能把变速牙轮改装成功？

工读生甲　他们边学边用，边用边学，学用结合。

林　恒　对，同学们，大家就总结一下经验教训吧！

林秀丽　校长，彭老师，雷小虎在实际操作上，确实是把好手！可是他不重视专业理论课的学习，只工不读，所以计算就出错了！

林　恒　小虎呀，看，不好好学习，给生产造成了多大的损失呀！

雷小虎　校长，彭老师，我错了。以后，我一定要好好学习。

林　恒　对，应该这样。

张思根　校长，彭老师，刘秀梅半夜起来做功课，怎么能不影响白天生产呢。只读不工，当然要出废品！

工读生丙　她还有个秘密学习计划！

刘秀梅　我，我……

林秀丽　“我！我！”秀梅，你老是想“我”要考大学，“我”要当专家，可一根水轮泵的轴都车不好，你拿什么去为人民服务呀？

刘秀梅　我有我的理想。

彭　生　有理想是好的，但是，我们的理想应该服从党的需要。党要我们为革命而学，成为农业四化的能手，党的话你听了吗？

林　恒　是呀，我们每个人都应该好好想想，我们听党的话了吗？我们为什么学习？为革命呢，还是为个人？工读结合是我们学校的特点嘛，如果只读不工，只想个人成名呀、成家呀，或者只工不读，轻视理论学习，那我们能实现党和人民对我们的期望吗？

众　人　不能！

林　恒　秀梅，要好好地想想，要生产一件合格的产品，是要我们作认真努力的。同学们，我们要成为党所要求的新型的人，我们要当革命的纯钢，不能当革命的废品哪！

方利珍　（上）怎么，又出废品了？……呵！一根轴不就是一根轴吗，它代替不了宇宙飞船！

彭　生　方老师！

方利珍　彭老师，我正想找你谈谈呢。

彭　生　好。张思根，通知甲乙班同学，要他们做好接班准备工作。

张思根　是！

〔同学们欲下。

方利珍　同学们，等一等！校长，我们的课堂学习任务完不成，生产上又老出废品，我建议停止几天生产劳动，今天不接班了！

彭　生　方老师，怎么能这样做呢？我们是半工半读学校，应该针对我们学校的特点来进行教学。要根据培养农业“四化”人才的要求来进行教学改革嘛！

方利珍　培养人才，我并不反对，可你们这种具体做法，我不能同意！这分明是破坏人类知识总和的系统性！

林　恒　革命嘛就难免要破坏，只有破坏了旧的系统，才能建立新的系统！

方利珍　那，林局长的意见……

林　恒　对林局长的意见，我们是要认真考虑的。我们的具体做法可以研究。但我们首先应该坚持半工半读的方向！

〔上班钟声响。

众　人　林校长！

林　恒　同学们，该上课的上课，该接班的接班。为了半工半读事业的成长、壮大，我们一定要闯出自己的一套来！

——幕落

第四幕

半个月后，一个星期天的晚上。

刘克成家，会客室。可以看到堆满书籍的书房。家具不多，也不奢华，但舒适美观。在一个显眼的地方有马克思的头像。

〔开幕，林原和方利珍在谈话，林原不断翻着面前的一叠资料。刘克成时而看看小桌上的一大部外文医学书籍，时而思考着踱步，看来他心绪不宁。

方利珍　情况就是这样，有什么办法呢？这半个月来，我只好忍耐克制。生活失去了平衡，忙乱……无秩序……我的教学计划给彻底摧毁了！学校的影子再也见不到了。林局长，我的确无能为力了。我为孩子们感到痛啊！

林　原　别泄气嘛。这件事不但局里很重视，就连孙副市长也很为学校的情况担忧呀！

方利珍　什么，孙副市长也很关心我们学校？

林　原　嗯。好吧，这些事，交给我来解决吧。我相信林校长会慎重考虑的。

方利珍　材料都在这里，我走了。（站起来）刘教授，您有一个聪明、有才智的女儿，我没能很好地去帮助她，真抱歉……

刘克成　不，作为一个家长，我非常感谢您！您已经尽到了责任，您费了很多心。再见！

方利珍　再见！（下）

刘克成　阿恒他们的所谓教育改革运动，把学校搞成个什么局面呀？阿恒再这么弄下去，真不知会落个什么结果。同志，你也应该管一管呀！

林　原　我是在管。但要一些同志认识自己的错误，不是那么容易的事。

刘克成　既然你是代理局长，又具体管这个学校，就得负起责任来。我们共产党员，应该有这种责任感！

林　原　（打电话）喂，您是孙副市长吗，……我是林原。工读学校的情况很令人担忧呀，我们派去的一位很有经验的老师，很难进行工作呀。……详细情况我再向您汇报一次。……写一份情况汇报？……好，我马上就写。对，我一定采取有效措施！再见！

刘克成　阿原，别这么犹犹豫豫了，我就不像你这样，我觉得对的我就要坚持！

林　原　别太自以为是了，不是在任何问题上你的看法都是对的。

刘克成　照你这么说，你就放任不管了？

林　原　我并没有放任不管，我不断对他们提出过建议。刚才我已经向孙副市长汇报了学校的情况。有的时候，需要耐心等待一下，让别人逐步去纠正……

刘克成　咳，真是个悲剧！阿恒是个叫人钦佩的同志呀！可是由于不理解科学，正在重演堂·吉诃德和风车搏斗的故事。我说你呀，非等他被风车打倒了才说话？

林　原　我会尽力说服他的。不过，过去的问题还不像现在表现得这样严重，这样明显。

刘克成　还不明显？还不严重？就拿秀梅来说吧，你没看见她现在变成个什么样子了？粗鲁，浮躁！以前的用功劲儿也快丢干净了！

林　原　可你也得承认，她不像以前那么娇气、自以为是了。

刘克成　你这就满足了？正因为你有这样的思想，所以没对阿恒的行为进行坚决的斗争。这样下去，是不行的！啊，对了，我一定要和秀梅谈谈，“统考”的时间快到了，我要叫她回来，准备考高中！

林　原　不对，学校的问题要通盘解决，不能允许学生个别行动。

刘克成　我不能让孩子把时间白白地浪费掉，我是个家长，我有权利这样做！

林　原　克成！你冷静点！我不反对你提醒她自觉地学习，但你也要站在我的立场想想，我是要对全体学生负责的。

刘克成　（看看表）糟糕，再过两个小时我就要到手术室去了，怎么人到现在还不来？

林　原　阿恒在电话里说，晚上一定来。

刘克成　我是说秀梅。再不来，这个星期又和她见不着面了。这个大手术，说不定要动一夜……难道星期天他们还干活？

林　原　水轮泵的轮子全把他们绞进去了，谁也静不下心来休息的。克成，好好坐下来休息吧，待会儿，你还得去工作呀。

〔略停。刘秀梅、林恒上。林恒手上缠着绷带。

刘秀梅　爸爸，妈妈，你们看谁来啦？

林　恒　姐姐，姐夫！

林　原　阿恒，你可叫我等苦了！

刘克成　阿恒！哟，手怎么啦？

刘秀梅　舅舅的手开炉的时候给铁水烫了一下。

刘克成　要紧吗？

林　恒　不要紧，伤了一点皮，已经上药了。

刘克成　你这么蛮干，我实在不赞成！

林　原　阿恒，你们可得小心啊。

刘克成　坐，请坐！

林　恒　姐夫，到你这里来，往软乎乎的沙发上一靠，十次有九次我得打瞌睡。

刘克成　阿原呀，今晚给他来杯浓茶。准保你睡不着。

〔林原和林恒都笑了。

刘秀梅　（四处看看）呀，几个星期不回来，家里的一切好像只是在梦里见过似的。妈妈，家里可真安静呀！……真像个蓝色湖中的小岛……

刘克成　那是因为你刚从火山口上来！秀梅，你怎么这么晚才回来？

刘秀梅　爸爸，我们刚开完了一个试验炉，我回来取件衣服，还得赶回去呢。嗨呀！爸爸，我们的生活和学习真是紧张极了！我们不是在砂里滚，就是在资料堆里泡，水轮泵简直把我们变成一群小疯子啦！

刘克成　（溺爱地）你呀，本来就是个小疯子！

刘秀梅　妈妈，你看爸爸！妈妈，从明天起，学校要开展共产主义理想的学习讨论，大家要我谈谈怎样改变了对劳动的看法。妈妈，劳动真有意思，当我车好、铸好一件合格的零件的时候，心里就有一股说不出的滋味……这时候，生活突然变得美起来了，眼前的东西都好像在放光！……秀丽姐姐对我说，这是一种只有劳动者才能得到的幸福感情。妈妈，我也觉得是这样。

林　恒　是啊，姐姐，秀梅近来在劳动上有进步。不过秀梅，别光报喜不报忧呀，你也该说说你这些日子的苦恼嘛！比如说：你的那个秘密学习计划……

刘秀梅　（难为情地）舅舅，人家已经放弃了嘛！

林　恒　可脑子里还有一对小牛在顶角吧？

刘秀梅　舅舅！

林　恒　好，我相信你会在劳动中找到正确答案的！

刘克成　秀梅，今晚爸爸要去给一个肺癌患者动手术了。这就是说，再一次向不治之症宣战！这场战斗需要勇气和意志，更重要的是要考验我的知识和技巧！是啊，这是一个培养千千万万青年科学家的时代，你们青年人要努力去争取！秀梅，光阴易逝，岁月如流，少壮不努力，老大徒伤悲呀！（重重拍了秀梅一下肩膀）

林　原　阿恒，克成的话有他的道理。现在的科学知识越来越复杂，越来越丰富，青年人怎样掌握这些知识，使知识成为青年人的力量，是教育者和学习者共同努力的目标呀。

林　恒　当然，青年人是要发奋学习，要有攀登科学高峰的雄心壮志。可是更重要的是要有明确的目标，正确的方向！秀梅，可别忘了“半工半读，又红又专”八个大字呀！

刘秀梅　（如梦初醒）嗨呀！舅舅，我差点儿把我回来干什么都忘了。爸爸，我得赶紧找件衣服赶回去。（欲下）

刘克成　秀梅，还是明天回去吧，我想跟你谈谈……

刘秀梅　不，爸爸，改天再谈吧！（奔下）

〔刘克成跟下。

林　恒　姐姐，你找我来……

林　原　阿恒，今晚请你来，是想谈谈学校的事。我们应该好好谈谈了。

林　恒　我也一直想和你彻底交换一下意见。

林　原　阿恒啊！人类科学的发展是有它的客观规律的。这些规律是不由人的意志为转移的。如果违背了它，工作就要受损失，我们也要“栽跟斗”！我搞了这些年的教育工作，许多经验都向我证明了这一点呀……

林　恒　我是一个直肠子的人，你就干脆开门见山地说吧！

林　原　好吧。最近方老师向我反映了不少学校的情况，我也向别的同志进行了一些了解，但为了把问题弄得更准确些，你先谈谈吧。

林　恒　我只想提一个问题。方老师搞赛“普中”，而且要求停止生产劳动。姐姐，这是关系到如何理解和贯彻“教育必须和生产劳动相结合”的原则问题呀！

林　原　看问题不能片面呀，我一向认为劳动是必要的，但不能过分，不能本末倒置！我认为你现在办的不是学校，而是水轮泵工厂！

林　恒　不，我们办的是学校，也是工厂，是工厂也是学校。要不，它就不叫工读学校了！

林　原　根据你们目前的具体情况来看，很难谈到学校两个字！你来看看这些成绩表吧，有些科目的成绩简直差到惊人的程度了！

林　恒　（坦然地翻着）这些材料我都看过。

林　原　你是校长，这些材料向你说明了什么问题？

林　恒　这是死读书的悲惨记录呀！

林　原　你！……

林　恒　姐姐，我们在办学的过程中，的确碰到不少问题，也存在一些缺点，新生事物总是在不断的斗争中摸索前进的！林原同志，可是凭这些材料，是不能说明问题的本质的。为了更好地解决问题，我建议你到学校，到车间里去看看！

林　原　我会去的！我希望你采取清醒的措施，迅速改变学校这种状态。

〔刘克成上。

林　恒　我们党支部作了研究，正在采取措施。

林　原　你采取了些什么措施呢?

林　恒　为了让学生学好建设农业“四化”的本领，围绕专业需要，调整了课时。我们正在努力使得课堂教学和生产劳动结合在一起。活读书，读活书，掀起一个生产劳动和科学实践的高潮。用我们的话说，就是从书堆里解放出来，在实际斗争中学习成长!

林　原　(激动地)这简直是儿戏呀!

刘克成　孩子们的青春有限，他们应该求知，而不是劳动!

林　恒　(平静、玩笑似的)姐夫，马克思在《哥达纲领批判》里说过这么一句话:“生产劳动和教育的早期结合是改造现代社会的最强有力的手段之一。”看来，你这里摆着马克思像，可你对他的主张并没有认真学习……

刘克成　可我也提醒你别忘了：这是个新时代！时代对我们的要求是什么？任何人都希望自己的子女在普通劳动者和科学家之间有一个更好的选择。

林　恒　是普通劳动者，又是科学家，这就是我们学生奋斗的目标。我们决不当高高在上，脱离劳动人民的旧式科学家。我们决不让资产阶级制造的优越感传种接代!

林　原　(恳切地，克制地)林恒同志！……你清醒清醒吧，教育饭你刚吃，不要意气用事吧！我以姐姐的身份，也以教育局工作人员的身份，请求你恢复正常的教学状态吧!

林　恒　不，我们的教学状态很正常，起码是越来越正常!

林　原　林恒同志，你代表着一种歪风！如果你不改变，有必要正式提请市委注意!

林　恒　这是一个共产党员的权利!

林　原　主观固执，会害死人！林恒同志，事实是会教训你的!

林　恒　教训也是可贵的，就是我们碰得焦头烂额，也可以给后来者铺路！（手击在桌上，忍住伤疼）

刘秀梅　(急上)舅舅!

——幕落

第五幕

前场后的第三天，傍晚转夜。

舞台的深处是车间一角，一边是车间办公室，有电话、黑板。工读生己等学生在桌上做功课和研究作业。

欢乐、热情的歌声，机器马达滚动声。

〔开幕。略停，林秀丽、工读生丁兴奋地喊着“校长！”上。

工读生己　你们看到校长了没有？

林秀丽　我们也正在找他。（电话铃响，接电话）喂，是呀，青年工读学校！……您找林校长，……您是谁呀？爷爷！……水轮泵！……只差叶轮片了，叶轮片一过关哪，我们就可以装配了。啊，你就来？……好！我告诉林校长。（放下电话筒）

众　人　（喊着）校长。（下）

〔林恒穿着一套沾满油垢的工装，兴高采烈地用破布擦着手，被几个同学拖着上。

众　人　校长，校长！快到我们车间去看看吧！

林　恒　哟，哟！什么事儿这么高兴呀？

工读生乙　校长！我们组昨天的学习讨论效果很大，克服了计算不准确的缺点，搞出了一个木模，去看看吧。

林　恒　对，去看看！

工读生丁　不，校长，我们把那台坏刨床修配好了，去参加我们小组的开车典礼吧！

林　恒　嘿，真有你们的！这个典礼非去不可啰！走！

正工读生己　不，校长，到锻工车间去检查检查我们的学习质量吧，准保有你瞧的！

走吧！

众　人　不，到我们那里去！到我们那里去！

林　恒　哎，哎，你们这些捣蛋鬼，要把我撕成八瓣呀！

〔雷小虎抱着一根车好的中轴高喊着上。

雷小虎　校长，校长！我代表车工组向你报喜！你瞧瞧吧，你们大家都瞧瞧吧！经过严格的检查，我们组车的水轮泵中轴，不管是同心度、椭圆度和光洁度，都全部达到要求啦！

〔众高兴得跳起来。

林　恒　哈哈，小虎，你还说一个手不能抓两只兔子吗？

雷小虎　（摸摸脑袋）嘿嘿……

〔众笑。彭生上。

林　恒　同学们，你们大家说说，为什么咱们的学习这么活跃，咱们的生产进展这么快呢？

工读生己　这是因为课堂学习和生产挂上钩了！

工读生丁　这是因为课堂变成了车间，车间变成了课堂！

众　人　对！

雷小虎　过去呀，上课记笔记，下课对笔记，考试背笔记，考完——

众　人　全忘记！

〔众笑。工读生丙跑上。

工读生丙　校长，彭老师，同学们，叶轮片——

〔张思根，刘秀梅上。

刘秀梅　校长，彭老师……我们翻的叶轮片又失败啦！

众　人　又失败了？

张思根　唉，过不了这个关，什么工作也给我们拖住了。

刘秀梅　姐姐！别的组都有成绩，就我们落在后面，全校的眼睛都盯在我们身上，可我们……

林秀丽　秀梅，别急！同学们不怪你们。

工读生丙　彭老师，你不要憋我们了，干脆告诉我们怎么解决吧！（笑着看看大家）

林　恒　同学们，叶轮片的质量，是水轮泵运转的重要关键之一，制作工难度高，彭老师有意识先让你们自己在实践中摸一摸，对你们过这一关很有好处。

彭　生　对，校长的话说得对。生产上的难题就是学习上的好课题，这正是理论联系实际的好机会。来，现在我们就来谈谈这个问题，上一两分钟随时问答课。

众　人　好！（迅速坐好）

彭　生　你们为什么失败呢？最主要的问题还是排气问题没解决好。同学们，（边讲边在黑板上画图示意）过去我们浇铸过的水管是边角分明的，可以在泥芯中埋下两根铁条做为排气孔。现在的叶轮片呢，又小又薄，而且是曲线形的，用这种方法能解决叶轮片的排气问题吗？

众　人　不能！

彭　生　对。要解决叶轮片的排气问题，得有两个条件：第一，要在泥芯中做一条曲线形的通气孔；第二，做成通气孔的材料要易溶化、易碳化的物质。

工读生己　啊，这一点我也想到过。

〔众议论。

工读生丙　大家别讲了，彭老师还没讲完呢。

彭　生　我讲完了。关于具体做法我不说，还是要你们自己研究研究，搞几个方案出来。下课！

张思根　好！大家分组研究去！

〔众下。方利珍暗上。

方利珍　林校长……

林　恒　噢，方老师，我正想找你去指导同学们的讨论呢。

方利珍　不必了吧！杀鸡取蛋终究要后悔的，为了对学校负责，我请求你把这个乱哄哄的局面扭转过来吧。

林　恒　不，不是乱哄哄，这是越来越生动活泼的学习局面。方老师，参加这场歼灭战吧，这是一次很好的学习机会。

方利珍　抱歉，我只能感到遗憾！干脆我把一切都说明白吧。有些问题我实在受不了，有些学生竟拿生产上的实际操作问题来刁难我。你是知道的，我并不是学实际生产的，何况有些东西我根本没有学过。

林　恒　方老师，学生对你不礼貌，我们已经进行了批评。不过同学们确实希望你能教给他们一些实际知识。至于做老师的，毛主席说："………一面教，一面学，一面当先生，一面当学生。要做好先生，首先要做好学生。"教学相长嘛！

方利珍　照你的意思，我得去做上几年工，才能来教学啰？我无能为力，我觉得在这个环境里，我是个多余的人。……林校长，让我走吧，让我到一个能发挥作用的地方去吧，这是我申请调动工作的申请书，请你批准。

林　恒　方老师！你这是……

〔雷大昌上。

雷大昌　林校长！方老师！——怎么，不认识我啦？

方利珍　啊，雷同志！

林　恒　大昌同志，你来看小虎的吧？

雷大昌　不！我给你们送焦炭来了。

林　恒　怎么，你——

雷大昌　嗨，你不知道，板车大队赶运了一天一夜的货，大伙儿累得不行，正赶上你们又急着要运焦炭，可把他们队长难坏了。我们粪车队知道了你们两下的难处，就全队出动，替他们把焦炭运来了！

林　恒　大昌同志，谢谢你！

方利珍　是呀，谢谢你，雷同志。

雷大昌　林校长，你这话就见外了。这是我们工农的学校，送焦炭来是我们的本分。再说，要感谢的是你们呀！方老师，你为我小虎日夜操心，你看你都累瘦了。

方利珍　没什么……没什么……

雷大昌　方老师，虎子怎么样？

方利珍　这……嗯……

林　恒　虎子进步很大。生产学习都好。你瞧，这根轴就是虎子车的！

雷大昌　（接过轴）嘿嘿！好，好，林校长，这是你们学校办得好，老师教得好！……（环顾厂房，无限感慨地）不到一年时间，一群娃娃在一片荒地上用自己两只手建起了工厂和课堂，又念书，又做工，到了车间是工人，抓起笔来是秀才。谁能说不好？林校长，方老师，你们知道吗，现在虎子每星期回家都上街帮我推粪车，好些人都问我："这是谁？"我说："我儿子，工读学校的学生！"林校长，从虎子身上，我明白了你们是怎么样教育孩子的！毛主席的眼睛就是亮，他老人家看得远，看得深，把学校办到我们工农心坎上了。

〔雷小虎拿着书上。

雷小虎　爸爸，你来了。噢，焦炭是你运来的呀？

雷大昌　嗳。虎子，记住，要好好学本事，不懂的就多问问林校长和老师。

雷小虎　嗯，我就是来请方老师去参加我们学习讨论的。

方利珍　我？……

雷大昌　方老师，我虎子脑子笨，你常剋着他点儿。好，你们忙吧，再见。

〔雷小虎送雷大昌下。

林　恒　方老师，你看同学们很需要你帮助，家长也对你寄予多么殷切的希望呀！

雷小虎　（上）方老师，走吧，同学们都在等着你呢。

林　恒　怎么样，方老师？请你去参加学生们的讨论吧。你那个问题再考虑考虑，回头我们再好好谈谈。

方利珍　好吧！……

〔方利珍与雷小虎边说边下。林恒从另一方向下。

林秀丽　（上）彭老师，彭老师！

张思根　（上）彭老师！彭老师！……秀丽！……

林秀丽　你们研究出来了？

张思根　你们呢？

林秀丽　研究出来了！

林秀丽、张思根　走，找彭老师去！

刘秀梅　（喊着上）彭老师！

林秀丽　秀梅！

刘秀梅　姐姐，你们研究出来了吗？

林秀丽
张思根　（同时地）你们呢？

刘秀梅　我们倒是研究出一个办法，你们来看，不知道行不行。

林秀丽、张思根　嗳！（各人把所持的意见书摆出）你看！

刘秀梅　哎呀！咱们三个小组想到一块儿去了。

林秀丽　要是这个办法能行的话，水轮泵叶轮片的翻砂问题就解决了。

张思根　这一关又闯过去了。

众　人　走，咱们找彭老师去！

〔三人回身见彭老师早已站在场上。

彭　生　你们的操作方案，都研究出来了吗？

众　人　研究出来了！

彭　生　那就交卷吧！谁先说？

刘秀梅　姐姐，你说。

林秀丽　思根，你说。

张思根　秀梅，你说。

彭　生　你们别那么谦虚了，谁先说吧！

众　人　（同时地）好，我说！

彭　生　你们快说吧！

众　人　（同时地）蜡线！

彭　生　蜡线？行，行，行！嗬，还想了个新办法！林秀丽，你们根据什么想用砂纸代替蜡线呢？

〔方利珍、雷小虎等暗上。

林秀丽　上化学课的时候，方老师讲过："蜡和砂纸的熔点和燃点都很低。"我想：用砂纸代替蜡线，是不是更容易发生碳化？同样也给铁水注入后产生的大量气体找到一条通道。

彭　生　好，这个办法可以减少一道工序。

雷小虎　对。方老师，蜡和砂纸的性质你讲过的呀。

方利珍　我？……

胃小虎　对，你还抽问过我呢。`

方利珍　嗯……讲过，讲过……

彭　生　方老师，你看林秀丽他们的办法行不行？

方利珍　嗯，可以试一试……

彭　生　对，（取出一包蜡）试一试！走，同学们，试验去！

〔众欢跃地拥着彭生、方利珍下。

刘秀梅　姐姐！……走，到车间去。

林秀丽　试验去！（下）

刘克成　（上）秀梅！

刘秀梅　噢，爸爸！（迎上来）你怎么有空来了？

刘克成　再过一个小时，我还要上课呢！今天爸爸是特别挤出点时间，陪你妈妈来看看你们这群……小疯子！

刘秀梅　噢，妈妈也来了。

刘克成　正在和你舅舅谈话呢。刚才爸爸在你们学校跑了一圈。

刘秀梅　我们学校好不好？

刘克成　真是乱糟糟呀！

刘秀梅　不，爸爸，我们正在进行新的试验——

刘克成　秀梅，该到结束这一切的时候了。希望你们每个孩子都冷静地想想。你看，今天的报纸！

刘秀梅　（念）全市中等学校统一招生简章……

刘克成　秀梅，到了温课考高中的时间了。去年没有考，今年爸爸有责任提醒你，要不，一耽误又是一年呀。

刘秀梅　不，爸爸，生活已经把我和这个整体再也分不开了！

刘克成　秀梅！别胡闹了。老实告诉你吧，你们的学校办不办还不一定呢！

刘秀梅　什么？这是谁说的，这是谁说的？

刘克成　你妈妈已经正式向市委提出意见，现在正和你舅舅在谈呢！

刘秀梅　不……秀丽姐姐！秀丽姐姐！（奔下）

刘克成　秀梅！（追下）

〔林恒拿着一份意见书上。

林　恒　歪风？刹车？不！绝对办不到。这是党指的方向，我们闯出的道路是正确的，任你冷风冷雨阻挡不了我们前进！（猛然把它扔在桌上）

林秀丽　（上，捡起意见书，念）“对工读学校处理意见书”——啊！三叔，这是怎么回事？

林　恒　没什么……没什么！……

林秀丽　要撤销我们学校？真的吗？

〔林恒沉默不语。

林秀丽　三叔，你说话呀！……不，我不同意！学校是我们用双手建立起来的！谁也不能叫它撤销！这是我们的学校！这里每块砖上都有我们的血汗，每寸土都浇灌了我们的心意，每一锤都锤炼着我们的革命意志，每一炉铁水都燃烧着我们对革命的深情啊！学校使我们懂得了艰苦奋斗，使我们学到了科学知识，使我们学会了建设社会主义的技能，学校使我们一天比一天更热爱毛主席，更热爱我们的党啊！谁要取消半工半读，我们就坚决保卫它！

林　恒　（试探地）你不怕冷风？

林秀丽　疾风知劲草！

林　恒　你能顶得住？

林秀丽　天塌下来，我们大伙儿承担！

林　恒　……火炭头！

林秀丽　红煤球！好叔叔！

林　恒　走，到车间去！

林　原　（上）阿恒！

林　恒　秀丽，你先去，准备开炉试验吧！

〔林秀丽下。

林　原　怎么，还搞试验？我的意见你不考虑？

林　恒　你这意见……

林　原　好吧，那你再看看这封家长来信吧！

林　恒　（接过信念）……工读学校是个文不文、武不武的三不像的怪物，学校之兴办，是不符合客观需要的……建议迅速纠正！

林　原　怎么样？

林　恒　这是对我们的诬蔑！

林　原　林恒同志，群众意见我们应该认真对待！

林　恒　这我完全赞同，可是——

林　原　可是你这样搞法，已经引起了什么样的后果啊？老师不安心工作，学生吵吵嚷嚷地要考高中，家长来信告我们！你这样的搞法，真是“三不像”：学校不像学校，老师不像老师，学生不像学生。你到底想把学校搞成什么样？

林　恒　我想把它搞成一所资产阶级教育史上查不到的学校！

林　原　你对党的半工半读的政策理解得不对。党叫我们办的是半工半读的学校，不是半工半读的工厂。

林　恒　我们办的正是半工半读的学校。党叫我们培养有社会主义觉悟有文化的劳动者，不是叫我们培养不会劳动的读书人！

林　原　文化和劳动不是对立的。

林　恒　把它们对立起来的是你，不是我！

林　原　你不刹车，我将坚持我个人的意见！

〔林泰暗上。

林　恒　半工半读红旗是吹不倒，砍不掉的！

林　原　你怎么这样顽固！我找孙副市长去！（欲下）

林　恒　那好，咱们到市委去！

林　泰　阿原！

林　原　二叔！

林　泰　怎么，锣对锣、鼓对鼓地敲得这么响啊？

林　原　二叔，你来得正好，我真没想到，阿恒变得这么固执。他把学校搞成这个样子，可一点儿忠告也听不进去。

林　泰　你给市委写了份关于工读学校的意见书。

林　原　你知道了？

林　泰　赵书记跟我谈了，并且和我交换了意见。

林　原　那你们的意见……

林　泰　……林原，根据你的意见，涉及一个如何教育下一代的关键问题。你和阿恒的观点是针锋相对的，可以说是两种教育思想不可调和的尖锐斗争！

林　原　在怎样有效而正确地培养下一代这个问题上，我和他的确有着根本分歧。我要反对的是打着党的教育方针的旗号，而实际干的却是对党的教育事业不负责的事！

林　恒　不！林原同志，你是反对我们在艰苦奋斗中培养学生的革命精神！反对我们战斗般的生产劳动！反对我们理论联系实际的教学原则！

林　原　不，我一向认为应该抓好学生的思想教育，适当的劳动也是必要的！但是，生产劳动代替不了科学知识！

林　恒　对，是不能代替，科学知识是前人总结的经验，我们要把它学到手；但是书本是知识，生产劳动也是知识呀——

林　泰　而且是更重要的知识。实践是知识的源泉，又是知识的归宿。毛主席说得好："你要有知识，你就得参加变革现实的实践。"不讲阶级斗争、生产劳动，只讲书本知识，说穿了，就是培养书呆子。

林　原　二叔！你过去是搞工业的，对教育不够熟悉，教育是有它的系统性、科学性和连贯性的！

林　泰　对，要讲系统性、科学性、连贯性，但首先要讲无产阶级革命性！阿原，我们主张的思想教育，是要孩子们在尖锐的阶级斗争中受到考验和锻炼。我们主张的生产劳动，是要孩子们理论联系实际，能文能武，能上能下，真正成为党所要求的有社会主义觉悟、有文化的劳动者。教育与生产劳动相结合，是我们党在教育上的一项重大的彻底的革命措施，不是给旧教育装上无足轻重、可有可无的花边啊！

林　原　二叔！我们的新时代要求我们培养出全面发展的人才！

林　恒　哦？你说的是什么样的全面发展？

林　泰　问得好。说下去！

林　恒　我认为，我们所需要的全面发展，是在德育、智育、体育几个方面都得到发展，使他们成为既能从事脑力劳动又能从事体力劳动的人；而你所说的"全面发展"实质上是只讲智育，照这样干只能培养出保持脑力劳动特权的资产阶级继承人！林原同志，你这种主张，是从哪个外国市场上捡来的破烂！

林　原　什么，外国市场上捡来的破烂？

林　泰　对！伟大的毛泽东思想，是真假革命的试金石，在它面前任何擦脂抹粉的冒牌马列主义都要原形毕露。阿原，你的教育思想实质上是资产阶级的！（恳切地）阿原，当前的阶级斗争是十分激烈的，它在文教战线上同样有着尖锐的反映。我希望你清醒地思考思考这个问题！一场新的、尖锐彻底的革命已经开始了。这一场翻根究底的革命，和我们每个人都有关系，我们每个人都要受到检验！应该想一想，自己对进一步革命抱什么态度？是坚决拥护呢，还是拒绝和抵触？

林　原　（跳起来）对革命……拒绝……抵触？二叔，我的意见孙副市长是同意的。

林　泰　孙副市长对你的支持是错误的！况且个人意见不能代表市委的意见！事实上，市委认为工读学校的发展方向是对头的！你应该找赵书记谈谈，在新的革命形势前面每一个人都需要检查一下自己的斗争目标：是向旧世界无情战斗呢，还是在转移枪口！

林　原　转移枪口？……（发呆，沉痛地坐下）

〔刘秀梅、刘克成上。林秀丽、张思根随上。

刘秀梅　不，爸爸。噢，爷爷！我不回去！爸爸，你为什么一定要把我从这个整体中拉走呢？！妈妈，这是为什么呀？……妈妈，我从来没有像现在这样对劳动和学习感到兴趣，感到迫切的需要，我越是劳动生产，越想学习，越是学习又越想劳动生产！劳动和学习把我同这里的一切结合在一起了！爸爸，过去你叫我为个人成就，为当作家、教授去死啃书本，是工读学校使我明白了应该去追求什么样的知识，应该做一个什么样的人！是工读学校在我面前打开了一条红光闪闪的路！是工读学校……

林秀丽　姑姑、姑父，你们到同学中间去听听吧。大家都说，我们要为阶级发奋，为革命而学，我们用延安作风建起了熔炉，而熔炉又锻炼了我们自己！

林　恒　姐姐、姐夫，我们应该鼓励孩子们走这样一条革命的道路，可千万不能拉他们的后腿呀！

刘秀梅　爸爸，让我自己选择自己的路吧！

林　泰　阿原，听听吧，孩子们对你们说了些什么！

林　原　（内心激烈斗争着）孩子，你留下吧……

〔站起来克制着，不让泪水流出来。

林　泰　用一个共产党员的态度，好好想想吧！

林　原　我好好想想！我是该好好想想……（下）

刘克成　阿原！……

林　泰　克成，和旧的思想决裂吧。

刘克成　这……我……我也要好好想想。（下）

彭　生　（上）校长，开炉的时间到了。

林　恒　好，准备开炉！

彭　生　准备开炉！

〔钟响。

林　恒　爸爸，我们的决战炉就要开始了！

〔众工读生涌上。

林　泰　我今天就是来参加你们的决战的！

〔众工读生欢呼。

林　恒　同学们，为进一步革命去决战！为共产主义理想，开——炉！

〔红光闪闪，火花四射。

——幕落

尾声

校园一角。

距离一幕四年后，某日早晨，朝霞万道，红日初升。

激情欢跃的音乐。

〔幕启，林秀丽、刘秀梅在布置会场。林秀丽凝视远方。

刘秀梅　姐姐，你在想什么？

林秀丽　秀梅，一转眼就四年了……

刘秀梅　四年了！

林秀丽　你还记得吗？刚入学的时候，这儿还是一片荒草地，不久，我们用自己的双手建起了车间、校园——

刘秀梅　课堂、宿舍……

林秀丽　嘿，真有意思，可是我们就要毕业分配了。

刘秀梅　就要离开我们心爱的学校了。姐姐，告诉我，对今后的生活你是怎么想的？

林秀丽　我？……我在想……全中国每个角落都在放着光芒，这些光芒汇合成一股强大的光辉，照亮全中国，全世界！我要请求党把我派到一个最艰苦的山区去，和群众一起放光发热，当那亿万光亮中的一点！

刘秀梅　亿万光亮中的一点！

林秀丽　对——

刘秀梅
林秀丽　亿万光亮中的一点！

〔林恒、林原上。

林　恒　秀梅，秀丽，你们看谁来了？

林秀丽
刘秀梅　（同时）姑姑！妈妈！

林　原　今天天不亮，我就起来了，生怕误了参加你们的传宝接班大会。

刘秀梅　爸爸呢？

林　原　参加巡回医疗队下乡去了。这是他写给你们的信。你们听：（念信）"……我佩服你们在四年时间里给学生打下了结实的理论基础，和熟练的生产技术。"是啊，从秀丽、秀梅这一代新人的成长，我发现，我落伍了！但我一定要迎头赶上！告诉你们，市委同意我到你们学校来蹲点，工作一个时期。

众　人　太好了。

林　原　（对林秀丽、刘秀梅）用你们的话说，就是——

众　人　（欢跃地）闹革命！

彭　生　（上）阿恒，林爷爷和各界代表来了！

林　恒　好。秀丽、秀梅，传宝接班大会，准备开始。

〔林秀丽、刘秀梅下。众拥着林泰上，方利珍陪同。众互相招呼，就坐。

韦社长　这些孩子真不简单呀，他们干起农活来就像个真正的农民，摆弄起机器来就像个工人。

代表甲　他们有文化，也是个知识分子。

韦社长　对，老林同志，你说，像他们这样的人，该怎么样称呼他们呢？

林　泰　韦社长，这就是我们的接班人，新型劳动者！

韦社长　对，半工半读，真是培养我们下一代的好办法！

林　泰　是啊，这是一个革命的起点，这个起点向我们展示了一个新的时代，一个消灭体力劳动和脑力劳动差别的共产主义时代！（对林恒）这是赵书记给你们的信，他希望你们把鼓点敲得更响，大踏步前进！

〔歌声起，红日徐徐上升。老工读生们在红旗招引下，整齐地唱着歌上。新同学也上。

林秀丽　新同学们，我们就要离开学校了，让我们迎着祖国的红太阳，给你们传下学校的传家宝！

〔音乐声中开始传宝。

张思根　（激动地）新同学们，请接下学校最珍贵的传家宝《毛泽东选集》！学校在毛泽东思想的光辉照耀下壮大，我们在它的哺育下成长，它武装了我们的头脑，使我们认清了方向。好好珍惜这个传家宝吧，让它——

众　人　代代相传，永放光芒！

雷小虎
刘秀梅　请接过这把铁锤！我们的战斗生活从它开头！

雷小虎　我们用它开荒种地建校园，

刘秀梅　它是我们难舍难分的战友；

张思根
雷小虎　它使我们同劳动人民结下血缘，

林秀丽
刘秀梅　它使我们把劳动人民的语言牢记心头！

雷小虎
刘秀梅　希望你们永远挥舞它！

众　人　使自己成为农业“四化”的能手！

林秀丽　（举红旗）小弟弟、小妹妹们，请接过这支红色接力棒！鲜艳的红旗在我们手中飘扬！

众女生　革命的感情在我们心中激荡。

林秀丽　看着它，

众女生　千言万语涌上胸膛！

林秀丽　看着它，

众　人　心中涌出最美的诗章！

林秀丽　我们高举它，

众男生　大战水轮泵！

林秀丽　我们高举它，

众　人　建立起排灌网！

众女生　我们高举它，

众　人　向旧世界宣战！

众女生　我们高举它，

众　人　在战斗中成长！

林秀丽　愿你们爱护它像爱护自己的眼睛一样，

众　人　让它永远鲜艳，永放光芒！

林秀丽　愿你们爱它胜于自己的生命！

众　人　让它长空飞舞，世代飘扬！

新工读生　大哥哥，大姐姐们，我们一定继承学校的优良传统、革命作风，把你们当作榜样，高举半工半读、又红又专的红旗，勇往直前，永远战斗！

林　恒　对，要永远战斗！孩子们，党希望你们成为坚强的革命接班人，永不变质，永不褪色，高举毛泽东思想红旗，为世界革命，为共产主义事业，勇往直前，永远战斗！

众　人　勇往直前，永远战斗！

〔音乐起。

——幕徐落·剧终

｜作品点评｜

1965年他创作的五幕六场话剧《朝阳》“反映了在我国教育战线上广大师生所谋求的一种教育变改。剧本强调了教育必须与实践结合，必须与生产劳动相结合，必须把体力劳动与脑力劳动结合。强调了教育战线的广大师生要继承党的优良传统、艰苦奋斗的作风，力求做到思想性和艺术性有机结合”。此剧在参加1965年在广州举行的中南区现代戏剧会演时，引起了极为强烈的反响，参加会演的戏剧界同行也给予了高度赞扬。《羊城晚报》1965年7月27日发表中南区戏剧观摩大会题为《迅速反映现实斗争生活，大力宣扬光荣革命传统，〈朝阳〉〈豹子湾战斗〉等剧目获得好评》一文中说：“话剧从塑造不同类型的人物形象着手，从精心结构饶有风趣的情节细节着手，把这样的斗争表现得相当深透。在舞台上，人们看到的是活生生的艺术形象，是浓烈的生活气息，是具有鲜明时代特点的语言。导演对许多场面的处理也很有创造性，矛盾错综交织，剧情生动活泼，演员表演也很好。”

——张润增、李承炎、陈熙桢：《谢民和他的话剧创作》，载《谢民剧作集》，漓江出版社，2008，第206—208页

《朝阳》热情地歌颂了半工半读这一新的教育制度，歌颂了勇于斗争的创业精神，歌颂了成长中的一代新人，给我们留下了较深的印象。

——刘乃崇:《一代新人在斗争中成长——看话剧〈朝阳〉有感》，原载《人民日报》1965年12月14日，转引自《谢民剧作集》，漓江出版社，2008，第208页

话剧《朝阳》是一出歌颂教育革命的好戏，它热情地赞扬了半工半读的教育制度，赞扬了教育战线上的革命闯将。话剧《朝阳》不仅题材新，主题思想深，现实意义比较强，矛盾冲突尖锐，而且注意刻画人物。它塑造了一个教育战线上的革命闯将林恒，是戏剧舞台上出现的崭新形象。

——师齐文:《像朝阳一样生气蓬勃——看话剧〈朝阳〉》，原载《光明日报》1965年12月9日，转引自《谢民剧作集》，漓江出版社，2008，第208页

1970年代

·周民震《甜蜜的事业》

·谢民《我为什么死了》

甜蜜的事业

周民震

人　物

田大妈　女，南江糖厂工人家属，厂计划生育委员会委员

田大伯　男，南江糖厂工人

田四秀　女，南江糖厂农务科技员，田大妈第四个女儿

田五宝　男，南江糖厂司机，田大妈第五个儿子

唐二婶　女，蔗区光明大队社员

唐二叔　男，蔗区光明大队社员

招　弟　女，蔗区光明大队社员，唐二婶大女儿

作者简介

周民震（1932—），男，壮族，广西鹿寨人。著有《周民震电影剧本选》《周民震戏剧剧本选》《森林之鹰》《甜蜜的事业》《春晖》《花中之花》《三朵小红花》《春雷惊狮》《寸心篇》《远方》、广西民族作家丛书《周民震卷》等共十二部。创作涉猎电影文学剧本、电视连续剧、戏剧、小说、散文、文论等。周民震创作的《苗家儿女》是解放后第一部反映广西苗族人民生活的电影，《甜蜜的事业》是粉碎“江青反革命集团”后第一部反映计划生育的喜剧片，剧本获首届少数民族优秀创作奖。电影《春晖》获1982年全国优秀故事片奖，《心泉》《五朵小红花》获广西文艺铜鼓奖。

作品信息

《甜蜜的事业》（三幕轻喜剧话剧）收入《周民震剧作集》，漓江出版社，2008，第1—61页。该剧根据作者同名电影文学剧本改编（改编合作者田芬）。

盼　弟　女，唐二婶二女儿

来　弟　女，唐二婶三女儿

梦　弟　女，唐二婶四女儿

杨爱甘　男，公社农科站技术员

老　莫　男，南江糖厂工会干部

阿　芳　女，南江糖厂医院职工

李二嫂　女，南江糖厂工人家属，计划生育宣传员

大嫂子队长　女，蔗区光明大队社员，管计划生育的队长

护　士　女，南江糖厂医院护士

观　众　男，照相师

序　幕

〔一九七八年春天。

〔祖国南疆某地。

〔音乐声中纱幕拉开。

〔假舞台口上有工农联盟图案。

〔田家人、唐家人及杨爱甘侧面对着观众正在照相，老莫手拿照相机，阿芳在一边帮忙。

老　莫　别动、别动，请转过来，预备……

〔梦弟忽然跑开了，阿芳急忙把她拉回原处。

老　莫　重来、重来。别动！好，预备——

〔观众跑上舞台。

观　众　等等！

老　莫　（不解地）同志，你……（认出来）噢，你不是照相馆李师傅吗？来看戏啊？

观　众　是啊！同志，你照相的光线不对，应该向着阳光。（对众）转过来。

〔照相的人一齐转过身来，面向观众，强光顿时照得他们容光焕发，老莫蹲下端好照相机，自己背对观众，准备照。

〔观众掏出小狗头模样的铃铛吸引着孩子们的视线。

观　众　小朋友，看这里，大家一起笑！

老　莫　（按快门）好！

〔大家照相时笑的表情仍然静止不动。

〔李二嫂和大嫂子队长上。

李二嫂　观众同志。

大嫂子队长　观众同志们。

李二嫂　你们猜……

大嫂子队长　这照的是什么照片？

观　众　全家福！我照过多了。

李二嫂、大嫂子队长　不对！

老莫、阿芳　也对！

观　众　嗯，怎么也对也不对？

李、大、莫、芳　（四人齐声）他们是两家！

田家人　（齐声地）我们是城里南江糖厂的田家。

唐家人　（齐声地）我们是蔗区光明大队的唐家。

观　众　哦！那怎么两家合到一块照相呢？

大嫂子队长　说起来还有一段——

李二嫂　甜蜜的故事哪！

观　众　快说给我听听。

老　莫　观众同志，你今天不是来看戏的吗？

观　众　（醒悟）哦，那么戏就要开始了！

大嫂子队长　已经开始了，这是序幕。

李二嫂　正戏就要开始了。这戏还得从一年前演起。

观　众　噢？故事发生在一年以前呀！那，我得赶紧下去看戏了。

众　　　好，谢谢您了，热心的观众同志。

〔观众下观众席。

〔切光。

第一幕

〔一九七八年春天。

〔灯亮，唐二婶家门里门外。门内有一个窗户，一张桌子，两个凳子。

〔天幕，蔗区，一望无际的蔗林。

〔大嫂子队长、李二嫂上。

李二嫂　（指侧幕内）哎，大嫂子队长，那不是我们南江糖厂的司机田五宝吗？

大嫂子队长　是啊，来我们光明大队拉甘蔗的。

李二嫂　右边跟着那姑娘是……

大嫂子队长　那是我们队里唐二婶的大妹仔招弟嘛！

李二嫂　（笑）这才怪，你们这儿甘蔗遍地都是，他们俩非要抢那一捆干吗？

大嫂子队长　咳！听说两人正秘密着哪！哟！朝这边过来了，咱们可不该在这儿妨碍人家。

李二嫂　快走！（两人急忙下）

〔五宝扛着甘蔗上，招弟追上。

招　弟　（一把抓住甘蔗捆）给我。

田五宝　我不累。

招　弟　又装车又开车，还不累？（抢下甘蔗捆，跑进家里拿水壶给五宝）

田五宝　装快点不就又可以多拉一趟。（喝水）哟，真甜，嘿嘿！

〔三个小伙子依次露头偷看招弟、五宝。

招　弟　哼。(扛甘蔗捆欲下)

田五宝　哎,招弟,你别光给我糖水喝,咱俩的事……

〔三个姑娘依次露头偷看招弟、五宝。

招　弟　条件还不成熟。

田五宝　啊?还不成熟?甘蔗都熟了三次了,可条件怎么总也熟不了?

小伙子　五宝,加把火烧烧不就熟了。

姑　娘　招弟,我们把甘蔗送去给你们榨喜糖喽!

〔五宝、招弟去追打他们,大家都分头逃跑了。招弟跑下。

田五宝　(走到大幕边对大幕喊)招弟,你快说说,我到底应该怎么办才能让它熟呢?(没有回音)招弟,你说呀!你说呀!

〔五宝伸手拨开大幕,一把拉出来的竟是大嫂子队长和李二嫂。

大嫂子队长　五宝,你干吗?

田五宝　你,我……

李二嫂　傻小子,我们有意避开,好让你们……可偏把我们拉出来看热闹,不怕秘密泄露了?(与大嫂子队长下)

〔招弟上。

招　弟　你这冒失鬼!

田五宝　反正大家都知道了,我决心向妈妈公开了!

招　弟　不怕你那委员妈妈给你上晚婚课?

田五宝　可我们已经好了三年啦,还不该结婚哪!

招　弟　谁规定不准超过三年?

田五宝　招弟,这三年来我们互相帮助,互相促进,自觉走完了晚婚的历程,还要我等多久?

招　弟　一辈子!

田五宝　一辈子?!

〔招弟绕着桌子笑着转了一圈，五宝仍呆呆地站在那儿。

招　弟　（温柔地）五宝，只要具备一个条件我们就结婚。

田五宝　（惊喜地）快说。

招　弟　等我爸爸的试验成功！

田五宝　就是那切成一片片的甘蔗长出芽来？

招　弟　对，等那芽片育秧法种成的甘蔗送进糖厂……

田五宝　这……

招　弟　五宝，我种甘蔗，你榨白糖，咱们的工作可以说是……是一种甜蜜的事业。

田五宝　招弟，看你说得多甜呀！

招　弟　可甜蜜的事业不成功，咱们的事……也不会甜的。

田五宝　嗯……

招　弟　同意等下去了？

田五宝　好！我坚决等下去！……你爸爸的试验什么时候才能成功啊？

招　弟　难哪！

田五宝　怎么啦？

招　弟　你知道我爸爸的试验卡在哪儿了？

田五宝　芽苗长不壮？

〔招弟摇摇头。

田五宝　肥水使用不得当？

〔招弟摇头。

田五宝　那是……

招　弟　我妈！

田五宝　你妈？

招　弟　我妈一个劲地想要生个男孩，搅得全家不安宁，就为这个我也要在家多帮助我妈几年，好让我爸爸腾出空来搞他的科研。

田五宝　我懂了，单为这个，我也甘愿等你！招弟，有什么活喊我来帮你干好了！

招　弟　（动情地）五宝！

田五宝　哎，你妈这几天又要生孩子了吧？

招　弟　嗯。

田五宝　咳！老天爷呀，帮帮我的忙吧，这回别再生个女的了！

招　弟　（急忙地阻止）叫我妈听见非跟你拼命不可。

〔两人向屋里看了看，悄悄下。

〔窗口灯光起，音乐声中，唐二婶举着一套男婴儿衣服神往地想着，二叔拿蔗苗上。他俩侧着背，二婶在美滋滋地缝“虎头帽”，二叔在看蔗苗，拿着芽片，失望地叹口气。

唐二叔　（拿着芽片语）什么时候能生出来呢？

唐二婶　（笑态未消地举着衣服）别急，就这两天的事了。

唐二叔　咳，怕又和上几回一样。

唐二婶　不！绝不会。

唐二叔　你怎么知道？

唐二婶　这回呀……我心里特别美，特别甜，保准是……

唐二叔　（打断她）你心里想是一回事，可生出来还不是照样死！

唐二婶　（大怒）什么？！还没生出来，你就咒他死！

唐二叔　它要死我有什么法子！

唐二婶　（激怒）你……你说的什么呀！

唐二叔　（回头惊慌地）我……我说的蔗苗。

唐二婶　咳！你呀，就知道你那芽片育秧，就不关心我生孩子。

唐二叔　生蔗苗可比生孩子要紧得多啊。

唐二婶　你不是也想要个儿子吗？

唐二叔　那是从前。现在党中央提出要实现四个现代化，我也要贡献一份力量！

唐二婶　哼！凭你！

唐二叔　我是这么想的，现在用这么长的甘蔗做种（拿起两段甘蔗）一亩地要一千三百斤，（又拿起一小芽片）要能改用这，一亩地只要一百斤就够了。节省的甘蔗呀，哈，都是甜甜的白糖啊！

唐二婶　甘蔗再多，白糖再甜，也不能当你的儿子，喊不了你阿爸……

〔盼弟、来弟、梦弟喊“阿爸”、“阿妈”上。

盼　弟　爸，我要做算术作业。

〔二叔让给她一段桌子。

来　弟　爸，我要打算盘。

唐二叔　（无奈地）好，好，我给你们让地方。

〔抱着芽片蹲到一个角落里。

〔梦弟跑去把二婶刚做好的小帽子戴头上。

梦　弟　姐姐，你看！

唐二婶　别撑坏了，这是你弟弟的。（抢回）

〔梦弟又扯衣服穿。

唐二婶　别弄脏了，这是你弟弟的。（抢回）

〔梦弟又要扯裤，二婶顺手一巴掌。

唐二婶　这也是你弟弟的。

梦　弟　（哭喊）我不要弟弟，我不要弟弟。

唐二婶　（急忙捂住她的嘴）可不能乱说，小梦弟呀，你不是做梦也梦见弟弟吗？

梦　弟　没有，我没梦见。没有梦见！（顺手把芽片扔在地上）

〔二叔欲去抢救芽片，二婶以为他想打孩子，急忙前护，突然闪了腰。

唐二婶　哎哟！腰……腰……

唐二叔　快坐下，快坐下。

〔招弟带着杨爱甘上，爱甘端一个长着甘蔗苗的花盆。

招　弟　爸爸，公社农科站的杨技术员找你。

唐二叔　爱甘，糖厂的蔗苗要来了吗？

杨爱甘　要来了。

唐二叔　（被吸引走过去）噢！苗出得挺壮实。

杨爱甘　二叔，咱们的怎么样？

唐二叔　咳！还是生不出芽呀！

唐二婶　（指着腰部）这儿……这儿……唉，我这个腰痛病说犯就犯，到老了可怎么得了？（依次摸孩子的头）妹仔们啊，那时候你们全都嫁出去了，我……哎哟……不对！

招　弟　爸爸！

唐二叔　啊？要生了？

〔二婶欣喜地点点头。

唐二叔　（紧张地对爱甘）天，可别又是个女的。

唐二婶　（转喜为怒奔出）你今天就没说一句吉利话，这回要再生个女——（忙停口）哼！你别再想搞什么试验，叫你那蔗苗也一辈子生不出来。

〔二婶一气，将蔗苗盆踢翻在地。

唐二婶　（疼痛地）哎哟！

招　弟　快送医院。

唐二叔　（猛醒地）对，对。

〔汽车喇叭声。

招　弟　快，拦住五宝的车。

众妹仔　（喊）我也去，我也去。

〔众蜂拥着下。

〔大嫂子队长、李二嫂边说边上。

〔追光打在她俩身上。

〔机器声响，蒸气覆盖天幕。

大嫂子队长　李二嫂，我们的甘蔗一运来，你们糖厂可就忙乎上了。

李二嫂　大干快上嘛，你听这机器声叫得多欢！

大嫂子队长　你快闻，这榨甘蔗的蒸气香喷喷，甜滋滋的……

〔两人欣赏中，景已换好，天幕蒸气消失，显出糖厂大楼。田大伯拿着刀具，田四秀捧着书坐在桌前。

李二嫂　哟，大嫂子队长，他们俩正忙着向科学进军呢！

大嫂子队长　那咱们俩就别打扰人家了。（与李下）

〔五宝喊“妈妈”，匆匆上，不满地向四秀走去。

田五宝　四姐！

田四秀　（未听见）

田五宝　书虫，拿书当吃饭哪！

田四秀　（恍惚地）哦，吃饭了？

田五宝　（抢过书）啃生米去吧。

田四秀　我正看个重要资料，你去煮饭吧。（站起来抢书）

田五宝　我要会煮还来喊你！技术员同志，你那芽片育秧又不是一天能搞成的。

田四秀　那……我来煮吧！阿爸，米和水要按什么百分比？

田大伯　（没明白）干什么？

田四秀　煮饭啊！

田大伯　哼，按百分比煮饭！干脆等着天上掉下糍粑来吃吧！（又埋头干）

田五宝　爸，我还要加班呢！

田大伯　都是你妈给惯坏的，看我做顿饭，你们学习，（欲走又回头）哎，咱四口人该放几筒米？

〔五宝、四秀摇摇头。

田四秀　我妈可没惯阿爸啊……

田大伯　（掩饰地）煮多点总比不够吃好。（欲下）

田五宝　家属队早就收工了，我妈总是要晚回来。

田大伯　现在当官了，掌管生杀大权呢！

田四秀　不准你们攻击妈妈，她是咱大干快上的坚强后盾。

田大伯　咳！

田四秀　怎么，不服气？我妈对咱俩搞科研支持还不够？

田大伯　可眼前咱俩只好课间休息煮饭、炒菜，指望不了她喽。人家现在是厂里计划生育委员会的大委员。

〔三人下。

〔音乐声中，追光亮，田大妈手拿计划生育材料，兴致勃勃上。

〔李二嫂上。

李二嫂　大妈，我正找你呢！

田大妈　李二嫂，我也正要找你呢！（从书包里拿出一包草药）拿着，人家说这草药灵着呢，快拿回去试试。

李二嫂　田大妈，偏方我吃多了，咳！我看没孩子倒省事。

田大妈　还想瞒我，（悄声地）结婚八九年了，不想要个孩子？

李二嫂　我觉得没有孩子，做我们这种计划生育宣传员的工作倒方便。

田大妈　看你说的，我们是宣传计划生育，可不是禁止生育呀！（把药塞到二嫂手里）

李二嫂　大妈，谢谢你。（拿出材料）这是我们三区计划生育的汇报材料。

田大妈　不谢，快来算算咱们糖厂的出生率年底能下降到多少。

李二嫂　（拿出材料）按这计划我们三区要少生二十八个孩子咧。

田大妈　（戴上眼镜打算盘）哟，按这个计划你们今年又要减产了。

李二嫂　是啊，人的产量减了，糖的产量就增加了。

田大妈　是这么个理儿。

李二嫂　计划是订了，可执行起来困难得很呀！

田大妈　是啊，咱这工作光当宣传员不行，还得当好侦察员呢！

〔突然传来老莫、阿芳的吵架声音。

田大妈　楼上有人吵架？

〔两人抬头望，随着椅子倒地的声音，一个茶缸从台右上方飞来，正巧落在大妈怀里。这时灯光打出台右二楼上一扇特大窗户，老莫的房间。

〔老莫从窗户上伸出头，满脸怒容，向下一看，见田大妈，急忙想缩回头去。

田大妈　老莫，这么好的茶缸就扔了？

老　莫　（掩饰）我……我不小心……

〔田大妈、李二嫂笑，窗户里传来阿芳的骂声。

田大妈　两口子为什么事又闹矛盾了？

老　莫　没……没有事。

阿　芳　（从窗户上伸出头）是解放妇女劳动力的大事。

老　莫　（一把按下阿芳的头）是些鸡毛蒜皮的小事。

阿　芳　（又伸出头）这不是什么家庭小事……

田大妈　噢？

老　莫　（按下阿芳的头）可也不是跟你有关的事，大妈，忙你的吧！

〔阿芳奋力向窗户前奔去，被老莫猛一推，传来阿芳哭喊声“你欺负人！”

田大妈
李二嫂　（喊）老莫，欺负人可不行——

老　莫　大妈，我没欺负她，其实都是为秀芬、秀花这两个孩子生气。咳！我算倒了八辈子的霉了，偏偏摊上这么两个烂头男仔。

阿　芳　你就是……

老　莫　（对大妈）我就是最尊重妇女的，这是路人皆知的，我……我……我提倡女尊男卑……

田大妈
李二嫂　女尊男卑？

老　莫　（急忙转过话头）是呀，我最近编了个宣传节目，新词对歌《刘三姐》。

田大妈
李二嫂　（互相对说）这才怪呢，刘三姐宣传计划生育？

老　莫　哎，刘三姐批判男尊女卑不就是配合宣传计划生育了吗？

田大妈
李二嫂　噢？这倒挺新鲜啵。

老　莫　宣传计划生育是我的本职工作嘛！不是吹的，我还要亲自上台演哪！

田大妈
李二嫂　太好了。

老　莫　好，大妈、二嫂，再见。（急忙关上窗户）

田大妈　（思索）老莫为什么要提倡女尊男卑？

李二嫂　是啊，他为什么给男娃仔取女孩名字呢？

田大妈　嗯，说不定他还想要个女孩呢？

李二嫂　哦！看起来，是要当好侦察员……大妈，我走了。（下）

〔田大伯上。四秀摘菜上。

田大伯　田大妈委员回来了。

田四秀　妈！

田大妈　（递书）四秀，这是你要的科技书，我排了半天队才买到的，你查查书单对不对？

田四秀　（高兴地）妈，你真好。我说你是我们的坚强后盾，爸爸还不服气。

田大伯　她又没给我什么后盾。

田大妈　（拿出计算尺）这个计算尺你别要。

田大伯　（惊喜地）你怎么知道我正想要这个？

田四秀　这就叫坚强后盾！

〔五宝端锅上。

田五宝　爸，饭夹生了。

田大伯　啊？！

田四秀　爸，看你……

田大妈　不要紧，我来再煮煮。

田五宝　来不及了。

田大妈　你今晚不是休息吗？

田五宝　为了拉个产妇耽误了，我去补回来。

田大妈　啊！谁生孩子？计划上可没有呀！

田五宝　蔗区光明大队一个难产社员，我把她送到咱们厂医院了。

田大妈　哟，难产？得去看看。（下）

田大伯　哎，田大妈委员，你怎么管到厂外蔗区去了？（发现大妈已下场）

田大伯　哎，五宝他妈，空心菜煮汤，还是红烧？（无回声）咳！（下）

〔四秀偷笑着随下。

〔切光。

〔医院的一个屏风。天幕——医院大楼。

〔唐二叔、爱甘两人搬一个画有红十字的长椅缓缓上，两人坐下。

唐二叔　咳！这回要再生不出男孩来，我只好和它分开了。

杨爱甘　（一惊）啊？你要跟二婶离婚？

唐二叔　啊？

杨爱甘　你可不能这样做啊！二婶虽有缺点……

唐二叔　什么？噢（从口袋里掏出甘蔗芽片抚摩着）跟它！

杨爱甘　甘蔗？那，那更不能，这可关系到四个现代化。

唐二叔　（叹息地）咳！都怪我这老脑筋，觉悟得太晚了。

杨爱甘　怎么？

唐二叔　以前还不是跟你二婶一样，总想要个男娃仔，现在后悔也来不及了。

杨爱甘　这回要再是个妹仔怎么办？

唐二叔　那我也坚决不要了，不然就只好跟它（指芽片）离婚了。

杨爱甘　（拨电话）请接厂农务科，找技术员田四秀同志。

唐二叔　就是那个搞芽片试验的技术员？

杨爱甘　是呀！

〔台口灯亮。

〔四秀边看书边拿着电话听筒站在台口。

田四秀　喂！

杨爱甘　嗯，你是田四秀同志吗？

田四秀　是呀，你是谁呀？

杨爱甘　我是蔗区公社农科站的，我叫杨爱甘。

田四秀　哦，杨技术员，听说你们搞的试验成功了，我正想找你交流经验呢！

杨爱甘　我们正要向你学习呢，你快来吧。

田四秀　好，我就去，哎，你现在在哪呀？

杨爱甘　我……我在产房。

田四秀　产房？

〔护士上。

杨爱甘　（对护士）男的？（护士摇头）

田四秀　（惊）啊？男的？

杨爱甘　（对护士）啊？又是个女的？

田四秀　怎么？你说甘蔗还分男女？

护　士　还没生呢！（下）

杨爱甘　（对护士）太谢谢你了！太谢谢你了！

田四秀　谢谢我？

杨爱甘　（对话筒）对不起，我心里实在太急了，可绝对不能再生个女的……

〔大妈上。

田四秀　这人，真莫名其妙！

〔台口灯灭，四秀下。

杨爱甘　喂！你听我解释，喂！等会我们去糖厂找你去……喂！喂！（无奈地放下电话）

田大妈　小伙子，生男生女不是一样吗？

杨爱甘　大不一样！这关系到糖的产量呀！

田大妈　哦，生个女妹仔，糖就要减产，生个男娃仔，糖就会增产？

杨爱甘　也可以这么说吧，大妈，我们正在集中精力搞一项科研，可她，一个劲要生孩子，还非生个男孩子才罢休，已经第五胎了……

田大妈　（大惊）哎呀，像话吗？你年纪轻轻就生了五胎，你为女同志着想过没有？你替国家打算过没有？

杨爱甘　不，不是我，是他。（指二叔）

田大妈　哦，是你爸爸要你生的？（对二叔）兄弟，你不该逼着你儿子……

唐二叔　我儿子？唉，我要有儿子就好了。

〔招弟失望地跑上，无力地靠在屏风上。

杨爱甘　女的？

〔招弟绝望地点头。

〔二叔站立不住，手中芽片掉地。

〔爱甘将二叔扶坐在椅子上。

田大妈　（扶着招弟心疼地）孩子，怎么这么快就自己下床了呢？

招　弟　（一愣取下头巾）啊！大妈，哪儿是我呀！

田大妈　哟！我还以为……那到底是谁呀？

招　弟　是我妈。（跑下）

田大妈　（惊）啊？对不起，对不起呀！

唐二叔　（对爱甘）咱们去买点吃的来。

田大妈　我去产房看看。

〔爱甘、二叔下。

〔屏风原地转了个圈，二婶斜靠在床上正低头哭着，护士站在旁边。

护　士　二婶，吃药了。

唐二婶　我不吃，这倒霉的医院尽生女的，我说不来这吧，非要我来。

田大妈　生男生女怎么能怨医院呢？

唐二婶　难道怨我？你年纪轻轻的懂什么，一没谈过恋爱，二没结过婚……（回头

见大妈）啊？！我说她哪。（指护士）

田大妈　二婶，先吃点煮鸡蛋吧！（拿出鸡蛋）

唐二婶　我不吃，谢谢……

护　士　二婶，这是田大妈，她待人比糖还甜哪！有什么心里话，你就跟她说吧。

田大妈　吃吧，吃吧。

〔护士下。唐二婶感动地接过鸡蛋。

〔招弟带妹妹们上。

众妹仔　妈，我要吃鸡蛋。（每人拿了一只）

招　弟　给妈留着。

〔众妹仔又乖乖地把鸡蛋放下。

唐二婶　快叫田大妈。

众妹仔　田大妈好！

田大妈　好乖。（向盼弟）你叫什么名字呀？

盼　弟　我叫盼弟，就是盼来一个弟弟的意思。

田大妈　多好的名字呀！

来　弟　我的名字才好，叫来弟。

梦　弟　我的最好，叫梦弟。

唐二婶　这个大的叫招弟！

田大妈　这么多个弟呀！

唐二婶　到头来也没一个弟弟呀！

田大妈　二婶呀，几千年的封建思想把我们这一辈害得不浅哪！我还不是吃过大亏！

招弟、唐二婶　（惊异）你……

田大妈　我原来也是个糖厂工人，后来犯了错误……

招　弟　犯错误？

田大妈　嗯，就为了想个男娃仔一连生了五个。

唐二婶　厂里就把你辞退了？

田大妈　不，是我自己没法子工作了，也像你这样大大小小一串，要吃要穿，又哭又闹，只好请求退职，流着泪离开了工厂……

唐二婶　多可惜啊！

田大妈　是啊！党让我们这些童工翻了身，多想给国家出点力。……到现在，人家工作都二十多年了，给国家造出一堆又一堆白花花的糖山，可我呢？咳！别看我现在都五十多岁了，一想起这个错误，心里就像针扎一样！（抽泣）

招　弟　（难过地）大妈，我看我们这一家子也要犯错误了。

田大妈　怎么？

招　弟　我……我有一大串妹妹……

唐二婶　（对招弟）少啰唆！（转向大妈，同情地）她大妈，你也和我一样命苦，一连生了五个女儿？

田大妈　第五个是个男娃仔。

唐二婶　（转悲为喜）哦！到底还是等到了，我也要等下去，一定能等到一个男娃仔。

田大妈　兄弟嫂，你可不能……

唐二婶　能，你能我也能……

田大妈　兄弟嫂……

唐二婶　我就不信，别人种的甘蔗是甜的，我种的甘蔗是苦的！

〔婴儿哭，二婶抱在怀里。

梦　弟　妈妈，妈妈，这个妹妹叫什么弟呀？

唐二婶　（想了想）嗯！叫她捞弟！

众妹仔　捞弟？

唐二婶　下一回呀，就是从云彩眼里也要捞回一个弟弟来。

〔二叔、爱甘上，二叔夹着一捆甘蔗，爱甘手里拿着一堆甘蔗芽片。

〔二叔将甘蔗放床上。

唐二婶　（哭笑不得）哎呀！我不吃甘蔗。

唐二叔　（急忙地）不，不是给你吃的，这是才从糖厂要回来搞试验用的。这是台湾蔗。这是海南一号。这是含糖量最高的桂糖二号，有百分之十七点……

杨爱甘　（补充）百分之十七点二三六……

唐二叔　二三六、二三六。

唐二婶　（大怒）又是试验！为了你那倒霉的试验，害得我连儿子都生不出来。（顺手把甘蔗扔了一地，坐在床上哭起来）

众妹仔　（抢过甘蔗）我要吃甘蔗，我要吃甘蔗。

〔二叔、爱甘急忙去拾甘蔗。

唐二婶　这个倒霉的医院，我不住了，我要回家。（急下）

〔众追上，护士跑上。

护　士　二婶，你不能下床，二婶……（追下）

招　弟　大妈，你看……（痛苦自语）我们再也不能这样生活下去了。（跑下）

田大妈　（沉思）我怎么才能让唐二婶明白过来呢？

〔切光。大嫂子队长、李二嫂上。

大嫂子队长　第一幕演完，你们有什么感想？

李二嫂　唐二婶家发生的事在生活里并不陌生，可把它展现在舞台上，多么触目惊心呀！

大嫂子队长
李二嫂　是啊！我们再也不能这样生活下去了！

第二幕

〔田大妈、李二嫂边谈边上场。

李二嫂　老的甘蔗砍完了，新的蔗苗又长起来了。

田大妈　忙起来日子过得真快，不觉几个月又过去了。

李二嫂　大妈，会开得好吧？

田大妈　是啊！这次全市计划生育先进代表大会开得太及时了。（取材料）你看，市委决心要执行厂社挂钩了？

李二嫂　厂社挂钩？

田大妈　光明大队分给咱们了。

李二嫂　那咱们不就和唐二婶这个扭纹柴挂上钩了？

田大妈　是呀！今晚去光明大队政治文化夜校讲讲马克思主义人口理论课，顺便摸摸唐二婶心里到底是什么样的疙瘩，找到纹路才好劈开呀！

李二嫂　对，对！这一关攻下来，咱们的工作就可以铺开了。

田大妈　先别高兴，我家这一关还得先攻下来。

李二嫂　攻大伯。

田大妈　我不是还要他帮忙吗？

李二嫂　噢！怕不容易，就看你的本事了，哈哈……（下）

田大妈　五宝他爸，五宝他爸！

〔大伯内应："开完会啦？"

田大妈　你出来一下，我有事。（边说边进屋）

〔内应："我正忙着呢。"

〔大妈进屋推着两眼死盯着计算尺的大伯上，大妈刚松手，大伯又往回走，大妈拦住。

田大伯　田大妈委员，你没看我正忙着呢！

田大妈　这可是党委派的支农任务，就求你帮我画张图嘛！

田大伯　我现在没空。

田大妈　你别以为是我田大妈求你田大伯，这是南江糖厂党委下达的任务。

田大伯　嘿，来头不小呀！上班是生产队长，下班是什么委员，官衔不少啊！

田大妈　什么官衔呀，是党派的工作！

田大伯　这也叫工作？尽管些谁生孩子，谁不生孩子，谁生个男娃仔，谁生个女妹仔呀，你说这……像我们爷儿仨这才叫大干快上呢。我改良的破碎刀具一成功，马上就可以提高糖分的回收率，四秀试验的甘蔗芽片育秧法能节省大批甘蔗种。五宝多拉快跑，一天多拉了三车。嘿，我们干的都是提高出糖率的大事。哪像你……

田大妈 （打断）我干的也是提高出糖率的大事！

田大伯 这么说，你的工作还真重要？

田大妈 当然了。来，帮我算笔账，我算你记。你先告诉我，一天一人生产多少白糖？

田大伯 目前是二百五十公斤。

田大妈 去年咱们厂生了二百四十五个孩子，产假是一万三千七百二十个工作日。男职工请假照顾爱人每人算七天，产妇带婴儿去看病算十天，这三样加起来就是一万七千二百八十五个工作日。

田大伯 乖乖？！

田大妈 去年党委抓了计划生育，出生率减少了一半，这就等于增加了八千六百四十二个工作日。老头子，你算算这能增产多少白糖啊！

田大伯 那不成糖山了。

田大妈 还是座大糖山呢！有一百七十二万八千四百公斤白糖。这还是笔小账呢。还有吃穿账、教育账、健康账、服务账……老头子，你算算这有多少啊？

田大伯 这……我可算不出来。田大妈委员，你真行啊，不算不知道，一算吓一跳。难怪市委书记点名要你大会发言呢。

田大妈 嗨，我这工作与提高出糖率可没关系呀！

田大伯 别气我了。我马上给你画还不行？

田大妈 （展画纸）这我就好到夜校上课了。

〔切光。

〔老莫与大嫂子队长边说边上。

大嫂子队长 老莫，好不容易请田大妈来上人口理论课，可有的人就是不来听。

老　莫　怎么？

大嫂子队长　有思想问题呗。

老　莫　什么思想问题？

大嫂子队长　有人说，尖子能生五个我们就不能生三个？

老　莫　尖子是谁？

大嫂子队长　全队有名的多产户唐二婶呗！

老　莫　（想了想）走，找她去，她是尖子，我有锉子，看我把她锉圆了。

大嫂子队长　行吗？

老　莫　不是吹的，我精通人口理论，到那一、二、三、四、甲、乙、丙、丁外加A、B、C，保你一锉就圆，一点就透。

大嫂子队长　好，我带你去找。

〔二人下。

〔二婶家，盼弟背着捞弟和来弟两人坐下读书。

来　弟　（背英语）book，书。book，书。

盼　弟　一米等于一百厘米，一公里等于一千米。

〔梦弟骑着根竹竿，嘴里唱着："现代化的骏马飞奔……"

〔二婶提猪潲上。

唐二婶　盼弟，快，帮妈喂猪去！（下）

盼　弟　哎！（未起身，仍在背书）

〔二婶提桶上。

唐二婶　盼弟，快点喂猪去。来弟，去拿糠。

来　弟　哎！（未起身，仍在背书）

〔二婶拿奶锅提炉子上。

唐二婶　怎么还坐那不动，来弟，你给看着奶糊。（匆匆下）

〔盼弟拿书站起，走到桶前又背起书来。

〔来弟拿书走了两步，索性在地上用粉笔写起英文来。

〔二婶端一大盆衣服上。

唐二婶　这两个死妹仔，还在磨蹭。

来　弟　book！

唐二婶　book，book，看我“勒死”你。

来　弟　妈，明天我们就要段考了。

盼　弟　老师说，我再不及格就要留级了。

唐二婶　吃饭的人多，干活的人少，不多养两头猪咱们家的生活还要留级呢。

盼　弟　妈，我提不动。

唐二婶　来弟，你帮姐喂猪去。

〔梦弟骑着竹竿上。跑来跑去。

梦　弟　（唱）现代化的骏马飞奔……

〔盼弟、来弟无奈地下。边走边背书。

唐二婶　妹仔家能往哪儿奔？从前我也是个积极分子呀！到头来，还不是得洗尿布。来，哄哄捞弟。

〔二婶洗衣。

〔大嫂子队长、老莫上。

大嫂子队长　二婶，糖厂派田大妈来上计划生育课，工会老莫特意来请你去听。

唐二婶　（不悦）你看我哪走得开？

老　莫　噢，孩子可以抱去嘛！

唐二婶　爹妈就生我一双手，抱不了那么多。

老　莫　我帮你抱。（抱起梦弟，不禁赞赏地）嘿！多漂亮呀，来吃糖、吃糖。

梦　弟　谢谢大胖子叔叔。

老　莫　妹仔就是好。

唐二婶　好？你怎么不多生几个？

老　莫　那我才高兴呢！

唐二婶　哼！

老　莫　二婶，我可是重女轻男的，可惜啊，老天爷偏总让我生男孩，真倒霉。

唐二婶　同志！不要话里带骨头嘛！我倒我的霉，不关你的事。

老　莫　二婶，我说的是真话，女孩子又安分，又漂亮，星期天穿上花裙子，结上两根小彩带辫儿，带到动物园里遛遛……

唐二婶　（怒）你这同志嘴巴太刻薄了，你想让我给你几句好听的是不是？（对梦弟）玩去。（梦弟下）

大嫂子队长　二婶，老莫同志好意来劝你……

老　莫　是啊，这人口理论问题可是个有关政治经济国计民生的重要问题。二婶，你是该学习学习了，这城乡几十里你是第一名多产户。这样没完没了地生下去，要是再生一串女孩……

唐二婶　什么？（大怒）怪不得我老生不出男妓，原来是你咒的！你给我出去！抱你的女儿去吧！

老　莫　（跌坐在摇篮里）我可是要告诉你，你再生就非法了啵。

唐二婶　（示威地）偏要生，哪条王法规定不让生孩子？管天管地，你还能管住我生孩子？

〔老莫吓得连蹦带跳地逃出门去，与大嫂子队长同下。

〔天幕更暗，唐二婶怒气未消地收拾着，天渐黑。

唐二婶　该睡觉了，盼弟。

盼　弟　（内应）到！

唐二婶　来弟！

来　弟　（内应）到！

唐二婶　（自语）捞弟在这，齐了。（欲关门）

盼　弟　（内声）妈，还少一个。

唐二婶　谁？

盼　弟　梦弟！

唐二婶　哟，梦弟，梦弟呀！（喊出门去，见梦弟玩的小娃娃丢在水塘边）哎呀，准是掉到水塘里了。（对水塘大哭）都怪那肥佬把妈气糊涂了，把你给忘了。梦弟！梦弟呀！你死了，妈可怎么活哟，我的好梦弟哟。

〔侧幕内梦弟从梦中惊醒，迷迷糊糊地应：“到！”

唐二婶　（面对水塘）啊？你还没死，快来呀，快上来呀。

〔梦弟上。

梦　弟　妈，你让我上哪？

唐二婶　（闻声找寻梦弟）哎呀！我的宝贝！你上哪了？

梦　弟　我梦见了一个胖弟弟就背着他去抓蝴蝶了。

唐二婶　（感动地抱起梦弟）哟，好孩子，还是你懂妈的心，总算梦见了个弟弟，看起来要有指望了，妈一定生个弟弟给你背，快上床再接着梦吧啊，乖！（抱梦弟进侧幕）

〔田大妈拿着手电、书包上，站在门外。

田大妈　（喊）二婶，二婶，开开门。

唐二婶　（内应）来了，（上场走到大门边欲开门）谁呀？

田大妈　我，糖厂的田大妈。

唐二婶　（突然停下来）田大妈，对不起，有事明天再谈吧！

田大妈　明天一早我要到别的大队去，今晚来看看你，拉几句家常话。

唐二婶　你的心意我领了，你要说的话我也知道了，谢谢啦！

田大妈　你不爱听，我就不讲了！可我是想给你送点……

唐二婶　（急忙地）他大妈，我这儿的宣传材料得用箩筐装了……

田大妈　（下意识地把书本放进口袋）不，不是……

唐二婶　（忽然佯装头疼地）哎哟，田大妈，我忽然头疼得厉害……

田大妈　（信以为真，着急地）那我陪你去大队卫生所看看。

唐二婶　用不着，这是老毛病了，睡一觉就好了，哎哟……

田大妈　（领悟地）那你就睡吧，我走了，有空再谈。

唐二婶　那好，我不送你了。

田大妈　门都没开，你怎么送呀？！

〔田大妈走了几步，思索，返回，藏在门后，二婶未发现大妈，走出来，望向远处。

唐二婶　多热心的一个人，偏爱管这种事，要不我真想请她来家坐坐呢。

田大妈　不用请，我在这儿呢！

唐二婶　（尴尬地）你……

〔大妈上前拉着二婶的手，笑起来。

田大妈　他二婶，我不知道你有个头疼的老毛病，可我知道你有了腰痛病，是吗？

唐二婶　你怎么知道？

田大妈　说疼就疼，疼起来那阵呀，动都动不了……

唐二婶　是呀，是呀，连吃一把止痛片都不灵，活受罪。

田大妈　是嘛，不为别的，光为你的身体也不能再生了。

唐二婶　不！你不知道，我记得我妈的教训，她一辈子做牛做马带大了九个女儿，等我出嫁的时候，她都快七十了，落下了这生孩子的腰疼病，身边也没有个人侍候她，我一想起她老人家孤零零地过日子……（抽泣）

田大妈　那是旧社会的苦呀，如今日子过得比糖还甜……

唐二婶　可老来身边没个孩子，甜日子也会冲淡的。

田大妈　你有五个女儿呀，二婶，如今……

唐二婶　（打断地）如今男女都一样，是吗？大妈我问你，你的三个大女儿呢？

田大妈　结婚了。

唐二婶　在哪儿？在你身边吗？

〔大妈语塞。

唐二婶　大妈，将心比心嘛，别说便宜话了，我要有个儿子，我也会去跟人家说“男女都一样”，走门串户去给别人宣传上课，做报告，讲什么人口理论，一套套的……

田大妈　他二婶，话可不能那么说，有没有儿子都要替国家想想。如今咱全国各行各业，都马不停蹄地朝四个现代化路上奔，咱们虽说老了，可也得跟上去，干劲儿得比年轻人更大才行啊！

唐二婶　你们怎么轮着班地缠着我，我生了孩子我挣工分养，碍你们什么事，哎哟……（腰疼站立不住）

田大妈　头疼了。

唐二婶　腰、腰……这可是真的了，哎哟，哎哟……

田大妈　快坐下。（扶二婶坐，拿出一瓶药）我今天原是给你送腰疼药来的，没想到真用上了。

唐二婶　（感动地接过）谢谢你。（自语地）看见这瓶药，我就会想起腰疼病，一想起这腰疼病啊，就更要下决心生个儿子！

田大妈　啊！

〔暗转。

〔鸡叫，天亮，传来上工的钟声。

〔二叔动作迅速地搬着蔗苗，蓦地从窗口飞来一团尿布和背带，二叔把它放在桌子上，继续观看芽片育秧。

〔二婶抱婴儿上。

唐二婶　（对二叔）来，把孩子背上。

唐二叔　送幼托吧？

唐二婶　我舍不得。

唐二叔　我昨晚不是跟你讲了嘛，今天要去糖厂参观蔗苗移植新技术。

〔招弟扛锄头上。

唐二婶　那我能总不出工？不挣工分还行？看别人是衣车、单车样样有。

招　弟　再生几个，就什么都有了，连电视机都有了。

唐二婶　没你说的话！来，爸爸背上。（让二叔背孩子）

招　弟　爸爸搞的芽片育秧在市科技局挂了号的，你想拉四个现代化的后腿呀？

唐二婶　（大怒）你……你也学会开帽子工厂啦。

〔举起扫把扔过去，招弟一躲，落在二叔身上。

招　弟　爸，打疼了吗？

唐二叔　不要紧。

〔二婶进屋。

招　弟　我妈干吗总是这样？

唐二叔　孩子多，家务重。你妈心烦，咱们让着她点儿，要不，在家就搞不成芽片试验了。

招　弟　我来背捞弟吧。

〔二婶出。

唐二婶　有你的任务，带梦弟看病去。

招　弟　爸爸背着孩子去参观有多不好。

唐二婶　有什么不好？孩子又不是妈一个人的。

招　弟　那也不能把爸累死。

唐二婶　我不累呀？

招　弟　那是你自找的，还拖着爸爸整天围着小家转。

唐二婶　小家？没有小家能有大家？没有大家能有国家？亏你还念了那么多年书！

招　弟　书上可没有你这个理儿，只有不读书、不学习的人才这么不讲理！

唐二婶　我不讲理？

招　弟　你看，为了搞试验，爸爸把心血都榨干了，你一点都不体谅他。（心痛地）爸，昨夜你又熬夜了？看，眼睛都红了。

唐二叔　孩子，“四人帮”把咱们国家搞得那么落后，大伙不一起来搞科研怎么赶得上去呢，我种了一辈子甘蔗，不多在这上面熬熬眼，又能往哪使劲呢？

唐二婶　有多少米打多大的糍粑，他也该量力嘛！

唐二叔　不对，你看（指手中的甘蔗）这甘蔗都宁愿把自己榨干也要把糖汁全都榨出来，别说我们了！

招　弟　好爸爸。（激动地扑在二叔怀里）

唐二叔　好了，好了，都这么大了。（对二婶）孩子我背上，家里的事我多干点这都没什么，只要你以后不要动不动就吵，让我心里别那么乱，精神不那么紧张，我就给你烧高香了。

唐二婶　（温柔地）哎，不吵，不吵。

〔二叔背着孩子，提着装有婴儿用品的网袋下。

招　弟　爸爸，等等！（从房里拿水壶）带上吧。

〔音乐起，招弟看着二叔远去的背影十分激动。

招　弟　（爆发地）妈妈，我郑重宣布，从今天起，再也不帮你干事，我要帮爸爸搞试验。

唐二婶　（奇怪地）你？

招　弟　我算彻底地觉悟了。

唐二婶　你能帮他干什么？

招　弟　不懂我可以学嘛，眼前我可以帮他干力气活。（说着就把蔗苗盆一个个地搬出来晒太阳）

〔二婶看招弟激动的样子，不以为然地笑着，下场。

〔四秀上。

田四秀　哟，唐二叔有你这么个好帮手，试验一定能提早成功。

招　弟　四秀姐，快别说了，我……我心里乱极了，又难过，又后悔，又气愤，又心痛……咳，没词儿能形容。

田四秀　哟，这么严重。

招　弟　你知道我爸刚才是怎么走的吗？

田四秀　噢，唐二叔已经先去了？

招　弟　嗯，他背着孩子，带着奶瓶、米糊、尿布走的……

田四秀　啊？！

招　弟　四秀姐，我在爸爸身边长了二十几年，只知道他勤勤恳恳辛辛苦苦，可刚才我明白他心里有着比我们年轻人更崇高的理想！

田四秀　噢？

招　弟　他像甘蔗一样，为了把糖汁全部贡献给人民，宁愿把自己榨干。

田四秀　（感动地重复）像甘蔗一样，为了把糖汁全部贡献给人民，宁愿把自己榨干。多好的人啊！

招　弟　可我只想到多干点家务来减轻他的负担，从没想到他的一颗心却经受着这么大的折磨。

田四秀　谁折磨他？

招　弟　我妈。

田四秀　不，是你妈的旧思想意识。

招　弟　我妈的旧思想意识？

〔五宝路过，听见谈话，停下步来。

招　弟　四秀姐，我决定从今天起再也不帮我妈做事了，要使劲帮爸爸。

〔五宝高兴下。

田四秀　你帮二叔，我一百个先赞成，可不帮你妈，我看行不通，不说她的实际困难，就是她那思想，不帮她提高，难道要她带着进入二〇〇〇年？

招　弟　可也是，那怎么帮呢？

田四秀　从关键的地方下手，动员她不再要弟弟。

招　弟　对。

〔五宝兴冲冲跑上。

田五宝　四姐，去参观的人都走了，可你还……

田四秀　你一来，我就该走了呗！（下场）

田五宝　招弟，我都听见了，你的严正立场，我完全赞成。

招　弟　什么严正立场？

田五宝　再不帮你妈干活的决定下得太正确了。

招　弟　啊！（大笑）

田五宝　笑什么？好处我给你总结了好几大条咧！

招　弟　噢？！还有几大条。

田五宝　听着，不帮你妈，她更忙不过来，忙不过来，她就不敢再要孩子啦，这不是可以减轻你爸的负担了吗？试验不就可以早搞成了吗？咱们的条件不是成熟得更快了？

招　弟　没空听你胡扯，我要给妈妈做思想工作去了。

田五宝　好好，我去帮你。

招　弟　你在门外好好看吧！（进院）

〔二婶拿着一提桶衣服、尿布从侧幕出，招弟急忙给二婶搬凳子。

招　弟　（亲昵地）妈！（见妈不理，扭向另一边，又耐心地绕到另一边去）妈！

唐二婶　（没好气地）干什么？

〔招弟笑着，不知说什么好。门外五宝向她招手，她走去，五宝从口袋里掏出一些糖给她，招弟又悄悄回到二婶身边。二婶埋头洗衣服，没发现。

招　弟　妈，你吃糖。

唐二婶　（好笑地看了她一眼）没空。

〔招弟把糖剥好，要往二婶嘴里送，二婶不解招弟哪来的糖，向门外望去，五宝忙躲，招弟急用身子挡住二婶的视线，把糖硬塞进二婶的嘴里，抢过尿布洗起来。

唐二婶　你洗不干净。

招　弟　你才洗不干净呢。

唐二婶　我洗了大半辈子尿布啦。

招　弟　你还没洗够啊？妈往后我们再也不让你操心受累了。

唐二婶　（敏感地）又要劝妈别要弟弟了，是吗？

招　弟　人家还不是心疼你。

唐二婶　你怎么不心疼妈往后的日子。

招　弟　有五个女儿心疼你，往后的日子还不甜啊？

田五宝　（情不自禁）说得太好了。

〔二婶似乎听见声音，向门外望去。

招　弟　（急忙挡住，故意岔开）妈，不是吗？

唐二婶　咳！五个女儿不就像五只小鹧鸪鸟，翅膀长硬了，一个个就飞啦，留下老鹧鸪鸟……

招　弟　那……老鹧鸪鸟不也可以一块飞走吗？

唐二婶　我哪也不去。

招　弟　为什么？

唐二婶　跟女儿出嫁，自古没有那个规矩。

招　弟　咳，这是四旧呀！

唐二婶　八旧我也不去。

招　弟　到时候把你抬去。

唐二婶　连你爸一块抬去？没见过老丈人、丈母娘坐花轿上女婿家的。

招　弟　妈，那你……你要我怎么办？

唐二婶　反正我的主意早打定了，你爱怎么办就怎么办！

〔五宝在门外，急得团团转。

唐二婶　唉！常说白果心中苦，山楂腹内酸，你哪懂得妈的心事啊。我如今也落下了你外婆那种腰疼病，到老了，身旁没个端水送饭的……

招　弟　妈，有政府关怀，有队里照顾，有邻居帮忙……

唐二婶　这妈都相信，吃得饱，穿得暖，可总不如有个孩子在身边好，孩子是妈身上的肉啊，待在身边，就像贴在心上一样……（伤心起来）

招　弟　（激动地）妈，我留在身边服侍你一辈子。

〔五宝大吃一惊。

唐二婶　真的？

招　弟　真的！这样也就能帮我爸搞一辈子科研了。

唐二婶　（笑）别说傻话了，哪有女孩子不出嫁的？

招　弟　女孩子就一定要出嫁吗？

〔五宝急得一步迈进门内。

唐二婶 女婿都找好了，不就是糖厂的司机田五宝吗？

〔五宝吓得又退回去。

招 弟 妈，只要你响应党的号召，不再生弟弟，我和五宝不结婚就是了。

田五宝 （失声惊叫）啊？！

唐二婶 我才不信呢？

招 弟 我说到做到。（跑到门口将五宝拉进院内）五宝，快进来，你说是不是？

田五宝 （手足无措地）嗯，我……我……（扭头跑下）

唐二婶 哈哈……一对傻孩子。（追下）五宝，五宝。

〔招弟疾步跟下

〔切光。

〔家属生活区大院。

〔田大妈手拿一张照片细心地看着。一会儿戴上眼镜，一会儿去掉眼镜，不断地笑着，又焦急地向远处望着。田大伯上，见田大妈的样子，好奇地站住了。

田大伯 田大妈委员，你痴了！

田大妈 死老头子，你怎么才下班，我都等不及了。

田大伯 什么事那么急呀？

田大妈 给，你快看看。（递照片）

田大伯 （接过）照片？在哪弄的？

田大妈 （悄声）从五宝的笔记本里偷来的。

田大伯 （高兴地）噢！（细细看照片）这姑娘真是咱五宝的对象？

田大妈 你看，长得多水灵，多有气派。（翻看背面）哟，还有字呢，快看看。

田大伯 （读）甜蜜的事业把我们的工作紧连在一起，甜蜜的笑容把我们的心紧连在一起！

田大妈 哈！这准是咱们的儿媳妇了！

田大伯　这下总算一块石头落地了。

田大妈　是啊，可还有一块搁在心里呢。

田大伯　四秀？

田大妈　虽说晚婚是对的，可也不能整天钻在书堆里，别人看不到她，她也看不到别人。

田大伯　是呀，这几个月又钻进甘蔗堆里去了。

〔四秀、爱甘上，坐在长椅上，大妈、大伯发现。

田大伯　（对大妈）咱赶快走吧！

〔两人刚要走，传来四秀的说话声。

田四秀　（对爱甘）你的话说到我的心里去了。

田大伯　（对大妈耳语）你的话说到我的心里去了。

杨爱甘　（对四秀）其实咱们俩的想法完全一致。

田大伯　（对大妈耳语）其实咱们俩的想法完全一致。

〔大伯、大妈高兴万分。

杨爱甘　是啊，关键是在浸种消毒上。

田四秀　用斯力生肯定会好些。

田大妈　（对大伯）这，人家说的甘蔗。

田大伯　唉！

杨爱甘　咱们赶紧分头试试！（两人转身走来）

〔大伯、大妈躲不及。

田四秀　爸、妈，你们在这干什么哪？

田大妈　（对大伯）是啊，咱们……咱们在干什么哪？

田大伯　咱们……咱们在这赏月哪！

田四秀　天还没黑，哪来的月亮？

杨爱甘　田四秀同志，那我先走了。

田大妈　（辨认）噢，我们见过，你是唐二婶家的……

杨爱甘　不，不，我是公社农科站的技术员，我姓杨。

田大妈　哦，杨技术员，有空儿来家坐坐。

杨爱甘　好！大妈，没空儿啊！

田大妈　等星期天，叫四秀去带你来。

杨爱甘　好！可星期天，怕也离不开蔗场，现在试验正紧呢！

田大妈　等完成了试验任务，让四秀去请你来。

田四秀　随他便吧。

杨爱甘　大伯、大妈，再见了。（下）

田大妈　四秀，还不送送。

田四秀　我吃了饭还要开会哪！（往家方向下）

〔大伯、大妈相对叹气，招弟四处张望着上。

招　弟　请问田大妈家住哪儿？（认出来）噢，田大妈！

田大妈　噢！我想起来啦，你不是唐二婶的大女儿吗？

〔大伯辨认着，取出照片，偷偷对看。

田大伯　（悄声对大妈）是她！

招　弟　田大妈、田大伯，你们好！

田大伯
田大妈　（高兴地）好，好！

招　弟　我叫唐招弟，是五宝的……

田大妈　知道，知道，是我们五宝的……

田大伯　朋友

招　弟　不，同志！

田大妈　对，同志，同志！怎么叫都一样。（悄声对大伯说）你还不快去买鸡……

田大伯　对！对！（下）

田大妈　招弟，你来我可真高兴。（笑着端详招弟）

招　弟　大妈……

田大妈　招弟，这下可好了，咱俩一块努力把你妈的思想……

招　弟　我妈？咳！别提了。（试探地）五宝都跟你们说了些什么？

田大妈　他一直瞒着我们，可是今天他瞒不住了。（亮出照片）

招　弟　（把照片拿过来，痛苦地）你告诉他，照片我收回了。

田大妈　嗳？

招　弟　我们结束了。

田大妈　啊？

招　弟　我对不起他，今天特意来向他说清楚，请他谅解。

田大妈　姑娘，是我们五宝对你不好？

招　弟　不，不是！

田大妈　是我们五宝缺点太多？

招　弟　也不是！

田大妈　是我们五宝对你母亲不尊敬？

招　弟　更不是！

田大妈　那必是杉木秤杆金秤砣，五宝配不上你了！

招　弟　（急切地）大妈！你说到哪去了？

田大妈　这也不是，那也不是，总有个原因嘛！姑娘，你要是不说清楚，大妈心里……

招　弟　大妈，我问你，国家的事重要还是个人的事重要？

田大妈　当然是国家的事重要！

招　弟　为了国家，为了革命，应该做一点自我牺牲吧？

田大妈　应该！应该！

招　弟　那我做对了，我相信五宝会谅解我的，大妈，我走了。（下）

〔大伯提鸡上。

田大伯　人呢？

田大妈　吹啦！

田大伯　为什么？

田大妈　（摇摇头）……

〔大伯困惑不解地看着大妈，五宝无精打采地上，大伯、大妈急忙迎上去。

田大伯、田大妈　五宝，你……

田五宝　我……咳！（痛苦地坐下）

田大伯、田大妈　（难过地对视）咳！

田五宝　爸、妈，我马上出车去外县。

田大伯
田大妈　啊？不是没派你去吗？

田五宝　我自己要求的。

田大伯　五宝，六月的雨，一阵就过了。

田大妈　照片收回了，不一定就吹了。

田五宝　招弟来过了？

田大伯
田大妈　（难过地点点头，大妈擦起眼泪来）

田五宝　（也难过地）妈，我也侍候你一辈子！

田大妈　别说傻话了，走，快去吃饭吧！（大妈、五宝下）

〔大伯叹口气，欲走，二叔匆匆上。

唐二叔　田大伯，大妈在家吗？

田大伯　哦，唐二叔呀，什么事？

唐二叔　大伯，你看看。（递一表格）

田大伯　（念）计划生育登记表。（大惊）啊！一九七八年计划生儿子一个。

唐二叔　咳！这怎么好意思往上交呢？

田大伯　是啊，你可真要好好跟二婶做思想工作了。

唐二叔　好话说尽，她总也不相信我现在是真的不想要儿子了啦。

田大伯　你写决心书保证书嘛。

唐二叔　发誓赌咒都没用，硬说我心里想嘴不讲，还要我和她一个唱白脸，一个唱红脸来对付田大妈。咳，搅得我科研科研没心干，日子日子过不安宁啊！

田大伯　（同情地）再这样下去，你跟她可真是没法过到一块儿了。

唐二叔　不！不！我们俩从小一块要过饭……可绝不能离婚。

田大伯　唉！谁让你们离婚了？我是说你应当严肃地提醒她，再这样下去，日子没法过了。

〔二婶内喊：“招弟她爸——”

田大伯　她来了，你好好跟她谈谈。

唐二叔　我要严肃地跟她谈谈。

田大伯　好，（进屋，回过头来，沉重地）严肃地！

〔二婶上。

唐二婶　我的登记表交上去了？

唐二叔　我，我不同意往上交。

唐二婶　跟我你就别来这套了，我还不知道，你嘴上不讲但心里想……

唐二叔　我现在心里想的事是……

唐二婶　还瞒我？！反正白脸我来唱就是了。

唐二叔　我，想要……

唐二婶　你早就想要个儿子。

唐二叔　（极为严肃地）不，我想告诉你，再这样下去，日子就没法过了。

唐二婶　没法过又能怎么样？

唐二叔　没法过就不过！

唐二婶　不过又怎么样？

唐二叔　不过……就……

唐二婶　就怎么样？

唐二叔　（脱口而出）就……离婚！

唐二婶　跟谁离婚？

唐二叔　跟你。

唐二婶　谁跟我离婚?

唐二叔　当然是我跟你离婚。

唐二婶　啊！你发高烧了吧？（摸二叔头）

唐二叔　我心里冷得像块冰。

唐二婶　啊！你是要跟我离婚呀！……（哭）你这没良心的。（思索了一下，一把抓住他）走。

唐二叔　干吗?

唐二婶　上法院。

唐二叔　啊！我不……

唐二婶　你自己说的，走，走。

唐二叔　不，不，我……我不是要离。

唐二婶　你不要离，我可要离。

〔二婶拉二叔，大妈上。

田大妈　哟，这是拉着手逛公园去?

唐二婶　逛法院去。

田大妈　法院?

唐二婶　（先发制人）他说要跟我离婚!

田大妈　啊！为什么!

唐二叔　还不是为了儿子的事。

田大妈　二叔，这就是你的不对了。

唐二叔　我?

唐二婶　走啊。

唐二叔　（求援地）大妈。

田大妈　（对二叔）唉！你怎么也不该想出这么个办法。

唐二叔　我……

〔大伯上。

田大伯　（劝解）这事也怪我……

田大妈　你？原来是你出的好主意……

田大伯　（忙解释）不，我是想……

唐二婶　（不问青红皂白地）好呀，你们宣传计划生育搅得我们全家打乱仗，老的老的闹离婚，小的小的结不成婚……真干的好事！（下）

唐二叔　我头都发晕了。（下）

田大妈　二叔，二叔，（对大伯）看你给出的好主意。

田大伯　那不是我出的主意，我只是说让二叔指出问题的严重性。

田大妈　所以，二叔就找了离婚这么个最严重的办法……

田大伯　唉，你看看，我不关心计划生育你批评我，现在我关心了，你又埋怨我！好，以后，别再让我帮你一丁一点了。（下）

田大妈　唉！全乱套了。（下）

〔五宝垂头丧气地上，坐在长椅上。

〔老莫边唱边舞《刘三姐》上。

老　莫　五宝，我们新排的《刘三姐》节目，演小牛的病了，他们说让我演，我还是演陶秀才吧，我看你来演最好。

田五宝　刘三姐都飞了，还要什么小牛！

老　莫　招弟变心了？

田五宝　（摇头）唉！

老　莫　招弟这姑娘我了解，她决不会……

田五宝　她是爱我的，可决心永远不结婚。

老　莫　为什么？

田五宝　要陪她妈过一辈子。

老　莫　啊！别着急，咱们想想办法。

〔四秀、招弟上。

田四秀　招弟，你这想法太天真了，难怪你妈不接受。

招　弟　那我……

田四秀　别着急，咱们想想办法。

〔招弟、四秀在台左，老莫、五宝在台右，彼此没发现，片刻。

老　莫　（对五宝）
田四秀　（对招弟）有了，很好解决！

〔音乐起。

田五宝
招　弟　啊！

老　莫　你五宝到唐二婶家当儿子。

田四秀　让五宝给你妈当儿子。

田五宝
招　弟　什么！那我和招弟（五宝）不就成了兄弟姐妹了吗？

老　莫
田四秀　咳！真笨！（耳语）

田五宝
招　弟　（没听见）啊？

老　莫　你五宝去唐二婶家上门！

田四秀　叫五宝去你们家落户。

田五宝
招　弟　那……

老　莫　谁说妇女不能娶个丈夫回来？

田四秀　谁说女儿不能娶个女婿回来？

田五宝
招　弟　这……

老　莫
田四秀　多美妙啊！

田五宝
招　弟　（同时转身互相发现）你……我有好办法了，我嫁过去（娶过来）。啊！想到了一块了。

〔大妈上。看见招弟与五宝拉着手，大喜。

〔招弟、五宝跑下。

田四秀　妈，我告诉你，五宝和招弟……

田大妈　不用说了，我都看见了……

老　莫　（拉大妈）大妈，我和你讲，五宝和招弟……

田大妈　不用讲了，我全明白了。

老　莫　大妈，这真是新风尚。

田四秀　妈，这真是高风尚。

田大妈　同意，同意，一百个同意，这喜事得快办，等五宝出差回来就办。

老　莫
田四秀　对！

三　人　哈……

田大妈　老莫开会去。

〔大妈、老莫、四秀分头下。

〔大嫂子队长、李二嫂上。

〔观众从台下跑上。

观　众　嘿，你们这个戏可真有意思，看田大妈乐的，可她怎么也没想到不是要娶个媳妇，而是嫁个儿子。这下可有好戏看了。

大嫂子队长　同志，别急呀！

观　众　怎么？

李二嫂　好戏不能一下子演完哪！

观　众　还留一手。

大嫂子队长
李二嫂　演员和同志们都累了。

观　众　哦！

大嫂子队长
李二嫂　现在请同志们休息十五分钟，然后再接着看第三幕，田大妈是怎么解开这个谜的，又是怎样劈开唐二婶这块扭纹柴的吧！

观　众　（对观众）好，咱们先休息。

第三幕

〔公园，明月皎洁。

〔小桥。椰子树下有两张长椅。

〔大妈、二婶边谈边上。

田大妈　他二婶，咱两家成了亲家这是头一桩大喜事，你决定不再要孩子了，这对移风易俗又是个贡献。快给我讲讲，你的思想是怎么转过弯来的，这宝贵经验对我们以后开展工作有推动作用。

唐二婶　他大妈，你可别笑话我啰，我思想落了后，做检查还来不及呢。说实在话，这份功劳要归你，是你帮助了我。

田大妈　哪里，我帮助你太不够了。

唐二婶　还不够，送鸡蛋，送药丸，摆事实，讲道理，如今把心都掏出来给了我哟，为了推广计划生育，你都做了个人的牺牲，难道我还不该……

田大妈　看你说的，这是我应该做的，哪谈得上什么个人牺牲呢？

唐二婶　哟，还谦虚呢？！

田大妈　无论如何你也得给我讲讲你的思想是怎么绕过这个弯来的，不然我这心里总有点不踏实。你真通了吗？

唐二婶　亲家，咱不说这个了，通了，通了，一通百通，只是……

田大妈　只是什么？

唐二婶　这门亲事这么办合适吗？

田大妈　合适、合适，再合适不过了。

唐二婶　他大妈，你可就一个儿子，要再细细想想啊！

田大妈　他二婶，我的五宝配你的招弟呀，好比雏鸡配凤凰，天上难找，地下难寻啊，只要他俩愿意，我一百个赞成！

唐二婶　你越这么说，我心里越过意不去。好吧，好亲家，我一定把五宝当作亲儿子一样，你放心好了。

田大妈　我一定把招弟当作亲女儿一样，你也放心好了。

唐二婶　那就这么说定了。

田大妈　一言出口，驷马难追。

〔两人笑下。

〔招弟、五宝上，他们走上小桥，音乐起，招弟抒情地唱起来："悠悠清风抚着恬静的晨曦，如茵的田野倾吐着甘美的气息，我们的心儿沉浸在蔗林里，我们的理想插上了翅膀飞向那辽阔的天际。我爱无穷的宇宙，我更爱伟大的事业，我爱啊，啊！我胸中有着永不变的爱情。"

田五宝　我到你家，一定多多干活，什么劈柴呀，担水呀，我全包下来。

招　弟　有我哪！

田五宝　那我……养猪、种菜……

招　弟　更用不着你。

田五宝　那我干什么？

招　弟　想想。

田五宝　嗯……总不能叫我去帮你妈洗尿布吧！

招　弟　你呀……（掏出一套书）

田五宝　（读封面字）《农机修理》，噢，我懂了，你学习种甘蔗，我钻研修农机，对吗？

招　弟　（点点头）五宝，从我妈身上，我看到了旧社会遗留下来的一条绳子。

田五宝　绳子？

招　弟　愚昧落后的东西像绳子一样捆着我们的脚步。

田五宝　是呀，“四人帮”强加于我们的精神枷锁被砸碎了，可捆着我们脚步的绳子怎么才能解脱呢？

招　弟　只有学习，努力地学习，我多么想学习呀！

田五宝　对，招弟，我们一定要好好学习。

招　弟　是呀，我们每个人都要尽自己最大的才能和智慧，给祖国的民族科学文化增添光彩。

田五宝　说得太好了。

〔五宝和招弟手拉手走向小桥。

〔二婶上，大妈喊“亲家”上。

田大妈　可还有个事要落实一下。

唐二婶　啊？！刚才不都落实了吗？

田大妈　再不要孩子这个事，还没有落实。

唐二婶　哈，三句话不离本行呀。

田大妈　事关重大啊。

唐二婶　明天我就去医院！

田大妈　都好，明天我陪你去。

田大妈
唐二婶　哈——你真是我的好亲家。

〔五宝、招弟发现大妈、二婶。

田大妈　唐二婶亲家，我看是不是早点办事？（发觉两人说的一样，笑了）

唐二婶　不瞒你说，我真害怕五宝反悔。

田大妈　不瞒你说，我真担心招弟反悔。

田大妈
唐二婶　不论他俩怎么样，咱们俩老决不反悔。

田五宝　我们俩小更不反悔。招弟，快表个态呀！

〔招弟点点头。

田大妈
唐二婶　好，我回去了。

〔两人下。

田五宝　我们都这么大了，不能什么都叫老人操心。

招　弟　对，对！

田五宝　咱们自己也该着手准备准备了。

招　弟　（明知故问）准备什么？

田五宝　结婚用品呀。

招　弟　谁说马上就结婚呢？

田五宝　啊？

招　弟　我爸爸的试验还没成功呢。再说我妈的思想也没转变呢。

田五宝　她不是已经同意不要孩子啦？

招　弟　可重男轻女、传宗接代的思想没解决呀。

田五宝　那……条件还是不成熟？

招　弟　（笑）差一大截呢！……（跑下）

田五宝　招弟，招弟。（追下）

〔二叔、爱甘、四秀边谈边上。

杨爱甘　二叔，我们快到各大队比较比较。

唐二叔　好。

〔二婶幕内喊声："招弟她爸。"

〔二叔一回头，一块黑布团飞过来，正中二叔怀里。

杨爱甘　背带又扔来了，二叔，背着孩子走吧！

田四秀　那怎么行，得去好几天哪。

〔二叔下狠心把黑布团扔在椅子上。

唐二叔　我是要造反了，我非要跟她讲清楚，等咱们这儿成了现代化大蔗场的时候，她还打不打算在这儿住？

杨爱甘
田四秀　怎么？

唐二叔　社员们都为她出过力，可她呢，到时候，我看她的脸往哪搁。

〔二婶扛锄头上。

唐二婶　一清早出来，也不怕露水凉。

唐二叔　凉？我……我正冒大汗呢。

唐二婶　快，我还要出工呢。

〔二叔不理。

唐二婶　还不穿上。

〔打开黑布团，抖开是件上衣。

唐二叔　孩子呢？

唐二婶　从今天起送大队幼托了，（哼唱着彩调走了，又回头）往后啊，你想背也没得背喽。（下）

杨爱甘
田四秀　二叔，你解放了。

唐二叔　啊？解放了？

杨爱甘
田四秀　快走。

〔二婶内喊："站住！"三人怔住。

〔二婶追上。

唐二婶　（掏钱给二叔）拿着。

唐二叔　这么多钱？

唐二婶　女婿上门还不买新被里、新被面、新蚊帐、新床单？

唐二叔　对，对。

唐二婶　千万别忘了，多买点石灰，把咱那大房子腾出来，好好粉刷粉刷，准备做新房。

三　人　好！（三人下）

〔二婶欢快地哼着彩调下。

〔大嫂子队长、李二嫂上。

大嫂子队长　二婶这边紧张坏了，又刷房子，又做新床。

李二嫂　大妈这边也忙乎死了，又油桌子，又买蚊帐。

大嫂子队长　哎！一对夫妻哪用得着两个新房。

李二嫂　是啊，这不乱套了。

〔田大妈家。

田大伯　（掏出钢尺丈量，一拉又缩回来，喊）五宝他妈。

田大妈　我正忙着哪。

〔大妈搬桌椅上。

田大伯　（递钢尺头）帮我拉着。

田大妈　你干什么？（拉着钢尺）

田大伯　布置布置新房啊！

田大妈　那你量什么哪？

田大伯　给双人床找个合适的位置呀！

田大妈　（思索着忽然笑起来，手一松，钢尺缩了回去）哈……

田大伯　你笑什么？

田大妈　我笑唐二婶这个堡垒总算攻下来了，我们计划生育工作就像六月的甘蔗节节高了……（拉钢尺）

〔传来阿芳呕吐的声音，大妈敏感地听。

田大妈　你听见什么没有？

〔大伯摇头。

〔又传来一声呕吐。

田大妈　唔？你再听。

田大伯　（倾听）我什么也没听见。

田大妈　像是阿芳吐了。

田大伯　八成犯胃病了。

田大妈　她没胃病，难道……我得看看去。（放开钢尺向台右下）

〔大伯随下。

〔台右灯光打出老莫的楼房窗户，屋内挂着一张大大的女孩画像。

老　莫　（指墙上的画）阿芳，快告诉我，你看见这张画的心情怎么样？

阿　芳　我想发脾气。

老　莫　啊，千万不要发脾气，你要多看看她，要以温柔的、愉快的、充满希望的心情看着她，那保准会生一个像她一样漂亮的女儿……

阿　芳　我想吃酸东西。

老　莫　我早就腌好了，随时准备着哪。（下楼到台中）

阿　芳　老莫，我想做流产手术。

老　莫　你疯了？

阿　芳　叫大妈知道了，也准得动员我做。

老　莫　所以啰，你一定要保密，你等着，你等着。（进侧幕）

〔老莫抱一大酸罐上。

〔传来大妈的声音："阿芳不舒服了？"

老　莫　（惊慌）田大妈——糟糕。

〔田大妈上。

田大妈　老莫，阿芳呕了？

老　莫　她胃不好，有点呕酸水！

田大妈　呕酸水还吃酸东西？

老　莫　嗯……当然，胃酸少了就要呕酸水。

田大妈　胃酸多了才呕酸水。

老　莫　对对，胃酸多了才呕酸水，所以，我不准她吃酸东西。

田大妈　那这坛酸是你吃的了？

老　莫　我最爱吃酸东西，久了不吃，嘴里就发酸。

田大妈　你又说倒了，吃了酸东西才发酸。

老　莫　我是说见了不吃心里发酸。

田大妈　（忍住笑）我不信有这回事。

老　莫　不信，我吃给你看！（大口吃，酸得挤眉弄眼）

〔大妈、阿芳笑得忍不住。

〔大妈拉老莫上楼。

田大妈　好了，好了，老莫到楼上去谈谈吧！

〔唐二婶喜气洋洋提礼物上场。

唐二婶　亲家、亲家。这田大妈办事可真干净利索！嘁哩咔嚓，快刀斩乱麻，五宝就要嫁到我家了。（进屋，猛抬头看见大红喜字，再看周围的布置跌坐椅子上）啊？是变卦了？新房怎么安在他们家呢？是不是他们合伙骗我？

〔片刻，二婶一阵头晕，颓然坐下。定了定神又毅然站起出门，正好撞上垂头丧气的老莫。

老　莫　（搭讪地）噢！二婶，来做手术啊。

唐二婶　（没好气地）做手术，叫你老婆做去吧！

老　莫　（大惊）啊？你也知道了？

唐二婶　哼，我怎么不知道，我正想找你谈谈……

老　莫　什么，你也来动员我？

唐二婶　怎么？只许你动员我，不许我动员你？

老　莫　说真话，二婶，我要能沾点你的福气，有一个女孩也就……

唐二婶　（大怒）你……光冲着你，我也非要生个儿子不可。（急下）

老　莫　哎，（自语）变卦了！

〔大妈上。

田大妈　怎么，老莫，刚说好了又变卦了？

老　莫　噢！不，不，是她。

田大妈　阿芳？

老　莫　不，是唐二婶。

田大妈　（高兴地）她来了，在哪儿？

老　莫　又走了。

田大妈　咳！怎么没看看新房就走了。

老　莫　什么新房？

田大妈　五宝的新房呀。

老　莫　啊？（走进大妈家看，大惊）哎哟，怪不得她怒气冲冲地走了！

田大妈　谁气她了？

老　莫　新房！

田大妈　啊！新房气走了丈母娘？（大伯闻声上，大妈对大伯）新房会气走丈母娘。

老　莫　这么说你们还不知道？

田大伯
田大妈　知道什么？

老　莫　五宝要嫁过去。

田大妈　（一惊）什么？

田大伯　噢！

老　莫　五宝要去唐二婶家落户。

田大妈　上门？

田大伯　当儿子？

老　莫　是啊！

田大妈　啊？！这事我怎么不知道？

老　莫　大妈，那天你不是说了“同意，同意，一百个同意”吗？

田大妈　同意？咳，我同意五宝、招弟结婚，上门的事我可是不知道。

老　莫　那……大伯、大妈，你们再商量商量吧。

田大伯　好！再见！

田大妈　再见!

〔老莫下。

田大伯　你呀，好好想想吧!

田大妈　咳!（坐下）

〔切光。

〔粮厂宿舍小花坛旁。

〔几个群众议论过场。

〔大嫂子队长、李二嫂上。

大嫂子队长　李二嫂，老莫的陶秀才演得可真好。

李二嫂　你还不知道呢，这是他自编自导的!

大嫂子队长　今天大妈怎么没来看戏呀!

李二嫂　陪阿芳去医院了。

〔李二嫂与大嫂子队长耳语。

〔老莫扮陶秀才边卸装边上。大伯、群众随上。

田大伯　老莫，你演得真不错，真看不出你还有点喜剧才能啵。

老　莫　大伯，不是吹的，这不是才能，是素质天赋。

李二嫂　老莫，你编的这个节目可真不错。

大嫂子队长　比我们上几堂课都管用。

老　莫　哪里，哪里，只要能给宣传计划生育起点作用就如愿以偿了。

田大伯　怎么没把你选上计划生育委员会当委员呢?

老　莫　（卸着装越说越得意）当不当委员都得积极宣传，这个事的意义十分重大，从人口理论的观点来看，关系到战略方针的高度，国家的命运的深度……

李二嫂　（打断地）哟，你说得太好了。真该叫阿芳剁只鸡慰劳慰劳你。

老　莫　我今天出这么大力，不用问也准去买了。

田大伯　我可看她进医院了。

老　莫　噢!又反应了?（转念）她去医院干什么?

李二嫂　不知道，是田大妈陪她去的。

老　莫　啊！

〔惊急，跳在椅子上四周张望，忽然跳下来往观众席跑去，又醒悟自己跑错了方向，跑回舞台向侧幕奔去，被一青年拦住，挣脱青年的纠缠，向台右跑去，被爱甘和青年拦住：“一路上都听别人夸你呢！唱一段听听。”老莫又挣脱向台左跑去，被另一青年拦住，青年说：“老莫，听别人说你唱得最好，来一段，来一段。”

老　莫　我，不……我……

〔老莫想往乐池里跳，众人拉住他。

老　莫　别拉，别拉。

众　　（焦急地）老莫你……你怎么了？

老　莫　我，我要救人啊。

〔田大妈上。

田大妈　救谁呀，老莫？

老　莫　阿芳呢？

田大妈　就在门口，快给我房门钥匙我送她回去休息。

〔阿芳上。

老　莫　（绝望地）完了，我的女儿呀。

〔老莫忽然头昏不由自主地倒下去，众人将他挂住。

田大妈　你不是同意了吗？

老　莫　我同意？唉！当然……应该同意

众　　那你还……

老　莫　（气急败坏地）我同意她生个女儿！哼！找她算账去。

阿　芳　老莫，今天我造了你一次反……

老　莫　你，你怎么敢？

阿　芳　有大伙给我撑腰，我就敢了呗。

田大妈　（对阿芳）你别骗他啦，快告诉他吧！

阿　芳　我故意吓唬他，叫他现现原形！（转身对老莫）老莫，你说你主张女尊男卑，可这么多年来，你从来也没听过我的意见。

李二嫂　那——你那个女尊男卑到底是什么意思？

老　莫　我……

众　　　说呀！

阿　芳　说得好听，还不是为了想生个女妹仔！

〔众起哄。

田大伯　老莫，这么说你刚才在台上可真是演戏喽！

李二嫂　讲得一套又一套，原来是四两鸭头半斤嘴呀！

〔众议论。

田大妈　老莫，你整天给大家宣传……

老　莫　（冲口而出）我的好大妈，宣传归宣传……我那是说给别人听的……（抱头跑下）

〔众下。

田大妈　阿芳别着急，我们再做做老莫的工作，等他思想真的通了，我再领你去做手术。

阿　芳　唉！（下）

田大伯　听见了没有？田大妈委员。

田大妈　怎么？

田大伯　你怎么不学老莫。

田大妈　我？

田大伯　五宝上门的事可不能宣传归宣传，光说给别人听的啊！

田大妈　（震惊）啊！

田大伯　你可要言行一致啊！男到女家这也不是头一回听说！

田大妈　落在我们家可是头一回。

田大伯　你把五宝留在家是想养儿防老？

田大妈　看你说的，咱们老了，退休金还能不够用？

田大伯　那你就是“多子多福”思想喽！

田大妈　去你的，生了五个孩子，我后悔还来不及哪！

田大伯　那你到底为什么？

田大妈　我……舍不得。

田大伯　咱三个大女儿嫁出去，你怎舍得了？

田大妈　（脱口而出）那是女儿呀。

田大伯　噢！再说一遍！

田大妈　（愣住）……

田大伯　田大妈委员，“如今男女都一样……”

田大妈　我……

田大伯　不要以为旧传统、旧观念只在别人脑子里，自己就没有！我们应该为没有儿子的唐二婶想一想！（下）

田大妈　是啊，唐二婶也真有实际困难，对。（沉思地）明明是个儿子，干什么非要嫁出去呢？我要是有两个儿子……可……我就这么一个五宝。真没想到这思想工作做来做去做到自己头上来啦！要是男青年能到有女无儿的家里去落户，真会给计划生育工作减少阻力啵，既然对计划生育工作有利，我为什么反对?！我为什么愁眉苦脸呢……难道不是私心在作怪吗？（低头沉思，又抬头对观众）观众同志们，你们干吗都看着我？我很可笑吗？事情要落到你们头上会怎么样呢？也得自己斗一斗，批一批才能明白过来吧？说句实话，难道不是吗？

〔切光。

唐二婶　大妈，这……

田大妈　亲家，我把女婿给你送上门了。

唐二婶　（对观众）我……我是在做梦吧？

田大妈　亲家，是真的。

〔五宝挑起水桶下。

唐二婶　（高兴地）五宝，我来，我来。

田大妈　让他去吧！

唐二婶　我……我心里过意不去……咳，还不是因为我们农村条件差，不像你们城市，有退休金。

田大妈　农村也会变嘛！你看人家先进队，粮食产量高，经济收入多，集体福利也办得好。……

唐二婶　人家是先进队，咱哪儿成？

田大妈　可你们队也年年增产吧？

唐二婶　增产，甘蔗和粮食都比合作化那时翻了一番。

田大妈　生活水平也翻了一番吗？

唐二婶　那可没有。

田大妈　为什么？

唐二婶　嗯……

田大妈　亲家，因为人口也翻了一番咧！

唐二婶　怪不得，那我家五个妹仔也算在里头？

田大妈　可不，要都像你家，人口就要翻两番了。

唐二婶　（惊）啊？！

田大妈　亲家，加快生产是一条腿，计划生育是另一条腿，两条腿走路，才跑得快啊！

唐二婶　（震惊）哟！真不得了。

田大妈　你细细想想，我还得赶去开会。

〔传来锣鼓声，二婶在家里听着，连忙躲起来。

〔爱甘、二叔、大嫂子队长、青年妇女、社员们上。

〔众呼口号“向唐二叔学习！”

大嫂子队长　二叔，你想的这个办法真好！

妇　女　用这个好办法，光咱们大队一下子就节省了五十万斤甘蔗。

女青年　合多少糖？

唐二叔　六万公斤。

大嫂子队长　二叔，要是全公社、全自治区、全国都照这个办法来，不就多出几百个大蔗区嘛。

杨爱甘　这才叫加快四个现代化哪！

大嫂子队长　二叔，这回党组织准给你记个大功。

唐二叔　不，这不光是我们这几个人搞的，好多人都帮了忙的。

大嫂子队长　是啊，还有唐二婶一份功劳呢！

男青年　她？没把二叔后腿拉断。

妇　女　你就是老眼光看人，二婶变了，脾气好多了。

杨爱甘　主动承担全部家务。

妇　女　集体劳动也积极了。

大嫂子队长　还有一件事，是对二叔最大的支持。

众　　什么？

大嫂子队长　带头执行了计划生育，今天到医院去做绝育手术了。

女青年　啊！扭绞柴到底劈开了。

大嫂子队长　二叔，这是大队送来的鸡蛋、猪脚，叫二婶好好补养补养，多休息休息，我们走了。

〔众下。

〔二婶从屋里出来。

〔二婶坐下，似有愧意。

〔盼弟、来弟、梦弟奔上。

盼　弟　妈，你从医院回来了？

来　弟　爸爸说，要你一回来就躺下。

梦　弟　妈，生产队送了这么多东西给你。

〔二婶捧着篮子，感动地拭泪。

孩子们　妈！

梦　弟　妈，你又想弟弟啦？别着急，今晚我再梦个胖弟弟给你。

〔二婶激动地搂着梦弟。

来　弟　妈妈，你看，爸爸得了一张“三好学生”奖状。（盼弟笑起来）

唐二婶　你爸爸是先进生产者，这是公社发给他的奖。

来　弟　妈你也得过奖状妈？

梦　弟　得过，得过。床底装着一大箩筐咧！

盼　弟　（笑）咳！那是宣传画！（梦弟伸伸舌头）

来　弟　妈，你没得过奖状，我也没得过奖状。

盼　弟
梦　弟　我们也没得过奖状。

唐二婶　（深有触动）孩子们，都是妈不好，自己思想落了后，把你们也耽误了。

孩子们　妈！

唐二婶　快做功课去。

盼　弟　那你快去躺下休息。

唐二婶　妈心里一团乱麻，得好好理一理。

〔孩子们下。二婶沉思。

〔大妈带五宝上。

田大妈　亲家！

唐二婶　（奇异地）大妈，这是……

田大妈　亲家，五宝住在你这儿，我再放心也没有了。

〔大妈下，二婶送大妈。

〔二叔兴冲冲上。

唐二叔　你回来了？快坐下休息。

唐二婶　我还没去呢！

唐二叔　啊？你……唉！招弟他妈，你怎么思想老转不过弯来！

唐二婶　谁说的？我这回彻底通了。你看——（指窗外）

唐二叔　五宝？

唐二婶　田大妈把他送到我们家了。

唐二叔　这怎么成？你不是看见她们家也布置了新房吗？咱们怎么能把五宝再要过来！

唐二婶　你我掏句心里话，当真不想儿子了？

唐二叔　那还能是假的。

唐二婶　那你老了跟谁去？

唐二叔　（笑）我呀，谁也不跟，就跟你。

唐二婶　谁跟你开玩笑！

唐二叔　咱俩老了，也插上翅膀到处飞一飞，逛逛北京城，天安门前照张相，颐和园里玩一圈。……

唐二婶　我哪能走得开，家里猪谁来喂？

唐二叔　（笑）咳！那时候，养鸡养猪都实现自动化了！

唐二婶　我不相信，连洗尿布也自动化？

唐二叔　你呀！眼皮底下就是这个小家。等四个现代化实现，我就要去当个甘蔗顾问了。

唐二婶　那我呢？

唐二叔　你呀，到托儿所去当总管。

唐二婶　嘿！看你说得有多美！

唐二叔　那时候，我们的日子，要多甜有多甜，要多美有多美！

唐二婶　照那么说，只有实现了四个现代化，咱们才能过上好日子？

唐二叔　可不，你那句话也得倒过来说。

唐二婶　噢！你是说没有国家，哪有大家，没有大家，哪有小家？

唐二叔　对喽！

唐二婶 （自语）细想起来，这句话是得倒过来说了：没有国家，哪有大家，没有大家，哪有小家！

唐二叔 对呀！

唐二婶 什么对呀对呀！拿来！

唐二叔 什么？

唐二婶 我那张计划生育登记表。

唐二叔 啊？你还要往上交？

〔二婶从二叔口袋里夺下，往外走。

唐二叔 （追去）招弟她妈……

〔二婶回头，笑了笑，将登记表一撕两半。

唐二婶 我上医院去了！（唱着彩调下）

唐二叔 哦！等一等，我陪你去。（追下）

〔切光。

〔田家，李二嫂上，片刻，田大妈上。

李二嫂 田大妈，我正等你哪。

田大妈 噢！有事啊？

李二嫂 我……我不知怎样谢你才好。

田大妈 有了？（见李二嫂点点头）这可是大喜事呀！

李二嫂 大妈，我和爱人商量好了，为了响应号召，也为了感谢你，我们决定只生一个。

田大妈 不管是男的还是女的？

李二嫂 对，不管是男的还是女的。

田大妈 太好了，那我快写张喜报表扬表扬你们。

李二嫂 （不好意思地）大妈。

田大妈 叫大家都替你们高兴高兴嘛！（与李下）

〔老莫、阿芳上。老莫端一铝锅，锅里露一鸡腿，爱甘、四秀上，匆忙中相撞。

老　莫　（看他们）你们这是……

杨爱甘　（看他们）你们这是……

老　莫　（自豪地）陪你阿芳嫂去医院，这回可是我自愿带头的。

阿　芳　又吹上了。

老　莫　不是吹，是事实嘛。看，鸡汤都炖好了！

〔四人分头下，二婶上。

唐二婶　（对内）进来呀。

〔招弟上。

〔田大妈上。

田大妈　亲家，你？……

唐二婶　亲家，我？……哦！把招弟给你送来了。

招　弟　大妈。

田大妈　哎！

〔二婶把大喜字拿起来，把它挂在墙上。

〔大妈发现急忙取下字来。

田大妈　挂在你那才最合适。

唐二婶　挂在你这才更合理。

田大妈　不，挂在你那。

唐二婶　不，挂在你这。

田大妈　细想想都是自家的孩子，挂在哪儿都一样。

唐二婶　要是从心里把男女同样看待，挂哪都一样。

田大妈　对，亲家，五宝还是到你家。

唐二婶　这可不行……

田大妈　咱可说过的，一言出口，驷马难追呀。

〔两人无声说着话。

〔招弟、五宝跑出门外。

田五宝　招弟，这回我懂了，关键不在试验成功不成功，而在于我们要学会走正确的生活道路。

招　弟　（故意地）那我们现在的条件……

田五宝　还差点。

〔招弟佯装生气地转过头去。

田五宝　你别生气呀，我知道差得还远呢！我不会再逼着你结婚了，我这回算是觉悟到顶了。我们要为实现四个现代化做出更大的贡献。

招　弟　结了婚就不能做更大的贡献了？

田五宝　啊？什么？你……你再说一遍。

招　弟　（笑，不语）

田五宝　真的？

招　弟　（点点头）

田五宝　（激动地）那，条件真的成熟了？

招　弟　你真傻。

田五宝　（兴奋地大声喊）妈，妈。

〔大妈、二婶闻声出门。

田五宝　（对大妈）
招　弟　（对二婶）　妈！

田大妈
唐二婶　哎！

田大妈　（对五宝）
唐二婶　（对招弟）　快叫啊！

田五宝　（对二婶）二婶。

招　弟　（对大妈）大妈。

唐二婶
田大妈　（悄声责备地 对招弟
对五宝）叫妈！

田五宝
招　弟　（小声地）妈！

唐二婶　（对招弟）
田大妈　（对五宝）大声点。

田五宝
招　弟　（大声地）妈！

唐二婶
田大妈　（欣喜地）哎！

〔四人进屋内，看见爱甘和四秀。

杨爱甘　（回转身来尴尬地）田大……

〔四秀急忙扯爱甘衣角。

杨爱甘　（小声地）妈。

田大妈　啊？

〔四秀向爱甘使眼色。

杨爱甘　（大声地）妈。

田大妈　（四面环顾）他叫谁呢？

唐二婶　（四面环顾）是呀，他叫谁呀？

杨爱甘　（对大妈）我叫你哪。

田大妈　啊，你叫我什么？

田四秀　妈，他来咱家住了。

杨爱甘　（更大声地）妈！

田大妈　（明白了，欣喜地大笑）哎，哎。

〔锣鼓声，大伯和二叔兴高采烈地上。

田大伯　成功了，成功了。

众　　　改良刀具成功了？

田大伯　成功了！

田大妈
唐二婶　傻孩子，还不快叫。

田四秀
杨爱甘
招　弟
田五宝　爸。

〔大伯、二叔愣住。

田四秀
杨爱甘
招　弟
田五宝　爸！

田大伯
唐二叔　（喜出望外地）哎！

众　哈……

〔切光。

〔五宝、招弟、爱甘、四秀和众人一起七手八脚把桌椅抬下，舞台正中，拉出大的红喜字。

青　年　新娘、新郎来了。

姑　娘　新娘、新郎来了。

〔众鼓掌，孩子们在新人头上扔花纸屑。

〔观众跑上。

观　众　太好了，太好了。

李二嫂
大嫂子队长　观众同志，欢迎你提宝贵意见。

观　众　我代表观众同志们感谢你们。

田大伯
唐二婶　不用谢，请你吃喜糖。

田五宝
招　弟
杨爱甘
田四秀　对，请同志们吃喜糖。

〔五宝、招弟、爱甘、四秀分别端着四盘糖果走向观众席送糖，音乐起。

——剧终

| 作品点评 |

民震同志是一位不戴诗人桂冠的诗人。作为一个戏剧作家，他具有诗人的难以遏止的激情，这样，过去的丰富的生活阅历和不断地深入少数民族地区的生活感受，便都迅速地成为生动的具有审美价值的素材。彩调剧《三朵小红花》《春雷惊狮》，京剧《苗山颂》《瑶山春》《烦恼中的笑声》，桂剧《一幅壮锦》《我是理发员》（后两者系与人合作），还有70年代末的话剧《甜蜜的事业》等作品，便像涓涓的清泉，喷吐而出。其中不少佳作或获奖，或参加各种调演，或晋京演出，或改编成电影。他崛起于南疆的剧坛，却名噪于全国文艺界。

民震同志是一位有名的多产作家，不仅是个快手，而且还是个多面手。一来是他的生活阅历和感受的多样性和丰富性，急需多种艺术样式予以反映；二来也是他兴趣广泛，立志多涉猎一些艺术领域。所谓十八般武艺，都要过一过手。总之，剧坛拴不住他的多才多艺的生花妙笔。散文、诗歌、报导、论文等都成了他展露才华的领域。而后来在电影领域，则倾注了较之戏剧还要多的劳动心血，而成就也就更大些。这是因为，他痛切地感到，电影文学，特别是少数民族题材电影文学，在50年代的广西还是一片荒漠的处女地，需要有人在荆棘丛生的土地上踏出一条路来。他自觉地扮演了这个在当时还有些冒险性的角色。老天不负苦心人。《森林之鹰》（又叫《苗家儿女》）作为他的第一部，也是广西的第一部具有审美价值的少数民族题材电影，在建国十周年献礼时，为广大观众所欣赏。从此，电影创作便由“副业”逐渐转化为“正业”，但还不是“专业”，1985年面世的《周民震电影剧本选》，便是他多年来在电影领域的劳动结晶。他是一位在戏剧与电影两个领域里都做出贡献的双栖作家。是的，我从事少数民族戏剧研究工作三十多年，也从未放松对少数民族题材电影的关心，在我所接触和熟知的众多民族作家中，还很少有像民震同志这样同时在两个艺术领域里，获得如此突出的成就的。他的作品具有浓郁的地方特色，但他不属于地域性的作家。他的作品具有鲜明的民族特色，但他也不属于一个民族的作家。他不愧为壮族人民的儿子，但更是少数民族作家中的佼佼者。

——曲六乙：《多面手的这一面——〈周民震戏剧剧本选〉序》，《民族艺术》1990年第1期周民震是位有敏锐时代感的作家，虽然，他作品的题材似乎并非轰轰烈烈，但对一个作家说来，有没有敏锐时代感，重要的不在于创作题材是大还是不大，而在于时刻和生活保持联系、紧紧地和自己所生活的那个社会土壤有密切联系。从这个意义上说，周民震始终是个现实主义作家，因为他的创作始终植根于生活，一切从生活出发，从他所熟悉的，经过他深入观察、感受、理解的周围环境出发。而他，长时期来主要生活在广西，因此，他创作的作品，他所写的人物和社会环境，有广西的地方特色，不少作品是以广西少数民族地区的生活为题材的，所以民族色彩较浓，不仅写出了民族风情和习俗，也写出了民族心态和新的时代气息进入了少数民族地区的脚步声。这民族心态和时代脚步声与民族风情和习俗是互为表里的。

——张国凡:《略论周民震的戏剧创作》,《民族艺术》1991年第1期

话剧《甜蜜的事业》以糖厂工人家属田大妈和蔗区蔗农家属唐二婶结为亲家的故事入戏，以在计划生育问题上的新旧思想感情为纠葛，形象地宣传计划生育关系到个人、家庭和国家建设的主题是十分鲜明的。但计划生育是人生大事，它既有着思想认识上的差异，又有着情感的缠绕，甚至认识上得到正确解决，因感情上仍然不通而影响认识的回生，这也是计划生育宣传教育工作中所常见的。剧作家准确地把握生活，把剧情牢牢地扣紧情感的冲突与变化之上。唐二婶为什么执意要生个儿子，招弟招弟，招来招去招来了五个女儿还要招？这是从她母亲老年生活无靠的教训引起伤感使然，“男尊女卑”旧思想只不过是这种感情的代名词而已。唐二婶的女儿招弟，应该说没有守旧思想，可她并不能征服母亲不要弟弟的感情，反而被母亲的感情所感动，作出一辈子不结婚的决断。田大妈对唐二婶是以诚相待，关心备至的，可却难以转变唐二婶的思想认识，为什么？不是唐二婶顽固不化，也不是田大妈不耐心，而是两人之间存在着因事而生的情感上的差异。这种差异，只有在田大妈唯一的儿子五宝“嫁”到唐家与招弟结婚，各自的情感便路路相通，一通百通了。显见，情对于戏剧来说如同人体的血肉，情节的推进，人物性格的发展，矛盾

冲突的解决，皆是情之所至的必然结果。而剧中的思想观念、主题要旨能否被戏剧接受和欣赏者所纳，也皆在于一个“情”字。

——王敏之:《情与理：戏剧美学生命的支柱——谈周民震戏剧创作的一个特征》，载《学艺集——王敏之戏剧评论及其它》，广西民族出版社，1993

《甜蜜的事业》用喜剧语言给我们讲述了一组触发感情的诙谐故事。

周民震把这一组各自有内心情感压抑的善良的普通人放在种蔗、产糖的“甜蜜事业”中，几种不同性格的反常组合，构成多重交叉的反常性，形成真正意义的喜剧冲突。真正意义的喜剧冲突在道德伦理或生活逻辑上总具有反常性质，如善恶倒置、美丑易位、阴差阳错、悖逆情理、逻辑颠倒，这就是把不和谐暴露出来。田五宝、招弟、唐二婶、老莫、田大妈等一系列人物关系网络，充分具备喜剧的结构特点，即人物的故事推进与喜剧穿插的交织最后组成大团圆的结局，达到一种新的和谐，喜剧性格与他人构成的喜剧性冲突始终在喜剧氛围中衍化发展。从叙事模式来说，《甜蜜的事业》堪称典范化的喜剧结构的作品，喜剧人物、喜剧冲突、喜剧氛围，无处不喜。因此，我们可以对周民震喜剧美学意蕴作这样的探讨，我们把进入艺术的周民震喜剧称作是将不和谐暴露出来后追求的和谐。一部作品，只有当它具有喜剧性的而非悲剧性或正剧性的结构，它才能称作严格意义的喜剧，这一点，创作主体对作品中占据主要位置的矛盾冲突的性质判断至关重要。喜剧作家功力的高下，在他构思作品的阶段，已经可见端倪。周民震介绍他的喜剧创作经验时曾说，他特别重视喜剧构思的酝酿和喜剧冲突的选择，“十月怀胎”，包括《甜蜜的事业》在内的所有喜剧，他都酝酿半年、一年之久甚至更长时间，多次修改提纲并向好友们反复叙说故事，直到脑子里的喜剧人物呼之欲出，在喜剧冲突中成型，在喜剧氛围中动作，他才“一朝分娩”，正式下笔。所以，周民震喜剧美学意蕴是自觉地上升为理性指导创作的，因为有美学指导，在周民震眼里，喜剧绝不是“下里巴人”，喜剧能登大雅之堂，成为艺术精品。

——柴立阳:《论周民震喜剧的美学意蕴》,《南方文坛》1991年第1期

喜剧创作在周民震的创作中占有独特的位置。以《甜蜜的事业》来说，他从生活出发，塑造了一些性格鲜明、活生生的人物，仿佛使人可以触摸得到，如田大妈、田大伯、田四秀、田五宝、唐二婶、唐二叔、招弟、老莫、阿芳等等个个都有自己的性格特色，而这些性格特色都是通过情节来表现的。作者在结构情节的过程中，尽力通过人物之间的对话来显示人物的性格，因为话剧中人物的动作也好、心理活动也好，都要通过对话来展现，对话写得自然、合乎生活实感，戏剧作品中内涵的生活逻辑就自然得令人信服，反之就别扭。这个剧本的对话令观众和读者喜爱之处在于随着情节的展开，人物思想的活动和变化合情合理。如唐二婶原想要再生个儿子，可以传宗接代，唐二叔认为已经有了女儿就可以了，不必再要生儿子了，他正忙于甘蔗试验田的试种工作，没有心计考虑这些。再说，女儿招弟都已长大成人、招个女婿当儿子还不一样，这么大岁数还生儿子干什么？两口子闹了一阵子矛盾。这事，让和甘蔗试验田种植有关的南江糖厂工人家属、唐家的熟人、做计划生育工作的田大妈知道了，就主动做唐二婶的工作，苦口婆心劝说，终于做通了思想，让唐二婶女儿招弟和自己儿子五宝这对互相看中了的年青人早点办事成婚，并叫五宝去做上门女婿。这个戏的基本情节就是这样，虽然中间还穿插了南江糖厂工会干部老莫因多要一个女儿和他妻子阿芳有番折腾的事，但这也是和这个戏的提倡计划生育这一主题思想分不开的，只是有了这个穿插性情节，整个喜剧的风趣性就更丰富了。周民震的剧作构思很巧妙而自然，人物对话完全符合每个人的性格，而在对话中不和盘托出，而是一层层展现人物的内心活动。如老莫这个工会干部在计划生育问题上说的是一套，做的又是另一套，符合人物的特点，很真实。又如田大妈生了五个孩子，大的三个女儿都出嫁了，身边只有小女儿四秀和最小的儿子五宝了。当五宝真要去唐二婶家当上门女婿，她又舍不得了。这一切内心活动都很真实，所以戏有看头。

或许有人会说，《甜蜜的事业》的矛盾冲突不激烈、不尖锐，所有的人都是好人，只有好人和更好人的矛盾，没有一个反面人物，是不是受了无冲突论的影响。其实是不是无冲突论，不在于有没有反面人物，有错误认识的好人所派生出来的人物之间的矛盾冲突同样是有戏剧性的，也同样可以写成一部发人深思的戏剧作品。问题在于有没有现实主义的深度，只要有现实深度的，那就会受人欢迎。《甜蜜的事业》在相当大的程度上是做到了这点的。

——张国凡:《略论周民震的戏剧创作》,《民族艺术》1991年第1期

我为什么死了

谢　民

谨以此剧献给长眠地下的她。

她只活了三十三个年头。

她喜欢笑，在应当皱眉头的时候，也要嘻嘻哈哈一番。有一次，她非要参加机关足球赛，结果撞断了鼻梁骨。当时，她捂着流血的鼻子，很笑了一阵，说："真逗！"

照顾到她生前的特点，请用喜剧方式演出，尽管这是一出十足的悲剧。

地　点　中国，某城市

人　物　范　辛　就是她

　　　　夏　俊　她的……

〔一束白光投在一个穿米色风雨衣的身材苗条的女人身上。她的脸色十分苍白，似雕像般立着。当她慢慢把雨帽推到脑后的时候，人们发现她有一

作品信息

《我为什么死了》(悲喜剧)原载《剧本》1979年第8期，收入《谢民剧作选》，漓江出版社1995年出版;《谢民剧作集》，漓江出版社2008年出版。该剧在罗马尼亚、加拿大公开演出，美国百老汇也作了试验演出。

对目光灼人的大眼睛。她的额头高而宽，上面有条很深的皱纹。她的鼻子是孩子气的、向上翘的，嘴角上的笑容是天真而淘气的。在她脸上，冬天和春天奇怪地结合在一起。这就是她。

女　人　（微微一笑）你们知道我是谁吗？知道吗？我敢说你们猜不着！我敢说，把你们当中的一千个聪明人集合起来，做出一万个答案，也不能说清楚我这个实体。因为……因为现在跟你们说话的这个人早已离开了人世间；总而言之，我是个死人！……我是在一九七八年春天去世的。这是一个使人充满希望的名副其实的春天，九亿人民身上的每一个细胞都充满了活力。我渴望在这有意义的年代里生活下去，但是很不幸，在一场人为的刺激下，我的严重心脏病发作了。我死的时候才三十三岁，就像现在这个模样。（笑着摇摇头）想起来真逗！我活着的时候很爱唱歌，简直不懂得发愁。我唱歌唱得好极了，（唱）啦啦啦，啦啦啦，啦啦——啦啦！我生过一个女儿，可是一生下来就被别人抢走了，至今下落不明。想起来真是一场滑稽戏，真逗，哈，哈，哈，哈！噢，你说什么？说我是个女鬼？一个鬼魂？哈，又错了！世界上根本就没有鬼魂存在！告诉你，我不过是作者笔下的一个有真实依据的人物，一个多少有点真实的“我”，一个似我非我。是作者在纸上把我画出来，逼着我活过来，在这里向你们演说我的十分可笑又十分悲惨的经历。作者要追求什么含着泪水的笑，他准保是个大笨蛋，因为我的遭遇可能叫人哭笑不得。哭笑不得，本身就好笑。因此，在我的故事开始之前，我得大笑一番。（十分畅快地笑）啊——哈，哈，哈！好了，开始吧，先从我的死——也就是故事的结尾演起。奏乐，奏欢乐的圆舞曲！

〔欢乐的圆舞曲，暗。

〔灯光复明。

〔穿米色风雨衣的女人提一皮箱跑出。她处在极度激愤之中，但嘴角上仍挂着一丝不太像笑的微笑。她一手紧压着心脏，克制着痛楚。

〔夏俊追上。他三十四五岁，壮实，浓眉大眼。从外表看，他忠厚、谦虚、老实、有毅力。他说话语调柔和动听，总之，是个讨人喜欢的人物。

夏　俊　范辛，范辛！你不能走！（拉住皮箱）我请求你冷静点，阿辛，你这是何苦呢？我求你千万不要任性……

范　辛　你给我滚开，放我走！

夏　俊　我不滚，也不放你走。阿辛，你这样做，对常书记打击太大了。刚才他含着泪水命令我："去，夏俊，把她追回来！"我要执行命令，随你怎么骂，我也不气，反正死也不放你走……

范　辛　（凝视对方片时，由低到高地笑起来）哈，哈，哈，哈！你这个人可真逗，真滑稽，真是世上少有；把你交给莫里哀都无法描写！哈，哈，哈！

夏　俊　（低声赔笑）嘿，嘿，嘿，嘿……

范　辛　你放手！

夏　俊　我是个大混蛋，我不放。

范　辛　你放！

夏　俊　我狼心狗肺，我不放！

范　辛　好吧，我这最后一点财产也给你了，我永远也不想见到你了！（跑）

夏　俊　（丢下皮箱挡住她）阿辛，你太狠心了，你不能走，你走我会死掉的。我内心的创伤不比你轻，不要再折磨我了，阿辛！

范　辛　（心脏十分难受，又偏要笑）真逗，这幕闹剧可以结束了！

夏　俊　不，这不是闹剧，这是一幕英雄的颂歌！刚才，常书记在电话里说了：你是我们市真正有觉悟的反"四人帮"的英雄！

范　辛　我？反"四人帮"的英雄？活见你妈的鬼！

夏　俊　骂得好，我该一辈子挨你骂！但是，你是个名副其实的英雄，这是任何人也否认不了的，我就是第一个活旁证！

范　辛　（不耐烦地，无可奈何地扭转身，又回头）夏俊啊夏俊，这一辈子你做过多少次旁证了？

夏　俊　好，骂得好，你就痛痛快快地骂吧，骂完了你心里会好过些。我啊，我老老实实地听！

范　辛　我的天！

夏　俊　我知道你有气，有气就对我出。我只求你别走。你想想看，英雄的荣誉和美好的结局在等待着你；在经历了一场苦难之后，你为什么抛弃应当属于你的幸福呢？

范　辛　我的天，真酸！一张习惯讲“阶级斗争新动向”的嘴，怎么能吐出这种词儿来？你的适应能力真强！闪开！

夏　俊　不闪开，绝不闪开！阿辛，你还要我怎么样呢？你常说处理事情要通情达理……

范　辛　我最大的通情达理就是请你告诉常书记，把你们突然给我的荣誉和幸福拿去喂狗吧！让我走！

夏　俊　（伸开双手挡住去路）阿辛，怎么样才能叫你谅解我呢？你叫我像演戏一样给你跪下？你叫我像演电影一样打自己耳光？我干不来！不，我可以干！好，我给你跪下，我打自己嘴巴！（打自己）我狼心狗肺！我是个混蛋！你不答应留下来，我就这样打下去！

范　辛　（厌恶之极，心脏剧痛）你知道我有严重心脏病，到最后还要这么逼迫我……

夏　俊　（跳起来）我知道你的病情恶化了，医生说很危险！你不能走，得马上进医院。常书记说要送你去疗养，然后给你开大会，给你戴红花！

范　辛　（气，痛）……求你，走开，让我静一静……（踉跄，跌坐在皮箱上）

夏　俊　我马上去叫汽车，送你进医院。不，我还有几句话要说一说，听不听由你，最后几句了，你让我说吗？

范　辛　（克制，挣扎）好，最后几句；让你说完了算！（咬咬牙，摸口袋，抓出一把瓜子来，用一种特别速度嗑瓜子）好，你说！

夏　俊　你要严格区分两类不同性质的矛盾。常书记和我，毕竟是同志，不是敌人！你对我们如此绝情，把自己放到什么立场上去了？再说，在“四人帮”

时期，政治斗争那么复杂，压力那么大，我们被迫对你采取了一些措施，是不得已，也是一种保护。说到我，始终对你一片好心……

范　辛　一片好心？那我问你，我刚生下来三天的女儿有什么罪？你为什么把一个需要喂奶的孩子从她母亲的怀里夺走？（含泪）我连个名字都没来得及给她取！我再一次质问你，我唯一的女儿在哪里？在哪里？

夏　俊　阿辛！别激动！我和你一样挂念我们的女儿，我负责把我们的女儿接回来！

范　辛　怎么？你把孩子送人了？！你还有什么资格说"我们的女儿"？你说，她在哪里？地址！

夏　俊　（慌乱地）可能带去青海了，也可能在西藏……

范　辛　（疯狂地）啊，哈，哈，哈！多好的父亲，哈，哈，哈！我得感谢你，我得代表孩子感谢你！我为你唱个歌吧，我给女儿编的摇篮曲。（唱）啦啦啦，啦啦，啦啦啦！地址！地址！我要去找她！

夏　俊　你需要进医院，进医院，我马上去叫汽车！

范　辛　（突然静下来，看看手中的瓜子，手哆嗦着扔一颗在嘴里）完了，我完了……（倒下）

夏　俊　（赶紧扶住她）阿辛——！

〔暗。欢乐的圆舞曲。

〔笑声。灯光渐明。穿米色风雨衣的女人——范辛，瞅着手中的瓜子低声笑着。

范　辛　我就这样死了；糊里糊涂、莫名其妙地死了；死的时候才三十三岁。唏，嘴里还含着一粒没有嗑完的瓜子！（一笑）我是一个默默无闻的普通工作人员，对政治斗争似懂非懂，对业务半通不通。我虽然没有什么大贡献，工作上倒还有点责任心。我的业余爱好是唱歌、跳舞、嗑瓜子。我的经历又平常又离奇，又简单又复杂。你们别以为在看过我的故事的结尾之后，就可以把整个故事猜出来了，那就大错特错了！为了给你们的猜想制造一点儿困难，这个戏要倒着演。下面演出第二段——就是紧接着结尾的一段。来，圆舞曲！

〔暗。同一旋律的圆舞曲。

〔灯光复明。

〔一张板凳，代表墙和窗户。一张精巧、轻便的单人钢丝床。床旁又一张板凳，上面放着那只我们已经见过的皮箱，皮箱上临时放着一部电话机。

〔一个人从头到脚严严实实地盖着一张白被单，直挺挺地躺在钢丝床上。鼾声。

〔从代表窗户的那张板凳后头，范辛慢慢站起身来。她十分紧张，忐忑不安地向室内张望。略顿，她爬上窗户，跳进房间。这时我们才发现她手上戴着手铐。

范　辛　……这就是我的家，这就是我日夜盼望回来的家！……我离开这里快两年了吧？（算）呀呀，打一九七六年夏天进看守所那一天算起，到“四人帮”垮台，是半年时间；以后，又是一年多时间；不是快两年了吗？真是活见鬼呀！（鼾声）瞧，他睡得多香甜！……（走近，含泪）这个狠心的人，有一年没去看我了……这就是我的丈夫，一个爱过我、也被我爱过的人。（含泪，笑着）从前，我觉得他是世界上老实人当中最老实的一个；这一年来，我怀疑他是世界上狡猾人当中最狡猾的一个。也许，这两种东西都是他的绝招。一个叫我捉摸不透的人，一个近几年中国政治社会中的土特产！咦？他干嘛睡在这小房间呢？我们原来的大卧室呢……啊，是了，一定是让给我女儿和保姆睡了……我的女儿，我的宝贝，刚生下来三天就离开我了！现在有一岁半了，应该会叫妈妈了，可是她不会认识我了！……我逃跑回来干什么呢？不是为了看她一眼吗？是呀，看一眼死也瞑目啊！我这就去……不！要看就正大光明地看！我得叫醒她……（想，一笑）这可真叫逗，戴着手铐，推醒自己的丈夫，吓他一大跳，这本身就有趣儿。对，我非叫醒他不可，我要看看他的表情！……我要最后再透视一下他的心，我要和他演一幕好戏。（喊）夏俊！快起来！贵客临门了，快招待远方来客吧！

夏　俊　（被惊醒，弹坐起来，揉着眼睛，上下打量对方）………

范　辛　瞧他这模样，好像中邪了！

夏　俊　（突然一惊，收拢腿）……

范　辛　哟，抽筋了！我的出现超出了他可怜的想象力。

夏　俊　你，你，你，到底是谁？

范　辛　唏，连我都不认识了！让我来气气他。我是个女鬼，名叫敫桂英，我要活捉王魁！（做恐怖状，狂笑）哈，哈，哈！

夏　俊　（晃脑袋，挣扎）我是不是在做梦？

范　辛　当然是在做梦。你梦见自己给派去非洲当大使了，你正在听一个非洲歌手唱歌。（哼非洲歌曲，碰击手铐作节奏）啦啦啦啦……

夏　俊　（安全清醒了，冲过来，压低嗓门）住口！你，你，这是怎么回事？！

范　辛　唏，真逗！怎么回事？一件大喜事！回来看看我的家，看看我想念的丈夫和孩子……

夏　俊　（极紧张，浑身哆嗦）你胡扯些什么？你是怎么回来的？你说！快说啊！

范　辛　（十分松弛、愉快地东碰碰西摸摸）瞧你多可笑，我怎么回来的？像散步一样游回来的，像幽灵一样飘回来的！夜深人静，空气凉爽，正是散心的好时候……

夏　俊　（突然抓起电话听筒，拨号）……

范　辛　住手！

〔夏俊停顿。

范　辛　给看守所打电话吗？叫警察来抓我回去吗？谢谢您的关心啦！不过，这用不着劳您大驾，待一小会儿我自己打！

夏　俊　不，你不说明情况，我马上就打！你知道你这种行为叫作什么吗？这叫逃跑，叫越狱逃跑！光凭这一条就可判你的刑！好，你坦白交代，你是怎么回来的？真是活见鬼哟！

范　辛　（打了个寒战，凝视他片时，挣扎一下，又换成笑脸）呀呀，你别急，你瞧，我把你吓成什么样子了？是这样，今晚我的心脏病又发作了……我的病情越来越严重了……是的，我又发病了，看守所的同志就送我去医院……

夏　俊　你就趁人不备从医院逃走了？（对观众，焦急地）你们看，多糊涂的女人！（脸色煞白，一脸笑容，声音柔和）你想过没有……你逃回这里……常书记会对我产生什么看法吗？（甜丝丝地笑着，一副老实人的模样，一步步逼近）我的立场到哪儿去了？我的原则丢到哪里去了？你说呀，待会儿人家来抓你的时候，你打算怎样解释自己的行为呢？你想说些什么呢？难道你没有责任把你准备好的答复说给我听听吗？说嘛！

范　辛　唏，真好笑。我不过是顺便回家来看看……

夏　俊　（笑得更甜了）你要看谁呢？你说你要看谁呢？

范　辛　看我的丈夫！

夏　俊　请问，谁是你丈夫？

范　辛　（又打了一个冷战）啊，我忘了……一九七六年夏天，我们已经离婚了！哈，哈！一种十分特别的离婚，你说不是吗？

夏　俊　（严厉地）我们离婚没有什么特别，一切手续完备。当时，是你主动提出离婚要求的……

范　辛　当时？我？主动提出？哈哈，真妙！

夏　俊　那你还有什么理由到这里来呢？

范　辛　（故意愉快、活泼地）我来看我的孩子不行吗？

夏　俊　你的孩子？法院判决孩子归我抚养！你在看守所生下孩子以后，也曾主动提出要我抚养！

范　辛　唏，笑话，我放弃我做母亲的权利了？！

夏　俊　（笑）戴着手铐还有什么权利？（绷紧脸）总而言之，这所房子里的任何人都和你没有任何关系，你也没有任何理由到这里来；你必须单独对自己的行为负责。好了，话已经说清楚了，你可以采取行动了。你要尽快投案，争取主动；恐怕追捕你的人已经到处找你了……

范　辛　（咬牙）好，我自己给看守所打电话！（拿话筒）

夏　俊　（压住）不行！你不能在这里打！（十分和蔼地）你要对孩子和我负责，你不能牵扯我们！现在，趁看守人员还没堵上门来，立刻离开这里，然后去投案！你千万不要说你来过这里，我呢，就当什么也没看见。走吧，快走吧！

范　辛　（不动，急促地呼吸着）告诉我，孩子在哪里？……

〔夏俊不耐烦地闪开。范辛深吸一口气，向内室走去。

夏　俊　哎呀！这里哪有孩子？孩子一直寄放在奶妈家里！

范　辛　告诉我奶妈家的地址！

夏　俊　到应该告诉你的时候我自然会告诉你！（心剧烈地跳着，焦急，又笑着）请吧！

范　辛　（不再抱什么希望，也不肯就此罢休，于是不慌不忙地坐下来）咦？急什么呢？我还有几个问题要你答复呢！

夏　俊　你这不是无理取闹吗？（厉声地）你走！

范　辛　（热泪盈眶）好！我走……我走，最后一次了……不过你记住，你逃不脱真理的审判！（回身走去）

夏　俊　（惊愣一秒钟）等一等！（迅速挡住她，笑容可掬地逼近）你这话是什么意思？能不能解释解释？

范　辛　（看透了，猛扭过身来）这话已经够清楚的了，还用解释吗？！别再把我当傻瓜了。我知道，党中央就要派一个落实政策调查组来我们市！

夏　俊　（大惊）这是谁告诉你的？

范　辛　（紧接）公安局一位好心的同志！

夏　俊　是谁？

范　辛　你管不着！

夏　俊　你打算干什么？！

范　辛　我要请这位同志代我申诉，揭穿这幕悲惨的滑稽戏！

夏　俊　（慢慢坐下，一下又跳起来）……你办不到！

范　辛　（轻松地）咱们走着瞧。

夏　俊　常书记不开口，你的问题永远解决不了！

范　辛　唏，试试看。

夏　俊　嗬？嗬嗬？我看你是……给自己找麻烦！

范　辛　夏俊，时代变了，我也不是一年以前那个软面做的娃娃了……

夏　俊　（眨巴眼皮，打量她）哦？……

范　辛　……夏俊，听说你又升官了，从常书记的秘书升到市委办公室主任了！……

夏　俊　（做出傻乎乎的样子）是啊，咹？……

范　辛　你真棒！你多好！哈哈！用妻子的眼泪证明了自己的忠诚，你踏着我的身体上去了。

夏　俊　（吼）你胡说什么？！这是工作需要！

范　辛　（冷笑一声）才不呢！我了解你和常书记之间的关系，这是主子给奴才的酬劳！

夏　俊　（掏出笔和小本子）好，你说，你再说！

范　辛　回答我：是谁负责我的专案？

夏　俊　哼，这可以明确答复你：从一开始，就是常书记直接过问你的事，具体工作嘛，由我做！

范　辛　真逗！谁见过丈夫当妻子的专案人员来？

夏　俊　（一边记一边说）这没什么可笑。第一，我们不是夫妻；第二，在政治斗争需要的时候，儿子还可以枪毙他爸爸！

范　辛　（对观众）听，他为世界创造了多美好的语言！那你说，为什么不把我的案子交给公安局处理？

夏　俊　因为你的事牵扯到领导，需要保密！

范　辛　瞧，他为人类发明了多奇妙的法律！最后一个问题：打倒“四人帮”已经一年多了，为什么迟迟不处理我的问题？

夏　俊　（理直气壮地）这得怪你自己，因为你坚持要求公开平反！

范　辛　我受了冤，不该要求平反？

夏　俊　你平什么反？我们明确扣你反革命帽子了？我们判你刑了？我们开万人大会批判你了？（得意地）幸好我们还没给你做最后结论，你有什么反好平？

范　辛　那你们秘密关押了我近两年！

夏　俊　这是政治斗争的需要！

范　辛　多正当的理由！这么说，你们不打算解决我的问题了？

夏　俊　你必须放弃平反的要求。你要明白；平反，意味着常书记错了，这怎么行？！（一副坚持真理的架势）听着，常书记是一贯正确的！其次，你必须诚恳接受教训……

范　辛　（大吃一惊）什么？还要我接受教训？！

夏　俊　对，（食指向前一戳）要你！不然，问题就挂下去！

范　辛　妙极了！真逗！夏俊，在听了你这些话之后我很想为你唱一段什么，可惜没有时间了；我很想再对你说点什么，可是没有必要了。天要亮了，我该投案去了。再见，我这就回看守所去！（欲走）

夏　俊　站住！你不能再回看守所去！你以为，在你暴露了和公安局某些人有勾结的情况之后，我们还会让你回看守所去？那不是太天真了吗？对不起，必须对你采取新的隔离措施！我这就打电话给常书记，由他作出决定！（向电话机走去）

范　辛　（对观众）这戏还不热闹吗？

〔夏俊欲拿电话听筒，电话铃突然响起来，他吃了一惊，略顿，拿起听筒。

夏　俊　（怒问）你是谁？哪里？什么？常书记？！（立时换了一副面孔）这么晚了您还没睡？什么？您说什么？！（脸色突变）范辛逃跑了？逃回家了？什

么？公安局的人一直跟在后面？是，她就在这里，我正在训斥她！（急说）常书记，范辛态度恶劣，思想顽固，并且和公安人员勾结企图翻案！……您说什么？中央调查组明早就到？！什么？噢，噢噢！（眉笑颜开）这样？是是……好，我负责……好好，好好！常书记，您站得高看得远；这对我是个深刻教育，什么？您还要？……（突然双眉一皱哭出声来）呜呜，噫噫，我太感动了！好。（甜丝丝地）您快休息吧，您要保重身体啊！（放下话筒，先是眉毛笑，再是眼睛鼻子笑，接着整个脸和身子都充满了笑。随后两手一拍，两腿一弹，唱起来）啦，啦啦，啦啦啦啦！（围着范辛唱和跳）

〔范辛目瞪口呆，随着夏俊的弹跳上下打量他。

夏　俊　（唱完最后一个音）啦！阿辛，你回来了，你终于回来了，我天天都在盼望这一天啊！（拉她坐下）你给我坐下，好好坐下，让我好好看你一眼。你渴了吧？饿了吧？偏巧我这里准备着一小暖瓶牛奶咖啡。还有蛋糕！（变戏法般变出一个小暖瓶和一个饼干盒）您吃啊，吃啊！

范　辛　（对观众）简直莫名其妙！（扭过身子，不理他）

夏　俊　您不想吃？那……有了！饼干盒里还有瓜子呢，您最喜欢的。给，给。（抓出两把，硬塞到她手上和口袋里）您嗑瓜子吧，咱们好好谈谈。呀，太好了！这房间的主人回来了，贵客临门啦！

范　辛　你要什么把戏？你又要我上什么圈套？我不是这房间的什么主人，我也不是你的什么贵客；我是你的犯人！（举起手铐）

夏　俊　啊呀，还让您戴着手铐？这像什么话？阿呀呀……哟！我想起来了，以前，我问看守所要过一把你戴的手铐的钥匙，我放哪儿去了？（摸口袋，最后在电话机下找到）在这里呢！我马上给您打开！（冲过去，取下她戴的手铐，扔到一旁）您解放了！

范　辛　什么？我解放了？！

夏　俊　是啊，常书记把您的问题一笔勾销了，他亲自把您解放了。我的阿辛时来运转了！

范　辛　（摇摇晃晃地走向观众）真叫人眼花缭乱。他把我的神经全搞乱了！（摇脑袋）不，我得清醒点儿，看看他搞什么鬼把戏！

夏　俊　（拉她回来）您坐下，坐下，听我说！阿辛，我们为了您，曾经受了很大的压力。这一年多来，我们一直在为落实您的问题而奋斗，现在终于解决了！您可能会问：当初为什么把我关起来呀？

范　辛　对！

夏　俊　那是不得已，那也是对您的保护，不然，别人就会批您斗您拿您去游街，甚至揍死您——“四人帮”就喜欢搞这一套呀！所以，我们对您采取了措施——保护性拘留……

范　辛　又保护又拘留？

夏　俊　对，这是客观事实。阿辛，过去的过去了，您要通情达理！刚才，常书记说，中央调查组要来了，我们市也要树一个反“四人帮”的英雄，这是政治需要！从现在起，你就是我们市的一号人物！英雄！

范　辛　（紧张地思考着）等一等！我？反“四人帮”的英雄，简直活见鬼！我什么时候反过“四人帮”呢？我只不过……

夏　俊　就是这个“只不过”就很不简单！您是英雄，我是第一个旁证！

范　辛　住口！我不是英雄，我不接受！我是个老老实实的普通群众，我不爱这一套！现在，我要求的是弄清问题，弄清楚究竟是谁错了。是你和常书记？还是我？！

夏　俊　你问谁错了？谁错了呢？我们谁也没有错！你顶了“四人帮”，我们也顶了“四人帮”！

范　辛　你们也顶了？！

夏　俊　是啊，我们没有处理你，我们没有给你扣很大的帽子，就是留有余地；留有余地就是我们顶“四人帮”的方式！

范　辛　我的天！原来这样！

夏　俊　阿辛，幸福在向您招手，别拒绝它！说到我，我欢迎您回来，天亮了我们就去办复婚手续！

范　辛　（厌恶之极）天老爷！告诉你，镜子已经粉碎了，不能复原了！和你认识，真是一场恶梦啊！……

夏　俊　不要这么说，我们阿辛是通情达理的……

范　辛　（感情万分激荡地）不要说了，什么也不要说了，现在一切都明白了！……我不要你们认错了，也不要你们平反了，我只求你们别再纠缠我！（含着欢欣的泪）幸福确实来临了，那是亿万人民的幸福！我觉得“四个现代化”在向我招手，我要投进时代的洪流，去劳动，去流汗，去踏踏实实地干！我要离开这里，永远离开你们，我要去做一个对得起这伟大时代的人！……（跑到皮箱旁，推下电话，拿起皮箱）这是我的皮箱，里面还有我几件衣服，我得带走。别了！（又回头）你这种人生命力和适应性都很强，你会活下去的。我只希望你老老实实地研究一下自己的嘴脸，祝你幸福！（快步跑下）

夏　俊　阿辛，你不能走！常书记要生气的，你不能走！阿辛——！（追下）

〔晴。圆舞曲。

〔灯光渐明。范辛低首站着。略顿，她抬起了头。

范　辛　……刚才演完了故事的第二段……你们喜欢吗？也许有人很反感。也许，有的观众自以为已经猜出了整个故事，想离开剧场了。我劝你们看下去。你们知道我是为什么被捕的吗？你们知道我是怎样离婚的吗？我敢说，这是整个故事当中最精彩的情节！我的被捕和离婚都发生在苦难的一九七六年。对那一段“四人帮”制造的灾难历史，大家都很熟悉。现在回到故事的开头去。

〔暗。同一旋律的圆舞曲。

〔灯光复明。

〔地点同上。放单人床的地方改放两张轻便沙发。

〔范辛着一身淡色的朴素雅致的衣服上。她捧着一束杂色野花，提着一个自己钩的漂亮网袋。

〔她的心情很好，一边哼着什么曲子一边把花插到花瓶上，又蹦蹦跳跳地东整整西理理，好像一只喜鹊回到了自己精心经营的小窝。随后，她坐到沙发上，弹了两弹——试试弹力，显然沙发是新买来的，她很满意。接着她脱下两只皮鞋，翻过来察看后跟磨损的情形。尾后，她拿起网袋，一手提着一手让它打旋旋。末了，她从网袋里拿出一件婴儿衣服，让自己看着它心跳。

范　辛　哒啦啦，噫啦啦，啦啦噫……啊呀呀，小东西，小家伙，小淘气，小捣蛋，你快出世了，你快和妈妈见面了！你是个什么样的人物呢？脾气古怪不古怪？吃不吃手指头？啊呀呀，你是个男的还是女的？为什么不给妈妈一个答复呢？我好给你做准备呀！（傻笑一声）不过我可不怕，我有办法对付你——如果是女的，我就让你穿这面——红底带小花的；如果是男的（把衣里翻出来），我就让你穿里面——白底带图案的！哈哈，妈妈可有办法呢！可是，究竟是男是女呢？啊，我两样都欢迎。要是男的，我希望你像你爸爸一样老实厚道，说起话来嘴上好像擦的蜜糖，要是女的，可别像你妈妈——一个快活的糊涂蛋——就爱唱歌、嗑瓜子！（嗑几粒瓜子）让我想象一下，你会是个什么模样呢？双眼皮？……（将头靠在沙发上，微笑……）

〔夏俊背一挎包拖着步子上。看上去他好像受了什么打击，情绪很低沉。

夏　俊　（有气无力地）阿辛……

范　辛　（扑上来，欢快地）哟，我们未来的爸爸回来了！你累了吧？（给他取下挎包和帽子，拉他坐下）快歇口气吧！我给你泡茶！（一面忙着一面说话）阿俊，你说，我们的孩子是男还是女？你喜欢儿子还是女儿？……喏，喝口热茶吧……咦？你今天脸色怎么这样难看？阿俊，你怎么啦？出什么事了？！……

夏　俊　（木然地看着她，突然拉过她的两只手，将脸埋在上面）……

范　辛　(一惊)阿俊，到底发生什么事了？快告诉我呀……

夏　俊　……生活……主观愿望……理想……阿辛，你说狼长了利牙是干什么用的？狐狸的笑容有什么用途？……这都是……生存和竞争……的需要……

范　辛　(摸他脑门)哎呀，你发烧了！你病了，我们马上到医院去！

夏　俊　(推开她，端坐)不，我没有病！(大声)我健康得很，我比什么时候都清醒！

范　辛　阿俊，你怎么啦？我看得出，近来你心里烦，我一直不敢问你……到底为什么呢？工作上不顺心吗？

〔略顿。

夏　俊　(看她一眼，十分柔和地)不，没什么，别为我担心。阿辛，你呢？心脏还是不舒服？

范　辛　你放心，我觉着好多了。医生说，只要注意一点儿，会好起来的……

夏　俊　(脸色突然阴冷，心绪骚乱地踱了几小步，语调更甜了)阿辛，你这个天真的小糊涂蛋，你没注意到你身边发生了什么事吗？……

范　辛　我？(欣赏着一对婴儿鞋)现在我什么也注意不了，我只想着……(笑)我的天，做梦都在想……

夏　俊　(取下她手上的婴儿鞋，十分严肃地)阿辛，你知道最近一个半月我在忙什么吗？

范　辛　你？(跳开)还不是给常书记跑腿。

夏　俊　别嘻嘻哈哈！我对你说的是一件性命攸关的大事！

范　辛　(笑着)我才不管你的什么“大事”呢！(拿剪刀裁尿布)哒啦啦，噫啦啦，啦啦噫——！(跳舞，旋了个圈儿)

夏　俊　(狂暴地)你给我住口！

范　辛　(大吃一惊)……阿俊，别发火……(坐下)我听，你说什么来？你问我，最近你在忙什么？我怎么能知道呢？对，你最近在忙什么呢？说给我听好吗？

夏　俊　（平静下来，柔和地）阿辛，别怪我发火。最近，我不干秘书工作了，常书记派我去领导一个特别三人小组……

范　辛　特别三人小组？（伸懒腰，打呵欠）为什么“小组”总要三个人呢？

夏　俊　这次是因为需要严格保密！（见范辛又伸手去拿剪刀，他夺下来扔在一边）你听着！我们这个特别三人小组正在领导一场重大政治斗争……

范　辛　重大政治斗争？！（有些恐惧地）又要斗，斗争？这一次斗，斗什么呢？

夏　俊　追查反革命政治谣言！

范　辛　反革命政治谣言？！（又打呵欠）哪来那么多政治谣言呢？

夏　俊　你敢说没有？告诉你，追查结果证明，在我们市，政治谣言传播得很广泛，很深入！几乎家喻户晓！

范　辛　怪不得我们银行的主任两次找我谈话……

夏　俊　（紧张地）什么？他找你谈话？

范　辛　每个人他都找。他问我：“你听到哪些谣言？你又对谁说过？”

夏　俊　（更紧张）你怎么回答的？

范　辛　我说：“我没听到什么谣言，我也没时间去传！”

夏　俊　（放心了）噢。……

范　辛　（又开始活动起来）那，阿俊，你们追查清楚了吗？（穿针）

夏　俊　（咬牙切齿地）查清楚了！经过层层调查，梳辫子，反复核对，我们总算抓住了一条主线！

范　辛　（停手）噢？

夏　俊　（甜丝丝地笑着）真有趣，原来这些谣言都是从一个人的嘴里传出去的！这个人，先是对三五个人说了，以后这三五个又对另外三五个说了，越传越快越广泛！（胜利地）现在，我们已经把这个谣言制造者逮捕了！

范　辛　（好奇地）哎？这个人都制造了些什么样的政治谣言呢？（手还在盲目地穿针）

夏　俊　这家伙造谣说，“江青野心很大，她想叫张春桥当总理”；还说，“江青在中央有一帮人，现在中央斗争很激烈”……

范 辛 （觉得这些话没什么稀奇，有些失望地）噢——！（动手缝一条小裤子）

夏 俊 什么“噢——！”这是反革命言论，（激愤地）造谣、诽谤、攻击！懂不懂？

范 辛 （吓了一跳，针戳了手）哟！（吮手指）懂！（吮手指）懂懂！

夏 俊 面对这种反革命挑衅，常书记指示要抓一个首恶分子，狠狠治治！

〔范辛趁他不注意，拿起针线活，想悄悄溜走。

夏 俊 所以你要……（发现她快溜进内室了）站住！回来。

〔范辛做鬼脸。

夏 俊 我每次对你进行政治教育，你都想方设法打岔儿，所以你……你给我规规矩矩地坐着！

〔范辛故意做小学生端坐状。

夏 俊 我问你什么，你要如实回答！党的政策历来是……

范 辛 （憋不住笑）嘻嘻！

夏 俊 （恶狠狠地）党的政策历来是……

范 辛 哈哈！

夏 俊 （双手抱肩，冷笑）哼，你是不见棺材不落泪！随你的便吧！

范 辛 嘻嘻嘻，哈哈哈！别生我的气。（严肃、深思地）阿俊，你们就凭那么两句话就把人逮捕了？真逗！你能不能告诉我，被你们逮捕的那个倒霉蛋——也就是那个造谣者——是什么人呢？

夏 俊 （慢吞吞地一鞠躬）我荣幸地通知阁下，这个罪该万死的谣言制造者，就是你的朋友，棉纺厂的小余！

范 辛 （震惊）什么？！是小余？！就凭那么两句话？！

夏 俊 （轻松而诚恳地）我劝你不要为她辩解。（跷起二郎腿，看报）

范 辛 （焦急地跑上来）阿俊，好阿俊，你出力救救她吧。小余很可怜，她的丈夫刚病死，身边还拖着这么大（比画）和这么大的两个孩子。孩子怎么办呢？救救她吧！

夏　俊　（十分柔和甜蜜地）你叫我去救现行反革命？瞧你多可爱……

范　辛　（激愤地）她算个什么反革命？！小余人很老实，工作积极，生产上经常受表扬……

夏　俊　（吼）那是她的伪装！

范　辛　（一愣，失望地咬住嘴唇）……

夏　俊　怎么不说话了？事情还没完呢，现在轮到你了。（抓住她的两臂，十分真情恳切地）阿辛，回答我：小余散布的那些谣言，你说过吗？

范　辛　（脱口而出）好像没说过。

夏　俊　（使劲摇晃她）什么好像？你回答：我没说过！

范　辛　（慌乱地）是，我没说过！

夏　俊　这就对了，记住，任何情况下你都要这样说！……

范　辛　真是活见鬼！

夏　俊　见鬼的事还在后头呢！那个小余，在被捕后吓坏了，她写了一份详细的交代，交给了我派去专门看管她的人——这份材料就在我口袋里！到目前为止，只有常书记和我看过这份材料——今后决不会叫任何人知道这件事！这个小余，为了摆脱谣言制造者这个罪名——制造谣言和传播谣言大不相同！——她使一个金蝉脱壳计，又咬出一个人——就是她所谓“向她传播谣言”的人——你想知道她咬出谁来了吗？！

范　辛　（紧张地）谁？

夏　俊　就是你！

范　辛　（惊呆了）我？！

夏　俊　幸好这件事和你没什么关系——我们也不相信和你有什么关系；因为你脚下没有生长谣言的土壤！这个小余，企图诬赖好人，真是罪上加罪，她将受到加倍惩罚！

范　辛　什么？她将受到加倍惩罚？！……让我好好想一想！……（捧着头快步走）

夏　俊　你什么也不用想！

范　辛　让我好好回忆一下……（突然站住，张大嘴）啊！……我想起来了……一个星期天……下午……我去看小余……在她宿舍……对，我的天！那些话是我告诉她的呀！（几乎瘫软了）

夏　俊　（急了）你胡说些什么呀！不可能，不会！（追过去）你……

范　辛　（躲开他，快步走着说）不错！不错！我完全想清楚了！是我对她说的！

夏　俊　（追着她）你胡说，你胡说！

范　辛　（斩钉截铁地）是我，是我！（回过身来，迎着他）我不是个无耻小人！我是个革命干部，我是个中国人，我不能说谎，我不能嫁祸于人！

夏　俊　阿辛！

范　辛　（平静地）阿俊，不要再说什么了，我应该承担责任；你们应该立刻释放小余，她的两个孩子在盼妈妈回去呢……

夏　俊　你真是个糊涂蛋！孩子，孩子！你想到她的孩子，你想到我们快要出世的孩子没有？你想到我没有？你是存心毁灭这个家庭！（急得团团转）我早就预感到你会这么回答！愚蠢透顶！你懂不懂，这样一来，你就成了谣言制造者！

范　辛　（想了一时，猛地抬起头来，两眼发亮，好像一个快被淹死的人抓住了一根竹竿）……不，我也不是谣言制造者，我们可以一直追下去！……

夏　俊　不，你不能承认，也不能追下去！

范　辛　不，我既承认又要追下去！

夏　俊　（凶恶地、紧张地）那你说，这些谣言是谁告诉你的？

范　辛　（欢喜地拍下手，两脚一跳，指着对方）就是你呀！

夏　俊　我？！（双肩高耸，做斗鸡眼状）不，（打嗝）呃！不！（打嗝）呃！不！（镇静下来）这绝对不可能！

范　辛　（快活得很）怎么不可能？喏，那天晚上，就在这里，你坐在这边，我坐在这边，说着说着你就给我上开政治课了。你说，常书记告诉你，外省谣言很多，谣传什么什么啦，又是什么什么啦——就是我告诉小余的那些话……

夏　俊　你等一等！我干脆了当地答复你，我没说过这些话！

范　辛　你是说：这些都是谣言，常书记叫你注意调查一下，在我们市是否也有流传。

夏　俊　对，我说这些都是谣言，对，我说常书记叫我注意这种谣言，我是举几个谣言的例子，我没有错！

范　辛　（兴奋之极）这么说，你承认你举过这样的例子了？

夏　俊　不！我不承认我举过这种例子，我也不承认常书记对我举过这样的例子！

范　辛　咦？怎么又赖账了？阿俊，你想想，你承认你当时不过是举几个谣言的例子来教育我，对你又有什么关系呢？

夏　俊　那么，谁承担这场大风波的罪责？

范　辛　我！是我把你举的谣言的例子传出去的。当时我听了这几个例子，觉得很有道理，觉得这不仅不是谣言，而且是真理！所以我说给小余听！

夏　俊　你反动透顶！我不承认我举过这样的例子！

范　辛　哎呀，你承认这一点有什么关系呢？这也是事实嘛！

夏　俊　你好糊涂啊！你想想看，你咬了我，我就得被迫咬常书记，他会对我产生什么看法呢？这不是忘恩负义吗？再说，这件事一传出去，怎么收场？

范　辛　哎呀！你们都不过是举例子嘛！

夏　俊　到时候，谁会认为你是举例子？你简直是个白痴！你知道吗？现在徐副书记处处注意常书记，也有人天天想抓我辫子，这样一来不是给别人提供炮弹吗？别人可以说这是传播谣言的一种巧妙手法——最近我就判过这样的案！这样一来，还得了吗？再说，中央某些人，一直对常书记很有好感，一旦引起误会，不是害了常书记吗？我呢，也得跟着垫底！

范　辛　那，大家和平解决，我作个检讨，你们把小余放了！

夏　俊　你又胡扯什么？放小余？放小余意味着我们搞错了；意味着常书记的决定是错误的！这办不到！常书记从来是正确的，他不能有错！再说，常书记要拿小余当典型——当前政治斗争正需要这样的典型，我们能放她吗？好了，你不必再说了！你，——什么也没对小余说过！

范　辛　（瞪大眼，发高烧般地）……欺骗……害人……我能这样做吗？不！决不！我要向全市人民公布这件事的真相！我豁出来了，不管多大的灾难降临到我头上，我也要说真话！

夏　俊　我知道你这个没心肝的糊涂虫会这样干！是的，我早就料到了；常书记也分析到了这个可能性！可我绝不让你说，也不让大家相信！（忍耐地、老实地，可怜巴巴地）唉，阿辛……我求你了，不要任性……要考虑后果……（苦苦哀求）范辛，你很快要生产了，如果你出事了，孩子怎么办？

范　辛　（含泪）……阿俊，别逼我，我不能害人，如果那样，我不如死了好，不行啊，阿俊！

夏　俊　你再想想吧，如果你承认了，你就得代替小余承担这场风浪的责任啊；起码，也要把你关起来弄清问题。现在，阶级斗争的狂风刮起来了，已经不可挽回！你再想想吧，如果你承担了，就一定会牵涉到我，你栽了，我倒霉了，谁替我们养育孩子？！

范　辛　好，你放心！我绝不牵扯你，我可以说，我是在汽车站等汽车的时候，听旁边两个年轻人说的！没办法，这个谎话——这个不害人的谎话我可以说！

夏　俊　不，这也不行！谁不知道我们两个人的关系呢？别人还是可以把我们联系起来呀！

范　辛　阿俊，你别急，让我想想办法，……（急，想，打转转）有了！你可以和我划清界线呀，你可以做个样子和我离婚呀！

夏　俊　你说装个样子和你离婚？！

范　辛　是呀，这样，你不仅可以不受牵连，还可以证明自己的立场是坚定的！这办法多好！

夏　俊　唉，我怎么能这样做呢？……

范　辛　你一定要这样做！

夏　俊　那，你决心替小余承担责任了？

范　辛　（无比坚定地）嗯！应该这样！

夏　俊　那……你……再考虑一下！

范　辛　这是当前我可以选择的唯一一条路！

夏　俊　（对观众）我早就预料到她要选择这条路！（转身）好吧，阿辛，既然你不听劝告，选择了一条使自己受苦的路，我也只好听天由命了。（掏出一张纸来）这是我起草好的报告，请你在上面签字吧！

范　辛　报告？你起草了什么报告？（快步走过来看）什么？“离婚报告”！（对观众）原来他早就准备好了！天哪——多妙！多逗！（对着夏俊狂笑起来）哈，哈，哈，哈，哈，嘻！嘻，嘻，嘻，哈！

〔夏俊觍着脸，掏出钢笔等待着。

范　辛　（止住笑，一边轻松地唱着歌，一边收拾东西。先把婴儿用品放进网袋，又把自己的换洗衣服塞进去）啦，啦，啦……啦啦！（最后，拿起一把牙刷！就这样，一手拿着把牙刷，一手提着网袋，说了最后一句话）我自己投案去！

〔暗。欢乐的圆舞曲。

〔少顷，范辛一手拿着把牙刷，一手拿着网袋站在一束红光下。

范　辛　我就这样进了看守所，我的故事也就演完了。（充满激情地）过去的事情已经过去了，美好的未来在向我们招手！人们，你们要爱惜今天的幸福，你们也要警惕身边的政治小人。前进！祝你们健康！

〔暗。

——剧终

| 作品点评 |

这是一出多场多景的独幕剧，时间跨度也很大，从一九七六年写到一九七八年，但它不受“三一律”的羁绊，突破了“在一天、一地完成一个事件”这一欧洲古典主义戏剧的法则，写得挥洒自如、无拘无束，给剧中人物及戏剧动作提供了多种不同的时间与空间。剧本人物多用独白、旁白等戏剧手段，有时索性推开“第四堵墙”，让剧中人物与台下观众直接交流，大大有助于戏剧矛盾的发展、人物内心的刻画以及作者和导演思想倾向的表现。此剧的叙述方式及顺序尤具特色，不像一般的剧本按照时间的自然进程从过去说到现在，而是全部倒叙，从现在（结尾）演起，向上回溯。转折之处，以主要人物的独白作为过渡。这种叙述方式及顺序，是依据主人公思想情感发展的内在逻辑，并非随意颠倒，故弄玄虚，所以观众非但完全可以看得明白，而且悬念很强，极有兴趣。

——沙叶新：《立异标新二月花——看悲喜剧〈我为什么死了〉》，原载《文汇报》1979年12月6日，转引自《谢民剧作集》，漓江出版社，2008，第181—182页

谢民同志将自己的短剧《我为什么死了》叫做喜剧中的悲剧，有的同志则认为，似乎称为悲剧中的喜剧更确切一些。但不管怎么说，有一点是可以肯定的，悲剧因素与喜剧因素在这一短剧中互相渗透、互相融合、互相转化，构成了具有独特美学意义的新的质的变化，成功地塑造了丰姿多彩的人物性格，在极其有限的篇幅里，广阔而深入地反映了现实世界的复杂矛盾。

范辛，是全剧着力刻画的栩栩如生的悲喜剧人物。有人认为，范辛的悲剧性主要表现在春天来临的时候她却倒下了。我倒认为，问题的关键不在此，死，固然包含着某些悲剧因素，但不一定所有的死都是悲剧性的。古代奴隶哲学家伊索，宁为自由而死，不做奴隶而生，坚定地选择了对自由人的惩罚，沉着地走向深渊，为争自由而倒下去。他是为崇高目的而牺牲的英雄，因而巴西著名剧作家吉·菲格莱德把《伊索》称为英雄喜剧，而不称作悲剧。范辛对人的轻信和对政治斗争近乎无知的理解，才是真正造成她的悲剧的内在因素。

——林克欢：《〈我为什么死了〉的悲喜剧性》，原载《剧本》1980年第2期，转引自《谢民剧作集》，漓江出版社，2008，第168—169页

编剧谢民曾是广西艺术学院讲授西方戏剧史的教师（后调入广西大学），对西方戏剧表现手法较为熟悉，因而运用了几种在当时绝对不失为新颖的创作手法：一是通过“死者（范辛）”而不是“活人（夏俊）”的视角来叙述故事；二是采用“逆时针”而不是“顺时针”方式来叙述；三是用“喜剧”手法来叙述“悲剧”。如果就创作手法而言，《我为什么死了》的“实验”特色是鲜明的，不过，这部作品的人文关怀特色也极为突出。剧作的现实批判意义，是通过“常书记”和“夏俊”两人的“政治投机”表现出来：首先，在“文革”时期，常书记制造了冤案；在“文革”结束之后，他仍然位居高位；他不但拒绝承认自己先前犯下的罪行，而且暗中阻挠给受害者“平反”。其次，在“文革”时期，为了自己的政治前途，夏俊不惜以“妻离子别”的方式换取政治前途；在“文革”结束之后，同样是为了自己的政治前途，厚颜无耻地哀求先前离异的妻子能够“破镜重圆”。结合“文革”结束后的社会历史背景，我们不得不说，该剧对当时社会现象的揭示具有极强的针对性。

——罗长青：《20世纪80年代“实验剧”的人文关怀》，《文艺争鸣》2013年第7期

《死了》发表时注明为“喜剧中的悲剧”，很明显，这里的中心词是“悲剧”。从剧情看，的确是一出典型的社会悲剧。只不过其中的矛盾冲突、人物形象、情节安排、细节描写，都贯注和融入了喜剧的因素。剧中的女主角范辛的悲剧，就在于她生活在是非混淆、人妖颠倒的动乱年月，理应处处设防，事事谨慎。可她对人（包括对上级和自己的丈夫）却是那样地轻信，对周围的一切是那样地纯真，那样地赤诚热情。自己的丈夫夏俊，就是躺在身边的一条毒蛇，一条变色龙，一只有奶便是娘的巴儿狗，她竟然识别不了，看不出来，最后在春天到来的时候丧生于自己亲爱者之手，仍始终执迷不悟，茫然昏昏。这对“文化大革命”是一场浩劫、一场灾难的揭露，深刻极了。范辛死而复生，作为鬼魂出现在舞台上，慢慢觉醒，最后终于识破了丈夫夏俊的狰狞面目。当然，这也算斗争的胜利，喜剧的结局，显示了人民群众对“四人帮”的仇恨与顽强的斗争精神。范辛作为悲剧的主人公，作者却运用

轻松欢快的手法赋予她喜剧的性格，使剧情悲喜交融，显得格外凝重深沉。

——胡树琨:《论谢民对悲喜剧的艺术探索》,《学术论坛》1986年第1期

I 创作评论 I

悲喜剧——作为一种独立的戏剧样式，在中外戏剧史上还是罕见的。中年剧作家谢民敢于标新立异，一开始就给自己的作品标明为悲喜剧，而且连续几年来一直在这块艺术的处女地上辛勤耕耘，执着地追求，先后发表了三部不同寻常的悲喜剧作品《我为什么死了》、《微笑的梦》和《一个火葬女工的情史》。其中《我为什么死了》于1982年被罗马尼亚编入《二十世纪中国戏剧选》，后由罗马尼亚雅西市瓦·亚历山德国家剧院演出，受到观众热烈欢迎。

从创作的总体构思上，我们可以清楚地看到，谢民匠心独运地在追求一种奇异而深邃的戏剧效果：作为悲剧，作者却蓄意不让人们因为哭泣不止，泪流满面，以致模糊了透过戏剧舞台观察社会现实的视线，忘记了广泛的联想和冷静的思考；作为喜剧，作者又坚持从丰富多彩的社会生活出发，着力挖掘人物思想性格的真与假、善与恶、美与丑的矛盾纠葛，大胆采用旨在刻画人物、揭示主题的荒诞离奇的情节和幽默风趣的描写，绝不去追求浮浅、平庸、闹剧式的滑稽逗乐。显而易见，作者让人们在不太紧张的节奏里，在含泪的微笑中，凝神沉思，将剧本情境升华为一个深邃隽永的艺术境界。

——张炯：《谢民对悲喜剧创作的贡献》，原载张炯主编《新中国话剧文学概观》，中国戏剧出版社1990年出版，转引自《谢民剧作集》，漓江出版社，2008，第164—165页

谢民创作悲喜剧是经过一番从理论到实践的探索过程的。他阅读了中外古今大量的戏剧作品，总结了这样的认识：从现有被称为“悲喜剧”的作品来看，它们的本质和主要倾向属于悲剧。其所以取得了悲喜剧的效果，是因为作家采用了喜剧的手法，刻画悲剧人物，揭示悲剧的主题。谢民从前人的创作中吸取了有益的养分。

他认为，要写好悲喜剧，首先要对悲剧艺术的特征、性质、功能，有一个全面正确的认识。

在旧时代，由于腐朽的社会制度，贫富不均，阶级的对立，存在着造成悲剧的社会基础。那么，社会主义社会是否还存在酿成悲剧的社会因素呢？谢民尖锐而深沉地指出：不管是什么时代，任何一种社会制度，由于种种复杂的原因（包括社会的和个人的），悲剧因素确确实实存在着，这是不以人们的意志为转移的。即便是在人民当家作主的社会主义国家，也仍然有阳光照不到的角落。现实生活中，已经出现，或正在出现悲剧人物、悲剧事件，甚至某些先进人物也会遭致不幸，特别是那些顽强保持着自己个性的知识分子，很容易成为悲剧人物。但是，也应该看到，在我们社会主义国家，发生悲剧是局部的、暂时的，可以通过人们的努力予以克服纠正。这种克服和纠正就属于喜剧的结局。所以，谢民认为，在我们这个时代，悲剧因素与喜剧因素都是存在的，而且往往是相辅相成，辩证地统一在一起，融合在一起。悲中有喜，喜中含悲，悲喜交融，在人们正常的视野中并不是罕见的现象。极度的悲伤，哭干了眼泪，反而容易使人沉静下来思考问题，苦难艰辛到了极限，也许就预示着鸿福将至，吉星在望；乐极生悲，过度沉缅于胜利，恣肆欢乐，得意忘形，终将走向反面。所以，谢民认为，大悲与大喜不是截然分开的。绝对的悲剧，对于中华民族传统的欣赏习惯来说，不是最好的悲剧；绝对的喜剧，纵欢狂乐，戏闹逗趣，换取廉价的笑料，必失之庸俗浅薄，不足称道。为此，谢民在学习借鉴前人创作经验的基础上，努力探索，锐意求新，尝试以一种新的戏剧形式——悲喜剧来深刻反映社会主义现实生活。这种新的戏剧形式，就其主要倾向来说，依然属于悲剧，但它不受正统悲剧的框囿约束；从表现手法上看，喜剧的色彩极其浓烈，但又不是一般充满情趣、轻松欢愉的喜剧。

——胡树琨：《论谢民对悲喜剧的艺术探索》，《学术论坛》1986年第1期

从话剧探索到探索话剧，说到底，就是从传统话剧走向现代话剧。因此，在概述西方现代主义对话剧探索辐射和渗透的同时，应当着重分析一下1979年至1980年间“开一代创新之风”的两个剧：《我为什么死了》和《屋外有热流》。这两出戏

对于整个话剧探索和探索话剧来说，具有“第一个吃螃蟹”的意义。

其一，两出戏不约而同地写了鬼魂。建国以来，话剧一直奉行的是“不语怪力乱神”。《我为什么死了》写屈死的冤鬼对凶手夏俊之流的血泪控诉；《屋外有热流》写高尚的灵魂对陷入市侩泥潭的弟妹的拯救。这两个鬼魂的出现，是对话剧创作领域“禁区”的大胆突破。然而，与西方现代主义戏剧相比，两出戏的鬼魂有一个共同倾向，给人以“太实”的感觉。也许是中西世界观的差异使由之。西方荒诞派戏剧认为世界是荒谬的，人活着也是荒谬的。中国戏剧一般具有乐观主义精神，认为世界是美好的，人生充满了希望。像赵长康和范辛都是理性的象征，他们在舞台上的形象，绝不是西式的荒诞，而是荒而不诞。这一特点在后来的探索话剧中反复出现，《一个死者对生者的访问》算是比较突出的力作。

其二，舞台假定性表现手段的大量采用。目前，国际戏剧界对舞台艺术形成了两种观念，一种是“唯恐不真”，制造生活幻觉，这在话剧史上有其悠久的历史渊源。另一种是“唯恐不假”，破除生活幻觉，此乃西方现代主义戏剧的主张，特别是布莱希特提倡的“间离效果”，主张不用布景，有意使观众知道这是舞台而不是生活。新时期话剧探索者们在继承前一种戏剧意识的同时，开始认同后一种戏剧意识，无疑是对传统戏剧观念撕开的第一个口子。《我为什么死了》这出戏置传统的“三一律”于不顾，时间跨越两年多：“四人帮”肆虐的最后时期和被粉碎的最初时期；地点变换三处（时间的长和地点的多在独幕剧中罕见）；戏剧情节倒置，采取倒叙的写法；大量使用独白、旁白和直接同观众交流的说白，人物跳进跳出，把说故事与戏剧表演糅合在一起，吸收了故事剧、街头剧简洁有力的表现手段，使空间、时间可自由延伸。其舞台布景也一扫写实剧布景的累赘，采用积木式，可拼可拆，在破除幻觉的假定性中通向艺术的真实性。《屋外有热流》的编剧本身采取的就是一种以人物心理活动流程和外在冲突相交融的自由结构方式，全剧围绕一个贯串始终的象征性寓意——冷与热——寒冷中的热流和温暖里的寒流，用声响效果加强两者之间的对比。用灯光处理、切割表演区的方法，使现在与过去、现实与梦幻、人与鬼魂、具象与抽象做到变化自如，衔接流畅。这两出戏对舞台假定性的多方面试用，为话剧探索的广泛展开做了铺垫。

综上所述，由于话剧中西同根同源的血缘关系，主要以西方现代主义作为外部影响的话剧探索，为探索话剧的脱颖而出增强了自信和勇气。话剧探索很快就能把现代主义的种种表现手段拿来，其能动灵活的可塑性与中国传统戏曲（比如京剧）高度完善的凝固性形成了鲜明对照。京剧固有的形式是难以突破的，它的改革只能以内容为轴心——对历史故事的改造和对现实生活的吸收。与此相对，话剧却能在忠实内容、在内容制约形式的前提下，不断构成内容和形式相互超前的运动，由此达到话剧艺术自身发展的动态平衡。

客观地说，话剧探索和探索话剧是交织在一起的。《我为什么死了》和《屋外有热流》两剧，既是话剧探索的起步，又是探索话剧的前驱。中国话剧久为“一个问题，两方人物，三一律，四堵墙”所束缚，突然“松绑”，就产生出前所未有的“反弹力”。话剧探索延续的时间从1979年至现在，横跨了新时期的各个阶段，目的是要创造出为现代中国老百姓所喜闻乐见的审美体验形式，它必然要呼唤探索话剧，也必然要催生探索话剧，同时也规范和制约着探索话剧。它对新时期中国话剧的发展起了不容忽视的推动作用，为中国话剧穿上了使旧有传统瞠目结舌的多彩外衣，它打开了中国话剧的眼界，在艺术表现上大大消弭了中国话剧与世界戏剧的距离。

——甄西:《新时期的话剧探索与探索话剧》,《文学评论》1991年第2期

进入八十年代以来，我国话剧舞台上涌现出一批新作，其中有谢民的独幕悲喜剧《我为什么死了》，马中骏、贾鸿源、瞿新华的“哲理短剧”《屋外有热流》，王炼的“交响式”话剧《祖国狂想曲》，贾鸿源、马中骏的“情绪展开式”话剧《路》，……王培公的新编历史话剧《周郎拜帅》，沈虹光的散文式话剧《五（2）班日志》，陶骏的“微型戏剧集锦”《魔方》，刘树纲的“现代音乐话剧”《一个死者对生者的访问》，孙惠柱、张马力的无场次话剧《挂在墙上的老B》，王培公的“青年话剧”《WM》(我们)，……马中骏、秦培春的《红房间、白房间、黑房间》，沙叶新的《寻找男子汉》，以及罗剑风根据张承志同名小说改编的话剧《黑骏马》等

等，这些带有“探索性”的剧作，为话剧艺术无限多样地表现生活现实提供了崭新的舞台语汇和结构形式，为我国话剧创作探求与开拓新的发展道路，作出了可喜的努力。

——刘普林:《话剧观念的突破与更新——评近年来我国话剧舞台上的一批新作》,《安徽师大学报》(哲学社会科学版)1987年第1期

1980年代

· 韦壮凡、符震海、郭玉景、王超《泥马泪》
· 白先勇、杨世彭《游园惊梦》
· 梅帅元《羽人梦》

泥马泪

韦壮凡　符震海　郭玉景　王超

人　物

赵　构（康王）　宋徽宗的第九子，钦宗之弟。南宋第一个皇帝

李　马　农夫

李　母　李马之母

秋　娘　李马之妻

小　莲　一个不满十岁的盲女，李马和秋娘之女

匡　政　怀才不遇之士

作者简介

韦壮凡（1939—），男，壮族，广西鹿寨县人，中共党员。曾任柳州市文化局局长，1984年加入中国剧协，1986年加入中国少数民族戏剧学会，同年任柳州市戏剧、曲艺协会主席，区文联委员，中国戏剧家协会广西分会副主席，1987年任柳州文联主席。韦壮凡以喜剧见长，多年的艺术创作实践形成了他独特的艺术风格。其作品笔调辛辣，语言风趣，生活气息浓厚。他有敏锐的洞察力，因而在创作中往往能以小见大，提炼升华主题。他的作品，不但具有较深刻的时代精神，而且寓意深刻，具有较深刻的现实意义，给人以新的启迪。

符震海（又仁，1948—），男，广东南海人，一级编剧。曾荣获全国劳动模范、广西先进工作者、全国文化系统先进工作者、广西文化系统先进工作者等荣誉称号。代表作有中国第一部大型民族音乐剧《白莲》、桂剧《泥马泪》(合作)、广西民族音画《八桂大歌》等。他参与创作的戏剧、舞蹈、音乐剧等作品，曾获得国家文华新剧目奖、国家文华大奖，广西文艺最高奖铜鼓奖，入选国家舞台艺术十大精品剧目。

作品信息

《泥马泪》(桂剧）原载《剧本》1987年第8期，收入《符又仁剧作集》，漓江出版社2008年5月出版。

赵怀山　宋朝世袭王爷

相州县　原为相州知府，后贬为相州县令

宋将、宋兵、百姓、官娥、太监

金将、金兵甲、金兵乙、众金兵

第一场　血染中原

〔天将破晓。

〔荒野。

〔乌云翻滚，狼烟弥漫，喊杀声、呼喊声四起。

〔在铿锵激越的锣鼓声中幕启。

〔幕后女声齐唱：胡尘弥天星月暗，

〔金兵追杀溃败的宋兵及逃难百姓，秋娘和小莲被金兵冲散，秋娘呼喊着“小莲，小莲……”被冲下。

〔女声齐唱：铁蹄踏破汴梁关。

〔小莲哭喊着“妈妈，妈妈……”上，被金兵冲倒，哭喊着奔下。金宋双方大战，宋兵一个个倒于血泊，金兵下。

〔女声齐唱：国破家亡民涂炭，碧血成河染山川。

〔在凄婉的音乐声中，一个满身血污的人挣扎着，他就是九殿下康王赵构。他奋力站起，茫然四顾。金兵呐喊，赵构仓皇择路。

〔几乎同时，一宋将从血泊中挣扎起来，跟跄走到赵构身后。

宋　将　康……

赵　构　（误以为是金兵，回身一剑刺中宋将）啊！（急去扶持）

宋　将　康王……从这条路朝……南走。（昏倒）

〔杀声四起，金将追上，扑向赵构，对打，宋将猛地跃起拖住金将。

宋　将　康王快走！

〔赵构趁机逃下。

金　将　（回身杀死宋将）封江锁船，抓住康王！（率金兵追下）

〔切光。

第二场　拳拳丹心

〔紧接前场。

〔一株苍劲的孤树下。

〔秋风瑟瑟，黄叶飘飘，飞沙阵阵。

李　母　（内唱）战乱中避兵灾媳孙不见——

〔踉跄跌倒。

李　马　（急上）母亲！（挽起李母）

李　母　秋娘和小莲……

李　马　你就先走吧！

秋　娘　（急上）母亲！（扑向李母哭泣）

李　母　你可回来啦！

秋　娘　（接唱）小莲儿被冲散我愧对慈颜！

〔李母、李马俱惊。

李　马　我去找她回来！（欲行）

秋　娘　（哭泣着）这战乱之中，你到哪里去找啊！

李　马　这……

〔金兵呐喊声传来。

李　马　啊，有人！（欲避）

〔赵构步履蹒跚地上，跌倒。

李　马　你是何人？

赵　构　我是大宋兵将。

李　马　噢！（扶起赵构）

李　母　（审视赵构）大宋兵将？你这身黄绫……

赵　构　老妈妈呀！（唱）出使金邦奉圣命，南归又陷虎狼群。求妈妈助我离险境，小王我没齿不忘救命恩。

李　母　你是康王殿下？

赵　构　正是小王。

李　母　（急跪）殿下恕罪！

〔李马、秋娘同跪。

赵　构　快快请起，快快请起。

李　母　京都遭陷，二圣蒙尘，群龙无首，黎民不安。殿下回朝，咱大宋就有望了！

赵　构　老妈妈呀，金兵追赶甚急，前面又是八百里淤泥河，难道大宋的气数真的尽了不成吗！

李　母　这……（见李马，有了主意）殿下呀！（念）说什么大宋气数尽，黎民都有报国心。纵然是八百里淤泥河拦路径，渡夹江救殿下还有一人。

赵　构　谁？

李　母　我儿李马！

赵　构　这……

李　母　殿下不必迟疑。儿呀，快快背殿下过河！

〔金兵呐喊声。

秋　娘　哎呀，金兵追……追来了！

李　母　殿下，快将衣衫换下。

〔金兵呐喊声近。

〔李母将一件旧衣与赵构换上。秋娘接过黄绫斗篷下。

李　马　哎呀，母亲你看殿下这般神态，怎能瞒过金兵？

李　母　这……那边有一片芦苇，快快躲藏。

〔赵构下。

〔李母佯装病态。

〔金将率金兵上，拉过李马细看，见不是赵构，将李马推开。

金　将　康王藏到哪里去了？

李　马　逃难之人，哪里见什么糠王米王啊！

金　将　哼，分明是一刁民，把他带到那边，统统与我烧死！

〔金兵推李马。

李　母　儿呀！（跪步追下）

〔秋娘急上，惶恐，思索下决心，披康王斗篷急下。

〔马蹄声由近渐远。

金　将　（率金兵急上，见身披黄绫的秋娘误认是赵构）追！

〔金将率众金兵追下。

〔李马与李母急上。

李　母　儿呀，莫非康王他……

赵　构　（上）老妈妈……

李　母　那金兵……

赵　构　（沉重地）是秋娘她……

李　母　秋娘！

李　马　（惊，眺望）啊！（欲追）

李　母　（拉住）儿呀，你一个人前去也是无用啊！

李　马　（顿足）难道就看着秋娘……

李　母　（心头一震，泪即涌出，强忍悲痛地）快背殿下过河要紧。

赵　构　老妈妈，你一家满门忠烈，救我危难，小王永世不忘！（跪）

李　母　（急扶）折煞老身了。我儿，快背殿下过河！

李　马　这……

李　母　嗯，敢是贪生怕死？

李　马　不！

李　母　莫非惦念秋娘小莲？

李　马　（不由落下痛苦的眼泪，随即低头）不。

李　母　却是为何？

李　马　孩儿舍不得母亲哪！（倏地跪下）

李　母　啊——我儿！（扶起李马，动情地唱）李马儿出此言娘的肝肠寸断，手扶着好孩儿泪如涌泉。非是娘狠心肠与儿离散，自古道忠与孝难得两全。儿可记我李家祖居在河间，家虽贫穷倒安然，自从金兵把中原犯，颠沛流离苦难言。保康王归南国把乾坤扭转，统雄兵，驱金顽，复国土，救民难，胜似儿守孝堂前，娘只盼归故里把家园重建。

李　马　母亲！（接唱）助康王保大宋儿绝无怨言。

〔传来金兵马蹄声。

赵　构　哎呀，老妈妈，金兵去而复返。

李　母　这……情况紧急，你们快走。

李　马　母亲，孩儿怎能丢下母亲一人！

赵　构　李马贤弟快背妈妈过河！

李　母　不。

〔传来金兵“抓康王，抓康王……”的喊声。

〔赵构、李马分头瞭望。

李　母　（焦灼地思索，及见赵构的佩剑，下了决心，趁机抽出康王的宝剑）你们保重了！（自刎而死）

李　马　（回头见状）哎呀，母亲哪！（跪步扑向李母，悲声大放）

赵　构　（如受重创，几乎昏倒）（唱）老妈妈为小王饮剑自尽，血染黄沙天地惊。身为茅屋一百姓，竟有拳拳报国心，叩头一拜表崇敬。（欲跪）

李　马　（急向前扶住）千岁不可！（接唱）岂有帝王拜庶民。

赵　构　（接唱）老妈妈情同父母义重九鼎，永世不忘再造恩。来日有幸入宫禁，复国土慰忠魂不负天下众黎民。

〔赵构肃然叩拜，李马陪拜。

李　马　（扶起赵构）殿下，我们走吧！

〔李马、赵构再拜李母，悲痛地下。

〔片刻。小莲满身污垢地摸索着上，被李母的尸体绊倒，小莲摸索片刻，倏地惨叫："奶奶，奶奶！"

〔凄婉悲愤的音乐声后，传来马蹄声。

〔小莲闻声瞭望，一队金兵蠕蠕而近，小莲疾呼："妈妈！奶奶！"顿觉双目无光，一声凄惶的呼喊——奶奶！昏厥倒地。

〔切光。

第三场　泥河飞渡

〔接前场。

〔夜晚，寒风呼啸，细雨濛濛，间有电闪雷鸣。

李　马　（内唱倒板）雨淅沥夜色昏水深泥烂——

〔李马背赵构急上，身段，亮相。

李　马　（接唱）顶寒风破迷雾，心急如火，举步艰难，挣扎在百里险滩。背康王归南国把乾坤扭转，统雄兵扫金顽收复河山。

〔奋力向前。隐。

〔复现，李马在吃力地行走。

赵　构　（唱）淤泥河果然是千难万险，看李马一步一颤，步步颤颤，抬脚重千斤，踏下淤泥陷，荆棘拂面汗湿衣衫。风飒飒雨茫茫涉难历险，见此情心如炙泪珠儿频弹。

〔步履艰难地前进。隐。

〔复现。

李　马　（唱）思老娘禁不住泪蒙双眼，念爱妻历险境情牵心悬。似听得我那可怜的孤女铁蹄下把爹娘呼喊声声血声声泪刺胆揪肝。绝不负慈母娘深情一片，

〔女声合唱：强忍悲痛背负着大宋江山。

〔幕后呼喊：“放箭！放箭！”

〔李马背赵构复急上。

赵　构　（唱）后有飞蝗追命箭，泥河无边步履艰。

〔李马中箭，踉跄欲倒，奋力挣扎。

赵　构　哎呀，李马贤弟，李马贤弟！（唱）可怜他臂受箭伤鲜血溅，他强忍伤痛我泪涟涟，但愿得双双脱危难，备三牲与美酒告祭苍天。

〔二人急下。

〔二金兵急追下。

〔切光。

第四场　泥马神光

〔接前场，天色微明。

〔河神庙中，神台旁有一匹泥马。

〔匡政在打扫庙堂。

匡　政　（唱）国破家亡卷残云，身世沉浮雨打萍。满腹经纶无人问，屈居孤庙伴青灯。只盼有朝时运转，潜龙困虎把身腾。

〔赵构扶已昏迷的李马跌跌撞撞上，将李马倚在泥马之侧。

匡　政　（惊问）你……你是何人？

赵　构　我……

李　马　（呓语）康王殿下，康王殿下……

匡　政　康王殿下？啊，你是康王……

赵　构　啊，不可声张！

匡　政　（惊喜地）参见殿下！（跪）

〔传来金兵的鼓噪声。

赵　构　哎呀，师父呀，金兵追杀来了，如何是好？

匡　政　这……殿下随我来。

〔匡政、赵构扶李马下。

〔众金兵引金将上，入内抓匡政上。

金兵甲　启察狼主，康王不见，只有庙祝在此。

金　将　呔，庙祝，康王藏到哪里去了？

匡　政　哎呀，小可刚刚打开庙门，无人进来呀。

金　将　搜！

〔金兵四处搜寻。

甲、乙　启禀狼主，庙内不见康王踪迹。

金　将　嘿——你们不是讲康王中箭了吗？

金兵甲　是呀，是呀，全靠小的眼明手快，乱箭射中。

金　将　既然将他射中，为何抓不住一个中箭之人？

金兵甲　这个……这个……

金　将　哼，玩忽职守，走脱康王，该当何罪？

金兵乙　啊，不，不，康王虽然中箭，在淤泥河中仍然行走如飞呀。

金　将　什么？

金兵甲　（支吾地）唧……唧……当时淤泥河上，云雾腾腾，好像有人驮着他，一眨眼就不见了。

金　将　什么？人驮人还能行走如飞？

金兵乙　啊，不，不，不像是人，像是，像是……

金　将　像是什么？

金兵乙　像是……（突然发现泥马）啊，是，是马！

金　将　是马？

金兵乙　狼主，你看这泥马！

金　将　怎样？

金兵乙　泥马身上有血！

〔匡政一震。

金　将　（察看，疑惑地）啊，泥马供在庙中怎会身有血迹？庙祝，这是为何？

匡　政　怎么？泥马身上有血迹！（上前察看，灵机一动）哎呀，这血迹倒解开我心头之谜了！

金　将　谜？什么谜？

匡　政　狼主容禀！（小课子）昨夜三更星无光，出了古怪事一桩。

金　将　哦！

匡　政　（接念）突然霹雳震天响，一道金光出庙堂。我急忙起身来看望，这泥马——

金　将　怎么样？

匡　政　（接念）这泥马无踪无影我心发慌！

众　　　啊！

匡　政　（接念）我只怕灾祸从天降，急忙参拜烧高香。到五更，只听一阵銮铃响，这泥马——

金　将　又怎么样？

匡　政　（接念）这泥马顷刻之间又立庙堂。

金　将　啊，有这等怪事？

匡　政　狼主，莫不是泥马……（欲言又止）

金　将　泥马怎样？

匡　政　哎呀，将爷，昨夜你们可见淤泥河上云雾腾腾？

金兵甲　哎——是啊，是啊，昨夜淤泥河上果真是云雾腾腾！

匡　政　你们可见一匹马驮着康王行走如飞？

金兵乙　哎——是，是好像一匹马驮着康王行走如飞。

匡　政　哎呀，定是这泥马显圣！（跪拜泥马）

金兵乙　哎呀，原来我射中神马了！（跪拜泥马）神马恕罪，神马恕罪！

〔众金兵齐跪拜泥马。

金　将　啊，如此看来，宋朝的气数未尽哪！巴图鲁。

金兵甲　在。

金　将　收兵，收兵。

〔众金兵下。

匡　政　哈哈，荒唐事一桩，泥马渡康王！

〔切光。

〔少顷，鸡鸣，天亮。

〔赵构、李马卧于庙堂。

匡　政　（上）殿下！

〔赵构、李马苏醒。

赵　构　李贤弟，好些了吗？

李　马　好多了，好多了。只是……（以手按肚）

赵　构　贤弟一定是饿了。师父，庙中可有充饥之物，我也是饥肠辘辘的了。

匡　政　小庙只有冷粥咸菜，只是殿下你……

赵　构　冷粥也好，快快拿来。

〔匡政下取粥复上。

匡　政　殿下，这里还有一个白薯。（欲递给赵构，不慎白薯落地）

〔赵构忙将白薯拾起。

匡　政　殿下，你还是吃粥吧。这白薯……

赵　构　唉，这般时候哪顾得许多。

〔将白薯一分为二，递一半给李马，二人轮流捧钵吃粥，李马不慎放屁。

匡　政　（以手掩鼻）山野村夫，千岁面前如此无礼！

李　马　小人失礼，殿下恕罪！

赵　构　哎，圣人皇帝也要吃饭放屁嘛，哈哈哈！

〔人声喧哗，三人惊。

赵　构　难道金兵去而复返？

匡　政　请殿下暂避。

〔赵构、李马下。

〔人声更近，匡政开门察看。一群拿香烛的群众上。

匡　政　你等何事喧哗？

百姓甲　听说昨夜泥马显圣渡康王，金兵胆怯而退，真是我大宋国的福分！（跪拜泥马）

百姓乙　神马显圣渡康王，我们百姓就有盼头了！（跪拜泥马）

〔众百姓虔诚跪拜，一片祈祷声。

匡　政　（唱）看他们一片虔诚拜泥马。岂料得，荒唐事变神奇传遍万家。

〔众百姓边与匡政作揖边说着“泥马显圣，真是千载难逢啊！”“这是我们大宋的福气啊！”“真是神灵庇护真命天子啊！”“真是神灵庇护真命天子啊！”下。

〔赵构上。

赵　构　师父，众多百姓来此做甚？

匡　政　殿下！（接唱）百姓们敬神马真诚可鉴，拥英主统大业复国安家。

赵　构　（自语地）拥英主统大业复国安家？

匡　政　殿下可知刘邦斩蛇之故事？

赵　构　哦，刘邦斩蛇而昭显赤帝子天威于世，终成帝王大业。

匡　政　如今这泥马渡康王，岂不是神灵庇护真命天子！

赵　构　真命天子？

匡　政　真命天子。四海归心，复国有望啊！

李　马　四海归心？

赵　构　复国有望？

赵　构　只是这样一来，就委屈了李马贤弟！

李　马　殿下，李马效命，本是遵从家母遗训，既是尽忠，也是尽孝。只要能复国兴邦，造福黎民，李马渡康王也好，泥马渡康王也罢，在下绝无怨言。

赵　构　不，不可。只怕日后……

匡　政　（已体其意）哎呀，殿下呀！今日之事，只有殿下和我们二人知晓，我愿对天盟誓，（跪）日后若有泄露，尸骨无存！

赵　构　（扶起匡政）师父言重了！

李　马　也罢，殿下既然有虑，李马情愿以死明心！（欲拔康王剑自刎）

赵　构　（急拦）李马贤弟，你想到哪里去了！（唱）贤弟一言重千钧，肝胆相照见赤心。你我今后如共命，兄弟相待同死生。

李　马　这就不敢，殿下保重，我要回去了。

赵　构　你惦念妻子秋娘，本御派人分头寻找就是。

李　马　千岁……

赵　构　贤弟不必多言，与本御一道还朝，共图大业。

〔庙外马蹄声急，三人俱惊。

匡　政　（急出庙外张望复入）启禀殿下，乃是我朝兵马。

〔赵构由惊变喜，宋兵引赵怀山上。

赵　构　（已认出，喜极）皇叔……

赵怀山　（喜）啊，殿下！（紧紧抱着赵构，热泪盈眶）老臣来迟一步，你受惊了！

赵　构　皇叔免礼。

〔相州知府上。

相州府　参、参见康王千岁。

赵怀山　糊涂狗官，守土不力，险些坏了大事，拿下！

相州府　千岁救命！

赵　构　大势如此，皇叔饶了他吧。

赵怀山　贬为相州知县，如再有失，定不轻饶！

相州府　谢王爷，谢千岁。（旁白）知府贬知县，少拿八百钱。（下）

赵怀山　千岁，二帝临行之时，留下密诏，晓谕为臣，亲交千岁开启。（呈密诏）

赵　构　（喜，急切启诏，读）国运不幸，先皇与朕受质异邦。当此国难之秋，特敕封御弟为河北兵马大元帅……

赵怀山　请兵马大元帅回朝，统领勤王之师抗金复国。

赵　构　如今二圣蒙难，群龙无首，只怕这复国大计……

赵怀山　千岁不必过虑，只要千岁号令，必定一呼百应。

匡　政　（因势利导）对啊，以千岁之神威……

赵怀山　哼，千岁面前，岂有你这庙祝说话之份。

赵　构　皇叔，他虽是庙祝，却有救驾之功。哦，还有这位李马贤弟，孤陷落金邦之时，多亏他多方救应，已结为生死之交。现又冒死寻到此地，真乃天意。李马贤弟，见过老王爷。

李　马　参见老王爷。

赵怀山　免礼。如此说来，你二人是大大的功臣。

匡　政　我们算得什么，那泥马显圣才是……

赵怀山　千岁，我已听传闻，可真有此事？

赵　构　啊，在淤泥河上迷迷糊糊像是被什么东西驮着，醒来时已在此间，只见这神马被射中一箭，血迹犹存。

赵怀山　啊？！（急看泥马身上血迹）

匡　政　千岁，天意昭昭，神马建功，理应将神马请回朝中，广建庙宇，万民供奉。

赵　构　来啊，请起神马，起驾——应天！

众军士　啊！

〔音乐声中，赵构、匡政、李马等大礼参拜泥马。

〔赵怀山迟疑地叩拜。

〔收光。

第五场　金殿风云

〔半月后。

〔偏殿。

〔幕在欢快的音乐声中徐徐开启，艳装的宫娥们在翩翩起舞。赵构、李马正在饮宴。（伴唱）玉宇雕栏添光华，霓裳羽衣飞彩霞，金笙银笛颂天命，泥马救主传万家。

〔舞毕，宫娥们下。

赵　构　哈哈……（唱）想当日二圣君金邦蒙难，为王我离虎口再创新天。这也是赵家业天意不断，借泥马渡康王要坐金銮。

〔匡政捧一大沓奏章兴冲冲上。

匡　政　参见千岁。

赵　构　爱卿捧的是什么？

匡　政　啊，千岁，此乃各路勤王劝进奏章。

赵　构　呈上来！（赵构喜看奏章）

匡　政　千岁！（唱）泥马庙开圣光香火日盛，供神马颂真主万民归心。更有那各路勤王上表劝进，劝千岁顺民意早登龙廷。

赵　构　卿家所言甚是。传谕群臣上殿商议择吉登基。

太　监　是。（向外）千岁有谕，众大臣上殿商议择吉登基。

〔赵怀山内喊：“且慢！”

赵怀山　（浑身颤抖地上）千岁！（唱）劝千岁行事儿需要谨慎，悖古律定落得千古骂名。三纲五常先王有训，切不可违圣意矫旨而行。

赵　构　（唱）非是御妄贪这天子名分，大宋国怎能够一日无君！

赵怀山　（唱）二帝龙体尚健在，

赵　构　（唱）身囚异邦怎为君。

〔二人僵持。

匡　政　（唱）你看这各路奏章把表进，颂泥马拥新主四海归心。

赵怀山　（唱）休道这勤王奏章同声劝进，且看这众老臣齐跪宫门。

〔宫外，众老臣齐跪高呼："千岁不可！""千岁三思！"

赵怀山　（骤然，跪下，痛哭流涕）二帝啊！

赵　构　哎呀，皇叔！（大受感动，扶起赵）（接唱）老皇叔对大宋忠心耿耿，世世代代本是栋梁臣。登基事暂容缓改日再论，老王爷啊！还望你体谅我一片苦心！

〔内传：相州县求见。

太　监　千岁，相州县求见。

赵　构　传。

太　监　相州县进见！

相州县　（衣衫不整地下跪）千岁该死。

〔众太监呵斥。

相州县　哦，哦，千岁爷，下官该死，下官该死。

赵　构　哼，为何这般模样？

相州县　千岁呀！（小课子）金兵攻进相州县，烧杀掠抢真凶残。我官印挂在脖子上，连滚带爬来应天。

赵怀山　哼！湖涂狗官，前次有失，宽恕于你。这次又失疆土，哪里容得，拿下了。

相州县　哎，哎，卑职丢失疆土有过，但本县出了一救驾之人，却是本官教化有功啊！

赵怀山　什么？救驾之人？讲！

相州县　听，讲！（念）康王渡河脱险境，全靠本县一小民。

〔赵构、李马、匡政一惊。

赵怀山　他是何人？

相州县　他的名字叫李马……

众　（大惊）

〔举座大惊，面面相觑。

〔相州县被吓了一跳，迟疑少顷。

赵怀山　给我讲来！

匡　政　你怎么知道的？

相州县　哎……是在逃难之中，有一民妇叫秋娘……

李　马　（脱口而出）秋娘？

相州县　她是李马的妻子。

赵怀山　她现在哪里？

相州县　……转眼就被金兵冲散了。

匡　政　（看出相州县未识李马）哈，相州县，如此说来你真是教化有功呀。

相州县　（自喜地）小人不敢自夸。

匡　政　你是认识李马喽？

相州县　这……认识认识。本县人嘛，讲起来他还是我外婆表侄女婿的堂弟，可以兄弟相称呢。

李　马　（怒）真是一派胡言！

匡　政　相州县，你看他（指李马）是何人？

相州县　他……请教大人尊姓大名？

〔李马、赵构、匡政会心朗笑。

赵怀山　（怒）狗官有眼无珠，他就是李马大人！

相州县　啊！

匡　政　哼，方才说道，是秋娘告诉于你，你叫她来作证哪！

相州县　我，我到哪里去找啊！

赵　构　你又说道认识李马，如今李大人站在你的面前，你却不识，岂非是一派胡言！

相州县　我……

匡　政　（逼）嗯！

相州县　是，是胡言，是胡言。

赵　构　是假话？

相州县　对，对，都是假话，都是假话。

赵　构　皇叔一向尊重古训，按律行事，你看该当何罪？

赵怀山　这按律而断嘛……

匡　政　千岁，依我之见，狗官居心险恶，有意诽谤千岁，不用再审，理应斩首示众，以制讹传。

赵怀山　千岁……

赵　构　（不予理睬）斩！

李　马　千岁，狗官诽谤千岁，理当问斩。念其年迈耳聋，将他削职割舌治罪也就是。

赵　构　匡大人，念在李大人求情，将他割掉舌——头！

李　马　啊！

相州县　老王爷！

赵怀山　咎由自取！

〔两侍卫将相州县押起。

相州县　匡大人，都怪我这张臭嘴！（自打）舌头保不住，这头可不能丢啊！

匡　政　县太爷，千岁的意思你还不明白？是要割你的舌——头！

相州县　（大惊）啊！秋娘，秋娘，是你害了我呀！

〔二侍卫押下，匡政同下。

李　马　（心声）秋娘！

赵怀山　（疑惑地）秋娘？！

〔赵构目示赵怀山。

〔切光，幕急落。

第六场　波澜骤起

〔上场数日后。

〔神马庙门前。

〔可见神马庙山门一角，钟鼓之声遐迩可闻。在幕后合唱声中，善男信女捧祭品出入往返。虔诚礼拜。

〔幕后合唱：钟鼓磬琴乐声震，香烟缭绕锁山门。善男信女情恳恳，万民敬奉泥马神。

〔秋娘带小莲风尘仆仆地上。

秋　娘　（唱）母女俩奔应天一路风尘，觅康王探音信寻找夫君。

小　莲　娘啊，我走不动了。爹爹到底在哪里呀？

秋　娘　我们已经到了应天了，等找到康王就可以见到你爹爹了。

小　莲　见到康王，就可以见到爹爹啦！

秋　娘　是的。（扶小莲坐下。心情惆怅地）咳，夫君啊，你到底在哪里呀？（唱）自那日把敌引身陷绝境，逢义军开血路死里逃生，回转来见婆母陈尸荒野，小莲儿昏厥未醒，满目凄凉，喊天不应，呼地不灵。守孝三日哭得我双眼泪尽，央邻里将婆母安葬山林。闻听得康王爷平安回宫禁，为寻你带莲儿离开家门。一路上母女俩相依为命，避敌兵，绕道行，翻山越岭露宿风餐，才到这应天府城。夫君啊！你可知我母女千里迢迢艰难受尽，这茫茫人海何处找你诉苦情！

〔一老妇及数香客欲进山门。

秋　娘　啊，请问老妈妈，可知康王府在何处？

老　妇　（闻言端详秋娘）看你一个民间女子，为何要找康王爷呀？

秋　娘　我是带女儿来寻夫君的。

老　妇　（看莲儿）啊，可怜，可怜……

香客甲　寻丈夫找康王干什么？

秋　娘　不久前我丈夫驮康王渡过淤泥河，至今杳无音信……

〔众香客闻之停步。

老　妇　（惊）你丈夫驮康王渡淤泥河？！

香客甲　是真的？

秋　娘　是真的。

香客甲　胡言乱语。

秋　娘　我说的是真话呀！

香客甲　真话？我看你是发疯了。

〔众哄笑，有人骂秋娘“疯妇”。

秋　娘　（惊恐地）不，不，我说的都是真话，是真话。

〔传来鸣锣开道之声。

众　人　哎呀，官家来了。

〔众人急避。

秋　娘　莲儿……莲儿……

〔众军士拥匡政上。

匡　政　何事喧哗？

香客甲　这里有一疯妇，胡言乱语诽谤神明！

秋　娘　（跪地高呼）青天大老爷，民女并非疯妇！

匡　政　啊，并非疯妇？

秋　娘　民女秋娘是从相州来的，求大老爷引见康王！

匡　政　大胆民女，为何要见康王？

秋　娘　大老爷呀！（唱）我夫君背负康王渡夹江，到如今无音信我望断柔肠，民女我到应天将夫寻访，在此间无端遭困受凄惶，望大人带我王府往，见康王要我李马同还乡。

匡　政　（惊）啊，你……（旁唱）秋娘当众泄天机，好似晴天响霹雳，若还满城风波起，泥马神传化子虚，无奈何且施苦肉计，将秋娘带回府暗把风波息。（白）哎呀，这女子口出癫狂之言，果然是个疯妇！来呀，给我拿下了！

〔军士镇住秋娘，驱赶百姓，小莲在混乱中被冲倒，老妇将她扶下。

秋　娘　莲儿……莲儿……冤枉！冤枉！

〔匡政等欲下，传来更威严的开道声。

匡　政　谁人开道？

军　士　启禀大人，乃是老王爷的大轿。

匡　政　（一震）啊，真是冤家路窄呀，押好疯妇，速速避道。

〔军士押秋娘至一边，匡政亦侧身回避。

〔四校尉引赵怀山上。

秋　娘　（突然挣扎叫喊）冤枉，冤枉呀！

匡　政　王爷，她是一个疯妇。

赵怀山　大人怎知她是疯妇？

匡　政　她在下官面前疯言乱语。

赵怀山　（带有敌意，故找岔子）她疯言乱语了什么？

秋　娘　民女实非疯妇，只是说道：我的夫君李马背负康王渡过淤泥河，至今杳无音信，民女寻夫到此，求他引见康王探听夫君下落……

匡　政　（情急之中打秋娘一巴掌）疯妇住口！

赵怀山　嗯！

匡　政　王爷，此疯妇一派胡言，岂能当真。

赵怀山　管她疯也好，癫也罢，既然涉及李马大人，总得让他见上一面，岂能草草从事？

匡　政　王爷所言甚是，下官正想将她带到李府，由李大人亲自审理，然后回禀王爷也是一样。来呀，将疯妇带走！

〔二军士欲动手。

赵怀山　老夫面前，谁敢胡为！

〔四校尉阻拦军士带秋娘。

匡　政　（阻挡）老王爷，这疯妇乃是下官拘押的，你就不必越俎代庖啦！

赵怀山　这民女既然拦我大轿喊冤，老夫怎能不管！

匡　政　（置之不顾）哼，带走！

赵怀山　（怒）大胆！

〔二校尉逼退军士。

赵怀山　（带刺地）匡大人！

匡　政　（不示弱）老王爷！

赵怀山　（咄咄逼人）庙祝公！

匡　政　（气虚）啊！

赵怀山　这应天府城是你逞威风的地方吗？

匡　政　这……

赵怀山　（讥笑）嘿嘿嘿！

匡　政　（冷笑）哼哼哼！

赵怀山　给我带回王府！

匡　政　慢，老王爷，你说此事涉及李马大人，要让他见上一面，下官将她带到李府你却不准，偏要带回王府，是何道理？

赵怀山　（思索少顷）哈哈哈，匡大人果然考虑周到，老夫险些坏了大事，来呀！

〔校尉应声。

赵怀山　将民女带回王府备上新轿，遍游长街，送往李府，是真是假由李马大人发落。

匡　政　（惊）什么？备上新轿，遍游长街，送往李府？

赵怀山　（冷笑）哈哈，回府！

〔校尉给秋娘去了刑具，引赵怀山、秋娘同下。

匡　政　（无计可施，悻悻地）打道进宫！

〔传来鸣锣开道之声。

〔半副銮驾引赵构、李马上。

赵　构　哈哈……（唱）神马庙展新容万民瞻仰，

李　马　（唱）九殿下中兴英主名扬四方！

匡　政　参见千岁！

赵　构　啊，匡卿，你在此呀。

匡　政　哎呀，千岁呀，下官正要进宫有要事禀报！（欲言又止）

赵　构　哦，左右退下！

〔左右退避。

匡　政　千岁呀，刚才这神马庙前来一民妇，口口声声称是李大人的妻室，名唤秋娘。

李　马　啊，我的妻子，她现在哪里？

匡　政　赵怀山把她带走了。

李　马　他带走我的妻子做什么？

赵　构　（先是一怔，后镇静地）贤弟不必焦虑，待我与你前去王爷府将秋娘接回府来就是了。

匡　政　哎呀，千岁，去不得呀！（唱）赵怀山老王爷每每作梗，对泥马渡康王早起疑心。将秋娘带回府当作人证，李大人寻爱妻自露真情。

李　马　（痛苦地，接唱）难道说糟糠妻不能相认？

匡　政　（唱）怕只怕天机泄功败垂成。

赵　构　匡大人！（唱）秋娘她引金兵救我性命，李贤弟满门忠烈义重情深，我怎能违心愿忘恩负义，让他夫妻咫尺天涯两相分。

李　马　（激动地）千岁圣明！

匡　政　哎呀，千岁呀！（接唱）千岁你不登基民心怎稳，朝无主龙无首天下不宁，倘若是那金贼乘虚南进，这半壁江山也难保存！

赵　构　这……这半壁江山……（颓然坐下）

匡　政　李大人！（接唱）夫妻情虽难抛且将痛忍，这大局安与危系你一身！

李　马　大局安危系我一身？

匡　政　李大人，今日之事赵怀山已在这神马庙前大肆喧嚣，还要备轿游街公之于众。要想平息风波，只有一条路可走了。

李　马　有何路可走？

匡　政　既然送到你府，只有当众审理拒认秋娘！

李　马　什么？当众审理，拒认秋娘？！

匡　政　把秋娘说成疯妇，轰出应天！

李　马　说成疯妇，轰出应天！这……

匡　政　日后再设法寻找她。

李　马　这，谁来审？

匡　政　别无他人，只有李大人你呀！

李　马　（如雷轰顶）我？！

匡　政　你身为刑部重臣，不办此事，更会令人生疑，只有你亲审疯妇，市街流言方能不攻自破！

赵　构　贤弟！（恳切地一拜）

〔李马茫然。

〔切光。

第七场　审妻息祸

〔堂鼓雷动。

〔幕启，公堂威严肃穆。匡政与赵怀山各怀心思分坐左右，主审席空着。

〔校尉传呼升堂。

李　马　（内唱）堂鼓声声催肠断，（上）我举步上公堂如履刀山，李马我着紫袍公堂断案，犹好似负罪人受审堂前。

赵怀山　李大人，看这头上的巨匾，清正廉明，你要审个清楚呀！

李　马　清正廉明，清楚！清楚！

匡　政　李大人，案情重大你要审个明白呀！

李　马　案情重大，我，明白，明白……

李　马　（接唱）举目望清正廉明高悬巨匾，低头看紫袍玉带圣命如天。秋娘——强忍痛暂把这情丝割断，全忠孝我李马沥胆披肝。

〔李马在喝威声中入座。

李　马　来呀，将秋——

〔校尉喝堂威。

李　马　将疯妇带上来！

〔校尉传呼。

秋　娘　（内唱）听传唤不由我——（上）心神不定，情忧忧意惶惶祸福不明；公堂上王侯将相威风凛凛，似进了阎罗殿胆战心惊；恍惚间见夫君公堂坐定——夫呀！

〔众喝威。

秋　娘　（接唱）为什么见结发他毫不动情？莫非我容颜憔悴他难相认——夫啊！（欲再喊）

〔校尉喝威声。

匡　政　（先发制人）嘟！大胆民妇，上得堂来，东张西望成何体统！

〔秋娘无奈，跪。

匡　政　（接唱）请大人速速断案情。

李　马　是是是，民女听着，看你一身褴褛，定是颠沛流离之人，一时不慎，言语有失，本官不怪罪于你，赠些银两，快快离开应天，寻找你的亲人去吧！

赵怀山　慢，李大人，千岁有谕，命你主审，为的是平息流言，以杜讹传，你草草从事，岂不适得其反了吗？

李　马　这……

匡　政　审哪！

李　马　是，是……

赵怀山　问哪！

李　马　是是是……（无奈，击惊堂木）大胆民妇，长街之上疯疯癫癫，亵渎神明；上得堂来，胡言乱语，冒认官亲，该当何罪！

秋　娘　你……

李　马　……

赵怀山　民女不必惊慌，从实讲来！

秋　娘　我讲！我讲！（唱）为赴国难婆母命丧，夫妻离散在夹江，小莲儿——

李　马　（夹白）莲儿……

秋　娘　（接唱）哀祖母思双亲哭瞎双眼。

李　马　（惊）啊！

秋　娘　（接唱）携孤女寻夫君背井离乡，又谁知到应天无端遭祸被拘禁，也不知我那失明的小莲儿流落在何方？

李　马　啊——（唱）闻莲儿遭不幸我心如刀绞，点点血泪滴湿衣裳。

匡　政　李大人问哪！

赵怀山　哼！你的丈夫为何来到这里？

秋　娘　（接唱）他背负康王把江渡——

〔众哗然，匡政急，赵怀山兴致勃勃。

秋　娘　（接唱）随康王来到这应天地方。

赵怀山　（急问）他姓甚名谁？

秋　娘　（接唱）我的丈夫叫李马——

匡　政　住口！

李　马　胡——说！

秋　娘　你！（接唱）就是这大堂上衣楚楚貌堂堂，装模作样胆战心惊，不仁不义，不认糟糠的负心郎！

〔秋娘上前欲指李马，李马将她推开，一个踉跄险些跌倒。

李　马　（脱口而出）疯妇！

秋　娘　你……你好狠的心！（接唱）听此言心如焚怒火万丈，切齿恨衣冠禽兽不义郎。往日里我对你情深意广，共磨难苦相守赡养高堂。为寻你我迢迢千里翻山过港，不料想你居了官不认糟糠。你扪心自问想一想，对得起九泉下的高堂老母，对得起我受尽苦难的秋娘。若不是秋娘我冒死解危难，康王早成刀下鬼，李马也要枪下亡，他岂能称孤道寡朝纲掌，你怎可身着紫袍坐大堂。得权势人伦丧，保乌纱弃天良。秋娘我舍死昭天下。

〔秋娘猛然向公案撞去，李马救之不及。

〔秋娘踉跄昏倒在地。

（伴唱）苦心人反受害血溅公堂。

李　马　（凄凉地）秋娘——

〔众哗然。

匡　政　快快拖下去，轰出应天！

赵怀山　慢！匡大人可记得相州县的下场？

匡　政　相州县乃朝廷命官，亵渎神明，妄议国事，理当斩首！

赵怀山　朝廷命官偶尔失言，尚且斩首，一个小小民女竟敢市井长街公堂之上摇唇鼓舌，冒认官亲，诽谤朝廷辱骂朝中大臣，可算是欺君罔上，罪在不赦，理应重处，只是把她轰出应天，草草了事，只怕是于理不公，于法不平！（挑衅地）就是李大人恐怕也难以消恨哪！

李　马　这……

匡　政　依王爷之见何以处之？

赵怀山　凌迟而死，以儆效尤。

李　马　（大震）啊！（唱）老王爷步步逼得紧，分明是逼李马公堂认亲。杀县令我已是终身遗恨，怎忍心对结发再动酷刑。

赵怀山　（步步相逼）李大人！

〔李马恍惚不语。

赵怀山　主审官，你可要按律而断哪！

李　马　按律而断！（望着昏厥的爱妻，心如刀绞，痛不欲生）

匡　政　李大人，依我之见，此乃疯妇，可以从轻量刑。

李　马　从轻量刑？

赵怀山　疯妇量刑也得割舌治罪！

李　马　什么？割舌治罪！她，她不……

赵怀山　不是疯妇？好哇，不是疯妇，那她是言之有据？

李　马　不，不，她……

赵怀山　她冒认官亲，亵渎神明，理应凌迟处死！

李　马　啊，她是疯妇，是疯妇。

匡　政　（暗示地）李大人，割舌治罪，轰出应天！

李　马　这……割舌治罪么——

赵怀山　李大人，你要清楚呀！

李　马　清楚，清楚。

匡　政　李大人，你要明白呀！

李　马　明白，明白。（趋向秋娘）

〔秋娘苏醒，眼睁睁望着失神的李马。

赵怀山　李大人，朱笔在此，你要按律而断呀！

李　马　（执笔）按律而断！（手举朱笔，犹似千钧，浑身颤抖，最后下决心）割舌治罪，轰出应天！（昏厥）

〔秋娘猛然一震，经受不住这沉重的刺激，神经失常。

〔秋娘惨笑地站起，吓退上前的校尉。秋娘疯笑跑下。校尉跟下。

赵怀山　（寒颤地）疯——妇！

〔灯暗。众退。

〔传来秋娘的阵阵疯笑声。

〔灯复明，一束寒光打在李马身上。

李　马　（爆发地）秋娘——

〔一阵地强烈的马嘶声。

〔切光。

第八场　长恨绵绵

〔紧接前场。

〔泥马庙。

（女声独唱）痛穿心，恨难忍，怒火满腔血满身。

（合唱）欲哭泪已尽，欲诉唇无音。问天天不语，呼地地无声。民女空抱恨，世人泪频频。

〔伴唱声中神情呆滞的秋娘上，她的舌头已被割，疼痛难忍，悲愤交加，昏倒。马嘶声将她惊醒，起身向泥马奔去，一阵强烈的马嘶声，迫使她退缩回来。

〔李马呼唤声传来。

〔秋娘似闻非闻地笑下。

〔李马呼喊着“秋娘”，失神上。

〔画外音：李母呼儿声声。

李　马　母亲呀，母亲……（唱）保大宋，你一片赤诚留遗训，护神马，我抛妻别女报圣恩。原本想顾全忠孝把心尽，又谁知反成伤天害理人，肝肠寸断情难禁，母亲哪母亲！儿随你到阴曹侍奉娘亲。

〔传来秋娘呆痴的笑声。

〔李马循声寻找。

〔秋娘上，二人相持许久。

李　马　（凄楚地）秋娘！

〔李马双膝跪下，秋娘举起香炉欲砸，因伤心过度而昏厥。

李　马　秋娘呀秋娘！（唱）夹江离散无音信，我魂牵梦萦泪湿巾，朝盼暮想重相会，今相会，你成我刀下治罪人，我万死难消你心头恨哪。秋娘啊！你可知我心中有隐情。

〔马嘶鸣。李马退之。见秋娘我肝肠欲断，我是那衣冠禽兽罪难宽，紫袍玉带非我愿，护圣威我沥胆披肝可对天，谁料想你公堂受刑舌根断，害得你今生有苦永无言。秋娘啊！到如今我已是别无他念，弃袍丢官苦相守，夫妻双双离应天。

〔秋娘泪如涌泉，相对无言。

李　马　秋娘！

〔二人紧紧相抱。

（伴唱）泪眼望泪眼，无言对无言。心中万般苦，长恨永绵绵。

〔秋娘猛地将李马推到，癫狂地下。

李　马　（从地上爬起）秋娘，秋娘……（寻秋娘不见，见泥马）泥马呀，泥马！（唱）你高立庙堂威风凛，香烟袅袅似神灵。世人将你香火敬，却为何我李马家破人亡万般苦情。

〔突然幕后传来秋娘的惨叫声。

〔李马循声望去，秋娘手抚腹部踉跄下，刚入庙门即倒下。

〔两个持刀的校尉与匡政上。

李　马　（怒斥匡政）你，你……

〔匡政低头跪拜。

〔幕后传来“千岁到”的传唤声。

〔赵构上。

赵　构　（见状大惊）哎呀，李贤弟，本御来晚了，来晚了呀！

匡　政　（不解地）千岁，你……

赵　构　（不容分说）拿下了！

匡　政　千岁，你，你……千岁……（被拖下）

赵　构　李贤弟！

李　马　（失神地）泥马渡康王，哈哈，泥马渡康王……

〔泥马仰天长啸，一阵青烟势欲腾空。

〔赵构隐下。

李　马　（跪下，虔诚叩拜，然后仰天长叹）天哪！天哪！哈哈……

〔此时李马的精神已完全崩溃，以下出现的是李马精神的外化。

〔李母的声音传来，李马循声望去，李母出现，李马呼喊着向李母奔去。李母隐去，一群白马将他挡住，并把他举起抛下，群马隐。李马艰难地爬起，双目茫然。

〔秋娘展现，李马欲趋向前，一群白马将他阻挡。秋娘、白马隐去。李马茫然。

〔相州县从神台后出现，怒目指责李马，口中念念有词，李马怒击相州县，相州县隐；一群白马将李马冲倒，无声的马蹄向他周身猛击，群马隐，李马不住翻滚着。

〔李马起身，愤怒地向泥马撞去，顿时泥马在一阵无可名状的巨响之中四分五裂，大群白马一齐冲出将李马冲倒，冲倒……群马隐去。

〔李马仰身死去。静场。

〔两太监提官灯引路上，四校尉牵黄绫覆盖李马尸体。

〔赵构肃立神马庙台阶之上。

〔在苍凉的晨钟声中，切光。

尾　声

〔钟鼓声在继续。

〔神马庙金碧辉煌，香烟缭绕，无比庄严。

〔大群身着一色黄服的民众，顶礼膜拜，匍匐在地。

小　莲　（摸索着从中台走去，越过顶礼膜拜的人群，走向台口跪下，凄楚地）神马呀神马，保佑我大宋江山千秋万代！保佑我的奶奶在天之灵！保佑我的爹爹妈妈早些回来！可怜的小莲儿在等着你们，在等着你们哪！（深深叩拜）

〔钟声大作，乐声大起。

〔幕徐闭。

——剧终

| 作品点评 |

被誉为“大手笔”的《泥马泪》，摆脱了传统戏曲传奇性的悲欢离合，寓藏褒扬、针砭或浇胸中块垒的旧观念，通过一个普通而又陈旧的民间故事，点悟出中华民族数千年来一切纷乱的悲剧之源——一个伟大民族国民性的沉疴。这就是《泥马泪》演出后震撼人心的剧场效应。这使我对广西戏剧的前景产生了满怀希望的憧憬。我预感到不久的将来，广西将会有比《刘三姐》更好的佳作问世，也会有一些堪称之为“大师”的戏剧家脱颖而出。

——顾乐真：《深层次的探索与思考——韦壮凡戏剧创作论》，《南方文坛》1993年第4期

《泥马泪》对兄弟艺术的借鉴和创新，已经成为舞台艺术各个部门创作人员的群体意识。导演是在有意或无意地运用系统论的整体性、相关性原理，来演这个戏的。这个戏，不是靠一两个演员超人的唱工和做工来取得舞台效果，而是调动了各

艺术部门所合成的整体功能来争取观众的。这种整体功能，就是综合体的各艺术门类在相互制约、相辅相成的艺术创作活动中所形成的非加和性的系统值。戏曲作为最广泛的综合艺术，很需要运用这种系统论的思想，来指导整个舞台创作；尤其是在大量吸收兄弟艺术的时候，更需如此。只有这样，戏曲才能在横向借鉴时，使艺术创新具有和谐的统一，而不是斑驳的杂凑。尽管《泥马泪》也存在着中西音乐、中西舞蹈没有很好统一起来的杂凑痕迹，但其整体，基本上是和谐统一的。

——苏国荣:《桂剧〈泥马泪〉的整体功能》,《戏剧报》1987年第6期

《泥马泪》运用历史唯物主义观点对“泥马渡康王”的传说故事和南宋朝廷的建立进行了合理的解释。作者将“泥马”解作附会，实际是李马和他的一家在这一历史事件中发挥了决定性的作用，并且付出了巨大的代价。由此，肯定了劳动群众的爱国精神和他们推动历史发展的作用。紧接着，作者又进一步思考：为什么“泥马渡康王”的神话传说竟然能够支撑起南宋王朝的半壁江山？为什么原始的图腾崇拜能够顺延数千年？作者捕捉问题的症结所在，从而揭示了我们这个民族存在着的根深蒂固的封建迷信的意识。正是由于传统民族文化中存在着封建迷信的心理积淀，才造成了无数的历史教训。李马一家的悲剧所以能产生震撼人心的力量，就因为他们既是造神运动的直接参与者，又是这种造神运动的直接受害者。

由此可见，对社会、人生、历史以及民族心理和文化传统等方面的哲理思考，在当代新编古代戏中具有深刻的普遍意义。

——常曙光:《论当代新编古代戏中的现代意识》,《现代传播》1991年第1期

《泥马泪》不是严格的历史剧却具有历史的纵深感和穿透力，作品没有从史料中寻找更多的素材来敷演历史，而是围绕“真命天子”的造神运动挖掘更具现实意义的主题，在对古代人物和事件的评价中渗透着当代人的观点和批判精神，体现题材的超越意识。尽管“泥马渡康王”是编造的神话，但是在当时客观环境下符合人

们的心愿和国家民族利益，朝廷和百姓甘愿默认这个欺世愚民的假话，从而导致悲剧。作品通过这个悲剧，反思那种积淀在整个民族集体无意识中的“群体效应”，在客观环境作为催化剂的条件下释放的能量，有可能演化出形形色色的历史、社会、国家、家庭、个人的悲剧。

——朱江勇:《论新时期桂剧创作的基本特征》,《南方文坛》2012年第4 期

| 创作评论 |

文化艺术只有关注大千世界芸芸众生的生存状态，文艺才会受到大众的青睐，才会具有强烈的感召力。韦壮凡作品的对今天读者的震撼力，也正是由于展现了剧中人物特定生存状态，通过特定生存状态进一步揭示特定人物的本质属性、心灵嬗变、真善美与假恶丑的抗衡消长……这就是韦壮凡剧作的魅力所在。

展现剧中人物特定的生存状态，是韦壮凡剧作的一大特色。这一特色，我们从韦壮凡早期作品中已窥其端倪。早期代表作，如一九六四年全区现代戏会演中有影响的《田老满卖瓜》，以及《山里红》《夫妻行》《百年大计》等，尽管受到当时的时代局限，但其“生存意识”往往是通过“百年大计”的精神建树而流露出来的。诚如作者在《后记》中所云:“虽说笔耕二十余载，但真正用自己的笔写戏，还是在党的十一届三中全会之后。”三中全会确定的实事求是思想路线，给了韦壮凡直面人生的勇气，他首先以惊人的胆识，在广西“文革”处遗尚未开始之前，把笔端伸进“文革”那腥风血雨的特定生存状态，展示了一幕幕撼人心魄的情景:生死关头，周敬元为了保守党的机密，没有倒在敌人的枪林弹雨之中，却被“无产阶级专政”的子弹射进心脏，而无辜者身陷囹圄沉冤不白，“捍卫者”经受灵魂的煎熬反戈一击，幕后策划者依旧藏在幕后，这出《没有结束的审判》终难逃禁演的厄运。在《喜事》中，作者给我们描绘了“文革”劫后余生的农村青年残酷的生存状态:“光荣村”成了光棍村，姑娘们往城里跑，假“四十八条腿”吓跑了外乡女，穷则思变，以月

亮为代表的农村青年为生存所逼，冒着风险建立了农村联产承包责任制。该剧虽然没有像凤阳农民以血指画押那样的戏剧场面，同样却道出一个颠扑不破的真谛：中国农村的改革不是哪位神仙凭空想出来，而是中国老百姓在残酷的生存状态中被逼摸索出来，从血和泪、悲与喜中闯出一条生路来。该剧在一九八一年荣获了全国第一届优秀剧本奖，足见其强烈的现实感召力和艺术穿透力。就连正面描写战争的《烽火黎明》，也是将人物置于生死关头去接受灵魂的洗礼：有的投敌变节，有的弃暗投明，有的临危不惧，更多的前仆后继迎接曙光。在《泥马泪》这部扛鼎之作中，作者又把我们带到国家破败民族危亡的特定氛围中去展示一场大悲剧。

——覃振锋:《“生存还是毁灭”——对于韦壮凡作品的思考》,《民族艺术》1993年第3期

如果说,《喜事》的获奖，使韦壮凡在广西剧坛站稳了脚跟，那么《泥马泪》的出现于舞台，可说是韦壮凡在自己的戏剧创作道路步入了一个辉煌的境地。……《泥马泪》表现了一个“大手笔”的气魄。不再停留在戏剧故事的布局、人物褒贬、主题思想的现实意义或者是历史性的隐寓等等一般的理解上。人们从这个平常的民间故事中，从一个不为人们习见的角度，审视着这一群历史人物的进进出出，“悲壮地”去造成民族几千年来周而复始的种种悲剧。人们无需再常规般地去褒贬赵构、匡政、李马……这些人物在历史上的功过、忠奸。统治者、被统治者均以各自的阶级需要和所谓的“民族”利益（实际上是各个阶级和阶层的既得利益！）在共同虔诚的“造神”运动中，也同时在造成民族的愚昧，使其成为历史的重负。直至今日，人们尚未从这些重负中解脱出来。作者领悟到的这种历史沉疴的症结所在，又能艺术地通过各种各样具有个性的人物之间组成的关系网络、相互间的因果设置中戏剧性地敷演出来。这似乎凡是写戏者都可能做到，而实际上是极不容易达到的完满程度，这才显出了“大手笔”超乎寻常的能耐。“冰冻三尺，非一日之寒。”如果说，《田老满卖瓜》在与同时代人的比较中，差距还不太大的话，到《泥马泪》则大幅

度地拉开了距离。《泥马泪》达到今天较为理想的境地，这是韦壮凡与他的同伴们（王超、符震海、郭玉景）多年来在戏剧这片沃土上，辛勤耕耘的必然结果。

——顾乐真：《深层次的探索与思考——韦壮凡戏剧创作谈》，《南方文坛》1993年第4期

游园惊梦

白先勇　杨世彭

人　物

（以出场先后为序）

刘　福　窦府老管家

罗妈妈　窦府老女佣

窦夫人　窦府女主人，艺名桂枝香

程志刚　窦府随从

蒋碧月　窦夫人之妹，艺名天辣椒

徐经理太太　昆曲名票

顾传信　票友笛师

赖夫人　女客

余仰公　男客

作者简介

白先勇（1937—），男，回族，广西桂林人，美籍华人作家。著有短篇小说集《台北人》《寂寞的十七岁》《纽约客》等，长篇小说《孽子》，散文集《蓦然回首》《第六只手指》《树犹如此》等。

作品信息

《游园惊梦》（大型话剧）原载《戏剧文学》1987年第9期，收入《游园惊梦》（《白先勇文集》第五卷），花城出版社2009年出版。

钱夫人　钱鹏志夫人，艺名蓝田玉

钱鹏志　在幻境中出现

瞎子师娘　得月台师娘，在幻境中出现

郑彦青　钱夫人旧日情人

月月红　钱夫人亲妹妹

文武场面乐师数人

佣人数人

时　间　深秋，傍晚

场　景　窦府客厅及饭厅

〔厅堂异常宽大，是个中西合璧的款式。左半边——剧本中舞台指引里的“左”“右”，乃指演员面对观众时的左与右而言——置著一堂轻垫沙发，右半边置著一堂紫檀硬木桌椅。沙发是黑丝绒面子，绛红软垫，中间一张长方矮几，上搁宝蓝磁瓶一樽，中间插着一把金黄菊花，几上并置有糖盒、烟具、茶具数件。右半边略靠台里，摆着六张一式紫檀木靠椅，中间缺口处高竖乌木架流云蝙蝠镶云母片屏风一档。椅边小几木架，上置笙箫管笛铙钹等文武场面。

〔舞台演出时的布景道具，但求神似而已。为了换景快速，兼顾原作“意识流”的型式，并达到似虚还实，时真时幻的演出精神，大小道具宜简化，应尽量利用“银幕屏风”，幻灯景色，以制造窦府富丽堂皇之气氛，及其他虚实景之各种情调。

〔当观众走进剧场时，舞台上呈现的，应是一堂兼容中国传统及西方现代舞台精神的布景。台幕早已展开，窦府佣人们，包括刘福及罗妈妈，在开幕前十分钟内，可以自由进出，擦拭桌椅，铺陈茶具糖食，打点各类杂事。舞台上的家具陈设，可以十分逼真，但布景却须相当抽象。舞台后端设各型“银幕屏风”或悬空、或着地，角度各异，面积不一。这些银幕屏风具双重作用——代表客厅饭厅的墙壁门窗，同时亦充幻灯银幕，供剧情发展时经常变换的幻灯映射之用。舞台布景呈现窦府客厅实景时，银幕屏风可用幻灯映射出牡丹图样——如宋徐熙之牡丹图——以增华丽富贵气象，并点出《牡丹亭》之主题，最中间的两三片大型银幕屏风应可吊升，或向舞台左右侧移动，以供快速推入隐藏在后台的饭厅场景。

〔舞台右前方与观众席第一排右侧——演员之左侧——走道交会处可搭一侧台，代表窦府之大门及幻景中之场景。侧台须伸展至观众走道上的侧门，供演员出入之用。如侧台搭建不便，可利用观众席第一排右侧的空间作为侧台，让演员从走道侧门进出，经由台边的阶梯上下舞台。

〔本剧灯光音响效果的设计与控制，极为重要。实景与幻景的交替，过去与现在的衔接，主角情绪的转换，“意识流”的交代等等，均由灯光及音响的变换来表达。全剧一气呵成，中间不休息，亦无传统话剧方式的开幕与落幕。

〔本剧开始时，昆曲曲牌［万年欢］渐渐从扩音器中扬起。舞台灯光渐亮，“银幕屏风”上之牡丹图涌现。窦府佣人们在刘福指挥下，奔进奔出，安排摆设。老女佣罗妈妈手执银酒壶，努力擦拭。

刘　福　这是怎么回事呀，怎么到了这个时候儿锣鼓还没搬出来呢？

男佣人　锣鼓在外边儿行李房搁着哩，还没工夫去取。

刘　福　（顿足）咳！瞧你们这些人，早上夫人不是吩咐过，锣鼓笙箫，全堂都得摆出来。你们知道现在是几点钟了么？客人马上就要到了，回头还由得你们大伙儿在客厅里穿来插去么？

〔男佣人下。

罗妈妈　（叹气）唉，这些小伙子，懂得些甚么规矩哟！做点事儿呀，推一把，走一步，刘爷，怨不得你着急哪。

刘　福　罗妈妈，您还不知道呢，说他们几句呀，还跟我吹胡子瞪眼儿哩！

罗妈妈　（大不以为然）从前咱们公馆里规矩大，可不作兴这种阵仗儿，没上没下！

刘　福　这些年来，今天晚上算是头一遭，咱们夫人这么大宴宾客。回头有甚么地方不周到，别说夫人面子上下不来，咱们这张老脸也没处搁呀。

罗妈妈　就是说呀，难得咱们夫人今儿个这么兴高采烈！晚上还要唱戏哪。有多少年没见过这种场面喽！

刘　福　罗妈妈，您说说，我能不提心吊胆吗？今天晚上来的客人，哪个不是有头有脸的？连那位赖夫人也要来赏光呢。

罗妈妈　那位夫人架子可大得很哟！咱们得小心伺候。

刘　福　还有一位贵宾呢，你猜猜是谁？钱鹏志钱夫人！

罗妈妈　（惊喜）噢，是钱夫人么？这下可好啦，咱们今天晚上可有好戏听了！从前呀，钱夫人每次到咱们大悲巷公馆里来，总要跟咱们夫人俩儿对上一段儿的。我还记得她最喜欢喝我做的红枣桂圆汤了。我搁的是冰糖，用文火煨，煨到半夜，就端出去给她润喉。钱夫人可和气着哩，每次总是大把大把的赏钱塞给我。那时候还有钱夫人的妹妹月月红，再加上咱们蒋小姐，四个美人儿，一把子水葱似的，大伙儿拉拉唱唱，那个热闹劲儿啊！

刘　福　是啊，那个时候，连咱们当差的也享了不少耳福啊。

罗妈妈　刘爷，您还记得么？那次钱夫人在梅园新村请客，替咱们夫人做生日，那天的戏啊，咱们这一辈子只看过那么一回！

刘　福　（插嘴）怎么不记得？那天南北名票通通到齐。梅园新村钱公馆门口儿的汽车呀排长龙排到隔壁巷子里去啦。

罗妈妈　（欷歔）那是我最后一次见着钱夫人喽，算一算，怕也有十来年了吧——

〔男佣人搬锣鼓上，刘福指挥摆置。窦夫人与程志刚上，窦夫人稍在前，程志刚随后，窦夫人不时回头侧面与程志刚谈笑，程志刚亦步亦趋，恭谨对答。窦夫人身着银丝闪光旗袍，同色高跟鞋，左手带莲子大钻戒一只，右手腕笼白金镶碎钻手串一副，全身珠围翠绕，举止矜贵。

窦夫人　志刚，我还是有点儿担心，碧月夸过口，“赏心乐事”票房的那几位台柱，她都有本事请得到。今天晚上来的客人，全是行家，没有一个不懂戏的。

话都早已传出去啦，大家都巴望着今天晚上到咱们这儿来听好戏呢，万一那几位台柱请不到。咱们这场戏可就撑不起来了。

程志刚　夫人请放心，有蒋小姐亲自出马，“赏心乐事”那几位名票还怕请不来吗？

窦夫人　别人倒还罢了，我就怕顾传信顾老师不肯出山。老先生好几年没露过面啦，我听说，有几处请他，都给碰了钉子。咱们碧月呀，有时说话，冒冒失失，别把老先生给得罪喽。笛王不来，咱们今天晚上的昆曲，可就唱不成了。

程志刚　夫人，蒋小姐本事大，招数多，左一套，右一套，顾传信那位老先生，那里搁得住蒋小姐的“连环套”，软硬兼施，我看只要三个回合，老先生就给逼出山了。

窦夫人　（讽刺）我看你倒挺服她的，对她的信心大得很哩！

程志刚　（陪笑）夫人，我的意思是说，帖子是您下的，又叫蒋小姐亲自登门，顾老师不看僧面看佛面，夫人的面子，无论如何，他是要给的。

窦夫人　（打量客厅）刘福。

刘　福　是，夫人。

窦夫人　都预备好了吗？

刘　福　差不多都预备齐了。

窦夫人　锣鼓呢，摆上来了么？

刘　福　都在那边搁着呢。

窦夫人　刘福。

刘　福　是，夫人。

窦夫人　今晚客人的司机多，待会儿吃饭有人招呼么？

刘　福　早跟大司务说过了，在车房里摆一桌，我自个儿去招呼去。

窦夫人　难为人家等到深更半夜，可别忘了打赏。

刘　福　是啦，夫人，都预备好了。（下）

罗妈妈　（走近窦夫人）夫人，露台上您那十二盆桂花儿，今天早上全都开了，满园子桂花香，开得才是热闹呢。

窦夫人　（大悦）是么？罗妈妈，上个礼拜，只有几盆儿，刚冒出点儿星星来。我还在发愁，今天请客，不知道赶不赶得上。没想到一下子倒都开了——开得倒也恰是时候。

罗妈妈　这是吉兆呀，夫人。今天夫人宴客，一高兴连花神都来凑趣儿，把桂花给催开了。

程志刚　难怪！刚刚我从园子里过来，一阵浓香，真是中人欲醉，原来是桂花香！

窦夫人　我偏偏就爱桂花，香得也比别的花尊贵。

罗妈妈　夫人，待会儿我去摘点儿下来，做碗桂花汤圆儿给您宵夜。

窦夫人　（笑）倒是好久没吃着你做的桂花汤圆儿了，罗妈妈，那套银器擦亮了么？

罗妈妈　（扬起手中银壶）就还剩这把酒壶了。这堂家伙儿，有多少日子没用过啦，乌得不成样儿啦，我擦了半天，手都擦疼喽。

窦夫人　你也真是，叫他们去擦罢了，偏偏要自己动手。

罗妈妈　（摆手）算了吧！那些毛头小伙子，粗手粗脚，这种细致东西，我哪儿放心让他们拿去乱磕乱碰呀！

窦夫人　（笑向程志刚）咱们这位老太太呀，天生的劳碌命，叫她歇一会儿，说甚么也不肯。罗妈妈，厨房里，你去看过了么？今晚我倒是担心得很，咱们家好久没正经请客了。大司务那几道酒席菜不知道生疏了没有？最要紧是他那道鱼翅，就靠他那道拿手菜撑场面啦。今天来的客人，家里都有好厨子的，比咱们家讲究多啦。

罗妈妈　夫人放心！我刚到厨房里去看来，大司务那道拿手菜，准错不了，我看他一大早忙来忙去，就为的那道翅。又是鲍鱼、又是云腿，一碗鸡汤就炖了两三个钟头，这么讲究的配料，那道翅还会不好么？大司务的脾气夫人是知道的，我可没敢去问他，只是趁他没在意，悄悄地揭开锅盖儿瞧了一瞧，嘿，那一锅小排翅，老早煨得黄澄澄的啦。

窦夫人　燕窝汤也都炖好了么？

罗妈妈　夫人快别提燕窝啦！就是为了那碗燕窝，我让大司务又好好地揎了一顿。

窦夫人　这又是怎么啦，罗妈妈，你跟大司务两个人真是八字不合。

罗妈妈　都怪我自个儿多事，没耳性！早起大司务泡燕窝，我就抢着替他拣，生怕别人不仔细。刚才我下厨房去，大司务就把那碗燕窝往我面前一推，凶巴巴地说："罗妈妈，我看你真的老眼昏花了！燕窝里还有这么多绒毛，拿得出去么？这不是分明在砸我的锅么？"我用了把镊子，拣了一个上午，眼泪水都累出来了，大司务一点儿也不领情。唉——夫人，这两年，我是老喽，人也不中用了，可是大司务说的呢，连眼睛都老花了——

窦夫人　（赶紧安抚）罗妈妈，你快别理大司务，他今天忙，脾气大。我看你的眼力好得很，还能穿针线呢。你快去歇歇，这儿没你的事了。

〔罗妈妈蹒跚而下，窦夫人摇头舒了一口气，与程志刚相视而笑。两人独处时，眼神话语突然变得亲昵起来。

窦夫人　（用手揉揉额头）请这么一次客，就闹得全家人仰马翻，不请么，实在拖不下去了，白吃了人家那么多餐。我这个人呀，就是心里搁不住一点儿事。昨晚心里盘算了一下今天的菜单子，竟折腾了一夜，早上五点钟才闭了闭眼睛，这会儿头又有点疼了。

程志刚　客人还没来，你先坐下靠一靠，轻松一下吧。（将沙发椅垫挪好，让窦夫人靠下，立在沙发背后）

窦夫人　今晚瑞生不在，我一个人当主人，恐怕招呼不过来，你得多帮着我点儿。

程志刚　那是当然，夫人放心，有什么事，只管交代我好了。

窦夫人　我想着大家都要用嗓子，只预备了"花雕"，不伤喉咙，我在酒上头，有限得很。回头闹起酒来，你去替我应付吧。

程志刚　没问题，夫人，都包在我身上，我来替你挡驾。

窦夫人　今晚你辛苦些，不过，也不会叫你白操劳的，这是有赏的。

程志刚　（凑近窦夫人，笑）怎么个赏法呢，夫人？

窦夫人　（笑）论功行赏，那还要看你今晚的表现如何。

程志刚　夫人，难道我的表现，还不够好么？

窦夫人　有时候好，有时候儿……不太好。你这个人哪，也挺难捉摸的，变化多端。

程志刚　夫人，那是您对我的了解还不够深，我一片忠心耿耿，夫人怎么还会瞧不出来呢？

窦夫人　忠心不忠心，那还得考验考验。

程志刚　咳，夫人，日久见人心。我也只好等着接受考验罢了。

〔台后传来一阵放肆的浪笑。蒋碧月上，一团烈火般，卷了进来。蒋碧月身着火红缎子紧身旗袍，上披闪金织锦披肩，一手执象牙镂花扇，另一手提金色串珠手袋，两只手腕铿铿锵锵戴八只扭花金丝镯，梳鸟窝头，鬓上刷出两弯俏皮的月牙钩。足上三寸高跟鞋，踏得满台震天价响。蒋碧月一进入客厅，便把身上披肩拉下，手袋往沙发一撂，唰地一下甩开牙扇，一面连珠炮似的自说自话，一面花旦跑圆场一般，满场飞。程志刚一见，赶忙起身相迎。

蒋碧月　好哇！三姊，咱们今天晚上，可真正是“群英会”啦，“赏心乐事”里生旦净丑，文武昆乱，名角儿、名票、名胡琴、名笛子，整座票房都让咱家给搬来了。文武场都是全的。今儿您就是要咱们贴一出大轴戏《扒蜡庙》，咱们也凑得起来了。

窦夫人　（举手制住蒋碧月）碧月、碧月，你慢点儿说行不行，我问你：顾传信顾老师，你到底请了没有？

蒋碧月　（用扇掩口，吃吃浪笑）那个老头儿呀，比“三顾茅庐”请诸葛亮还要难请。咱家只好唱“苦肉计”，把浑身解数都施了出来。（一面使出花旦身段）我先去跟徐经理太太打听。她师傅爱吃的、爱听的、爱唱的，都给我说了。我找了半天，好不容易找到一对儿白毛乌骨鸡，三斤重一只，提了去做见面礼。徐太太说，老头儿有时候喜欢炖只乌骨鸡来下酒呢，三姊，那对乌骨鸡可花了我好几百块，回头我可要跟你算账的——

窦夫人　得了，得了，不会叫你白赔的，你呀，一点儿亏也不肯吃！

蒋碧月　你不知道，三姊，那个老头儿多会拿跷，一双眼睛呀，长在头顶上，什么人都看不入眼。

窦夫人　人家是笛王嘛，难怪他眼界高。

蒋碧月　所以说呀，我一去，一顶顶高帽子先给老家伙戴上。我说："顾老师，我仰慕您的艺术，仰慕了多少年了，打小时候在上海徐园就听您的笛子啦。"三姊，徐园到底在什么路啊？

窦夫人　（笑了起来，用手直指蒋碧月）在康瑙脱路！

蒋碧月　我哪儿知道徐园在哪条路呀，是你告诉我的，从前你在徐园听过顾传信的笛子。我先道了仰慕之情，老头儿脸上才露出三分喜色来，我赶紧就上前一拜，说："顾老师，今天我是来拜师的，您的绝活儿，无论如何要教我几招！"徐太太也在旁边替我敲边鼓，咱们俩儿，一唱一和，总算把老头儿给逗乐了，我看谈得入港了，才不慌不忙，把请帖拿了出来。老头儿发觉上当，已经晚了。乌骨鸡也收了，礼也受了。咱家一出"苦肉计"，把笛王顾传信，就这么给诓了来。

程志刚　（笑向窦夫人）夫人，我说的一点儿也没错吧？蒋小姐只要三个回合，老先生就招架不住了。

蒋碧月　（转向程志刚，扇子指到他脸上，念京白）嘟！我把你这——（举起扇子做打介）程志刚，你从实招来，背底下你又议论我什么了？到底说了我多少坏话啦？

程志刚　（口白）下官不敢！（双手作揖）蒋小姐，刚才夫人担心，生怕您请不动顾传信，我就对夫人说，别人我不敢说，蒋小姐亲自出马，我敢写包单，马到成功。

窦夫人　（讽刺）他哪儿肯说你坏话呀，他卫护你还来不及。

蒋碧月　（乜斜眼睛，睨住程志刚，道白）哦、哦、哦，如此说来，错怪你了。

程志刚　蒋小姐，今晚该您压轴了吧？

蒋碧月　（摆手）罢了，罢了，今晚名票名角儿，五湖四海，群英大会，咱们只有跑龙套的份儿。

程志刚　蒋小姐，我连戏码都替您想好了，《火烧红莲寺》怎么样？

蒋碧月　（举扇指向程志刚，发嗔）程志刚，我警告你，你又在出什么坏主意，拿我来开胃了！

程志刚　（调侃）我是说，您这一身打扮可不是《火烧红莲寺》里的“红姑”么？火剌剌的！

蒋碧月　（扇子敲了程志刚一下，笑得花枝乱颤）哎哟你这把嘴呀。（一面捧腹，喘不过气来，摇摇曳曳，走向右屏风处）

〔程志刚跟随，两人并立一处，喁喁私语，蒋碧月咯咯笑声不停。窦夫人起立，侧目怒视二人，惴惴不安。此处三人舞台位置极重要，而后来钱夫人、郑彦青、月月红三角关系之注脚。

窦夫人　够了吧，你们俩儿别尽在那儿演戏了，客人都快来了。程志刚！

程志刚　是，夫人。

窦夫人　你到大门口去帮着刘福，有些客人恐怕他不认识，叫不上名字来。

程志刚　好的，夫人，我这就去。（下）

〔蒋碧月碎步踱回台中央。

窦夫人　（归座，上下打量蒋碧月）十三，今天你这一身红，倒真是名副其实的“天辣椒”了。

〔蒋碧月低头观赏自己的火红旗袍，摸摸腰身，拉拉下摆，顾盼自得。

蒋碧月　三姊，现在的旗袍愈兴愈短了。我那个“造寸”上海师傅告诉我，下摆应该再缩一寸。我不干，我说那还了得，那样膝盖儿都露出来了。他说现在时兴这种款式呀，短旗袍才时髦。（摇到窦夫人处，一屁股坐到窦夫人身边，一把擎起窦夫人的左手，一面欣赏窦夫人手上大钻戒，满脸艳羡）哟，三姊，你今儿个真把这颗镇山之宝给亮出来了！

窦夫人　平常谁戴这个玩意儿？一直搁在保险箱里，上个礼拜才取出来，拿去洗了一下。

蒋碧月　让我戴戴看（不由分说，径自动手将钻戒卸下，戴到自己手上，伸出手去，左顾右盼）三姊，钻戒我也看多了，可是总不及你这颗火油钻。前天有人拿了一只方钻来给我看，还没有这颗大呢，只有三克拉，而且又有点儿带黄，我压根儿也瞧不上。看来看去我还是喜欢你这一颗，颜色又正，还是发蓝的呢！（将钻戒脱下，举到眼前观赏光泽，不忍释手）

窦夫人　（伸手将钻戒索回戴上）难道我的东西都是好的么？你总要来抢？

蒋碧月　姊姊的玩意儿当然都是好货喽，难怪叫人眼红嘛。

窦夫人　（拍了一拍蒋碧月的大腿）十三，你说到昆曲名角儿，今儿个晚上我倒把一位真正的昆曲名角儿给请出山来了。

蒋碧月　（惊讶）哦？是谁呀？

窦夫人　我说的这位昆曲名角儿呀，来头可大着呢！人家当年是秦淮河上第一人！

蒋碧月　（若有所悟）哦、哦，我猜着了。

窦夫人　（知道蒋碧月猜到了）对啦，十三。今天晚上，咱们的蓝田玉钱鹏志夫人要亮相啦。

蒋碧月　（惊喜、兴奋，用扇子打手）好哇！今儿个可真把“天字第一号”的头牌名角儿给请出来啦。

窦夫人　你是知道的。十三。钱鹏志不在了，这些年，五妹妹怎么也不肯露面了。她现在一个人住在南部，冷冷清清，孤孤单单，我也挺记挂她的。今天晚上，难得有这么个聚会，我作好作歹把她硬邀了上来，要她来这儿散散心，咱们姊妹们，也一块儿叙叙旧。

蒋碧月　咱们那位五姊儿呀，钱鹏志在的时候，世上的荣华富贵，她也都享尽喽。钱鹏志疼起咱们五姊儿来的那个劲儿噢，恨不得捧在手上，含在嘴里。一会儿不见，就急得到处找：“老五，老五。”（学钱鹏志声音，与窦夫人一起笑）咱们那位十七妹子月月红说：“五姊，你的辫子也该铰了，明儿个你跟钱鹏志出去，人家还以为你是他孙女儿呢！”（咯咯笑）

窦夫人　（微愠）十七那个刻薄鬼！五妹妹对她那一分儿也算厚的了。难道她姊姊那儿，她的便宜捡得还算少么？人前人后，她总要刺她姊姊两句。好像她姊姊反而欠了她甚么似的。

蒋碧月　月月红说的也没错嘛，钱鹏志比咱们五姊快大上四十岁了，都好做她的爷爷了哩。

窦夫人　这又有什么呢？白发红颜也有的是，只要真心就好。钱鹏志也算是个有情义的人，五妹妹那几年是享了福的。

蒋碧月　可是咱们那位五姊儿呀，唉，也有她的烦恼噢。

窦夫人　天底下的事儿，哪有十全十美的呀？

蒋碧月　千不该，万不该，不该半中间儿又跑出个郑彦青来，那么个年少风流的郑彦青。唉，害得咱们五姊儿呀——

窦夫人　（警告蒋碧月，两头瞧瞧，怕有人听见）碧月！

蒋碧月　戏里头说得好，有道是："若说是没奇缘偏偏遇他，说有缘这心事又成虚话，我这里枉嗟呀空劳牵挂。他那里水中月镜里昙花。"（一面念戏词，一面做手势比画）

窦夫人　（忍不住掩口笑）碧月！十三，你少缺德了吧。

蒋碧月　三姊，那次五姊在梅园新村请客，替你做生日，咱们都上去唱了戏，你还记得么？

窦夫人　是呀，那天的堂会南北名票名角儿都到齐了，那种盛况真是再也不会有的了。

蒋碧月　咱们五姊儿的大轴戏，《游园惊梦》，唱到一半，嘎一下，嗓子就哑掉了。（用手扶喉咙，仿效钱夫人当年倒嗓的情况）

窦夫人　那天她喝多了花雕酒，醉得才厉害哪。

蒋碧月　（噗哧一笑）她哪儿是喝多了酒呀？我看呀，咱们五姊儿那天八成儿是喝多了镇江醋！（放肆咯咯浪笑）那天郑彦青跟月月红他们俩一对儿，你瞧着我，我瞧着你，眼睛眉毛一直在打架呢！（一面用手比画）

窦夫人　（伸手制止蒋碧月）嘘！碧月！

〔蒋碧月将身子挪近窦夫人，唰地一下打开象牙扇，半掩面，凑在窦夫人耳根下，兴致勃勃地跟窦夫人耳语，不停吃吃地笑。

窦夫人 （听得颇感兴味，但又一面皱眉摇头）是么？——真的么？——有这回事儿？——哎——啧、啧、啧——

窦夫人 （深深叹了一口气）嗐，我说呀，怪来怪去，还是要怪月月红！我警告过五妹妹，我说："是亲妹妹才会专拣自己的姊姊往脚下踹哩！"

蒋碧月 （跳起身来）哟！三姊，你这句话可不是指着和尚骂秃子了么？你窦夫人站着比咱们高，坐着比咱们大，小的就是吃了豹子胆，也不敢在您夫人太岁头上动土呀！

窦夫人 （也立起身）我又不是说你，你急什么！再说，就算我让你踹了两脚，我这个当姊姊的，又能把你这个小妹儿怎么样呀！

蒋碧月 （撒赖）做姊姊的，本来就该吃点亏嘛！

窦夫人 （感叹）谁说不是啊。

蒋碧月 三姊，你把咱们得月台的王牌给请了出来，今天晚上的戏可精彩了。从前咱们大伙儿在得月台的时候儿，咱们师傅老说："（仿得月台师傅）唱来唱去，还是蓝田玉唱得最正派，你们这一伙呀，差得远呢！好好地向人家学学吧！"反正师傅一发脾气我就倒霉！又骂我懒，又骂我好玩儿，总拿我来跟蓝田玉比。有一回，我恼火了，顶了师傅几句，我说："师傅，不错。咱们五姊的唱工戏是好，咱们比不过。可是咱们的做工戏，不见得就输给她呀！"

窦夫人 （打趣）是呀，你的《坐楼杀惜》，踩上了跷，小翠花儿的阎惜娇也没你这一身骚本事呀！

蒋碧月 （娇嗔，沾沾自喜）三姊，你倒说句公道话看看，咱们得月台的蓝田玉，人家昆曲的功夫，老早已经炉火纯青了，别说咱们这几个半调子，就是从前上海北平那些大角儿，也未必能越过她呀。要不然，怎么会连钱鹏志那么一位听曲行家都让咱们五姊给唱服了呢？可是要论到花旦戏嘛，对不起，

（用扇子点点自己的胸口）咱家天辣椒蒋碧月就要当仁不让了！（将扇子唰地打开，使出一个花旦身段）

〔程志刚引着票友们上。徐太太扶着顾传信领头进来。顾传信七十开外，身着灰色绸长袍，气度庄严、令人肃然起敬。徐太太三十许，身着黑纱旗袍，戴珍珠项链，吊珍珠耳坠，手上戴名贵手表。蒋碧月抢上前去搀扶顾传信，窦夫人亦趋前与客人寒暄。

蒋碧月　顾老师。

窦夫人　顾老师，您今天肯赏光，真是寒舍生辉呀。我还担心得很，生怕您这位笛王不肯给我面子，所以特别叫碧月到府上去请您的大驾。

顾传信　夫人太客气喽，您下张帖子，我就来了。哪里还要惊动蒋小姐呢。

蒋碧月　算了吧，顾老师，要不是咱们那出“苦肉计”唱得好，您就这么轻易肯下山了么？

顾传信　呵、呵、呵……

窦夫人　徐太太，我知道，今天晚上您是不能来的，真是难为你了。

徐太太　夫人有请，实在不敢不到。

窦夫人　不是为别的，是为了今晚要唱昆曲，没有您们师徒两个昆曲大家来捧场，咱们的戏就唱不成啦。

徐太太　夫人叫我来听戏，学习学习倒还罢了，今天在座都是些行家高手，咱们趁早别上去献丑了。

〔众笑，窦夫人、蒋碧月、程志刚延请客人入内，一一就坐，上茶送烟，窦夫人巡回一周跟每位客人寒暄两句，然后坐在顾传信身边。

窦夫人　顾老师，刚才我还在跟碧月他们说，从前我在上海的徐园，苏州的留园，都听过您的拿手绝活啦，听了您的“满口笛”呀，真是“此曲只应天上有，人间那得几回闻”哪。

顾传信　（颇自得）夫人过奖了。

蒋碧月　（摇到顾传信面前比手画脚）顾老师，您瞧瞧咱们这个徒弟还有希望么？

顾传信　呵，呵，蒋小姐您可拜错师了，您这么一位徒弟，我哪儿消受得起啊。

蒋碧月　三姊，你听听，咱们不成才，看来是没人要的了。（故意赌气走开，跟另外一堆票友去搭讪）

窦夫人　顾老师，徐太太，回头还有几位真正的行家要来欣赏你们二位的艺术呢，赖祥云夫人就要来了。

顾传信
徐太太　（同声诧异）哦？

顾传信　赖夫人今天晚上也要光临了么？

〔刘福上。

刘　福　报告夫人，赖夫人到。

窦夫人　（立刻起身）快请进来。

刘　福　是，夫人。（下）

〔蒋碧月走到程志刚身边，用扇掩口，跟程志刚耳语一番，两人趁众人不注意，相约溜下台，到花园中去私会。赖夫人携余仰公上。赖夫人六十开外，身着古铜色缎子旗袍，同色外套。全身玉饰琳琅，左手挽旧式大皮包，右手执檀香扇一柄。她举止高傲，目中无人。余仰公亦六十大几。身着蓝丝长袍，心宽体胖，浓眉大眼，一径笑呵呵，出口成章，窦夫人出迎，状甚恭谨。

赖夫人　（声音洪亮，盛气凌人）今儿个隆重得很哪，窦公馆大宴宾客，好戏连台，咱们是那世修来的，也给请来观礼、听戏，开开眼界，享享耳福。

窦夫人　赖夫人，今天您肯赏光，是我天大的面子。要是别的聚会呢，也不敢惊动您的大驾了。今天也凑巧，“赏心乐事”的几位台柱名票都让我请到了，连笛王顾传信也出山了。所 以一定要请您这位大行家来鉴赏鉴赏、品评一番，才不辜负那几位台柱的雅兴啦。

赖夫人　窦夫人，不瞒您说，要是别人家呢，我也懒得来了，这两天天气怪得很，忽冷忽热。早上起来，还有点头疼呢，咱们家老爷说：“人不舒服，还要出去，你这是在拼老命嘛？”我说呀：“今天窦夫人公馆有戏，就是拼了老命也要去的。”刚才在车上，我还跟余仰公说，从前好戏听多了，什么名角儿也都听过了。现在的戏，老实说，实在有点儿听不入耳，好多年都没听过好戏，耳朵都要生锈了，难得今儿个窦夫人那儿有戏一定是好的，咱们去听够本儿去。

窦夫人　仰公，今天您不来是不成的，咱们什么角儿都齐了，就还差您这么一位好黑头哩。

余仰公　（双手抱拳，呵呵笑）夫人，今天就是天上下雹子，我也会来的。夫人今晚的戏，没咱们的份儿，咱们来帮着敲锣打鼓，跑跑龙套总成的吧。

窦夫人　仰公，您别着急，回头我一定让您上去唱一出《霸王别姬》，您的拿手好戏好么？

赖夫人　您不让仰公唱一段儿戏，晚上回去他的嗓子包管要痒得睡不着。

〔窦夫人引赖夫人、余仰公入客厅，厅中客人全部起立，窦夫人略为介绍，赖夫人微微点头，大剌剌地坐到沙发上去，余仰公也坐定。窦夫人敬烟，赖夫人却从自己皮包掏出一盒烟来，取出一支，装入一杆长烟嘴里，窦夫人替她点上火，赖夫人高擎着烟嘴吸烟，趾高气扬地喷着烟圈。

赖夫人　说到听好戏呀，民国初年那种盛况，恐怕在座的还没有几次赶得上呢。梅兰芳头几次下上海，我就去听他的戏啦。他在丹桂第一台唱，我就去丹桂第一台，他在天蟾舞台唱，我就赶去天蟾舞台，天天包厢。那个时候，梅兰芳才二十出头，在上海一亮相，整个江南都疯狂了。杭州、苏州、常州、无锡，人都赶到上海去看梅兰芳！（自己说自己好笑）

余仰公　（插嘴）夫人，我在北平的广和楼就去听梅兰芳的戏啦，他那时还没下上海哩。

赖夫人　（不悦）我知道你资格老，仰公。那种老北京的茶园子是你们老爷们去的，咱们太太们可不作兴到那种地方去听戏。

余仰公　夫人，我倒有一点儿小小的意见。

赖夫人　你说吧，仰公，我看你又要跟我来抬杠啦。

余仰公　（起身）夫人说的话，当然没错。梅兰芳的戏路宽、扮相美、嗓子甜，确实无人能比。他的行腔走韵嘛，好当然是好，可是我觉得，还是有他美中不足的地方。咱们行家听戏，听到后来，只讲究“韵味”两个字儿。

赖夫人　怎么着？难道梅大王的戏还不够味儿么？

余仰公　可是比起程砚秋来……

赖夫人　（唰地一下打开檀香扇，朝余仰公挥了两下，打断他的话）喂，喂，仰公，你又来了！咱们两个人为了梅兰芳和程砚秋，吵了这么些年还吵不够么？难道今天你又想来翻案不成？

余仰公　（赔笑）夫人，论到京剧的艺术，咱们这是据理力争呀。

赖夫人　好，好！争就争，咱们趁着今天有这些内行专家在座，干脆争个水落石出，让大家来评评理。我先听听，程砚秋到底儿有些什么好处？

余仰公　程砚秋的行腔转调，功夫下得可深哪！一波三折，余音袅袅，真是“山穷水尽疑无路，柳暗花明又一村”！　听了他的戏，三月不知肉味儿啦！

赖夫人　仰公，我看您愈说愈神啦！那个程砚秋，鬼腔鬼调，邪门歪道的。闷着鼻子，蚊子哼哼似的。吐字又不清楚，嘴巴里老含着颗橄榄一样，有哪点儿好？（一面说，一面激动得直扇扇子）

〔窦夫人及徐太太都掩了口，互相使眼色暗笑。客人们大家面面相觑。

余仰公　（亦颇激动，摇头摆脑）夫人差矣，夫人此言差矣！

赖夫人　（站了起来）我索性说穿了吧！就拿《贩马记》这出戏来说，程砚秋演的，咱们看过啦，梅兰芳演的，咱们也看过啦，可是程砚秋的《贩马记》哪儿成呀？本来他咬字就咬得不清不楚，唱起“吹腔”来就更是稀哩呼噜啦，老实说吧，这出戏梅大王唱过，别人都甭唱啦！（慷慨激昂，舞动手上长烟嘴），就是有人要唱，我也不许他唱，唱了我也拒绝去听！拒绝去看！

窦夫人　（立起身来，打圆场）我来说句公道话吧。咱们还是拿戏来打个比方。譬如说梅兰芳去杨贵妃杨玉环，程砚秋也只好去梅妃江采萍啦，到底偏一点儿，差了一截，这是不能越分的。仰公，这个比方您服不服？

余仰公　夫人金口玉言，咱们也只好听着罢了。

赖夫人　其实呀，我最爱好的，还是昆曲。昆曲到底是雅乐，格调高，皮黄戏嘛，热闹是热闹，艺术上是不能跟昆曲相提并论的，可是民国一来，昆曲就没落得不像样啦。

顾传信　是啊，夫人。戏院子里，昆曲的戏码都变成冷门儿啦。这要等到梅先生出来，才把几出昆曲又唱红了。尤其是他那出招牌戏……《游园惊梦》，让他唱得大红特红，梅先生的昆曲艺术在这出戏里也就达到极致啦。

赖夫人　（大悦，立起身，高谈阔论起来）顾老师，您到底是行家。这句话说到咱们心坎儿上来了。梅兰芳的这出《游园惊梦》，确实是昆曲里的无上珍品！我不知看他演过多少回啦，真是百看不厌！我最后一次看梅兰芳跟俞振飞演《游园惊梦》，那是胜利后，梅兰芳回国公演。

余仰公　（插嘴）我也去看啦！

窦夫人　（赶紧起立）我也去看啦！在上海美琪大戏院。

顾传信　（起身离座）呵，呵，咱们也都去了！

赖夫人　那次真是盛况空前啊！一连四天，都是昆曲。

余仰公　（抢着讲话用手数戏码）《刺虎》《思凡》《断桥》，还有《游园惊梦》。

赖夫人　嘎，仰公，你的记性也不赖嘛！戏码一点儿也没错。那张戏单子，我到今天还藏着做纪念呢。唉，那次的戏，一个人一生最多也只能遇到那一回罢了。真是叫人难忘，叫人怀念啊。

顾传信
窦夫人　（同声感叹）是啊！是啊！
余仰公

〔赖夫人、窦夫人、余仰公、顾传信，相对伫立片刻，各人若有所思。

窦夫人　赖夫人，我知道您的趣味高，喜欢听昆曲，所以今儿个晚上特别邀请了几位昆曲名票来，这位徐太太的昆腔，是有口皆碑的啦。

徐太太　（惶然起立）夫人谬奖啦。前辈们面前，咱们那一点儿玩艺儿，哪能登大雅之堂呀。

赖夫人　徐太太，您也甭客气啦，您是后起之秀，已经挺不错啦。

窦夫人　还有一位昆曲大家，还没到呢。

赖夫人　哦？是谁呀？

窦夫人　是钱鹏志钱鹏公的夫人。

赖夫人
余仰公　（三人惊讶失声），是钱鹏公夫人么？
顾传信

余仰公　（转向赖夫人）夫人，咱们今天晚上可真有耳福啦。钱夫人的昆曲从前咱们欣赏过的。行腔转调，那真是玉润珠圆，身段“边式”，要直追伶界大王梅兰芳博士啦。

赖夫人　（不服）有这回事儿么？有那么好么？

顾传信　夫人，仰公的话，并没有言过其辞。那位钱夫人的昆曲，十分了得！别出戏不敢说，她的《游园惊梦》，真要跟梅先生不相上下啦！

赖夫人　（犹自不忿）如此说来，今天晚上，咱们倒要好好领教领教啦。

余仰公　那年钱夫人在“励志社”义演，票的就是《游园惊梦》，唱得一字一彩，把下面那些南北名票名角儿都唱服了。（说着自己也沉醉了，不禁手舞足蹈起来）

〔《游园惊梦》中的［皂罗袍］在扩音器中渐渐扬起，盖过了余仰公的高谈阔论。舞台灯渐渐暗下，客厅中诸人静止言动。银幕上换景，背景以菊花为主。同时，侧台——代表窦府大门——灯光亮起。钱夫人的身影亭亭出现。钱夫人身穿翠绿缎子旗袍，长抵脚面。肩披黑纱长披肩。左手吊黑包间金线皮包，右手执扇子一把。扇面黑底上绘红色牡丹，腕上玉镯一副，指上珍珠戒指一枚，头上梳贵妇髻，左鬓插碎钻发梳一把。举止矜持、高贵，非常在乎别人与自己地位的比较，但私下她却是一个多愁善感，而又热情奔放的女人。一方面因为自己才貌双全，自视甚高，但又因为美人迟暮，身份降落，而不禁兴起年华消逝，富贵浮云的感伤——这些内心极为复杂的感情，全靠独自表示出来。每段独白的调子、速度，因时因景而异。时而高亢狂喜，时而低沉忧伤，最后高潮一段，痛裂肺腑。钱夫人一出现，台上马上感到一阵萧瑟的秋意。

〔刘福在侧台大门口出现，趋前迎接行礼。[皂罗袍]配音停止。

刘　福　钱夫人，我是刘福，夫人大概不记得了吧？

钱夫人　（微微迟疑）是刘福么？噢！我记起来了，从前到你们大悲巷公馆见过你的。你好呀！刘福？

刘　福　托夫人的福，夫人这向好吧！

钱夫人　还好，谢谢，你们夫人好吧？我有好些年没有见着她了。

刘　福　咱们夫人好，她时常惦记着您哪。（一路引钱夫人往房子正门走去，在正门前厅另一侧台停下）夫人请稍候，我去报告咱们夫人。（进客厅）

〔钱夫人一个人立在前厅，用手摸摸发鬓，微微露出紧张不安的神态。

〔窦夫人在侧台门首迎出，急步趋前，执住钱夫人双手，状至亲昵。

窦夫人　五妹妹！

钱夫人　三姊！

〔二人互相凝视打量，无限感慨，千言万语，一时不知从何说起。

窦夫人　唉！五妹妹……

钱夫人　三姊！

〔两人又是一阵摇头感叹，却又互相会心微笑。

窦夫人　五妹妹！你到底来了！

钱夫人　我来晚了吧？让你们久等啦。

窦夫人　哪儿的话，你来得恰是时候，我们正要入席呢。五妹妹，瑞生出门有事去了，他知道五妹妹今晚要来，特别交待我，替他向你问好呢。

钱夫人　难为窦大哥还那么有心。

窦夫人　（又执住钱夫人双手，语调关切）五妹妹，你早就该搬上来了。我心里一直记挂着，现在你一个人，住在南边儿，有多冷清呢？

钱夫人　这些年，清静惯了，倒也还不觉得怎么样。

窦夫人　可是今儿个晚上，你是无论如何缺不得席的。你知道，咱们碧月，十三也来了。

钱夫人　哦？她也在这儿么？

窦夫人　（歪过头凑近钱夫人，说心腹话）任子久一死，碧月便搬出了任家。你晓得，任子久是有几分家当的，十三一个人过得也算舒服了。她那种性子，现在没了拘束，反而自由自在，潇洒得很。今天晚上就是她先起的哄，把“赏心乐事”的几位票友都弄来了，连场面都是全的。这么些年来，这还是头一遭呢。今天来的几位朋友，都是行家，刚刚还在谈起，大家都巴望着你上去露两手呢。

钱夫人　（挣脱窦夫人，摆手笑）罢了，罢了，哪里还能来那个玩艺儿呀。

窦夫人　客气话是不必说了，五妹妹，连你蓝田玉（加重语气）都说不能，别人还敢开腔么？

〔窦夫人手挽钱夫人，二位夫人仪态万方走入客厅。侧台灯光暗下，正台灯光亮起，宾客同时开始谈笑。余仰公响亮的笑声及咳嗽声尤其显著。银幕上换回牡丹花。窦夫人引钱夫人到赖夫人面前，开始介绍。

窦夫人　赖夫人，这位是钱夫人，你们两位大概见过面的吧？

赖夫人　（上下打量，半晌才款款起立）这位大概就是钱鹏公的夫人了？我是说面熟得很！（伸手跟钱夫人握手）

余仰公　（趋上前，向钱夫人行礼）夫人，久违了！

钱夫人　（还礼）仰公也来了？真是多年不见了。

余仰公　刚才咱们还在跟赖夫人谈起，（转向赖夫人赔笑）夫人当年在励志社义演，咱们有幸，瞻仰到夫人的风采。夫人那一出《游园惊梦》，唱得真是精彩绝伦啊！

赖夫人　是啊！刚刚仰公还在说您的《游园惊梦》，直追伶界大王梅兰芳啦。我早就听闻钱夫人的盛名，今儿个总算有耳福，让咱们给赶上啦。

钱夫人　仰公过奖了。

余仰公　夫人，不是我当着夫人面说，您那一次的演出，把《游园惊梦》那出戏简直给演得出神入化啦！直到今天，行家们谈起来，都还在赞不绝口呢！

钱夫人　仰公说得太好喽！

窦夫人　五妹妹，仰公说的是真心话，连笛王顾老师刚才也在赞你那出戏呢！（一面说着，一面挽着钱夫人走向顾传信跟前）

顾传信　（起身行礼）夫人好。

钱夫人　（惊异）真没想到，顾师傅，今天晚上，您也在这儿。

顾传信　是啊！夫人，真是人生聚散无常啊，咱们在这儿又遇见夫人了。

窦夫人　诗里头说得好："正是江南好风景，落花时节又逢君。"五妹妹，你跟顾老师最后一次会面，恐怕还是你在梅园新村请客唱堂会那回吧。

钱夫人　谁说不是呢？一晃就那么多年了。

顾传信　唉，是啊，日子过得可真快啊！

窦夫人　五妹妹，那次聚会真是难得。咱们几个人又喝又唱，多么尽兴啊。你还记得么，五妹妹，那是个三月天，你梅园新村那间公馆里，花园里那些牡丹花呀，开得多么茂盛啊！

〔随着窦夫人的语声，舞台灯光渐暗。众人停止言动。钱夫人款步到舞台正中前侧，一盏聚光灯罩住她的脸部及上身。"第一独白"开始。独白之间，可以播合适的配乐，如［万年欢］等喜宴曲牌，并欢笑掌声，同时屏风后出现众人当年欢宴之剪影、独影、蛋糕等影像。钱夫人独白时，举止声态完全恢复了当年的妩媚。这段独白因是追忆当年欢宴盛况。钱夫人的表情，喜形于色，自得自满。

钱夫人　（独白）是啦！就是那年，在梅园新村，我还明明替桂枝香请过生日酒呢，替她做三十岁生日。得月台的几个姊妹们差不多都到齐了，十三天辣椒，十七月月红。大伙儿学洋派，凑份子，替桂枝香定做了一只三十寸双层大蛋糕，是在老大昌定的，上面足足插了三十支红蜡烛。桂枝香，现在总该有四十大几了吧？可是怎么一点儿也没显老呢？亏她会保养，现在发了点儿福，看起来，反而更加雍容华贵了。那个时候儿，桂枝香可没有这么风光。那个时候儿，她还做小。窦瑞生的位置也并不怎么样。现在窦瑞生当然不同喽，桂枝香也扶了正。唉，难为她，熬了这么些年，到底给她熬出头了。从前那个时候，可怜她，还不敢正式出面呢，连生日酒还是我替她摆的呢，园子里一摆就十桌，南北名票名角都请到了。擫笛的，就是“大江南北两支笛”的笛王顾传信。可是顾师傅说的呢，人生聚散无常。谁知道，在这儿偏偏又遇见了他。我还记得，那是个三月天，真是个天淡云闲的好日子。园子里开满了牡丹花，大红大紫。那正是：“姹紫嫣红开遍”。紫金球呀、碧玉带呀、太平楼呀，全是小洛阳法华镇的名种，起码有一百株，一片花海似的。城里的人都说：日本人打跑了，那年城里头的牡丹花也开得分外茂盛起来。那天十七月月红，穿得一身大金大红的，在我那些牡丹花里踩来踩去，东抓抓，西弄弄。也亏她会挑，偏偏挑中我心爱的那棵碧玉带，掐了一朵就往她自己头上一簪，还要端着一杯酒过来，说风凉话：姊姊，你不赏妹子的脸……

〔月月红穿大红旗袍出现，鬓边簪白牡丹花一朵，旗袍及发式与蒋碧月截然不同。月月红一出台亦是一尖笑，一手持金色酒杯。

月月红　姊姊，你不赏妹子的脸！

钱夫人　十七，你捡尽了便宜，还要说这种风凉话。

月月红　（用手拥弄鬓边牡丹，冷笑）哼，也不过采了姊姊一朵牡丹花儿，姊姊心就不自在啦！

钱夫人　十七，你哪株花儿不好挑，偏偏要挑我最心爱的这株碧玉带。

月月红　好花儿人人爱，名花共欣赏。姊姊心爱的花儿，偏偏妹子也爱嘛！

钱夫人　十七，你要知道，这株碧玉带，是我一手栽培起来的，我花了多少的心血，天天灌溉，日日打理，眼看着它抽枝发芽，朵朵盛开。我连碰也舍不得碰一下。你一来就把我最心爱的花儿给摘掉了。

月月红　（咯咯尖笑）姊姊，你好痴呀！难道你没听说过："花开堪折直须折，莫待无花空折枝。"

钱夫人　十七……

〔月月红在尖笑声中渐渐隐退。扩音器中扩出由远而近回响一般的呼唤："夫人，夫人，夫人……"郑彦青渐渐出现在钱夫人身侧。郑彦青身着紧身马装，足穿马靴。手上亦持金色酒杯。钱夫人听到呼唤声，仰面张望，脸上表情，喜悦中又带一丝迷惘。如同昆曲《惊梦》中杜丽娘梦中邂逅柳梦梅情景相似。

钱夫人　彦青！你瞧，这些牡丹花儿开得多么热闹啊。

郑彦青　是啊！夫人。今年您园子里的牡丹花怎么这么鲜艳，这么茂盛哪。真是一片繁华。

钱夫人　这一百多株牡丹，都是我亲手挑的，小洛阳的名称。这是紫金球，这是太平楼，这……这就是最有名的碧玉带啦。

郑彦青　尊贵得很哪，夫人。

钱夫人　可惜最大的一朵，却让人家给摘走了。

郑彦青　夫人不必惋惜，不摘走，过两天，也就谢掉了！

钱夫人　（声音颤抖）彦青，怎么你也说这种话呢？那是我最心爱的一朵花儿，怎么舍得白白让人家给抢走了呢？

郑彦青　夫人……

钱夫人　彦青……

〔郑彦青渐渐隐退，扩音器中播出月月红一连串尖笑的声音："姊姊，你好痴呀……"随着这阵笑声，蒋碧月踏碎步，全身花枝乱颤地从后台摇曳出来，她的鬓上多加了一朵大红花。程参谋紧跟她身后。台上灯光复明，回到现在。

蒋碧月　（尖叫）哟！五姊呀！（随即一阵风似卷到钱夫人身侧，一把便将钱夫人的手臂勾了过去）刚才三姊告诉我，今天晚上你也要来，我就喜得叫了起来：

“好哇，这下可真把天字第一号的王牌名角儿给请出来了。”（回头向票友客人招呼）哪，你们快来见识见识吧，这位钱夫人才是真正的昆曲皇后呢。

〔票友们都赶紧起身向钱夫人行礼，钱夫人也还礼不迭。

钱夫人　（微微责备）碧月，你不要胡说，给这几位内行听了笑话。

窦夫人　碧月的话倒是没说错，你的昆曲，是得了梅派真传的了！

蒋碧月　是啊！五姊，你也来见见。这位徐太太，也是咱们这儿的昆曲台柱呢。

徐太太　（赶忙谦让不迭）蒋小姐真会说笑话，钱夫人是昆曲名家，咱们师傅老早跟我说过啦。今晚我特别要向钱夫人请教呢。

钱夫人　您太客气了，徐太太，您是顾师傅的高足，名师出高徒，一定是好的。

蒋碧月　我说三姊呀，我看这样吧！回头咱们让徐太太唱《游园》，五姊唱《惊梦》，把这出戏昆曲的老祖宗抬出来，让两位昆曲名角儿上去较量较量，咱们来评评高下。

钱夫人　（微微嗔怪）碧月……

〔蒋碧月挽着徐太太走向票友堆中一路咯咯浪笑。昆曲［皂罗袍］曲牌声起，舞台灯光渐暗，仅留一盏聚光灯照射着钱夫人，引出她的“第二独白”。

钱夫人　刚才桂枝香说天辣椒十三也也这儿，我心里就想：天辣椒嫁了人这么些年，不知道可收敛了些没有？ 现在任子久一死，没想到这个天辣椒反而比从前愈更标劲，愈更佻俶了。这些年的变化，在这个女人身上，竟找不出半丝痕迹来。那时候大伙儿在得月台清唱，有风头总是十三天辣椒跟十七月月红两个人抢着占先，缠着师傅，专拣那讨俏的戏来唱。一出台也不管清唱的规矩，两个人的眼睛，钩子一般直伸到台下去。惹得师傅直皱眉头，说她们：十三，十七，咱们清唱这一行，有清唱的规矩，你们两人，到底是在唱戏呢？还是跟台底下那些爷儿们打情骂俏呢？（扩音器中播出当年得月台听众喝彩的声音。屏风上现出月月红的剪影，胡琴声起，月月红唱两句荀派的《玉堂春》，喝彩声又起）师傅说：“你们这一伙儿呀，就数蓝田玉跟桂枝香两人唱得最正派！十三，十七，你们还得好好跟你们两位姊姊学学去。”真是的！（叹一口气）唉，是一个娘生的，性格上却差得那么远。论到懂事故，有担待，除了她姊姊桂枝香，再也找不出第二个人来，——桂枝香那儿的便宜，天辣椒也算捡尽了。任子久连桂枝香的聘礼都下定了……四副金镯子、一条珍珠项链，桂枝香当宝贝儿似的拿给我们看。我们都还替桂枝香高兴，像她那么个好心人，总算终身有靠了。哪里想得到，那个天椒辣却有本事拦腰一把，将任子久从她姊姊那儿给夺了过去。嗳，也亏桂枝香有涵养，守了多少年，才委委屈屈做了窦瑞生的偏房。别人不知道，还以为做窦夫人多么风光呢，其实啊，桂枝香暗地里也淌过不少眼泪呢。难怪桂枝香老叹息说：是亲妹妹，才会专拣自己的姊姊往脚下踹呢。

〔钱夫人右侧一盏聚光灯渐渐亮起，照在桂枝香身上。桂枝香坐在椅子上，身披披风，掩面而泣。泣声由轻微逐渐变大。

钱夫人　三姊，你也别难过了，你的委屈，我都懂。

桂枝香　（缓缓起身，声音悲愤）五妹妹，我受的委屈，你那儿能懂啊！我怎么能跟你比呢？你是钱鹏志明媒正娶迎回去的。你现在是堂堂正正的钱夫人，前呼后拥风光得很，我呢？我又能算做什么呢？进了窦家的门，已经三年了，连夫人还没让人叫过一声。

钱夫人　三姊，你再耐心等待等待吧，总有一天会等出头的。

桂枝香　（冷笑）钱夫人，你说得好轻巧，我前头还有一个极厉害的女人挡着呢。那么容易就让咱们爬上去了么？你又不是不知道，咱们这种唱戏的，一入侯门，自己先就胆怯三分，何况还是做偏房！那儿还敢跟别人去争去呀？就拿我这次三十岁的生日来说吧，连在家里出面请一次客也办不到哪！你想想，在朋友而前，我的脸往哪儿搁呀？

钱夫人　三姊，你别发愁！我来出面替你撑腰，把面子给争回来。他们不让你在家里请客，到我那儿去。我来在梅园新村替你摆酒做生日，把南北名票名角儿都请来，唱一堂戏，咱们好好地热闹一番，让你也风光风光。

桂枝香　（感叹拭泪）唉，五妹妹，你这么对待我，我也不知该说甚么才好。

钱夫人　三姊，你说这种话，咱们姊妹俩儿就太见外了。

桂枝香　我常说，我跟你才应该是亲手足，怎么偏偏又会跟十三那个狐狸精同了一个娘胎！我给她害得好苦啵！害得我又多等了这么些年。我看你们那个十七月月红啊，你也该防着她点儿，别让她伤了你了。

钱夫人　你放心，三姊。十七是我的亲妹妹，谅她对我也不敢怎么的。

桂枝香　五妹妹，你哪儿知道，是亲妹妹才会专拣自己的姊姊往脚下踹呢。五妹妹，你要防着她点儿。五妹妹……

〔灯光暗下，桂枝香渐渐隐去。

钱夫人　（若有所思，微微摇头）唉，难为她，熬了这么些年，到底让她熬出头了。

〔扩音器中播出枝桂香的呼唤："五妹妹、五妹妹。"这阵呼声，把钱夫人从幻境中叫回现实。舞台灯光转明，窦夫人与程志刚不知何时站在钱夫人身边。

窦夫人　五妹妹，这是瑞生的随从程志刚，我给你们介绍介绍。

程志刚　（向钱夫人利落地行了一个礼）钱夫人，久仰了。

〔钱夫人微笑还礼，不由得抬头连瞄了程志刚几眼。

窦夫人　志刚，我把钱夫人交给你了，你不替我好好招呼着，明儿罚你作东。

程志刚　夫人放心，我一定尽力就是了。有不周到的地方，我愿意受罚。

窦夫人　（微微嗔怪）我正想罚你呢！这儿客人都来了，忙得不可开交。你跟碧月两人，倒不知躲到哪儿去受用去了。也亏你们溜得快，一眨眼儿就不见了。

程志刚　（赔笑）蒋小姐要到花园儿里透透新鲜空气赏花儿呢，叫我陪她去。

窦夫人　难怪，我说怎么一会儿工夫碧月头上又多出一朵花儿来了。大概是你去替她采的啰?

程志刚　那倒是蒋小姐亲自动手的，夫人的花儿，我可不敢乱采啊。

窦夫人　（冷笑）你们还有什么不敢的。（转向钱夫人）五妹妹，你在这儿跟程志刚聊聊天，他最懂戏了。我得进去招呼着上席了。

钱夫人　你去忙你的吧，三妹。

〔窦夫人下。程志刚引钱夫人坐下，殷勤伺候。其他宾客停止交谈行动。灯光转暗，仅留下钱、程两人谈心处一个“区域光圈”。

程志刚　夫人请坐。（奉茶）

钱夫人　（伸手接茶）谢谢您。

程志刚　小心烫了手，夫人。（端上糖盒，笑吟吟地望着钱夫人，等她挑选。钱夫人随手抓了一把松子）松子儿这个玩意儿吃了黏喉咙，恐怕伤了您的嗓子，夫人还是尝颗梅子吧。（在钱夫人身旁坐下，满脸笑容）夫人，您的昆曲，名满天下，我听说多年了，只恨无缘，没赶上当年的盛况，常常引以为憾，没想到今天晚上，竟然遂了心愿，有机会领教夫人的艺术了。

钱夫人　您的话说得太重了。昆曲嘛，我也有好多年没有认真唱过，恐怕都生疏了。

程志刚　夫人不必过谦了。刚才蒋小姐还在说，今天晚上要请您唱《惊梦》来压轴呢。

钱夫人　碧月就是喜欢起哄！

程志刚　夫人最近看戏了没有？

钱夫人　好久没有了。（低头啜了一口茶，将茶杯放下，微微迟疑）住在南部，难得有好戏看。

程志刚　这两天，罗紫云正在“国光”唱《洛神》呢，夫人去看了没有？

钱夫人　是么？罗紫云唱《洛神》么？（打开扇子半掩面，作沉思状）从前她在上海天蟾舞台演这出戏，我去看过的——那是好多年以前的事情了。

程志刚　罗紫云的做工还是在的，到底不愧是“青衣祭酒”，把个宓妃跟曹子建两人那段情意，演得细腻到了十分。

〔蒋碧月走来。

蒋碧月　（咯咯笑着）谁演得这般细腻呀？

〔程志刚忙起身让坐，蒋碧月坐下跷腿，用扇子指向程志刚。

蒋碧月　程志刚，人人说你懂戏，钱夫人可是戏里的“通天教主”，我瞧你呀，趁早别在这儿班门弄斧了吧。

程志刚　（对蒋碧月说话，眼睛却瞟向钱夫人）我正在跟钱夫人讲究罗紫云的《洛神》，向夫人讨教呢！

蒋碧月　原来是说紫云么？（唰地甩开扇子，噗哧掩口一笑）她呀，在这儿教教戏也就罢了，偏偏又要去演《洛神》。她那把年纪，扮起宓妃来，也不像呀！上星期六，我才到“国光”去看来。她的名气大，那天好票都卖光了，我买到了后排。哪晓得只见她嘴皮儿动，一个字也听不清楚。半出还没唱完，她的嗓子呀，先就哑掉啦。（用手握喉，作倒嗓状）

程志刚　从前她在上海红得发紫，是有名的钢嗓子呢。有一回在皇后大戏院，罗紫云就是贴出她这出拿手好戏。那天她的嗓子特别冲，唱得真是高遏行云，一字一彩呀！

蒋碧月　可是“此一时，彼一时”呀，岁月不饶人。钢嗓子也经不起几磨呀！（又噗哧一笑）不过呀，就像你说的，她的做工还在的，做得可真是细腻呢！演到宓妃跟曹子建两人梦中相会一段呀，（吃吃骚笑！开始起身做手势，与程志刚打情骂俏，眉眼间无限风情，念《洛神》口白，程志刚亦跟着起身）说起来与你要远就远，要亲就亲。

程志刚　（仿《洛神》中曹子建，念白）怎说要远就远？

蒋碧月　（白）你我二人从未交过一言。

程志刚　（白）这要亲就亲呢？

蒋碧月　（白）这要亲就亲么？

程志刚　（白）正是。

蒋碧月　（白）唉，这就难说了。

程志刚　（白）怎么又难说了哇？

蒋碧月　（白）絮果兰因难细讲，意中缘分任君猜。

〔蒋程二人同时放肆大笑，随着二人的笑声，舞台灯光渐暗，一圈聚光罩住钱夫人，随着她缓缓起立，踱向舞台右前侧，“第三独白”开始。

〔第三独白开始时，蒋程二人的笑声渐渐溶入昆曲《游园惊梦》中［绕池游］的唱段。银幕上连续映出钱夫人当年票《游园惊梦》的戏装。

钱夫人 （独白）今天晚上这些客人，大概没有一个不懂戏的。恐怕那位徐经理太太，就是个好角色。回头真要给天辣椒十三她们弄了上去，倒是不可以大意呢。运腔转调，这些人都不足畏。只是在南部这么久，嗓子一直没有认真吊过，也不知道还行不行？而且裁缝师傅的话，果然说中了：现在不兴长旗袍喽。在座的，连那个老得脸上起了鸡皮皱的赖夫人在内，个个人的旗袍下摆，都差不多缩到膝盖上去了，露出大半截腿子来。从前那个时候儿，哪位夫人太太的旗袍不是长得拖到脚面上来的？这件旗袍料（用手抚摸自己身上的旗袍，珍惜而颇自矜）是真正的杭绸，带来多少年，一直搁在箱子底下，总也舍不得穿。为了今天晚上，才拿出来去裁掉了的。本来这种料子，在灯底下绿得像翡翠似的。不知道是不是搁得太久了，光泽好像暗了一点儿。可是不管怎么说，这到底是真正的杭绸，现在的丝绸，哪有这么柔熟，这么细微呢？倒是后悔没有听从裁缝师傅的话，下摆放得这么长，待会儿穿了这一身长旗袍上去，不晓得还登不登样？能不能压场？一登台，一亮相，最要紧了。（隐隐的掌声从扩音器中播出）那次在励志社大会串义演《游园惊梦》，一出场，台下轰雷一般，便是一声满堂彩——

〔掌声渐响，杂夹着一阵轰雷般的满堂彩。钱夫人扮杜丽娘的剧照，在银幕上出现，掌声转烈。笛声起处，钱夫人当年唱［绕池游］的录音，从扩音器中播出。掌声顿寂，钱夫人此时已完全沉醉于过去，不由自主跟着做［绕池游］一段的身段。扩音器［绕池游］播完，钱夫人自己接唱［步步娇］及［醉扶归］，一面打开绘有牡丹的扇子，做种种昆曲身段。银幕上映出［步步娇］及［醉扶归］写得潇洒韶秀的戏词。并配以如苏州“留园”中亭台楼阁的影像。钱夫人唱时，由顾传信暗中伴奏。

钱夫人 （唱）［步步娇］：袅晴丝吹来闲亭院。摇漾春如线。停半晌整花钿，没揣菱花，偷人半面，迤逗的彩云偏。步香闺怎便把全身现。[醉扶归]你道翠生生出落的裙衫儿茜，艳晶晶花簪八宝填，可知我常一生儿爱好是天然？恰三春好处无人见，不提防沉鱼落雁鸟惊喧，则怕的羞花闭月花愁颤。(扩音器中播出掌声喝彩如雷轰潮涌。钱夫人含笑点首，似乎在接受当年观众的喝彩)(独白)钱夫人的《游园惊梦》！钱鹏志夫人的《游园惊梦》！那天把南北名票都唱服了，多少日子他们都还在议论：钱夫人的《游园惊梦》真是唱绝了！连钱鹏志也说："老五，南北名角儿，我都听过了。你这出昆曲，也算是个拔尖的啦。"钱鹏志讲过，他就是为着在得月台听了我的《游园惊梦》，去到上海，日思夜想，心里怎么也丢不下，才又回转来向我求亲的。他说："老五……"

〔扩音器中播出钱鹏志苍老的声音。

钱鹏志　老五，要是能有你在身边，唱几句昆曲听听，我的晚年，也就无所求了——

〔随着扩音器中的声音，钱鹏志的身影在侧台出现。钱鹏志身着月白绸长袍，头发银灰，蓄有八字胡。身材高大，年纪六十开外。钱夫人恢复到二十岁清唱时蓝田玉的身份，此处采"诵读剧场"(Readers Theater)型式，钱夫人装束不变。

钱鹏志　老五，南北名角儿我都听过了，你的昆曲也算是个好的了。唉，我这一生，到了这个年纪也无所求了，要是能有你在身边，唱几句昆曲听听，我也就满足了。老五，我知道，咱们之间，年岁差了许多，这是没法弥补的。我只有尽我的心意，好好照顾你就是了。我也知道，你外柔内刚，是个争强好胜的孩子，你学了这一身的本事，也得有个人来欣赏你，提拔你，才不辜负了你的才啊。老五，就让我来做你的知音吧——

蓝田玉　钱先生——

钱鹏志　老五，你好好考虑考虑。

蓝田玉　(迟疑、声音颤抖)钱先生——我——

钱鹏志　老五，我知道你有顾虑，你仔细想想吧，我们之间，年纪相差实在太多了。

蓝田玉　钱先生，请你不要这样说。我知道您瞧得起我，对我特别器重。我并不是一个不知感恩图报的人，我应该陪伴您，伺候您的。可是——可是——钱先生，我担心我的出身寒微，配不上您——

钱鹏志　老五，这个你不必担心。

蓝田玉　钱先生，老实说，咱们入了这一行，也是迫不得已，家境不好，自小父母就没法照顾。可是，钱先生，咱们的志气还是有的，总想向上学好，尤其是您肯这样提拔我，更教我心慌。您的地位，您的身份，做您的夫人，实在不是一件容易的事儿。我怕做不好，白白辜负了您的一番心意。钱先生——我——（俯首哽咽）

钱鹏志　老五，你别难过了。这样吧，你好好歇歇，过两天，你想好了，咱们再来商量商量。

〔钱鹏志立处灯光渐暗，蓝田玉一个人独自拭泪，自感身世。扩音器中播出瞎子师娘一声声颤抖的呼唤，如同命运之神在召唤，令人凛然生畏。

瞎子师娘　蓝田玉——

〔蓝田玉猛抬头，两头张望，满面惊惶。

瞎子师娘　蓝田玉——

〔随着呼声，瞎子师娘上场，身着黑色唐装衣裤，披黑色长披肩，手拄长拐杖，头上拢黑色捋子一副，满头白发如麻。

蓝田玉　师娘！

瞎子师娘　蓝田玉，师娘的眼睛瞎了，耳朵可灵着呢！钱鹏志刚才说的话，是对的。你不要犹豫啦。

蓝田玉　师娘，我的心乱得很，不知道该怎么办才好！

瞎子师娘　唉——这是你们的命！你们这种卖唱的姑娘，只有嫁给年纪大的，当做女儿一般疼怜算了，年纪轻的男人，哪里靠得住哟！

蓝田玉　师娘，我只怕自己高攀不上，钱先生他的地位，咱们差得太远了。他家里来往的那些人，个个都是有头有脸的。嫁了过去，我怕让人家说闲话，瞧不起，带累了他。

瞎子师娘 唉！你们这种人呀！就是嫁给小户人家，还要引起多少议论呢，何况是入了侯门？这就要看你个人争气不争气了！自己做得正，规规矩矩，别人也拿你无可奈何，钱鹏志对你一番真心真意，实在是难得。人家是明公正道，娶你回去做续弦的。一夜之间，你就是钱鹏志公的夫人了。一辈子享用不尽啦。

蓝田玉 师娘，我并不贪图做夫人的虚名。老实说，我倒希望跟着一个平平常常的人，安分守己过一生算了。

瞎子师娘 嗐！我的五姑娘，你别痴心妄想了，那种福呀，不是你们这种人享得到的，你过来，找来给你摸摸骨。（伸手作摸骨状。声音颤抖，宣布蓝田玉的命运）蓝田玉——荣华富贵，你这一生是享定了，只可惜——唉——你长错了一根骨头……

蓝田玉 （不寒而栗，惊叫）师娘！

瞎子师娘 也是你前世的冤孽啊！年纪轻的男人，哪里靠得住啊。

蓝田玉 师娘！

瞎子师娘 （一面念念有词，一面拄拐杖离去）可惜只长错了那么一根骨头——前世的冤孽啊……

蓝田玉 （在后面追赶）师娘……

〔扩音器中传来一阵尖锐嘲笑的女人声音，再融入饭厅客人的笑声。蓝田玉在嘲笑声中，逃下台去。在客人的笑声里，舞台灯光转亮，客厅中屏风拉开，现出里面饭厅，照耀着银素装饰，明亮得像雪洞一般。银幕上的幻灯片，以银色壁饰为主，饭桌桌布为猩红，盆碗羹箸一律为银器，桌上山珍海味已齐备。灯光亮时，客人们互相让座。此时灯光由后面打出，照出人物剪影婆娑。

赖夫人 我看还是我占先吧，这样让法，咱们这餐饭也吃不成了，倒是辜负了主人这番心意。（大模大样地坐了主位，又招唤余仰公坐在她的左侧）仰公，你也来我旁边坐下吧，刚才咱们俩儿，梅派程派，还没闹出个定论来哩。余仰公（双手握拳，操京剧黑头腔调）遵命！

〔客人们继续推让，不肯占第二主位。钱夫人上。

赖夫人　钱夫人，您快来吧，咱们都在等着您哪。

钱夫人　对不起，对不起，让大家久等了。

〔客人们都把第二主位让给钱夫人，钱夫人谦让一番。

赖夫人　钱夫人，我看您也学我，就坐下来吧。再让下去，菜都冷啦。

窦夫人　五妹妹，你不坐下，别人都不好占先的。

钱夫人　那我只好从命啦。

〔钱夫人在第二主位坐下，客人们一一入席。窦夫人一直招呼客人，敬酒让菜，此时播音器中缓缓播出京剧饮宴时之曲牌如[万年欢]、[柳摇金]等。

窦夫人　（举杯）请。

〔客人们一齐举杯，饮宴规矩举止，仿照京剧动作。

赖夫人　窦夫人，您府上的大司务是那儿请来的呀？你们瞧瞧，光是这一道冷盘，手艺就与众不同。

窦夫人　他原来是黄钦之黄钦公在上海时候家里的厨子。

余仰公　那就难怪啦，黄钦公是有名的美食家。

赖夫人　嘿，这道翠盖鱼翅，可真讲究呀！我有多少年没吃着这道名菜啦。

窦夫人　其实也没有甚么，这道菜全靠一点儿荷叶的清香罢了。

余仰公　（尝鱼翅）唔——了不起！了不起！府上这道翠盖鱼翅，可真是做到家了。这道菜的来历，我还知道一点儿。从前北平东城金鱼胡同有一家有名的饭馆子福寿堂。他们的拿手菜，就是这道翠盖鱼翅，人家这道菜，可名贵着哪。一年只做一次，端阳节柜上请客，才肯亮出来。不是老主顾，还吃不着呢，窦夫人，我看府上这道菜，大有当年金鱼胡同福寿堂的风味呢。

窦夫人　仰公，到底您是行家，说行话。不瞒您说，咱们大司务，他家老爷子，正是当年北平金鱼胡同福寿堂的大厨师，这道菜，正是他的传家之宝。

赖夫人　窦夫人，哪天要能借到府上的大司务去烧一道翅，咱们请起客来，可就风光啦。

窦夫人　那还不容易？咱们也难得去白吃一餐呢。

〔众宾客哈哈大笑。笑声中舞台灯光渐暗，仅留一盏聚光灯紧紧罩住钱夫人的面部。钱夫人缓缓立起，开始“第四段独白”。众人在黑暗中停止言动。银幕上映出当年钱夫人梅园新村中牡丹盛开的繁华景象。扩音器中播出饮宴欢笑的声音。

钱夫人　（独白）从前钱鹏志还在的时候，宴会酒席，十有八九都是钱夫人占主位的。钱鹏志的夫人，当然上座喽。那些夫人太太们，能够僭过辈分的，真还数不出一两个来呢。那些姨太太们，那就差得更远呢！桂枝香，她那个时候，连出面请客还没分儿呢。那次她做三十岁的生日，都还企靠我出来替她摆酒撑场面呢。而我自个儿那个时候，才二十出头，一个清唱姑娘，一夜之间，就变成了钱鹏志夫人了。当时的闲言闲语也让人家说够了，连月月红十七也来刻薄几句。她说：“姊姊，你那根辫子也该铰了，明儿个你跟钱鹏志走在一块儿，人家还以为你是他的孙女儿呢！”（扩音器中播出一阵月月红尖锐嘲笑的声音）可不是么？那年钱鹏志已经六十岁了，我都可以做他的孙女儿了，可是我明白我的身份，我也珍惜我的身份。跟了钱鹏志那十几年，筵前酒后，我哪次不是兢兢业业捏着一把冷汗的？无论多大的场面，总是应付得妥妥帖帖。走在人前，一样风华蹁跹，谁又敢议论我是秦淮河得月台的蓝田玉了？

〔扩音器中播出钱鹏志苍老颤抖的呼唤：“老五……老五……”钱鹏志出现，抚慰钱夫人。

钱鹏志　老五，难为你了。唉……

钱夫人　（俯首暗暗拭泪）鹏志，做你的夫人，也真不容易啊！

钱鹏志　（拍钱夫人的肩膀）我知道，我知道。

钱夫人　哪次请客，我不是提心吊胆的？生怕有一点儿错，惹人笑话，给你丢脸。

钱鹏志　老五，你别担心，排场，派头，你尽管摆，只要好看，只要你喜欢就好了。

钱夫人　鹏志，我知道你怕我出身寒微，在达官贵人面前，气馁胆怯处处要抬举我。鹏志，我不是一个不知好歹的人，我只是害怕我做不好，白白辜负了你的一番苦心……（哽咽）

钱鹏志　老五，你莫难过了。

钱夫人　鹏志，我知道，可是……

钱鹏志　老五……

〔红光渐暗，钱鹏志隐去。扩音器中播出瞎子师娘的呼声："蓝田玉……"瞎子师娘上。

瞎子师娘　蓝田玉，这是你的命。

钱夫人　师娘，为什么我偏偏生的这种命呢？

瞎子师娘　你们这种卖唱的姑娘，只有嫁给年纪大的，当做女儿一般疼怜算了。

钱夫人　可是师娘，我心中的委屈，又有谁知道呢？

瞎子师娘　那也是你前世的冤孽，蓝田玉，年纪轻的男人，哪里靠得住啊！

〔扩音器中传来一连串回音式郑彦青的呼唤："夫人，夫人，夫人。"钱夫人仰而聆听。

钱夫人　彦青。

〔郑彦青倏地现身一刻，旋即消失。

郑彦青　夫人。

钱夫人　彦青，你在哪儿呀？

〔郑彦青又在另外一处，倏地现身，转瞬消失。

郑彦青　夫人。

钱夫人　（四处张望）彦青，你到底在哪儿呢？

〔扩音器中播出由近而远的呼唤："夫人……"

瞎子师娘　蓝田玉，那是你前世的冤孽啊！

〔瞎子师娘逐渐消失，扩音器中余音袅袅：“冤孽啊……”

钱夫人　（独白）唉，冤孽还是什么呢？除了天上的月亮摘不下来，世上的金银财宝，钱鹏志怕不都捧了来，讨我欢心。他总是怂恿我，要我摆排场，讲派头。就拿那天替桂枝香请生日酒来说吧。梅园新村一摆就是十台，南北的名票名角儿都请到了。唱昆曲吹笛子的，就是这位笛王顾传信，大厨师是特别从桃叶渡绿柳居请来的。花了十块钱大洋才请到的。光是花雕酒就喝掉了十坛，全是二十年的陈酒呢！是真正从绍兴办来的。一开了盖儿，一屋子的酒香。桂枝香、天辣椒，还有月月红、大伙儿都喝得兴高采烈……

〔扩音器中传出“干杯”“干了吧”连声的“空谷回音”效果。与席上众宾客的“干杯”声相融。舞台灯光遽明，把钱夫人拉回到现实，举目一看，窦夫人端了一杯酒，程志刚捧着一把酒壶，不知何时已笑吟吟地端在她的身边。银幕背景换同饭厅银素装饰。

窦夫人　五妹妹，咱们俩儿好久没对过杯了。今天可要补回来了。

钱夫人　三姊，真是好多年没跟你喝过酒啦。

〔二人碰杯，徐徐干杯，扩音器中细细奏出京剧饮宴［万年欢］的曲牌。程志刚连忙为钱夫人斟酒。

钱夫人　您替别人斟吧，我的酒量有限得很。

程志刚　夫人，花雕不比别的酒，最容易发散。我知道夫人回头还要用嗓子。这壶酒暖得正好，少喝点儿，不会伤喉咙的。

蒋碧月　钱夫人是海量，程志刚，你别饶过她！（从席上起身，摇摇摆摆走过来便递过杯子让程志刚替她斟满一杯，举到钱夫人面前）五姊，咱们俩儿也好久没喝过双杯了，今天咱姊儿俩也来痛快痛快，干两杯吧。

钱夫人　（推开蒋碧月的手，轻轻咳嗽）碧月，这样喝法，咱们都要醉啦。

蒋碧月　（头一歪，娇嗔起来）哟，我说五姊呀，你到底是不赏妹子的脸！那么咱们就喝双份儿好啦。回头醉了，最多让他们抬回去就是了。

〔蒋碧月一仰头便干了一杯，程志刚连忙替她斟上，蒋碧月又一饮而尽，然后倒过银杯，在钱夫人面上一晃。客人们鼓掌喝彩。

余仰公　到底是蒋小姐豪爽！

赖夫人　钱夫人，我看您做姊姊的，这一杯可赖不掉了。

〔钱夫人无奈，只得举杯，徐徐将酒饮尽。客人们鼓掌喝彩。掌声彩声与扩音器中传来的掌声彩声相融。舞台灯光渐暗。仅留一盏聚光灯罩在钱夫人的脸上。银幕上重映出当年钱夫人梅园新村公馆中繁花似锦的高贵气象，“第五独白”开始。

钱夫人　（独白）谁说花雕酒没有后劲儿呢？　喝急了，再醇的陈年花雕也会伤人哪。那次在桂枝香的生日宴上，到底中了他们计，得月台的那伙姊妹都说：几杯花雕，那里就能把嗓子喝哑了呢？难得是桂枝香的好日子，姊妹们不知何年何月才能聚得齐，主人尚且不开怀，客人哪儿能尽兴呢？连月月红十七，也夹在里头闹哄，她穿了一身大金大红的缎子旗袍，艳得像只鹦哥儿。一双眼睛鹘伶伶的，尽是水光。她逞够了强，拣够了便宜，还赶着说风冷话呢。难怪桂枝香常叹息：是亲妹子才专会拣自己的姊姊往脚下踹呢。

〔钱夫人左侧灯光渐亮，月月红一阵尖笑出现，手持金色酒杯。逼钱夫人闹酒。

月月红　姊姊，咱们姊妹俩儿也来干一杯，亲热亲热一下吧！

钱夫人　十七，我的酒量有限得很，你别尽在这儿跟我闹酒啦。

月月红　哟，今天是三姊的好日子，姊姊难道不赏脸么？

钱夫人　咱们俩儿亲姊妹，还闹个什么劲儿呢？

月月红　姊姊到底不赏妹子脸！

钱夫人　唉，十七，姊姊的心事，你哪儿能懂啊！

月月红　（冷笑）姊姊的心事，我猜也猜得着，为来为去，还不是为了他……

〔随着月月红手指处，另一盏聚光灯亮起，郑彦青出现，手擎金色酒杯一只。

郑彦青　夫人，我也来敬夫人一杯。

钱夫人　彦青，你怎么也跟着来胡闹呢？

郑彦青　夫人，这是花雕酒，喝了不会伤喉咙的。

钱夫人　彦青，十七，算她年轻不懂事。万不该也跟了来灌我的酒了。

郑彦青　夫人，这是暖过的花雕酒哪。

月月红　（一阵咯咯尖笑）姊姊。咱们俩儿也来干一杯吧！

郑彦青　我也敬夫人一杯酒。

钱夫人　你们两人怎么串通了跟我来闹酒呢？

月月红　姊姊不赏脸！

郑彦青　这杯酒是暖过的，夫人。

月月红　姊姊……

郑彦青　夫人……

钱夫人　（愠怒，声音颤抖尖锐）你们不许一块儿来胡闹！

〔月月红随着一串笑声隐去。郑彦青也随着“夫人、夫人、夫人”的呼唤声隐去。舞台灯光渐明。程志刚不知什么时候已经站在钱夫人的身侧，他捧了一杯花雕酒，弓着身腰，笑吟吟地呼唤。

程志刚　夫人，这下该轮到我了。

钱夫人　（半带迷惘，喃喃推辞）真的不行了，我的酒已经过量了。

程志刚　夫人，我先干三杯，表示敬意，夫人请随意好了。

〔程志刚一连干掉三杯，众人鼓掌，钱夫人举起酒杯，向蒋碧月敬酒，在嘴边略沾一下，程志刚赶忙行礼致谢。反身归座。余仰公已擎着一只与众不同的金色酒杯，向蒋碧月敬酒。

余仰公　蒋小姐，该我来向您敬上一杯酒。

蒋碧月　（装模作样）哎哟，仰公（用旦角的口气念）你敬是什么酒？

余仰公　蒋小姐，这杯是通宵酒哪！

蒋碧月　（用醉酒中杨玉环之道白）“呀！呀！啐！何人与你们通宵”。

赖夫人　蒋小姐，百花亭还没摆宴呢，你先就“醉酒”啦。

窦夫人　（起身）咱们也该上场了，请各位到客庭宽坐，先欣赏欣赏咱们蒋碧月小姐的《贵妃醉酒》。

〔在这几句台词之间，“场面”的乐师已经暗中上场，悄悄坐在舞台右侧六把靠椅上，当窦夫人的台词念完，四个武场乐师立即“打通”。随着热闹响亮的锣鼓声，舞台灯光渐渐暗下。客人们纷纷在客厅就坐，屏风合拢，舞台灯光亮起，“打通”结束，客人鼓掌，窦夫人巡回招呼客人茶烟。程志刚伺候钱夫人入座。此时琴师开始拉胡琴，奏起《贵妃醉酒》一剧杨贵妃出场前的[小开门]牌子。在胡琴声中，蒋碧月做京戏身段，舞动手中牙扇，走台步到舞台正中。曲牌告终时，蒋碧月示意琴师她将接唱下去。此时幻灯已换回客厅牡丹花之装饰。

蒋碧月　（念）摆驾！

〔琴师及场面分外精神，奏起《醉酒》中之[四平调]

蒋碧月　（边唱边做）海岛冰轮初转腾，见玉兔，玉兔又早东升。那冰轮离海岛，乾坤分外明。皓月当空——

〔在这句长腔终了时，余仰公怪声叫好，其他宾客鼓掌附和。

蒋碧月　（接唱）恰便是嫦娥离月宫，奴似嫦娥离月宫。

〔一曲终了，客人鼓掌喝彩。余仰公更是叫好不绝。蒋碧月装模作样鞠躬答谢。

赖夫人　蒋小姐，你这段《醉酒》真是唱做俱佳呀！

蒋碧月　（做了一个万福）过奖！过奖！唱得荒腔走板，请夫人多多包涵。

余仰公　蒋小姐，您的嗓子真是甜如蜜呀，那么好的“水音”，听得老夫都醉倒了。只唱一段儿可不过瘾，您再来一段儿吧。

蒋碧月　（媚腔十足）要咱家再唱一段《醉酒》可以，不过有一个条件，仰公，那得要您去“高力士”，伺候伺候本宫。

余仰公　蒋小姐，这可乱了行了，咱们是黑头，高力士这个丑角儿，师傅可没教过。

赖夫人　得了吧！仰公，谁不知道你是个“戏包袱”？有什么不能的？快快伺候着蒋小姐唱《醉酒》吧！

〔众宾客一致鼓掌起哄，余仰公找了一只茶盘托了那只金色酒杯，半跪下去，套着《醉酒》中高力士之丑腔念白。

余仰公　娘娘，奴婢高力士敬酒！

〔众宾客哗然大笑，余仰公回首做了一个鬼脸，赖夫人笑得直打跌。

蒋碧月　高力士。

余仰公　有！

蒋碧月　敬的是什么酒？

余仰公　通宵酒。

蒋碧月　呀呀啐！（念到啐字用扇子点了余仰公额头一下）

余仰公　（故意喝痛）哎唷，娘娘不要动怒，此酒乃是满朝文武不分昼夜所造，故名通宵酒。

蒋碧月　好，如此呈上来！

〔余仰公跪着敬酒，蒋碧月做《醉酒》里繁难的衔杯饮酒身段，客人叫好，琴师顺势奏起［四平调］，过门。

蒋碧月　（边唱边做）通宵酒，啊，捧金樽。高裴二卿殷勤奉啊！

余仰公　（念）娘娘，人生在世——

蒋碧月　（接唱）人生在世如春梦，

余仰公　（念）且自开怀——

蒋碧月　（接唱）且自开怀饭几盅。

〔唱毕，蒋余俩装腔作势向四周鞠躬作揖致谢，客人们大声鼓掌喝彩，情绪热烈。

窦夫人　（笑岔了气）我看咱们碧月今天晚上真的醉酒了。

赖夫人　（笑得用手绢拭眼泪）蒋小姐醉了倒不要紧，只是别学那杨玉环，又去喝一缸醋就行了。

〔蒋碧月下来将徐太太拥上去，顾传信赶快取出笛子定音。琴师站起身来让座，退立一旁。

蒋碧月　（向众人宣布）现在请“赏心乐事”票房昆曲台柱徐太太来给大家唱《游园》，回来再请另外一位昆曲祭酒正宗梅派传人钱鹏志夫人来接唱《惊梦》。

〔客人鼓掌，徐太太面对乌木屏风，站定清唱，顾传信开始吹奏[皂罗袍]。众人渐渐安静，场景进入《游园惊梦》之诗情画意中。幻灯银幕打出唱词。

徐太太　（唱）原来姹紫嫣红开遍，似这般都付与断井颓垣。良辰美景奈何天，便赏心乐事谁家院。朝飞暮卷，云霞翠轩，雨丝风片，烟波画船。锦屏人忒看的这韶光贱。

〔自“朝飞暮卷”起，徐太太的唱腔渐低，扩音器中梅兰芳唱片同段的唱腔渐高，不久即盖过徐太太的声音。舞台灯光渐暗，钱夫人从沙发上缓缓立起，踱到台前，一盏聚光灯紧跟着她，照住她的脸部，扩音器中[皂罗袍]唱腔声音渐低，幻灯静止在一张“雨丝风片，烟波画船”的画面上，“第六独白”开始。

钱夫人　（念诗）原来姹紫嫣红开遍，似这般都付与断井颓垣。良辰美景奈何天，便赏心乐事谁家院——杜丽娘唱的这段[皂罗袍]便算是昆曲里的警句了。连顾传信顾师傅也说过：“夫人，您这段[皂罗袍]就是梅兰芳也比不过的。（扩音器中一缕笛音响起）可是那天顾传信的笛子却偏偏吹得那么高。我说：“顾师傅，今儿个让他们灌多了酒，嗓子恐怕有点儿靠不住了。换支调门儿低一点的笛子吧。”顾传信说：“练嗓子的人，最忌讳的就是喝酒啦。”（笛子独奏的效果仍旧细细可闻）可是月月红十七却偏偏端着一杯满满的花雕酒过来，穿得一身大金大红的，说道：“姊姊咱们姊妹俩儿，也来亲近亲近干一杯吧。”

〔笛声中止，月月红出现，手持金色酒杯。

月月红　怎么啦，姊姊，你到底不赏妹子的脸？

钱夫人　十七，你听着，不是姊姊不赏脸，实在为着他是姊姊命中的冤孽啊！

月月红　（一手抚弄鬓边牡丹，冷笑）也不过摘了姊姊一朵牡丹花儿，姊姊心中就不自在啦！

钱夫人　十七，他就是你姊姊命中的冤孽了。

月月红　姊姊心爱的花儿，偏偏妹子也爱嘛。

钱夫人　十七，他就是我的冤孽了。

月月红　（一连串尖笑）姊姊，你好痴呀！

〔黑暗中传来一声呼唤："蓝田玉……"随着呼唤声，瞎子师娘在远处一角涌现。

瞎子师娘　荣华富贵……你这一生是享定了，唉……只可惜你长错了一根骨头！

钱夫人　师娘，可是这并不是我心甘情愿的啊！

瞎子师娘　蓝田玉，年纪轻的，哪里靠得住哦！

〔黑暗中另一角传来一声悠扬的呼唤："夫人……"随着灯光亮起，现出郑彦青的侧影。

钱夫人　十七，你懂嘛？他就是你姊姊命中的冤孽了。

月月红　姊姊，你要记住啊："花开堪折直须折，莫待无花空折枝。"

〔月月红在笑声中隐退。

瞎子师娘　蓝田玉，这也是你前世的冤孽哦。唉……（在叹息声中隐退）

钱夫人　（遥望着郑彦青的侧影，叹息）唉！冤孽啊！前世的冤孽啊。（此时笛音渐渐扬起）顾师傅，调门儿降低一点儿吧，我的嗓子有点儿不行了！

〔笛音扬起，奏［山坡羊］，钱夫人开始唱［山坡羊］，并做种种身段，银幕上现出［山坡羊］的唱词，及各种意象组合。

钱夫人　（唱［山坡羊］）没乱里春情难遣，蓦地里怀人幽怨。则为俺生小婵娟，拣名门一例一例里神仙眷。甚良缘把青春抛的远，俺的睡情谁见？则索因循腼，想幽梦谁边？和春光暗流转迁延……

〔随"迁延"两字长腔，郑彦青上前向钱夫人行礼。两人缓缓起舞，昆曲停止。舞蹈音乐开始。此段音乐，应保留昆曲音乐韵味，用箫笛伴奏，但旋律应合乎现代舞蹈。舞蹈主题为钱夫人与郑彦青之幽恋及钱夫人渴切追寻青春及爱情之幻影。因此象征青春与爱情之郑彦青舞蹈时应时隐时现，难以捉摸。此时银幕上现出《惊梦》中大胆热情［山桃红］戏词。山桃红：则为你如花美眷，似水流年。是答儿闲寻遍，在幽闺自怜。转过这芍药栏前，紧靠着湖山石边，和你把领口松，衣带宽，袖梢儿揾着牙儿苫也，则待你忍耐温存一晌眠。是那处曾相见相看俨然，早难道好处相逢无一言。

〔两人越跳越离近屏风，此时屏风已打开，郑彦青携钱夫人手，一同入内，屏风渐渐合拢。音乐渐渐杳去。此时银幕上钱夫人与郑彦青幽会一段电影开始。此段极富诗意又极热情之独白，用录音，制造回音效果，并便于配合电影中之影像。

（独白）杜丽娘快要入梦了，柳梦梅也该上场了。可是顾师傅说过：《惊梦》里杜丽娘和柳梦梅在园中幽会那一段儿，最是露骨不过的了。顾师傅，你笛子的调门儿降低点吧，今儿个我喝了酒，恐怕我的嗓子儿有点不行了。（电影映出郑彦青深情款款的眼睛及露齿而笑的面容。一段幽幽的配音自扩音器中传出）然而郑彦青，他却偏偏也捧着满满一杯酒过来，叫道："夫人，您再喝一杯吧。（电影转映郑彦青富有男性魅力的一系列特写或"形象组合"COLLAGE 诸如乌光水滑的马靴，银亮扎目的马刺，被马裤绷得滚圆的长腿，俊脸上的汗珠等等）他那双乌光水滑的马靴啪哒一声靠在一起，一双白铜马刺扎得人的眼睛直发疼。他喝得眼皮儿都泛了桃花儿，还要那样叫道："夫人——"（电影映另一系列的形象组合——白马、黑马，马上的骑士，骑士的腿夹在马肚上。马在太阳下树林奔驰，马身上的汗。林间铺满树叶的小路，白净的树干。透过树梢耀眼的阳光等等。配乐渐渐加强，并穿插马蹄奔跑及嘶鸣的声音效果）"让我来扶您上马吧，夫人。"他说道。他的马裤把两条修长的腿子绷得滚圆，夹在马肚上，像一只钳子似的。他的马是白的，路也是白的，那些树叶子也是白的，他那匹马在猛烈的太阳底下照得发了亮（音乐加强，马蹄声越来越急促）他们说，到凄霞山的那条路上两旁种满了白桦树，他那匹马在桦树林子里奔跑起来，活像一头麦秆丛中乱窜的白兔儿，（电影同时映出一系列的“形象组合”暗示钱郑二人在白桦林中幽会合欢的热烈情景：沾满了汗珠的眉眼唇鼻，耀眼的阳光，铺满了落叶的林间空隙，白净细滑的桦树树干，拥抱着的男女身躯，钱郑二人的面部特写，黑白两马交颈亲昵的镜头等等）太阳照在马背上，蒸出一缕缕的白烟来，一匹白的，一匹黑的，两匹马都在淌着汗，他的身上都沾满了触鼻的马汗，他的眉毛变得碧青，眼睛像两团烧着了的黑丸，汗珠子一行行从他额上流到他鲜红的颧上来。（此时幻灯倏地打出一系列耀眼的阳光，天空，树梢等影像。这几句独白应该是全剧中高潮的时刻）太阳，我叫道。太阳照得人眼睛都睁不开了。那些树干子，又白净，又细滑，一层层的树皮儿都卸下了，露出里面赤裸裸的嫩肉来。他们说：到凄霞山的那条路上种满了白桦树。太阳，我叫道，太阳直射到我的眼睛上来了——于是他便放柔了声音，唤道——（扩音器中播出郑彦青深情的呼唤：“夫人，夫人，夫人……”此时电影结束时，照射钱夫人的聚光灯再度亮起，郑彦青的声音又在扩音器中播出：“夫人，夫人，夫人……”独白继续）

钱夫人　（独白）夫人、夫人、夫人。是钱鹏志钱鹏公的夫人哪，钱鹏公的夫人。钱鹏公的随从。钱鹏公。钱鹏公……（扩音器中传出钱鹏志苍老颤抖的声音：“老五……老五……唉，可怜你还那么年轻。”同时并播出钱鹏志病中咳嗽的声音，侧台灯光亮起，垂死的钱鹏志佝背捶胸连连咳嗽，他的咳嗽声渐渐与扩音器中的融合，时间回到过去。此段回忆，采用“诵读剧场”型式。钱夫人仍旧在聚光灯下，穿着打扮不换，但声音神态却转回十多年前钱鹏志临终时的钱夫人）

钱鹏志　（微弱吃力）老五……

钱夫人　鹏志，参汤熬好了，我去拿来给你喝点儿吧。

钱鹏志　不用了，老五，趁着我这会儿还有点儿精神，有几句心里的话我要交代你……（连连喘息咳嗽）

钱夫人　鹏志，你先歇歇，不要费神了，我去拿参汤来。

钱鹏志　老五，你不要走，你好好听着。（稍歇，长叹一口气）唉……老五，你二十岁就过来了，跟了我这十几年，也算是难为了你了。

钱夫人　（悔愧交集）鹏志，我知道，你器重我，爱惜我，可是，我没有做好，我辜负了你一番心意，鹏志，你是白疼了我了……（哽咽）

钱鹏志　老五，你也莫难过了。其实，这也不能完全怪你。可怜你还那么年轻，你自己要珍重啊。我留下的东西，也并不太多。恐怕你以后的日子，没有这么舒服了。这一箱，都是我家传下来的，只有几张翡翠叶子还值几个钱，都留下给你过日子吧！

钱夫人　鹏志，都是我不好，我对不起你。我尽过力，想做你的夫人，可是我没有做好。鹏志，我走错了一步……我走错了一步，我失了足……把你的名声都连累了。我辜负了你了……（悲声恸哭）

钱鹏志　老五……你不要难过了，过去的事，也无法挽回，这件事我也要负责，是我误了你的青春。唉！老五，可怜你还那么年轻。我不放心的，就是怕你吃亏。你自己珍重吧，老五，你提防着些吧，年纪轻的男人不一定靠得住呵！

钱夫人　鹏志……（泣不成声）

〔侧台灯光暗去，扩音器中播出瞎子师娘回响效果的声音："蓝田玉……荣华富贵，唉……只可惜你长错了一根骨头。"瞎子师娘拄着拐杖出现在另一侧光炬。

钱夫人　师娘，我走错了一步。

瞎子师娘　唉！这也是你前世的冤孽。

钱夫人　师娘，钱鹏志，我辜负了他了。

瞎子师娘　五姑娘，我早就跟你说过，像你们这种人，只有让年纪大的男人，当女儿一般疼惜罢了，年纪轻的，哪里靠得住啊！唉！都是你前世的冤孽啊！

钱夫人　师娘，您知道，我也是一个有志气，想要好的人哪。跟了钱鹏志这么些年，哪一天我不是兢兢业业的？人前人后，深怕让人家说半句闲话。可是师娘，偏偏我又遇见了他，都是他把我害了……

瞎子师娘　这是你的命，蓝田玉。

钱夫人　我想避他，我想躲他。

瞎子师娘　躲不了的，蓝田玉，这是你命中注定的，那个男人，就是你前世的冤孽了。

钱夫人　师娘，我让他害了，我让他害得好苦啊……（悲恸欲绝）

瞎子师娘　蓝田玉，这是你的命。这是你命中注定的，只可惜你长错了一根骨头，也是你前世的冤孽，你前世的冤孽啊……

〔笼罩着瞎子师娘的聚光灯逐渐暗去。扩音器中播出郑彦青深情款款极富诱惑性的呼唤："夫人、夫人、夫人……"钱夫人听到这阵呼唤，东张西望，满面惶惑。扩音器中播出月月红一阵尖笑，以及充满醋意的声音："姊姊，你不赏脸。姊姊，你不赏妹子的脸。"紧接一阵"空谷回响"的音响效果："不赏脸、不赏脸、不赏脸……"

钱夫人　（继续独白）十七，不是姊姊不赏脸，实在为的他是你姊姊命中招来的冤孽。嗳，冤孽啊！月月红，她拣尽了便宜，还要来说这种风凉话。她说，姊姊，你不赏脸。姊姊，你不赏妹子的脸。十七，你听着，不是姊姊不赏脸。实在为的他，就是姊姊一生中的冤孽了！冤孽啊！十七，我只活过那么一次，十七，懂吗？我一生只活过那么一次。十七，他是你姊姊命中的冤孽。他是我的冤孽。我的冤孽。他是我的。十七，十七。你不能把他夺走（此处念词激昂悲愤）……可是月月红，她却穿得一身大金大红的，像一团火一样，坐到了郑彦青的身边去……

〔扩音器中传出梅兰芳唱［山坡羊］的"迁延"两字的长腔，一盏聚光灯亮起，照出月月红与郑彦青并坐在一起，两人互相凝视，目光透着炽烈情欲的影像。银幕上同时现出郑彦青及月月红互相凝视的映像数张。此影像至为重要。同时另一盏聚光灯照出舞台左侧沙发上蒋碧月交叉着诱人的大腿侧坐的倩影及程志刚弯腰为她点烟的殷勤状。两人眼波相勾，状至亲昵，与月月红及郑彦青的影像相称。

钱夫人　（念诗，声调悲切激越，其中一张幻灯银幕映出诗句）迁延，这衷怀那处言？淹煎，泼残生除问天……就在那一刻，泼残生……就在那一刻，月月红坐到了他身边，一身大金大红。就在那一刻，他们那两张鲜红的脸渐渐凑拢在一起。（月月红及郑彦青两人头部渐渐凑拢）就在那一刻，我看到了他们两个人的眼睛。月月红的眼睛，郑彦青的眼睛。她的眼睛、他的眼睛。完了！我知道，就在那一刻，除问天……顾师傅，我的嗓子，我喝多了酒。我的喉咙，摸摸我的喉咙，（用手抚摸喉咙）在发抖么？完了，在发抖吗？（扩音器播出梅兰芳的《惊梦》唱片，唱到"除问天……"一句，一直重复，如同唱片坏了一般）顾师傅，我唱不出来了。完了。荣华富贵……可是我活过一次……！只冤孽、冤孽、冤孽……顾师傅，我的嗓子，在那一刻……就在那一刻——哑掉了……

〔灯光骤亮，客人们倏地起立喝彩鼓掌。徐太太唱毕。蒋碧月摇到钱夫人跟前，伸出双手，窦夫人也走过来。客人们都在等待钱夫人接唱《惊梦》。

蒋碧月　我说五姊儿呀！该是你的《惊梦》的时候儿啦！

程志刚　（弯腰行礼）夫人。

窦夫人　五妹妹，该你上场吧，大家都在等着你呢！

钱夫人　（神思恍惚）我不能唱了。

蒋碧月　（一把捉住钱夫人双手）那可不成！五姊，今儿个晚上，你这位昆曲名角儿，无论如何逃不掉了。

钱夫人　（倏地挣开蒋碧月双手，颇为愠怒，声音颤抖）我的嗓子哑掉了。

〔一时局面颇僵，客人面面相觑。

窦夫人 （上前打圆场）五妹妹不想唱，由她吧。仰公，我看今天晚上还是请你这位名黑头来压轴吧！

赖夫人 （鼓掌附和）好呀、好呀，我也有多少时候没听过仰公的《霸王别姬》啦！

〔赖夫人说着便推余仰公上场，客人们跟着击掌起哄。

余仰公 夫人之命，不敢不遵。但是我有一个条件。

赖夫人 哟！仰公。叫你唱出《霸王》戏，你又要在这儿拿跷了，甚么条件，你只管说吧！

余仰公 夫人，这出戏既然是《霸王别姬》，有了楚霸王，还得有位如花似玉的大美人虞姬去配他呀。咱们的条件就是要请蒋小姐去虞姬，给咱们配配戏！

蒋碧月 （连忙拍手咯咯尖笑）不行！不行！仰公，您少拿咱们来开心啦。

余仰公 蒋小姐，刚才我们跪着敬您这位娘娘的酒，把腰都跪酸啰！这会儿也该您来回敬咱家楚霸王一杯了吧？这才公平呀！

蒋碧月 （故意推辞）这出戏，我有多少年没碰过，连词儿都忘了。

赖夫人 那不要紧，蒋小姐。这出梅派戏的词儿我可熟得很，回头我来替你提词儿好了！

〔客人们助兴起哄，蒋碧月被程志刚簇拥至台中央，钱夫人冷落地退至左右侧沙发上坐下。

余仰公 （双手抱拳）那么就请列位包涵，老夫就要献丑啦。（一面清喉咙唱［粉蝶儿］）大英雄，盖世无敌。灭嬴秦，复楚地，争战华夷。（念诗）嬴秦无道动我机，吞并六国又分离。项刘鸿沟曾割地，汉占东来楚霸西。

〔一客人喝彩鼓掌，仰公作揖答谢。哄闹间，蒋碧月在桌旁也找了一只茶盘，一只茶杯，装模作样托来敬酒。

蒋碧月 （娇声念）大王请。

〔余仰公以花脸功架饮酒，饮毕意欲“掷杯”，想想不妥，又将杯子轻轻放下，客人哄笑。

余仰公 咳！想俺项羽啊！（唱）力拔山兮气盖世，时不利兮骓不逝，骓不逝兮可奈何，虞兮虞兮奈若何！

〔客人鼓掌喝彩，热闹的气氛与诗句的苍凉意境，形成对比。蒋碧月不甘示弱，接着演下去。

蒋碧月　大王慷慨悲歌，使人流泪，待妾妃歌舞一回，聊以解忧如何？

余仰公　唉！有劳妃子！

蒋碧月　如此，妾妃出丑了。

〔场面奏起“二六”过门，客人们四散搬椅退开，空出场地供蒋碧月表演剑舞。蒋碧月在过门中，慌忙找“剑”使用，急切间抢了顾师傅一支笛及一根箫代用。

〔场面奏［夜深沉］牌子，蒋碧月手持笛箫，放浪形骸舞起剑来。在剑舞的高潮中，客人鼓掌欢呼，程志刚尤其兴高采烈，相形之下，冷落在一旁的钱夫人更形孤零，为世所遗。

〔剑舞在蒋碧月下腰时达到高潮而结束。在客人们的鼓掌叫好声中，主台的灯光渐暗，演员们在黑暗中悄悄离场进入后台。扩音器中播出隐隐京剧收场的［尾声］牌子。随着乐声渐杳，侧台灯光渐渐亮起，照着窦夫人、钱夫人、蒋碧月三个人的背影，三人都已披上披肩。一阵凉风吹来，钱夫人机伶伶地打了一个寒战，用手拉拢披肩。

窦夫人　五妹妹，你冷么？夜深了，外面起风了。

钱夫人　不要紧，三姊，刚刚喝了酒，让风吹吹，正好醒一醒。

蒋碧月　（作深呼吸状）哟，三姊，你这儿的几棵桂花，可真香啊！

窦夫人　是啊！没想到一会儿工夫，这些桂花就开得这么盛了！刚才罗妈妈还在说，八成儿是花神给催开的。

蒋碧月　五姊，这次难得你肯上来，你一定得多留几天，咱们姊妹们得好好聚聚，亲热亲热。

窦夫人　五妹妹，碧月说的是，咱们姊妹们有多少年没像今晚这样聚过了，真是人生聚散无常，咱们可要珍惜啊。改天还得定个日子，就是咱们三姊妹一块儿叙叙旧。

钱夫人　明天我就要回南部去了。

蒋碧月　那怎么成呢？五姊，我正想过两天定桌酒席请你到我那儿去呢。

钱夫人　下次上来再说吧。

蒋碧月　（故意娇嗔）到底咱们不如三姊面子大，五姊不肯赏脸。

〔程志刚自“太平门”进来。

程志刚　蒋小姐，车子开出来了，请上车吧。

蒋碧月　（张望一番）哎哟！程志刚，你这辆吉普车连门儿也没一扇，回头怕不把咱们给抛到路中心去了呢！

窦夫人　程志刚，你小心点儿开，你们都喝了酒，可不是闹着玩的。

程志刚　（弯腰含笑行礼）是，夫人。

〔蒋碧月将金色长披肩往后一甩，妖妖娆娆，吃吃骚笑地步下台去。窦夫人将程志刚召至一旁，耳语一番，频频叮嘱。

程志刚　（一直点头）是、是、是，夫人请放心，我照夫人的吩咐去做就是了。（转向钱夫人，状至恭谨，行礼告辞）钱夫人，我先告辞了。

蒋碧月　（在台后娇声呼唤）三姊，再见！五姊，再见！程志刚，你快来呵，我一个人坐在车上冷死啦！

〔程志刚无奈地望望窦夫人，走下去。

窦夫人　刘福，钱夫人的汽车呢？

〔钱夫人想伸手阻止，已经来不及，神色有几分尴尬。

刘　福　（在后台应答）报告夫人，钱夫人是坐计程车来的。

窦夫人　（微微迟疑）那么我的车子回来，立刻传进来送钱夫人。

刘　福　是，夫人。

〔窦夫人转过身来，挽住钱夫人，两人沉吟相对片刻。互相凝视中，含有无限感慨追忆。在这短暂的静默里，远方市区的车声人声依稀传来。一声笛音突然抛起，类似街头按摩者的笛声，夹杂在这阵因风飘来的市区噪音中，更显冷清孤寂。

窦夫人　五妹妹，咱们进去吧，我去叫人沏壶茶来，咱们俩儿正好谈谈心，你这么久没上来，可发觉咱们这儿变了些没有？

钱夫人　（沉吟半晌）变多喽，变得我都快不认识了！——起了好多新的高楼大厦。

〔又一声孤寂的笛声抛起，侧台灯光渐暗，窦钱二人挽着手，目光眺望远方市区。都市噪音渐渐扬起。主台的灯光银幕上显出高楼大厦的繁华夜景。再一声笛音，幻灯影像渐渐隐去，整个舞台重归黑暗。

——剧终

| 作品点评 |

《游园凉梦》是白先勇写得最好、最精致的短篇小说之一。它叙述一位由昆曲艺人变为落魄的贵夫人，因赴宴而重逢故旧，又因宴会余兴节目中有人清唱昆曲《游园惊梦》而触发了她的今昔之感。小说戏中有戏，梦中有梦，意蕴丰富。技巧上融中西于一炉，写实与意识流浑然一体。但是小说着重于抒情与诗意气氛的酿造，情节简单，故事性薄弱，要改成舞台剧很困难。早先，白先勇自己就是这么看的。一九七九年八月，香港举行“中文文学周”，香港艺术中心上演由白先勇小说改编的《游园惊梦》和《谪仙记》。戏的导演手法新颖，观众反应热烈，舆论也颇为嘉许。前来参加活动的白先勇很受启发，回台湾后，又受到友人的鼓动和支持，便着手策划制作舞台剧。他把卢燕从美国请来出演主角钱夫人。他们编、导、演、舞美、音乐等人员都不取报酬，抱着共享盛泽的艺术理想，兢兢业业排演此剧。1982年8月在台北隆重公演。连演十场，场场爆满，二千四百席位，有时挤了三千人，很是轰动。

白先勇的小说戏剧有个共同点，就是融传统于现代。《游园惊梦》受中国传统“梦”的文学的影响，受到了《红楼梦》的影响。在《游园惊梦》中，他运用了戏中戏，梦中梦的手法，借鉴了《牡丹亭》的间架结构，并在话剧中套进了四折传统戏曲，《洛神》是在蒋碧月与程参谋对话中提到，《洛神》是说曹子建跟甄妃私通的事，影射钱夫人与郑参谋私通。“半出戏还没唱完，她嗓子先就哑掉了”，暗示钱夫人在宴会中的结局，另外是《贵妃醉酒》、《游园惊梦》和《霸王别姬》，从而隐喻、暗示了钱夫人的命运。事实上，钱夫人在“游园”、“惊梦”的过程中，在心灵上重演了甄妃、贵妃、杜丽娘和虞姬的角色，遇到了跟她们同样的悲剧，印证了“人生如戏、戏如人生”的主题，造成了历史的纵深感。钱夫人的浮沉和爱情的失落是一场梦，来窦夫人家赴宴如入梦境，宴会中又一次堕入旧梦，梦中梦，人生如梦。

——陆士清:《它是中国的，也是现代的》,《上海戏剧》1988年第3期

戏（《游园惊梦》）一开始有两个佣人在对话，好像从《思旧赋》来的。当然我一下子就想到Hamlet（《王子复仇记》），开始时也是两个卫兵的对谈，好像影射有什么事情要发生了。我用《王子复仇记》做形式上的比配，可能有一点意思。《王子复仇记》的后面有鬼魂在那儿，而《游园惊梦》几个重要的故事，也是一样。前面由钱夫人做独脚戏，后面有过去的鬼魂。在形式上，看得出白先勇花了很大的苦心……

——李欧梵:《座谈白先勇的〈游园惊梦〉——从小说到舞台剧》，载《白先勇文集·第五卷·戏剧 电影》，花城出版社，2009，第247页

浪迹天涯的白先勇，比大多数中国文化人更早地领受到一种现代的沧桑感。这种沧桑感可析解为时、空两度：时间上对紫绛色旧梦的缅怀，空间上对故园胜迹的遥忆。但是，作为一个现代意识颇浓的作家、学者，他又并不把这种沧桑感化作李龟年式的凄婉弹唱，而是把它提升为对文化递嬗和人生阶段的品味。不知哪一天，如神灵来访，他突然想到要用精雅的昆曲艺术的凋谢，来作为表达这种沧桑感的触媒。昆曲艺术的命运与昆曲女演员的命运两相搅拌，社会变迁中的迟暮美人，成了凝聚和发射他的审美意绪的中心形象。

他先写了小说，香港很快把它搬上了舞台。他干脆亲自动手改写成剧本，经过一番艰苦的张罗，在台湾演出引起轰动。

——余秋雨:《一个值得玩味的文化现象》,《戏剧报》1988年第5期

在《游园惊梦》公演的那些日子里，真可谓满城争说《游园惊梦》，媒体连番报道，佳评如潮。专家学者也纷纷发表意见，对《游园惊梦》的成功予以充分肯定。从普通观众到媒体，再到学者对《游园惊梦》的赞许，除了导演、表演、舞台设计、服装、灯光、音响等一般舞台剧成功都必备的条件之外，对其创新性和独特性的肯定，主要集中在这样几个方面：

将传统与现代结合起来。在白先勇《游园惊梦》小说中，昆曲清唱出身的主人翁蓝田玉（钱夫人）和明代剧作家汤显祖《牡丹亭》中“惊梦”（昆曲《游园惊梦》就改编自《惊梦》）一出的存在，使昆曲成为这篇小说中非常重要的一个“元素”，昆曲的代入不但使《牡丹亭》成为小说《游园惊梦》中的一个潜文本，对暗示钱夫人的心境和命运起到了相当重要的作用，而且还扩大了《游园惊梦》的意蕴空间和艺术内涵，使《游园惊梦》具有了一种跨越时空的普遍性和象征性。在小说改编成舞台剧的过程中，白先勇进一步凸显了昆曲（以及平剧）的重要性，不但视之为剧中的关键“元素”，而且把它上升到“中国美学”代表的高度，希望通过在剧中引进昆曲（平剧），“能够将中国传统的精致文化搬到现代的舞台上”，通过“将部分昆曲及平剧的身段及音乐，运用到舞台表演上，以增加戏剧效果”。由于白先勇小说《游园惊梦》本身对昆曲的“套用”自然浑成，天衣无缝，因此为舞台剧引入昆曲提供了绝佳的“底本”和可能，而白先勇刻意要在舞台剧《游园惊梦》中“张扬”昆曲的魅力，更使舞台剧《游园惊梦》成了一个“将传统（昆曲）融入现代（舞台剧），以现代（舞台剧）呈现传统（昆曲）”，将传统与现代以“戏中戏”的方式有机结合的精品。

运用多种艺术表达方式。由于白先勇小说《游园惊梦》中有大量的意识流描写，牵涉到“过去”、“回忆”、“心理”（南京）和“现在”、“现实”、“行为”（台北）两种形态，因此在将小说转换为舞台剧的过程中，如何将两者联系起来，并将小说中用意识流手法表现的钱夫人的心理活动“外化”呈现，自然地完成心理变化和时空转换，就成了一道难题。姚一苇就说，“在一个舞台上表现意识的流动，我想不要说在我们这里，对世界任何一位戏剧家、舞台艺术家来讲，都会是一件困难、棘手的事”。为了解决这一难题，《游园惊梦》剧组集思广益，最后决定在演出过程中，除了让钱夫人以大段独白的方式表现“过去”和“回忆”之外，还根据需要，加入幻灯片和电影这样的多媒体手法，突破舞台限制，将“过去”的部分场景以影像的方式展现，以拓展“时空”。在舞台剧中融入多媒体影像，这样的方式在台湾的舞台剧演出史上，可谓首创。“写实”的总体表演风格和实验性（超现实）的艺术表达方式两相融合，令《游园惊梦》具有一种独特的新奇效果，在观众中产生了强烈的反响。

为现代舞台剧开创新境。由于时代环境和社会现实的变化，抗战时期曾经兴盛一时的舞台剧（话剧）运动，在二十世纪七八十年代的台湾早已盛况不再，戏剧已成为“艺术形式中最贫弱的一环”，当时的台湾“没有一个长期演出的剧场，没有一个能经常公演的职业剧团”，除了一些小剧场偶有实验性的、小众的表演之外，舞台剧的大型制作已经多年不见。对于台湾戏剧的这种状况，白先勇早有察觉，并深感忧虑。1979年12月圣诞节期间，白先勇中学时代的文学启蒙老师李雅韵的二儿子张新方到圣塔·芭芭拉访问他，在向白先勇征询如何选择学业方向时，白先勇就鼓励张新方去学戏剧，因为台湾戏剧“还没有登峰造极的作品出现，十分需要大力灌溉这片园地”。在某种意义上讲，白先勇将《游园惊梦》推上舞台，就是要“灌溉”台湾戏剧，并力图开创新局，其意义已经超出了这个剧本身……

——刘俊：《白先勇传：情与美》，花城出版社，2009，第134—135页

羽人梦

梅帅元

羽人是一种铜鼓上的纹饰，源于中国南部氏族部落对鸟类的图腾，寄托着古代壮族先民们飞腾的梦想……

——题　记

地　点　红水河上游某处，穷乡僻壤的河湾里

时　间　当代

人　物

满　妹　渔家少妇

渔婆婆　满妹的家婆

作者简介

梅帅元（1957—），男，汉族。中国山水实景演出创始人，国家一级编剧。历任广西壮剧团团长，广西杂技团团长，广西政协常委，现任广西戏剧家协会副主席，系享受国务院政府特殊津贴的广西优秀专家。其戏剧代表作品有大型壮剧《羽人梦》，大型民族歌剧《歌王》（合著），舞剧《妈勒访天边》（合著），儿童音乐剧《太阳童谣》等。曾获全国少数民族戏剧创作金奖、广西文艺创作铜鼓奖、文化部“文华奖”、文华剧作奖、中国曹禺戏剧文学奖、中宣部精神文明建设“五个一工程”奖等。

作品信息

《羽人梦》原载《剧本》1987年第2期。

秋　姐　满妹的姐姐

蒙　伦　民间艺人

蒙阿龙　蒙伦的儿子

羽人、布碌陀、师公、姑娘、山民、情人若干

第一场

〔吱呀吱呀的桨声响了很久。灯光渐渐暗下去。接着听到渔歌，歌声悠远，只有含糊衬词。

〔幕缓缓拉开。

〔河湾里泊着一条船。船很残旧，船舱低矮，给人以压抑感，仿佛象征着什么悠久古老的东西。河面一片紫蓝色调。

〔渔婆婆躬着背走出船舱。她是个六十来岁的老人，由于长年生活在低矮的船舱里，背都驼了，走路时好像背着什么很重的东西。她坐在船头，把一面旧镜子立在面前梳头。她心事重重，梳完后，她伏下身躯去数落在船板上的发丝。

渔婆婆　……七、八、九……十三、十四……

〔一阵鸟叫，她抬头，举起镜子，从里面看世界。好像发现了什么不祥的兆头，她连连吐口沫。

〔鸟叫声一声高过一声，形成嘹亮的冲击声，唤醒了河。岸上的寨子传来早晨的交响乐：舂米声、猪牛的叫声、人的吆喝声。一群挑水的姑娘嬉笑着从台前走过……

渔婆婆　（叹气，自语）来福儿，你走得太早啰……

〔满妹上。她是个二十岁模样的少妇，美丽、纯朴、善良。由于生活的打击，她脸上有一种淡淡的哀惋，但仍不失青春的光彩。她边上边扎好头上

的花帕，望望天。

满　妹　妈，今天天气好，我要去羽人滩放网，怕要晚点回来。

渔婆婆　（关切地）媳妇，羽人滩水险滩急，你千万要小心哟。

满　妹　我晓得。（麻利地收拾渔具，披上蓑衣，边干活边说）妈，我姐写信来，讲要从城里来，这两天怕要到了。我昨天打得条鲌鱼放在桶里养着，留给她，姐从小最爱吃鲌鱼。

渔婆婆　（心不在焉地）哦……

满　妹　（感慨地自语）姐出去七八年了，也不晓得是个什么样子……

渔婆婆　（似有担心）满妹……

满　妹　嗯……

渔婆婆　你姐姐……她来做什么？

满　妹　信上讲，是来采风，收集民歌和民间舞蹈的。

渔婆婆　哦……

〔传来蒙伦的山歌声："呢罗喂……抬头望见云烧天，低头踩倒报喜蛙。见条龙在天上走，那不是蛇在草里爬。呢罗呢罗呢罗……"

〔蒙伦边唱边上。他是个五十来岁的老头、乡下民间艺人。他腰间挂个酒葫芦，手中抱一面蜂鼓。他喝过酒，微呈醉态。

渔婆婆　蒙伦蒙伦，什么事这样高兴呀？上船来坐坐嘛！

蒙　伦　老婆婆，我正要找你。你家有新鲜鱼不？卖一条来。

渔婆婆　是要招待贵客呀？（打量蒙伦）哟！穿得新崭崭的啵，还喝过几大碗吧？

蒙　伦　（喜不自禁）老婆婆，是来贵客了！哈，哈！（唱）昨夜火塘爆彩花，今早喜鹊叫喳喳。好事不讲嘴巴痒，讲出来又怕笑掉牙。（笑）

渔婆婆　哟，到底什么事呀？

蒙　伦　是我家阿龙——

渔婆婆　（吃惊地）阿龙？

蒙　伦　是阿龙——（唱）他走乡串寨，耍蛇卖艺，今天发财回到家！

〔渔婆婆和满妹都吃一惊。

渔婆婆　（极不安地）是你家那个耍蛇的阿龙回来了？

蒙　伦　是他嘛！还会有哪个阿龙？昨天有人见他在乡政府礼堂耍蛇，几光彩！买票去看耍蛇的人多啰！（夸张地）就像、像蚂蚁出洞一样，你数都数不完！

渔婆婆　哦……哦……

满　妹　（慌张地）妈，我打鱼去了。

蒙　伦　满妹，慢走，先帮捉条鱼，最好是鲋鱼。我家阿龙，从小就喜欢吃鲋鱼！

渔婆婆　没、没有哇……只有一条，是留给满妹她姐的。

满　妹　妈，就先给阿公吧，姐的鱼我再去打。

〔满妹捧鱼出船，交给蒙伦。

〔渔婆婆紧张地盯着。

蒙　伦　哎！好鱼。满妹，多谢了！几多钱？

满　妹　就算送阿公吧！

〔蒙伦兴高彩烈地下。

〔静场片刻。气氛有些异样。

满　妹　妈，你怎么啦？

渔婆婆　哦，没、没有什么，这天好闷……（叹气）你去吧！要早点回。

满　妹　那……我走了。（撑竹排下）

渔婆婆　（心事重重地坐下，望河，自语）天好闷，怕是要下雨吧，有什么事要来了，来了……

〔鸟叫声再一次传来；显得急促不安。

渔婆婆　（拾起一块东西扔上天去，恼怒地）看你叫！看你叫！不吉利的东西！

〔灯暗。

第二场

〔一条写着“印度式驯蛇表演”的横额从天幕上垂下。

〔打扮成“卓别林式”的耍蛇者——蒙阿龙上。

蒙阿龙　观众们，朋友们，晚上好！我是南方印度式驯蛇表演队经理，欢迎大家来观看我们的演出！（一挥手杖）

〔音乐大作，八个扮蛇的演员着紧身衣上。

蒙阿龙　（指“蛇”一一介绍）这是吹风蛇、五步蛇、金包铁、银包铁、眼镜王蛇、竹叶青，男人一见就怕，女人一见就惊。其实不必怕也不必惊，毒蛇全身都是宝，待我慢慢数你听：首先，蛇肉是宝，美味佳肴，龙凤名菜，驰名中外；蛇胆是宝，名贵药材，陈皮蛇胆止咳化痰；蛇皮是宝，制皮制革，天然花色。喏，比如台下那位女士，要是你背上一个蛇皮包，穿上一双蛇皮鞋，出入市场，走亲访友，那你就会光彩十倍，添姿八分。还有，这蛇毒更是宝中之宝，一两蛇毒十两黄金。用于医学手术、可麻醉、可止痛，可治肝癌、肺癌、咽喉癌等等。总之蛇是个好东西，莫看它成天草里钻，有朝成龙天上行。好啦，讲到此意未尽，要靠歌舞杂耍来助兴。舞起来，耍起来。

〔一声口哨，音乐节奏强烈。

〔“蛇”们在蒙阿龙指挥下起舞。

〔灯光变幻，群“蛇”缠着蒙阿龙舞动。蒙阿龙用手杖引开。有种令人困惑的距离感笼罩着舞姿。蒙阿龙的舞姿变成痛苦的扭动。

〔灯暗。群“蛇”成了剪影。出现蒙阿龙痛苦的回忆。

〔音乐渐轻。

〔画外音：

〔男："满妹，你真的要嫁给那个打鱼人吗？"

〔女："阿龙哥，这是我阿妈的主意。阿妈临死前说来福能干，会打鱼挣钱，是个正经人，随他一辈子有吃有穿。"

〔男："难道我不正经？"

〔女："妈讲你有地不种，有田不耕，只会东游西逛，捉蛇耍蛇；二十岁还不成人……

〔男："满妹……"

〔女："阿龙哥……"

〔灰蓝色的灯光下，蒙阿龙的舞姿变得痛苦不堪。

〔蒙阿龙回忆：一束玫瑰色的灯光下，迎亲队伍吹唢呐过场。

〔打着花伞的满妹由伴娘扶着上船。

〔画外音："开船啰——"

〔蒙阿龙痛苦地看着船渐渐远去……

〔画外音："满妹，我阿龙一定要争回这口气，让全县都晓得我是蛇还是条龙！"

〔灯复亮。

〔蛇舞激昂亢奋。观众掌声雷动。

〔灯渐暗。

第三场

〔灯光照出舞台一角，出现女舞蹈家秋姐的剪影。

〔秋姐望着河，心情兴奋。

秋　姐　（对远处喊）满妹——满妹——

〔太阳似乎是被喊出来的。又红又大的太阳从河上升起，光芒万丈，占据了大半个天幕。

〔随着喊声消失，响起一串欢快的铜鼓声。音乐顿起。出现了秋姐的想象。

〔太阳的背景下，满妹撑船破浪而来。

〔悠扬的渔歌在浪涛声中响起："捕鱼呀，放网，年年在红水河上。撒下云朵撒下星星，网起月亮又网起太阳……"

〔满妹作捕鱼舞蹈：撒网、拉网、起网，轻快活泼……

〔渔歌:"险滩呀，恶浪，流过了渔网。网不住岁月流逝，网起了一船忧伤。"

〔远古图腾——羽人在太阳背景里出现。羽人头戴羽冠，身披羽衣，优美地舞蹈上。

〔满妹作捕鱼舞蹈：撒网、起网……

〔羽人们衬舞的剪影。

〔渔歌重复:"打鱼呀放网，年年在红水河上，年年在红水河上……"

〔歌声渐远，羽人隐去。

〔一小竹排向岸边划来。

〔秋姐的想象消失。

〔满妹上。她完全不像秋姐幻想里的模样，身穿土布衣服，披棕皮蓑衣，头发零乱。她把小竹排拴好，跳上岸，看着秋姐。

满　妹　（淡淡地）姐！

秋　姐　（有些迟疑地）是满妹？

满　妹　姐，几年不见，连满妹都认不得了？

〔秋姐上前打量满妹，又喜又悲，不知说什么好。

满　妹　阿姐，刚到的吗？

秋　姐　是呀，才到。昨天在下游电站住，今天一早就赶来了……满妹，这几年过得好吧？

满　妹　（反问）姐，你呢？

秋　姐　还好！就是忙，整天排练呀，练功呀，演出呀，空闲时还到舞厅茶座当歌星挣钱。城里生活就是这样，忙忙碌碌的。姐有时想，倒不如像妹妹当个渔姑姑清闲自在。守一条船，划一双桨，风里浪里，好有诗意。喊一声渔歌，那些鱼仔虾公就跳到网里来了，哈哈……

满　妹　姐，你好会讲笑。

秋　姐　不是讲笑，说真的，我们换吧。（揽住满妹大笑，并解下满妹的蓑衣穿上）

秋　姐　满妹，看我像不像个渔姑姑？（上小船玩耍起来了）。

满　妹　（羡慕地）姐姐好快乐呀！（唱）姐姐她快活得意叫人羡慕，城里人哪晓得船家苦。原以为嫁给渔船嫁给河，做个快活的小渔姑。谁想到船到江心断了桨，不到半年死丈夫。人死船空也还罢，偏偏肚里又有了个小来福。婆婆每日来试探，我说不出口，启不开唇，蜜拌黄连，不知是甜还是苦？…

秋　姐　满妹。

〔满妹没听见。

秋　姐　（奇怪地跳下船）满妹！

满　妹　（一惊）喔！姐……

秋　姐　你好像有心事呀？

满　妹　（掩饰）没、没有哇，我是有点累了。姐姐——（唱）姐姐你远来好辛苦，就在船上和妹住。被窝虽薄情分厚，船灯虽暗影不孤。

秋　姐　好吧！

〔灯暗。

第四场

〔船上。黄昏时分。

〔渔婆婆正在生火做晚饭。满妹坐在一旁想心事。

〔河里传来秋姐的叫声：“满妹，下来游水呀，好舒服！”

满　妹　阿姐，你游吧，我有事呢。

渔婆婆　满妹，看你阿姐好风流，穿一点点就下河。天还没黑呢，也不怕别人笑话。

满　妹　妈，城里人开化，不讲那些面子。

渔婆婆　城里头坏人多！

〔满妹惊讶地看渔婆婆一眼。渔婆婆扭头过一旁，扇火。

〔场静片刻，晚风送来河水的拍岸声。

渔婆婆　（迟疑地）满妹，有句话在我肚子里闷了好久，我，不知该不该问。

满　妹　（紧张地）妈，什么话？

渔婆婆　我讲了你莫生气。

满　妹　我哪会生妈的气呢！

渔婆婆　那就好。满妹，你姐姐真的是来收集什么民歌、民舞的吗？照我看，她是……不好讲，不好讲。

满　妹　妈，你怎么啦？

渔婆婆　我看，她是为你来的吧？

满　妹　姐姐是顺路来看我的。

渔婆婆　城里头花花绿绿的，她怎么忍心你在这里吃苦受罪。她是来接你进城去的吧？

满　妹　妈，你想到哪里去了。我山里生河里长，进了城我能做哪样？

渔婆婆　（叹息）我看，你心里有事，早上送鱼的时候，我就看出来了。

满　妹　（烦躁地）妈，那是你瞎猜！

渔婆婆　唉！满妹，你真心要走，婆婆也留不住。是婆婆我命苦，来福死得早，要是他给我留下孙子，婆婆也就不会孤孤单单了！（擦泪）

满　妹　妈……我……（欲说又止）我……我不会走的，我喜欢和婆婆在一起，婆婆待我好……

渔婆婆　（感激）满妹，好媳妇，我晓得你心地善良，能体贴老人。婆婆为你求老天，保佑你长命百岁！

满　妹　我也愿妈长命百岁！

渔婆婆　媳妇……（抱住满妹，两人饮泣）

〔秋姐披散着湿漉漉的头发上，见状吃惊。

秋　姐　满妹，到底出了什么事了？

满　妹　（掩饰）没，没什么……

渔婆婆　是火烟熏的……眼好疼……（掩饰地扇火，唱“驱烟谣”）烟，烟过那边天，那边有人把酒熬，那边有人把鱼煎；快快飞过那边去，快快烟到那边天……

〔秋姐敏感地望望渔婆婆，又望望满妹，若有所思。

〔渔婆婆警惕地看着秋姐。

〔切光。

〔夜。一盏渔灯，满天星斗。

〔满妹与秋姐坐在舱外。满妹补织一张渔网，嘴里哼着渔歌。

秋　姐　满妹，你织得好快，像只蜘蛛精。蜘蛛精织网是要把自己网起来吧？

〔满妹笑笑。

满　妹　姐真会打比方，可我连自己的男人都网不住，算什么蜘蛛精！要是倒也好了。

〔秋姐叹口气，背过脸去。

秋　姐　姐想起小时候，你我睡一张床，盖一张被，无话不讲，像一个人。可现在妹和姐生疏了，有心事也不告诉姐。

满　妹　姐，你好多心，我有什么心事呀？

秋　姐　刚才还哭过一场，我看见了嘛……

满　妹　哪个哭了呀？姐，你还像小时候一样，爱管闲事。

秋　姐　姐就是这个脾气，改不了啰。姐不能看着妹吃亏呀！（想起什么）哎，我记得你以前写信给我，讲起那个要蛇的阿龙，你喜欢过他吧？昨天我在乡戏台见他表演要蛇，蛮有意思……

满　妹　（忙把话岔开）姐，讲点城里头的事来听吧，讲讲演戏、唱歌跳舞，我好想听哟。姐，城里头的女人都像你一样把头发烫得像鸡窝？穿那样高跟鞋，走路不跌跤呀？

秋　姐　（笑）城里的路平展展的，哪里会摔跤？哎，满妹，城里的事，你真想知道呀？

满　妹　想啊！我们这里来过做生意的人，讲起城里的事，听了就像做梦一样。

秋　姐　（叹息）妹妹，像你这样漂亮的姑娘，真该到城里去见见大世面。（审视）真的，穿上一条牛仔裤，再来一件蝙蝠衫，上大街这么一兜，讲句笑话，跟在后头的男人保险少不了一打。

满　妹　我没那个福分啊！（停顿，突然）姐，你为什么不生一个娃仔？

秋　姐　生娃仔？（大笑）我可没有想过要生娃仔。人嘛，轻轻松松有哪样不好，为什么要给娃仔拖累？真是！

满　妹　（惊讶）姐，你讲的是真话？

秋　姐　那当然！

满　妹　（似乎懂了什么）城里人原来是这么想的呀！

秋　姐　满妹……（感慨地唱）姐不想做那凡女俗妇，为生儿育女操劳烦忧。姐不愿做那碌碌之辈。被家庭拖累虚度春秋。姐是飞天九头鸟，不是爬地老黄牛。有事业相伴，人生多风流；有理想追求，岁月甜如酒。锁不住豪情，如放马平川；捺不住雄心，似荡舟急流；留不住时光，如急箭疾飞；禁不住新潮，未来在招手。追赶潮流往前走，姐姐我信心百倍从不回头！（发现满妹在偷偷抹泪，吃惊）妹妹，你听明白了吧？

满　妹　姐，你讲得真好！可我……（欲言又止）

秋　姐　（揽过满妹）你有什么心事，就跟姐讲吧，你不相信姐姐了？

满　妹　不是，我……（低头，半晌）葫芦结籽了，是来福留下的根……

秋　姐　（惊）什么？你……有身孕了？

〔静场，浪声。

〔渔婆婆上，隔舱偷听。

秋　姐　（紧张地思索）这事你婆婆晓得吗？

满　妹　（摇头）我还没告诉她。

秋　姐　太好了！（低声）满妹，那你打算怎么办？

满　妹　我……我不晓得。

秋　姐　哎呀，有什么不晓得？这不是明摆着的事嘛，你还年轻，以后还要嫁人。带个孩子，鬼才要你。

满　妹　（矛盾地）姐……

秋　姐　你呀，真傻……（思索片刻）对，这个事我不能不管，满妹……（耳语）

满　妹　（大惊）姐，这，这好吗？

〔渔婆婆预感到了什么，惶恐不安。

〔切光。

第五场

〔蒙伦家。夜。火塘里点着火。

〔门外，几个姑娘正向屋内窥望。

姑娘甲　大伯，阿龙哥在家吗？

蒙　伦　他耍蛇还没有回来，找他有事吗？

姑娘甲　没、没有什么……

蒙　伦　哈，哈，这帮妹仔。

〔蒙阿龙提收录机等物上。

蒙阿龙　你们这几个妹仔进屋去耍吧！

〔姑娘们羞涩地跑开。

蒙　伦　阿龙，你回来啦。来，来喝酒。

蒙阿龙　（拿出瓶装酒）阿爸来喝这个。

蒙　伦　啊，瓶装酒！（开盖，品酒，咂舌）不好喝，还是喝我这个土茅台。

〔父子俩对饮。

蒙　伦　阿龙，你看看阿爸给你准备了什么好吃的东西。

蒙阿龙　啊！还是鲋鱼哩。

蒙　伦　（得意地）这是满妹送的。

〔蒙阿龙突然发怔，放下筷子走到一边躺下。

蒙　伦　阿龙，你怎么不喝啦……是累了吧！

蒙阿龙　没什么。

蒙　伦　是呀，走乡串寨的，不容易啊……

蒙阿龙　阿爸，给……（取出一叠票子）

蒙　伦　（吃惊）我仔，这么多。演一场就挣两百多块，当心钱票子把你淹死！

蒙阿龙　（无所谓地）耍蛇只是小打小闹，我还要干大事业呢！

蒙　伦　天哪！阿龙，你现在真成龙了，看哪个还敢讲你不成人！

蒙阿龙　（激动地畅想）等到年底，我先在城里开个蛇餐馆，还办它个养蛇场，让蛇远销广州，出口香港、南洋，挣大钱。到那时，我们这里就是全国有名的蛇村了，谁还敢说我们穷？我呢，就是蛇老板、蛇祖宗！

蒙　伦　那我不就是蛇祖宗他爸了吗？哈哈！（记起了什么）阿龙，你现在出头了，也该成个家了。这些天有好多人上门来提亲呢，门槛都快磨烂了。

蒙阿龙　你讲讲看，都是哪些人呀？

蒙　伦　你听着！（唱）头一个，犀牛村头覃妙霞，捉鸡拿酒又拎鸭。进家先喊三声爸，喊得我心痒骨也麻。看起来，讨做媳妇也不差。

蒙阿龙　（笑）那个女人呀，名字起得蛮妙，身段也不差，就是脸皮太厚了。那年民兵打靶走火了，一枪打到她脸上，没打穿。这样厚的脸皮要不得、要不得。还有呢？

蒙　伦　（唱）还有西村蓝秋彩，年方十八花正开。托媒上门送彩袋，问你爱不爱？

蒙阿龙　烂猪仔？哈哈……

蒙　伦　不不，不是烂猪仔，叫蓝秋彩！

蒙阿龙　我晓得那个蓝秋彩，五岭八寨一朵花。那年我穷得叮当响，她见我就像见了麻疯病一样。现在找上门来了，就不怕我传染她？娶不得，娶不得！

蒙　伦　还有。还有。（念）南村王三妹，北寨阿四姐，村头十八女，村尾十三姑……

蒙阿龙　（打诨）还有刘三姐、阿诗玛、真优美……（唱）全世界女人滚滚来，唯独不见我的爱！（抱过蒙伦手中蜂鼓，唱起忧伤的歌谣。唱）自己倒酒自己筛，自己关门自己开，自己铺床自己睡，半边枕席长青苔……

蒙　伦　阿龙，我晓得你心高，看不中她们。其实我也看不中，我们家的媳妇要全村第一。阿龙，三月三快到了，有本事去歌圩唱一个好的回来。

〔蒙阿龙不回答，击鼓。

〔灯在沉痛的鼓声中渐暗。

第六场

〔夜。河上。还是那条船。

〔船上坐着织网的满妹。（背影）

〔一群村姑上，在河边洗足、洗头。

〔幕后歌声：“喝口伶俐水，洗洗妹喉咙。洗去笨，洗去懒。蠢笨送给乌鸦带上树，懒惰送给斑鸠丢下山。瞌睡送给猫公坐火塘，贪玩送给蜻蜓飞上天……”

〔蒙阿龙忧郁地上。

〔姑娘们发现他，围上来。

姑娘丙　哎！你们看是哪个来了？

姑娘甲　是耍蛇的万元户来了，是来和我们唱歌的吧？

蒙阿龙　喉咙痛，昨天演出把喉咙喊哑了。

姑娘乙　是怕唱输吧？阿龙，心里头还想着那个呀？

〔众姑娘七嘴八舌地嘲讽。

蒙阿龙　（看一眼满妹背影）唱就唱，难道怕你们不成？

众姑娘　那就唱起来！

蒙阿龙　（唱）哎——三月三就要到啰——妹，天底下的壮人都来唱歌。不晓得今天要为哪个唱，半年里为谁到处漂泊？口袋里有钱卖条金链送给哪个，心里头有首歌只有对河诉说。

〔满妹的背影动了一下。

〔姑娘甲傻乎乎地站起来。

姑娘甲　（多情地，唱）哎呀哩，夜里梦见阿哥，抬来花轿娶我，金链送给我吧——阿哥，我愿做那条听你唱歌的河！

〔众姑娘笑，蒙阿龙伸手摸口袋，示意姑娘甲闭眼，他从袋中摸出条蛇，缠在她的颈上。姑娘甲睁开眼，大惊。

蒙阿龙　（笑，唱）我的河在遥远的天边，有只小船在河上飘过。船上坐着石头一样的背影哟，妹，你怎么不回头望阿哥？

〔满妹背影似被感染，又动了一下。

〔众姑娘围着蒙阿龙起舞，挡住他的视线。

众姑娘　（唱）月亮太亮了看不见星星，哥你眼花了把河看错。水深深呀哪有船过，天高高呀哪里有河？哥你眼花了把它看错……

〔蒙阿龙不理睬，继续望着背影，姑娘甲挡住了他。

蒙阿龙　（唱）曾记得你我同坐一桌， 齐读书你我同上一课。上课了你喊声老师好，下课了你叫声阿龙哥。那时你常把我来望，我也常把你记在心窝。现在来看你背影了——妹，你冷得像口铁锅！

〔满妹背影感动了，转成侧影。

蒙阿龙　（唱）我不是众人讲的散仔，只为失意才不成人哟！天上没有月亮夜晚更黑，没有了情人我日子难过。半边草席长青苔了——妹，半边心还只想你一个……

姑娘甲　好伤心哟，唱得我都快哭出来了！

〔满妹饮泣。

〔众姑娘知趣，拉姑娘甲悄下。

蒙阿龙　（接唱）你的眼泪是给死去的人，还是洒给活着的阿哥？要是为死去的那个，活着的也甘愿去死啊。为了换得你的泪水你的歌！

满　妹　（动情地）阿龙！（转过身来）

〔渔婆婆撑竹排上。

渔婆婆　（唱）半夜唱鬼歌，勾引媳妇婆。一勺冷水泼给你，看你还敢来唱歌！（泼水）

蒙阿龙　（笑）好凉快啊！正好洗个澡。多谢啰，阿婆！

渔婆婆　蒙阿龙。原来是你！

蒙阿龙　正是不才。阿龙拜见你老人家了！

渔婆婆　（气极）蒙阿龙，看你疯疯癫癫，年轻妹仔有的是，半夜你来到船头扯着嗓子喊哪样？像猫叫春。

蒙阿龙　（笑盈盈地唱）老婆婆，听我说。我叫春关你哪样事，我调情你发哪样火？来福已死到阴间，哪个还是你媳妇？

渔婆婆　（大怒）你这个坏种！还不走，看我不打断你的腿！

蒙阿龙　打不得！打不得！打了你媳妇会伤心的。

〔渔婆婆跳下船，举竹篙打蒙阿龙。蒙阿龙躲闪，突然夺篙上船，一撑竹排，把渔婆婆留在岸上。

渔婆婆　抢人了！强盗来抢人了！野种！天杀的！

〔蒙阿龙在骂声中疯跳，仍然嬉皮笑脸。

满　妹　（急）阿龙，莫闹了，停船、停船！

〔蒙阿龙不停地手舞足蹈。

渔婆婆　（又气又急，无可奈何地）满妹，你还不动手，让这个砍头的把你抢走吗？满妹……来人呐——

满　妹　阿龙，你放尊重点。我是韦家的媳妇，她是我婆婆，你怎么能这样呢？

蒙阿龙　满妹，风里浪里你就跟我闯吧！（把船靠岸。拉满妹上了竹排）

〔一束红光照亮蒙阿龙、满妹的面部。

〔幕后男声独唱："喊一声阿妹河水倒流——"

〔女声和唱："惊傻了岸上一群石牛。"

蒙阿龙　（唱）今日得上相思船，明日得握连情手。顾什么死人情分、婆婆心忧，活着的阿龙才风流。戴起了手镯挂起了项链，妹你是红河美人，龙宫皇后。

满　妹　（唱）突然间闯来个红河强盗，说不出是惊、是怕、是羞、是忧？阿哥你抢走妹的心，却赶不走妹的愁！不能！你走吧……我不认识你！

蒙阿龙　（抓住满妹摇晃）不，我不走！满妹，你听我说——

满　妹　阿龙哥，你走……你就死了这条心吧！（推蒙阿龙）

〔蒙阿龙落水。满妹一惊。

满　妹　阿龙，阿龙——

〔众姑娘及秋姐上。

〔蒙阿龙上岸。

蒙阿龙　（发泄地）姑娘们，金项链、银手镯，谁想要就要啊……他妈的！你们来抢呀！抢到就当我老婆！来呀，来呀！

〔切光。

第七场

〔幕后歌起："春天背着太阳来了，歌声荡着春风来了。牛角吹起来了，铜鼓敲起来了！三月三，三月三……"

〔幕前过场：一组姑娘打着花伞，舞蹈上。

〔蒙阿龙提酒葫芦从相反方向上，跌跌撞撞，似醉非醉……

〔歌声："春天背着太阳来了，马帮驮着歌圩来了！骑矮脚马的勒貌来了，打花伞的勒肖来了！三月三,三月三……"

〔男女情人过场，步履欢快。

〔半醉的蒙阿龙从口袋里摸出一条蛇，吓得情人们飞逃。

〔歌节之夜。竹林。上弦月。

〔台前烧有一堆篝火。一组山民围火而坐，传着一只酒葫芦，轮流喝酒。

〔几组藏在草丛间的花伞组成造型，散发着歌节的抒情气氛。

〔台口，蒙伦与八个戴面具的师公在唱。众师公且唱且舞。

蒙　伦　（唱）今天是三月三，我们来唱师公。

〔众人和："咪了咧，了咧林，鼓声咚咚！"

蒙　伦　（唱）唱布碌陀祖宗，住岩崖山洞。

〔众人和："咪了咧，了咧林，鼓声咚咚！"

蒙　伦　（唱）犁岭造红河，壮人得传宗。

〔众人和："咪了咧，了咧林，鼓声咚咚……"

〔鼓声中，秋姐在注视众师公的鼓姿，并在一旁学着。

〔蒙阿龙上，撞到师公队里，乱跳一阵，又转回篝火边坐下。酒葫芦传到他手中，他仰头狂饮。

众山民　好！

〔秋姐走到蒙阿龙身边，捉住了他的手。

秋　姐　蒙阿龙，有酒要请朋友，一个独喝不够义气吧？

蒙阿龙　（推开她）啊，城里歌舞团的秋姐，真漂、漂亮，你找我有、有事吗？

秋　姐　（拉他到一边）找了你一天，鬼影不见！你到哪里去了？

蒙阿龙　秋姐，你、你找我呀，是想嫁、嫁给万元户当老婆吧？

秋　姐　严肃点！我有话问你，昨晚的事你不是开玩笑吧？

蒙阿龙　昨晚？哈哈，昨晚什么事呀？（笑）

秋　姐　阿龙，你给我讲真话，你现在还喜欢满妹吗？

蒙阿龙　你问这个呀？哈……我从来不认得什么满妹，也从来没喜欢过她。我，我只喜欢和她开开玩笑。

秋　姐　鬼话！你喜欢满妹，我看得出来。要不，你不会像掉了魂似的。

蒙阿龙　啊！原来秋姐你是来说媒的呀。（痛苦地饮酒）

〔秋姐抢下蒙阿龙手中葫芦，豪饮。蒙阿龙惊讶。

〔篝火边的山民回过头看——台前灯暗，这一组成了静止的剪影。

〔蒙伦的鼓声突然增大，插入洪亮的铜鼓声。

〔台中一束红光，照着戴布碌陀面具的师公。

蒙　伦　（唱）谁是开河的大神，谁是壮人的祖宗？有个聪明的老人，住在碌陀山洞……

〔突然出现一句女声独唱，仿佛把人从现实推向梦幻。

〔女声独唱："布碌陀……布碌陀……"

〔另一束光照出秋姐沉静的脸。出现她想象的舞蹈场面：天幕的月亮化成远古的太阳。太阳里出现一个牛头的剪影。

〔男声唱："远古、洪荒，洪荒、远古，荆棘布荒野，草莽遍山谷……"

〔男女声重唱："啊——那年雷王发大水，村村寨寨遭水灾。百姓来到碌陀山，跪拜祖先求帮助。"

〔身穿兽皮的布碌陀在红光里出现。

〔布碌陀唱："呢罗哎——走出传说的洞穴，赤足踩响石鼓。手上扬着牛鞭，驾牛走进河谷。开一条河床，退水消灾；犁千座峰峦，万世造福。三十三道弯，九十九个谷，一百零八……"（在歌声中领众人做开河舞蹈）

〔一条河流出现在天幕上。

〔太阳升起。

〔歌声变成庄严的哼鸣声。人们做成等待的造型。

〔布碌陀举火把走向太阳，火把被太阳点燃。布碌陀把火把扔到河中，河水一片红光，焚烧起来了。

〔歌声起："红水河，火的河！火之河，红水河！火的民族有火的传说，古老的河，燃烧的河！红水河，火的河……"

〔歌声弱下去时，前场灯亮。

〔被歌声和酒醉倒的山民纷纷倒下。

〔秋姐和蒙阿龙默默对视。

〔众师公的舞蹈在背景上无声动作。

秋　姐　一条古老的河……真美！

蒙阿龙　（嘲讽）河水流淌着发霉的传说！

秋　姐　你不喜欢这些故事？

蒙阿龙　我听得耳朵都生茧了。古老！古老！几千年就唱一首歌，越唱越穷。你没听人家讲吗，红水河浑，包谷粥清，女人的镜子不在河里在碗里……

秋　姐　好反动！到底出外跑了半年，见识就不同了，做事也和别人不一样！

蒙阿龙　有哪样不一样？

秋　姐　比如昨天晚上的事，就不一样，像个勇敢的骑士！

蒙阿龙　多谢秋姐抬举，我们乡巴佬听不懂洋话。请问骑士是像条龙还是像条蛇？

秋　姐　又来了！（突然低声地）阿龙，听我说。我晓得你喜欢她，你希望她今后幸福对吗？也只有你才会给她幸福。（柔声地）阿龙，做大姐的希望你们能够相好。你找个机会和她谈清楚吧，不要为一次失败而灰心丧气，这可不是阿龙的性格。

蒙阿龙　（被打动，迟疑地）可我……唉！那渔婆婆天天守住她，像个警察，我……

秋　姐　今晚上满妹要去羽人滩收网，到时候你——

蒙阿龙　羽人滩！

〔前台灯暗。

〔台中红光里，众师公的歌声骤然增大："今天是三月三，我们来唱师公。

唱布碌陀祖宗，住岩崖山洞。咪林，咪了林！咪林，咪了林！鼓声咚咚，鼓声咚咚……”

〔灯暗。

第八场

〔紧接上场。船上。

〔满妹在舱外坐着，听着远处若有若无的歌声心驰神往。

满　妹　（自语）真热闹呀，三月三！姑娘们都打扮得像棯子花一样漂亮，到碌陀山下唱歌会情人去了。可我……唉！

〔伴唱："冷清清，孤零零，只身守船影。孤零零，冷清清，对着河水低吟。河风偏偏又多情，吹皱了一河春水，吹乱了孤女心……"

满　妹　（唱）我原是红水河上船家女，生下来便与河水结了情。日子系在桨声里，吱呀呀摇过了二十春。

〔伴唱："网不住岁月哟如滩头流水，摇不尽往事哟似桨上梦境……"

满　妹　（唱）半年前悄吞下爱情苦果，听妈话和来福结了婚姻。不图他能说会道相貌俊，只为他是忠厚老实打鱼人。也有过温暖日子，曾满足淡薄清贫。烛火下听风枕雨，渔歌里守网看云。红水河诉不完绵绵话语，小小舟载不下一船真情。转眼河水依旧流，人事昨非暗伤心……

〔渔婆婆的声音："满妹，好睡了，夜里还去羽人滩收网呢！"

满　妹　嗯！（接唱）婆婆她一辈子风里浪里备尝艰辛，到晚年只落得孤灯船影寂寞一人。能体谅她残年寄托风烛苦心，天伦理人伦情压偏我良心天平。姐姐她一片心为我着想，暗相劝弃小船改换门庭。阿龙哥昨夜里把旧梦唤醒，真挚情如蜜水浸泡心灵，也向往好日子如风似云，却舍不下、舍不下腹中这小小生命。

〔伴唱:“耍蛇人，打鱼汉，两个都是好男人。这个活着为我受罪，那个命短归了阴。”

满　妹　（唱）婆婆的期望缠着我，姐姐的诱惑也动心。说不定这思虑七上八下，道不出这滋味苦辣酸甜。似梦的人生捉摸不定，也只好对河对天诉说这一腔情！（心事重重地躺下，似睡非睡）

〔灯暗。

〔梦境。一声响亮的口哨声——河面烟雾弥漫，太阳从烟中升起。耍蛇人的身影出现在太阳里。

〔又一声口哨——太阳里出现美丽的“金蛇”——八个女演员。

〔耍蛇人指挥“金蛇”起舞。金蛇向满妹舞来，充满诱惑。满妹痴迷地看着，似梦非梦。

〔耍蛇人的声音:“我要在城里办一家蛇餐馆。你就是老板娘。”

〔满妹:“老板娘?”

〔耍蛇人的声音:“我要送你最漂亮的金首饰，把你打扮成仙女。”

〔满妹:“仙女?”

〔耍蛇人的声音:“离开这条船吧，我们到城里去!”

〔满妹:“城里?”

〔蛇舞美丽温柔，轻轻缠住了满妹。

〔满妹翻过身，痛苦地呻吟……

〔渔婆婆走出来，吃惊地望着满妹。

〔蛇舞在背景里继续，似离似合。

〔渔婆婆摸摸满妹的额头。

渔婆婆　好烫！满妹，你发痧了。

满　妹　（梦呓）来福！来福！我们的孩子不要了！

渔婆婆　（大惊）满妹！你醒来！醒来！

〔满妹惊醒。蛇舞渐渐消失。

满　妹　（迷茫地）妈……

渔婆婆　满妹，你痧气好重，脸都烧红了。婆婆给你夹痧吧？

〔渔婆婆用碗装水，为满妹夹痧。

渔婆婆　满妹，你有病，今晚就别去羽人滩收网了，婆婆替你去。

满　妹　不！羽人滩路滑水险，婆婆年老眼花，行动不便，还是我去吧……

渔婆婆　嗐！这红水河上，哪一个滩、哪一块石没留下我老渔婆的脚印？看你讲的……

〔岸上传来狗叫声。隔一会儿，秋姐与蒙伦上。

渔婆婆　蒙伦，蒙伦！你来，我有话问你。

〔蒙伦带点醉意上船。秋姐与满妹进到里舱。

蒙　伦　又要请我喝酒么？我可是喝了不少。我阿龙给了四十块酒钱，四十块！喝得个把月了。你家秋姐也请我喝，讲要跟我学师公舞……

渔婆婆　你家阿龙！（怒）就要讲你家阿龙，天下的女人都死光了么？他要来勾人家的媳妇！

蒙　伦　我晓得，婆婆，这件事讲起来是你家来福理亏，当初你家来福从我家阿龙手里头把、把满妹抢、抢走了，我还没来算账呢！害得他出去流浪，吃几多苦啊！

渔婆婆　以前的事还讲它做哪样？老蒙伦，你们想打我媳妇的主意，告诉你，莫想！你不怕大水冲你家的祖坟呀！

蒙　伦　（被激怒）呸！我家阿龙不缺腿不断手，口袋里有钱腰板粗。现在上门来提亲的女人论打论箩，数都数不过来。

渔婆婆　（似乎放心了）那就好嘛。我说你快点给他找个媳妇，免得在外面沾野女人给人讲得难听……

蒙　伦　这个事情我不要你操心！我要给你讲一句，你家来福死了，难道你要人家年纪轻轻的媳妇跟你守一辈子寡！

〔舱内灯亮。秋姐与满妹相对而坐。

秋　姐　满妹，你今晚打鱼吗？

满　妹　去呀！

秋　姐　太好了，今晚十一点半，他在羽人崖下等你呢！

满　妹　他！他是哪个呀？

秋　姐　还有哪个，你还不晓得吗？

满　妹　姐你酒喝多了讲醉话吧！疯疯癫癫的。（欲走，被秋姐一把拉住）

秋　姐　满妹，你心里明白，我也看得出来，你喜欢他。以前你们不是……

满　妹　（急）那是以前……

秋　姐　现在呢？

满　妹　现在……我不晓得。

秋　姐　真不晓得？

满　妹　姐你坏，你在城里学坏了！

秋　姐　满妹。（唱）姐我一片苦心为妹着想，看到你年轻守寡我心伤。妹妹你从小善良，只是做事缺主张。二十岁春光正荡漾，你何苦为他人去殉葬。一着棋走错，一世受凄凉。满妹呀，眼光要放远，心肠莫太软，需刚强时就要刚强。追求幸福理应当，重新开始新生活。纵然是不生此儿，天理人伦也无伤。

满　妹　姐姐……（犹豫）

秋　姐　满妹，你快去吧！

满　妹　不，我怕……

秋　姐　怕什么？哎！怀孕的事千万莫告诉阿龙。

满　妹　（迟疑地）姐，婆婆她……她不让我去收网，她要自己去。

秋　姐　（吃惊）什么？好个鬼婆婆。满妹，这里我来对付她，（思考片刻）你快去吧！

满　妹　这，这……

秋　姐　你去呀！……

〔满妹慌乱地取蓑衣出来。

渔婆婆　满妹，你拿蓑衣做什么？

满　妹　（尴尬地）妈，今晚还是我去收网……

渔婆婆　满妹，你不是发痧吗，怎么能去？

满　妹　妈夹过痧，好、好了……

渔婆婆　我说过我去，你在家好好睡觉。

秋　姐　婆婆呀，做媳妇的哪有那么娇气！一点点头痛就不做活路，这怎么行？当媳妇的在家睡觉，让个七十岁的老人去羽人滩收网，万一出了什么事，村里人会怎么说？蒙大伯，你说是吧！

蒙　伦　城里人到底懂道理，讲起话来有头有尾。渔婆婆，你有福不会享。

秋　姐　就是嘛！

蒙　伦　秋姐，你不是说要学师公舞吗？走吧，走吧！（推秋姐下）

秋　姐　（回头）满妹快快去吧，我还等吃你的鱼呢。

〔满妹匆匆下船。

渔婆婆　满妹，你，你去不得！

满　妹　怎么？

渔婆婆　你身子不方便。

满　妹　妈，你是讲……没、没有不方便嘛。（紧张）

渔婆婆　（出乎意料地）满妹，你别瞒我了。

满　妹　（惊）妈，我……我，（慌张）我没有瞒你什么。

渔婆婆　我晓得。我早就看出来了那件事，我一直等你告诉我，可你没有讲。我等呀等呀，等到今天实在等不得了……（突然跪下给满妹叩头）满妹，你生他下来吧，婆婆我求你了！求你把韦家的后代生下来。只要一剪断脐带，我就把他带走，你也可以去嫁人了。婆婆命苦，死了儿子，不能没有个孙子！（哭泣）韦家不能断、断香火呀……（叩头不迭）

满　妹　（震惊，不知如何是好）妈，妈！你起来！快起来！

〔渔婆婆不起。

满　妹　妈，你莫哭，莫哭！我……我是有了，我没想过去嫁人，我把孩子生下来就是了……

渔婆婆　啊？（喜出望外，破泣为笑）好媳妇！大菩萨！婆婆真不晓得怎么感谢你！婆婆煮好了鸡蛋甜酒，你吃了好好在家休息。我走了，你可要注意自己的身体啊……我走了……（划竹排下）

满　妹　（急起欲追）妈……妈……你等等！（无力倒地）

〔秋姐上。蒙伦跟上。

秋　姐　满妹，你怎么还没走？

满　妹　婆婆她、她都知道了。

秋　姐　什么？（欲喊住渔婆婆，见已走远，怒）真没有用！

蒙　伦　你讲什么！

秋　姐　（赔笑）我讲，我讲你的舞真顶用啊！

蒙　伦　喔，你看得起，我高兴。秋姐，我的师公舞步平时是不乱教人的。干我们这行的得先拜过师祖……

秋　姐　（把满妹拉过一边）我今晚就去县里给你联系医院。快，帮我找只竹排来。

蒙　伦　不用竹排，这种舞步是在岸上跳的，要竹排做什么？来，这样、这样……（跳师公舞步）

秋　姐　哦、哦……！（心不在焉地学舞）

〔灯暗。

第九场

〔羽人滩。

〔一面陡峭礁耸立河边，状似一羽人站立的身影。

〔滩流声中灯亮。不时传来闷雷和闪电。蒙阿龙在等待，焦灼地徘徊。

〔伴唱："羽人滩，羽人滩，流水总无情。羽人崖石下，等煞惦心人。"

蒙阿龙　（唱）厚云藏了月影，黑天不见船行。风雨不改恋人意，滩流犹似旧时音。忘不了似云似雾妹身影，总惦记有情有意善良心。七分安静三分笑，百个村姑难比赢。虽然做过别人妻，到底是我心上人。

〔河上传来桨声。

蒙阿龙　（激动）哦，来了！……这鬼天，黑得伸手不见五指……

〔渔婆婆撑竹排上，收网。

蒙阿龙　（颤声）满妹，满妹！是你么？

〔渔婆婆吃惊，张望。

渔婆婆　（自语）有人喊满妹，会是哪一个？

蒙阿龙　满妹，是我，听不出吗？我是阿龙呀！

渔婆婆　（惊）碰鬼了！又是他！慢点，等我看他搞点什么鬼名堂。

蒙阿龙　（急切表白）满妹，你怎么才来呀！给我脚都站麻了，心都等冷了。我还以为……我晓得你心里难过，其实我比你还要难过呀！昨天你把我推下河，还讲不认得我，我不怪你。我晓得你是做给你婆婆看的。那鬼婆婆，像个警察，守得好紧。没有办法，你阿姐才安排我们在这里见面……

渔婆婆　（大悟）原来是这样，天啊！真是老天有眼！

蒙阿龙　满妹，你为什么不理我呀？把船划过来吧，哥哥有好多话要对你讲呀！满妹，过来吧！（唱）你是水中白莲，你是荷花一朵。哥想把你捧在手上，哥要把你栽在心窝。

渔婆婆　（唱）丑死我，笑死我，七十婆婆听情歌。今天看见鱼上树，今天看见鸟下河。

蒙阿龙　（唱）鸟下河为鱼去死，哥不死为妹而活。不嫌妹婚过嫁过，哥只要你真心一颗。

渔婆婆　（唱）你的心拿去喂狗，你的情拿去喂鹅。瞎了眼你错看花娘，昏了头你对牛唱歌！

蒙阿龙　（唱）为什么你还不过来？

渔婆婆　（唱）我过来怕你跳河！

蒙阿龙　（唱）为什么你不开腔？

渔婆婆　（唱）我开腔惊你魂落！

蒙阿龙　（唱）你怕那警察婆婆？你善良吃亏就多。那婆婆是老鱼成精，那婆婆是妖蛇脱壳。我咒她今天就死，死了不埋丢下红河！

渔婆婆　（气得发抖，唱）气死我！气死我！七窍生烟又冒火。老天给我长寿果，活一百岁不算多。我要咒他先死，死了拿刀来割！

蒙阿龙　（唱）啊——你为谁逗留在急流漩涡，你为谁像石头那样沉默？你为谁留恋那破船烂网，你为谁要拒绝痴心的哥哥？跟着哥哥远走高飞吧，到城里开始崭新生活。要答应你就拍手——

渔婆婆　呸！（堵耳）

蒙阿龙　（唱）不答应哥就跳河！

〔渔婆婆气得拍腿。

蒙阿龙　（大喜）啊！你答应了！你愿意了！太好了！满妹——（唱）禁不住，禁不住要放声高歌，死去的心里又复活！满妹你果真有情有意，老天不负阿龙哥！满妹，你等着我……（跳下河，向竹排游来，边游边说）我这就来了……满妹、满妹！你听我说呀，我和你阿姐商量好了，我们去县里买地皮，开餐馆。我要让你享福，让你成仙……

渔婆婆　（摘下斗笠）阿龙，看我是哪一个！蒙阿龙丑死你、气死你！你做事缺德，你不得好死！雷劈你！火烧你！（举桨乱打，气喘）

〔蒙阿龙狼狈躲避，逃上岸。

渔婆婆　站倒！蒙阿龙！我今天把话给你讲明，我家满妹是有身孕的人，你一次想讨两个人回去。呸！你好不要脸，不怕村里人笑死你，指你脊梁，骂你祖宗。

蒙阿龙　什么？！她有了身孕？（惊呆，止步）

渔婆婆　（拍手唱歌谣）光棍汉，讨不到媳妇娘，寡妇也要，孕妇也想。口水流到五尺长……

蒙阿龙　天哪……（痛苦奔下）

〔静场。渔婆婆突然扔下船桨，举目望天。

〔天空电闪雷鸣，大雨哗然而下。

渔婆婆　老天，老天，帮帮我这孤独的老太婆吧！他们三人成帮结伙，要算计我老太婆，要断我韦家香火，我斗不过他们。老天呀！你开开眼、帮帮我呀……（瘫坐在竹排上）

〔雷声暴雨淹没一切。

〔切光。

第十场

〔幕前过场戏。

〔黑暗的背景下，蒙阿龙背行李包神色恍惚地上。

〔伴唱："羽人滩上响雷霆，惊破了羽人梦境。憔悴一颗痴情心，扑灭满腔火样情。"

蒙阿龙　唉——（唱）天昏昏月无光，孤单单形影飘零。恨幽幽她怀有身孕，火燎燎我妒火烧心。红水河，恼人的河！你一波未平一波起，你两番叫我尝酸辛。你一河痛苦何日了，你浑水浊浪何日清？倒不如洒泪离别去，从此孤旅四海飘零！（痛苦地）别了！红水河！我蒙阿龙今生今世再也不会回来了！不回来了！（欲下）

〔秋姐撑竹排上。

秋　姐　（见状惊讶）阿龙你等一等！你这是……要去哪里？

蒙阿龙　（恍惚地）去哪里？鬼才晓得！反正是该走了……走了……

秋　姐　（上岸）阿龙，到底出了什么事？

蒙阿龙　还有什么事？你莫来演戏了。你把我害得够惨的啦！

秋　姐　是为满妹有身孕的事吗？（笑）阿龙，都怪姐粗心，本该先告诉你，又怕你受不了。姐是想等她做完手术再说……这不，我正要去县城联系医院……

蒙阿龙　（打断）算了！你莫拿我当傻瓜！天底下女人多得是，我可不愿当你讲的骑士，一次娶两个回家！

秋　姐　（震惊）你说什么？

蒙阿龙　（爆发）我说什么？说我不愿上你的当，做那种下贱男人！

秋　姐　（气愤无语，半晌）原来你是个凡夫俗子、势利小人，满脑子封建。你走吧！你想娶我满妹，你不配，你走吧！请便，一路平安！（转身欲走）

〔蒙阿龙不语。

秋　姐　（嘲讽地）你走呀，走呀！大路平得很，就在你脚下！你走呀，你走……只怕你走出去。再找不到像满妹这样好的人！

〔蒙阿龙痛苦地蹲下，突然抱头痛哭。

秋　姐　（上前踢他一脚）蒙阿龙，你哭哪样？没出息！告诉你，要走走个干脆。不走随我进城。

蒙阿龙　我……

秋　姐　好吧，给你一分钟考虑。（看表）三十秒……四十秒……你到底走不走？蒙阿龙啊蒙阿龙，我看你今天简直像条草蛇。（转身就走，跳上竹排，下）

蒙阿龙　（突然追下）秋姐！

〔切光。

第十一场

〔船上。黎明前时分。

〔幕启：渔婆婆哆嗦着从舱里出来。她衰老多了：神情呆滞，动作迟缓，但衣着整洁，神色庄严，穿一双新布鞋，仿佛要出远门的样子。她身边放着一篮鸡蛋。她开始对镜梳头。

〔天边仍有雷声隐约传来。

〔女声伴唱："冷嗖嗖心在打抖，颤悠悠魂像鱼游。飘忽忽渔火将灭，摇晃晃一叶孤舟……"

渔婆婆 （唱）昨夜里祖先托梦，骑纸马把我接走。看起来阳寿已尽，百年事今到尽头……（咳嗽，捶胸，强撑起来。把镜面反转过去，照出遥远的天际，她似乎看到一种幻象——雷声化成铜鼓的敲击声，间或杂着一两声唢呐的吹奏。她倾听着。忽然激动地）呀！他们来了。吹着唢呐打着铜鼓抬着纸马走过来了！人好多，好热闹！白幡旗都飘到天边了……（亢奋地）布碌陀，布碌陀！你等一下，我还有件大事没做完呀！

〔雷声渐远，消失。

〔渔婆婆站起走至舱门边，向里凝视。

〔船舱内灯亮。

〔满妹在收拾东西。她动作慌乱。

〔女独伴唱："晨星稀，晓露稠，秋风动孤舟。别情似河水，十弯九回头……"

满　妹 （唱）舍不下这鱼线牵肠挂肚，舍不下这烛火透心温柔。舍不下这小船载满往事，舍不下我婆媳同舱共枕。

渔婆婆 （旁唱）人言到死心也善，婆婆我一死万事休。看来香火难传继，媳妇呀，你要走我难挽留……

〔鸡叫声。

满　妹 （唱）鸡一遍遍叫了呀，

满　妹
渔婆婆 （唱）婆的心妹的心一点点碎了！

渔婆婆 （唱）天一点点亮了呀，

满　妹
渔婆婆　（唱）妹的泪
婆的泪　泪流干流尽了！

满　妹　（唱）太阳照亮离别的道路，

渔婆婆　（唱）太阳照亮天界的门楼。

满　妹　（唱）阿姐她在县城等我，

渔婆婆　（唱）布碌陀在天上招手。

满　妹　（唱）倒不如悄悄离婆去，

渔婆婆　（唱）我伤心也应该含笑送她走……

〔满妹收拾包裹，出舱。

〔渔婆婆望着她。两人对视。

〔音乐突然中止。静场。

〔岸上传来舂米的声音，舂米声像锤子，重重砸在两人心上。

满　妹　妈，我……我打鱼去了……

渔婆婆　满妹，你……你去吧……

满　妹　妈，早饭热在锅里，你莫饿着肚子！

渔婆婆　嗯……

满　妹　妈，衣服我也浆洗好了，放在柜里头。天冷得早，记得多穿件衣服……

渔婆婆　啊啊啊……（哽咽）

满　妹　（不忍）妈……

渔婆婆　（强笑）媳妇……

〔女声独唱："啊！欲走还留，欲留还走。情似红河水，十弯九回头……"

〔满妹穿上蓑衣，转身欲走。

渔婆婆　（突然）满妹，等一等——

〔满妹回身。

〔渔婆婆哆嗦着把那篮鸡蛋送上。

满　妹　（吃惊）妈，你这是……

渔婆婆　媳妇呀，这是我到圩场买的，给你补补身子——听讲做那种手术伤身体，我未能给你准备什么，你就多吃点蛋吧！

〔满妹惊讶无语，蓑衣飘落下来。

〔一声缥缈的笛声轻起。

渔婆婆　你不要伤心，不要难过！婆婆晓得你要另去嫁人，婆婆拦不得你了。我守过半辈子寡，懂得寡妇的苦处。你生了那娃仔就嫁不出去，婆婆不怪你，婆婆想通了……

满　妹　妈……我、我……

渔婆婆　（平静地）我要走了，满妹，婆婆求你一件事，你能不能等我走了以后再去医院。我眼不见，心也就好受了……婆婆我可能活不过今天了，昨夜我梦见祖先来接我了……（取下手中银镯子，送给满妹）你过来，这是我生来福的时候我家婆送的，现在转送给你。满妹以后嫁了人，莫忘了婆婆，逢年过节，给婆婆点炷香、烧把纸。婆婆在天之灵也就笑……啰……（呜咽）

〔满妹抱住渔婆婆，哭成一团。

满　妹　妈！

渔婆婆　满妹你去吧，婆婆用船送你去……

满　妹　不、不，妈，我不去……

渔婆婆　满妹！满妹！你是个好媳妇，你嫁到韦家来，吃了不少苦。婆婆对不住你呀，你恨婆婆吧！婆婆向你赔不是。

满　妹　妈，你莫讲了，是满妹对不起你！满妹只为自己打算，满妹说谎，让妈妈担了几多心。妈，你打我吧，你骂我吧！

渔婆婆　媳妇，我的好媳妇！

〔天边的鼓声又一次传来，逼得很近。

〔渔婆婆抬头，倾听。

渔婆婆　（恍惚地）看，来了，祖先接我来了！他们来了，他们来了！骑着纸马，打着花伞，抬着灵屋走过来了……满妹，婆婆要走了，走了……（飘然地走出）

满　妹　（抱紧渔婆婆）你不能走，我害怕，害怕呀！

〔远处传来荒凉的古歌。羽人合唱："红水河哟哎，三十三道湾哎。碌陀山哟，九十九座岭。"

渔婆婆　呀，他们唱起来了，羽人滩的神仙唱歌了！你听，唱得几好听！婆婆从小听过这首歌，它把婆婆唱老了……（跟着哼）

满　妹　妈，你就大声唱吧！你大声唱我就不怕了！

〔羽人合唱："急滩有尽头，浊水秋来清走山走水哟，追赶祖先足印……"

满　妹　妈，你不能走，我的好婆婆。

〔羽人出现。一队队打着鼓的羽人在黑暗中过场，似葬礼场面。

〔渔婆婆安祥地死去。

〔羽人合唱："走山走水哟，追赶祖先足印。善寻归宿哟，灵魂得安宁。"

〔满妹把手镯取下，悲凉地举起来。

〔一阵响亮的鸟叫声掠过天空。

〔满妹扑在渔婆婆身上痛哭。

〔灯暗。幕闭。

尾　声

〔幕前渔歌声："打鱼呀！放网，年年在红水河上。撒下云朵又撒下星星，网起月亮又网起太阳……"

〔幕在渔歌声中缓缓拉开。

〔黄昏。天空晚霞灿烂如火。

〔船上，满妹坐着的背影。

〔一组姑娘撑竹排舞蹈过场

〔岸上又一次传来喧闹的声响：舂米声，牛、羊、鸡、猪的叫声及人的吆喝声，和着河上姑娘们的歌声形成黄昏的交响乐。

〔幕内传来秋姐与蒙阿龙的喊声，渐响渐近。

蒙阿龙　满妹……满妹！

〔秋姐与蒙阿龙上。

秋　姐　满妹！我们等了你一天，为什么不去？

满　妹　……

秋　姐　（上船）满妹，你是怎么啦？像块石头！

满　妹　我婆婆……过世了。

〔秋姐与蒙阿龙都吃了一惊。

蒙阿龙　渔婆婆……她怎么会……

〔渔姑们的歌声古老而忧伤。

满　妹　那晚她从羽人滩回来就突然不好了。

〔一个较长的间歇。

秋　姐　（安慰地）满妹，人死了不能复活，你不要太伤心……

蒙阿龙　满妹，你陪婆婆到过世，也算尽心尽意了。现在……

秋　姐　是呀，你就快收拾去医院吧！

蒙阿龙　走吧，我们一起到城里去，离开这个地方。

满　妹　（慢慢转身，手捧着那篮鸡蛋）这篮蛋是婆婆临死留下的，婆婆说做那种手术伤身体，要我补补……（说不下去）

秋　姐　（十分意外）你婆婆真好！

蒙阿龙　阿婆！（愧疚）

满　妹　（平静地）姐，阿龙哥，我不走了……

蒙阿龙　（吃惊）满妹，你……

满　妹　这孩子，我要把他生下来……

蒙阿龙　（爆发）满妹，傻瓜！

秋　姐　（迷惑）满妹，你怎么啦？婆婆过世了，没有人来为难你，怎么反倒……

满　妹　（望着河，深情地）姐，这些天我想了好多，总算想明白了！姐讲的幸福是姐的幸福，满妹和姐不一样。我们渔家人祖祖辈辈在海上打鱼，生在河里，死在河里。离开船，离开河，满妹不会有幸福。姐呀，多谢你为我费心……

蒙阿龙　（痛苦地）满妹妹……

满　妹　（无限深情地）阿龙哥，我晓得你喜欢我，待我真心。我也忘不了你，可你容不下这孩子。我晓得有了他就会失去你，我……（哽咽）可我不能没有他呀！他是来福的，是婆婆的。也是我的，他是我的，是我的……（平静下来）阿龙哥，你走吧，愿你找到更合适的姑娘……

蒙阿龙　（茫然）……

〔蒙伦内喊：“阿龙……阿龙……”提彩礼上。

蒙　伦　（兴高采烈）阿龙，快回去，又有人来提亲了，是个县城里的姑娘……（拉蒙阿龙）快走呀，这回我包你满意！

蒙阿龙　（大怒）你走开！莫再来添乱了！

蒙　伦　（惊）怎么啦？（四顾）媒人还等回话呢！

蒙阿龙　告诉她，让她滚蛋！

蒙　伦　呀！这……这……

秋　姐　（轻声）大伯，你先回去吧！

〔蒙伦茫然下。

蒙阿龙　（突然放声大喊）满妹！

〔幻境：太阳又一次升起，灿烂但苍凉。

〔姑娘们劳动的身影被照得通红。

〔羽人再次出现，似腾似飞。

满　妹　（转过身，激动地）姐，你看，河烧起来了！多美呀，河烧起来了……

〔歌声：“红水河，火的河。火之河，红水河。火的民族有火的传说，火的河有燃烧的歌……”

〔歌声中，满妹穿蓑衣，上竹排。

满　妹　（平静地）姐，我打鱼去了！

秋　姐　（自语）也许她是对的……

蒙阿龙　什么是对？谁错了？

秋　姐　让我想想……为什么……

蒙阿龙　（痛苦）是啊，为什么？为什么！

〔羽人之舞狂放而热烈，似乎又带有一种惋惜的感叹。

〔姑娘们消失在灿烂的光芒里，与红河融成一体。

〔铜鼓声。

〔幕落。

——剧终

| 作品点评 |

《羽人梦》无论是在剧本的文学性、思想积淀的深度，还是在艺术上的总体构思和多层次、多方位的体现，都有着自己突出的长处。在当前传统戏曲艺术正在寻求新的、能适应时代生活的艺术形式、以求摆脱不景气的困境时，能出现这样一出具有现代意识、艺术上比较完整，又有较高审美价值的戏曲剧目，而且又是一个少数民族戏曲剧种、一个少数民族生活的题材、反映新的思潮对民族传统文化的冲击、对民族的心态作了深刻的剖析，足以说明了壮剧艺术的成熟和广西戏剧长足的发展。

《羽人梦》的深度，或者说《羽人梦》在思想和艺术上的耐看、耐思、耐人寻味，很大程度上取决于这个戏在塑造人物上的现实主义（当然也不排斥有某种象征意义）的艺术手法。既不是概念化、类型化甚而是脸谱化的塑造人物，使人一目了然，如孩童般地去确定这是好人还是坏人，是善还是恶，是褒还是贬，是肯定还是否定，而是真实地刻画了在这翻天覆地的变革年代，新的思潮对各种人物心灵深处隐埋着的各种旧思想、旧观念有力的冲击。但这也并不是作者在非英雄化的思想指导下蓄意去追求什么双重性格的组合，而是按照人物本来的思想逻辑，和在特定的历史条件下内心性格顺乎自然、真实的、微妙的变化。

——顾乐真：《壮剧〈羽人梦〉的人物塑造与导演处理》，《民族艺术》1987年第2期

以上人物的增添和改变，是作者站在时代的高度，用现代意识观照原作的结果，这不仅更符合实际，把现实生活的气息浓厚了，也使人物之间的关系密切了，感情色彩也得到了加强。同时，也为戏剧情节的开展提供了有利条件，并丰富了剧作的内涵，深化了剧作的主题。作者没有像小说那样，把满妹和渔婆婆再放在一个十分封闭的地方去作静态的描写，大肆渲染她们的愚昧和落后。在戏剧里，作者要着重表现的，是新、旧两种价值观念的碰击和冲闯，让人们从这场斗争的谁胜谁负中，进行严肃的哲学思考，再不像原小说那样，单纯揭示在传统观念制约中的愚昧和不幸，让我们只发发廉价的怜悯和一声声沉重的叹息而已。

从小说到戏剧，作者再不是消极地只满足于落后愚昧生活表面现象的描写，而是积极地力求剖析造成这种现象的内在因素。为了揭示现实生活中潜藏着的一种文化意识对人的思想、行为的影响和制约，他进行了一次很有意义的探索，一种深沉的人生价值的哲学思考。在这出戏剧里，他显现了出众的灵气和文学才华并在创作倾向上，真正踏在生活这个厚实的大地上，迈出了比较坚实的脚步。

——谢福民：《壮剧〈羽人梦〉改编得失谈》，《民族艺术》1987年第2期

1990年代

· 杨波、惠国兴《瑶妃传奇》
· 张仁胜、常剑钧《哪嗬咿嗬嗨》
· 梅帅元、陈海萍、常剑钧《歌王》

瑶妃传奇

杨波　惠国兴

时　间　明 代

地　点　岭南瑶乡与明代皇宫

人　物

纪　妃（纪山莲）　瑶族寨老之女

德宗皇帝

皇太后

万贵妃

老宰相

作者简介

杨波（1941—），男，广西兴安人，桂林市文化局一级编剧。1992年被评为市首批专业技术拔尖人才。1985年他主笔创作（合作）的电视剧《侗寨一美娘》为“建国以来第一部反映侗族风情的电视剧”，1989年其主笔（合作）创作的歌剧《史禄传奇》获全国民族题材剧本创作银奖，1993年创作（合作）的大型新编传奇桂剧《瑶妃传奇》获全国文艺作品最高奖“文华奖”、广西文艺最高奖铜鼓奖。

惠国兴（1950—），男，江苏南京人，桂林市文化局编剧。曾创作大型戏剧《幸福石》《少年奇龙》《风景迷境》等，多次获桂林市戏剧创作奖。

作品信息

《瑶妃传奇》获第三届全国少数民族题材戏剧剧本创作奖。该剧应文化部邀请进京演出，受到专家及观众的赞誉，还曾在中央电视台播放。

张 顺　老太监

盘　娇　瑶族姑娘

盘　旺　瑶族青年

寨　老　山莲之父

瑶族度师、瑶族师公

老臣甲、乙、丙

壮族头人

苗族头人

侗族头人

瑶族歌手、群众若干

宫廷宫女、侍卫、太监若干

场　次

第一场　自　荐

第二场　落　选

第三场　交　融

第四场　风　波

第五场　赔　情

第六场　请　命

第七场　和　亲

幕前叙歌起：打起长鼓歌就多，唱一个瑶家女儿歌。唱出山花御园开，唱得深情千年和：皇妃传奇瑶家女，留下美好的传说……

第一场　自　荐

〔明代。

〔岭南瑶乡。

〔舞台上石堤横贯，铜鼓悬置，两旁分列鼓手，牛角号手。

〔幕启：鼓号齐鸣，瑶族寨老在瑶兵簇拥下就坐。

寨　老　大家听了！皇家钦差来此挑选贡女，即刻就到，到时我等要小心从事。

众　人　是！

寨　老　（朝盘旺）跟我来！

〔寨老带盘旺走向台侧。

寨　老　派人去拦山莲了吗？

盘　旺　去了，按你的吩咐，不让她回来参加贡选！

寨　老　你再亲自去找，一定要把她拦住！

盘　旺　是！（下）

瑶　兵　（急上）寨老，钦差已到寨口。

寨　老　奏乐相迎！

〔鼓乐齐鸣，男女青年起舞列队迎宾，寨老率众跪接。

〔张顺手捧诏书领少许官兵上。

张　顺　寨老听旨！

〔张顺正欲念旨，寨老致礼请上。

寨　老　老大人免了吧！老身和寨中老少，都知道大人来为皇帝挑选贡女。大人尽管选就是了。

〔寨老将手一招，瑶女端酒上。

寨　老　钦差大人请多多喝上我们瑶家的敬客酒。大人请哪！

张　顺　请！请！

〔黎老趁机让众人端上各种佳肴美酒，献给张顺。

寨　老　请问大人尊姓大名？

张　顺　咱家姓张。

寨　老　啊！张大人一路辛苦，是否赏玩游乐几天，再行选美如何？

张　顺　（似受到提醒，不再饮赏美酒）皇差事大，岂敢偷安！把姑娘都叫来吧。

寨　老　呵，张大人，瑶家姑娘生在山，长在山，没有见过大世面，恐不合宫中之用呀！

张　顺　有美即贡，有美即用，不须多言！

寨　老　是！是。（振作精神！大声地）秀丽的山水养育了瑶家，瑶家的阿妹（丹巴）都像山茶花。来吧，看哪朵开得好，开得绝，哪朵就有福伴驾！

〔音乐中，瑶家姑娘歌舞出场，供钦差挑选。

〔张顺逐个细挑。瑶家女或掩躲，或勉强，均有不乐意之态。

张　顺　早听说瑶家水土灵秀，高山出俊鸟，有一只远近传名的凤凰，如何不见她呢？

寨　老　只怕大人听错了，瑶家女儿可个个是花，个个是凤哩！

〔张顺左挑右选……

〔盘娇左顾右盼……，不知不觉离开供选的美女队列……这引起了张顺的注意。

张　顺　姑娘你在等谁呀？

盘　娇　（忙遮饰）没有，没有；我在透透凉！

〔张顺在盘娇前后左右细看，似感满意，不由得用手中的黄绢套住了盘娇。

张　顺　姑娘你姓甚名谁？

〔盘娇羞涩地掩住脸。

张　顺　就选上你了，跟我进京吧！

盘　娇　不……谁知皇宫怎么样，谁知皇帝好不好。这里有我的父母，有我的好姐姐。我舍不下……

张　顺　好姐姐？

〔盘娇跑到坡上高处，向远处望。

〔寨老紧张欲拦

张　顺　（跟上盘娇）你姐姐在哪？

〔远处传来歌声……

山　莲　（内）春风好，山外喜讯把人召。路边花枝也含笑，林中鸟儿闹树梢。越激水过山道，回寨好似彩云飘。

〔山莲荡藤跨越过山谷。

〔山莲上。盘旺与几位青年匆匆跟上，欲拉住她，寨老更是焦急地上前拦住。

山　莲　（急问）选上哪个啦？

〔张顺见山莲一表非凡，一时怔住，并把套住盘娇的黄绢收回。

张　顺　没有，没有选哪！

山　莲　阿爸，我……

寨　老　（急急拉过山莲）你不该回来！

张　顺　（喜笑颜开）你是哪家姑娘？

寨　老　张大人，这是小女山莲，任性不羁，请恕罪。

张　顺　咳！有此美人隐瞒不报，该当何罪？

山　莲　大人，这可不怪我父，是我回来迟了！

张　顺　嗯，到底是寨主千金，伶俐过人。

山　连　张伯伯，你从京城来，京城什么样？皇宫什么样？

张　顺　姑娘，要说那京城么？（唱）京城繁华盖四方，车水马龙日夜忙！十街百业千行铺，行人熙嚷声喧扬。（白）再说那皇宫（唱）金殿巍巍好气象，美景奇丽似天堂；宫内揽尽天下胜，任你观来任你尝。

张　顺　只要天子喜欢，你要什么有什么，你知道真龙天子吗？

山　莲　当今皇上？他，他凶不凶呀？

张　顺　我们皇上可是个圣明之人，他要见了你，就更不会凶了。

山　莲　真的么？

张　顺　是呀，他可是个天下难寻的俊男子呀！（念）他俊面大耳方脸庞，剑眉风眼高鼻梁。即是贤德好皇帝，又是多情义重郎。姑娘貌美伴圣驾，倍受宠爱世流芳。

山　莲　（羞涩地）大人你……（唱）朝思远地游，暮想京城颜，好奇心仰慕，仰慕群山外天地世界万千！遥想那城楼重重街市大，遥想那帝皇之家多奇观，遥想那中原百业更兴旺，学汉艺长识见为瑶乡换新颜。遥想那皇郎一定仁义好，我一心份连真情男。都说是有了梧桐才落凤，羞言千里为结龙凤缘，真心换得真心伴，汉地瑶乡彩虹连，瑶家女儿心事也烂漫，为求那情通瑶汉缘连帝苑，我像鱼儿远游，鹰儿高飞心甘甜，（白）张老伯，我去京城合不合呀？

张　顺　太合了！

寨　老　（制止）山莲，切不可冒失而行！进京吉凶难测！常言道“伴君如伴虎”呀！

山　莲　阿爸，在瑶山哪知外面大世界呀！要见要学的多着呢！什么伴君如伴虎，有心不怕事情难！再说，瑶家有人选中伴君，是看得起我们瑶家人，是瑶家人的福气呀，我去些日子就回！

寨　老　我就担心，你一去就难回了！阿爸再也见不到你了！

张　顺　不得胡言！姑娘自荐，我也已选定。姑娘，像您这样美凤凰，皇上一定会钟情喜欢，什么都好说呀！

寨　老　张大人，我膝下无儿，就这一个宝贝呀！

张　顺　啊！寨主若是不放心，我就收你女儿为义女！咱家不会让她吃亏的！

寨　老　这样就好！山莲，快拜见你的汉家阿爸！

山　莲　（施瑶礼）见过汉家阿爸！

张　顺　哈哈哈！好！好闺女！寨老呀，我也只收这一个义女呀！

寨　老　全拜托您了！

张　顺　请放心！

盘　旺
盘　娇　莲姐，带上我们也同去吧！

山　莲　义父，我要带上好友盘娇盘旺同行，你看……

张　顺　这个……

山　莲　（故意地）不行的话，我也就不去了！

张　顺　喔，行行，给美人备轿即刻启程！

卫　士　是！（下）

寨　老　怎么？说走就走？！

张　顺　皇旨不能违，即刻上路！

山　莲　（难舍地）阿爸——

寨　老　孩儿！

〔父女拥抱而泣。

众乡亲　山莲——！

〔山莲依依不舍与众人告别。

〔寨老拿出祖传的长鼓，郑重相授。

〔惜别歌起。

山　莲　（唱）我走了，临行难舍我同胞。难舍家乡恩情好，一草一花更见娇。我走了，女行千里也祝告，父兄乡亲人不老，金凤飞去再来朝！

第二场　落　选

〔紧接前场，

〔皇宫选美之处。

〔宫帐漫垂，音乐中只见纱幔内人影婆娑，

〔数位高官显贵各携女眷候选，在纱幔外窥看……

合　唱　皇家选美呈娇柔，帝苑今日春意稠。鲜桃艳李风摆柳，莲步轻移待君逑！

〔大臣们相互见礼略寒暄招呼。很快分开，教自己的亲属如何取得皇上心欢中选……

宰　相　（对其女唱）女儿腰勒细，扭腰笑眯眯，献媚讨好皇上心神怡。

大臣乙　（对其妹唱）妹妹莫老实，假的说真的，皇上面前百顺又百依！

大臣丙　（对其侄女，唱）侄女你装规矩，似呆又忸怩！半推半就皇上更着迷！

〔各大臣正在紧张教练亲属时，纱幔里太监高声宣“众臣献美供选！”

〔随宣旨声，纱幔徐徐开……

〔皇帝坐于中间龙椅，两侧坐着太后和万妃及大臣甲。

〔在音乐中，各大臣、显贵的亲属美女列队舞蹈供选：万妃穿梭在其间……

〔太后请皇帝离座审视美女；皇帝越看越烦，拂袖离殿……

〔全场人愣住了……太后着急……

众　臣　（七嘴八舌）太后，我们的亲眷都是绝色美人，皇上怎么如此轻待！

太　后　（为难地）众卿别急，哀家再求皇上从中挑选定夺。

〔宰相、大臣急急上前，竭力游说太后，或拉拢万妃，为求其女眷选上……

张　顺　（急上）启奏太后，贵妃娘娘，奴才由岭南选得一美女，佳丽不凡，特急赶回宫。

太　后　南蛮之地，哪里来的美女？

万　妃　太后，只怕张公公老眼昏花，自作聪明了吧！

〔宰相等均嗤笑不已。

张　顺　奴才并无虚言。穷山僻乡，却有天姿国色。

太　后　既是张顺选来的人，料想不会有大错，看看不妨。传！

张　顺　是！岭南纪山莲，上殿啦！

〔山莲头蒙纱巾，在盘娇扶持下，缓缓而上，立于殿中，她似乎受不了久蒙纱巾的闷气，自己扯下了纱巾。满殿之人皆惊其丽色。山莲好奇地东张西望，难掩心中兴奋新奇。

山　莲　（唱）看眼前，金碧灿灿，红柱画梁黄龙缠，奇花香溢殿，怪炉升紫烟。好新鲜，像在梦中一般。四周静悄悄，众人朝我看，心里好像急打鼓，脸红好像火烧山！脚勿颤，心要安，壮着胆就像进老林，迈开步就像进深山。

张　顺　上座是太后。一旁是万贵妃娘娘。

山　莲　见过太后，万娘娘。（行瑶礼，众笑）

太　后　（唱）此女美貌堪称佳，鲜灵野妍面生华。

万　妃　（唱）野山移来野花种。可叹野山出奇花。

山　莲　（唱）众人悄言难懂话，四座不见帝王——“他”。

太　后　（唱）只怕野花生野地，宫栽还要整枝桠。

宰　相　（唱）蛮女不中规与矩，入宫岂能合理法！

万　妃　（唱）要让野花无人赏，尽快来把主意拿。

太　后　这位山女，你何德何能，有何长处呢？

〔张顺低头对山莲解说。

山　莲　禀告太后，山莲能绣花，擅打猎，精歌舞，会……

太　后　嗯。那就献上舞来吧。

山　莲　是。山莲献上我族长鼓舞。

〔山莲接过盘娇送上的长鼓，跳起了瑶族长鼓舞，舞姿优美粗犷，众人着迷。

大臣甲　太后，此女颇有可取之色，但全不合宫中礼度，恐不中用。

万　妃　太后，那野山俗舞，原不值一观。

太　后　不合礼度之处可以教习嘛，万贵妃，你就教她一出霓裳羽衣之舞，待看她学得如何。

山　莲　学舞吗？好得很！

〔万贵妃款款而舞，舞姿软柔而做作。山莲初学颇佳，后万妃有意跳快，山莲不适应，动作学得别扭，众宫宦女眷起哄……

山　莲　（自语）我不信，这种舞就这么难跳？！

〔山莲竟脱下鞋，赤脚地重做重舞起来，部分人为其倔强而赞叹鼓掌，见太后、大臣们瞪眼，慌忙停止……

万　妃　停下，停下，赤足粗俗放肆，太丢宫廷脸面。

太　后　竟然还是个天足，可叹！山女！你可懂得宫中礼仪呀？

张　顺　启禀太后，此女刚自岭南来，尚是一派天真，待奴才往后细细教习她就是了。

太　后　让万妃现在就教教她吧！

万　妃　只怕她蛮野愚笨，教也教不变。

〔在礼仪之乐中，万妃习宫廷各种礼仪。山莲一时难以适应，学得别别扭扭，窘相百出。众人皆大笑。

万　妃　禀太后，此女十分粗劣，应驱出殿去！

宰　相　此等俗女，有如中看不中用的绣花枕头，何须再多费心。赶回岭南就是了。太后，我等公侯贵胄之家的小姐，方能不负天子之望呀！

大臣甲　此言甚佳，此言甚佳！

大臣乙、丙　太后，太后，我等官宦之家千金，可胜过野女万倍……

〔太后一时无措。

宰　相　小女拜见太后！

〔众官宦女眷齐拥至太后身边。太后似欲定夺。

〔有一太监匆匆上，向太后附耳而言。

太　后　皇上有谕：宫中选美暂缓举行，待日后适宜之时再行定夺！

宰　相　怎么？皇上他……！

〔众大臣皆失望，“怎么了？”“怎么了？！”地相询。

〔宰相见一旁的山莲，有意向她撒气。

宰　相　这野女子怎么还不驱出殿去！

山　莲　这位大人，刚才还讲礼性仁义，怎么现在这样无理，我也是选上来的呀！

〔宰相欲怒，太后却生出同情之心。

太　后　张顺，你就把她好好送……

张　顺　（急急打断太后之言）是，奴才送她到内库藏书斋，把她安排做清扫之职吧！

宰　相　太后之意，是要把她送回！

万　妃　张公公真是多事！

太　后　准张顺之奏！让这蛮野之女在书斋里多习本朝昌明之风。

张　顺　是！谢过太后。

山　莲　谢太后！

太　后　只是，此女足大，按规裹小！

山　莲　（向太后脱口而出）老人家，让我清扫门庭可以，脚可不能裹小呀！

太　后　这是为何？

山　莲　要是裹小了脚，以后我怎么走山路呀？

万　妃　少废话，来人！强行把足裹上！

宫　女　是！

山　莲　我不要裹！我不要裹！……

〔合唱：入到皇宫初时愁，帝颜未见进书楼：明珠落进暗河里，何时才见龙来游。

（转场）

第三场　交　融

时　间　距前场一月后

地　点　内藏御书库

〔台一侧竖书柜、书架，上放线装书本；另一侧置雕龙书桌一张，上放四宝，桌边是插画的瓷缸。山莲持书，默默背诵着上。

山　莲　子曰："三人行，必有我师焉；择其善者而从之，其不善者而改之。"（略思后又背）"礼之用，和为贵，先王之道，斯为美……"

张　顺　（上场不由称赞）好，学而时习之呀！好女儿！不能只背，要会其意呀！

山　莲　哎。

张　顺　你刚才背的，"和为贵"是作何解呢？

山　莲　"和为贵"，可是有两个意思呢！一是说事情要恰当和谐才是好的。二个呢，是说相处要和睦、要和好为珍贵！

张　顺　答得好！我教你的其他诗书，都能背吗？

山　莲　老爹你不是说饭要一口口吃吗？《女儿经》《列女传》还未曾看！可是比起来，我更喜欢那些教学手艺的书，像《天工开物》啦、《梦溪笔谈》啦，还有唐诗宋词，像这唐诗就像我们唱的山歌一样！

张　顺　像你们唱的山歌？那你把诗唱来听听！

山　莲　那你听我唱！（唱唐诗）春江潮水连海平，海上明月共潮生。滟滟随波千万里，何处春江无月明。

张　顺　可真美呀，这里面的意思，可深哩！

山　莲　像我们的歌一样，有味！

张　顺　那你再重头解释一下，这是什么意思……

山　莲　这意思么，就是……

张　顺　就是什么？

山　莲　这就是你讲的：只可意会，不可言传。嘻……

〔山莲笑个不已

张　顺　不要笑，你忘了，笑莫露齿，话莫高声吗？

山　莲　老爹，要是笑不露齿，那像什么样子？

〔山莲做闭嘴发笑怪相，惹得张顺也掩口而笑。

张　顺　这鬼丫头！哈哈哈哈，哎哟！（感腰痛）

山　莲　腰又痛了！该给您捶背松腰了！

张　顺　不不！今天不要你捶背了，快去打扮吧！

山　莲　老爹，我到此已有几个月了！天天打扮等皇上，皇上连影都没有！我再也不打扮了！

张　顺　（暗急）哎呀！我的干女儿！皇上就……就不喜欢这个样！

山　莲　老爹天天这样说，我也听腻了！再也不信了！

〔山莲提起水桶欲走。

张　顺　放下！你的脚刚裹不久，不能干活！

山　莲　老爹！我能干！（提桶就走，毫不困难）

张　顺　（诧异）噫，你的脚不痛？

山　莲　（看四周无人）老爹！老实讲，我才不受那份罪呢！无人来此，我早把脚布松了！

张　顺　你呀！蛮性难改！一不打扮，二不裹脚，皇帝来了，如何是好呀！

山　莲　不怕！就算皇帝来了，看见我是个大脚女，又有什么不好？

张　顺　（急）唉！你偏偏今天……

山　莲　老爹！看来今天皇上要来，是吗？

张　顺　这……这说不准……皇上嘛，日理万机，朝政事忙！唉！皇上也有皇上的难处呀！不过，他不来时不来，说来么他马上就来！

山　莲　啊！那你说，他……

张　顺　他什么？

山　莲　他真的会来？会喜欢我吗？

张　顺　真是个野姑娘，口无遮拦！不过，照我看，你会有这个运气的！

〔山莲略有喜色，她用拂尘拂净龙椅。

山　莲　老爹，时常皇帝就在这椅上安坐的吧？

张　顺　正是！

〔山莲似对这座椅心生依依之慕，轻轻拭抚着，突然她心念一动，也袅袅地坐在龙椅上。

张　顺　哎呀，这可使不得呀，你吃了老虎胆了，这可是欺君之罪呀！

山　莲　（嗔到）你不是讲我和皇帝有缘嘛！

〔山莲笑笑离开椅座。

〔德宗从暗处走到明处，张顺惊异急欲上前叩拜，德宗示意张顺走开，张顺会意，下。

〔山莲回头见一陌生男子，不解。

山　莲　你是何人？来此何事？

德　宗　要知我是何人，你要先报上来历！

山　莲　我的来历……请你还是猜一猜吧！（唱）哪里山水甲天下？哪里岭上满青杉？绣花丝线自己纺？山塘开出什么花？

德　宗　（好奇）有意思！（唱）岭南山水甲天下。八桂岭上满青杉。好个女儿你姓纪，山莲就是眼前花。

山　莲　你答对了！

德　宗　纪山莲，八桂瑶乡人！我的歌对得可好？

山　莲　你真聪明！可你又是什么人呢？

德　宗　嘿嘿！你也猜一猜！（唱）升平盛世何为大？三叩九拜朝谁家？天地万物何为贵？何人一手统中华？

山　莲　（唱）升平盛世乾坤大。

德　宗　不对不对，乃是“皇为大“！

山　莲　（唱）三叩九拜拜祖家。

德　宗　不对，是朝皇家。

山　莲　（唱）天地万物真情贵，公道祥和统中华。

德　宗　你可回答错了，天地万物是天子贵，皇帝才能统中华！

山　莲　原来你就是皇帝，请皇上不要见怪，山女多有胡言了！

〔山莲施礼。

德　宗　朕不见怪，起来起来……哈哈……

〔两人近处相对，双目相看，爱意萌发……

德　宗　（唱）待将她痴痴看，真是个朝霞中莲花开得鲜。

山　莲　（唱）他和我眼对眼。他眼里情炽似火燃。

德　宗　（唱）那山外天高边城远，却有这窈窕国色到眼前。

山　莲　（唱）曾把皇郎想百遍，眼前人面善是好男。

德　宗　（唱）看厌三宫和六院，怎比这活脱脱好婵娟。

山　莲　（唱）他情浓看人眼不转，看得我身软软如棉。

德　宗　（唱）心猿意马情潮涌，

山　莲　（唱）脚不怀由己要向前！

德　宗　（唱）我要与她衾枕相伴！

山　莲　（唱）我想和他心心相连！

德　宗　山莲——（急上前）

〔山莲闪开德宗。

山　莲　不！不！……话不讲明不连情！

德　宗　怎么？

山　莲　请问这次是皇上选妃还是别人选妃？

德　宗　当然是朕选妃！

山　莲　自己选妃为何要别人帮选呢？别个选上的是麻是跛，是丑是恶，你也中意？你中意的，还不晓得被选的中不中意你呢！

德　宗　这……言之有理！言之有理！

山　莲　再说，他们哪是选妃！这样挑，那样选，好像在墟场挑牛选马一样！

德　宗　这……

山　莲　我们瑶家人就喜欢当面鼓对面锣！对歌后选情人！不像你们名堂那么多！

德　宗　好！说得好！（接近山莲）

山　莲　（闪过身）不！我这个人你要晓得……（唱）我的脾气有点犟，不换汉服穿瑶装。讲话大声又拔嗓，直来直去直心肠！

德　宗　（唱）朕就喜欢脾气犟，朕就喜欢直心肠。朕就喜看瑶服美，朕就喜看你这样！

〔德宗近山莲身边，山莲闪过。

山　莲　（唱）天上云彩陪太阳，地上锦鸡配凤凰。山莲生来瑶家女，只爱真情义重郎！

德　宗　（唱）是月就随太阳转，是凤快与龙成双！金口玉牙不易开。真心赐你伴孤王！

〔德宗按捺不住，又挨近山莲。

山　莲　（唱）园中繁花选一朵，莫学紫藤缠满墙！连情要讲真心话，虚情假意不成双！

〔山莲与德宗一桌之隔。

德　宗　(唱)好一枝天外蔷薇宫苑放，好一朵远界奇葩带露香；好一个女儿纯情样，鲜活野媚诱人芳。宫中佳丽知多少，难寻真色真香花中强。宫中嫔女难比拟，相比失色尽带霜。见惯了假心假意假媚状，爱你这真人真情真纯良；厌倦奴言奴语奴模样，爱你这快人快语快声腔；烦弃了呆形呆相呆罗网，爱你这活颜活貌活体活态活龙活现活色生香活眼光，孤王有言把你赞，你带来瑶山风，瑶地情，瑶人灵气，瑶家精华，你是那野山灵芝，女中凤凰！对天誓，真心真情爱山莲，结鸳侣，心心相印日月长！

山　莲　（感动地，深情地）起来，我……我是你的了！

〔山莲忽然在德宗手臂上轻咬一口，

德　宗　你怎么……？

山　莲　（含羞地）这是我们瑶乡的定情之礼！

德　宗　真乃奇俗，有趣有趣。

〔德宗也含情地抓住山莲的手咬了一口。

德　宗　山莲……（紧紧相抱）

山　莲　（嗔怪）皇上，您为何才来？

德　宗　数月来，北方边民闹事，朕忙图以良策！

山　莲　（关心地）啊！什么良策呀！

德　宗　“和无寡，安无倾，远人不服，则修文德以来之……“

山　莲　就是要和，对不对？

德　宗　（惊喜山莲善解）对，对呀！和能得众，安不倾危，对远民教化文德，安抚其心，化干戈为玉帛！

山　莲　太好了！“礼之用，和为贵，先王之道，斯为美……”皇上，我是不是话多了？

德　宗　不，朕就喜欢你这样！

山　莲　可是我脚大，也喜欢？

德　宗　脚大？

山　莲　（深情地）您喜欢小脚，我就裹小它！

德　宗　不怕痛？

山　莲　只要您真心，我死都愿！

德　宗　（有所感）死？朕可舍不得！别裹它了！朕心痛！

山　莲　你呀，嘴比蜜还甜！（二人相依）

德　宗　来人！

张　顺　奴才在。

德　宗　在宫中传我口谕，封纪氏山莲为妃！

张　顺　是。（下）

〔书房外，张顺宣旨：“皇上旨谕，封纪氏山莲为妃！”层层相传之声由近到远……

山　莲　谢皇上。皇上带我在宫内、城里到处看看，好吗？

德　宗　这有何难？

山　莲　还有，陪我来京的有结义弟妹二人，不知下落，请找到他们。

德　宗　来人！

张　顺　（上）皇上，奴才到。

德　宗　速在城内寻找美人的弟妹。

张　顺　是。

山　莲　您真好！把他们找了回来，您能同我们回瑶乡看看阿爸吗？

德　宗　朕事务繁忙，以后才往，瑶山到底如何？

山　莲　山清水秀，梯田竹楼，鸟语花香，虎啸猿啼，瀑布飞流，清泉悠悠……

德　宗　妙！妙！好一幅山水诗画呀！人又如何呢？

山　莲　人勤好客，风情动人！

德　宗　啊？风情如何？

山　莲　嗯……就说说琼托邦和琼却邦唱撒旺吧……

德　宗　慢，这是何意？

山　莲　琼托邦就是可爱的阿哥，琼却邦就是可爱的阿妹，唱撒旺就是唱情歌。

德　宗　情歌？

山　莲　在盘王节和婚丧时，男女都到山上去唱撒旺，过几日教宫里人演习瑶族风情给您看，好吗？

德　宗　甚好！您还是先唱给朕听来！

山　莲　嗯！就挑最常唱的吧！男的唱（唱）哥想妹，好像蝴蝶想花开！花开蝴蝶就来采，哥为情妹踏露来！

德　宗　妙！女的怎么唱？

山　莲　（唱）妹想哥，好像旱禾等雨来，雨来旱禾得水泡，润禾长青稻花开！

德　宗　佳句！佳句！

山　莲　还有香哩歌，香哩，就是对听歌人的称呼！

德　宗　啊。

山　莲　（唱）（音乐伴）香哩呃，香哩，让我们的情爱像桂山一样常青常秀，像漓江一样源远流长！不要像天气那样时晴时雨，不要像昙花那样夜开晨亡！香哩呃，香哩。

德　宗　好歌！你这是弦外有音呀！　你放心，朕一片真心！

山　莲　我们就是这样唱的嘛。

德　宗　男女唱完情歌呢！

山　莲　就……

德　宗　哈哈哈哈，你看，我们此时照瑶俗风情呃？还是照宫仪而行呢？

山　莲　（含羞）随您……

德　宗　那就……（对山莲耳语）

山　莲　（嗔怪地）什么侍寝？直说嘛！

〔突然，德宗抱起山莲入内幕……

〔歌声。“香哩歌”复起，随着歌声灯渐渐黑……

合　唱　奇缘好，久传扬，瑶家女和皇家郎，金鸾银凤春歌唱，还怕风波起宫墙。

（转场）

第四场　风　波

时　间　距前场数日，月明之夜

地　点　御花园内

〔一轮明月下，太监和宫女扮成的瑶族青年在竹柳遮掩之处对歌：有的搭肩搂腰缓行，有的按瑶俗互赠信物……

〔竹丛边的一对男女在对唱。

男　（唱）香哩呃，香哩，妹是明月哥是星，星星哪有月亮明，望妹同哥做个伴，又怕不合妹的心！

女　　（唱）香哩呃，香哩，从来长线牵风筝，自古狮子配麒麟，如今金鸡配凤凰，正是星星伴月明。

〔台一侧半露瑶族吊楼一角，一根园木梯连接楼下。

〔盘旺与盘娇吹着木叶伴身着瑶服的德宗来到楼下。

盘　旺　皇上，你心爱的人在楼上，要想见她，就与她对歌，然后爬楼相会。

德　宗　（好奇）朕试试。你唱，我学，不必有虑！

盘　旺　是，遵旨！盘娇吹叶！（唱）口吹木叶响起来，香哩，唱得桂花百枝开，唱得石山团团转，唱得情哥近楼来！

德　宗　（学唱，走调，逗得盘旺、盘娇大笑）

盘　旺　皇上，我唱一句，你跟一句如何？

德　宗　甚好！唱吧！

〔盘旺唱一句，德宗跟一句，唱完，德宗倾听楼上。

山　莲　（唱）耳听木叶响起来，香哩，唱得蜂来花盛开。妹是桂花香千里，哥是蜜蜂万里来。

德　宗　哈哈哈哈……

盘旺、盘娇　皇上！爬楼呀！上去呀！

〔德宗爬楼，时有窘相，最后由盘旺、盘娇相助才爬上了吊楼，与山莲相偎在一起……

〔盘旺、盘娇捧着牛角杯呈给德宗和山莲。

盘旺、盘娇　请皇上和娘娘饮交杯酒！

〔德宗不知如何饮，山莲的手臂挽住德宗手臂教德宗饮。

〔二人甜蜜地饮下交杯酒……

〔盘旺、盘娇见状，不觉触动二人真情，二人搂腰缓下。

〔湖边，男女对唱：

女　　（唱）如今已是三月天，香哩，三月插秧青满田，妹有良田无人种，哥想帮种来身边！

男　（唱）三月插秧嫩又鲜，贤妹无种空有田，情哥有身心无犁，命里注定两无缘！

〔突然，歌声中传出哭声，开始哭声低，后来连成一片，有人喊着“别唱了！别折磨我们了！苍天啦！还我人生！”

〔两个号啕大哭着瑶族服装的太监冲到山莲和德宗跟前。

太监甲　纪山莲！你为了皇帝享乐，折磨我们！要我们唱什么情歌！

太监乙　让我们谈情说爱，你们安的什么心啦！

德　宗　大胆！来人！

〔御林军上，擒住两太监。

德　宗　推出去斩了！

山　莲　请慢！万岁，问他们为什么骂我！

德　宗　对纪娘娘说！

两太监　（哭着）杀了我们吧！我们不愿活了！

山　莲　别哭！年纪轻轻，死什么？我让你们演习瑶家风情，一来是让皇上观赏，二来也想以此为你们与宫女连情，成双成对，有什么不好？

两太监　（更气）纪山莲！你……

德　宗　哈哈哈哈……

山　莲　（不解）你笑什么？

德　宗　纪妃，你只知道他们是太监，哪知个中原因！张顺，你没有告诉她？

张　顺　奴才怎么说得出口呀……（声泪俱下）

山　莲　什么原因？

德　宗　他们已净身，不能婚恋了，还恋什么情？寻什么欢呀？

山　莲　（震惊）啊！

〔万妃引着太后，三个老臣暗上。

〔山莲向太监、宫女认罪。

山　莲　我刚来不知情，我错了！我不该叫你们扮……唉！我错了！我赔礼！

（跪下）

〔太监、宫女又是痛苦又是感激，泣不成声……

太监、宫女　娘娘！饶恕我们吧！（跪下叩头，众哭成一团）

〔太后与万妃，宰相及甲乙大臣，见状不满。

宰相二大臣　太后，这成何体统！成何体统！

太　后　（寻找）乱了！乱了！皇上在哪？

〔众人见太后等人到，忙下跪，山莲扶着德宗朝太后等人摇摇晃晃走来。

〔太后等人见着瑶服的皇上，直摇头感叹。

万　妃　啧啧啧！这怎么是堂堂的皇帝呀！

太　后　太不像话！给皇上更衣！

〔太监给德宗披上大氅。

宰　相　皇上（唱）你本是万人之上一朝君，实不能伤风败俗效蛮民，该信守朝廷礼规先祖训，保严威天子风范恃帝尊。老臣们不顾生死奏一本，你应要严礼规遵祖训，君是君来臣是臣！

甲乙大臣　（接唱）你应要，严礼规，遵祖训，君是君，臣是臣。

德　宗　（微醉）君……臣……同乐……

宰　相　这……也不能让他们成对嬉笑偷情啦！

山　莲　（冷笑）哈哈哈哈（唱）笑死人，鱼在水里嫌水腥！你们不与妻成对。怎会情爱添儿孙！

宰相大臣　（尴尬）撒野！粗俗！粗俗！粗俗……

太　后　不成体统！

万　妃　瞧，坦胸露体，有伤风化呀！

山　莲　（唱）开口莫讲伤风化，看到喜鹊讲乌鸦！南方太热要清凉，不穿短薄穿甚吗？

太　后　这是北方！是宫廷！

山　莲　太后！（唱）各地风情各样画，皇上兴浓看瑶家。瑶家风情宫里演，皇上所喜更风华！

太　后　（唱）什么风华不风华，不知羞耻还自夸！男女唱歌成双对，伤风败俗乱王家。

山　莲　（唱）唱歌交心不犯法，真心相爱就成家，父母作主媒人说，成婚才知好和差！

臣　甲　放肆！皇宫岂容太监宫女嬉戏偷情！你这是伤风败俗、搅乱宫廷，还不知罪！

山　莲　罪到底谁有罪？谁把他们折磨成这样的？多可怜的人呀，畜生都能有情爱，可是，他们却不能！年轻轻的就被毁了！你们还说什么嬉笑偷情？还骂什么伤风败俗呀！（哭）皇上，宫内今后莫再有这无良心的事了！再不能把人致残成这样了！我求你啦！（跪下）

〔太监、宫女哭泣……

臣　甲　（喝斥）大胆！祖规谁敢违抗？谁敢更改？皇上，这是纪山莲蛊惑人心，煽动宫人闹事之举！

众　臣　皇上！太后！纪山莲违规罪重，定斩不饶！

德　宗　这……

宰　相　太后，你是国君之母，理当维护祖规，严惩纪山莲！

众　臣　是呀！太后……

太　后　这……（唱）哀家入宫数十春。宫廷肃穆无奇闻！自从野花栽宫里，稀奇怪事时时生！虽然纪妃人纯正。俗不可耐也烦人！今日里胆大妄为众气愤，违祖规要治罪一片呼声！皇儿呀，我母子有今日大臣扶定，得罪了众大臣社稷难存！你应要遵祖训把规严正，是关是斩定下罪名诏示众卿！

德　宗　这……唉！（唱）常言道天有不测之风云，未料到演瑶习大祸降临，朕吃惊纪山莲大胆言论，为宫人求人道改旧立新。她善良人真诚可嘉可敬，就不该太冒失胡想妄行！纪山莲虽同我短时衾枕，情却深如胶漆胜过数春。她是那一阵清新春风进，她是我梦寐以求知心人！我怎能严惩她于心何忍？不治罪违祖规又难服众臣。

众臣、万妃　皇上，不严惩纪山莲，怎能服众？

太　后　皇上，你……下旨吧！

德　宗　唉！（唱）激怒了众大臣要把罪定，太后她也为难连催严惩，赦免山莲众臣不准，关惩二字又难启唇！

山　莲　皇上，你要评理呀！

张　顺　皇上，是奴才的不是，不要治罪纪娘娘！

太监、宫女　是啊，都是奴才们的不是呀！

德　宗　罢！（接唱）暂将她入冷宫似重又轻，雨过后天晴朗息事宁人！

众臣、万妃　皇上……

盘娇、盘旺　皇上，不要治罪纪娘娘，将我们治罪吧！

德　宗　将纪妃山莲打入冷宫，将盘旺驱出宫去！

山　莲　皇上，难道真是伴君如伴虎吗？

甲　臣　带走！

〔卫士把纪山莲、盘娇、盘旺拉走！

山　莲　皇上……

〔德宗难言，背身离去……

〔甲臣令太监、宫女剥去山莲的凤冠，山莲只剩单薄的瑶服，头发散乱……（同时合唱）风浪起，事待磨。君王情浓是情薄？冷宫房里妹寂寞，瑶山瑶岭牵挂多！

（转场）

第五场　赔　情

〔幽禁嫔妃的小院。

〔官院清静，稍显陈陋，有一虚拟的院墙开向院外。

〔四宫女出场，四处寻视，万妃上。

万　妃　(唱)自从野花移宫廷，野气弥漫乱人心。纪妃虽遭众臣贬。皇上却像掉了魂！为得妾身受专宠，不惜心机阻国君。

万　妃　今夜七月初七,万岁定会来此!

宫女甲　贵妃娘娘，皇上果然朝这里来了!

万　妃　暂避一旁!

〔万妃与宫女隐在一旁，德宗与张顺上。

德　宗　唉！(唱)山莲入宫气象新，生机盎然扫阴沉！可怜遭贬在冷院，却像关着朕的魂！数月来与太后据理力争，开导了众大臣费尽苦心！喜逢今夜鹊桥会，赦免山莲叙别情!

万　妃　皇上!

德　宗　(一愣)你怎么在此?

万　妃　万岁！(唱)七月七日鹊桥会，摆宴接驾交玉杯!

德　宗　(唱)海味山珍都腻味，佳肴琼浆变酸梅!

万　妃　(唱)金枝轻舞香绡飞，芳秋行乐妾相随!

德　宗　(唱)万妃百顺又百依，侍候殷勤意却非！(白)万妃，朕今夜无空，你回宫吧!

万　妃　这……皇上，我父从北疆刚回京城，想接圣驾君臣同乐!

德　宗　啊!

万　妃　昔日圣驾能屈尊与纪妃同乐，今日就不能赐恩予大臣么?

张　顺　皇上，你近日龙体欠佳……

德　宗　也好，赦免纪妃的事，你父还不知，朕就与他短叙片刻！召他进宫!

万　妃　这……请！(德宗下，万妃不情愿下，张顺随下)

〔太监、宫女四人从树丛中伸出头，见万妃等人下后，出到场上。

太监、宫女　(唱)山风清，山风新，纪娘娘待人似亲人！我送果，你送饼，昨送衣，今送裙，送给亲人心一颗，件件物品寄深情！

宫女乙　盘娇妹妹开门！

〔盘娇开门。

太监宫女　纪娘娘在哪里？

盘　娇　她身子不适。躺在樯榻上。

太监、宫女　（急）什么病？请过御医吗？

〔山莲在幕内问：”外面是哪个？”

盘　娇　内宫的兄妹们又来看您了！

山　莲　（上）请里面坐！

太监、宫女　（入内）纪娘娘万福！

山　莲　请起！请坐！

宫女乙　娘娘哪里不适？我们去请御医！

山　莲　不用！我的病甚么人都难医呀！

太　监　娘娘，你……

宫女乙　（扯住太监）娘娘，请尝尝这些鲜果、酥饼吧！

太　监　娘娘，天转凉了，你多加衣裙！（呈礼）

山　莲　这……这怎么行？你们自己都缺，还送给我！

宫女、太监　娘娘，你侍我们似亲人，就收下我们这份心意吧！

山　莲　（感动）……好！多谢大家！

宫女丙　娘娘！这里还有件更好的礼品送娘娘！

〔宫女乙把宫女丙端着礼品的上面红巾掀开，露出一盏“鹊桥灯”。

山　莲　鹊桥灯！

宫女乙　今夜是牛郎织女重逢节。

宫女、太监　祝愿娘娘与皇上早日团聚！

山　莲　（被触动）你们……说什么？

宫女、太监　祝愿皇上与娘娘早日鹊桥会，花好月圆！

山　莲　鹊桥会？月圆……哈哈哈哈……拿鼓来！

众　人　（诧异）娘娘……

盘　娇　莲姐？

山　莲　拿，鼓，来！

〔盘娇把长鼓呈给山莲

〔山莲拿过长鼓，一掌一掌地打，由慢到快，由弱到强……山莲似把怨愤发泄在鼓上，她边打边狠劲地打，狠劲地跳……

众　人　娘娘……莲姐……（想制止）

〔山莲仍然猛烈舞着，打着长鼓……

〔鼓声所引，德宗领着张顺急上，在门外听

德　宗　山莲！山莲！（一脚刚踏进门）

山　莲　谁敢？！关门！

〔太监、宫女、盘娇都不敢关门，山莲瞪着德宗

山　莲　你不是人！（逼一步）

德　宗　不是人？（退一步）

山　莲　是虎！（逼一步）

德　宗　是虎？（退一步）

山　莲　我就像常人说的“伴君如伴虎”。（再逼一步）

德　宗　你……（再退一步）

〔山莲“嘭”的一声把门关上，双手与背顶着门……

德　宗　山莲……

〔山莲重打一鼓。

德　宗　爱卿……

〔山莲又重打一鼓

德　宗　山莲呐……

〔山莲一鼓接一鼓地狠劲打起来，狠劲地舞起来……

德　宗　这……嗨！（急下）

张　顺　山莲，皇上气走啦！

宫女、太监　啊？娘娘——

〔宫女抱住山莲，太监扳住山莲打鼓的手……

宫　女　娘娘，万岁生气，你犯了欺君之罪呀！

太　监　娘娘。这要杀头的呀！

山　莲　哼！（唱）不怕抓！不怕杀！早把生死丢开它！长鼓越打声越大，泄我怨愤震天涯！

〔山莲甩开太监按鼓的手……

张　顺　山莲，皇上又来了！（望见德宗走来……）

宫女太监　娘娘，不好啦！皇上要问罪啦！

山　莲　来吧！（唱）任他抓！任他杀！任他万剐流血花！身死好比睡大觉，脑壳掉了如掉瓜！

〔德宗身着瑶服上，

德　宗　开门！

〔山莲甩开众人的手，更狠劲、更猛烈地打着鼓，狂舞起来，打得手都流血了……

德　宗　（大声）山莲，停下！我求你啦！

〔山莲突停，盘娇开门，见着瑶服的德宗。惊怔。

盘　娇　莲姐，你看——

〔山莲抑制怒火回头一看，见德宗着了瑶服，她心震动，突然走到门边。

德　宗　（柔声）山莲……

〔山莲突然把门关上，双手与背顶着门……

〔张顺在门外悄悄下，宫女、太监、盘娇在门内朝一侧悄悄下……

德　宗　（略思）（唱）香哩……香哩！请开门，我是瑶哥把妹寻，蜜蜂总是把花恋，星星总跟月亮明！

山　莲　（唱）哪相信。雨天突然就转晴！苦瓜不会不苦口，有人甜口不甜心！

德　宗　（唱）说实情，星月只怪有乌云！近日风吹乌云散，星月相伴格外明！

山　莲　（唱）（自叹）枉费心，种出蕹菜是空心！砍柴砍到空心树，后悔结交负心人！

德　宗　（唱）山莲耐心把话听，朕不是那负心人！开门让朕说详细，不合你意重关门！

山　莲　哼！（唱）怪事情，五谷养出百样人。有人厚脸像笋壳，剥了一层又一层。

德　宗　（唱）今日七月初七夜，牛郎织女叙别情，朕接爱卿重相聚，效法牛郎织女星！

山　莲　（唱）有理无理总要评，是非曲直要讲清。荞麦芋头一锅煮。糊里糊涂就不行！

德　宗　唉（唱）演瑶俗是为朕好奇纳新，无过错你遭贬确是冤情！

山　莲　（唱）为什么知冤情不早平定，为什么迟来到假意殷勤？

德　宗　山莲啦……（唱）朕不该守旧规是非相混，朕不该盲从孝迁就娘亲！朕不该让大臣持老放任，朕不该遇难事寡断慢行！朕知错心痛悔平冤纠正，今日来接山莲告罪赔情！出冷宫加封你贵妃一品，伴孤王享受荣华显赫京城！

山　莲　（唱）好难听，身起痱子热耳根！只要活得人自在，何必图它利和名！只要人人坦诚见，真情相爱值千金！只身离乡到京地，来意胜过取金银！为了瑶汉两相通，苦学汉艺和汉文！为得挚友相知伴，才会与你相连情！未料来场棒头雨，你就忘了夫妻情！你忘了二人咬臂将情定，你忘了竹楼同欢恩爱深。这真是，人心隔肚树隔皮，哪晓得，你嘴甜却是苦瓜心！亏得我，日日苦盼眼望穿，夜夜苦等泪湿襟！亏得我，茶饭难进身有病，灵丹妙药都不灵！你倒好，只顾风流花中睡，何曾想到可怜人……（流泪）

德　宗　山莲……（进门）

山　莲　（接唱）可恼旧规捆人绳，可恨世间人残人！你这冤家也可恨，像是有情似绝情！算了吧！让真情丢尽！算了吧！让恩爱无存！（白）盘娇我们回山去！（接唱）何必在他乡为异客，免逢佳节倍思亲！（白）走！！

德　宗　（拦）山莲啦……（唱）爱卿之言刺朕心，无刀割肠心也疼！真言实语我反省！倒一倒肺腑话难顾帝尊！自从爱卿进宫门。就像天星降凡尘！我爱你聪明伶利人纯真。我爱你心直热情美超群！我敬你磊落大方好人品，我敬你带进新风宫廷新！山莲呐——咱们相聚时虽短，却像是，早知早熟成知音！山莲呀，你要知旧规旧俗难变更，古到今朝朝沿袭久以深！因势利导耐住性，时事循序旧变新。我没忘，咬臂交杯把情定，咱们像，鱼同水鸟同林恩爱情深！没料到，好鸳鸯竟被拆散，无情棒，倒让人更添深情！白日里想你心难定，就像落魄又掉魂！夜夜以绣枕代爱妃，抚枕泪流到天明！山莲啦……朕是国君不是神，也是七情六欲人……

〔德宗唱着唱着泪水横流……

山　莲　（受震动）皇上……

德　宗　（接唱，毅然地）罢！罢！罢！你走吧，我同行！生同罗帐死同坟。化成龙凤上云霄，无忧无虑在天庭！

山　莲　（流泪，抱住德宗的腿）皇上……（唱）我伴君生同罗帐死同坟。两魂合一体，永远不离分！

德宗、山莲　（唱）我同你，生同罗帐死同坟，两魂合一体，永远不离分！

〔二人在音乐声中紧紧相抱……

〔盘娇把一件小孩的瑶服呈现在德宗面前，德宗大喜，接过童衣与山莲情挚相视……

山　莲　（甜而嗔怪地）我真是“伴君如伴虎”呀！（夺童衣）

德　宗　（风趣地）哎！你不入虎穴焉得虎子呀！

〔德宗夺过童衣一亮，二人破涕甜笑紧紧相依，遥望天际……

合　唱　云开雾散银河清，牛郎织女情更深，常言花好勤浇水，有道情深要真诚！

（转场）

第六场　请　命

地　点　仁寿宫（太后宿宫）

〔欢乐的音乐声中间有婴儿的哭声，宫女捧衣端盒过场，显得愉快忙碌。

〔太后眉开脸笑……

太　后　（唱）祥云光耀瑞气升，观音送子降龙庭。哀家祈祷三十载，虔诚拜佛佛显灵。从此皇位有人继，大明社稷代代兴。小孙孙长得白又嫩，圆圆小脸真水灵；山莲虽是粗俗女，娇儿却是富贵人。可笑万妃心妒忌，只会争宠无子生。这真是有心栽花花不发，无心插柳柳成荫！

〔在太后将唱完时，德宗和山莲上，盘娇端着盛长命锁和如意镯的红盘随上。

德宗、山莲　太后！（施礼）

〔太后装未闻，德宗与山莲交换眼色，

德　宗　母亲！

山　莲　婆婆！

太　后　啊！是你们。小孙孙洗浴已毕？

山　莲　洗浴已毕。婆婆，这长命锁，如意镯已备好。

〔盘娇呈盘让太后审视，

太　后　好！好！小孙孙满百日，我亲手给他挂锁戴镯！

德宗、山莲　母亲！请！

太　后　（乐）哈哈哈哈……

〔山莲扶太后下，盘娇随下，德宗欲下……

太　监　（急上）皇上。

德　宗　何事？

太　监　文武大臣和贵妃万娘娘求见皇上。

德　宗　传！

〔宰相、甲乙大臣、万妃上。

众臣、万妃　皇上万岁，万万岁！

德　宗　平身，众卿有何事？

宰　相　皇上，适才接到急报，岭南的瑶民闻知纪妃被打入冷宫，说朝廷不仁不义，纷纷闹事，要进京相救纪妃。

德　宗　啊！

武　臣　岭南各地蛮民也纷纷相助瑶民闹事，眼下州府被困。

德　宗　啊……

万　妃　皇上，当初不该放盘旺回去！现在他回山挑起事端了！

宰　相　皇上，快下旨派兵弹压，用白绫把纪妃绞死。

众　臣　是呀，皇上！把纪山莲处死，下旨派兵岭南。

德　宗　这……

众　臣　皇上，决断！

德　宗　这……（唱）晴天忽然起惊雷，不料乐极又生悲。山莲平冤喜产子，心欢瞬间又临危！咱二人情深曾发誓，生同罗帐死相随。我怎能轻率把她来治罪，我怎能不细推敲是与非。

宰　相　皇上，您快要下旨！

众　臣　皇上，下旨吧！

德　宗　不能轻举妄动！

宰　相　皇上！（唱）岭南闹事不轻看，

甲　臣　（唱）任其而行要燎原！

乙　臣　（唱）下旨弹压把兵遣，

万　妃　（唱）速把山莲重关监。

德　宗　众卿！（唱）升平盛世艳阳天，百业兴旺展新颜。江山为何如此好？只因为人和政通国宁安。弹压闹事平息易，人心不服危江山！

太　监　（急上）禀告皇上，岭南边民闹事加剧！

宰　相　皇上！不要优柔寡断呀！

众臣、万妃　皇上，你快作良策！

山　莲　（在内一侧大声地：“别难为他啦！”）

〔众人转身一看，见是山莲。

山　莲　（边唱边走近）莫难为，难为皇帝锁双眉，汉人常说“和”为贵，就让山莲把山回！

德　宗　（一怔）你……（知道了山莲意思）

宰　相　（误解）皇上，不能让她逃之夭夭！

众　臣　不能放虎归山！

德　宗　（突然地）哈哈哈哈，呵哈哈哈哈……

万　妃　皇上，你笑什么？

德　宗　腐儒！腐儒！山莲回去是说清事实原委，以解误会！您说是吗？

山　莲　正是！（唱）岭南闹事为我起，回山劝父收战旗。

大臣甲　（唱）你回去一定挑是非，

大臣乙　（唱）火上浇油坏心机！

宰　相　（唱）放回盘旺闹事起，再纵山莲众不依！

德　宗　（唱）她回山劝和是真意，众臣不必多生疑！

万　妃　（唱）需防她回山风云激，不能让她把你迷！

宰　相　决不能放她回去！

甲、乙臣　不能放她回去！

万　妃　不能轻信她！不能轻信她呀！

德　宗　唉……

山　莲　（唱）风云突起，响雷震，一颗热心遭雨淋，想当初为见世面寻知音，离瑶乡只身进了明宫廷。虽然是饱受苦难和艰辛，却得到多艺多识深厚情！为了瑶汉和，我愿把世间黄连都吃尽，为了瑶汉亲，我愿把心身化成瑶汉魂，水仙花盛开放根连着根，各族人都是这炎黄子孙！决不能互相残积怨结恨，应该要相和睦互敬互尊。为瑶汉扫乌云我把山进，求安宁人和政通万年春！

德　宗　说得好！

宰　相　皇上，不能轻信于她！岭南边民闹事并非只因纪妃遭贬一事！这是蛮民闹事借口而已。如不弹压，放纪山莲回去，反而长了蛮民士气呀！

大臣甲　如此，四周的边民会纷纷响应，就更猖獗了！

大臣乙　皇上，你不能为一爱妃而误国呀！

山　莲　你们……

德　宗　不！众卿只知其一、不知其二！小小一地闹事，不需多兵弹压即可平息！此举人虽折而心不服，反而促起四方烽烟！如此必然大乱，数以万计生灵涂炭，费尽人力财力！这对朝庭，对各方边民又有何益？

众　臣　这……

德　宗　无论闹事是何借口，总有其因，无非是生计有难，赋税难交，或是兵匪所扰民不聊生！如能以和相待，安抚边民，减其赋税，解其所难，鼓励勤耕，如此四方边民必会安居乐业不起事端，我朝盛世升平！众卿以为如何？

众　臣　这……

山　莲　皇上说得好！为表皇上更有诚意，让我带太子回山看望乡亲！

众臣、德宗　（意外）啊！

〔万妃急入内……

众　臣　什么？还带太子回去？皇上，这可不行！这事关社稷大事呀！

宰　相　可见纪山莲回去，不怀好意呀！

〔万妃扶太后从内急出

太　后　皇儿，不能让她带太子去！

德　宗　（朝万妃一瞪眼）你……唉！

宰　相　皇上，不能让太子去，你不能为一妃误国！

众　臣　皇上决不能让她带太子去！

宰　相　如不听老臣所谏，老臣宁可辞官回乡！（脱冠）

大臣甲　本将宁可解甲归田！（脱冠）

德　宗　（急）众卿，这……，太后，你……

太　后　众卿放心！有哀家在此，谁敢妄行！

〔众臣、万妃退下……

德　宗　纪山莲，一场纷争，既可平息，你……你怎么再提与太子同去！

山　莲　皇上，当初我有身孕，盘娇告诉了盘旺，他回山什么都说的！我不带太子回去怎么行呀？带太子回去接受瑶俗洗礼，度戒祝福，更显万岁和睦相处的诚意呀！

太　后　不能！（唱）不能不能万不能，不能让太子伴你行！万一太子作人质，社稷靠谁来继承？

德　宗　（唱）盼儿盼得眼都疼，望断秋水又复春。喜得娇子爱如命，有个闪失你难担承！

山　莲　（唱）太子回山拜乡亲，更显皇上心真诚！太子是瑶汉血结晶，永远和睦的见证人！按瑶俗太子应探亲，不看外公起疑心！和睦就会有阴影，乡亲们将议论皇上是半心半意，半假半真，叶公好龙，难信的人！

德　宗　呀……（唱）一席话说得我心神不安，太子去还是留我左右为难。按常情外孙应把外公看，表诚意瑶与汉血肉相连。惟恐那有奸人太子遇险，路途遥儿年小不经风寒！儿不去朕心诚也会遭贬，要和睦成虚幻就会相残……（白）太后，山莲言之有理呀！

太　后　皇儿，你上朝是君，在此是儿！从国从家而言，都不能让太子跟她去！

德　宗　母后，从国而言，太子是未来国君，此去瑶乡其意更深远！

山　莲　婆婆，从家而言，太子回乡看亲，两家情更深！

太　后　（气）好，去吧！太子若遇险，以后江山何人执掌？

德　宗　这……

太　后　太子若有难，你能承担？！

山　莲　我……

太　后　去吧！去吧！太子去，我离宫回乡！

〔太后欲走，被德宗、山莲拦住。

德　宗　母后，你不能走！

山　莲　婆婆，不能走！

太　后　我，不得不走！

山　莲　婆婆，你，你就这么忍心丢下儿子、儿媳么？

太　后　（被触动）我，我忍心丢下儿子、儿媳、孙儿？你你你你怎知哀家的苦衷呀！（唱）虽然是帝王家至高无上，哀家却饱受了风雪冰霜！内宫里人相残惨难言状，哭似笑笑似哭如呆若狂！哀家是二八女相伴皇上，二十春风华茂突变孤孀！怀皇儿遭人贬险把命丧，好不易保一脉历经沧桑！王家的一脉传宝贵至上，皇孙儿绝不能随你回乡！我对你爱娇儿可把心放，难测那蛮民刁不把孙儿伤！

山　莲　婆婆啊……（唱）婆婆你说身世儿心震荡，敬佩你如青松受尽冰霜。我也是一脉传苦水里长，襁褓时因战乱失去亲娘。瑶家人受驱赶无寸土壤，逃一山又一山甚是凄凉！人相残是祸根又是孽障，人无宁世无宁国破家亡！饱受过相残苦更把和睦想，瑶汉人要友好地久天长！我瑶家讲信义你把心放，护太子也事关瑶家存亡！

太　后　这……

张　顺　（急上）皇上，太后，快马来报，岭南闹事已波及西南，事情紧迫呀！

德宗、太后　啊！

〔山莲略思，急入内……

德　宗　太后呀！（唱）绝不让战乱起民伤国丧，为和睦太子是彩虹桥梁！为瑶汉情谊深太子前往，朕之情国君义带去瑶乡！（白）母亲！你就答应让太子去吧！

太　后　这……

张　顺　太后，瑶人是守信义的！

〔山莲着汉服，负荆上，

山　莲　皇上，太后！（施礼）

德宗、太后　（诧异）你……

德　宗　你平日不穿汉服，今日你……

山　莲　皇上，太后，我是瑶家人，也是汉家人！家乡闹事波及西南，实在有错，我尊汉俗，负荆请罪！（跪）

太后、德宗　（惊震）你……

山　莲　恳求皇上，太后，岭南事情急迫，让我带太子火速回山，平和闹事！（叩头）

德　宗　母亲！您就答应了吧！（跪）

太　后　（震动）……好！娘依您！（扶起德宗）山莲……（解其荆）你就带孙儿一起去吧！

山莲、德宗　谢母亲！

德　宗　山莲，朕送一份厚礼回乡，减少瑶民赋税半成！张顺可在瑶乡留住一年，教习瑶民汉艺和汉文！

山　莲　谢皇上！

德　宗　你带太子回去，两月内定要回朝，逾期不归，严律不容！

太　后　两月内不归，就征讨瑶山！

山　莲　是！

德　宗　众卿见驾！

〔众臣急上，

众　臣　皇上，是战是和请旨决断！

德　总　为了瑶汉情深，四方和睦，朕命纪妃为钦差大臣，与太子回山探亲！平和闹事！

众大臣　呵？……

德　宗　李将军，你与一名太医护送同行

大臣甲　这……遵旨！

〔音乐大作。

〔大部切光，只留一束特光照太后与大臣甲。

太　后　如果瑶人不义，就踏平瑶山。

〔大臣甲会意点头，特殊光隐去……

合　唱　一波未平一波起，南疆瑶乡起风云。不知风雨何时过，回乡能否返京城！

（转场）

第七场　和　亲

〔瑶山寨中山场。

〔牛角声阵阵，铜鼓声紧急，音乐雄壮。

〔在合唱声中幕启。

合　唱　像山鹰飞下崖，像猛虎扑山岗。救出山莲瑶家凤，要和官军杀一场。

〔瑶族男、女青年手持砍刀、弓弩、土矛，摩拳擦掌……

〔寨老在来回踱步……

〔盘旺陪壮苗侗的头人上场。

盘　旺　寨老，三十六弄七十二垌的壮、苗、侗的老同来了！

寨　老　请坐！

各族头人　寨老请。

〔大家就坐于树凳、横木之上……

头人甲　寨老，我们和瑶族兄弟把州府困了个把月了，怎么还不下令攻城？

头人乙　攻了城，捉住州官做人质，换山莲回来！

盘　旺　寨老，山莲姐在冷宫是很苦的，加上身有孕，真是雪上加霜！如今她又生死不明！快下令救她呀！

寨　老　唉！（唱）山莲在牢苦难深，为父心焦如火焚，本应瑶刀对官兵，又怕天下不太平。山莲只是一条命，伤亡了各族兄弟我就成罪人！

头人甲　（唱）满山楠竹根连根，各族老同心连心，一人有难大家帮，鲜血成河也甘心！

寨　老　各位兄弟老同！你们的情我领了！真的杀起来，双方都会吃亏呀，我想，也许那皇帝酒醉听信了谗言，委屈了山莲，事后他又明白过来了呢？

盘　旺　寨老！你就是心软！不给他们看看我们几个族人的厉害，他们是不会饶过山莲的！

众　人　是呀！寨老下令吧！

〔盘旺把一个捆了红绸的大牛角呈在寨老的面前。

盘　旺　请吹号下令吧！

众　人　快下令吧！

〔“报……”一瑶兵急上。

瑶　兵　寨老，各位头人，山下到了一队官军，说是朝廷派来的钦差大人，要见各位头人！

头人甲　来得好！看他怎样讲，只要他说个“不”字老子就杀了他祭旗！

盘　旺　莫！把他做人质，换山莲！

寨　老　不要多言！既然是钦差，就以礼相迎！迎客！

〔音乐大作，一队宫廷卫士上，继而，张顺陪身着官服，戴丽纱的人上……

寨　老　请大人上座！公公坐！

〔“钦差”作揖为礼，双方就坐……

寨　老　请问钦差大人，前来瑶乡有何事？

〔山莲揭去面纱：“我回来啦！”

寨老与众人　（惊喜）山莲！

山　莲　爹爹！

〔父女亲切相见……

众　人　山莲姑娘！

山　莲　父老兄弟！

〔山莲与众人亲热……

盘　旺　莲姐……

山　莲　你还活着，我放心了！

盘　旺　（喜）我们正要发兵，到京城去救你呢！

山　莲　我晓得！为了我，惊动了众乡亲！（唱）谢乡亲，乡亲为我操尽心、为了和睦不动兵，皇帝派我瑶山行！

众　人　啊……

寨　老　山莲，你没有坐过牢？没有受欺侮？怎么替他们当钦差？

山　莲　爹！（唱）父老乡亲请放心，山莲不忘瑶乡人！我曾遭贬关冷宫，婆媳吵嘴所造成！事后皇帝讲公道，向我告罪又赔情！

众　人　（议论）呵，这样子的，原来这样……皇帝有这样好？

山　莲　（接唱）皇帝仁义又谦谨，以德待人贤明君，炎黄子孙是一家，古树千枝一条根，皇帝和我共商定，要结各族兄弟情！送来文典和礼品，还把赋税减半成！瑶汉和睦共繁荣，世世代代都相亲（白）呈礼品上来！

〔太监数人端和抬盐巴、锦缎、书籍、铁犁等各种礼品上……

〔寨老示意，瑶兵接下礼品……

山　莲　乡亲们，为了教习我们懂汉文和汉艺，皇上令张公公等人留住瑶山一年！

众　人　好呀！好呀！

寨　老　张公公，那就辛苦您了！

张　顺　这就见外了！我是山莲的义父，这也是走亲戚嘛！

众　人　哈哈哈哈！

山　莲　乡亲们，还有大家想不到的，请看啦！

〔音乐起，武臣领着四卫士拥着由盘娇与三个宫女推出响着串串铃声的香车（摇篮）上场，

〔众人惊奇。

山　莲　乡亲们，皇上为了表明他的诚意，特别让我把太子带回山来，拜见乡亲父老！

〔山莲抱起儿子向众人作拜……

寨　老　（激动地）我的小外孙！小外孙呀！（亲太子）

〔头人们互相传递抱着太子看……

盘　旺　这也是我们瑶人的皇子！以后的皇帝呀！

众　人　（齐呼）万岁！万万岁！

〔众人把襁褓里的太子举起欢呼……

〔寨老与张顺交谈，盘娇与盘旺相依……

寨　老　乡亲们！瑶家的凤凰带回了吉祥，从此瑶汉和各族兄弟永远和睦！

众　人　（欢呼）好！好！

寨　老　吉祥的瑞云托来了灿烂的天星，按我们瑶家最隆重的度戒礼，给瑶汉的骨肉太子洗礼祝福！

众　人　好！

盘　旺　可是他还小呀。

寨　老　太子回来不易，将来他是国君，我们就先给太子度戒吧。

〔牛角声和铜鼓动声起；寨老请武臣和张顺在观礼台就坐……

〔顷刻间，台后布好祭坛和云台。

〔同时在台前由度师指挥，一队戴面具的人跳起傩舞为太子祝福，山莲抱着太子立在中间，跳傩舞的人向太子撒五谷和花瓣……

〔傩队下，四位度师执器作法，意思是引各位天神下界，然后到坛侧站立。

度　师　师男聆听祖先歌！

寨　老　（吟颂或唱、古朴而宽广地赞）哦……年轻的后生哟，远古的盘王是你的祖

先，年幼的度戒仔哟，盘王的荣誉长长万万年，他养育了千千万万的瑶人，世世代代相传到今天，盘王要回来了，把最尊贵的向他奉献，把最珍贵的贡奉上前！为每个师男赐福吧，盘王！给每个后代吉祥吧，祖先！寨老领着众人 请了！请了！（用瑶话，意为请盘王上坛）

〔寨老领着山莲和众人祭酒，叩头……

度　师　上刀山，登云台！

〔度师引着山莲抱太子欲上刀梯……

张　顺　娘娘且慢！这刀可是真的！容易出事！

山　莲　我们瑶人的脚板硬，不怕！

武　臣　纪娘娘！你身背的是太子，穿鞋上梯吧！

寨　老　大人放心！不会出事的。山莲，上吧！

〔铜鼓声大作，山莲一手抱儿，一手扶梯“上刀山”……

度　师　师男的长辈敬酒……

〔寨老给各位头人及武臣、张顺敬酒。

度　师　唱训戒歌！

山　莲　（唱）父亲的祈祷虔诚又深远，母亲的祈祷温暖又圣贤，今日圣会为儿度戒，是为儿有一颗瑶人的心田。铜鼓宏亮，让你的心胸像天空一样宽展，登跳云台，望你日后智高胆壮利国保民安。你的血属瑶又属汉，你是汉瑶之身要把重任担，继汉风承瑶习志气高远，各族人是兄弟意牵情连。

〔音乐强烈，盘娇和盘旺帮山莲用瑶巾背上太子……

度　师　跳台渡海！

〔云台下燃起火……

〔山莲：“保佑我儿平安成人！”欲跳。

武　臣　（阻）不能跳！这项免了！

寨　老　将军，你不要担心，下面有网接着的！

武　臣　不行！（唱）皇后嫔妃无生养，天赐太子继阳纲。云台高高有闪失，难保社稷继君王。

山　莲　（唱）虎猛就要跳山涧，龙强就要下海洋。望子成龙不娇养，皇子有失我担当！

武　臣　不行！太后吩咐为臣，不能让太子有风险！

山　莲　我背着皇儿不会有风险！

武　臣　不行！把她母子拉下来！

〔四个卫士，欲上台。

盘　旺　不行！（领四个瑶兵拦住）

武　臣　太子有险失，要灭九族的！

寨　老　若有险失，我抵命！

瑶　众　我们抵命！

〔僵持。

山　莲　吉祥如意！

〔山莲背着太子跳下云台，过了火海，众人接住山莲母子，把皇子抬起欢呼，同时跳起欢快热烈的长鼓舞……

山　莲　停！

〔欢舞戛然而上，众人不解……

山　莲　感谢乡亲们！我们就要启程、回朝。

寨　老　来时，皇上和我击掌而定两月之内返回！我们在路上被风雨耽搁了几天，不速返回，就失信了！

寨　老　这……

山　莲　爹爹，我们要让皇上和众人知道，我们是最讲情义、最讲信誉的！

寨　老　（含泪）好……好……回去吧！

〔音乐声中，众人围着寨老、山莲母子舞蹈，寨老抱着太子亲了又亲，与女儿相依、送别……无字歌“啊”起……

〔在合唱中，寨老与众头人及盘旺等人送山莲母子回京……皇帝与太后，万妃及众臣相迎……

合　唱　风雨过后天清新，云雾散后月更明。情谊无价和为贵，五湖四海都是春！

——剧终

| 作品点评 |

按照封建规范，故事的主人公纪山莲并不是一个理想的皇妃，但是她的可爱之处也正在于她的山野气质。她天真活泼，纯朴善良，大胆泼辣，就像瑶乡山塘里的出水芙蓉。在瑶寨，她不顾寨主的良苦用心，执意向前来选美的钦差说明自己是凤凰，不是山鸡；在皇宫选美时，她等得不耐，大步闯入，揭开纱巾，打起长鼓，对自己的一双大脚毫不掩饰。她不慕名利，富于自我牺牲精神。“千里去作帝王伴，不为荣华为瑶山”，“山莲愿把身心献，换来瑶家幸福瑶乡甜”。她蔑视封建礼法，嫌宫中规矩太多，不管“德、言、工、容”那一套，敢于坐龙椅，讽刺皇上脸皮厚，把皇上赶出冷宫。她痛斥宫中净身的残忍，因为太监宫人“也是人”！作为高高在上的皇妃，向“奴才”赔礼道歉则更是难能可贵。同时，她的希望能改变千年古训和先帝法规，又显出了她的天真和幼稚。她无视封建礼法而又深明大义。为了皇帝，她愿把大脚裹成小脚，为了皇家的前途和利益，她忍受着别夫离子之痛，回到瑶山。与其说这是对封建礼法的屈从，倒不如说是出于对皇帝的真诚的爱情和对儿子的崇高的母爱而作出的自我牺牲，也正是在山莲形象塑造上，剧作者并没有拔高人物，因而使人物显得真实可信。

——周然毅：《按照美的规律来建造——评桂剧〈瑶妃传奇〉》，《南方文坛》1993年第2期

《瑶》(《瑶妃传奇》——编者注）剧的成功上演，又告诉我们：崭新的有民族特色的地方戏曲，不仅为当地人民所欣赏，也会为其他地方的人民所喜爱，成为全

国人民乃至全世界人民的共同财富。因为《瑶》剧所触及的民族团结问题，是超越了地域和国界的为亿万人民所关心的大问题。桂林话属北方官话语系，在以北方话为基础方言、以北京语音为标准音的普通话大普及的今天，更为用桂林话演唱的桂剧提供了大显身手的广阔天地。正因为如此，《瑶》剧的剧情及舞台艺术创造的诗一般的优美意境，得到了各方面的观众的赞赏。

——彭会资:《桂剧史上新的里程碑》,《南方文坛》1993年第4期

《瑶》剧还注重从民族精神，民族风格上去揭示人物性格形成的原因，从而也进一步强化了性格的民族性。山莲的性格集中体现了瑶家民族精神、民族风格。瑶家是一个大山的民族，祖祖辈辈生活在大瑶山中，他们崇尚自然，希冀安定、自由，希望和好、团结。这个民族就依赖于这种追求和希望来难护本民族的团结、统一，维护本民族与他民族的关系，从而使这个民族能世世代代生存、繁衍、发展下去。这种民族精神实质上也是中华民族的民族精神的体现，也才使各民族能在祖国大家庭中和谐相处，安定团结。这种民族精神，民族风格影响着民族性格的形成和发展。山莲的性格就是在这种环境下形成的，它从深层次上反映出民族精神和民族风格，也从深层次上表现出民族性和民族特点。

……事实上，民族性表现在《瑶》剧的一切方面，无论是内容上，还是形式上都是充分民族化的，因而也是群众喜闻乐见的，具有永久生命力和强烈艺术魅力的。我们相信：越是民族的，就越是世界的，就越能获得更多的观众，越具有艺术生命力。我们期待古老的传统桂剧不仅要振兴，而且要走出国门，走向世界！

——张利群:《极富表现力和魅力的民族性——评〈瑶妃传奇〉的民族性表现的特点》,《南方文坛》1993年第2期

桂剧《瑶妃传奇》确是毫无争议的瑶族题材。不仅，她是瑶族历史上的曾有过的一段史实，从服装，头饰，长鼓，歌舞，习俗真实地表现了瑶族的生活特点，更为重要的是这出戏写出了瑶家的性格、心理，她的独特的民族魂。《瑶》剧的使不

少民族题材戏相形见绌，她迸射出独特光彩，就在于她是一出严格意义上的民族题材戏。艺术家们以对瑶族的深刻理解与把握，在瑶族表层文化与深层文化的有机结合中，经过了艺术的夸张，美的创造，使观众从一出戏认识了一个民族，并在艺术的丰富享受中，进入这个民族历史的纵深处，心灵结构的纵深处。

《瑶妃传奇》为中国舞台妇女画廊增添了独具光彩的女性形象，她在被压迫与被损害中，她似乎是软弱的，没有刘三姐、香妃的抗争，然而，她是别一种表现形式的不可征服，命运之神可以使她肉体上消灭一千次，而精神上却不能征服一次。这就是纪山莲，瑶族的纪山莲，这就是瑶族的民族魂和民族魂的独特展示。

——李佩伦:《论〈瑶妃传奇〉及其评论——兼议第三届全国民族题材戏剧评奖》,《民族艺术》1992年第3期

哪嗬咿嗬嗨

张仁胜　常剑钧

人　物

李阿三　小镇猎手，因一出《王三打鸟》而确立在飞彩班当家丑角的地位，后为桂军士兵，出场时约二十岁

桂　姑　小镇纺线女，因演《王三打鸟》中的毛姑成为飞彩班头牌花旦，十八岁

鼓　哥　小镇木匠，飞彩班掌板师傅，后为桂军伙夫，出场时约三十岁

作者简介

张仁胜（1956—），男，山东黄县人。自幼在广西生活，武汉大学中文系毕业，广西民族艺术研究院一级编剧。担任编剧及导演的剧目多次获中国戏剧节奖项、中国艺术节奖项、中宣部“五个一工程”奖、广西文艺创作铜鼓奖。曾获曹禺戏剧文学奖、中国戏剧节优秀编剧奖等奖项。编剧代表作有彩调剧《哪嗬咿嗬嗨》，音乐剧《桂林故事》，张家界山水实景音乐剧《天门狐仙》，广播剧《千条水总归东》，电视连续剧《我们的父亲》《最后的子弹》等。著有《桂林故事——张仁胜剧作选》《广西当代作家丛书·张仁胜卷》等。

常剑钧（1955—），男。现任广西艺术创作中心主任，广西剧协主席，国家一级编剧。享受国务院政府特殊津贴。1996年被授予“文化部优秀专家”称号，1998年被评为“广西德艺双馨50杰艺术家”。主要作品有《歌王》《哪嗬咿嗬嗨》《大山小村官》《瓦氏夫人》《梦里听竹》《漓江燕》等，获“五个一工程”奖、“文华新剧目奖”、曹禺戏剧文学奖等多项全国奖及广西壮族自治区政府颁发的文艺铜鼓奖。著有《常剑钧剧作选》《广西当代作家丛书·常剑钧卷》及《凤凰的故乡》等戏剧、诗歌作品集。

作品信息

《哪嗬咿嗬嗨》（大型彩调剧）原载《剧本》1994年第10期，收入蓝怀昌主编《张仁胜剧作集》《常剑钧剧作集》，漓江出版社2008年出版，《广西当代作家丛书 ·常剑钧卷》，漓江出版社2002年出版。该剧获1997年曹禺戏剧文学奖·剧本奖。

鼓　嫂　鼓哥妻，飞彩班当家花旦，近三十岁

小白脸　一个永远想入非非、喜梳分头的小镇师爷，飞彩班小生，后为桂军文书，出场时二十出头

黄大筒　小镇豆腐郎，飞彩班扯大筒的，后为桂军士兵，出场时十四五岁

小　四　小镇豆腐郎，飞彩班艺人，后为桂军号兵，出场时十七八岁

朱　仔　飞彩班艺人，后为桂军士兵，出场时约十七八岁

莲　妹　湘江边上渔家女，十八岁

桂　伯　桂姑之父，六十岁

飞彩班男女若干，桂军官兵若干，湘军散兵若干，各色群众若干

一

〔某战乱年代，暮春时节。

〔入夜的桂林城，一两声冷枪划过。

〔冷枪声中，粗犷豪放的“哪嗬嗨”调子渐近，飞彩班众男女随桂姑一声“飞彩班开台啰”且歌且舞上。

众　唱　打声长锣哟闹翻一个天，吼声哪嗬嗨来了调子班；扭两步矮桩俏出一朵花，甩一把彩扇舞成一蔸莲……

鼓　哥　（唱）鼓嫂哎！

鼓　嫂　（唱）哎！鼓哥呀！

鼓　哥　（唱）你跟着鼓点狂狂地扭，

鼓　嫂　（唱）我就扭出个俏佳人！

桂　姑　（唱）三哥哥，你彩扇转成风火轮；

李阿三　（唱）毛姑妹，你手巾要成五彩云！

黄大筒　（唱）毛姑妹你在前头走，黄大筒我在后面跟！

小白脸　（唱）扯弦子你靠边站，看我鲤鱼跳龙门！

众　　　（唱）吔是哪喃了嗨，吔是哪喃了嗨嗨，飞彩班唱疯桂林城！

〔几声冷枪。

朱　仔　抢打了一天都没有停，嚣得很！不晓得哪路来的兵要攻打桂林城啰！

小白脸　（一捋分头）这戏今天怕是难唱啰！

鼓　嫂　这年头，放炮当打鼓，打枪当打锣，我们唱我们的！

李阿三　是啊，我们唱调子的怕它个鸟！

黄大筒　（凑近桂姑）我这把黄大筒今天好比上了猪板油，不扯得你飞起来我就不信。来，桂姑，我们先试一试……

小白脸　莫忙！莫忙！（把桂姑拉过一旁）扯大筒的凑什么热闹，看我们小生小旦的。（把桂姑拉过一旁）桂姑，你看，我给你买了一样好东西。

〔黄大筒在一旁恨得直咬牙。

桂　姑　（回头定定地看着李阿三）三哥哥，有人讲要送东西给我啵！

李阿三　（擦着鸟枪，故意不看）桂姑，你问他是白的还是红的。

小白脸　（瞪了李阿三一眼，掏出一块胭脂悄声地）红的、红的、红丢丢的……就是你最爱用的，桂林城里最贵的那一种……胭脂啦！

李阿三　（一横鸟枪）桂姑，你的脸都蛮红的了，还要红的啊……

〔小白脸衰衰地递过胭脂，桂姑欲接不接，胭脂落地。

小白脸　（心疼地捡起胭脂）我仔，这是八个铜钱买的啵！

李阿三　晓得这样，还不如拿它买酒喝！

黄大筒　（叫板一般）是啊！是啊……

桂　姑　时候不早了，我们先对对戏吧！

〔黄大筒在一旁自得地扯起大筒。

〔李阿三放下猎枪，取出彩扇。鼓哥起板。

桂　姑　三哥你请讲——

李阿三　那我就讲！（唱）进得门来把礼拜，（白）见了妹子喜开怀，我一见你心就想，我想讨你——（唱）做老婆！

桂　姑　（故意地）三哥哥，你再唱一遍！

李阿三　（心领神会，扫了小白脸一眼）我想讨你——（唱）做老婆！

桂　姑　三哥哥，你看，我这脸还用不用擦胭脂呀？

李阿三　（夸张地）不用了！不用了！女人家的脸都像你这样，天下的胭脂铺就都要关门啰！

桂　姑　三哥哥，你讲话总是恁贱的，嘻嘻……

李阿三　毛姑妹，你打鸟的王三哥哥，是买不起什么值钱的东西送给你的啵！

桂　姑　（大胆地）三哥哥，你那根贱筋，比什么都好！

〔一旁的大筒戛然而止。

小白脸　（对着小圆镜边捋分头边认真端详，不服而又不解地）怪啦！我哪一点不比人家强，当家小生，人又长得漂亮，肚里头又有墨水……

〔吆喝声中，几个荷枪士兵上场。

〔一个班长模样的不怀好意地走到桂姑身旁。

班　长　（色迷迷地）蛮嫩水的啵！

〔班长伸手欲掐桂姑的脸，李阿三拦住，小四机灵地走过来。

小　四　老总是想吃豆腐吧！我在家就是做豆腐的，明天给你老人家送它两板！

班　长　（推开小四，对李阿三）哼！做出这副英雄救美人的样子，看来是王三哥啰！

李阿三　正是打鸟的王三，你想做哪样？

班　长　做什么？我倒想问问你们到桂林城做哪样？

鼓　嫂　唱戏的还会做哪样？唱调子呗！

班　长　如今到处乱得五马搞六羊，哪晓得你们的戏是真唱还是假唱！

鼓　嫂　咦唏！飞彩班在桂林一带谁人不知，哪个不晓？鼓哥，敲起来，给他们见一下真火色！

〔飞彩班乐队起乐。

鼓　嫂　（扮《王三打鸟》中的毛母，唱）家中的事情交代清，去吃寿酒喜盈盈……

班　长　（打断）去去！（指桂姑）你来！

桂　姑　（做《王三打鸟》中毛姑妹纺棉状，唱）小小姑娘纺棉花，白白棉花纺成纱；……

〔喝彩声一片。

班　长　（拍手）好！好！唱得蛮好！来呀！统统给我绑起来！男的拿去城头祭旗，女的送往兵营劳军！

〔飞彩班与士兵扭打之时，枪炮声大作，有人狂呼："城破了！""快跑啊！"

〔场上人流狂奔，众士兵被冲得不知去向，只剩班长仍拉住桂姑不放，李阿三挣脱绳子，用鸟枪击毙班长。

〔飞彩班众人不知所措，乱成一团。

鼓　哥　收拾家伙，赶快回村！

〔火光冲天，众人圆场。

〔桂伯跌跌撞撞上。

桂　姑　阿爸！

众　人　桂伯！

桂　伯　完了！回不去了！不晓得哪来的兵，打破了桂林城。一把火，烧光了我们的村子！

〔一阵枪声，众人惊回首。

小　四　是不是他们追来了？

小白脸　（急于解脱）李阿三，你刚才杀了人，连累我们一党人！

李阿三　你！……

鼓　哥　（长叹）天哪！前无去路，后有追兵，这，这……

桂　伯　（一拍大腿）有啦！听讲你们九叔公当了大官，他的部队离此不远，找他当兵吃粮去，先逃命再讲吧！

〔枪声渐近。

桂　伯　你们快走！

〔众汉子圆场。

桂　姑　（急呼）三哥哥，莫忘记你刚才唱的那一句啵！

〔枪声中切光。

〔乱枪阵阵，伴着“哪嗬嗨”声声。

二

〔两年之后，夏。

〔桂林乡村三岔路口，弯桥古榕，垂一“打倒军阀，北伐成功”的标语。

〔桂姑在桥头引颈眺望，鼓嫂走到她身旁。

鼓　嫂　望得这样吃力，望哪个呀？

桂　姑　那你又望哪个？

鼓　嫂　我望见呀——（唱）妹在河边洗白手，一洗洗出白菜头；菜头给哥来下酒，白手给哥当枕头。

桂　姑　（着急）鼓哥才要白菜头送酒，鼓哥才要白手枕头！

〔桂姑追打鼓嫂，众乡女欢声一片。

鼓　嫂　三哥哥，莫忘记刚才唱的那一句啵！

众　　　哪一句？

鼓　嫂　我想讨你做老婆！（兴奋地）你看！那些走了两年的人回来了咧！

〔着北伐军服装的汉子们走“矮桩”舞上。桂伯率乡人迎上。

桂　姑　（急不可待）三哥哥，站直来，我看你是高了还是矮了？

〔李阿三舞到桂姑面前，一个异常夸张的亮相后又舞回到队列中。

鼓　哥　（舞到鼓嫂面前停住）老婆子，你看我这个伙头军是香了还是臭了？

鼓　嫂　（擂鼓哥一掌）一股火烟味！

〔鼓哥笑着舞回队列。

小白脸 （舞到桂伯面前行一标准军礼）桂伯，北伐军上士文书向你敬礼！

〔小白脸颇为得意地摘大盖帽捋分头后舞回队中。

黄大筒 （舞到桂伯面前取下大筒）桂伯，我现在当班长，扯起大筒还溜熟得很！（说完舞回队中）

桂　伯 （高兴地）小四、朱仔！

〔小四、朱仔高兴地舞到桂伯面前。

小白脸 连长命令，两个钟头后在这里集合归队，不得有误！

〔桂伯和桂姑、李阿三、小四等人散下。鼓哥、鼓嫂仍拉着手不知所措。

黄大筒 人家唱《王三打鸟》去啰，没有你的戏。

小白脸 （对黄大筒）那种丑角的戏我还不想演呢，扯大筒的，黄班长，把你的大筒扯起来，本文书唱它一板，给你看看正版小生的路数！

黄大筒 小白脸，你那点路数还上不了我这两根弦子，嫩得很咧。

小白脸 什么意思？

黄大筒 哼！白脸奸臣充什么正版小生！老子不想侍候！

小白脸 （阴阴地）哼！嚣得好！

〔俩人分头下。

〔台上只剩下鼓哥、鼓嫂四目相对。

鼓　嫂 （扯起鼓哥走了几步）冤家！往时话那样多，今天哪样哑巴了！

鼓　哥 （泪光盈盈）我夜夜都一个人在心里和你讲，一见面，又不晓得讲哪样了。

鼓　嫂 你当真舍得走？

鼓　哥 舍不得……舍不得！舍不得也要走啊！我现在是北伐革命军，是为天下讨个太平，待北伐成功了，我们就可以安然地唱调子了，你晓得吗？

鼓　嫂 那你平时想不想我？

鼓　哥 想、想！亲亲的老婆哪样不想！（唱）想你想得心火燥，一把干柴夜夜烧；平日总讲妹仔俏，分别才知老婆好！

鼓　嫂　莫讲了，快点呀！

鼓　哥　（一时反应不及）是啊，是啊！

鼓　嫂　（举指一戳鼓哥的额头）是你的头！还不快点就来不及了！

〔鼓哥顿悟，拉着鼓嫂猴急下。

〔李阿三和桂姑从另一边上。

桂　姑　三哥哥，你扯我走进这树林里，我的心跳咚咚的……

李阿三　好妹子，你看，这林子密密麻麻像堵墙，地下的落叶又软又厚像铺床……

桂　姑　那你是想……

李阿三　想演《王三打鸟》的下一本呀！

桂　姑　哪来的下一本呀！

李阿三　一演不就有啦！

桂　姑　是什么戏？

李阿三　王三哥和毛姑妹喜进洞房！（紧紧地抓住桂姑的手）

桂　姑　（羞涩地打开）丑死人！

李阿三　好妹子，在戏里你和我又是亲又是爱的，怎么，不想做真的！

桂　姑　想……又有点怕……

李阿三　怕什么？

桂　姑　怕外头那些风流妹仔把你的心收去了！

李阿三　好妹子，三哥哥的心是你裤头带上那个铜钱，你不收哪个收得去？

桂　姑　（幸福地叹气）唉！和了你这么贱的哥哥，再和哪个男人都像煮菜不放盐，淡淡的没得一点味道。三哥哥，这洞房是你哄我进的，娃仔他爸是你自己要做的，你莫忘记啵！……

李阿三　（兴奋地搓手）哎！哎……

〔桂姑为李阿三解开衣扣。

桂　姑　三哥哥。进过洞房你在外头就不会有事了吧？

李阿三　那当然……不过……（神色突转严峻）

桂　姑　（担心地）不过什么？

李阿三　（低声）就怕子弹不长眼睛……

桂　姑　三哥哥！（抱紧李阿三）

〔两人动情相拥。

〔一声咳嗽将他们惊开。小白脸上。

小白脸　（心虚地）阿三，连长叫你马上去一下。

李阿三　（暴怒地）你这个野仔！早不喊，晚不喊……

小白脸　（酸溜溜地）再不喊就来不及了……

桂　姑　（将一件红肚兜系在李阿三胸前）三哥哥，我一定会清清白白地等你，你一定要平平安安地回来！

李阿三　妹子，有了你这件护身符，子弹就不会来找你的三哥哥了！

〔李阿三匆匆下。

〔桂姑欲追下，小白脸赶紧拦住。

小白脸　桂姑，你看当兵的硬是辛苦，哪像我们这种做上士文书的……你不晓得外头那些官太太，讲几享福就几享福哟！

〔凄厉的军号响起，俩人一怔。

〔人群又拥回到桥边，军人列队站好。

〔李阿三在旁与桂姑交换彩扇，情意绵绵。

小白脸　（看在眼里，醋在心中，突然一声怪吼）集——合！

桂　姑　三哥哥，你一定要平平安安地回来啊！

鼓　嫂　（哭喊着）你们要记得，只有屋里头的水最甜，只有家乡的酒最香，只有屋里头的女人最想你们，最疼你们……你们要记得，要记得啊！

〔众军人纷纷抹泪。气氛异常肃穆。

桂　伯　亲人上路，就不要哭了好不好？现在……我什么也讲不出了……还是唱个调子吧！一唱调子什么都有了！

鼓　哥　阿三，那我们就唱起来吧！

众　　　唱起来呀！——

〔众军人和毛姑妹对舞“四门摘花”。

众军人　（唱）打开东门送花来，

桂　姑　（唱）叫声哥哥请进来；

众军人　（唱）哥哥就进来，

桂　姑　（唱）妹妹笑颜开；

众军人　（唱）摘一朵牡丹花问妹爱不爱。

桂　姑　（唱）妹妹都是爱，无人摘下来。

众军人　（唱）但得贤妹爱，哥就摘下来。摘一朵牡丹花，妹妹头上戴；实在是好人才。

桂　姑　（唱）戴得好不好？

众军人　（唱）戴得实在好。

桂　姑　（唱）戴得乖不乖？

众军人　（唱）戴得逗人爱。

桂　姑　（唱）哥也爱，

众军人　（唱）妹也爱，

众与桂姑　（齐唱）哥哥呀妹妹呀相亲又相爱……

〔切光。

〔“四门摘花”仍在延续……

三

〔北伐战场。

〔夜幕如铁，笼罩四野。枪炮声、厮杀声和悲壮的“哪嗬嗨”声交织在一起。隐隐火光，晨曦微吐，依稀可见坡地掩体旁硝烟缕缕未散。

〔鼓哥腰系围裙担木桶上。

鼓　哥　(兴奋地)开饭啦！开饭啦！飞彩班的兄弟们！北伐有功的勇士们！常言道：一黄二黑三花四白……今天打了大胜仗鼓哥我杀了一条狗慰劳大家，你们猜，是黑狗还是白狗？猜不出吧？嘻嘻……等下你们就晓得了！

〔天色渐明，可见坡地上、掩体内外尸体横陈。

鼓　哥　兄弟们！你们在哪里？还不赶快出来！你们莫搞鬼啵！（察觉有些不对）要不然哪天唱起调子的时候，你们就莫怪我鼓伯了啵。阿三、大筒，你们在哪里？你们在哪里啊？

〔掩体中艰难地探出一颗泥血模糊的秃头，他擦去脸上的血污，可以看出是黄大筒。

鼓　哥　阿锣，是你，你死了以后哪个来打锣啊？阿钹，你也死了，以后哪个来打钹啊？阿龙，你不该死，你才十八岁啊！

黄大筒　（摸索着从掩体中拿起一把大筒）咦，这把大筒比人的命还大！连弦都没有断，怪啦……

〔黄大筒扯起了撼人心魄的大筒，大筒声声，神奇地唤起了血泊中顽强的生命，掩体中、山坡上、死人堆里陆续站起一些血乎乎的身子，血红泥黑，一时难辨面目。

鼓　哥　（惊）你……你是人还是鬼啊？

李阿三　（擦去脸上的血污）鼓哥，我的护身符，阎王爷讲还不收我！

鼓　哥　好……你命大……兄弟们都……（抹泪）

小　四　（如血人般奔过来）鼓哥！

李阿三　（扑上去扶小四）小四！

小白脸　（爬起，抖抖衣服，下意识地捋头发，却摸着光头）天啊，这头发太可惜了。

〔太阳愈来愈红，血泊中，死人堆里摇摇晃晃站起一群木然的光头。

鼓　哥　（悲喜莫名）好！好！好啊……好多兄弟都死了，都讲你们是为北伐而死，为天下太平而死……为我们能安然地唱调子而死！（哭）呜呜……如今北伐未成、天下不平……这调子也唱不成了……人死，总要回家去的……我们的家隔山隔水，远天远地的，你们……你们就做伴回家去吧！心烦了，你们就唱调子来……认不得路了，你们就唱起调子去寻……大家兄弟一场，没有什么样送给你们……那，那就唱板调子送你们上路吧！

李阿三　（悲凉地）那我们就唱起来啊！

〔血红的太阳几乎要塞满天幕，天地一派通红，洋溢着死亡的恐怖、生命的张扬和一种莫名的亢奋。

〔衣衫褴褛、满身血污的汉子们在李阿三的带领下吼起令人撕心裂肺的调子，舞步也近乎癫狂。

李阿三　（吼）哪嗬咿嗬嗨！

众　　　（齐吼）咿嗬咿嗬嗨！

李阿三　（唱）山道弯弯哥慢走。

众　　　（合唱）哥慢走！

李阿三　（唱）大路平平哥慢行！

众　　　（合唱）哥慢行！

李阿三　（唱）回到家门唱一声！

众　　　（合唱）唱一声！

李阿三　（唱）开门自有众乡亲！

众　　　（合唱）众乡亲！

〔众人在鼓哥的带领下撮土为香，祭奠亡灵。突然，一阵歌声使他们神往地回过身去。

〔光渐暗。

〔另一演区灯亮。

〔桂姑正在无比优美地纺纱。

〔桂姑边纺边唱：小小姑娘纺棉花。白白棉花纺成纱……

〔切光。

四

〔湘江边上小渔村。

〔傍晚时分。渔歌声中，莲妹正在补网。

〔晚风阵阵送来鱼汤的香味。

莲　妹　（站起）鱼汤熬好了，好香啊！（下）

〔臂缠绷带的李阿三上。

李阿三　（唱）天边有个小冤家。眼前有个妹伢伢；桂姑盼郎归，莲妹恩情大，一张情网两边扯，阿三心中乱如麻……

〔莲妹端一瓷碗从茅屋走出，脉脉含情地走到石凳旁。

莲　妹　（操湖南口音）三哥哥，来喝汤。

李阿三　（如梦初醒）哦，是莲妹，多亏了你父女俩的精心照料，我李阿三不晓得哪样才能报答……

莲　妹　（递过瓷碗）最好的报答就是先把这碗汤喝了，爹爹抓的鱼，莲妹熬的汤，补养身子最好不过了！

李阿三　（单手接过瓷碗，欲喝又罢）莲妹……

莲　妹　（想想又拿过瓷碗）你的伤还没好，还是我来喂你吧！（舀汤喂李阿三）

李阿三　（欲推不能，只好就范）这……

〔莲妹喂完汤，放下瓷碗转过身来。笑眯眯地看着李阿三，李阿三顿时紧张起来。

李阿三　饱了，肚子都胀了。

莲　妹　三哥哥，这汤鲜不鲜？

李阿三　（忙不迭）鲜！鲜得不得了！

莲　妹　三哥哥，这汤好不好？

李阿三　好！好得一塌糊涂！

莲　妹　啊！一塌糊涂？

李阿三　（赶忙）不！不！我是讲很好很好的意思……

莲　妹　（娇嗔地）什么？光是汤好啊？

李阿三　（嚅嚅地）汤好……莲妹也好……

莲　妹　嗯……

李阿三　更好！更好……

莲　妹　（嫣然一笑）这还差不多！三哥哥，再唱一段你家乡的调子给我听吧！

李阿三　好，那我给你唱一板《薛平贵征西》！

莲　妹　（脱口而出）不爱！不爱！原指望北伐成功，过几天安稳的日子，这又乱成没有东西南北了，你还征什么西呢，换一个。

李阿三　换什么？

莲　妹　那种俩人相好的！

李阿三　好，那我就再给你唱一段《王三打鸟》。（唱）今日天气好晴朗，王三心中喜洋洋；快去探望毛姑妹，飞起双脚下山岗……

莲　妹　好，你唱得真好。三哥哥，你整天唱的那个毛姑妹是哪一个呀？

李阿三　这……毛姑妹，这毛姑妹是……戏里头那个人！

莲　妹　三哥哥，你再唱呀！

李阿三　（岔开）莲妹，天色不早了，你快去看大伯他老人家回来没有。

莲　妹　爹爹他在湘江放网，今晚不回来啰！

李阿三　（一震）这……（掩饰地）风好大……

莲　妹　（跺脚）哎哟，风把沙子吹进我的眼里了，三哥哥，你快点过来，帮我吹一下……

李阿三　莲妹，这……

〔莲妹闭起眼睛伸手摸索，突然一个踉跄，李阿三急忙上来搀住。

莲　妹　（将身子软软地靠过去）吹呀！

〔李阿三离得远远地吹气。

莲　妹　（咯咯地笑着）你把我的耳朵吹得痒痒的……

李阿三　我……我不会吹……

莲　妹　靠近点，我教你，来，扶起我的脸，把嘴巴靠近点，再靠近点！

〔李阿三无奈，只好把嘴巴贴近莲妹的眼睛吹起。

莲　妹　三哥哥，你一吹我的心就麻麻的，心麻麻的脚就软软的……

李阿三　（松开手）莲妹，没看见沙子呀！

莲　妹　那是外面太黑，到屋里去，点一盏灯……

李阿三　（欲推不能）这……

莲　妹　走吧。

桂　姑　（画外音）三哥哥，我在家清清白白地等你，你要平平安安地回来呀。

〔莲妹拉着李阿三进屋，李阿三挣脱莲妹的手，缓缓解开自己的衣扣。

李阿三　莲妹，你看我身上的红肚兜……还记得我唱的毛姑妹吗？

莲　妹　（急）什么？她……她不是戏中的人？她……是你的堂客！

李阿三　还没有过门，不过，她在家清清白白地等我，我要平平安安回去……

〔莲妹掩面哭泣，李阿三欲劝不能，碰到伤口。

李阿三　（捂住伤口，自语）这枪林弹雨的，我能平平安安回去吗？

莲　妹　三哥哥，你把莲妹看成坏女人是吗？……莲妹只想做你的人，你晓得为什么吗？

李阿三　（木然）不晓得……

莲　妹　这年头，今天还是人，明日或许就是鬼了，莲妹只是想，想把人做的事做完了才去做鬼……

李阿三　（无法抑制）莲妹……

莲　妹　三哥哥。

〔李阿三把莲妹放平地上，跪在莲妹身旁。就在他向莲妹伏身的瞬间，遥远的地方传来桂姑缥缈的歌声：小小姑娘纺棉花，白白棉花纺成纱……

〔李阿三欲起身寻觅，却被莲妹抱住。两边的诱惑似火一样煎熬着他，他挣扎着，终于挣脱莲妹而去……

〔莲妹哭泣声……

〔轻柔如水的女声传来:“哪嗬咿嗬嗨”……

〔光渐暗。

五

〔战乱时期，盛夏酷暑。行军途中。

〔鼓哥等人饥渴不堪上。

众　　（唱）大旱连年千里荒，兵荒马乱黄尘扬；昨日打老阎，今日打老蒋；从南打到北，乱仗接乱仗；是胜是败鬼晓得，只见遍地草头王。

〔小四可怜巴巴地拉住黄大筒。

小　四　大筒哥，我求你了，搞一泡尿来给我喝，我实在受不了了……

黄大筒　（看看小四，递过手中的步抢）给你！

小　四　（不解地）大筒哥，你这是……

黄大筒　兄弟，你就是打死我，我也屙不出一滴尿来啊……

鼓　哥　血都要烤干还讲有尿嘛！

〔几个散兵稀拉拉从另一侧上。其中一个鼻子贴膏药的络腮胡用狼一样的眼睛盯着黄大筒腰间的水壶，俩人步步逼向对方，猛地抢下对方的水壶狂灌到口中，发现涓滴全无，俩人一摔水壶，绝望躺下。

〔李阿三挂着几个水壶上。

〔众人充满希望地迎上去。

朱　仔　三哥，水？……

李阿三　（摇摇头）井是枯的，河是干的。

黄大筒　（躺在地上吼）渴死人了！

〔小白脸上。

小白脸　连长有令，就地休息，不得喧哗！

黄大筒　（从地上爬起）小白脸，才两个时辰不见，我以为你当司令官了，哪个晓得还是小小的文书充什么大头菜。

小白脸　文书再小也是连长身边的人，老子跟你一讲话，就算是军令！

鼓　哥　（劝开）算了，莫吵了！天够热的了，发火喉生疮。大家一起出来当兵吃粮不容易呀！

黄大筒　当兵吃粮？种粮的百姓见了我们这些兵都像见了恶鬼一样地逃。

李阿三　是啊，部队一过，眼睛望得到的地方没有一样是活的。

〔几个散兵上，瘫坐路边，其中一个络缌胡鼻子上包着纱布。

鼓　哥　这仗再打下去，莫讲百姓没有活路，我们怕也是……

李阿三　他妈的，干脆脚底板抹油——溜。

鼓　哥　昨天七连一口气毙了二十几个逃兵……如今旱成这个样子，真不知家里成什么样了。

小　四　我们的鼓哥想鼓嫂啰！

鼓　哥　想，当然想！恁好的老婆哪能不想呢？

黄大筒　唉，我们没有人想，只好喝点花酒解解闷啰！

小　四　还讲，上回从翠花楼里出来，你大筒哥的腰都差点弯成虾公啰！

黄大筒　小四、朱仔，哪次你们从烟花巷里出来，脚不是软得像踩着棉花走路？

鼓　哥　不管有多少女人过了你们的手，摸心口一想，还是你们鼓嫂那句话对呀，只有家乡的女人最想你们，最疼你们，都忘了吧？

络腮胡　（满口湖南腔）喂，兄弟，借个火。

鼓　哥　你们是哪部分的？

络腮胡　这年头，打的是乱仗，官找不到兵，兵找不到官，只要有枪，哪部分都行。

鼓　哥　你们从哪里过来？

络腮胡　广西桂林！桂林好啊，桂林女人更好！

李阿三　（不舒服地对小四）有点嚣，搞他们！

小　四　（走到散兵跟前）我看还是湘妹子耍起来爽！

络腮胡　耶，还有人敢和弟兄们比风流？弟兄们，唱起来呀——

众湘军　（唱花鼓）世间湘军最风流，拈花惹草称高手。驻扎桂林半月整，女人干了九十九。

众桂军　（齐唱）阿哥专逛翠花楼，长沙婊子最温柔；月牙五更劝花酒，鸡鸣三遍销魂游。

众湘军　（齐唱）兄弟昨日累得慌，放倒妹仔一大帮；来年你到桂林看，满街野仔寻爹忙。

众桂军　（齐唱）湖南妹子浪得狂，无钱也勾哥上床；半年采花百把朵，才去一个硬光洋。

络缌胡　唱得好！不过，讲素的是你们桂系狠，做荤菜还是我们湘军强。

黄大筒　（不服地）此话怎讲？

络腮胡　你们是用嘴巴，我们是用……嘻嘻……真是石榴裙下死，做鬼也风流。

〔一个饶舌的结巴湘军凑过来。

结巴佬　他呀，差点就当了风流鬼，他的鼻子，就是挨……挨一个叫鼓嫂的女人咬的！

络腮胡　这个鼓嫂，听说还是唱调子、演老旦！

结巴佬　她拚死拼活，我们排长就杀了她。

络腮胡　我的鼻子差点被她咬断！

李阿三　（狂叫）鼓嫂！

〔鼓哥随手夺过一把带刺刀的步枪，步步逼向络腮胡。

络腮胡　（惊恐万状）不……不要……

鼓　哥　（大吼一声）哪嗬咿嗬嗨！

〔哪嗬嗨声中，鼓哥一枪挑死络腮胡。

〔李阿三一枪挑翻瘦子。

〔双方搏杀，桂军士兵勇不可当，“哪嗬嗨”声中，散兵全被刺死。

鼓　哥　（心痛欲裂地惨叫）鼓嫂，我亲亲的老婆……

〔死寂中，鼓哥呆呆地仰头朝天，似乎在倾听着什么。

〔在众人的幻觉中，鼓嫂的声音阵阵袭来：“妈妈我吃寿酒去了……哪个喊门都不能开！”

〔似梦非梦之中，穿戏服的鼓嫂飘然而上，众人立于两侧，木如石头。

鼓　嫂　（念）打罢春来又逢秋，夕阳桥下水长流；曾记当年如花朵，不觉已经白了头！

众　　　（木木地）毛妈妈……

鼓　嫂　鼓哥，起板呀！

〔鼓乐起。

鼓　嫂　（唱）家中事情交代清，去吃寿酒喜盈盈……

李阿三　（痴痴地）毛妈妈，你走好呀……

鼓　嫂　（异常亲切地笑着）妈妈我吃寿酒去了……

众　　　哦，吃寿酒去了……

鼓　嫂　哪个喊门都不开啵！

众　　　哪个喊门都不开……

〔鼓嫂隐去。

众　　　（哭呼）毛妈妈！

李阿三　（吼）搞过女人的给我跪下来！

〔除鼓哥外，黄大筒等人低着头站成一圈，跪下。

〔小白脸先是昂然挺立一旁，冷眼看着他们，后慢慢跪下。

李阿三　（万分羞愧，猛然爆发）扇！

〔众人纷纷自扇耳光，场上静得唯闻耳光声声。

〔耳光声中，伴歌起：家中的事情交代清，去吃寿酒喜盈盈……

〔光渐暗。

六

〔民国十九年冬，内战时期。

〔刑讯室里，李阿三被绑在柱子上。窗外北风呼呼，雪花飞舞。黑暗中可闻鞭声阵阵。

军　官　逃跑回家讨老婆，算你有胆！跑了几十里路一定热得很，来。给他降降温！

〔军士用水壶往李阿三身上滴水，李阿三动作幅度很大地打着寒战。

〔刑讯室外，身穿棉军衣的小白脸禁不住也打了个寒战。

李阿三　不冷。一点都不冷。（声音哆嗦而又夸张）

军　官　看你还跑不跑！

李阿三　跑！当然跑！二尺半穿了十几年。穿黑的，人家喊黑狗；穿黄的，人家喊黄狗。这种仗都把人打成狗还打，不做了，老子要再穿戏服重做人了。

军　官　你这个调子客，这时候还敢贱，将冰水给我淋！

〔军士将大桶凉水浇向李阿三，小白脸惊惶地逃下。

李阿三　（牙齿上下打架，仍在硬撑）舒服啊！连洗澡都有人侍候，等下洗干净了搂你老婆睡觉的时候，老子赏你在门口站岗！

军　官　（狂怒）贱得好，给我打！往死里打！

〔李阿三昏厥过去，光暗。

〔军官与军士隐去。

〔大筒声隐隐传来，李阿三开始蠕动，睁开眼睛。

李阿三　（梦呓般）咦，不是挨捉了吗？怎么又到家了呢？

〔大筒声声激越，李阿三渐渐亢奋。

李阿三　（大叫）走哇！

〔被缚的李阿三竟从捆绑的柱子上离开，双臂被绑住地走矮桩。

〔另一演区灯亮，在李阿三的幻觉中，空中的桂姑正着戏装纺纱，两人在不同的空间演《王三打鸟》。

李阿三　不知不觉，已来到毛姑妹家，待我喊她开门哟！

桂　姑　是哪个？

李阿三　你的三哥哥！

桂　姑　你哄人的，我的三哥哥在外面打仗，我在家清清白白等他，哪个喊门都不开的！

李阿三　（急了）我是你亲亲的三哥哥啊！

桂　姑　你真的是三哥哥？

李阿三　真的！真的！我是回来同你唱《王三打鸟》的下一本的。

桂　姑　（做开门状）那你请进！

李阿三　（做进门状）那我就进！（唱）进得门来把礼拜——（数）进得门来把礼拜，见了妹子喜开怀，今天你妈不在家——

桂　姑　若是在家咧？

李阿三　我怕她骂就（接唱）不敢来咿嗬了嗨……

桂　姑　（唱）堂前板凳拖一拖……（数）堂前板凳拖一拖，叫声三哥你请坐——（欲下）

李阿三　妹子，你去哪里？

桂　姑　我到厨房去倒清茶给（接唱）哥止渴咿嗬了嗨……（在空中消失）

李阿三　（唱）妹子讲话好活泼，（数）妹子讲话好活泼，我一进门就给我倒茶喝，我一见她心就想，我想讨她——（接唱）做老婆……

〔桂姑在空中出现。

李阿三　这本唱完了，该到下一本了啵。

桂　姑　（明知故问地）下一本是什么？

李阿三　是阿三哥和毛姑妹——

桂　姑　（羞怯地）进洞房……

李阿三　（急不可奈地）我现在就进，就进……

〔桂姑在空中突然隐去，李阿三又回到审讯室现实。

李阿三　桂姑，你在哪里？你在哪里？你莫走，我要讨你做老婆！

军　官　什么？到了这个分上你还想回家讨老婆，来啊，把他想回家讨老婆的那个念头从根上给我取掉，我看他怎样讨老婆！

李阿三　（惊恐地）不——

〔众军士狰狞地向李阿三逼去……

〔切光。黑暗中传来李阿三的惨叫。

七

〔抗战后期。桂林城内。

〔江边工事。

〔伴唱：军民一条心，死守桂林城；打败日本鬼，百姓得安宁。

〔轰炸声中，小白脸急上。

小白脸　（唱）头上飞机像苍蝇，地下炮弹如雨淋，山头太阳旗，江中跑汽艇，防线不胜防，日寇兵临城，上峰已下撤退令，转入街巷杀敌人。

小白脸　（朝内喊）李阿三——

李阿三　（急上）来了！

小白脸　阿三，第二道防线眼看就要被攻破，上峰命令，一个小时后退入街巷死守。

李阿三　鼓哥、大筒他、他还在江心岛上，我去喊他们撤回来！

小白脸　不好，日本鬼的汽艇已经封锁了漓江。

〔江上传来步枪点击声。

李阿三　操他娘，日本鬼把落水的兄弟当成野鸭来打。

小白脸　你若过江，必死无疑！

李阿三　（一愣）死？（他四下打量着）阿白，你看出来没有，这里正是我们当年唱调子的地方……

小白脸　我早看出来了，只是……

李阿三　你不愿提。我晓得，当年送给桂姑那块胭脂跌下地，把你的心跌痛了……

小白脸　（揣摩着对方的意思）恁久了，你偏偏在这个时候提这个事情……

李阿三　可能到不了鼓哥他们那边，我就……

小白脸　（担心地）阿三……

李阿三　死，我不怕，只是放心不下——

小白脸　（脱口而出）桂姑！

李阿三　（下决心地）现在，我就算是把桂姑托付给你了，你要答应我啊！（唱）我若死后你回村，烦帮阿三引个魂。年年相会七月半，唱板调子给我听。

小白脸　（不得不动情地）不，你要活着回来，你一定不能死！

李阿三　（唱）我若不死你也回村，就讲阿三已负心。城里喜当驸马郎，早忘家中痴情人。

小白脸　不不，你是哄人的，你为什么要哄人？！

李阿三　阿白，求求你不要问我为什么，再晚，鼓哥他们就撤不下来了！

小白脸　你不讲明白，见了桂姑，我怎么向她交代呀！

李阿三　好，你还记得我逃跑挨抓挨打的事吗？

小白脸　记得！

李阿三　从那以后，我就已经做不成男人了！

小白脸　什么？阿三，我不是人，你逃跑，是我……我告的！

李阿三　我晓得，猜得出是你！

小白脸　那你还把桂姑托付给我……

李阿三　今天，见到个村上人，讲桂姑活得……好难，流氓地痞论天去撩，不管春夏秋冬，桂姑总是白天藏把剪刀纺纱，晚上抓着把剪刀睡觉。她在清清白白地等着唱《王三打鸟》的下一本。

小白脸　《王三打鸟》的下一本?

李阿三　那年在村口的树林里，若不是你打断，我和桂姑就把这本戏唱成了。

小白脸　(无地自容地)我害了你和桂姑一辈子，你还把桂姑……

李阿三　世道太乱，桂姑需要个好男人护着她。她纺纱挣的那点钱都拿去换了红纸，我们离家多少天，她就剪了多少个“喜”字。她已经三十八岁了，应该有个真男人伴她了。

小白脸　可我是个坏男人，你把桂姑托付给我，你信得过我?

李阿三　阿白，老实讲你听，我什么都不信你，只信你一条——

小白脸　哪一条?

李阿三　你会对桂姑好，比别人都好!

小白脸　(激动而内疚地)阿三!——

〔突然枪炮声大作，惊醒了小白脸，他忽然抱起旁边的炸药包，近似疯狂地冲出掩体。

小白脸　(声嘶力竭地)我操你的娘，日本鬼——(抱炸药包冲下)

〔光暗，一声巨响。

〔光启，已是湖心岛，鼓哥等人扶着疲惫不堪的李阿三准备撤退。

〔一士兵背小白脸上，众围上。

士　兵　鼓哥、阿三!

鼓　哥　是阿白，怎么伤成这个样子?

士　兵　他炸沉了日本鬼的汽艇!

鼓　哥　快，送下去救人!

小白脸　(挣扎地)不、不用了……带着我，你们撤不下去……

众　人　阿白——

小白脸　(费劲地)兄弟们……打日本鬼我……死而无憾，只是对不起……兄弟们……

李阿三　（讲着只有小白脸才能听懂的话）阿白，我不怪你！

小白脸　（欣慰地）不怪就好……（讲着只有李阿三才能听懂的话）你今天把……把桂姑托付给我，现在我想把……把桂姑托付给……（他四处寻找着什么）

〔除李阿三，众皆茫然。

小白脸　大筒，大筒兄弟……

黄大筒　（到小白脸身边）阿白……

小白脸　（掏出胭脂盒）这块胭脂本来是……送给桂姑的，没送成，你拿去亲手给她……

黄大筒　（不解地）这——

小白脸　阿三去不得了，我也……去不得了，可调子还得……有人接着往下唱，等明年……生下小调客，矮桩学阿三的，这手花……还是学我的……好看。（艰难地一笑）大筒兄弟，我和你……鸡争鸭斗二十年，也不晓得……你肯不肯答应我……

黄大筒　阿三，这……

李阿三　什么也莫问，听阿白的。

黄大筒　好，我答应你！

小白脸　（笑了）好，事情……讲完了，心松了，嗓子就痒了。大筒兄弟，最后……求你一次，帮我扯个弦子，我想……唱板调。

黄大筒　（哽咽地）扯，我扯！我晓得你嗓子亮扮相好，是个正牌小生，帮你调弦要调高两个音。我调好了！（拉起了“四门摘花”的过门）

小白脸　（唱）打开……东门送……花来……

〔小白脸断断续续地唱着，众人含泪和着……

小白脸　（无力地）还没过瘾，可是我……唱不动了……（死去）

众　　　（哭喊）阿白——

黄大筒　（不相信地）不，不是你唱不动，是我弦子调得不好，我再调过，再调过……

鼓　哥　阿白，莫忙睡，我们一起来唱，你不是留有胭脂嘛，来，抹个脸，扮上戏妆我们一起唱……

〔鼓哥给小白脸用胭脂抹腮扮妆，众人用胭脂涂在脸上，掏出彩扇，围坐在小白脸身边。

〔黄大筒拉响弦子……众人着戏妆且歌且舞地送小白脸……

黄大筒　（唱）弦子一扯你过了一个门，

小　四　（唱）小脸一抹你变了一个人。

朱　仔　（唱）日头一闪你眯了一个眼，

鼓　哥　（唱）彩扇一挡你遮了一个阴，

李阿三　（唱）调子一起你听准一个音，

众　　　（唱）戏里的生死你莫当一个真……

众　　　阿白，走啊！

〔在一个女声悲戚的"哪嗬咿嗬嗨"的吟唱中，众人抬起了小白脸……

〔收光。

八

〔抗战胜利后，夜，某戏园门前。

〔丝弦声阵阵飘出，一士兵在门前站岗，李阿三醉醺醺上。

李阿三　（似哼似唱）吃好酒来烧好烟，腾云驾雾赛神仙。今日游到李家店，明日——（白）今日有戏看，莫唱明日先！

〔李阿三醉步走向戏院，被士兵横枪拦住。

士　兵　干什么？

李阿三　看……看戏！你莫拦，我给钱，我看戏从来都给钱，不像你们这些丘八，看白戏！（摸遍全身，好不容易摸出一个铜板，高兴万分）噫，还有一枚！

（大气地）来，引座！

士　兵　军座看戏，闲人免进！

李阿三　什么？我是闲人？你看清楚啵，你眼前这个靓仔是飞彩班名角李阿三呀！（走到士兵跟前）兄弟，我进去不吵，只看戏……（交心地）我是想等他们唱完了，在戏台上走它几步，过过瘾，嘻嘻……

〔一军官走出。

军　官　何人喧哗？（一看，笑）原来是李阿三呀！

李阿三　（兴奋地）到底是名角！（对士兵得意地）看见了吧，名角走到哪里都有人认得！

军　官　嘿嘿，我晓得你是名角，只是不晓得你是生角还是旦角？

李阿三　（酒意顿消）啊，是你！

军　官　讲你是生，你做不得旦的老公；讲你是旦，你又做不得生的老婆，阴不阴，阳不阳的，哈哈……

士　兵　（起哄）脱裤子来看看！快脱裤子！

李阿三　（如雷灌顶，羞辱难当）求你们莫讲了！

〔声声嘲笑，光渐暗，只剩一束追光打在失魂落魄的李阿三身上。

李阿三　（唱）心碎喷血血封喉，难言奇耻满面羞！桂姑呀，本该同饮交杯酒，手执红烛掀盖头；本该共垂龙凤帐，巫山雨急云悠悠……怎料想，堂堂七尺风流客；只落得不男不女，不阴不阳；活着比死更难受。

〔李阿三一步步走向台口欲跳，空中一扇花窗洞开，桂姑在贴着鸳鸯的花窗中纺纱，“小小姑娘纺棉花”的调子神奇地扯住了李阿三走向死亡的脚步。

〔伴唱：调子客，调子留，一声调子双泪流……

李阿三　（唱）来世虽好无调子，没有调子无盼头；乱世年复年，调子陪哥走；日日梦断天涯路，夜夜笑醒调子楼。桂姑呀，夫妻不成调子在，调子才是真风流！你走出洞房进戏里，我戏里与你共白头！

〔李阿三回身向花窗里的桂姑走去。

〔花窗与桂姑消失于瞬间。

李阿三　桂姑！桂姑！……我这辈子什么都没有了，只剩下调子了……回家……回家唱调子去……

〔光渐暗。

九

〔深秋时节，桂林乡村三岔路口。

〔仍是当年北伐送别之处，残桥老树依旧，归鸦声声。

〔一小队宪兵在值星官的率领下跑步上场。

值星官　因本地士兵特多，长官有令，逃跑回家者，格杀勿论！集体叛逃，就地剿灭！

〔众宪兵将机枪架在路口。

〔休息号响，李阿三等人上，散坐一地，黄大筒帮鼓哥取下背后的行军锅。

鼓　哥　（缓缓地）弟兄们，你们还记得当年乡亲们就是在这里送我们走的吗？

李阿三　那年我才二十岁，一晃眼，都是四十好几的人了……

鼓　哥　我已经五十几岁了，你们讲，我这把骨头到底丢在哪里好？

小　四　听讲等下要去秧塘机场上飞机，往关外开拔。

黄大筒　关外几尺厚的白雪都染成红的了。

朱　仔　田地都荒成这个样子了，还抓壮丁？

小白脸　说是不打了不打了，又打个昏天黑地，这一去……

李阿三　都到家门口了，这一走就再也……

鼓　哥　这个兵我是再也不想当了，这仗我是再也不想打了，人老了，不能没有家啊，你们的鼓嫂……那么多年冷冷清清的，偏偏她又是个爱热闹的人……

李阿三　我也不走了，再走，我欠桂姑的那板调子这一世都还不了。

小　四　我也不走了。

朱　仔　不走行吗？回村的路口都架上了机枪。

李阿三　怕它个鸟，这些年，我们不晓得死过多少回了。

黄大筒　是啊，最大不过死，老子也不走了。

鼓　哥　弟兄们，那年我们去北伐，乡亲们在这里唱着调子送我们上路，今天，我们在这里唱板调子，告诉乡亲们我们回来了！

众　　　要得！

〔鼓哥架起板鼓，众人取出彩扇，值星官一见急冲过来。

值星官　（一脚踢翻板鼓）你们想干什么？

鼓　哥　（头也不抬，架好板鼓）在自己家门口唱板家乡调子！

值星官　混账！（再踢倒板鼓，指幕内）众多广西士兵，调子一唱，无异楚歌，在这种每日都有人开小差的时候，谁胆敢涣散军心，军法处置！

〔鼓哥眼都不抬从身旁顺手拿起一支步枪，拉了一下枪栓，然后扶起鼓架。

〔值星官急忙拔出手枪，李阿三上去按住他的手。

李阿三　（极具威慑力地）长官，你的官蛮大的，可是比官大的是命，比命大的是调子！

〔值星官在威慑中松手退回机枪旁。

〔鼓哥滚鼓筷。

值星官　机枪准备！

〔一伤兵拄拐上，走到机枪旁。

伤　兵　（悲愤地）不让回家，连家乡的戏都不准看吗？！（朝内）弟兄们，想不想看？

〔幕内群声怒吼：“想！”

值星官　拉下去！

〔宪兵拉伤兵下。

伤　兵　（破嗓狂呼）李阿三，我看过你的调子，唱得好！你唱（垂死一喊）……快唱啊，就当我这个老乡闭起眼睛听——

〔一声枪响，伤兵声音终止。

李阿三 （朝枪响处打拱手）谢过看官！

〔在李阿三的带领下，飞彩班众汉子脱下军装，取出戏装穿上。

李阿三 （响亮地）众看官，听哪板？

〔内呼：“《王三打鸟》！”

值星官 （手枪顶住李阿三）你若敢唱，我就打死你！

李阿三 （庄严地）鼓哥，起板！

〔鼓哥滚板。值星官朝他开了一枪，鼓哥捂腹倒下，他欲抓起鼓筷，却力不从心。

鼓　哥 （吃力地叮嘱）兄弟们，叫了板……戏就不能断。（他抬头哼了个血染的“四门摘花”过门）哐才啣才哐……啣才哐……

〔鼓哥倒地死去。

李阿三 （唱）打开东门送花来。

小　四 （扮旦角唱）叫声哥哥请进来！

〔值星官开枪。小四舞蹈着为李阿三挡住子弹。

李阿三 （搂住小四唱）哥哥就进来。

小　四 （临终之声）妹妹……笑颜开。

〔李阿三放下小四。

李阿三 （唱）摘一朵牡丹花。问妹爱不爱？

〔黄大筒围着李阿三做小旦的舞蹈。

黄大筒 （扮旦角唱）妹妹都是爱，无人摘下来！

〔值星官再开枪，击毙黄大筒。

〔幕内士兵轰然接唱。

众士兵 （内唱）但得贤妹妹爱。哥哥就摘下来，摘一朵牡丹花妹妹头上戴。实在是好人才。

〔李阿三扮起“双簧旦”这种调子独有的亦生亦旦戏妆，他忘了生死，舞唱得出神入化。

李阿三　（旦角舞唱）戴得好不好？（小生舞唱）戴得实在好。（旦角舞唱）戴起乖不乖？（小生舞唱）戴起逗人爱！

众士兵　（幕内吼唱）哥也爱，妹也爱，哥妹相亲又相爱……

〔合唱声中，李阿三如醉狂舞。

〔机枪开火，血舞弥漫，死寂一片……

〔李阿三摇摇晃晃挣扎而起，爬向台口……

李阿三　（充满期待）看官，要唱得不好，你们就吐泡口水……要唱得好，麻烦喊个好。

〔李阿三紧张地期待。

〔死寂之中，“哪嗬咿嗬嗨”如大江决堤，声震天外。

〔李阿三一脸满足的微笑沉入血雾中……

〔一束光打在高台上，永远十八岁的桂姑边纺纱边唱调子，异常清纯可人。

桂　姑　（唱）小小姑娘纺棉花，白白棉花纺成纱……

〔随着桂姑的调子，满天黄叶从天萧萧飘洒，落入让调子浸透了的泥土上……

〔血雾中爬起了李阿三，鼓哥、大筒……他们梦也似的向桂姑走去……

〔天边飘来天籁一般的调子：哪嗬咿嗬嗨……

〔光渐暗。

——剧终

| 作品点评 |

从某种角度而言，彩调剧《哪嗬咿嗬嗨》带有实验剧的影子。它也试图表达某种哲理思考，但是，这种作者所要阐述的哲理，并不是由人物刻板地述说出来，而是通过人物性格的变异，通过人物命运的交织融汇自然而然地显示出来，因而也就使剧作获得了不同凡俗的哲学审美力量。

这里不能不提到“调子”。

看得出来，这是创作者刻意编织而又使它显得不着痕迹的一条贯穿线。如果说，起初调子仅仅是一种外在的附着于人物存在的形式的话，那么，最后，随着剧情的展开，矛盾的交织，调子已完全脱离了它原本的粗浅的躯壳。具体来说，第一场，爱唱调子的各路人士，凑在一起组成了飞彩班，“打声长锣闹翻一个天，甩一把彩扇舞成一蔸莲”，仅仅因为喜欢。当战争打破了幻想，戏无法再唱，调子则成了当兵吃饷的飞彩班男人以及在家乡等待他们平平安安归来的飞彩班女人之间表达思念的一种方式。分别时，他们唱起调子。埋葬战死的弟兄时，他们唱起调子；辗转南北疲惫时，他们也唱起调子。在颠沛流离的生活中，在生死与共的战斗中，在痛苦无奈的对家乡、对亲人的思念中，调子复活了，成为精神缔结的纽带，带着人性与灵气，萦绕于人物的精神世界，与人物一起走向悲剧的终结。比如第四场，李阿三因受伤住在湘江边上莲妹家，纯真热情而大胆的莲妹喜欢上阿三，她很想与阿三共结连理。因为她觉得，战争无情，今天是人，明天也许就是鬼了，她希望活着时把人该做的都做完了才去做鬼。无情未必真豪杰，尽管阿三仍痴爱着桂姑，却也难舍莲妹的挚热，他几乎把持不住自己。是调子使他恢复了神智，使他想起了在家乡清清白白等他回去的桂姑。于是，他毅然离开了莲妹……

调子融入了生命。

最后一场，应该说，是“调子”与生命一同步入辉煌的最好例证。队伍要离开了，也许不再回来，于是仅剩的飞彩班艺人们想在家门口，唱一板调子。枪声响了，消灭了物化的肉体，却消灭不了精神的再生。寻找精神的家园，结束战争回归和平甜美的家乡，再创美好的生活。这希冀，循着“调子”的余音久久缭绕在舞台，也激荡在每一位中华儿女的胸间，为这出戏画上了一个惊人的咏叹号！

所有这一切对战争的评说，对人物命运归结的哲理，尽在调子的起承转合中。

这不正是我们的戏剧所要创造的“天然去雕饰”的效果么？

——陈巧燕：《小人物·大世界·新辉煌——彩调剧〈哪嗬咿嗬嗨〉观感》，《民族艺术》1996年第1期

彩调剧《哪嗬咿嗬嗨》是展现崇高美的代表作。剧作中的人物都是朴实善良、土生土长的农民，他们对戏曲有着深挚的爱——“官大不如命大，命大不如调子大”，他们用唱调子这种亲切的方式表达纯洁爱情，他们有着最简单的愿望——“和和平平过日子、自自在在唱调子”。然而这样一群普通、善良的小人物却被卷入了军阀混战的年代而颠沛流离、命途坎坷。这群悲剧主人公不断地在反抗命运，用他们独特的方式进行了一次又一次的斗争。军阀班长看上了桂姑，要男的祭旗、女的劳军时，李阿三打死了军阀士兵，从此一伙人在逃亡中成了“丘八”；在战场上，他们唱调子祭奠亡灵、送战友“上路”；在路遇外省散兵，知晓他们奸污并杀害了鼓嫂后，鼓哥、李阿三等吼着“哪嗬咿嗬嗨”报仇雪恨；李阿三为了逃离这种无目的的生活，为了不再让桂姑等他，做了逃兵，不幸被抓回来遭受了最严重的惩罚——他再也做不成男人了；小白脸愧疚于告密李阿三，抱着炸药炸沉了日本汽艇，以死亡换来无愧。在剧作的最终幕，这一反抗到达了高潮。解放战争开始，桂系残兵撤退到家乡，这群民间艺人已经从二十多岁的小伙子变成现在五十多岁的老人，他们漂泊多年终于回到家乡，然而却迫于军令不能进城。于是怀着不愿再过打糊涂仗的生活，更不愿退到台湾，情愿在家门口死去的想法，这些民间艺人在枪口下粉墨装扮唱起了调子，慷慨赴死。他们死得惨烈，死得其所。尼柯尔说：“死亡本身已经无足轻重。……悲剧认定死亡是不可避免的，死亡什么时候来临并不重要，重要的是人在死亡面前做些什么。”这些民间艺人用庄严的决绝和毁灭，超越了苟且偷生的可悲，展示了他们对美好生活的追求。在这些英雄的毁灭中，彰显的是一群比苦难要坚强得多的灵魂。剧本《红铜鼓传奇》《千条水总归东》《走出石碑》也是具有崇高美的。在这些剧作中，都以人性的高扬诠释了生命的壮美。

——孙辰：《论张仁胜悲剧剧本的艺术建构》，《贺州学院学报》2013年第4期

彩调剧《哪嗬咿嗬嗨》和话剧《花桥荣记》都是悲剧，这种悲剧意识是张仁胜们对20世纪中国历史发展有了深刻洞见、并对中华民族遭遇进行深入思考之后的美学自觉。当他们审视这个时期这片土地上所发生的一系列重大历史事件时，就不只是为个人的际遇所感，更为民族的生存、时代的变迁而叹了。所以说，在这两部戏中，这群小人物的悲剧不仅是个人命运的悲剧，更是社会时代的悲剧。

悲剧意识在彩调剧《哪嗬咿嗬嗨》和话剧《花桥荣记》中是有不同的表现的，前者是一个巨变的时代，剧中的悲是激烈的悲愤；而后者处于相对平稳的时代，剧中的悲则是一种冷峻的悲凉。在创作彩调剧《哪嗬咿嗬嗨》时，那时还是三十多岁年轻人的张仁胜、常剑钧们是憋着一股气的，他们发誓要写出一部能够一炮打响的戏。据说为写这部戏，他们都剃了光头，跑到南宁郊外的大王滩闭关创作，最终一腔热血终于换来了一部经典剧作。二十多年后，话剧《花桥荣记》的主创张仁胜、胡筱坪们依然是光头，不同的是当年的光头是主动为之，而今天的光头则可能是不得已而接受之了。不管怎么样，相比当初的年轻气盛，经过了这么多年岁月的洗礼，张仁胜们已经变得沉静、克制、含蓄得多了。话剧《花桥荣记》已经没有彩调剧《哪嗬咿嗬嗨》那么强烈的戏剧冲突和那么浓烈的传奇色彩了，剧中所展现的一切犹如静水流深，波澜不惊，唯有暗流在平静的水面下涌动。比如都是写死亡，《哪嗬咿嗬嗨》中调子客们的死是戏剧化的、轰轰烈烈的，而《花桥荣记》中李半城、秦癫子、卢先生的死则是日常化的、沉沉寂寂的。

二十多年前，彩调剧《哪嗬咿嗬嗨》让广西戏剧界“三编两导”声名鹊起，二十多年后，话剧《花桥荣记》让我们再一次领略到了他们异样的睿智、气魄和境界。可以说，正是张仁胜们对人物命运的精准把握、对民族生存的深入思考以及对历史发展的独到审视，赋予了这两部戏厚重的历史沧桑感和深刻的思想穿透力，让广西戏剧能在全国戏剧大花园中绽放异彩。只是两部戏中，张仁胜们始终都没带给观众们哪怕一丁点的希望与亮色，或许我们唯有寄希望于他们在未来的日子里再度联手，编排出在时空背景上继续承接这两部戏的新剧目，凑成个三部曲，也好将李阿三、卢先生们身上的悲情和绝望冲淡一些。我们拭目以待。

——黎学锐、罗艳：《小人物身上的大时代痕迹——从彩调剧〈哪嗬咿嗬嗨〉到话剧〈花桥荣记〉》，《南方文坛》2017年第5期

歌　王

梅帅元　陈海萍　常剑钧

人　物

勒　欢　善唱山歌、风情万种的骆越王

韩　歧　能征惯战的一代名将，征南元帅，后为岭南侯

丹　霞　天性浪漫的皇室郡主

姐　美　美丽妖娆的骆越女子

刘　鲁　皇室亲王，钦差大臣，丹霞之父，韩歧之恩师

卜　加　位高权重的骆越长老，勒欢之叔，姐美之阿公

王将军、李将军　韩歧的左右偏将

作者简介

陈海萍(1953—)，男，江西萍乡人。历任萍乡矿务局煤井工人、共青团干部，萍乡市采茶剧团编剧、戏剧创作研究室副主任，江西电视台二级编剧。首届百佳电视艺术工作者。1980年开始发表作品。著有长篇小说《炭之魂》《上帝的吉它》《魔鬼野狐禅》《玄妙珞珈山》，小说集《秋水蜘蛛赋》，长篇报告文学《推不倒的长城》《梦幻时间》，散文集《跳楼短语》，《陈海萍剧本选集》等。电视连续剧剧本《京九情》(合作)获1996年“五个一工程”奖及飞天奖、《黑天鹅》获1996年“五个一工程”奖及飞天奖，剧本《歌王》(合作)获1995年“五个一工程”奖，其作品还获第五届文华大奖、文华剧作奖、曹禺文学奖。

作品信息

《歌王》(大型风情壮剧)原载《剧本》1997年第4期。收入《广西当代作家丛书·常剑钧卷》，漓江出版社2002年出版。该剧获中宣部第五届精神文明建设“五个一工程”奖(戏剧部分)、文化部第七届文华奖(戏剧部分)、1997年曹禺戏剧文学奖·剧本奖、第三届广西文艺创作铜鼓奖。

众花娘、众官兵、众山民、众少女、众蛙郎、众师公、众头人、武士、侍女及产婆等

序 歌王诞生

〔众师公、众花娘、众蛙郎、众少女敲着铜鼓、锣、牛梆，跳着蛙舞从四面八方上。

〔幕后伴唱:“铜鼓敲，蛙神唱，欢迎贵客到歌乡。美酒开坛香十里，山歌开台醉八方。咚锵锵，咚咚锵……”

卜　加　(吟唱)今天是什么日子，凤凰落到山岗?

众花娘　(吟唱)王娘就要临盆，降生骆越小王!

众　人　(唱)踩花灯的师公，摆鸡卦的花娘，鼓声咚咚，铜锣叮当……

〔众师公踩花灯转场。众花娘鸡骨卜卦。

〔突然传来产妇如歌的呻吟，人人静场倾听——

众　人　(唱)歌神投胎了，祥云绕屋梁。落进米堆有得吃呀。生在歌乡他会唱——小王来，小王来。来了来了来了咧!

〔一声清脆的啼哭响彻云霄。产婆上

产　婆　(高场唱吟)王娘归天了，小王落地来……

〔众人闻声匍伏。众花娘将一块巨大的壮锦展开，新生的小王端坐其中，缓缓升起。男童清唱声起:“老子生来会唱歌，唱天唱地唱山河;唱得日月倒转走;唱得江海息风波。”

〔歌声中灯渐暗。

〔暗转。二十年后。

〔马蹄声大作，打破优美的童谣，汉军马队风驰过场——旌旗猎猎，席卷南天。

第一场　歌阵迎客

〔清晨。骆越山寨。古榕如盖。

〔仍然是那张巨大的壮锦，悬挂在古榕之间。已长大成人的勒欢王躺在上边，似在沉睡。

〔寨前土坪上，姐美率骆越众少女鱼贯上场，以其独特的步态，演习板鞋歌阵。

众少女　（唱）摆嘎嘎摆嘎摆呀，鲤鱼下滩来。摆嘎摆嘎摆呀，妹穿花板鞋摆嘎摆歌阵呀，客来有酒筛……

〔武士内呼“报——”急上。

武　士　大王！

勒　欢　（醒转，揉揉眼睛）喊哪样？唬我一跳！

武　士　大王，官兵已过红河，擂鼓排阵，正朝寨门开来！

〔远处传来隐隐军鼓声。众少女涌至坳前，紧张眺望。

姐　美　看，好多兵仔，望不见头尾，吓死人！

少女甲　呀！还有大战船，开过河来了！

少女乙　看呀，马队，跑得好快，上山来了！

〔众少女七嘴八舌议论纷纷，转而紧张地望着勒欢王。

勒　欢　姑娘们，看我做哪样？继续跳呀！

众少女　（惶惶地）大王……

勒　欢　（胸有成竹地）最大不过芭蕉叶，照本王说的去做。（复躺下）

众少女　遵命！（继续操练）

〔卜加率众头人急上。

卜　加　（恼怒地）都什么时候了，你们还有心思唱歌跳舞？

〔众少女停下。

卜　加　勒欢王呢？

〔姐美指指锦床。众头人摇头不已。

众头人　大王！

勒　欢　（从锦床上抬起身来）长老……

卜　加　官兵步步逼近，族人心急如火，你……

勒　欢　急哪样，他们不是刚到山脚吗？（望着山下，羡慕不已）你们看人家骑的马，那才喊做马，好高一匹，骑上它走乡串寨赶歌圩，那才雄头！

卜　加　（长叹）唉，勒欢…… 大王！大兵压境，骆越众部落的百姓都在等你一句话。

众头人　（一齐跪下）请大王吩咐！

勒　欢　哎，跪下做哪样？快快请起。

卜　加　大王！（唱）男人双膝一座山，宁可折来不可弯。今日向你大王拜——

众头人　（接唱）快领骆越渡危难！

勒　欢　依你们之见，该哪样做才好？

众头人　（唱）弓箭上弦马披甲，柴刀锄头加渔叉。锣对锣来鼓对鼓，青皮蚂蜗对牛蛙。

勒　欢　（摇摇头，唱）人讲头人算得精，斤两哪样称不平？问你几千虾兵仔，怎敌十万虎狼兵！

众头人　这……

卜　加　听大王的意思，是打算投降？

勒　欢　投降？（笑）勒欢天天斗歌，几时认过输？

卜　加　不战不降，是何主张？

勒　欢　（唱）从来打仗兵对兵，牛牯顶角不聪明。勒欢今日破兵阵，不求战神求歌神！

众头人　（惊讶）求歌神？

〔众人议论纷纷。

〔幕后喊杀声突起。一山民急上。

一山民　大王，官兵已到寨前，架起云梯，准备攻打山门！

众　人　（惊慌地）大王……

勒　欢　这帮官兵，哪样恁性急？（从容地）来人，擂响铜鼓，打开寨门，迎接远方客人。

众　人　是！

〔灯暗。铜鼓鸣响，声如金石，穿云裂帛。

〔勒欢与众乡亲隐去。

〔韩歧率众官兵上。

韩　歧　（唱）风萧萧，路漫漫，十万征骑下南关。

众官兵　（唱）铁蹄踏碎荒蛮地，军歌唱彻不老天。

韩　歧　（唱）沂蒙山深家国远，壮士马背当故园。

众官兵　（唱）为效君王天下志，华夏一统奏凯旋。

王将军　寨门大开！

李将军　四下无人！

韩　歧　当心埋伏！

〔突然，歌声四起，山呼水应，森林中舞出一队穿板鞋的骆越少女，如鱼摆尾，穿行于兵阵之间。她们风情万种地把手中的绣球抛向众官兵，众官兵眼花缭乱，不知所措。

〔勒欢出现在山坡上。

勒　欢　（唱"迎客歌"）绣球抛得木棉开，山歌引来金凤凰。排下歌阵迎，香醇米酒请客尝。酒来！

〔姐美上。

姐　美　（捧着一大碗酒来到韩歧面前）汉家大哥，山高水远，你一路辛苦，请先喝一碗迎客酒。

〔韩歧不接。姐美大胆而好奇地打量他。韩歧表情尴尬。

勒　欢　(笑)得骆越最美的女子敬酒，大哥好福气，不喝可不够朋友。

姐　美　(一挥手)按骆越规矩，扭耳朵灌酒。

〔众少女一声野喊，蜂涌上来，要揪韩歧耳朵灌酒。

〔韩歧大惊。众官兵哄笑。

韩　歧　(狼狈不堪)还不快将这些蛮女赶走!

〔二将军上前，格开众少女。

〔汉军队伍中，传来一声清脆的叫声："等等!"女扮男装的丹霞郡主闪出人群，甩鞭下马，接过姐美手中酒碗。

丹　霞　(闻酒)好酒呀，我代大元帅把它喝了!(一饮而尽)

〔众人喝彩。勒欢好奇地打量丹霞。

丹　霞　(唱)从北到南行匆匆，天下风物各不同。花剑寒凝黄河月，绣袍香染南岭峰。万马军前歌舞阵，一杯土酒骆越风，豪情畅饮当得醉，乡怨征愁一洗空。

韩　歧　(把丹霞拉过一旁，低声说)郡主切莫莽撞，你假扮军兵，随军南来，我已勉为其难——若再有闪失，我如何向你父王交代?

丹　霞　人家好意敬酒，不喝不够朋友!(走到勒欢身旁，打量地)我在京城就听说，岭南有一个生下来就会唱歌的骆越王，就是你吧?

勒　欢　小将军听闻过我的大名呀?(得意)可惜路远多，要不我骑马上城，和你们汉人皇帝对上几首情歌，难讲他要输给我呢!

王将军
李将军　(断喝)放肆!(拔剑上前)

韩　歧　(阻止)蛮王听好，本帅奉旨南征，一统岭南，王师所到之地，万民归顺。尔等部落虽远在边关，只要跪拜天恩，俯首称臣，本帅不会为难你们。

王将军
李将军　跪下，叩头谢恩!

勒　欢　(笑)刚才这一仗，本王并未败阵，为何要向你称臣?

韩　岐　（一怔）这……

勒　欢　再说嘛，刚才这位小将军已喝过我们的酒。酒一喝完，我们就是朋友了。做朋友，大家排排坐，打老同。不搞下跪叩头的礼数，免得人笑话。

韩　岐　（恼怒地）看来你是不肯臣服？

勒　欢　勒欢这双膝盖，只拜美人，不跪刀剑，除非你歌场唱得赢我。

韩　岐　（冷笑，一挥手）来人，将这蛮王拿下！

〔两官兵押住勒欢。

众山民　（急切地）大王！

丹　霞　（对韩岐）韩元帅，我看这小蛮王年幼无知，何必为难于他？

韩　岐　郡主差矣。此人临危不乱，敢于万马军中排歌阵对抗，绝非等闲之辈，若不打杀他的威风，日后恐生事端。众将士，将蛮王绑赴刑场，听候发落！

众山民　大王——

〔灯急灭。

第二场　刑场歌台

〔夜。刑场。

〔火光熊熊，映照夜空。隐约可见众山民围满四周。

〔众官兵手执刀斧，排列森严。勒欢端坐刑台，神情自若。

〔四周传来山民们的歌声，似吟似唱，神秘空旷。众官兵静听，表情紧张。

〔韩岐、王将军、李将军及仍扮男装的丹霞上。

王将军　元帅，满山遍野都是山民，他们在为蛮王守夜。

韩　岐　哦？（向远眺望）

〔歌声陡然增大，如同天籁，漫山遍野。

韩　岐　（不禁惊愕，厉声地）严加防范！

〔二将军应声，率众士兵执枪过场。

丹　霞　勒欢王，本将军今夜奉命监斩，你若不肯投降，就取你人头回京报功。

韩　歧　郡主莫瞎闹，你该回军营去。

丹　霞　不嘛。嘀，你看这小蛮王他不怕哩！（发现勒欢正盯着自己）你、你看什么？

勒　欢　小将军唇红齿白，眉清目秀，像个妹仔家，要是换上我们骆越土裙……

韩　歧　（喝断）蛮王，死到临头，不思归降，还在这里说男道女……

丹　霞　我问你，临死之前有什么要求吗？

勒　欢　我要唱歌。

丹　霞　唱歌？

勒　欢　人讲勒欢是歌神转世，一出娘胎就会唱，今晚就是挨杀头，也该给我唱够瘾嘛！

丹　霞　（不禁好奇心大发）世传骆越王善唱山歌，出口成诗，不听倒也可惜。韩元帅，你就让他唱吧！

韩　歧　（低声）郡主，这可是刑场……

丹　霞　看在我爹爹分上，你就行个方便嘛！

韩　歧　（为难地）这……

丹　霞　勒欢王，本监斩官准你唱歌，若唱得好，本官高兴，杀头的事……好商量！

韩　歧　郡主……

勒　欢　多谢小将军！

王将军　元帅——

韩　歧　（无奈，对二将军）加强警戒，保护郡主！

王将军
李将军　是！

〔韩歧与二将军下。

勒　欢　（对四周凄然一笑）姑娘们，本歌王今天摆下这断头歌台，痛快唱他一夜，太阳一露脸，难讲我就走了，以后听不见勒欢的歌，你们日子难过哟！

〔众少女悲恸，哭声四起。

姐　美　（走出人群）姐妹们，今夜我们陪歌王唱够瘾！

众少女　好，唱够瘾！

勒　欢　唱哪样？

众少女　唱情歌！

勒　欢　（拍掌）那就唱起来！（唱）哎——河鱼上树不见怪，

〔众少女应和。

勒　欢　（接唱）哪比刑场摆歌台？

〔众少女应和。

勒　欢　（唱）要死也做风流鬼，

〔众少女应和。

勒　欢　（接唱）莫把情字乱丢开。

〔众少女应和。

姐　美　（唱）哥呀哥，往日唱歌打花伞，今夜唱歌坐刀山。妹是蜘蛛在滩口，风急浪大吐丝难。

勒　欢　（唱）莫讲难，蜘蛛结网鹰嘴边，它敢张口挨丝缠。山歌引得鹰展翅，飞丝走线和妹连。

姐　美　（唱）难呀难，妹家隔岭又隔山。哥要连妹到妹屋，路中有人种刺拦。

勒　欢　（唱）妹莫慌，荆棘拦路哥砍光，翻墙爬楼进妹家，和妹成双拜花堂。

〔众官兵听得入迷，不觉放下兵器，坐听斗歌。

〔韩歧率二将军上，见状大怒，众官兵紧张站起，排列。

〔众少女答不上勒欢的歌，互相商量。

丹　霞　这些笨丫头，还不快答歌，不然要败阵！

勒　欢　（唱）斗嘴情歌收进箱，鸳鸯枕头摆上床。试问那头小将军，要想唱歌早登场！

丹　霞　（拍手）好，待我来回他几首玩玩！

韩　歧　郡主不可！俚语粗俗，有伤大雅。

丹　霞　权当吟诗作赋，有何不可？我要让这小歌王知道天外有天——

勒　欢　莫忙。小将军，你可知骆越歌场规矩？

丹　霞　不知，你且道来听听。

勒　欢　若是女子，歌场输了山歌，是要嫁给得胜的后生哥的啵。

丹　霞　（大笑）这话不通，我若是女子，输了嫁你不妨……

韩　歧　（急）郡主……你……

勒　欢　好爽快！我们讲定了啵……

丹　霞　可我是堂堂七尺汉子，如何嫁得？哈哈……

〔众官兵哄笑。

勒　欢　（注视丹霞，胸有成竹地）小将军莫笑，本歌王自有道理，到时你可不得反悔！

丹　霞　少啰唆，要是你败了呢？

勒　欢　你取勒欢头颅，我心服口服！

众山民　（急）大王……

丹　霞　好，我们一言为定。来，给他松绑。韩元帅，擂鼓，为本官助威。

〔韩歧摇头，无奈地上了鼓台。

丹　霞　（沉思片刻）蛮王听好，接你刚才唱的——（唱）世人婚嫁靠媒娘，哪有爬墙拜花堂？家奴棒棍来侍候，门前打杀风流郎。

〔众官兵叫好。韩歧摇头不已。

勒　欢　（从容答歌）哥死路旁变山樟，叶子又尖树又香。妹你走往树下过，叶子落下又成双。

丹　霞　（唱）你变山樟站路旁，天边来了打柴郎。樵歌一曲斤斧落，树断山道枝横江。

〔众官兵叫好。韩歧擂鼓。

勒　欢　好口才！（唱）落水横江我不慌，我变鲤鱼三尺长。守候小将来饮马，游近身边又成双！

丹　霞　（唱）游江鲤鱼休轻狂，寒江垂钓有渔郎。煮酒烹鲜吟诗赋，文章风流万古扬！

〔众官兵叫绝。勒欢惊讶。

丹　霞　（得意地）蛮王，答不上认输吧，输给本将军不算丢人！

〔勒欢沉思片刻，转身走进众人之中，对众少女耳语。

众少女　（唱）将军真正好肚量，又吃鱼肉又喝汤。奈何进了将军腹——

丹　霞　（好奇地）怎样？

勒　欢　（接唱）来年添个小歌郎！

〔丹霞一怔，满脸羞红。

〔众少女欢呼雀跃。

勒　欢　（走到丹霞面前，唐突一揖）将军阿姐，勒欢得罪了。

丹　霞　（一怔）阿姐？谁是阿姐？

勒　欢　阿姐莫装了，其实今早你喝酒时，我就晓得你是女人。

〔众人惊讶议论。

丹　霞　你、你从何得知？

勒　欢　阿姐耳朵下有两个小洞洞，几好耍。

丹　霞　你……（笑）算你有眼力！（索性脱下头盔，露出一头秀发）

〔众人哗然。勒欢看呆了。

丹　霞　蛮王听好……（唱）我是檀木云中栽，金枝玉叶出天台。皇帝用我做龙椅，左臣右相谁敢挨？

〔众官兵喝彩，合歌叠唱，为丹霞撑腰。

〔勒欢语塞，痴望丹霞，神情恍惚。

丹　霞　蛮王，怎么不回歌？

众少女　（紧张地）大王……

众山民　大王……

王将军　能和郡主斗上三个回合，已算他有本事了！

丹　霞　将军过奖了。

韩　歧　来人，将这败阵蛮王推上刑台！

〔二官兵推勒欢上刑台。

韩　歧　（擂鼓）开斩！

勒　欢　慢！（唱）你是檀木出天台，哥是鲁班下凡来。皇帝请我做龙椅，任我锯来任我裁！

〔众山民欢呼雀跃，舞蹈和歌。

〔韩歧怔住了，众官兵叹服了。

〔丹霞傻眼了，呆呆望着勒欢，一股倾慕之情油然而生。

姐　美　小将军，为何不答歌呀？

丹　霞　到底是歌王，本郡主甘拜下风（转身欲走）

勒　欢　阿姐莫走，等下我抬花轿来接你回家啵！

丹　霞　（一怔）花轿？

勒　欢　哎，刚才不是讲得好好的，你要是女的，唱输了，就要嫁我做老婆……

丹　霞　（耍赖地）儿戏岂能当真？婚姻大事，须父母作主。（又欲走）

〔姐美与众少女拦住丹霞。

姐　美　阿姐你要赖婚啊！

〔众少女笑。

丹　霞　（又急又羞）你们……

韩　歧　（喝断）荒唐！别忘了这是刑场，来人，时辰已到，开刀问斩！

〔二官兵架住勒欢。

勒　欢　（大呼）阿姐救我！杀了勒欢，你就挨做寡妇了啵！

丹　霞　休得胡言！（对韩歧）韩元帅，这小蛮王疯疯癫癫，杀他何益，不如把他送我，做个歌奴。

韩　岐　送你做歌奴？（连连摇头）不成不成，那样岂不坏事？

丹　霞　看在我爹爹分上，你就答应我嘛！

韩　岐　这……

〔幕内传来一声呼叫：“钦差大人驾到！

〔刘鲁上，韩岐率众将士跪迎。

丹　霞　爹爹！

刘　鲁　王儿！

丹　霞　爹爹，孩儿在此，见过爹爹！

刘　鲁　（爱恨交织）王儿，你不辞而别，要不是韩元帅派人告知，那岂不急煞为父……

韩　岐　恩师驾临，恕学生未曾远迎。

刘　鲁　韩元帅平定南疆，劳苦功高，可喜可贺！

韩　岐　恩师过奖，我等不日班师回朝，复命皇上……

刘　鲁　韩元帅接旨——

〔众官兵随韩岐下跪。

刘　鲁　（念）“奉天承运，皇帝诏曰：征南元帅韩岐平定岭南，勋劳卓著，封岭南侯。望屯田戍边，抚民兴业，大赦岭南，以保我华夏一统，天下归心，钦此！”

韩　岐　万岁！万岁！万万岁！

众官兵　（齐呼）万岁。

丹　霞　（给韩岐作揖）恭喜侯爷！（指指勒欢）

韩　岐　（忘情地）来人，将勒欢开释。

二官兵　是！

勒　欢　嘻，我不挨杀头了，这皇帝还是蛮够朋友的啵！（被松绑后欲走）

韩　岐　慢！大军初到，民心未定，勒欢暂留军中做歌奴。

刘　鲁　老夫此次请旨南来，还有一事相商……

韩　岐　恩师请讲！

刘　鲁　小女丹霞，生性刁顽，难以管束，不知你对她……

韩　岐　（意会到什么）恩师……

丹　霞　（意识到什么）爹爹……

刘　鲁　如贤契不弃，老夫此次就择吉日为你们成婚，让她有人管教，以免老夫终日挂心，不得安宁。贤契以为如何？

韩　岐　（大喜过望）这……

众官兵　恭喜元帅！

韩　岐　谢过恩师！（作揖）

刘　鲁　（嗔怪地）嗯——

韩　岐　（醒悟）谢过岳父大人！（欲跪拜）

〔勒欢在旁早已不可忍耐，一个箭步冲了过来，推开韩岐，抢先拜了下去。

勒　欢　见过岳父大人！

刘　鲁　（不解地）这是为何？

韩　岐　（大怒）来人，赶了出去！

〔二官兵将勒欢架走，众山民、众官兵随下。

勒　欢　（边走边喊）岭南侯，你不够朋友，这岳父应该是我来拜的！

〔刘鲁愕然。

〔收光。

第三场　哭嫁婚变

〔入夜，军营。

〔红烛高照，秋月朗朗。丹霞对镜梳妆，似有所思。

〔女声伴唱声起：“红烛艳，秋月明，笙歌鼓乐闹军营。清风乱幽怀，谁解嫁娘心?

丹　霞　（唱）春日里匆匆别帝京，金戈铁马骆越行。曾梦想，马背牵来红罗帐，军歌引得鸾凤鸣。谁承望，十月惊雷动南岭，来了个风情万种唱歌人。刑场笑谈风月事，刀丛窃取女儿心。莫不是，前世欠有相思债?没奈何，输了山歌乱了情。

〔刘鲁微醺上。

刘　鲁　王儿……

〔丹霞仍在沉思之中。

刘　鲁　王儿!

丹　霞　（回过神）爹爹……

刘　鲁　你这丫头，做事也太离谱——私下出逃，也还罢了，你竟然和那蛮王对什么情歌，也不怕丢了身份。

丹　霞　我看那蛮王挺好，京城里的状元，未必赶得上他。

刘　鲁　是吗?（玩笑地）那为父就请旨皇上，将你下嫁岭南，要你一辈子在这蛮荒之地，做个山野村妇可好呀?

丹　霞　（被说中心事，撒娇地揪住刘鲁胡子）我让你说!你再说嘛……

刘　鲁　呀……好了好了，小祖宗，为父告饶。

〔丹霞笑着住手。

刘　鲁　都怪为父从小惯坏了你，越发不懂规矩了。这下好了，有人代我管教你，为父可落得清闲!

丹　霞　原来爹爹是贪清闲，要把女儿推出门呀。哼，要是女儿过得不好，我让你赔个丈夫!

刘　鲁　（大笑）丫头，你就放心吧!岭南侯虽出身贫寒，但胆识过人，文武双修，是个不可多得的帅才，连为父都敬他三分。寻得这样的好郎君，我儿福分不浅啊!你娘她在九泉下，也可瞑目了……

丹　霞　（悲从中来）娘亲……

刘　鲁　好了好了！大喜日子，莫哭哭啼啼的……（语重心长地）丫头，往后再不可像从前那样任性，凡事都要三思而行，严守妇道，方可助你夫君成就大业……

丹　霞　（心烦意乱）孩儿知道了，爹爹请歇息去吧！

〔刘鲁下。

〔侍女手捧婚装上。

侍　女　启禀郡主，岭南侯差人送来新衣。

丹　霞　放过一旁。

侍　女　吉时将到，郡主还是试试吧。

丹　霞　（无奈）也罢，那就试试。

侍　女　（为丹霞试装）好漂亮！（作揖）见过侯爷夫人！

丹　霞　罢了。备好马匹，帐外散心去。

侍　女　遵命！（递过马鞭）

〔丹霞策马出帐，被王将军、李将军拦阻。

王将军　请郡主转回。

丹　霞　这是为何？

王将军　岭南侯有令，郡主不得离开营帐。

丹　霞　嗬，我还没嫁他呢，就管起我来了？以后还了得？（发火）我今天偏要出去走走。

李将军　（再拦）请郡主转回。

丹　霞　（冷笑）你们真的不放我过去？

王将军
李将军　末将不敢违抗军令！

丹　霞　混账！（抽了王将军一鞭）

王将军
李将军　（坚定地）请郡主回营！

丹　霞　（气极）岂有此理！

〔韩歧上。

韩　歧　丹霞，为何在此胡闹？

丹　霞　哼！（转身不理）

韩　歧　丹霞，你将是岭南侯夫人，应守规矩。疯疯癫癫到处跑，成何体统？

丹　霞　（惊诧）你是说我？

韩　歧　无端殴打将领，有失身份，今后不可如此。去，向王将军赔礼！

丹　霞　（冷笑）岭南侯好大的口气！

韩　歧　（无奈地）你要耍郡主脾气，回京城去耍，这可是军营。

丹　霞　是吗？

韩　歧　听着，我要与你约法三章。

丹　霞　好嘛，我倒要洗耳恭听。

韩　歧　第一，你虽贵为郡主，既嫁与本帅，就该遵守妇道，改一改你的脾气。

丹　霞　第二呢？

韩　歧　在家从父，出嫁从夫，此乃女子美德。婚后你必须安守内室，不可抛头露脸，让将士们笑话！

丹　霞　三呢？

韩　歧　为国以礼，君臣有别，贵贱有序；为家以礼，夫妻有别，长幼有序。南蛮之地，缺少礼教——你将是侯爷夫人，当谨慎检点，身体力行，为万民做个表率。

丹　霞　（气极而笑）好个约法三章！既然如此，我也和你约它三章。

韩　歧　请讲。

丹　霞　第一，我要你每晚给我唱情歌……

韩　歧　（打断）胡扯！你把我当成你的歌奴吗？

丹　霞　我看你远不及他……

韩　歧　（怒）迎亲时辰要到了，我没功夫和你胡闹。快打扮起来，准备上轿吧！（下）

丹　霞　（气极）这是结亲吗？分明是让我做囚徒！（愤怒地将头饰扔到地上）本郡主今天不嫁了！

〔暗转。月华如水，天地透明。

〔“哭嫁歌”轻起，如泣如诉：“娘呀娘，你狠心送女去嫁狼（郎），今后日子哪样过？思乡想娘哭断肠……”

〔歌声中，姐美率众少女舞蹈上。

丹　霞　（踏歌寻觅）这是什么歌，如此伤怀？

勒　欢　（抱月琴出现在月光下）是“哭嫁歌”……

丹　霞　（惊喜地）勒欢，是你吗？

勒　欢　郡主大喜，我与众姐妹特来哭嫁唱别。

丹　霞　哭嫁？

勒　欢　我家女人要跟别人走了，心里有苦说不出，也只好放嗓哭它一场。

〔众少女舞蹈。

勒　欢　（唱）姐呀姐，你忍心丢哥在路旁，你一步走错错一世，夜夜山猪上妹床……

丹　霞　（闻歌掩面）你……讲得好怕人！

〔姐美率众少女下。

勒　欢　阿姐，你要是真的害怕呀，勒欢有办法帮你。

丹　霞　什么办法？

勒　欢　比方讲，我们骆越妹仔，要是不喜欢郎家，她就和心爱的男人一起逃进深山，不落夫家。

丹　霞　（惊讶）不落夫家？

勒　欢　等来年，有了娃仔，生米煮成熟饭，再回部落，给原先的男人赔几斗米，认个舅爷，恩怨就了结了。

丹　霞　赔米认舅？（神往，转而沮丧）可惜丹霞不是骆越女子……

勒　欢　可阿姐是有情有意的女人啊……

丹　霞　（动心）你是说，我该学骆越女子，不落夫家？

勒　欢　阿姐心里也是这样想的吧？

丹　霞　呸！深山野岭的，你叫本郡主住哪里呀？

勒　欢　山中到处是岩洞，冬暖夏凉，那才真正叫洞房呢！

丹　霞　住岩洞？不去不去！本郡主金枝玉叶，住那种地方，岂不成了山野村妇了？

勒　欢　那我就是砍柴樵夫，夫唱妻和，天配一对嘛！

丹　霞　（不禁笑了）如此倒也有趣。

勒　欢　（激动地）阿姐你答应了？

丹　霞　呸！（变色）越礼逃婚，有背纲伦，岂是郡主所为？要是让父王知晓，不打断我的腿才怪呢！

勒　欢　这……

丹　霞　再说了，那深山老林，怪寂寞的，怎生打发日子呢？

勒　欢　我给你唱歌呀。

丹　霞　对呀，我要你天天给我唱歌！

勒　欢　那我就天天给你唱歌。

丹　霞　（拍掌）好呀，我要听情歌！

勒　欢　（拍拍肚子）我这里装有十万八千箩。（兴奋地放歌）“哎……”

丹　霞　（转念）不行不行，我还是不能去。

勒　欢　又为何？

丹　霞　我已是岭南侯夫人，我怕伤了韩大哥的心。

勒　欢　阿姐，你就不怕伤我的心呀？

丹　霞　（无奈叹息）勒欢，多谢你今晚为我唱别，非是丹霞无情，实是父命难违，我也身不由己呀，我们还是就此别过吧！（欲走）

勒　欢　（急）阿姐，你真的走了，你不愿再听勒欢唱歌了吗？

丹　霞　（痛苦）勒欢，我……

勒　欢　（抚琴悲叹，唱）叹——姐狠心，给哥一把断弦琴。让哥弦断歌也断，从此勒欢不唱情！（摔琴）

〔丹霞回身，震惊。静场。

丹　霞　（俯身拾琴，梦呓般地）盘古开天，女娲造人，怎会造出你这多情冤家……

〔远处传来接亲的唢呐声。丹霞、勒欢惊觉。

勒　欢　阿姐，接亲的花轿要来了，勒欢告退。

丹　霞　（急）你、你去哪里？你不管我了？

勒　欢　（疑惑）阿姐，你……

〔唢呐声增大，吹破曙天。远处，刘鲁、韩歧率接亲的众官兵舞蹈而来。

众官兵　（欢谑地唱）一顶花轿悠悠地晃，我为将军迎嫁娘。迎来嫁娘进花帐呀，俺的心那个憋得慌……

〔姐美率众少女在歌声中急上。

姐　美　大王，花轿都来了，还不快抢亲？

勒　欢　（看着焦急的丹霞）人家贵为郡主，怎肯越礼逃婚？

姐　美　事到如今，也顾不得了！

勒　欢　让人家住岩洞，不成了山野村妇了！

丹　霞　（跺脚）住山洞也罢。傻瓜，你还不动手，就来不及了！

勒　欢　（大喜）郡主，勒欢得罪了！（将丹霞背在背上）

〔众少女为丹霞盖上头帕。

众少女　（喜悦地）大王好福气！

勒　欢　（情不自禁）傻妹仔，这可是我们骆越百姓的福气！（下）

〔众人随下。

〔众官兵花轿舞至前台，狂放诙谐的“花轿歌”：

一官兵　（领唱）回家去问俺的娘——

众官兵　（接唱）俺的娘！

一官兵　（领唱）孩儿何时做新郎？

众官兵　（接唱）做新郎！

一官兵　（领唱）娘说我儿轿夫命，

众官兵　（接唱）抬完新娘睡空床！

〔幕后传来奔腾的马蹄声，将军甲急上。

将军甲　启禀大人，丹霞郡主跟勒欢跑了！

〔众人大惊，韩歧变色。

刘　鲁　（气得发抖）还不快追！（下）

众官兵　是！（急下）

〔韩歧怔怔取下胸前红花扔到地上。

〔切光。

第四场　醉饮红河

〔紧接前场，红河荒滩。

〔山雨欲来，电闪雷鸣，马嘶阵阵，众官兵怒冲冲至河边。

王将军　与我杀过河去！

李将军　斩杀蛮王，夺回郡主！

众官兵　杀！

〔韩歧内呼“慢！”趟马上。

韩　歧　偃旗息鼓，撤回军营！

王将军　奇耻大辱，岂能忍受！侯爷，就让我们杀过去吧！

众官兵　杀过去！

韩　歧　违令者斩！

〔众官兵无奈驻足。刘鲁上。

刘　鲁　王儿、丹霞……

韩　岐　恩师，山高路险，你不该来此……

刘　鲁　（痛心疾首）老夫有何面目见列祖列宗于九泉之下？来日擒拿此女，定当严惩，以正纲伦！

众官兵　擒拿蛮王，以正纲伦！

韩　岐　（怒）你们咋呼什么？郡主不过耍小性子，和本帅赌气闹着玩呢！我就不信她在那山沟沟里待得住，过几天还不哭着鼻子回来嘛……（安慰刘鲁）恩师不必动怒，保重身体要紧……

刘　鲁　（满脸羞愧地）贤婿，老夫对不起你呀！

韩　岐　来人，送钦差大人回营歇息！

〔二官兵送刘鲁下。

韩　岐　取酒来！

〔一官兵捧酒上。

李将军　（接过奉给韩岐）……侯爷！

韩　岐　你等下去，让我一人在这红河边上清静片刻！

王将军　侯爷！

韩　岐　（怒）下去！

〔二将军率众官兵退下。

韩　岐　羞辱啊！（捧酒狂饮，拔剑，寻不着对象，狠狠砍向岩块，掩面，唱）羞！羞！羞！妒火烧得人难受，利剑出鞘无对手。空有十万虎狼兵，不敌骆越一歌囚！

〔幕内女声伴唱“风拍手，浪摇头，可笑可怜岭南侯。”

韩　岐　（痛楚地豪饮，唱）郡主啊，你是檀木云中栽，金枝玉叶耀九州——韩岐恨无攀云手，唯将此身觅封侯，却不料，功名不讨女儿欢，山歌一唱万事休！都道是兵来将挡，水来土掩，有甚兵器抵挡得这山歌风流？（不胜酒力，终于醉倒河滩）

〔暴风雨铺天盖地，似要将世界淹没。

〔雨过天晴，轻柔的岚气在河滩飘荡

〔山中传来众少女的嬉闹声。少顷，姐美与众少女背着竹筒沿石梯下山，到河边汲水。

姐　美　哟，水好清，下河洗个澡吧！

众少女　好呀！（纷纷下河，嬉闹戏水，一件件衣裙扔上岸来）

一少女　（发现韩歧）哎呀，有人！

〔众少女惊叫，躲入岩石背后。

一少女　（探出头来）咦，像是个兵仔！

另一少女　好耍。撩他！

众少女　撩！（唱）官兵哥哥你嚣多，哪样拿背对娇娥？别人眼睛长在前，哥眼长在后颈窝。

〔韩歧一动不动。

姐　美　这个兵仔，不理我们啵！

一少女　都不回，太不懂礼了！

另一少女　（气恼地）你看不起我们呀！

众少女　（戏谑地，唱）哥你当兵可怜多，拿根长矛当老婆——白天扛在肩上耍，夜晚拿来哄被窝。（哄笑。不见动静，越发放肆，走近韩歧）

〔韩歧挣扎欲起。

一少女　（大惊）不是兵！

姐　美　是岭南侯！

众少女　啊！（惊叫着跑入水中）

韩　歧　（哭喊）丹霞……丹霞……

一少女　你们看，他在哭。

另一少女　怪了，他连笑都不会，哪样会哭？

姐　美　他的女人不要他，跟勒欢王走了。

众少女　哦，可怜多了！（上岸，悄悄走近韩歧）

一少女　（打量）你莫讲，这个汉人细看还是蛮威的啵。

另一少女　姐妹们，我们把他抬回寨去吧，（戏谑地）拿他当几天新郎要要，好不好？

一少女　你莫癫，他醉倒像个娃仔，醒来可是只老虎，莫惹他。我们走吧！

〔众少女下。

〔姐美看着醉倒的韩歧，心有不忍，欲走又留。

〔韩歧翻过身，抓住姐美双手，泪流满面。

姐　美　（不知所措）莫哭，你莫哭呀……

〔幕内女声伴唱声起："将军去了刀和剑，一样凡胎血肉身。无人处，将军泪，更比多情女儿真……"

〔一种母性的柔情油然而生，姐美将韩歧扶起，用手轻轻擦揩他脸上的泪痕……

〔摇篮曲轻唱，恬静安祥。

韩　歧　（醒转，木然地）你是谁？

姐　美　我是姐美。

韩　歧　姐美……（茫然）我，怎么会在这里？

姐　美　你醉了，跌下河滩又哭又喊，像个娃仔……

韩　歧　（惊跳起来）我喊了什么？

姐　美　你哭喊丹霞，叫她别走……

韩　歧　（突然拔剑，阴沉地）倒霉的女子，是你运气不好，看了不该看的……（一步步逼近姐美）

姐　美　（吃惊地）你要杀我？

〔韩歧将剑指到姐美胸前，冷笑。

姐　美　（闭上眼睛，叹息一声）侯爷好可怜……

韩　歧　什么？

姐　美　郡主不要你，你只敢躲到河边来哭；姐美好心扶你，你却要杀姐美。你连姐美都怕，是吧？

〔韩歧震惊，长剑落地，欲哭无声。

姐　美　（柔情地）大哥，你哭吧，放声哭吧。这里除了姐美，再没有别人。姐美不讲，哪个都不会晓……（拾剑，奉给韩歧）

韩　歧　（感动地看着姐美）姑娘，你真好……

〔静场，远山传来天籁般的山歌声。天又黄昏，群山苍莽韩歧寻声远眺，似有感悟。

韩　歧　姑娘，你会唱很多的山歌，你……你愿意教我吗？

姐　美　（惊异地）大哥，你也要学歌？

韩　歧　我为山歌所败，不得不服。可我该知道，我的对手为何物呀……

姐　美　（笑）要学歌啊，你先听我讲……

〔山歌在河谷间回荡。

〔韩歧正襟危坐，众官兵悄然而上，静坐倾听。

姐　美　（娓娓道来）听老人讲，我们的歌祖是棵会唱歌的古树，每片叶子都是一首歌，它唱了九千九百九十年。叶子落了，落在河里，水就会唱歌；飘在风中，风也会唱歌。吃河水、吹山风长大的骆越人都会唱歌。后生哥不会唱，没有妹仔爱他；妹仔家不会唱，找不到婆家……出嫁有哭嫁歌，生仔有怀胎歌，赶圩走场唱情歌，盘歌猜歌浪花歌，嘹歌排歌勒脚歌……骆越人，从生到死都离不开歌……

〔山歌声增大，渐近渐强，如水漫来。众官兵沉浸于歌声，如受洗礼。

〔光渐收。

第五场　春孕云岭

〔次年阳春，云岭深处。

〔欢快的伴唱声起：“千山外，水流长，鹧鸪声声啼春光。浓情酿熟合欢果，山歌唱醉温柔乡。”

〔光渐亮。丹霞与众少女在麻栏前织锦，各色彩锦晒满山林溪畔。

丹　霞　（唱）自那日逃婚进山岗，娇郡主成了山大王——结茅舍伴渔樵自甘寂寞，饮土酒食米粥且乐清狂。结亲不拜天和地，只拜歌神做媒娘。

众少女　（唱）有歌深山变闹市，有歌麻栏胜天堂。长夜拥歌当枕睡，寒天织歌做罗裳

〔众少女在溪畔浣锦晒锦，捶捶打打，好不热闹。

〔卜加、妲美、众头人上。

妲　美　（高兴地）阿姐，我阿公给你们送供米来了！

丹　霞　山高水远的，长老费心了！

卜　加　郡主不必客气。

妲　美　阿公，应该叫王娘。

卜　加　王娘？（淡淡一笑）我们骆越人的王娘，二十年前生下勒欢王，已被蛙神召上天了……（稍顿）勒欢王呢？

丹　霞　打猎未归。

卜　加　众头人，卸下供米，歇息去吧！（下）

〔众头人、众少女随下。

丹　霞　（看着众人背影，忧心地）长老和众头人像是不肯认我嘛。

妲　美　人讲骆越王娘是蛙神转世，郡主你除非……

丹　霞　除非什么？

妲　美　除非阿姐帮我们生下小王（转话题）郡主阿姐，部落里这几天好热闹，岭南侯韩大哥颁布政令，开垦荒地。听讲又要开河道，还会有好大的船要开来啵！

丹　霞　岭南侯宽容大度，真是骆越人的福星。

妲　美　韩大哥还拜我做师傅学会了好多山歌哩……

丹　霞　（注视妲美，似有所思）人讲妲美是骆越最美丽最善良的姑娘，果然不假。

我要是个后生哥呀，也会一见倾心。

姐　美　姐美再好，也比不上阿姐一根小指头呀。听勒欢王讲，阿姐是蛙神送来的女人，骆越人要得郡主做王娘，就有靠山了，以后再也不用打仗，太平日子会长长久久下去。阿姐，要真是那样，骆越人会几感谢你哟！

丹　霞　各人有各人的造化。姐美呀，难讲有一天我也会叫你一声侯爷夫人呢！

姐　美　（羞）阿姐……

丹　霞　姐美，我送你一样东西。（从麻栏里取出新婚时的嫁衣）这是你韩大哥送的，如今我是用不着了……

姐　美　（惊喜）呀，好漂亮的衣裳！（穿上，学丹霞步态）“来呀，备好马匹，帐外散心去！”

丹　霞　好个丫头，真正像个汉家郡主了……（欲呕吐）

姐　美　阿姐，你不舒服呀？

丹　霞　没什么……

姐　美　阿公，你快来，阿姐她、她要吐……

〔卜加上，注视丹霞。

〔众头人上。

卜　加　（关注地）郡主近来饮食可好？

丹　霞　这……不思饮食……

卜　加　（为丹霞把脉，少顷，惊喜地）天送吉祥，天送吉祥啊！（大喜过望，跪到丹霞面前）卜加拜见王娘！

丹　霞　（疑惑）长老，这是为何？

卜　加　（对众头人）快快请回勒欢王！准备搬回部落赔米还情。（对姐美）你在此好好侍候，不得粗心！

姐　美　（不解）阿公，哪样事嘛？

卜　加　傻妹仔，我们骆越人要有小歌王了！（大笑而下）

姐　美　（惊喜）阿姐，从现在起，我要喊你王娘了。（向内大喊）姐妹们快来呀，我们有小歌王！

〔众少女上，欣喜地围住丹霞。

众少女　拜见王娘！（唱“怀胎歌”）怀胎正月正，王娘好精神；脸挂七彩霞，祥云绕福身。

〔众少女为丹霞梳洗换装。

姐　美　（唱）怀胎三月三，姐喊要吃酸；龙肉不合口，嘴淡眼睛馋。

众少女　（唱）怀胎五月五，仔未懂礼数；拳打又脚踢，肚里练功夫。

丹　霞　（唱）怀胎七月七，娘心甜似蜜；夜半挑灯起，赶缝小娃衣。

〔勒欢内唱：“怀胎八月八，烧香敬神蛙——”上。

勒　欢　（唱）蛙娘送贵子，落地就喊爸！

丹　霞　喊妈！

勒　欢　喊爸！

〔众人笑。

丹　霞　（唱）怀胎九月九，夫莫嫌妻丑——身坐火塘边，肚在大门口。

众　人　（唱）怀胎十月整，花婆来接生。生下小歌王，降福骆越人！

〔众少女下。

勒　欢　王娘，恭喜你了！

丹　霞　夫君同喜！

勒　欢　（扶丹霞）来来来，王娘坐稳，我要先给娃仔传歌。

丹　霞　（喜悦地）请师傅指教！

勒　欢　本歌王要先传他唱歌的道理。

丹　霞　（正襟危坐）孩子，仔细听来——

勒　欢　（唱）哎——喝口水酒润嗓音，腹中徒弟你听清。山歌民谣千百首，不懂歌理唱不明。唱歌先讲打比方，铜铃打鼓两重音。看见驼背莫唱驼——

丹　霞　（接唱）要唱天下有奇峰。

勒　欢　（唱）看见瘸子莫唱瘸——

丹　霞　（接唱）要唱人间路不平。

勒　欢　（唱）田螺肚里弯弯转，歌路打转才耐听。

丹　霞　有道理，唱下去！

勒　欢　（唱）人讲唱歌靠喉咙，我讲诀窍在脚跟。

丹　霞　（大惑）脚跟？

勒　欢　（唱）骑匹矮马天下行，南疆北土拜歌神。圩场斗酒寻佳句，

丹　霞　（接唱）书斋抚琴论歌经。

勒　欢　（唱）偷得《诗经》风雅韵，

丹　霞　（接唱）吟成勒脚排歌声。

勒　欢　（唱）汉家诗文骆越歌，

丹　霞　（接唱）日月胸襟唱歌人。

勒　欢　（唱）喝尽三江五湖水，开口四海八方音。

勒　欢
丹　霞　（唱）再讲山歌情为本，唱歌要紧是真情。情到深处歌潮涌，春江水涨天飞云。顽石为情也落泪，旱天为情响雷霆。万首山歌同一理，有情山歌才有魂。

〔童声伴唱重复后两句。

丹　霞　（惊喜地）勒欢，你徒弟像是听懂了……

勒　欢　（贴近丹霞，倾听胎音）听，他在跟到唱呢！

〔霞光似锦。

〔光渐收。

第六场　赔米还情

〔红土荒原。春晓。

〔幕内传来粗犷的吆喝声："开犁！"

〔马嘶阵阵，热闹非凡。众将士布衣短衫，打马扶犁，吼着山歌，做垦荒舞状过场。

〔山坳上，众少女挑秧舞过场。

〔男声伴唱声：“呢喂——阿哥打马进山坳，见妹挑秧走山腰。妹是好田哥是犁，插秧播种乐逍遥。”

〔歌声此起彼伏，粗犷诙谐，山谷回音。

〔韩歧荷锄上。

韩　歧　（唱）习习春风二月天，铸剑为犁拓新田。轻雷动南岭，蛙鼓兆丰年。数月里废寝忘食为政勤勉，做了这岭南父母一方青天。强忍羞辱与私怨，只把皇命放心间。拓荒坡，播五谷，息烽火，燃炊烟，易陋习，倡礼乐，疏河道，迎商船——古来百越蛮荒地，今日变作小中原。

〔王将军上。

王将军　禀侯爷，骆越百姓杀猪宰羊，前来犒劳众将士。

韩　歧　吩咐众将士，好生相待。

王将军　是！（下）

〔姐美挎竹篮上。

姐　美　哟，都讲岭南侯骑马打仗厉害，哪晓得还会种田啵！

韩　歧　骑马打仗之前，我在家就是种田的嘛！

姐　美　（倍觉亲切）难怪你不嫌姐美……骆越人都讲你好哩！（从篮中取出酒）韩大哥，山里头早上冷，你喝口酒暖和暖和。

韩　歧　（嗅酒）好酒呀……（欲接酒碗）

姐　美　（收手）大哥，按规矩来……（示意，要揪韩歧耳朵）

韩　歧　这个……（四望无人，笑）那就按规矩来……（顺从地让姐美揪耳朵灌酒）

姐　美　（笑）这碗酒，你总算挨喝了！

〔韩歧凝视姐美，似有醉意。

姐　美　（羞涩地）韩大哥，你看哪样？

韩　岐　（尴尬，找话题）嘿嘿，姐美，你教了我那么多的山歌，我该怎样谢你呢？

姐　美　以后都是一家人了，客气哪样？（发现说走了嘴，忙转话题）要讲谢，我要先谢你嘛，你送我的东西我好喜欢。

韩　岐　（惊奇）什么，我何时送你东西？

姐　美　（神秘地）等勒欢王来了，你就晓得。（跑下）

韩　岐　（一怔）勒欢？

〔李将军上。

李将军　启禀侯爷，丹霞郡主与勒欢王求见！

韩　岐　（烦躁地）不见！

〔勒欢与丹霞上，李将军欲拦，丹霞将他推开。

〔韩岐欲下。

丹　霞　（深深一揖）韩大哥，小妹这厢有礼了！

勒　欢　岭南侯，好久不见，你瘦多了啵……

〔丹霞瞪勒欢一眼，勒欢意识到唐突，收口。

韩　岐　（冷笑）勒欢，你真够大胆，还敢来见我？（抽出李将军腰间剑，抛给勒欢）来来来，是好汉我们先斗三百回合。

丹　霞　（劝阻）韩大哥，勒欢他、他是诚心诚意来赔礼的……

勒　欢　是啊，生米都煮成熟饭了，不来赔礼哪样得？总不能让王娘一辈子住在山里呀！

韩　岐　（恼怒）你　……（捏拳）我真后悔当初没有杀了你！

丹　霞　（急上前）是呀，当初真该杀了你，省得惹大哥生气。（赔笑）韩大哥，小妹年幼，不知深浅，得罪了大哥，还望多多包涵。（作揖）

韩　岐　（无奈，叹气）罢了。郡主还是先去见过你父王吧！你要多赔小心，求他老人家原谅。

丹　霞　多谢大哥！（欲走，不放心）你们……

勒　欢　王娘去吧。我们男人的事，自己了结，大不了挨一顿打，松松筋骨，不要紧的。

丹　霞　韩大哥，勒欢他只会唱歌，你要打他，要轻点啊……（下）

〔静场。

勒　欢　韩大哥……噢，岭南侯……你……你也种田啊……

韩　歧　（喝断）有话快讲！

勒　欢　（赔笑）我今天……备下了几斗好米，嘿嘿，要赔给你啵！按你们的话，喊做“负荆请罪”。

韩　歧　赔米？……免了！

勒　欢　要赔，要赔，打死也要赔。按我们的规矩，赔完了米，还要认舅爷啵！

韩　歧　（不解地）谁是舅爷？

勒　欢　哦，你听我讲嘛——你认丹霞之父为师，丹霞就要认你为兄，你就得承认丹霞是你老妹，我就是你老妹夫，以后我的娃仔就要喊丹霞之父做外公，那当然就喊你舅爷了。

韩　歧　（哭笑不得）荒唐！

勒　欢　哎，哪样荒唐嘛，这可是祖先定下的规矩！大哥要是不领情呀，人家会讲你不懂礼数。

韩　歧　（冷笑）礼数？你也配讲礼数？（光火）你抢人媳妇，私婚野合，胆大包天！要不是看在骆越百姓分上，我……

勒　欢　大哥，你这样讲勒欢就不服了！（认真地）郡主她歌场输了山歌，答应嫁我做老婆，按你们的话讲，就是我家“娘子”。是大哥你不讲礼数，抬花轿来抢我家娘子，害得我与娘子躲进山沟，住岩洞吃米粥受几多清苦！按理讲该是你来给我赔米才对。

韩歧你　你……你（竟不知如何作答）我与你这蛮子尿不到一壶！

勒　欢　（从容地）尿不到没关系。不过话讲回头，大哥来到岭南，帮我们开田垦荒，疏河通船，得骆越百姓爱戴，我这做王的，也就不计较了。今天我们理要讲明，米要赔清，这舅爷也要认下——（对内）来呀，赔米认舅！

〔众少女、众山民、众头人担米舞蹈上。卜加随上。

勒　欢　（唱“赔米歌”）一担糯米白花花，赔给舅爷包粽粑。若是礼数还不到，再搭腊肉两三挂！

韩　歧　（不知如何对答）这……（欲下）

勒　欢　（急忙拦住）莫走！

众少女　（唱）两担香米黑油油，赔给舅爷熬甜酒。好酒开坛十里香，几多情义在里头。

韩　歧　我已戒酒，免了！（又欲下）

勒　欢　（再拦）舅爷，还有啵！

众头人　（唱）三担谷种黄又黄，赔给舅爷播春秧。新开良田栽好苗，禾生九穗送吉祥！众人请舅爷收下！

韩　歧　（为难地）唉！

勒　欢　（叹气，对卜加）阿叔啊，看来我们的礼数还不够，你看……

卜　加　（拍掌，对幕内）来啊！

〔鼓乐声中，二山民抬大铜鼓上，鼓上坐一壮锦蒙面的女子。

〔韩歧一时愣住。

勒　欢　舅爷，请看！

〔勒欢揭开红绸，姐美端坐鼓上，她身着汉家婚装，光彩照人。

韩　歧　（情不自禁地）郡主！

勒　欢　舅爷，看清楚，莫搞错啵！

姐　美　韩大哥！（下鼓，学丹霞步态，作揖）“小妹这厢有礼了！”

韩　歧　姐美……是你！

姐　美　你给郡主的衣裳，她送给我了。韩大哥，你看，我穿起来漂亮吗？

韩　歧　（情不自禁）漂亮！

众山民　（亲热地）舅爷……

韩　歧　（对勒欢）我真拿你没办法。如此，谢过了！

〔众人欢呼。

〔将军甲急上。

将军甲　启禀侯爷，丹霞郡主回营谢罪，被钦差大人绑在帐中，要送往京城治罪！

〔众人大惊。

勒　欢　（急切地）舅爷，王娘已有身孕，千万不能让她走呀！

韩　歧　就是我收下你的米，钦差大人也难认你这个婿呀！（急下）

卜　加　勒欢王，死活都要留下王娘，你快拿主意！

勒　欢　摆拦路歌阵！

〔光急收。

第七场　红土歌潮

〔紧接前场，红河坳口。

〔挥旗猎猎，号角长鸣，众官兵持戈肃立。

〔韩歧、刘鲁、王将军、李将军上。

刘　鲁　岭南初定，百业待兴，贤契任重道远，就此别过吧。

韩　歧　恩师放心，学生当竭力报效朝廷，不负重托。只是…… 郡主她……

刘　鲁　老夫主意已定，送京治罪，告诫天下。

〔丹霞内呼“放开我！”冲上，二官兵随上。

丹　霞　（威胁地）你们敢胁迫本郡主？待我告知皇帝叔叔，你们吃罪得起吗？

二官兵　禀大人，郡主她不肯上马。

刘　鲁　孽女！犯下大过，还敢如此放肆！

丹　霞　告爹爹，孩儿无过。

刘　鲁　你不守妇道，私婚蛮王，已是十恶不赦，为父的脸都被你丢尽了，还说无过！

丹　霞　女儿下嫁岭南，换得一方太平，正似昭君、文成公主所为，爹不为儿骄傲，反以为过，儿心不服。再说了，爹爹从小只教孩儿习文弄武，吟诗仗剑，也没让儿守什么妇道呀！

刘　鲁　（气得发抖）你、你、你还敢饶舌……来人，将孽女押解上马。

丹　霞　爹爹，女儿不回京城！你要把儿逼急了呀——（突然抽出一官兵的腰中剑）我就让你没女儿！（做自刎状）

韩　歧　（大惊）郡主，有语好说……（夺下丹霞手中剑）

刘　鲁　（无奈地）这……这……

〔一官兵内呼“报！”急上。

一官兵　大人，前面有人拦路！

刘　鲁　哦！

韩　歧　（向前方望望）是骆越人送客摆的拦路歌阵……

丹　霞　（欣喜地）这下有你好看的了！

〔梆声阵阵，山呼水应。姐美率众少女上。

众少女　（唱“拦路歌”）盘山河水九道弯，拦路歌阵三道关。行船无舵过滩险，唱歌不赢过关难！

刘　鲁　你等拦路为何？

姐　美　求钦差爷爷放了王娘！

刘　鲁　理由何在？

姐　美　大人！（唱）金屋金门安金锁，金打秤钩配金砣。金鸡本该配金凤，拆散良缘理不合！

刘　鲁　（唱）不装大门何用锁？不打秤钩何须砣？不要王法和祖训，家不家来国不国！

众少女　（唱）北栽大蒜南栽葱，王法族规各不同。强拿牛蹄钉马掌，木棍吹火你不通！

刘　鲁　（唱）孽女难为万民母，逆父背夫罪当诛。倘若女子皆效仿，天下谁敢做丈夫？

姐　美　这……

刘　鲁　理不服人，让道吧！

姐　美　（急）韩大哥，你哪样不做声啊？

〔韩歧无语。

〔众官兵推开众少女，打马前行。

〔铜鼓声起，深沉厚重。

〔拦路歌阵变化成鼓阵。姐美率众少女隐去。

〔卜加与众头人跪伏道中。

卜　加　卜加率骆越众部落头人恭候钦差大人。

刘　鲁　老人家，你白发苍苍，这是为何？

卜　加　请留下王娘！

众头人　请留下王娘！

刘　鲁　此乃老夫家事，与你等无关，请起！

卜　加　大人啊！（唱）王娘虽是官家女，族人敬她为蛙神。有她田禾生九穗，离她宗庙要断根！

刘　鲁　长老言重了！（唱）禾生九穗靠勤耕，王道教化是甘霖。若将逆女比天神，从此无人登庙门。（白）长老德高望重，本王不予计较。众侍卫，开道！

卜　加　王爷慢行！（跪至刘鲁马前，唱）昨夜蛙神降福音，王娘已有孕在身。耐烦等到秋风起，恭喜王爷抱外孙。

刘　鲁　（大惊）啊！逆女她……

韩　歧　长老所言不差。

刘　鲁　（掩面）羞杀老夫也！来人，与我棍棒开道！

韩　歧　恩师息怒！（对二将军）快将长老扶起！

〔将军扶起卜加。

卜　加　老王爷，卜加礼数已到，若再不肯留下王娘，卜加这颗白头还要它何用！

众头人　（拔刀）拼死留下王娘！

〔众官兵护住刘鲁，双方剑拔弩张。

〔丹霞急上。

丹　霞　长老阿叔，休得如此！丹霞做的事自己承担，不要为了丹霞伤了和气。（含泪）爹爹，女儿不孝，愿受重罚，求你不要为难骆越乡亲！女儿随你回京城就是了。

卜　加　（悲恸）王娘！

众头人　（大恸）王娘！

〔卜加与众头人跪伏。

刘　鲁　（扶起卜加，恳切地）卜加长老，你我都是白发之人，怎无慈爱之心……何况老夫膝下只此一女。休怪老夫不近情理，实是这王法纲常不可违啊！

〔停顿片刻。

韩　歧　王将军！

王将军　在！

韩　歧　拦住骆越头人，不得伤害！

王将军　是！

韩　歧　李将军！

李将军　在！

韩　歧　保护钦差、郡主，抄小道前行！

李将军　是！

〔王将军率官兵长矛架住众头人将其推下。李将军在前打马，领刘鲁等转小道。

〔暮色中飘来吹木叶的声音。

王将军　（止步，眺望）哎呀，不好！

刘　鲁　（惊慌）怎么？又有人拦路？

〔勒欢独自出现在山岩上。

勒　欢　岳丈大人，女婿在此恭候多时了！

刘　鲁　哼！（扭身一旁）

丹　霞　（激动地）勒欢哥！

勒　欢　王娘，让你受委曲了……

丹　霞　（悲喜交织）我还以为，今生今世再见不到你了……

勒　欢　王娘讲哪里话，我们夫妻是糍粑命，这一世注定要粘在一起的，哪个拆得开？

丹　霞　父命难违，只怕……（流泪）

勒　欢　王娘莫忧，勒欢今天既然摆下拦路歌阵，就是唱干红河，也要把你留下！

刘　鲁　（冷笑）就凭你单枪匹马一人，也敢阻拦老夫？

勒　欢　岳丈你还嫌不够热闹是吗？（跳上岩石）岳丈请看——（对群山放开歌喉，唱）哎——高山打鼓响雷霆，水涌风生山回音。歌排云阵岭连岭，不怕老天不留人！

〔歌声落处，千山回唱。远山出现火把，宛如长龙。

〔众山民踏唱击鼓而来，鼓阵绵绵，漫山遍野。

〔刘鲁及众官兵惊愕。

王将军　元帅，如此阵势，只怕来者不善！

韩　歧　排开战阵，保护王爷！

〔众官兵护住刘鲁，紧张对峙。

勒　欢　岳丈休惊。这是骆越众部落的父老乡亲，为勒欢求亲来了。（上前，深深一揖）岳丈啊，今天我们来唱它一板拦路酒歌，若是唱得在理……

刘　鲁　（打断）免了，你那些俚语野调，老夫不听，省得红河洗耳！

勒　欢　岳丈啊！（唱）火烧芭蕉心莫焦，莫把山歌比野调。勒欢平生只唱情，今天学唱理一条。先唱百越荒蛮地，不比中原有舜尧——钟鼓鸣凤阁，百官穿锦袍，礼乐倡教化，文采弄风骚。拜岳丈我是拜天恩，敬王娘我是敬圣朝！

丹　霞　（情不自禁）唱得在理！

勒　欢　（唱）深山郎仔见识少，年年唱歌半山腰。幸得王娘不嫌弃，牵手上山见天高。岳丈若是伤王娘，是伤骆越众父老；岳丈若肯认郎仔，红河如歌水如潮！要讲忠，这是忠，要论孝，这才孝——为忠为孝拜岳丈，不怕石板跪成槽！（白）小婿勒欢拜见岳丈大人！（下跪）

〔刘鲁背身不理。

勒　欢　岳丈啊！王娘逃婚，错在勒欢。如要治罪，该治罪勒欢。求岳丈将勒欢绑了，带回京城，代王娘受过！

丹　霞　勒欢哥……（对刘鲁）爹爹呀，你若治罪勒欢，女儿也活不成了！丹霞已怀有骆越小王，他是女儿的命，是骆越的根，女儿多想把他生下来，听他亲亲热热喊爹爹一声外公呀……求你成全我们和腹中的小外孙吧！（跪求）

刘　鲁　（感情复杂）这……

众山民　（跪下）留下王娘！

〔千山回荡，百谷轰鸣。

〔韩歧下马，跪在刘鲁马前。

刘　鲁　（大惊）啊！贤契这是为何？

韩　歧　（动情地）恩师，韩歧身为岭南父母官，愿代骆越百姓求情，求王爷赦免郡主，认下女婿！

刘　鲁　（大惊）贤契，你、你也劝阻老夫？

韩　歧　恩师啊，一年来，韩歧深知骆越民心纯如清泉，拦路求亲真情感天，苍天有眼，都会流泪，有这样的百姓，韩歧知足矣！恩师啊，想我十万将士，去国离乡，屯田岭南，与红土作伴，为的是华夏一统，天下太平。郡主虽有小过，但和亲岭南，骆越归顺，上不违圣意，下顺乎民心，实是我朝之大幸！恩师若不肯认亲，只怕岭南烽火又起，民心动荡，韩歧有负皇恩啊！（解下佩剑，递上）请恩师先将学生治罪！

刘　鲁　（震惊）这……

卜　加　卜加和骆越众部落头人愿代王娘受过！（与众头人跪）

姐　美　（跪到韩歧身边）姐美与众姐妹愿代王娘受过！

众山民　（跪）求王爷留下王娘！

众官兵　求大人留下郡主！

〔山谷回荡，石破天开。悠远嘹亮的山歌陡起。

刘　鲁　小女何德，让百姓如此错爱？也是她的福分，老夫还有何说……（长叹，老泪纵横）你等都起来吧，老夫愿应承这门亲事！

〔众人雀跃欢呼。

勒　欢　来呀，上酒！

〔酒歌起，欢腾豪迈，众人狂欢舞蹈。

〔酒歌声中，霞光似锦，百姓仰目。

尾　声

〔次年。

〔音乐辉煌庄严，预示着新一代歌王的诞生。

〔骆越山民匍匐伏红土，虔诚等待……

〔黎明的晨曦中，传来嘹亮的婴啼。

〔男童歌声响起："老子生来会唱歌，唱天唱地唱山河。唱得日月倒转走，唱得江海息风波。"

〔多声部民歌带着南北两大主题汇成交响。

〔云飞霞涌，红日喷薄而出。

〔众山民举起双手，感谢苍天……

〔卜加、刘鲁携手从朝阳升起的地方走来。

〔韩歧、姐美携手走来。

〔勒欢、丹霞抱着初生婴儿缓缓而来……

〔音乐回荡。

〔幕落。

——剧终

| 作品点评 |

《歌王》在突出戏剧冲突和刻画人物性格时，运用的是再现性与表现性相结合的艺术手法。再现性具有描写客观事物形态的写实性，表现性则侧重于对主观情感传达的抒情性，两者结合运用才能达到艺术的完美统一。《歌王》更倾向于舞蹈诗意的抒情性特点，以“情”的核心，交替现实与想象空间，使作品蕴含深邃意境，冲破舞台有限的时空，升华为“无限”。同时，又使“无限”在有限的时空范围内得到呈现。这种震慑心弦、荡气回肠的艺术张力，深化了主题，给人留下难忘的印象。

壮剧《歌王》正是对“强化舞蹈美的结构”、“舞蹈价值”和“舞蹈诗意”追求的同时，极大地发挥了舞蹈的艺术特性，才呈现出当代戏曲舞蹈发展的趋向，使舞蹈在其自身的领域中，以艺术精神的传统性与开拓性去揭示生命的意义，进而将人类精神推向一个高度。

——董俊平:《论当代戏曲舞蹈的发展趋向——壮剧〈歌王〉的启示》,《戏曲艺术》1998年第4期

骆越是一个善于歌唱的民族。自古以来，他们便以善唱为人称道。汉代刘向在《说苑》一书中记述了一则“越人拥桦”而唱“越人歌”，使楚君子倾心的故事。越人曾被楚国打败，流散在各地，有的还逃到海上。可是他们仍在唱着自己的“越人歌”，保存着自己的民族文化。即使在征服者面前，也敢放声歌唱。民族的歌谣，作为一种文化，植根于民族生活的丰厚土壤中，凝聚着民族的智慧与创造，是民族

情绪、民族精神、民族性格的直接体现，是民族审美情趣、审美意识的结晶，也是民族历史文化的写照。它是本民族人民重要的精神食粮，深受人们的热爱。民间有说："歌养人心饭养身"。如果说，文化是人类的生活方式与生存方式的重要表现，那末，对于一个有歌唱传统的民族来说，歌唱文化则是这个民族生存发展的一个基因，是须臾也不能离开的。没有歌唱文化，这个民族就可能暗淡无光。壮族作为骆越人的后裔，现在仍然生活在歌的海洋中，近人刘锡蕃在《岭表纪蛮》写着："壮乡无论男女，皆认唱歌为其人生观上之主要问题，人之不能唱歌，在社会上即枯寂寡欢，即缺乏恋爱求偶之可能性，即不能号为通今博古，而为一蠢然如永之顽民。"总之，一个人的一生都离不开山歌。有了山歌，生活才有乐趣。正如剧中所唱的：有歌深山变闹市，有歌麻栏胜天堂，长夜拥歌当枕睡，寒天织歌做罗裘。古往今来，一脉相承，歌声不断，在歌声中流淌着民族的血脉，蕴藏着民族的灵魂。而当他们的歌唱文化得到别民族的理解，受欢迎，被接受，他们自然感到荣耀，觉得自豪，产生一种亲近感，乃至认同感，在感情上就沟通了。感情上的沟通，文化的认同，于是便消除了民族之间的隔阂与对抗，进而化干戈为玉帛，变敌情为友情，铸剑为犁，为创造共同的生存环境而携手奋斗，并肩拼搏。这便是新的民族融合、民族团结。这就是《歌王与将军》给人的启示，也是剧作家在现代意识观照下挖掘出来的历史精神。具体地说，民族之间只有在文化上沟通，才能相互理解，产生真正的民族团结。文化上的沟通，是民族团结的基础，是民族团结的灵魂。没有文化上的沟通，民族团结只是一句空话。这在今天仍有强烈的现实意义。

——丘振声：《文化沟通：民族团结之魂——评大型风情壮剧〈歌王与将军〉》，《民族艺术》1996年第3期

2000年代

· 齐致翔、杨戈平、王志梧《大儒还乡》

· 常剑钧《天上的恋曲》

大儒还乡

一条路与一条河的故事

齐致翔　杨戈平　王志梧

时　间　清乾隆三十六年（公元1771年）

地　点　京城至陕西的路上，陕西回京城的路上，运河望漓江的路上，传统通现代的路上，人生路上

作者简介

齐致翔（1939—），笔名雨洋，男，山东宁津人。一级编剧。著有《齐致翔、张之雄剧作集》《欲望燃情·齐致翔戏剧论文集》等。历史话剧剧本《鉴真东渡》获1980年文化部调演优秀剧目奖，历史京剧剧本《大明魂》《草莽劫》均获全国优秀剧本创作奖，历史昆剧剧本《少年游》获文化部昆剧新剧目调演优秀剧目奖，历史桂剧剧本《大儒还乡》获国家舞台艺术精品工程优秀剧本奖，现代京剧剧本《香港行》获文化部全国京剧新剧目调演优秀剧目奖。

杨戈平（1956—2012），男，国家一级编剧，代表作品有桂剧《大儒还乡》《何香凝》等。

王志梧（1948—），男，汉族。以表现桂北农村生活题材见长，其代表作《人情债》《五子图》《山风》《双上吊》《村长刘自忠》曾在区内或区外获奖，在观众中有着广泛的影响。1992年以来，先后获国务院政府特殊津贴以及文化部优秀专家、广西壮族自治区优秀专家、广西壮族自治区先进工作者、广西中青年“德艺双馨”文艺家等荣誉称号。

作品信息

《大儒还乡》（桂剧）原载《剧本》2005年第4期，入选蓝怀昌主编《王志梧剧作集》（漓江出版社2008年出版）。该剧获国家文化部和财政部颁发的“2005—2006年度国家舞台艺术精品工程十大精品剧目”奖，第十届精神文明建设“五个一工程”奖。

人　物

陈宏谋　男，76岁，大清名臣，曾任陕甘总督及各地封疆大吏，还乡前任东阁大学士兼工部尚书，广西临桂人，字汝咨，号榕门

桑　娘　女，26岁，钦犯遗孤

乾　隆　男，50岁，大清皇帝

李芝珍　70岁，陈宏谋妻

吴达信　男，58岁，陕甘总督，满洲正红旗人，陈宏谋学生

佟三秦　男，出场时28岁，长安人，陈宏谋学生，曾任长安县令

陈南孙　24岁，陈宏谋养孙，刑部主事，后任陕西布政使

老　陕　男，40岁，陕西农民

李公公　60岁，大内太监。

护卫、宫女、官员、船工、百姓等。

佟三秦之魂灵、少妇李芝珍、青年陈宏谋。

〔幕前曲合唱，雄浑悲慨："千古是非漫评量，几多叱咤几仓惶。家乡万里归不得，纵是大儒也神伤。"

序　赐　宴

〔幕启。太监李公公站在高高的台阶顶端，一束追光打在他身上。

李公公　（宣读圣旨）"奉天承运，皇帝诏曰：东阁大学士兼工部尚书陈宏谋，为官数十载，垦云南，定福建，抚江南，牧秦川，兴国利农，忠义可嘉；今请挂印辞官，告老还乡。念其劳苦功高，一生廉洁，赐御用冠服，赐御宴，为陈宏谋饯行；文武百官一同饮宴。钦此。"（隐去）

〔灯亮。宫殿巍峨，笙管齐鸣，气势恢宏。群臣候驾，宫女侍宴。

〔红光闪处，乾隆牵陈宏谋上。宫女奉御酒。

乾　隆　（站立高处，举杯）卿就要荣归故里了，朕敬你一杯酒，粤西相望天未远，祝尔平安归里人！（唱）这杯酒祝爱卿神清气朗，一路上多保重莫受风霜。毕竟是古稀人不同以往，若非卿频奏本朕怎舍得你颠簸劳碌万里还乡？朕的好股肱好爱卿，你何不能留朕身旁颐养天年乐享朝堂？

陈宏谋　（捧杯唱）圣眷犹隆臣谬享，不胜惶恐无上荣光。老来无为当归去，臣心永远伴君王。

乾　隆　赐秦绢。

〔李公公上。

李公公　（高声传谕）御赐秦绢百匹，当殿奉上啊！

〔鼓乐中，一队宫女捧秦绢鱼贯而上，将匹匹秦绢送到陈宏谋手中。众宫女翩翩起舞。

〔幕后伴唱京都“竹枝词”：“秦丝细秦绢美，轻如云柔似手。云飘万里颂君德，水托一帆载公归……”

陈宏谋　（接唱）蒙皇上赐秦绢恩深意广，丝丝缕缕好绵长。谢皇上为臣铺就五彩路，送臣一朝回故乡！（举杯过头）

乾　隆　（声如洪钟）宏谋劳心焦思，不遑夙夜，学尤醇，所致拳拳民风民俗，可谓大儒之效、百官楷模！

众官员　臣等谨记。

陈宏谋　（躬身启奏）启皇上，臣回广西之前，还要去趟陕西。

乾　隆　（意外地）陕西？秦绢织成的地方？

陈宏谋　臣二十年未曾去过了。

乾　隆　鞍马劳顿，不必去了吧？

陈宏谋　臣请皇上恩准。

乾　隆　（沉吟）自卿调离陕西之后，朕再未命你去陕西任职，知道什么缘故吗？

陈宏谋　臣不知。

乾　隆　那就去一趟吧。

陈宏谋　谢皇上。（欲跪）

乾　隆　（手一扬）不过——朕要嘱咐你几句：年纪大了，遇上烦心事，想开点儿，别钻牛角尖儿。

陈宏谋　（跪）臣遵旨。

〔灯暗。

〔追光中，桑娘蒙面出现。

桑　娘　只望潜上官船，结果陈宏谋的性命，不料他又转去长安，且护卫成群。我一路跟踪，却不能近身。看前面已是潼关，待我赶上前去。（对天呼唤）爹爹呀爹爹，无论天涯海角，桑娘定要为你报仇雪恨！（扯下面巾，露出女儿容颜，一揖，遁去）

〔光暗。

第一章　追　怀

〔月光如水。天幕下，“来福客栈”招幌斜挂半空。

〔客栈内，一灯如豆。陈南孙引陈宏谋、李芝珍进客房。

李芝珍　（唱）一路行来一路怨，苦恨绵绵不敢谈。十数年心中埋隐患，此生最怕到长安……

陈宏谋　（自语）近了，近了，潼关过去就是长安了。

陈南孙　（自语）爷爷放着城里的馆驿不住，宴请不吃，非上这荒村野店来受罪，图什么呀？皇上下旨让他们对您高接远迎，您这不是让人家犯错误吗？

陈宏谋　晓行夜宿，为早到长安。

李芝珍　（埋怨地）本来要去运河上船，你忽然要去长安，真让我惶惑不解哟！

陈南孙 我也觉得奇怪。

陈宏谋 你道爷爷为何要去长安？

陈南孙 知道，那是您当年推行桑政、织成秦绢、屡受皇上嘉奖的福地，是您露脸的地方。

陈宏谋 爷爷此去是向人还债。

陈南孙 噢？您找那儿的人借钱啦？

陈宏谋 （感情复杂地）南孙哪！（唱）莫道爷爷建树广，得意之举在农桑。见秦绢如见我艰难以往，捧秦绢如捧我热血一腔。却怎知，面对封赏我难欢畅……

陈南孙 （不解地）难欢畅？

陈宏谋 （接唱）有一笔苦情账——它比秦绢更绵长！

李芝珍 （担心地）老爷！你不要自寻烦恼啊！

陈南孙 什么苦情账？

陈宏谋 我们一起去看看你的爹娘吧。

陈南孙 您是想我死在长安的爹娘了。

李芝珍 （愈加担心地）老爷，你……

陈南孙 奶奶，长安我倒愿意去，我未来的岳父是长安的巡抚。我去给他写封信。（下）

李芝珍 （直言）老爷！你去长安，万不可将实情告诉南孙！

陈宏谋 二十年了，该让他知道了。若再不去长安，今生怕都不能如愿了。

李芝珍 （恳求地）你寄你的苦情，不要将南孙扯进去。

陈宏谋 我知道，南孙是你的命啊。

李芝珍 还有，秦绢的事情……

陈宏谋 秦绢的事情，我对不起皇上。

李芝珍 我是怕你问秦绢……

陈宏谋 不，秦绢见光，毋需再提。

李芝珍　不提了？好，好。

陈宏谋　可还有一笔账、一笔更大的至今未能还上的账——我对不起皇上啊！

〔远处隐约传来陕北信天游的歌声："秦丝细，秦绢美，轻如云，柔似水……"

陈宏谋　（心中一动）哪里来的信天游？

李芝珍　听到了，是唱你的功德，和京都"竹枝词"一样，变成陕北的信天游了。

陈宏谋　（心向往之）多年未听到了！（喊）南孙！外面有卖唱的，找来唱上一曲。

李芝珍　辛苦一天，还是……

陈宏谋　不妨事。

〔陈南孙内声："小女子请！"带桑娘上。桑娘怀抱琵琶，卖唱人模样。

桑　娘　见过老爷、夫人！

李芝珍　我家老爷爱听信天游，你挑好听的唱上一曲。

桑　娘　那我就唱一曲《桑农泪》。

李芝珍　《桑农泪》？不好。

陈宏谋　秦绢出自陕西，桑农自然辛苦。唱唱桑农的苦处，我们这些做官的会更加体恤百姓。南孙，是不是啊？

陈南孙　（对桑娘）你快唱吧。

桑　娘　小女子献丑了。（手弹琵琶，唱曲）七彩丝绢色艳浓——

陈宏谋　（高兴地鼓掌）好！

桑　娘　（情绪一变，接唱）片片入目皆殷红。浸染多少血和泪，几多冤孽经纬中。柔软锦缎索人命，杀人更比利斧凶！

陈南孙　（变色）别唱了！这哪儿是桑农的辛苦，分明是耸人的哭号！

李芝珍　是啊！这样的词曲焉能入悠扬动听的信天游？

桑　娘　信天游原要"信天"。

陈宏谋　这冤孽何人造成？

桑　娘　谬天行事、贻害百姓的昏官们造成。

陈南孙　（忍不住）你可知这秦绢之上记载着我爷爷何等的功德？

桑　娘　（无惧色）你可知这秦绢之上凝聚着我亲人何等的血泪？

陈宏谋　你道“谬天行事、贻害百姓的官员”，他是何人？

桑　娘　陕西巡抚陈宏谋、陕甘总督吴达信！

陈南孙　（怒喝）你大胆！

〔桑娘扔掉琵琶，从中拔出利剑。

陈宏谋　（惊问）你要做甚？

桑　娘　替父报仇！（举剑刺陈宏谋）

陈南孙　来人，抓刺客！

〔护卫上，与桑娘格斗，擒住桑娘。

陈南孙　（怒喊）押进柴房，听候发落！

陈宏谋　慢！就在这里审问。

李芝珍　吓煞我了，吓煞我了！

陈宏谋　（惊魂甫定）此女哪里人氏，叫何名字，她父是何人，因何刺杀老夫，何人指使：你要一一问来。

陈南孙　（恨恨地）我饶不了她！（问桑娘）说，你受何人指使？

桑　娘　无人指使。

陈南孙　为何行刺陈大人？

桑　娘　为父报仇。

陈南孙　你父叫何名字？

桑　娘　佟三秦。

〔陈宏谋、李芝珍一惊。

陈南孙　佟三秦？——朝廷钦犯！

桑　娘　二十年前被陈宏谋害死！

陈南孙　胡说！佟三秦乃皇上赐死，与我爷爷什么相干？怪事，当年皇上赐死你全家，你怎么会成为漏网之鱼？今日送上门来，你在劫难逃！来人！

〔众护卫上。

陈南孙　把她拉出去砍了！

〔众护卫架起桑娘。

陈宏谋　慢！我要亲自审问。

陈南孙　甭审了，刺杀大臣，按律当斩！

陈宏谋　搀你祖母隔壁歇息。

〔陈南孙不情愿地扶李芝珍下。众护卫随下。

陈宏谋　（审视桑娘）姑娘，我知道你父佟三秦，祖居陕西，原为长安县令，我的学生。

〔桑娘隐忍着……

陈宏谋　你还有个弟弟。本来，我要举你父为陕西巡抚，可他执意反对种桑，违逆朝廷……

桑　娘　（爆发地）所以你奏请皇上，罢他的官。他不服，上书皇上，皇上庇护你，将我父下狱、赐死！我父母都死在你手里！

陈宏谋　不！是你父太过狂傲，触怒龙颜，酿成大祸！

〔一声巨响，一扇囚门砸落在地。变光。

〔二十年前。长安狱中。佟三秦项带木枷，身披锁链。

〔护卫执火把、托酒盘、拥陈宏谋上。

陈宏谋　圣旨下。

〔佟三秦艰难跪倒。

陈宏谋　（捧读圣旨）“查原长安县令佟三秦反对桑政，对革职罢官心怀不满，屡次妄奏，肆意犯上，特赐死。”

〔佟三秦伏地不起，没有反应。

陈宏谋　（呼）佟三秦领旨谢恩！

〔佟三秦抬起头来，接过护卫递过的鸩酒，仰头欲喝。

陈宏谋　（按住酒杯）慢！你若迷途知返，戴罪种桑，为师拼着项上的顶戴，再次上奏，为你减刑。

佟三秦　老师，您知道自己错了？

陈宏谋　放肆！你临死还不明白！

佟三秦　明白。我不该奏报皇上，告老师谬天行事，指皇上误听误信。

陈宏谋　你明知秦绢是皇上赐名，桑政是皇上厉行。

佟三秦　所以，我上奏皇上。

陈宏谋　（恨恨地）难道你真的冥顽不化？

佟三秦　（幽幽地）我要走了，送老师一根拐杖。（拿起地上的一根拐杖）

陈宏谋　（接过拐杖）哭丧棒？你咒我死？

佟三秦　不是哭丧棒，是“枯桑”棒。他能提醒老师：谬天种桑，迟早都是要枯死的。

陈宏谋　佟三秦！都要死了，你这轻慢狂狷之性就不能收敛收敛吗？

佟三秦　老师！（唱）老师道我狂狷，我道老师谬天。南桑不宜引种，只为秦土燥寒。临别再说一遍，几年后桑必枯算是预言。原谅我也如这根“枯桑”棒，生性不会拐弯。愿老师一生行远，却不可惟忠惟眼前。

陈宏谋　（丢掉拐杖，绝望地）领旨谢恩吧。

〔佟三秦两眼猩红，突然摔杯，以头撞柱。

〔天幕上鲜血四溅。

佟三秦　学生不愿，老师手上，有我的鲜血……（气绝身亡）

桑　娘　（痛呼）爹——

陈宏谋　（愤呼）三秦——

〔场景复原。

陈宏谋　我在陕西任上，秦桑已然成荫，秦绢已然织成，桑政已然推行，可你父还是不知回头。

桑　娘　不，你走之后，秦桑日渐枯萎，秦蚕大半饿死。吴达信为维系你的政绩，竟从江南购买南丝，假冒秦绢，岁岁进贡，欺骗朝廷。

陈宏谋　你胡说，皇上厉行的桑政不容诋毁！

桑　娘　信不信由你。你乐得皇上嘉赏，皇上乐得四海升平，你们哪里顾得事情的真伪、百姓的死活！

陈宏谋　（打断）你住口！

桑　娘　你怕了？

陈宏谋　（顿足）我怕你重蹈你父欺君犯上的覆辙！

桑　娘　好你个道貌岸然的陈青天，我父怎会是你的学生？你敢放我，我还要杀你！

陈宏谋　你……

〔陈南孙闯入，仗剑直刺，桑娘躲过。陈南孙再刺。

陈宏谋　（断喝）南孙，她是你姐姐！

〔沉雷炸响，电光一闪。陈南孙、桑娘同时愣住。

〔切光。

〔二十年前，长安。

〔幕后传来急促的奔跑声和呼喊声："皇上有旨，佟三秦满门抄斩！"火把闪烁，一队军士过场。陈宏谋蒙头抱一男一女二婴儿上。

〔李芝珍跑上。

李芝珍　（惊呼）你是何人？

陈宏谋　噤声！（揭去头巾，急关门）

李芝珍　（浑身颤抖）老爷！你……

陈宏谋　这对婴儿，是我查抄三秦家时抱回来的。（将二婴儿递与李芝珍）

李芝珍　（欲接又怕）这，这不是违拗朝廷、欺君罔上吗？

陈宏谋　顾不得了！三秦夫妻已死，婴儿无辜啊！

李芝珍　（接过二婴儿）无人知道吧？

陈宏谋　我命随从走去，乔装改扮偷偷抱回来的。

李芝珍　你要我……

陈宏谋　我们无有子嗣，认做自己的儿女吧。

李芝珍　这一个不足一岁，这一个至多两岁，如何做我们的儿女？

陈宏谋　那就做孙儿孙女。

李芝珍　孙儿孙女？

〔二婴儿一同啼哭。

李芝珍　（哄婴儿）这可难煞我也！我们的儿子也是这样小的时候死去的，那是三十年前，我还年轻，有奶水，此时难了！

陈宏谋　没有奶水有米汤。

李芝珍　不做亲娘做祖母。

陈宏谋　（念）都怨三秦，三秦该死！

李芝珍　（惊恐地）哎呀不可！一个婴儿尚难哺育，两个婴儿怎能养活？万一有个闪失……

陈宏谋　哎呀，这这这……

李芝珍　想起来了，咸阳有个女道观，收养孤儿，把这女孩送到那里如何？

陈宏谋　我立刻就去。（接过女婴欲去）

李芝珍　（为陈宏谋蒙紧头巾）小心了。

〔灯暗。

〔场景复原。音乐幽怨哀婉，如泣如诉。陈南孙、桑娘相看无言，矛盾痛楚。

陈南孙　（痛叫）爷爷、奶奶，我是你们的亲孙子，亲孙子啊！一个人的命运就这样改变了，一瞬间就变成钦犯的儿子。不，这个姐姐我是不会认的。（跑下）

陈宏谋　南孙！（追下）

李芝珍　（亲切地走近桑娘）姑娘，二十余年了，总算找到你了。

桑　娘　你们——你们怕我报仇，便说他是我的弟弟！

李芝珍　你右臂可有一条伤痕？

桑　娘　（一惊）你怎么知道？

李芝珍　陈大人救你时不小心划破的，在这里。

桑　娘　（愈惊）这是真的……你和陈大人对我一家有仇，又有恩。你们断送了我的父亲，可又收养了我的弟弟，我该怎么办？

李芝珍　（关切地）姑娘，这些年你在哪里？你是怎样过来的？

桑　娘　（泣咽，唱）桑娘命运如飘蓬，经风历雨死又生。今方知陈大人冒死救孤桑娘方能得活命，老夫人待我弟如同亲生。好道姑她待我也如己养，那好道姑她竟然文章武艺全通晓——

李芝珍　（惊奇地）怎么那道姑文武全才？好，好啊！

桑　娘　（接唱）这也是天有灵地有情助我长成！她教我识文断字习武强身牢记父母的冤仇恨，她教我知恩图报不忘恩公救孤情。她深惋恩公不肯留下名和姓，到如今真相白身世清恩未报冤未伸恩仇交并难解难分我怎样做人？

李芝珍　苍天让你姐弟重逢，应该高兴啊！

桑　娘　（茫然地）这个弟弟我也不会认的！桑娘仇不报了！恩也不报了！告辞！（急下）

〔陈宏谋、陈南孙急上。

陈宏谋　（呼喊）姑娘不能走！姑娘不能走！南孙，快追你姐姐！

陈南孙　让她走吧，不必追了。

陈宏谋　秦绢之事还需查问。

陈南孙　到了长安问过岳父自然明白。

陈宏谋　不，为辨明秦绢真假，明日一早急赴长安，避开吴达信，察看桑田！

李芝珍　（惊厥）老爷，不要察看桑田！

陈宏谋　（急扶李芝珍）夫人……

〔光暗。

第二章　访　园

〔长安城郊桑园。天幕上一片绿色，桑园门首立一石碑，上刻："陈宏谋种桑处。"

〔歌声伴舞："桑叶摆，桑枝摇，望到桑园心如潮。莫道帝京风光好，这里的草木更丰饶。"

陈南孙　（读石碑）"陈宏谋种桑处"。（兴奋地）爷爷，您的政绩刻在这里！快来看哪，这里的桑树一片绿色，您该放心啦！

〔陈宏谋上，举目观望。

陈宏谋　（欣慰地）是啊，这绿油油的桑叶一如当年，一如当年嘛！

陈南孙　想不到，爷爷这么大的官还亲手种桑！

陈宏谋　（语重心长地）南孙哪！（唱）一自中举入朝堂，一腔忠忱报君王。做官只需求理想，不惮宦海风雨狂。我造水渠高天走，我主桑政不彷徨。我自江南引蚕种，我教西北种农桑。不求皇上频嘉赏，唯愿绿色满山乡……

陈南孙　让那些胡说八道的人见鬼去吧！

陈宏谋　可桑娘为何说……桑娘在就好了。

陈南孙　这回，您该放心了。

陈宏谋　再到其他地方看看。

陈南孙　其他地方太远，不要看了。

陈宏谋　只看一处，不能服人。况且，我们来的路上一片黄土，唯独这里……

陈南孙　您腿脚不好，听我的，回去吧！

〔陕北信天游飘然而至："一道道山来——"

陈宏谋　（如闻乡音，应唱）一道道梁……

〔倏然，悠扬的曲调变成嘹戾的嘶喊："渴死野狗饿死狼！"

〔陈宏谋陡然肃立。

陈南孙　（大声问）这是谁唱的？谁？怎么像狼嚎！

〔陕西老农老陕倒骑驴上。

老　陕　（吼唱信天游）往前看黄沙漫漫人不见，往后看驴粪蛋蛋一大串。驴粪蛋蛋圆，驴粪蛋蛋光。倒骑驴儿走，避风又闻香。好香！（打喷嚏）

陈南孙　不好好走路，吼什么？

老　陕　（说陕西话）我唱我的，关你啥事？

陈宏谋　这一老哥，我想问你，除此桑园，近处可有成片桑田？

老　陕　（打量陈宏谋）没有了。

陈宏谋　不对吧，长安城郊有二十片桑田。

老　陕　（摸陈宏谋头）说胡话哩。

陈南孙　你才说胡话呢！

陈宏谋　老哥有所不知，我们来，不为看一处桑园，而要看一片桑田。

老　陕　你这人，年纪不小了，咋不懂事呢？

陈南孙　怎么说话呢？

老　陕　大片桑田是桑园，小片桑园也是桑田，是桑就行，何必认真？更何况这桑园是陈大人当年种下的。

陈宏谋　陈宏谋只种了一小片，不足为凭。

老　陕　你也知道陈宏谋？

陈宏谋　不但知道，熟得很哪。

老　陕　既然很熟，为啥说他的坏话？

陈宏谋　不是我说，是别人说，说他“推行桑政是谬天行事，他在陕西待了三年，秦绢也只见光了三年”。

老　陕　不对不对，秦绢一直风光，年年给皇上进贡。

陈宏谋　还说“官家花高价从江南购买蚕丝，织成以后，冒充秦绢”。

老　陕　咦？你到底是什么人？当心吴大人把你抓起来！

陈宏谋　听你之言，果然有人作假？

老　陕　秦绢是陈大人创出的“名牌”，年年进贡；他走了，后来的官员谁愿在自己的任上中断，不作假怎么办？

陈宏谋　哦，无人出来讲话？

老　陕　陈大人当朝一品，皇上都敬他三分，谁敢揭他的老底？

陈宏谋　陈大人的老底为何不能揭？

老　陕　这陈大人哪，其实是个好人，清官。十件事，他九件做对，一件做错，谁还去揭发？揭了，皇上也不相信，自己还得获罪，佟大人不就这么死的嘛！

陈宏谋　（如遭重击）啊！

老　陕　不说啦，说多咧！喂驴去啦！（哼唱）驴粪蛋蛋圆，驴粪蛋蛋光……（牵驴下）

陈宏谋　（如芒在背）想不到啊，想不到……陈宏谋！你怎会是这样？你到底是真好人、真清官，还是假……（痛苦地捶打自己的腿）我不信，我要亲自察看。我不信吴达信会做出这等事来！

〔吴达信闪出。

吴达信　恩师！

陈宏谋　（惊）吴达信，你……来了？

陈南孙　岳父！

吴达信　恩师不必看了，老农所言是真。

陈宏谋　大片桑田既已枯死，这片桑园缘何成活？

吴达信　特殊浇灌，特殊施肥，特殊经营，买土保种，勉强成活，成本奇高，不能推广。

陈宏谋　（愣住）蚕丝果从南方买来？

吴达信　正是。

陈宏谋　（怒喝）吴达信，你怎能做出这等事来？

吴达信　为维护恩师，更为维护皇上。

陈宏谋 （顿足）呀呀呸！弄虚作假，欺骗朝廷，还敢强辩？

吴达信 老师忘了，二十年前就在这桑园，您命学生接替佟三秦管理桑政，您教诲学生："皇上交办之事，无论多难，必须尽力而为，违怠者，是为不忠也！"

陈宏谋 我是这样说的吗？

〔空中荡来陈宏谋当年的训教声："吴达信，皇上交办之事，无论多难，必须尽力而为，违怠者，是为不忠也！"

陈宏谋 （如遭棒喝）我……

吴达信 十几年来，学生谨遵师训，唯上命是从，不敢违怠，也是万般无奈呀。

陈宏谋 （恨恨地）万般无奈你就弄虚作假？万般无奈你就欺下瞒上？来呀！摘去吴达信顶戴花翎，打本进京，交刑部裁处！

〔半晌无人应声。陈南孙怔怔地望着陈宏谋。

吴达信 老师，您——退休了。

陈宏谋 你……（踉跄欲倒）

陈南孙 （扶住陈宏谋）爷爷当心！（劝慰地）爷爷，看开了，没什么，人非圣贤，孰能无过呀！

吴达信 南孙说得对呀！老师，（唱）人非圣贤谁无过？自问无过便好过。您大官何需拘小节？爵显功高可抵过。您万般委屈皆受过，万种辛酸也尝过。您赫赫的声名谁能比，瑕不掩瑜何苦自己不放过？眼看黄昏日西落，您只需颐养天年乐乐呵呵把剩下的日子好好过！

陈宏谋 （悚然盯视）达信！此事老夫该如何？

吴达信 依老师的禀性，会弹劾学生弄虚作假、欺骗皇上。可您不会这样做。

陈宏谋 为何？

吴达信 因为您也在欺骗皇上。

陈宏谋 我？

吴达信 老师背着皇上窝藏钦犯之子，把他养大成人，不是也在欺骗皇上吗？

陈南孙 （惊）岳父，你可是我爷爷提拔的！

吴达信　正因如此，我才招你为婿，把我们两家连得更紧哪。

陈宏谋　（悚然）如此，请吴大人俱实上奏，弹劾老夫不赦之罪。

吴达信　哪儿能？自家人岂能弹劾自家人哪！

陈宏谋　桑政之误，错由我起，自当由我纠正。

吴达信　（大声地）老师，这世上有些事明明知道是错的，却也是纠不得的呀！

陈宏谋　有错必纠，何言不能？把石碑推倒！

吴达信　（挺身阻拦）这可不属于您一个人，它已事关朝廷、事关皇上！

陈宏谋　我的名字我来推。

吴达信　推不得！

陈宏谋　（气急）呀呀呸！（推开吴达信，举拐杖砸碑）

〔轰然一声，石碑崩裂。

吴达信　（呆立）完了，我的经营，我的苦心！

〔内声："李公公到——"李公公捧旨上。

李公公　（笑）哈哈哈！哎哟，这地儿我来过。还这么绿，好，好，陈大人的功劳。（见陈宏谋肃立，转对吴达信）吴大人的功劳。（见吴达信呆立，生气地）哼，这是怎么啦？（高声呼喊）圣旨下！陈南孙跪听宣读！

陈南孙　（跪）万岁！

李公公　（读旨）"奉天承运，皇帝诏曰：准陕甘总督吴达信奏，着刑部主事陈南孙调任陕西布政使，主理蚕局、振兴农桑，不得有误。钦此。"

陈南孙　（伏地高呼）臣陈南孙领旨谢恩！

陈宏谋　（大惑不解）慢来慢来，让陈南孙理蚕局、兴农桑？

李公公　这得感谢吴大人，是他举荐的。

陈宏谋　（怒极）吴达信，你用心何其良苦！

吴达信　原谅学生，事前未向老师通禀。

陈宏谋　（急切地）公公，皇上命南孙陪老夫"侍归"，同回桂林，怎么又命他陕西做官？

李公公　是这么回事——自吴大人升任陕甘总督，皇上就想找个靠得住的主儿，主持陕西桑政，想来想去找不出合适的人来。这时，吴大人的本奏到了，皇上一看，正中下怀。这就“圣旨下”啦！

陈宏谋　（躬身）臣启皇上准陈南孙侍臣回桂林！

李公公　嗨嗨嗨，看准了我是谁，想折杀我呀？皇上还有旨哪：命咱家送陈大人回桂林。圣旨在这儿哪，您自个儿瞧！（把圣旨扔给陈宏谋，不容分说地）咱家累了，送咱家去馆驿。

吴达信　公公一路劳乏，先去洗个药水澡，再找人给您松松筋骨。

李公公　（乐了）真会办事。

〔吴达信扶李公公下。

陈南孙　（大喜过望）雨过了，天晴了，爷爷也有人送了，不然，我还不放心呢！

陈宏谋　（哀伤地自问）这是天意吗？

陈南孙　（得意地）没错儿，是皇上赐我的。

陈宏谋　（凝望陈南孙）南孙，今晚随我去看你的生父佟三秦。

陈南孙　他——不是死了吗？

陈宏谋　我带你来长安，原是要你认父祭坟！

陈南孙　我是怕让人知道了，孙儿如今是（小声地）布政使啦！

陈宏谋　布政使？（脸一抽搐，绽出苦笑）呵呵，呵呵呵……（笑声凄惶）

陈南孙　（觉得可怕）爷爷，您别吓我……

陈宏谋　（悲伤地）不用了，不用了……（站定，念）只为还债到长安，旧债未还新债添。人心不古凭谁怨，自己欠债自己还。

〔锣鼓骤响。光暗。

第三章　祭　坟

〔月光如水，静夜无声，音乐低回。荒原上依稀可见几株矗立的枯桑，几蓬迎风的野草。桑娘上。

桑　娘　（唱）心事如麻思辗转，恩仇交并两为难。祈望亡灵来指点，父亲的魂魄驻心间。（跪拜）父亲，女儿来看你。女儿心中有苦、有怨。女儿当报恩？还是当报仇？求父亲指点！父亲，你在哪里？（喊）父亲，你在哪里呀？

〔一阵风过，人影晃动。桑娘惊看，隐身枯树后。

〔陈宏谋提竹篮、拄杖，步履蹒跚，出现在黄土高坡上，宛如一株老树的雕塑。

〔空中飘来粗犷嘹戾的信天游：“一道道山来一道道梁，漫天黄土随风扬。人道秦川八百里，渴死野狗饿死狼……”

陈宏谋　（踽踽前行）三秦，这是你在唱吗？你在哪里？为师看你来了。你的坟在哪里？（寻找）当年，我把你夫妻葬在这里，因何墓地也找不见了？（放下竹篮，抬头望月，似念似唱）月色深深清如许，不照英灵却奈何？英灵岂能无坟墓？你让我空有纸钱烧不得。三秦哪三秦，你一人在此，是何等的孤独、寂寞呀！

〔冷风袭来，呼呼作响，摧折几段枯枝，发出咔咔之声。陈宏谋身体摇晃，桑娘欲扶，又隐去。

陈宏谋　（恍惚间似见佟三秦）啊，三秦来了。三秦！（定睛看，阒无一人）啊？你因何来去匆匆，稍纵即逝啊？（失落地）风大得很，险些将我刮倒，若不是这根拐杖……（看拐杖，猛想起）“枯桑棒”！这不是三秦吗？三秦，我找到你了！（自我安慰）我不曾扔掉你，我一直把你拿在手中，拿在手中啊！三秦，老师向你认错来了！（将拐杖插入土中，焚化纸钱）

〔火光灼灼。桑娘闪出，借火光遥相祭拜。

陈宏谋 （情动于衷地唱）寒风瑟瑟周身冷，五内如焚泣无声。欲向三秦说悔恨，荒草凄凄魂不应。自幼儿读诗书志在高远，入朝堂勤政务廉洁自身。奉旨入秦衔圣命，自信桑政能富民。急功近利头昏痴，诤言当做耳边风。若是宏谋早清醒，岂令三秦做冤魂？羞言好心办坏事，一朝错演成千古罪孽深！为什么错能衍错无人问？为什么真作假时假亦真？我要为三秦讨公道，我要把是非真假袒露于人。乞皇上重下旨诏告天下，让百官都学他一身孤傲一腔赤诚！

〔桑娘望着陈宏谋，心潮翻涌。

〔一阵狂风袭来，“枯桑”棒从黄土中跳出，打着旋儿飞上夜空，倏而不见。

陈宏谋 （扑捉不及，呼喊）三秦，三秦，你为何离我而去？为何离我而去呀？三秦，（急切地）我要告诉你，你一双儿女都已长大，只是他姐弟尚未相认，桑娘又走丢了。我该怎么办，怎么办哪？三秦，三秦——（穿行在枯桑之间，寻找失去的拐杖，发现每枝枯桑都像佟三秦，又不是佟三秦）

桑　娘 （对天一揖）父亲，你听见了吗？陈大人已幡然自责。他是何等地想你、念你啊！（念）女儿已然被感动，父亲何以不通情？

〔佟三秦的声音自天外传来：“桑娘，你错怪为父了！”

桑　娘 （惊呼）父亲！

〔佟三秦声音愈近：“老师，三秦没有走，三秦二十年都和您在一起呀！”

陈宏谋 （惊呼）三秦！

〔月霭中，佟三秦之魂灵向他们走来。陈宏谋、桑娘循声谛听。

佟三秦之魂灵 （唱）莫道学生不通情，惯于寂寞与孤零。我本老师一拐杖，二十年默默相随不做声。二十年，伴着老师官场走，参透了官之道来臣之恭。方理解，爱听好话人之性，方理解，人在高处身难躬。我只愿默默跟随老师走，我不愿老师拿我做精英。我不愿老师为我赴汤又蹈火，我不愿毁却老师一世名！

陈宏谋 （接唱）你曾说，赠我原为做凭证，三五年后是非清。

佟三秦之魂灵 （接唱）枯桑早已改情性，为老师免祸灾胜过是非清。

陈宏谋 （接唱）三秦变化我心痛，二十年风霜雪雨漠野黄沙把你的铮铮血性都磨平！快快随我回家转——

佟三秦之魂灵 （接唱）桑娘代我随师行！ 桑娘，你要代我照看陈大人！（隐去）

陈宏谋 （喊）三秦！

桑　娘 （喊）父亲！

陈宏谋 （再喊）三秦！（踉跄欲倒）

桑　娘 （急扶）陈大人！

陈宏谋 （ 抓住）三秦！

桑　娘 我是桑娘！

陈宏谋 （惊看）桑娘？

桑　娘 （呼叫）爷爷！

陈宏谋 （心头一热）桑娘！

桑　娘 （动情地念）莫道枯桑不通情，父亲的心意我看得清。父亲不在还有我——桑娘就是爷爷的拐杖！（接念）一生一世伴您行！

陈宏谋 不不不，我只要你姐弟相认！

桑　娘 我要陪爷爷回归故里！

陈宏谋 我要你姐弟互相照看！

桑　娘 是父亲要我追随爷爷！

陈宏谋 可惜，我把你父亲——（悲戚地）丢掉了！

桑　娘 没丢，您看——（念）父亲亡魂处处在，一树枯桑一精灵！桑娘把它还给你——（拔剑折桑，奉上）

陈宏谋 （心潮翻滚）好个善解人意的桑娘！（接念）三秦又能伴我行！（欣慰地）三秦回来了！（大声呼唤）三秦回来呀！

〔灯暗。

第四章　情 惑

〔天幕上人影晃动，车影晃动，山影晃动。音乐急促。

〔幕后伴唱：“天未明，人匆匆，急上路，不辞行。西望秦岭千山远，东望运河水波兴。不惮命运如转蓬，人生总在行进中。”

〔伴唱中时空变幻。天幕上波光粼粼，一艘官船缓缓驶过。

〔音乐复急促。桑娘扬鞭策马上。

桑　娘　（唱）紧加鞭，急驰骋，爷爷遁走我心不宁。爷爷心意桑娘懂，桑娘自有桑娘情。（飞起一鞭）驾！（“趟马”，跑“大圆场”）

〔老陕倒骑驴上，在舞台中央走“小圆场”。

〔桑娘急跟，老陕慢行，“编辫子”，桑娘纵马如飞，撞上老陕。驴马长啸。老陕滚下驴。桑娘下马搀扶老陕。

老　陕　（痛叫）哎哟！屁股摔两瓣儿了！药，我的药……

桑　娘　（拾起药包）在这里。老伯，你身体……

老　陕　人老了，常心痛。（干咳不止）

桑　娘　对不起，我心中有事，急着追人，勒不住缰，就……

老　陕　（看桑娘）是个女娃？没事啦！

桑　娘　那，我走啦。

老　陕　慢，你说你“急着追人”，荒山野岭的，你一个女娃，追啥人？

桑　娘　陈宏谋陈大人。

老　陕　（一震）啥？陈宏谋来陕西了？陈大人在哪里？

桑　娘　前天在长安，天未明就走了。

老　陕　回京城了？

桑　娘　取道运河回故里，再也不回来了！

老　陕　陈大人是否去过桑园？

桑　娘　去过。

老　陕　（猛然顿足）哎呀，我见过他！你上马，我上驴，我们一起追！

桑　娘　好。哎，你追他做甚？

老　陕　我欠他的账啊！快追！（蹿上驴背）老伙计，这回不能倒着骑啦！驾！

〔灯暗。

〔音乐舒缓。红日高照，田畴间夹一运河，运河水滚滚向南。

〔纱幕后，陈宏谋、李芝珍、李公公乘官船缓缓驶过。

〔陈宏谋画外唱："心惶惶，意惶惶，含羞带愧回故乡。如何见父老？怎对我圣皇？"

〔李芝珍画外唱："归去不思量，难得是安详。是非恩怨付流水，运河过后是漓江。"

〔陈宏谋、李芝珍伫立船头。船上整齐地码着很多箱子。

〔纱幕启。

陈宏谋　（凝望河水）漓江还远着呢，这里是运河。

李芝珍　我做梦都想漓江啊！

〔李公公伸着懒腰上。

李公公　甭说您想，我都想。到了桂林，陈大人得好好儿陪我玩玩儿！

李芝珍　陪，一定陪公公游桂林山水！

李公公　可陈大人一路上没个笑脸，能陪我玩儿吗？

李芝珍　您劝劝他呀！我给你们沏茶去。（下）

李公公　我是得劝劝他。陈大人，我给您来一段儿怎么样？（学唱京剧）"海岛冰轮……"（唱不上去，嗽嗓子）今儿嗓子没在家。哎，你瞧我这兰花指怎么样？（做"兰花指"状）像不像杨贵妃？（做"下蹲舞姿"，险些摔倒）

陈宏谋　李公公，老夫心乱如麻，哪儿有心情听戏呀。

李公公　不就秦绢那点儿事嘛，明摆着的，谁没个闪失啊！本朝进士郑板桥说过：

最好糊涂。

陈宏谋 错了。

李公公 没错。

陈宏谋 是“难得糊涂”。

李公公 嘿，反正你们这号人不能太明白，就说这假秦绢吧，有时候我也得装糊涂。

陈宏谋 怎么？秦绢之假，公公也有耳闻？

李公公 干吗“耳闻”哪，我早就门儿清！皇上命我查过桑园。

陈宏谋 （惊奇地）公公去过长安？

李公公 （诡谲地）我知道皇上喜欢什么，我给皇上带回一把绿油油的桑叶儿。

陈宏谋 （愈惊）如此说来，皇上被你蒙蔽了？

李公公 喷粪！谁蒙皇上了？皇上能被人蒙吗？

陈宏谋 我要转回北京，禀告皇上，再不让皇上受蒙蔽。

李公公 你得了吧，皇上六月初六再下江南，他早已不在北京啦！

陈宏谋 六月初六离京，也走运河，今日……（掐指算）啊，皇上的龙船就在我官船的后面，我正好掉转船头，面奏皇上。

李公公 （惊恐地）千万别胡来，冒犯了皇上了不得。再说，就冲您这一世的英名，一船的财宝，（回头一望）也犯不上不是。

陈宏谋 （惑然）啊，我有一船财宝？

李公公 （诡谲地）瞧您！这船上的箱子少说也有百八十只，从舱底码到船头。没想到，陈大人也够会捞的。

陈宏谋 （不动声色）公公开箱察验哪。

李公公 我不是这意思，您的就是您的，不过……我这人好奇，爱玩儿古董，总想淘换点儿……

陈宏谋 公公请看。

李公公 嘿嘿，那就不好意思啦！（走近箱子，惊讶地发现）这箱子没上锁。哟，都没上锁。我倒要看看……（打开一只箱子，抱出一块石头）石头！（打

开第二只箱子）石头！（打开第三只箱子，大叫）石头！（惊呆了）

陈宏谋　送与公公如何？

李公公　不要！（晃脑袋）我不明白，您干吗带这么多石头啊？

陈宏谋　官船太大，以石压舱，行船才稳哪。

李公公　为什么还装箱子里哪？

陈宏谋　我是当朝一品，不能丢朝廷的面子啊。

李公公　（半晌）听人说陈大人曾借钱度日，我不信，以为他演戏呢，今儿一见，服啦！（喊）服啦！

陈宏谋　请公公带我去见皇上吧。

李公公　（激动地掉眼泪）跟您说实话吧，皇上让我陪您回故里，是让我看着您别折腾。老哥呀，您穷得就剩石头了，干吗还惹祸招灾呀！

陈　宏　（感激地）谢公公关照，让我再想一想。

李公公　为自个儿想想吧！唉！（摇头下）

〔李芝珍上。

陈宏谋　（沉思）皇上六月初六再下江南……

李芝珍　老爷。

陈宏谋　夫人，我要掉转船头，面君请罪。

李芝珍　（隐忍着）皇上命你安心回家！

陈宏谋　皇上愈看重我，我愈要忠于皇上。

李芝珍　好，你要尽忠，那就先治我的罪吧！

陈宏谋　治你的罪？这话从何说起啊？

李芝珍　有件事不得不说了。

陈宏谋　何事？

李芝珍　秦绢之事，我也知晓。

陈宏谋　（一怔）什么，你也知晓？

李芝珍　这些年，多少人为秦绢的事找你告状，都是我……将他们劝回了！

陈宏谋　（大惊）你将他们劝回了？

李芝珍　我对他们说："后来的事陈大人不知。"贫苦的，我赠他们银两。你这些年的俸禄几乎都被我赠光了。

陈宏谋　（气恼地）你怎么会做出这等事来？

李芝珍　想不到吧？可是我做了，我是为你、为我们这个家呀！

陈宏谋　（伤心地）你，你，你……这就是我几十年来朝夕相伴、同甘共苦、知根知底、知心知情的老妻吗？

李芝珍　老爷，你在官场行走了几十年，经历了多少风浪？难道不知官场的险恶？皇上对你有恩，可也几次罢你的官，险些杀你的头。难道你都忘了吗？

陈宏谋　即使杀头也不能揣着明白装糊涂！我是皇上钦定的大儒！

李芝珍　你只想做你的大儒、行你的大忠，可你凭什么要连累我们这个家？你这叫明白？不，你这是真正的糊涂。这哪里是大儒，是大愚，大愚啊！

陈宏谋　（茫然）大愚……

李芝珍　就算你什么都不顾，总要顾一顾你的妻子吧？

陈宏谋　你……

李芝珍　就算不顾为妻，南孙总要顾吧？他可是三秦的遗孤啊！

陈宏谋　啊！（跌坐在箱子上）你——不要戳我的心，戳我的心哪！

李芝珍　我戳你的心？

陈宏谋　（痛苦地以拐杖拄地）妇人之见！你坏我大事，坏我大事啊！

李芝珍　（伤情，愤呼）老爷！（唱）风雨相随五十年，终朝惶惧不得安。君恩未曾沾半点，君心常似铁石坚。大儒缘何少情爱？妻在你心中草一般！我只求——我只求，伴你走完人生路，伴你回到漓江边……（哽咽，呼喊）为妻求你了！求你了！（跑下）

陈宏谋　苍天呀……（无奈地昂首望天）罢了——

〔幕后伴唱："情难放，意难收，为他人，且优柔。不在位，不需谋，只需乘船回乡去，是非恩怨一笔勾。休休休！"

〔陈宏谋心音——画外唱："羞羞羞！"

〔灯暗。

第五章　上　书

〔暗夜中，桑娘呼喊："爷爷！"

〔升光。船头。

桑　娘　桑娘拜见爷爷！

陈宏谋　（走出）桑娘，你怎么来了？你姐弟相认了吗？

桑　娘　我与南孙彻夜长谈，要他认祖归宗、辞官不做、侍奉爷爷，可他——

陈宏谋　他说什么？

桑　娘　"南孙忠孝两难全，悠悠万事忠为先！"

陈宏谋　"悠悠万事忠为先！"——南孙说得对呀。

桑　娘　对？（愤愤地）我对他说：你要你的岳父，我要我的爷爷。

陈宏谋　（心疼地）南孙，一路走好！爷爷顾不得你了……

桑　娘　我来之时，有位老农非要与我一同追赶，不想，他连人带驴一起累死在运河岸边！

〔变光。运河岸上。

老　陕　（上气不接下气）陈大人……我是来向你告状的……（头一歪，从驴上栽下）

陈宏谋　你状告何人？

老　陕　告我。

陈宏谋　告你？

老　陕　我对不起你，我弄虚作假！那片假桑园是吴大人逼我种的，我来自首，（呼喊）我再不愿为坑害桑农的贪官作帮凶啦！（吼唱秦腔）官府买南丝，充做秦绢赋。枉花十倍银，喝令桑农偿。桑农不堪负，愤然抗强梁。我也浑

作假，灵魂太肮脏。有赖陈大人，快把正气扬。人人都实在，坏事不灵光！不灵光……（声嘶力竭，抱驴死去）

陈宏谋　（对天呼叫）老哥——

〔场景复原。音乐刺心。桑娘啜泣。

陈宏谋　老哥，谢谢你的教训哪！又一个佟三秦，我再也不能犹豫了，我要上书，为你父平反。我要自罪！秦绢之祸由我而起……（走近书案，提笔在手）

桑　娘　爷爷，这奏折……不能写！

陈宏谋　啊？你也阻拦我？你怕连累南孙？

桑　娘　（摆手）不……

陈宏谋　你怕连累爷爷！

桑　娘　（摇头，含泪诉说）不，虽然我心疼爷爷，但我非为私情。您虽然有错，可您能知错认错，知错改错。您心底无私，光明磊落，不但敢上书，而且敢罪己！像您这样身居高位、声名显赫、已经告老还乡的大清官，本应独享尊荣、安度晚年，却能这样爱民律己，请问，这样的好官天底下能有几个呀！桑农伯伯为什么千里迢迢拼命追赶？就是认定您是好官不是贪官！只有您才能扬正气、除邪恶！可惜他不像我爹，能参透皇上的心机。我又怎能让爷爷重蹈我父的覆辙，白白地去送死啊！

陈宏谋　（不能接受）你住口！你怎知皇上不能纳谏？你仗剑行刺老夫的勇气哪里去了？你怎么也会阻拦于我？

桑　娘　桑娘是承父命来保护爷爷的！

陈宏谋　我不要你保护！我要你像你当年敢说敢做、无所畏惧的父亲！

桑　娘　桑娘再不愿做孤女！

陈宏谋　（顿足疾呼）我好伤心，我好伤心哪！（念）勇气今何在？悲切复苍凉。你父本是杖，你性也如钢。拐杖贵直立，宝剑贵闪光。杖曲剑无锋，国运哪得昌？

桑　娘　（撕心一呼）桑娘舍不得爷爷——（跪抱陈宏谋）

〔音乐凄婉。

陈宏谋 （挺立举笔，手在颤抖，却决绝地呐喊）不！

〔李芝珍呼叫着："老爷——"踉跄奔上，形容冷漠，血脉贲张。

李芝珍 你！你！你！（唱）你怎能，不听劝？你怎能，又食言？你若不把妻怜念，为妻愿把你成全。（举起剪刀）

陈宏谋 （托起李芝珍拿剪刀的手，唱）夫人拼死把我拦，手中狼毫重如山！

〔桑娘夺过李芝珍手里的剪刀。

陈宏谋 （唱）这奏折若不写——

李芝珍 （接唱）虽遗憾，

桑　娘 （接唱）一生平安！

陈宏谋 （唱）这奏折一旦写——

李芝珍 （接唱）亲情断，

桑　娘 （接唱）新恨又添！

陈宏谋 （唱）我写！

李芝珍
桑　娘 （接唱）不能写！

陈宏谋 （唱）不写？

李芝珍 （接唱）不能写！

桑　娘 （接唱）不能写！

〔李芝珍、桑娘一起跪倒。陈宏谋举笔，"扑通"一声，向芝珍、桑娘跪倒。三人同时"跪蹉"，互相乞求。

〔突然，一缕怪异的音乐冲进陈宏谋的耳鼓。陈宏谋立时仰首望天，物我两忘。李芝珍、桑娘扶起陈宏谋。

陈宏谋 （吟唱）我看到，三秦傲然泣血死，我听到，老陕嘶吼似雷霆。一生清白寻常事，一朝失误我的心不宁。知错不改难对己，见恶不除同恶行。相府高墙由我筑，坏事因我肆意行。为我一家不遭难，桑农冤死谁与鸣？

〔无伴奏合唱从四面八方传来:“桑农冤死谁与鸣?”“谁与鸣?”“谁与鸣?”

陈宏谋　（热血沸腾，情出肺腑，唱）芝珍啊，你若还念夫妻义，生死相依爱定情坚一生一世魂魄连。

桑　娘　啊，你若真把爷爷爱，三秦精蕴由你传。宏谋此生唯此愿，将一个“真宏谋”留在天地间！

〔音乐轰鸣。李芝珍走到书案旁为陈宏谋研墨，桑娘为陈宏谋铺纸。陈宏谋走回书案，奋笔疾书。

〔幕后合唱:“大儒需大忠！大儒需大诚！大儒需大勇！大儒需大明！”

〔天地间一片大红。陈宏谋书写将毕，突然心痛不支，猝然昏厥，笔从手中滑落。

李芝珍　（扶住陈宏谋，惊呼）老爷！

陈宏谋　（猛醒）尚未落笔，尚未写完……

李芝珍　桑娘,（鼓励地）你代爷爷写！

〔桑娘从地上捡起笔来，书写。

李芝珍　（抚慰地）宏谋，桑娘代你写了！

〔此时，李芝珍似听到陈宏谋对她的歌唱声“一生一世魂魄连……”

〔桑娘似听到陈宏谋对她的歌唱声:“三秦精蕴由你传……”书毕搁笔。

李芝珍　（抚慰地告诉陈宏谋）写完了，写完了！

陈宏谋　（骤醒，对李芝珍、桑娘）谢谢你们！（起身呼喊）扔掉箱子，掉转船头，奋力划桨，书呈皇上！

〔一支木桨从天而降，陈宏谋接住。

〔李公公跑上。

李公公　（喊）不能追，不能追呀！（与陈宏谋夺桨）

陈宏谋　（一桨打翻李公公）加速追上龙舟！

〔暗转。

〔风浪起，众船工在陈宏谋率领下奋力划桨。船舞。

李公公　（突然惊叫）皇上！

〔灯暗。

第六章　犯　颜

〔光复明。

〔龙船上。乾隆倚坐船头。

李公公　（匍匐在地）奴才叩见万岁！

乾　隆　（背对李公公）谁在舱外喧哗？

李公公　奴才见过皇上。

乾　隆　不是让你陪陈大人回桂林的嘛，你怎么来了？

李公公　皇上，陈大人他，他、他有本上奏！（捧上奏折）

乾　隆　（接奏折看）你怎么不拦着点儿啊？

李公公　（两腿筛糠）奴才晕船！

乾　隆　你……宣他来见！

李公公　（生气地喊）陈宏谋见驾啊！

〔陈宏谋冠服上。

陈宏谋　陈宏谋叩见皇上。

乾　隆　陈宏谋，你如此不听招呼，这牛角尖儿，你到底还是钻了！

陈宏谋　万岁，臣不得不钻呀。

乾　隆　朕问你，什么叫“拨乱反正，去伪存真”哪？

陈宏谋　秦绢桑园皆是假，三秦所谏才是真。

乾　隆　你让朕“明察”，是不是觉得朕糊涂啦？

陈宏谋　吾皇英明天纵，必定早已明察！

乾　隆　（笑）哈哈哈……好你个陈宏谋，朕知道，你一去长安，准会上这道折子。

朕命李公公去陕西查过你，朝中也有人弹劾过你，你知道吗？

陈宏谋　臣不知。

乾　隆　李大狗！

李公公　奴才在！

乾　隆　你跟朕玩儿了一手！

李公公　（磕头）奴才该死！奴才看您老护着他，便看您眼色行事……

乾　隆　跟屁虫！

李公公　谢皇上！

乾　隆　（对陈宏谋）秦绢一案怎么处置？

陈宏谋　臣俱实禀奏，皇上明断。

乾　隆　朕要你断！

陈宏谋　吴达信赐死！佟三秦平反！陈南孙罢官！假秦绢曝光！假桑政禁止！假贡赋蠲除！抚百姓之苦！昭世人以诚！从今往后谁也不许弄虚作假，为大清盛世抹黑！

乾　隆　你呢？

陈宏谋　臣欺君罔上，错奏佟三秦，错用吴达信，戕害老百姓，当得一死！

乾　隆　朕呢？朕揣着明白装糊涂，怎么处置啊？

陈宏谋　臣……不知。

乾　隆　朕问你，“大儒”何之谓也？

陈宏谋　大儒者，大忠也。

乾　隆　还需大仁。

陈宏谋　还需大勇。

乾　隆　所以，你敢于自罪，还敢要朕明察！

陈宏谋　臣不敢！（想缄口又不甘）敢问，秦绢一案怎样处置？

乾　隆　朕回京以后自会处置。

陈宏谋　请皇上立即处置，不然，臣惶惶不可终日！（躬身）

乾　隆　你当朕不想处置吗？朕一肚子火儿正没处发呢！朕下诏，你写！

陈宏谋　臣遵旨。（入案，提笔）

乾　隆　（唱）先说吴达信——他胆子竟然比天大，堪称造假大专家！朕该怎样治他的罪——

陈宏谋　按律当斩！

乾　隆　（接唱）且留下不须杀。命他一人去种桑，浇水施肥养蚕织绢防风治沙工代罚。树立一个“活样板”，看谁再敢效法他？

陈宏谋　想不到！

乾　隆　（唱）佟三秦，不过一个小县令——见识不比你的差。

陈宏谋　错杀了！

乾　隆　（接唱）当年杀他没有错，性格悲剧误了他。谁让他不知进退狂妄又自大，留一个“死样板”叫后人莫学他！

陈宏谋　应予昭雪！

乾　隆　（接唱）陈南孙——

陈宏谋　不宜做官！

乾　隆　（接唱）官照做！承你的事业全靠他。算是一个“新样板”，朕要他——种活真桑树，织出真秦绢，从今往后不作假，年轻人就要施施压！

陈宏谋　用错人了！

乾　隆　（唱）陈宏谋——

陈宏谋　臣——

乾　隆　你刚才怎么说你来着？

陈宏谋　欺君罔上，误断专行，急功近利，闭目塞听，错用官员，贻害百姓，给皇上添乱，为大清抹黑，其罪当诛！

乾　隆　好！冲你这么严于律己，朕的火儿，消啦！朕说你是大儒，没错儿！你是朕的“御样板”！

陈宏谋　臣当不得大儒！

乾　隆　老爱卿，你功勋卓著，声名显赫，纵有小疵，也瑕不掩瑜。朕岂能坏了你的晚节？就此为止吧！（接唱）假秦绢并非卿之过，又何必对己太苛责？你本是朝之栋梁船之舵，你不愧大儒之效官之模。你为大清多贡献，你赢得东西南北唱颂歌。只为你性耿直言行太过，三次犯颜把我的心来戳。朕明知三次廷争错在我，却险些三次把你的头来割。施一礼认个错，轻轻叫声老哥哥。从今后你我君臣的夙怨了，朕也是性情中的人一个，天降大任无奈何。你我都需多忍让，咱君臣同在一条河。摆驾！

陈宏谋　（依然执拗）臣启皇上！

乾　隆　（意外地）你还要启奏？

陈宏谋　（执着依旧）臣请皇上下旨免除秦绢岁贡。

乾　隆　（陡然生气）难道你不知那绢是谁命的名？那岁贡是谁下的旨吗？

陈宏谋　（呼求）臣求皇上蠲免！

乾　隆　（走到陈宏谋面前）朕每年多给陕西拨点儿救济款不就扯平了嘛！

陈宏谋　（挺身再奏）还有！

乾　隆　（厉声问）还有什么？

陈宏谋　（言之凿凿）人心需要疗救，假政必须戳穿！诏告天下百姓：桑政有误！秦绢是假！造假者害人！造假者误国！

乾　隆　（声色俱厉）陈宏谋，你怎么跟佟三秦一样啦？

陈宏谋　臣焉比得佟三秦？

乾　隆　（训斥地）倚老卖老，得寸进尺，你想把朕的大儒给弄丢了吗？（昂首向天）传朕旨意：从今往后，谁再妄议秦绢，以忤逆罪论处！（转身，被趴在地上的李公公绊倒）你！

李公公　（磕头如捣蒜）臣给您拿来的是真桑叶儿！

乾　隆　（气恼地）你混蛋！（拂袖转身）

〔光暗。

第七章　归　真

〔光复明。

〔回到原场景。陈宏谋悲情难诉。李公公在一边看着他。

陈宏谋　（依然执着）臣启皇上——

李公公　别启了！也就是你，换了我，八个脑袋也搬家啦！

陈宏谋　（如痴如癫，认定李公公就是乾隆）臣启皇上——

李公公　（后退，躲闪）魔怔啦？已经回到自己船上啦，还奏啊！

陈宏谋　（近似痴迷地）臣启皇上——

李公公　（大声喊）看清楚我是谁？我是李大狗！懂不懂？李大狗！汪，汪汪！

陈宏谋　我为何求死不得，尽忠不得？我算什么大儒，算什么大儒！（痛心不已）我对不起皇上！

李公公　你对皇上够忠的啦！忠大发啦！

陈宏谋　（认真地思索）皇上说："咱君臣同在一条河！"——请问：是哪条河？什么河？在哪里？（揖手向前）

李公公　（后退，跌倒）这我哪儿知道啦？这得问皇上！（突然一激灵）哎！运河！你和皇上都在运河里！

陈宏谋　不！不不不……（凝视前方，眼睛一亮）漓江！

李公公　（爬起）漓江？那是你们家的河，皇上哪儿去过漓江啊？

陈宏谋　（不容置疑地）就是漓江！我就想回漓江，我好想——请皇上游漓江。

李公公　别胡思乱想了，累不累呀？快行船吧！可累死我了！（捶腰下）

〔风起。李芝珍拿披风上，为陈宏谋披上。

李芝珍　老爷，什么都不要想了，回漓江吧！

陈宏谋　回漓江？好！（大声呼喊）回漓江！（心痛又作，变色失声）回……

李芝珍　（惊恐地）老爷……

陈宏谋　（喑哑地）漓江，还要我们吗？

李芝珍　该做的你都做了，不要再责怪自己。

陈宏谋　（突然变得清醒，充满感情地）芝珍，我这一辈子最对不起的就是你，我答应陪你回家，我好想和你一起回家，可我……怕是回不去了！

李芝珍　（不安地）老爷！

陈宏谋　（拍打着李芝珍的手）我好想回漓江，好想家乡的山水。记得你送我进京赴考之时，是何等的年轻、美貌。

李芝珍　（幽幽地）那年，我只有十六岁。

陈宏谋　（无比眷恋地）就像那漓江的水，清澈见底，一丝儿污痕都无有。你那清脆的歌喉，至今还缭绕在耳，你对我的嘱托，我犹记在怀。（握住李芝珍手，深情地呼唤）芝珍，再为我唱一曲家乡的歌吧！

李芝珍　（怦然心跳）我唱，我唱！（唱桂林民歌）“哎——漓江三月桃花水哟，桃花水……”

〔歌声引出淙淙水声。变光。瞬间，整个舞台变成碧波荡漾的漓江。漓江美景尽现舞台上下。

〔李芝珍搀扶着陈宏谋，向朦胧清丽的漓江走去。

〔风雨迷蒙，流水淙淙，青山如黛，一叶扁舟轻轻摇来。少妇李芝珍撑船送青年陈宏谋溯江而上。

〔老年陈宏谋偕老年李芝珍置身漓江畔山峦中，寻望他们年轻时的影像。

〔天籁般的声音，天籁般的唱——

少妇李芝珍　（唱）不要锦衣，不要华堂，不要诰命，不要封赏。只要与君共，相依度时光。清晨为君舂米粉，灯下为君补衣裳。苟富贵，勿相忘，女儿最怕是情伤。

青年陈宏谋　（唱）宏谋永是农家子，宏谋永是多情郎。曾经桂林山水碧，不容污秽心中藏。它日归来与妻共，还你一个清白郎。

〔小船悠然远去，民歌依旧在耳："朝为田舍郎，暮登天子堂。何时归故里，戏水在漓江（喽喂）……"

〔波光粼粼，歌声渺渺，人舟渐远。

李芝珍 （搀起陈宏谋）宏谋，我们回家！

陈宏谋 （作揖，大声呼喊）家乡父老，宏谋愧对了，宏谋不清白！

〔音乐激切，旋即中止。李芝珍、陈宏谋行进中定格。

〔画外音并字幕："公元1771年，乾隆36年，陈宏谋病逝于归家途中。他终于未能走完这条路！未能走出这条河！"

〔尾声合唱，歌从水中升起："啊——千古宏谋谁与论，长歌当哭悲且矜。盛世明君失大儒，桂林父老失才人。漓江悠悠涌绝唱，至善至美在于真。家乡万里归不得，只缘漓江太清纯！"

李芝珍 （手捧陈宏谋拐杖，高声呼喊）宏谋，回家来呀！

〔天边众人呼喊："回家来呀！"

〔桑娘搀扶李芝珍——定格。

〔天幕上江河翻滚——运河、漓江长流不息，天地一片澄明……

——剧终

丨作品点评丨

《大儒还乡》着手展现的人文内涵颇为丰富，其主题内涵对当今社会具有警示作用，有着非常深刻的现实意义。其中蕴含的"天人合一"思想与当前的"可持续发展"理念相接，"廉政爱民"、"忠君报国"与国家主流意识形态的执政理念相一致，"和谐共存"与当今主流意识形态所提倡的建设和谐社会相得益彰，这使其整个文本实践着主流意识形态的诸多理念。而且，《大儒还乡》思考了行政决策的责任与义务、依据与效果、官员的政治素质与文化素质、施政作风与官民关系等一系列和政治文明有关的重大问题，这对当今广泛存在着的为追求政绩而乱搞形象工程，为讨好上级领导而唯上级命令是从的腐败现象是极大的讽刺。陈宏谋老先生“人心需要疗救，假政必须戳穿！诏告天下百姓：桑政有误，秦绢是假。造假者害人，造假者误国！”的铮铮之言发人深省。将时代召唤的精神注入戏曲创作，赋予戏曲更为持久的生命力，这可以说是桂剧在历史文化和现实需要的交相滋养中所作的当代探索。

——邓晓燕：《从〈大儒还乡〉看当代戏曲的美学追求》，《戏剧之家》2007年第3期

“家乡万里归不得，只缘漓江太清纯”，这是桂剧《大儒还乡》终了曲中的两句词。它饱含着对清代大儒陈宏谋人生命运的感叹。

陈宏谋是清朝的一位贤臣，一生做过许多好事，官至东阁大学士兼工部尚书，乾隆御封“大儒”，并谓之：“大儒之效、百官楷模”。作品没从他的辉煌业绩中来塑造这个形象，却独辟视角，通过其一生中为数不多的错事的解剖与由此引发的痛苦的心灵搏击，揭示了他的直面现实，敢于自罪、勇于求真的高尚品质，成功地塑造了一个在人生的长河中追求至善至美，在人性的不断完善之路上顽强跋涉的灵魂。这是一部厚重的演出，无论是剧本，还是导演、演员都非常出色。陈宏谋的人生箴言是：“莫作心上过不去之事，莫萌世上行不去之心”(《清史稿》)，他终其一生都在追求着自我道德完善。剧本据此精心塑造的“这一个”品格高尚的“大儒”，不仅在历朝历代，就是在今天都是非常珍贵的。他的遭际和命运，他的灵魂深处的痛苦和搏击，不仅在古人，即使在我们自己身上，也时常发生，也具有典型意义。这就是演出的当代性与震撼力之所在。

——王敏：《只缘漓江太清纯——谈桂剧〈大儒还乡〉》，《中国戏剧》2006年第3期

丨创作评论丨

志梧的剧本，常被人誉为“三爱”，即导演爱导、演员爱演、观众爱看。为什么，学问在哪里？我反复思考，因素多种，而最主要的是创作的剧本内容能与彩调艺术形式紧密结合。即内容与形式的统一。志梧的剧本是最适合以彩调形式来进行二度创作的。而有些剧本虽标名为彩调，但叫导演、演员、音乐设计绞尽脑汁，也难进入二度创作。花费九牛二虎之力，结果仍是“话剧加唱”，或者不像彩调，没有彩调味。还有些作者的作品虽标名为“戏曲”，甚或也有诗一般的唱词和道白，但这仅是戏曲的共性。而不是某一剧种的独特个性。志梧深知剧本既是一剧之本，其剧种的表现形式是千万不能忽视的。

——江波：《观众喜爱的乡土作家——在王志梧创作研讨会上的发言》，《民族艺术》1994年第3期

天上的恋曲

常剑钧

人　物

王家宽　男，30岁出头，先天的聋子

蔡玉珍　20多岁，寻找哥哥的外乡哑女

王老炳　60多岁，因伤而瞎的篾匠，王家宽的父亲

朱　灵　女，20多岁，业余壮剧团的花旦

谢西烛　男，30多岁，县文化馆下乡的文艺辅导员

多多嫂　40多岁，快嘴村妇

众女子、众后生等男女村民

一组根据剧情需要而设的舞蹈演员

作品信息

《天上的恋曲》(现代壮剧)原载《剧本》2009年第8期，《歌海》2015年第1期。收入常剑钧《天上恋曲：常剑钧戏剧作品选》，中国戏剧出版社2012年出版。该剧入选2010年度国家舞台艺术精品工程30台初选剧目，获全国第二届中国少数民族戏剧会演银奖，获2012年国家舞台艺术精品工程资助。

一　哪个看见我哥哥

〔幕启。

〔层峦叠嶂之巅的壮族小山村，终日云缠雾绕，疑似天上。

〔入夜时分，朦胧的月色映照着古旧破败的壮家祠堂。祠堂前有一古榕。

〔北路壮剧音乐声声传来。透过祠堂窗口，可见业余剧团正在排戏，饰演梁山伯、祝英台的男女且歌且舞。不时有村民走来，趴在窗口看戏。古榕后，一女子探出头来。

谢西烛　（一声断喝）停！朱灵，我跟你说过多少次了，人为什么要变成蝴蝶？什么是最美妙、最动人、最刻骨铭心的爱——情？（见朱灵茫然地摇头）此时此刻，我送你两个字：用——心！（一把抓起朱灵的手）来，看我的！（示范）

〔榕树旁的女子用木炭头在树干上写下一行大字。突然，响起流行歌曲声，那女子闻声躲回树后。王家宽胸前挂着收音机上，边走边把音量调到最大，意犹未尽。还把收音机举到耳边。从一旁窜出来的多多嫂悄悄把收音机关了。王家宽浑然不觉，仍陶醉不已，一脸满足。

多多嫂　（猛击王家宽一掌）家宽，你听见什么？

王家宽　（答非所问）多多嫂，我吃过饭了！

多多嫂　聋子鬼，吃你个头哇！人家讲东你讲西，人家敲锣你打簸箕！（扭王家宽的耳朵）

王家宽　（痛得直叫）哟……（被树干上的字吸引住了）你看，那树上写的是什么？

多多嫂　（随意扫一眼）我和你一样，大字黑麻麻，小字打疙瘩……（转念一想，好奇心顿起，高呼）出事了，出大事了！

〔祠堂内外的人们闻声一下围到古榕前，排戏的男女还穿着戏装。

谢西烛　（一字一顿地念）那？错了，少了一张嘴。应该是“哪个看见我哥哥”，谁写的？

众女子 （唱）一行大字从天落，哪个看见我哥哥？

众后生 （唱）叫声阿妹莫找了，我们都是你的哥！

〔古榕后的女子走出，怯怯地看着众人。

王家宽 阿妹，字是你写的？

〔那女子点点头。

朱　灵 你哥哥在哪里？做什么的？

〔那女子摇摇头。

多多嫂 不是点头就是摇头，莫非你是哑巴？

〔那女子又点点头。

多多嫂 啊，还真是哑巴，你叫什么名字？

〔那女子捡起木炭头，在树干上写下“蔡玉珍”三个字。

众　人 “蔡玉珍！”

〔王家宽上前欲问，被多多嫂一把推开。

多多嫂 （语快如飞）可怜多可怜多了！你是逃婚出走还是投亲受骗？看人长得蛮漂亮，怎么偏偏是哑巴？

蔡玉珍 （急得连比带画）哇、哇……（哭了）

众后生 （唱）哑巴妹，蔡玉珍，寻哥寻到我们村。

众女子 （唱）你哥是聋还是哑，家宽可是他的名？

朱　灵 （将王家宽拉到蔡玉珍面前）你看，他是不是你要找的哥哥呀？

蔡玉珍 （直摇头）哇哇……

王家宽 （大致明白）阿妹，你莫哭了！（唱）大路断了走小路，玉米收了有红薯；

众　人 （唱）红薯玉米吃完了，

王家宽 （接唱）荞麦芋头又进屋。

蔡玉珍 （感激地朝王家宽点头）哇哇……

朱　灵 哑巴妹，聋子哥喊你去他家吃红薯啵！

〔众人起哄。

王家宽　（看着朱灵傻笑）朱灵，我最爱看你演的祝英台了……

朱　灵　（拉过蔡玉珍）王家宽，你的祝英台在这里！

〔众人笑。蔡玉珍尴尬得不知所措，悄然抹泪。

多多嫂　莫哭！莫哭！我这个人心软，就是看不得眼泪。（一拍大腿）有主意了！

众　人　什么主意？

多多嫂　（唱）水中乌龟寻王八，世上聋子找哑巴。再加一个老瞎子，歪锅歪灶共一家！

众　人　（大声起哄）好！

〔在众人的喧闹声中，盲杖声声逼近。看着拄竹杖走来的王老炳，众人不再做声。

王老炳　刚才好热闹，怎么停了？

多多嫂　（心虚地）老炳叔，我们没有讲什么呀……

王老炳　（唱）耳聋用眼听世故，眼瞎用心看来路。外乡妹仔莫要慌，我家暂当你家屋。干栏虽破遮风雨，粗茶淡饭也知足。三村六寨找阿哥，初一不见有十五……

王家宽　（接唱）到哪天，寻得哥哥回家转，我父子，送你兄妹返归途。

〔王家父子一席话，听得众人面面相觑，做声不得。

王老炳　（伸手摸索）妹仔，你愿意吗？

〔蔡玉珍扑通跪在王老炳面前。

王家宽　阿妹，跟我回家去吧！

〔跪着的蔡玉珍高举双手，张开的手心里，谢谢二字赫然醒目。

谢西烛　（凑上前去，念）“谢——谢”！

〔王家宽扶起蔡玉珍，牵着王老炳，三人缓缓而去。

众　人　（木然地望着三人的背影）“谢——谢”……

〔光渐暗。

〔幕后壮语山歌起："红豆种在榕树脚，小米种在竹子坡；问妹几时才开花，问哥几时能结果？"

二　哑谜几时猜到头

〔光复明。

〔数日后，赶圩天。

〔王家门前的小溪清亮蜿蜒，蔡玉珍正在溪畔洗衣。不时有赶圩人从她身旁走过。

〔蔡玉珍棒槌捣衣，溅起串串银浪，她满腹的心绪如山泉涓涓流淌——

〔蔡玉珍的心声："山泉无嘴哗哗唱，哑女有口难开嗓。寻哥三年哥不见，王家收留情义长。"

〔王老炳摸索而出，蔡玉珍赶忙扶他在竹凳上坐下，为他拂去肩头的灰尘。

王老炳　玉珍啊，今天是赶圩天，你还是去赶圩吧。圩上人多，说不定会找到你哥哥。

蔡玉珍　哇……（摇了摇头，拎起竹篮，到一旁晾衣）

王老炳　（轻叹一声，拿起竹篾，娴熟地编起竹篮，唱）坐看彩云心中生，满山翠竹眼底明。黄连树下种苦瓜，老天应佑苦命人。

〔王家宽边照着小圆镜，边捋着小分头上，胸前挂着的收音机仍开得很响。

王老炳　家宽，把收音机关了。听又听不见，浪费电池，电池就是钱啵！

王家宽　（关了收音机。翘首远望）阿爸，我在等人。

王老炳　你那点心思我晓得。仔呀，算啰。

王家宽　她见我总是笑，难道一点意思都没有？

王老炳　（气得扔下手中的竹篮）蠢仔！你也不拿镜子照一照，我们哪点配得上人家？（起身下）

王家宽　（顾镜自怜）除了耳朵有点背，怎么看都是靓仔一个啊！

〔谢西烛拿着一封信匆匆上。

谢西烛　王家宽，你托我写的信写好了。（诡秘地）赶紧给人家送去吧！

王家宽　（如获至宝，一把抢过信，上下左右、里里外外仔细端详）太好了！

谢西烛　又不认得字，看什么看！放心吧，你要对她讲的话呀，都在这信中了！

王家宽　（收好信）谢老师，到屋里喝杯茶吧！

谢西烛　不喝了，我等着喝你到后山挑来的山泉水呢！（欲下）

王家宽　（一把抓住谢西烛）谢老师啊！（唱）舞文弄墨好金贵，只有山泉谢大媒。你在村里住半月，半月送你百担水。一桶清泉一个字，爬山过坳步如飞。只要她懂我的心，挑干山泉也不悔。

谢西烛　好！好！快去送信吧！免得夜长梦多啊！（长笑而下，边走边吟）月上柳梢头，人约黄昏后啊！哈哈……

〔在屋后晾衣的蔡玉珍将这一切都看在眼里，一脸的疑惑。

〔王家宽喜滋滋地拿着那封信，眺望着山路上的来人。

〔蔡玉珍拿着一卷竹席，扶王老炳上。

王老炳　（拿过竹席，递给王家宽）拿到圩上卖了，买几块肥皂回来！

王家宽　（望了望路，看了看信，不情愿地接过席子，唱）手拿竹席问阿爸，卖了竹席买什么？

王老炳　（唱）玉珍洗衣手中用，你我洗澡身上擦。（用手在胸前画了一个方框，大声地）肥皂！

王家宽　（心不在焉，比平时更难理会对方意思）啊，香烟？（唱）不逢年节不摆酒，买回香烟送哪家？

王老炳　（急了，用手在手上、脸上、衣服上搓来搓去比划）肥皂！

王家宽　哦，晓得了，是毛巾，洗澡用的毛巾！

王老炳　气死我了！（唱）蠢仔一个王家宽，牛头不对马嘴巴。

〔蔡玉珍也急了，伸出双手，一个劲儿地朝王家宽比画着。

王家宽　（无奈地）这香烟不是，毛巾又不是，到底是什么啊！

蔡玉珍　哇哇！……（见此情此景，感慨不已）

〔蔡玉珍的心声："狠心的老天爷啊，你太不把道理讲。关了一道门，该开一扇窗！他有耳听不见，我有口不能张，再加一个瞎阿爸，哑谜猜得人心慌！"

〔蔡玉珍从王家宽手中拿过竹席，匆匆而去。

王家宽　（望着蔡玉珍的背影，突然兴奋起来）阿爸，这回有办法了。往后你要买什么，就叫玉珍阿妹去，她讲不出，听得见，看得见啊！

王老炳　（喟然长叹）是啊！（下）

〔随着一阵银铃般的笑声，一身新衣的朱灵和几个村里姐妹赶圩路过。

王家宽　（大喜过望，赶紧挡在路中央）朱灵，我等你半天了，走，我们一起去赶圩吧！

朱　灵　（撇嘴一笑）你？算了吧！（唱）姐妹赶圩山过山，哪有功夫陪你玩。你家有个天仙女，为何不请她做伴？姐妹们，走呀！

王家宽　（赶紧掏信）朱灵，有人给你一封信……

朱　灵　（笑得很灿烂）哟，信啵！是哪个阿哥写给我的情书呀？

王家宽　（将信递给朱灵，忽然变得羞涩腼腆）朱灵，你看了，就什么都明白了……

朱　灵　（看信封）这么漂亮的字，难道……（忍不住拆开看了几眼，面红耳热，赶紧把信藏起）

姑娘甲　是什么信，给我们看一下！

姑娘乙　（欲抢）真的是情书吗？读来听听！

朱　灵　（欣喜）看不得的。急什么？往后啊，你们自然就会晓得的！（转戏腔）我的梁兄啊！……姐妹们，赶圩去啰！（走了几步，突然想起什么，回过头来）王家宽，多谢你啵！（下）

王家宽　（一脸的期待）朱灵，人家等你的回信啵！

〔歌声、笑声随着朱灵渐行渐远，王家宽呆呆地望着她们远去的背影。

〔收光。

〔带几分凄婉的壮语山歌隐隐飘来："塘边蚂蚜叫连连，哥想讨嫂没得钱；拿张板凳排妈坐，妈哄一年又一年……"

三　挑泉水的邮递员

〔光渐起。

〔祠堂门前，拂晓。

〔残月将坠，疏星点点，山尖露出一抹鱼肚白。

〔古榕后。小屋门前有一口大水缸，缸沿上用粉笔画着许多"正"字。

〔蔡玉珍从古榕后闪出，看了看缸中的水，抚着缸沿上一个个"正"字，心潮难平。

〔蔡玉珍的心声："鸡鸣三遍五更寒，我等阿哥祠堂前。半个月亮缸中落，阿哥可知妹心愿？你恋别人我不怪，只盼花好月更圆。可怜你山泉挑了几百担，心上人何时能到你身边？哑妹为报聋哥恩，真相不白心不甘！"

〔王家宽担水上，蔡玉珍藏身树后。

王家宽　（唱）山路迢迢弯过弯，一脚深来一脚浅。天上星星眼眨眨，难道知我心中愿？朱灵啊，路上遇见你只是笑，不冷不热不咸不淡不近又不远；也无回信半个字，是爱是嫌难分辨。朱灵啊，你还要我等多久，难道真把那眼山泉来挑干？（将水倒进水缸，摸出粉笔在缸沿上又添了一画。举手欲敲门，看了看天色还早，转身欲走）

〔门开了，走出还在揉着睡眼的谢西烛。

王家宽　谢老师，早啊！

谢西烛　嘿嘿，莫道君行早，更有早行人啊！

王家宽　山泉水，够数了吗？

谢西烛　够了，够了。村里的《梁祝》排完了，我的任务完成了，过两天就要回县城去了。王家宽，多谢你给我担了这么多的山泉水，好喝，真好喝啊！

王家宽　（不知所云，频频点头）不累，我不累……（挠头）只是朱灵她……

谢西烛　朱灵？她怎么样了？

王家宽　这么久了，朱灵她一个字也不给我回……

谢西烛　（笑）她晓得你不识字，怎么回啊？

王家宽　（急切地）谢老师，我的话你都写进去吗？

谢西烛　写了，写了呀！（唱）你爱她好比牛恋塘，

王家宽　（唱）一天要滚好几回。

谢西烛　（唱）你爱她就像点蜡烛，

王家宽　（唱）滴滴都是相思泪。

谢西烛　（唱）你爱她不怕头落地，

王家宽　（唱）钢刀架颈还喊妹。

〔古榕后的蔡玉珍侧耳细听，欲说不能，幕后帮腔起："聋哥相思好可怜，痴情长过山溪水。"

谢西烛　（拍了拍王家宽　）好了，好了！哪有那么容易就得到的爱情，此时此刻，我送你二个字：耐——心！耐心懂吗？

王家宽　（摇摇头）……不懂。

谢西烛　（从口袋里摸出一封信来）我又帮你写了一封信……

王家宽　（大喜过望，一把抢过）谢老师，你真是太好了，多少个字？几多桶水？

谢西烛　这封信是我白送给你的。不用挑水了，快去送信吧！

王家宽　（急不可耐）我要给朱灵送信去了！（朝谢西烛深深一躬，匆匆跑下）

谢西烛　（拿起王家宽丢下的水桶扔过一旁，情不自禁地一抖并不存在的水袖，一副轻狂小生的模样）好痴情的人儿呀！（唱）几天不见俏佳人，上下悬着一颗心；多谢聋子邮递员，午后相约野桃林。（得意洋洋地走回小屋，关门）

〔蔡玉珍从古榕后走出，将王家宽留下的水桶担在肩上。

〔幕后帮腔："阴差阳错在人间，求爱者变成了邮递员。聋哥啊，别人卖你你数钱，哑妹我，岂能让黑白不分颠倒颠！"

〔蔡玉珍担水桶下。

〔收光。

〔悠远的壮语山歌起："画眉过岭为打架，蝴蝶进园为采花。等双等到月亮落，只为等来那句话……"

四　有话在心说不出

〔光复明。

〔紧接前场。

〔村外野桃林。

〔身背小竹筐的蔡玉珍拉着王家宽上。

王家宽　（一脸的不情愿）我有急事，你拉我到这荒坡野岭来做什么？你还是打猪草去吧！我回去了。

蔡玉珍　（一只手死死地拉着王家宽，一只手使劲地朝他比画着什么）哇哇……

王家宽　我又听不见，你又讲不出，急死人了！（唱）刚才送信给朱灵，要在屋里候佳音。我年过三十未成家，你拼命阻拦是何因？

（甩开蔡玉珍，欲下）

〔蔡玉珍不顾一切，抱住王家宽的腿不让他走。王家宽火了，欲再甩开，看了看泪流满面可怜楚楚的蔡玉珍，于心不忍，只得摇头叹息。

〔蔡玉珍精诚所至，满山的桃树舞动着婀娜的手语，伴着她如潮的心声娓娓倾诉。

〔蔡玉珍的心声："千呼万唤聋哥哥，耳听不见你用心听。知你单身好难捱，苦命人更怜苦命人。知你暗恋小花旦，四处求人写情信。知你挑水五更寒，桶桶山泉情意深。你怎知，人心难测错中错，流水有意花无情！你怎知，当了义务邮递员，助人红线牵桃林。说不出，拦不能，看在眼，苦在心。你既然把我当妹妹，怎忍看哥哥无端被欺凌?”

〔蔡玉珍的一番比画，使王家宽似乎感觉到了将有什么事情要发生。他扶起蔡玉珍，正欲说些什么，却被蔡玉珍拉到一棵树后。此时，桃林深处，可见朱灵缓缓而来，王家宽欲呼唤，却被蔡玉珍死死捂住嘴巴。

〔王家宽正欲发作，忽然看见一棵树后转出了谢西烛，笑着朝朱灵奔去，疯狂地把朱灵抱住。王家宽看得目瞪口呆，瘫坐在地，终于不再做声。

〔有顷，朱灵挣脱了谢西烛的怀抱，独自坐到桃树下的石头上，将头扭过一旁。另一旁的树后，蔡玉珍握着王家宽的手，轻轻抚慰。

谢西烛　（轻狂依旧）娘子啊，想煞我也！（唱）一日不见隔三秋，三日不见泪双流。为何狠心不露面，还请娘子道根由。

〔朱灵不答，哭了起来。王家宽欲从树后探头，被蔡玉珍按了回去。

谢西烛　娘子，不要生气呀！（唱）为你调进县剧团，上下左右忙打点。好事多磨耐心等，梦想成真待来年。

朱　灵　我一天也不能再等了！（唱）三番五次将我骗，哄我一天又一天。桃林约会种祸根，珠胎暗结肚已圆。

谢西烛　（惊恐莫名）什么，你怀孕了？这可怎么是好？……明天跟我回县城，到医院做掉！

朱　灵　不，我不去！

谢西烛　（慌乱）一定要去！我是国家干部，屋里头还有老婆仔女，这种事情搞不得的呀！（跪地）朱灵，我求求你了……

朱　灵　（鄙视地）站起来，不是我不愿去，是我不能去！

谢西烛　（声音颤抖）为什么?

朱　灵　（唱）阿妈一双接生的手，摸出了我肚子里的秘密；阿爸一把杀猪的刀，逼我讲出那个人的根底。

谢西烛 （带哭腔）你……讲了吗？

朱　灵 还没有……

谢西烛 （长吁一口气）太好了！

朱　灵 躲得过初一，躲不过十五！早晚都要讲出那个人的名字，然后……

谢西烛 （急切）然后怎么办？

朱　灵 然后就找一帮人杀上那个人的家去，杀猪宰牛，赔礼道歉……

谢西烛 （几近崩溃）再然后呢？

朱　灵 再然后啊！（唱）再然后我就成了那人的妻，一辈子嫁狗随狗嫁鸡随鸡……

谢西烛 妈呀……（似一摊烂泥瘫在地上）

朱　灵 （绝望）天哪，你，你哪点像我心中的梁山伯啊——（转头欲下）

谢西烛 （抱住朱灵的腿）朱灵，我们再商量一下，还有什么办法没有？

朱　灵 （脸上泛起轻蔑的笑）谢老师，此时此刻，我也送给你两个字：可——怜！（转身跑下）

谢西烛 （爬起）朱灵，等等我！（追下）

〔蔡玉珍拉着呆若木鸡的王家宽从树后的草丛里钻了出来。

蔡玉珍 （怜爱地看着沮丧的王家宽，伸手为他摘去身上的树叶枯草，拉着他的手朝回家的方向比画着）哇……

〔王家宽呆坐在石头上，茫然回顾，蔡玉珍在一旁比画着，安慰着他。

王家宽 （唱）心中阵阵滚闷雷，腮边两行荒唐泪。

〔蔡玉珍的心声：“愿为你抚平心中痛，想为你拭去眼角泪。”

王家宽 （唱）朱灵啊，你不该对我笑，笑比毒药毒几倍。

〔蔡玉珍的心声：“谢老师，你不该将他骗，骗比抢劫更有罪。”

王家宽 （唱）我真想，割去双耳把狗喂；

〔蔡玉珍的心声：“我真想，辨一回人间对错是与非。”

〔王家宽沮丧地坐在地上，眼中一派迷茫，心中一片空白。

王家宽 （唱）情已断，心已碎，往后梦中还有谁？从此光棍打到底，地老天荒也不悔。

〔蔡玉珍的心声："石头还能翻三面，阿哥莫要把心灰。天聋地哑路不断，阿妹牵哥把家回。"

〔蔡玉珍将王家宽从地上拉起，为他拍去尘土，理好衣服。面对蔡玉珍饱含期待的目光，王家宽痴痴地想着什么，蔡玉珍拉着他向山下走去。

〔光渐暗。

〔壮语山歌悠悠飘起："走路莫踩牛脚印，跌倒才知路不平。谷子吹糠才见米，灯草脱皮才见心……"

五　小河淌水清又亮

〔光渐起。

〔数日之后。

〔王家门前小溪旁。

〔蔡玉珍拿着一筐东西正欲刷洗，回身朝王家宽作了一个手势，王家宽心领神会，赶忙递过一把竹刷，两人用自已的方式交流着。此时的王家宽，胸前已不见过去朝夕相伴的收录机。

〔王老炳也走了过来，驻足溪畔。

王老炳　今天天气好，我也来洗一洗手脚吧！

王家宽　（高兴地）喔嗬！（唱）小河淌水清又亮，洗手洗脚心欢畅；

〔蔡玉珍的心声："洗去昨天坏运气，洗走心头的忧伤。"

王老炳　（唱）洗呀洗，洗得眼前出太阳。满山青竹翠，半坡菜花黄。"

王家宽　（唱）洗呀洗，洗得耳中歌飞扬。山风轻轻吹，小鸟咕咕唱。

〔蔡玉珍的心声："洗呀洗，洗得嗓音甜又亮。说不出的心里话，在泉水中流淌……"

〔王老炳乐哈哈地摸索而下。

〔蔡玉珍从桌上竹篮里拿出一捆鲜红的毛线，朝王家宽招手，王家宽不解地来到她的身边。

〔蔡玉珍将红毛线一把套到王家宽的双手上，拉出一根线头，边绕边比画着。

王家宽　啊，懂了，懂了！妹子，你是在给哪个织毛衣啊？

〔蔡玉珍笑而不答，两人配合默契地绕着毛线团。

〔屋后岭上传来斑鸠的啼声，欢快而又悠远。

〔幕后伴唱：“清早开门日头出，岭上斑鸠叫咕咕；扁毛畜牲真古怪，晓得妹要把头梳。”

〔歌声中，多多嫂手持洗衣的棒槌，领一群拿着扁担或锄头的村民躬腰悄然逼近，慢慢将王家宽和蔡玉珍团团围住。

蔡玉珍　（惊恐而不解地望着）哇……

王家宽　（脱下手中的毛线）你们要干什么？

多多嫂　哼！看你不出样，聋子鬼名堂多！搞大朱灵肚子的是不是你？

众　人　（举手中家什）快讲！

王家宽　（茫然不解地）我没有偷东西……

多多嫂　不偷东西你偷人啊！

蔡玉珍　（欲为王家宽解释）哇哇……

多多嫂　（将蔡玉珍拨拉过一旁）哑巴莫管闲事！（手中的棒槌直逼王家宽鼻尖）你讲，夜夜看戏色迷迷盯着朱灵的是不是你？

王家宽　（似乎明白了，点点头）是……

多多嫂　偷偷摸摸两次送信给朱灵的是不是你？（亮信）

王家宽　（点头）是……（意识到问题严重）但搞大她肚子的不是我！

多多嫂　不老实，打！

〔众人刚举起家什，蔡玉珍疯狂冲过来护住王家宽。

众　人　打！

〔屋里的王老炳闻声而出。

王老炳　（手中竹杖一顿，从腰中抽出破篾刀）住手！（唱）你有手上洗衣棒，我有腰中破篾刀。家宽敢做亏心事，天理难容不轻饶！

多多嫂　（有些怯场，换一副腔调）老炳叔啊，乡里乡亲的，有话好讲嘛！（唱）既然生米成熟饭，不找家宽把谁找？朱家托我来提亲，恭喜你把媳妇讨！

〔蔡玉珍扶着王老炳，将破篾刀放回他腰中。

王老炳　（拉着蔡玉珍的手，欣慰地露出笑意，唱）歪锅只能配歪灶，烧香莫要找错庙。朱家妹子眼角高，怎会选个聋子佬？（白）多多嫂啊，你找错门了！

多多嫂　老炳叔啊，人家都不怪你的筛粗，你还嫌人家米细啊！闲话少讲，我们还是按老祖宗留下来的规矩办吧！

王老炳　什么规矩？

多多嫂　杀猪宰牛，赔礼道歉，然后成亲！

〔众村民纷纷举起手中的家什响应。

王老炳　（操起竹杖，拦住众人）我家穷，没有牛，猪崽有两条，是玉珍养的，要杀，你们问她同意吗？

蔡玉珍　（也拿起一根竹竿）哇哇……（和王老炳并肩与众人对峙）

〔朱灵不知何时来到王家，悄悄站在人群后。

多多嫂　（正无计可施，发现了朱灵，赶忙一把拉过）朱灵，你愿不愿意嫁给王家宽做老婆？

朱　灵　（不知道如何回答）我……（轻轻地摇摇头）

多多嫂　你都这样了……妹呀，不嫁不得啵。王家宽，你愿不愿意讨朱灵做老婆？

王家宽　（憨憨地笑着）不晓得……

朱　灵　多多嫂，不是王家宽，你们走吧！

多多嫂　（吃惊）啊！不是王家宽？那是……

朱　灵　你们走吧，过几天，你们就什么都晓得了。

多多嫂　（大失所望，无趣地）走！（率众村民悻悻而下）

朱　灵　（第一次正眼看着王家宽）王家宽，你是个好人，求你帮做一件事，好吗？

王老炳　（着急地）什么事？

朱　灵　这……（看了看王家三个人，对蔡玉珍耳语）

蔡玉珍　（点头，比画）哇哇……

朱　灵　王家宽，桃花开了的那一天，我在山上等你。（下）

王老炳　家宽，你不能去呀！

王家宽　阿爸，到那天，玉珍阿妹会陪我去的，是吗？（看着蔡玉珍）

蔡玉珍　（点了点头）……

王老炳　这我就放心了。

〔切光。

〔悠悠的壮语山歌起："竹子挖笋还有根，南瓜摘花还有藤；妹在后园种韭菜，刚刚割完又转青……"

六　三月桃花满岭红

〔光复明。

〔半月之后。村外桃林。

〔漫山遍野的桃花殷红如血，扑面而来。

〔王家宽坐在树下悠悠地吹着木叶，蔡玉珍提着一只傻瓜相机似在等人。

〔穿着一身白色连衣裙的朱灵悄然而至。她似乎忘记了任何烦恼与痛苦，欢快地在桃花丛中奔跑着，连衣裙随风飞舞，犹如一只硕大的蝴蝶。

〔蔡玉珍朝王家宽比画着什么，王家宽站起身来，疑惑地看着忘乎所以的朱灵。两人随朱灵而去。

朱　灵　（唱）山坳一夜春风来，千树万树桃花开。我像蝴蝶花中舞，美过戏里祝英台。

王家宽　（唱）眼前好比一场戏，桃林就是大舞台；祝家小姐前面走，两个书童随后来。

蔡玉珍　（看着眼前欢快的王家宽和反常的朱灵，无限感慨，心声冲口而出，唱）青菜萝卜各人爱，是花自有蜂蝶采；满山桃花张口问，阿哥是否想得开？

朱　灵　（在一树桃花前摆好姿势）你们快来呀！给我照相啊！

蔡玉珍　（将手中的相机递给王家宽）哇哇……

王家宽　（按下快门）太……太漂亮了！（唱）朱灵美过祝英台，难怪不把我理睬。自古英雄爱美人，哪有美人恋蠢仔。

〔随着一阵银铃般的笑声，朱灵又从另一树花后钻了出来。

朱　灵　（又摆好姿势）再来一张！

王家宽　（按下快门）好！好……

朱　灵　（心醉神迷，坠入梦寐以求的《梁祝》境界）梁兄啊！（唱）彩蝶双双入花海，山伯哥哥快快来。十八相送梦不断，等你花轿把我抬……

王家宽　（也被忘情的朱灵感染了，一次又一次地按下快门）来！……再来！（直到镜头里不见了人，才痴痴地抬起头来，看到站在他面前的是一直深情注视着自己的蔡玉珍）阿妹……

〔蔡玉珍掏出手帕默默擦去王家宽额头的汗水。

王家宽　（心中怦然一动，用异样的目光看着蔡玉珍）阿妹呀！（唱）她有她的梁山伯，我有我的祝英台。有眼无珠王家宽，悔把珍珠草里埋！

〔蔡玉珍句句听在耳中，羞涩得低下了头。

王家宽　（从朱灵照相的桃树下拿起一封信，看了一眼，顿觉不妙）不好，要出事了！（把信塞到蔡玉珍手中，匆忙跑下）

〔蔡玉珍回过神来，拆开信看。朱灵的歌声隐隐飘来：“一生只盼这一回，桃林寻梦我不悔，来年三月红满树，再看彩蝶双双飞”

蔡玉珍　（读信，双手颤抖边走边唱）朱灵留信给家人，前因后果说分明。她在桃林留倩影，她要花丛了此生……

〔在蔡玉珍焦急的寻找中，王家宽背昏迷不醒的朱灵上。两人将朱灵放在桃树下，蔡玉珍赶紧去掐朱灵的人中。有顷，朱灵悠悠醒来，定定地看着王家宽。

朱　灵　（唱）天上人间走一回，梦醒才知悔悔悔——

王家宽　（唱）世上有路千万条，命比黄金更可贵。

朱　灵　（站起身来，长叹一声）看起来，祝英台这一生是找不到梁山伯的了，……唉，你聋是聋点，心还蛮好，我就嫁给你吧！

王家宽　（淡淡地）你说什么？

朱　灵　只要你愿意，我就嫁给你！

蔡玉珍　（急得一个劲地比画）哇哇……

王家宽　（故作不明白，笑着摇摇头）玉珍阿妹，她在说什么？

朱　灵　（也明白了，幽怨地看着王家宽）不愿意讨我，你为什么要救我？你既然救了我，为什么又不讨我？为什么？为什么啊！

王家宽　（看着蔡玉珍）阿妹，你讲呢？

朱　灵　（着急地）讲啊！你讲啊！

蔡玉珍　（石破天惊般喊出心声）我——爱——你！（双手掩面跑进桃林深处）

〔“我爱你”三个字如春雷般炸响在王家宽的心田，炸响在桃林上空。

〔王家宽拔腿向蔡玉珍追去，一路花雨将两人追随。

蔡玉珍　（唱）我的心在怦怦乱跳，我的脸在滚烫发烧；我的手把欢乐抛洒丛林，我的脚将高兴印满山道……打开沉重的闸门，奔腾的浪花尽情欢笑；扭断生锈的铁锁，出笼的画眉歌飞九霄！（停顿片刻，接唱）原以为处处无家处处家，乡关无望路途遥；原以为冷嘲热讽当盘缠，无端欺凌知多少？原以为万般情缘命中定，今生难把哥哥找……谁料想人间不缺真情在，天涯处处有芳草；谁料想哑巴也有张口时，铁树开花在今朝；谁料想一颗漂泊的心啊，落脚在温馨无比的壮家小山坳！

王家宽　（唱）我全力在听，耳边响起雷霆声声；我全心在听，耳边滚动春潮阵阵。听见了，我听见了平生最美的乐曲，听见了，我听见世间最美的声音。

〔花海深处，王家宽追上了满脸羞涩、艳若桃花的蔡玉珍。两人四目相对，千言万语都寄予仍在桃林上空飘荡的声音。

王家宽　（唱）我爱你字字听得清，

蔡玉珍　（唱）我爱你字字都是真；

王家宽　（唱）三个字等了三十年，

蔡玉珍　（唱）三个字伴随我一生。爱从心出重千钧，有它生命才完整；

王家宽、蔡玉珍　（唱）我爱你，我爱你，两颗心合成一颗心；我爱你，我爱你，两个人变为一个人。

〔清脆欢快的敲击声阵阵传来，不远处的山岩上，王老炳兴高采烈地用盲杖敲击着岩石。

王老炳　我看见了！我看见了！（唱）满山桃花笑盈盈，九天飘落五彩云。大路小路亮光光，不怕坎坷路难行。

王家宽　（唱）我听见了最美的声音，

王老炳　（唱）我看见了最美的风景；

蔡玉珍　（唱）我说出了最美的渴望，

王家宽
王老炳　（唱）我们是幸福和美一家人！
蔡玉珍

〔王家宽、蔡玉珍牵着王老炳，三人携手欢笑。

〔光渐暗。

〔绵绵不绝的壮语山歌起："高山岭项竹一坡，竹尾娑娑好织箩；哥会破篾妹会织，妹会唱来哥会和。"

七　此曲只应天上有

〔光渐起。

〔半年之后。王家门前。

〔秋高气爽，小溪流浅吟低唱，溪畔竹林旁，露出尚有一面瓦未盖好的王家新房一角。

〔门外竹桌上放着一只旅行袋，王家宽默默地给蔡玉珍收拾行装，蔡玉珍心绪不宁，捧着那件织好的红毛衣暗自垂泪。

蔡玉珍　(唱)心如麻，情如火，口难张，步难挪……孤女找哥路坎坷，小山村里暂歇脚；如今哥哥找到了，喜忧参半又为何？舍不得，情深义重父子俩，忘不了，春去秋来苦与乐。丢不开，相扶相帮亲情暖，抛不去，牵肠挂肚人一个……

王家宽　(看着蔡玉珍，若有所思)玉珍阿妹，找到了你哥哥，应该高兴才对，怎么又哭了？

〔蔡玉珍掩饰地否认。

王家宽　还讲没有哭，眼睛都肿了。

〔蔡玉珍又是一番比画。

王家宽　啊，你是讲灰尘进眼睛了，来，我帮你吹一下就好了！(欲给蔡玉珍吹眼睛)

〔蔡玉珍娇嗔地捶了王家宽一拳，转过身去。

王家宽　我晓得了，要分别了，心中难过。玉珍阿妹，昨晚阿爸在我的耳边讲了一夜的话，也不晓得他老人家讲了点什么……他……他舍不得你走啊！

蔡玉珍　(背对着王家宽，唱)真想放嗓喊一声，骂你一回傻哥哥。你要留人快开口，何必拐弯又抹角？(回过身来，用火辣辣的眼光扫向王家宽)

王家宽　(唱)我的心中一团麻，你的眼里一把火；火烧乱麻一堆灰，怎样开口对妹说？

〔蔡玉珍坐到王家宽对面，双手不停地比画着或许只有两人才懂的曼妙手语。

王家宽　（心领神会，激动地抓起蔡玉珍的双手，举在眼前）我懂了！（唱）妹的十指会讲话，开在双手像朵花；此生你在我身旁，阿哥不聋更不傻。

〔蔡玉珍羞涩地抽出双手，站过一旁，又朝王家宽比画起来。

王家宽　我懂，我懂啦！（唱）你叫我父子放心莫牵挂，从此后这里就是你的家。你叫我堂堂正正人前站，男子汉心胸宽阔比天大。你叫我……嘻……（突然捂嘴笑了起来，不好意思再唱下去了，朝屋里大呼）阿爸！阿爸，快来呀！玉珍，下面的话，就莫讲了，给人家听见，不好意思……

〔王老炳从屋里出，蔡玉珍扶他坐到桌前。

王老炳　家宽啊，不是讲好要送玉珍去和她哥哥见面的吗？

王家宽　阿爸，还有更好的事情啵！

王老炳　（笑眯眯地）有什么比玉珍找到哥哥更好的事情啊？

〔蔡玉珍笑着把行装一件件从包里取出。

王家宽　玉珍妹子她、她不走了！

〔多多嫂兴冲冲上。

多多嫂　好事情，好事情啊！

王老炳　多多嫂，你今天是要杀牛还是杀猪呀？

多多嫂　（尴尬一笑）嘿嘿……我是来讲给你们听的，朱灵到广东打工去了，给家里写了信，寄了钱来啵！

王老炳　好啊！

多多嫂　谢老师这个砍头鬼也挨上级处分了，好衰啊！（见无人答理）那我走了，走了啊！（下）

王老炳　（哈哈大笑）赶紧盖瓦吧！好进新房啊！

〔王家宽和蔡玉珍将梯子、凳子和新瓦端到屋檐下。

王老炳　老天有眼，老天有眼啊！（唱）凑成一堆聋哑瞎，世间绝配数我家！莫道门封路已断，窗开一扇也潇洒。

〔王老炳来到屋檐下。王家宽飞爬上屋顶，蔡玉珍将王老炳扶上方凳，然后将一叠瓦片递了去，王老炳顺势一抛，瓦片稳稳地飞到王家宽手中。往返回还、周而复始，三个人动作优美、节奏明快，毫厘不差，惹得村民纷纷纷驻足溪畔观看，投过一片钦羡的目光。

王老炳　（唱）老天慈悲开了眼，你们来到我身边。我是你的嘴巴你的耳从此骨肉紧相连。

王家宽　（唱）命运不倚也不偏，腰杆不弯天地宽。我是你的眼睛你的嘴，黑夜过去是晓天。

蔡玉珍　（唱）世事千般都是缘，难舍难离真依恋。我是你的双耳你的眼，心手相牵到永远。

〔一家三口宛如美妙画卷的劳作场面使溪畔的旁观者唏嘘不已，羞愧莫名。多多嫂和众村民默默上前帮忙。

〔幕后伴唱起："我是你耳边时刻的惦念，我是你心中不断的挂牵；我是你眼前五彩的画卷，我是你生命永远的依恋。"

〔王家三人劳作的场面定格为一幅隽永的剪影。

〔光渐暗。

——剧终

丨作品点评丨

《天上恋曲》是常剑钧的又一部壮剧，根据东西小说《没有语言的生活》改编。从这部剧作中，我们同样可以感受到剧作家的情感情怀。

如果说《瓦氏夫人》是一部辉煌大气的历史剧，那么壮剧《天上恋曲》则是一部生活气息浓郁、细腻抒情的现代戏。它描写了残疾人生活、品格、追求、情操、情感。瑶族哑女蓝玉玲为寻找离家出走的哥哥，来到壮家寨子，因奔波劳累晕倒。好心的盲人老爹韦老炳收留了哑女。老爹与他失聪的儿子韦家宽细心照料哑妹，犹如家人一般。在暂短的相处中，三个残疾人组成一个临时家庭，充满温暖，充满爱。

常剑钧运用情节、细节、语言、动作等戏剧元素，塑造了韦家宽这一壮族青年，他以同样的笔墨塑造了瑶族哑妹蓝玉珍、壮族瞎眼爷爷韦老炳，为我们打开聋哑瞎这一特殊人群、特殊世界，特别是打开了他们的心灵世界，展现了他们的生活，他们的美好，他们的所思所想，所爱所恨……这是一个很特殊的题材，在戏曲舞台上并不多见，在民族戏剧中更是难得一见。有人认为，把少数民族人物写成瞎子、哑巴、聋子，聚集于一处，伤害了少数民族人物形象，伤害了民族感情……其实这不是民族问题，这是一个人类需要对待的共同问题，不管民族种族，不管性别年龄，不管宗教信仰，残疾人群的存在是一个现实问题，关键是如何看待这个群体，如何表现这些残疾人的生活、思想、情感、人生……

……《天上恋曲》虽然塑造的人物在生理上有着这样或那样的缺陷，但他们是美的，特别是他们都有一颗美丽的内心，他们的美是一种由内散发出来的美，是有内涵的美，是经得起品评的美，这是永恒的美！不会随着岁月时光的流逝而流逝。

作家需要有一双善于发现美的眼睛，需要有一个博大的胸怀。我们从常剑钧的作品中，感受到他选择戏剧题材、处理题材的不同之处。这不是单纯的技术技巧问题，这当与文化修养、艺术修养、艺术品格、艺术追求、艺术审美、人生追求、价值取向……有很大关系。

——谭志湘:《以中华民族大情怀写少数民族戏剧——谈常剑钧的少数民族戏剧创作》,《歌海》2015年第3期

深刻的思想表达和独特的切入视角使《天》(《天上的恋曲》，编者注）剧具有深刻而新颖的内涵，而在戏剧艺术的表现形式上,《天》剧也同样有着独特的艺术魅力。

《天》剧的戏剧结构突破了传统的框框，在全剧的情节发展中，我们似乎看不到大多数戏剧中常见的那种起承转合和严谨的事件发端、发展、高潮和结局的传统结构方式，而是以人物情感的推进为结构方式，做到了情感与故事融为一体，使全剧有一种清新脱俗之感。

——王小蓓、裴志勇:《此曲只应天上有——壮剧〈天上恋曲〉观后》,《中国文化报》2011年12月13日第008版。

| 创作评论 |

……中国少数民族戏剧包括少数民族戏曲剧种剧目和少数民族题材戏剧两个部分，常剑钧对这两个部分都有所涉猎。他创作的壮族歌剧《壮锦》和山歌剧《遥远的百褶裙》等属于少数民族题材剧目，民族色彩浓烈，形象鲜明突出。

常剑钧对民族戏剧情有独钟，这自然与他长期生活在广西壮族自治区这片土地有关，他对生活在这里的壮、瑶等少数民族太熟悉，太了解了。更重要的是他有一份民族感情、民族情怀和民族的责任感、使命感。他自己就是少数民族——仫佬族，但他没有狭隘的民族意识，也没有只站在仫佬族的角度或壮族等其他少数民族的立场看问题，写剧本。……他是站在中华民族的高度观察少数民族，反映少数民族的生活、思想、情感，塑造少数民族戏剧形象。他是少数民族剧作家，生活在广西壮族自治区，这是他的优势，但更重要的是他对少数民族充满感情，他是带着感情去了解少数民族，了解他们的生活、他们的爱憎、他们的审美、他们的习俗、他们的宗教信仰，他是以一种大的民族情怀，即中华民族情怀，去了解少数民族，理解少数民族，然后，以戏剧的形式去反映他们的生活状态、生存状态、心理状态，塑造少数民族艺术形象。

我以为中华民族的大情怀是决定常剑钧少数民族戏剧创作高度与深度的首要因素。

——谭志湘:《以中华民族大情怀写少数民族戏剧——谈常剑钧的少数民族戏剧创作》,《歌海》2015年第3期常剑钧是驰骋耕耘在戏剧创作舞台的常青树、不老松，他编剧的彩调剧《哪嗬咿嗬嗨》、壮剧《歌王》《天上恋曲》等作品，在戏曲界享有很高的声誉。这些剧目文化内涵深厚，艺术风格独特，地域特色鲜明，其中几个突出的特点值得关注和总结。

一是以生命的体验、悟世的睿智使其作品具有浓烈的乡土情怀。常剑钧的作品总是不把笔墨过多地放在历史背景的勾勒以及事件的叙述上，而是更多地通过乡音、乡情、乡俗的竭力渲染，对人物内心世界的揭示，使他的作品散发出浓烈的乡土情怀，而浓烈的乡土情怀，更使他的作品具有深邃、尖锐、有分量的思想穿透力，而且在深刻的思想内涵当中折射出绚丽的艺术光芒。……

二是以新奇的立意、道人所未道的故事使其作品具有厚重的岁月沧桑感。……常剑钧以它奔涌的才情，不仅从字面及戏曲文体特征上去把握剧情和剧中人物的岁月沧桑感，更是从观众的观剧心理，从自身的感受、思索、领悟去把握剧情和剧中人物给人以人生况味。其轻松、诙谐、风趣、真实，间或有些酸楚的人物，让观者感悟和深思，提升、净化了人的灵魂。……

三是以清水出芙蓉、天然去雕饰的语言使其作品格外清新和亮丽。常剑钧常年“混迹乡里”，这为他的戏曲语言创作提供了得天独厚的条件。他的语言优美生动，清新流畅，凝练简洁，雅俗共赏。既能准确表达人物的性格，又能使观众得到美的享受。从而形成了自己以“乡土诗化”见长的语言艺术风格。也就是说具有天然的质朴之美。

——吕育忠:《乡土剧作家常剑钧》,《南方文坛》2013年第2期

无论是历史题材还是现实题材，无论是壮剧、彩调剧、桂剧还是歌剧、音乐剧，常剑钧都把艺术的笔触聚焦在自己所熟悉、所热爱的故乡生活，通过八桂大地上的人物和语言、壮民族的风情和习俗的描写，努力探求乡土写作和地方戏创作所必须具备的广西特色、壮族精神。一方水土养一方人，一方水土育一方戏。如何把“花山的神秘肇示，铜鼓的远古回声，绣球的婀娜飘飞”，这些广西壮族特有的文化符

号，和“八桂大地厚重的文化积淀，骆越各族千百年来的心灵呐喊，当今世界多元文化冲撞出的精神碎片”，熔铸成具有广西气派、壮乡风格的舞台作品，这是常剑钧乡土戏剧创作的执着追求。

——李春喜:《常剑钧：当代成绩斐然的乡土剧作家》,《南方文坛》2013年第2期

2010年代

·张仁胜《龙隐居》

·张仁胜《花桥荣记》

龙隐居

张仁胜

人　物

龙隐居之东房刘家

东房一层

刘文才　出场三十九岁

龚桂花　文才妻，出场三十四岁

刘青罗　文才大女儿，出场时十六岁

刘碧玉　文才小女儿，出场时十五岁

东房二层

刘武才，刘文才弟弟，出场时三十五岁

作品信息

《龙隐居》载《第九届广西戏剧展演优秀剧作选》，广西师范大学出版社2017年出版。2015年该剧获第九届广西戏剧展演“桂花金奖”。

龙隐居之东房关家

西房一层

关伯伯　出场时六十六岁

关伯娘　关伯伯老伴，出场时六十二岁

关双金　关伯伯二儿子，出场时三十八岁

西房二层

关大金　关伯伯的大儿子，出场时四十三岁

大金妻　关大金老婆，出场时四十岁

关独峰　关大金大儿子，出场时十七岁

关万峰　关大金二儿子，出场时十五岁

龙隐居之东房张家

张镇北　出场时二十八岁

张镇西　张镇北大弟，出场时二十三岁

龙隐居之外各色人等

史良才　出场时五十岁

老　歪　出场时三十岁

李副官　出场时三十二岁

水　妹　出场时十九岁

马五婆　出场时五十岁

佟大节　出场时二十九岁

注：上述人物，除史良才与佟大节讲普通话外，其余人物都说桂林话。

〔观众进场时，龙隐居宽大的墙和门将舞台正面封得严严实实……

第一幕

〔场灯熄灭，黑暗中传来日机狂轰滥炸的音响，一束光投在一个黄花梨木匣和一页翻开的诗集上，演职员字幕出……

〔黑暗中空袭警报、日机、轰炸声渐渐隐去……

地　点　龙隐居

时　间　民国二十七年末

〔光启：龙隐居正面的墙被舞美设计人为地隐去了，只余墙上右侧的门和门上的砖雕门匾及匾上的挑檐在原处。没有了正面的墙，龙隐居的结构一览无余，透过天井上的瓦沿，可以看见紧贴龙隐居的桂林王城的城墙……

〔躲飞机归来的关伯伯拄着拐杖搂着木盒子上，手挎菜篮的关伯娘和手提皮箱的大金妻随上。

关伯伯　（焦急地）我的龙隐居——

〔关伯伯不小心打了个踉跄……

大金妻　爸，爸——

关伯娘　老头子——

关伯伯　莫管我，看看龙隐居还在不在？

〔大金妻与关伯娘进屋查看情况。

〔关伯伯摔了一跤，木盒子掉在地上，摔坏的盒子底板掉出了一张纸，关伯伯看后大吃一惊……

关伯伯　（脱口而出）这个东西藏在盒子底……

大金妻　（激动地跑出门）爸，还在，龙隐居还在。

〔关伯伯赶紧把那张纸藏回盒底。

关伯伯　哦，龙隐居还在……

大金妻　爸——

关伯伯　哦，我那两个孙仔呢？

关伯娘　警报响的时候，我还看见万峰，是不是跟他爸旁边？

大金妻　在洞里躲飞机的时候，独峰也在，后来，你跌了一跤，我就顾你去了，就没顾——哎，独峰回来了，爸，是独峰和青罗两个。

关伯娘　（紧张地）这一阵青罗和独峰粘得蛮紧哟。

〔关伯伯回头看到独峰和青罗过来方向……

关伯伯　男追女，一堵墙；女追男，一张纸，哪天戳破了——

大金妻　那才好咧，生个仔，你就是太爷爷了！

关伯伯　（瞪了媳妇一眼，对老伴说）老婆子，赶紧请马五婆给独峰讲门亲。

〔刘青罗手拿竹篮上，从巷子过来，关独峰捧着一本书边走边看……

关伯伯　独峰，你回来了？

关独峰　爷爷。

关伯伯　走路你还看书，快点回去。

刘青罗　（礼貌地）关爷爷。

〔关伯伯板着脸未应青罗，关独峰走进龙隐居，刘青罗跟了进去，大金妻看着两人的背影……

大金妻　还找什么马五婆，蛮般配的一对，就算是双金的——

关伯伯　（恼怒地）莫提那个人！（忧虑地）这样下去要出大事，（看了眼盒子底自语道）有这个垫底，老子可以给刘家点颜色看了，要不然这股祸水——

〔手提藤箱的龚桂花急上，刘文才捧着与关伯伯一样的木盒随上……

龚桂花　关伯伯——

关伯伯　（冷冷地）哼。

刘文才　老婆——

龚桂花　哎，老公，回家！

〔刘文才正欲进门，却被关伯伯拦住……

关伯伯　（不客气地）刘文才，先莫急到迈过门槛……

〔刘文才停下脚步……

龚桂花　（讥讽地）哟，莫过还要你姓关的刻个萝卜章、发张通行证？

关伯娘　（打圆场）老头子是怕文才没带盒子走，老头子你看，人家文才带出去了的——

关伯伯　（不依不饶地）刘文才，烦劳你把盒子打开——

龚桂花　（不快地）关伯伯，文才手上的盒子怎么得罪你老人家了，连龙隐居的门都不给进？

关伯伯　（不理龚桂花，依然黑脸对道）刘文才，要是你家盒子里的黄绢在，你再迈进龙隐居不迟……

刘文才　伯伯，你讲笑吧。

关伯伯　晌午，有人看到你把黄绢拿出来，又往盒子里装了点其他东西，打开盒子给我们看看……

刘文才　伯伯，算了嘛……

关伯伯　（厉声地）打开！

龚桂花　（冷笑一声）关伯伯肚子里这个屁从晌午憋到现在，文才，不开这个盒子，你是过不去这道门槛了，那就开嘛……

〔刘文才只好把木盒子打开，从盒里拿出一包用士林蓝土布包着的东西……

大金妻　（得意地）黄绢变成蓝布了——

关伯伯　刘文才，你那些邋邋遢遢的剃头剪、刮胡刀放进这盒子里，没怕搞邋遢盒子里那块黄绒布？黄绢咧——

〔刘文才赶紧掏出一块黄绢……

刘文才　在这里……

关伯娘　（打着圆场）黄绢在，没得事了。哎，大金和镇西回来了——

〔捧着黄花梨盒子的张镇西与手捧祖宗牌位的关大金上……

〔大金妻急忙迎上……

关伯伯　大金，万峰没有和你在一起啊？

〔关大金竖起聋子耳朵认真听……

关大金　啊，巷子哪家粪草我没倒啊？

关伯伯　（着急地）赶快去找找万峰。

〔大金妻接过大金手中的牌位，示意大金快去找……

大金妻　找万峰！

〔关大金下……

〔刘文才想进屋，被龚桂花一把拉住，横在门槛上冷眼看着众人……

关伯伯　镇西，你家的盒子？

张镇西　关爷爷，我收得好好的，在这里。

关伯伯　那我就放心了，回去。

〔龚桂花拦住了欲进大门的众人……

龚桂花　莫急，莫急，关伯伯的屁一放，你老人家的肚子舒服了，我龚桂花的肚子又有点涨得难过。刘文才，老娘问你，你做什么要把剃刀放进黄花梨盒子？

〔刘文才扭捏不开口，关伯伯一脸不屑扭头欲走……

龚桂花　（性急地）关伯伯，我来讲给你听，白长官——伯伯，你老人家把耳屎抠干净，听清楚啵——就是白崇禧长官，好大的，全国拿枪的看到他都要敬礼的……

张镇西　（扑哧一笑）桂花婶，讲剃刀就讲剃刀，怎么又扯到白长官那去了？

刘文才　是这样的，白长官回桂林给老母亲做寿——

关伯伯　做寿，关你什么事？

龚桂花　（口快地）你们才傻哦。白长官和日本鬼子打仗，从山东打到湖北从武汉打到长沙，打了那么久，哪得空剃头啦？胡子拉茬六寸长，头发乱得打疙瘩，这个样子，怎么去见他老母亲？所以，白公馆的李副官从南门找到北门，哎，就在我们巷子口看到我家文才，甩出一沓新嘎嘎的票子，请他上白公馆给白长官剃头……

张镇西　（不相信地）文才叔，白长官请你去剃头？

刘文才　（不好意思地）是这么子的，现在剃头的个个都用白洋布，白长官看中了我这块土蓝布——

大金妻　为什么？

龚桂花　哎呀，活人蒙块白布，彩头不好了嘛。

张镇西　桂林上前线的后生仔死得太多了，没得那么多棺材，好多都是裹块白布埋了的。

刘文才　是的是的。

龚桂花　关伯伯，听出点名堂没有？

关伯伯　给白长官剃头，为什么没挑剃头担子——

龚桂花　挑个剃头担子进白公馆不好看了嘛，所以，我家文才想到用黄花梨盒子装剃刀，体体面面地捧进白公馆，万一白长官看到盒子一问，顺势就把明朝刘、关、张三兄弟在北门城楼跟清兵打得你死我活的事给白长官摆一道，那才给龙隐居长脸咧。（抹脸道）关伯伯，请问，我家文才是个连白公馆的高门槛抬脚就进的人，你凭什么不准他的脚迈进龙隐居的矮门槛？

张镇西　（打圆场地）文才叔，听讲白长官头上有三个旋，是不是啦？

刘文才　我还没得帮白长官剃着头，哪晓得啦？

关伯娘　啊，什么？

刘文才　正要去，飞机来了，就躲警报去了。

关伯娘　（意外地）讲了半天，你还没帮白长官剃过头的啊？

〔大家不屑地看着龚桂花和刘文才夫妇……

〔一辆黄包车拉着的李副官上，他的后面还跟着一辆空黄包车……

李副官　刘师傅。

刘文才　（极其崇敬地）这是李副官，就是他喊我去白公馆剃头的。

龚桂花　（神气地）你们看清楚点啵，就是这个李副官去请我家文才去给白长官剃头。

李副官　刘师傅，请上车！

刘文才　哦，请……

〔刘文才不知所措地抬不动脚，龚桂花上前小声斥责……

龚桂花　莫打摆子，早去早回——

〔龚桂花扶刘文才坐上黄包车，一身警服的张镇北跑了过来……

张镇北　报告李副官，白公馆——

〔张镇北压低嗓音与李副官耳语……

李副官　刘师傅，我有急事，要先走一步，请——

〔刘文才从黄包车下，李副官上了黄包车急下，张镇北去送李副官。

龚桂花　（追上前去，失望地）白长官的头……不剃了？

李副官　回头再讲——

〔李副官乘黄包车下……

张镇北　这一阵龙隐居的人莫到处乱跑啊！

刘文才　出什么事了？

张镇北　你们晓得中山路的万祥糟坊——

刘文才　卖三花酒的地方，哪晓不得啦。

张镇北　现在已经是共产党的八路军办事处了。

关伯伯　啊，共产党来桂林了

张镇北　白长官请来的，你们晓得没有啦，今天十几架日本飞机专门盯着虞山韶音洞丢炸弹。

张镇西　为什么？

张镇北　你们想一想，韶音洞住的都是什么人？

张镇西　哥，什么人？

张镇北　讲不得。

张镇西　讲啊，哥。

大金妻　讲啊！

张镇北　我猜呀，是中华民国最大那个官……蒋委员长到桂林啦！

〔众人吃惊地睁大眼睛……

关伯伯　（老到地）我仔，镇北，你不想穿这身虎皮啦？这些大人物的行踪你都敢讲，（他警惕地看着刘文才）要是给坏人晓得，讲给日本飞机听——

龚桂花　你望着文才讲这个话是什么意思？文才要是坏人，白长官会请他去剃头？你想一下，剃刀在下巴底下的胡子里头左一刀、右一刀，要是在喉结那个地方横到扼一刀，国军就没得总参谋长了的啵！

刘文才　我那么子会扼那一刀啦？

张镇北　（觉出自己失言）好了，有事先走了，镇西，（小声地）买主找到了，史先生在十字街张永发布店门口等你。

〔张镇北下，张镇西欲下，被关伯伯喊住。

关伯伯　镇西，你是男丁，你先进。

张镇西　我有急事出去。

〔张镇西急下……

刘文才　天蛮暗了，大家都回去吧。

〔龚桂花欲进屋……

关伯伯　请留步。

龚桂花　你又想做什么？

关伯伯　（示意关伯娘和大金妻）西房两个生了男丁的先进门。

〔关伯娘、大金妻欲进大门……

龚桂花　（不服地）哦，我东房生的是女，就得跟到你们屁股后头进？

关伯伯　（话里有话地）东房，刘家老二武才不婚，刘家老大文才无丁，往后东房怕是会丢荒到长草那步哟。

龚桂花　（恍然大悟）哈哈哈……死老鬼，你那拐棍戳戳戳，总算把你的脓包戳破了，你欺负老娘没生下男把爷！就想打东房的鬼主意。青罗，拿菜篮子过来，（对刘文才）我去乐群菜市打一转就回——

刘文才　屋里有菜——

龚桂花　我再去买点泥鳅豆腐，今夜炖给你吃，豆腐炖泥鳅，老公雄丢丢。

关伯娘　话好丑……

〔刘青罗拿着篮子走到门口……

龚桂花　嫌老娘的话丑？老娘正式宣布，哪怕吃到桂林周边的泥鳅绝种，老娘也要为文才生个有茶壶把把的男把爷，屙的头泡童子尿桂花保准端给（走到青罗身边，一把抢过篮子对关伯伯道）关伯伯当药喝——

〔龚桂花笑着一阵风去了……

〔关伯伯气得直捂胸口，关伯娘急忙上前扶着。

关伯娘　（叹气道）青罗呀，跟好学好，跟叫化子学讨，你面如桃花身如柳，以后要从龙隐居嫁到大户人家去的，千祈莫学你妈这把嘴，要不然会让婆家撵回龙隐居的！

刘青罗　真的可以在龙隐居一辈子不走，那才合我心水呢……（转身进屋）

〔大金上……

关大金　爸，没看到万峰。

关伯伯　（烦躁地）回去再讲。

〔众人进了龙隐居。

〔大金去天井水缸边拿水桶出门挑水……

〔关伯伯发现十五岁的关万峰和十四岁的刘碧玉在八仙桌下姿势笨拙地抱在一起，生气地用拐杖在桌上敲了两下，碧玉和万峰吓得赶紧从桌子底下爬出来……

关伯伯　万峰，你和碧玉在桌子底下做什么？

关万峰　躲、躲飞机……

刘文才　（着急地）我的满女哎，爸还以为你又跟你小叔叔在一起——

刘碧玉　（嘟囔地）我都跑出巷子了，万峰哥又扯我回龙隐居，讲躲到八仙桌底下，有刘、关、张三家老祖宗保佑，哪晓得，那里挨炸个洞……

〔众人这才注意到，神龛上面的壁板被弹片穿了个大洞……

关伯娘　万峰，你哪么那么蠢哦，哪回躲飞机，你爷爷不是把祖宗牌位带到岩洞去的？

关万峰　我晓得——

刘碧玉　（生气地）牌位都不在龙隐居，你还哄人家钻桌子底……

大金妻　碧玉，是你哄我家万峰钻桌子底吧？你蛮懂的啵，飞机丢炸弹下来，万峰给你挡炸弹——

〔上房的二层传来刘武才用桂剧韵白叫板的声音……

刘武才　那家嫂嫂，得了便宜，还要卖乖么——

〔众人抬头，只见面相清瘦的刘武才坐在上房二层楼梯口，怀中抱着一把胡琴……

刘文才　武才，你怎么不去躲飞机？

刘武才　本来想趁着日本飞机丢炸弹，满城轰轰响的时候扯一板，没想到这两个娃仔回来了……我弓子不运，它弦子不响，只为成全少年好事呀……

〔刘武才运弓拉起胡琴，难听的琴声顿时令众人捂起耳朵……

大金妻　刘武才，你这个戏癫子，你吵到我家独峰读书了，晓不晓得啦……

刘青罗　（哀求地）叔叔，莫拉了嘛……

刘文才　青罗，煮饭。

〔众人纷纷回屋……

关伯伯　（嘟囔地）这把年纪胡琴拉成这个鬼样子，还想入梨园行，梨园行老话怎么讲的？黄腔沓板，要来数卵！

〔刘武才生气地将茶泼下天井，关上了窗……

〔张镇西带着商人史良才来到龙隐居前……

张镇西　史老板，这就是龙隐居。

史良才　（打量门匾）好字啊。

张镇西　史老板，请进。

史良才　请。

〔史良才进到龙隐居，随镇西上了张家居住的楼上长廊打开花窗……

张镇西　史老板，您是行家，楼上这几扇花窗，你看……

〔史良才摸了摸花窗……

史良才　这是郑和下西洋带回来的那批梨木，明朝才有这么地道的物件，您祖上是？

张镇西　史老板好眼力。用黄花梨做花窗，小人祖上自然不是一般人物……

〔两人边下楼边说……

张镇西　明永历四年，清兵直逼桂林城，人都跑完了，一座空城，只剩北门城楼站着的明朝大臣瞿式耜和三位守军刘、关、张——

史良才　张姓守军自然是镇西先生的祖先了，不过——

张镇西　不过什么？

史良才　（怀疑地）明朝的桂林城繁华不逊江南，像龙隐居这样的大宅子，可不是几个靠领饷吃饭的守军买得起的哟——

张镇西　按理讲房契是有的——

史良才　能否一见？

张镇西　几百年还真是没哪个见过。

史良才　哦？

张镇西　哦——

〔两人相视而笑。

张镇西　小心没大错，眼下日本军队离桂林只有几百里，要古董的都恨不得把手上的东西换了金条好跑，你做什么满桂林城地去找明朝旧东西？

史良才　（神秘地）一个字，痴！好了，镇西先生，您愿卖，我愿买，咱俩一个愿打，一个愿挨，没房契是吧，这六扇花窗，（伸出一只手掌）我出这个数——

〔张镇西稍有犹豫，警觉地四下张望一下，一把将史良才手掌攥入自己掌心……

张镇西　（压低声音）成交！

〔张镇西跑到门口朝远处挥了挥手，三个帮工上，随镇西进了龙隐居……

〔张镇西接过史良才给他的一叠法币数着，几个帮工上楼拆下花窗往楼下搬……

〔一直在窗边上偷听的刘青罗赶紧跑到堂屋中央……

刘青罗　（大声喊叫）快来人呐——有人拆房子啦——

〔刘武才的胡琴响了起来，关家和刘家的人纷纷抄着各种“武器”跑到天井……

关伯伯　（举起拐杖）好大胆子，敢来龙隐居打抢？！

〔张镇西拦着关伯伯，示意帮工把拆下的花窗放在一边……

张镇西　关爷爷，莫急。

关伯伯　镇西，这什么回事？

〔众人把帮工赶出了大门，张镇西如同什么也没看见依然在数钱，然后，把钱塞好，走到关伯伯身边，压下关伯伯举起的拐杖，径直走上楼。

刘文才　（对史良才）你是什么人？

〔刘武才在屋门口抱着胡琴冷冷地看着下面……

刘武才　镇西把老祖宗传下来的黄花梨花窗卖给这个北平古董贩子了。

关伯伯　（怒斥楼上长廊上镇西）张镇西，龙隐居没得这些花窗，还叫龙隐居吗？

张镇西　卖不得？

关伯伯　卖不得！

〔张镇西把破棉被和枕头从楼上往关家门口扔去——

〔众人被熏得往后退了几步——

大金妻　（捂着鼻子道）张家二个光棍的棉被，就是给老母猪盖，老母猪都挨臭得哭起来，你哪么子还往我们关家门口丢？

张镇西　我要和关家换间屋子住。

关伯娘　你两兄弟住仓房好好的，哪么子想起要换呢？

张镇西　祖上规定，张家老大不准离开龙隐居，我张镇西要讨老婆了，你们都是过来人，我要是和我哥张镇北共一个屋子，就算和明媒正娶的老婆做点夫妻活路，也像是偷人，这种日子过久了，做夫妻活路专用的工具会残废的，所以，要和关家换间屋子。

〔大金妻赶关万峰回屋……

〔青罗不好意思，拉着碧玉回屋。

史良才　（忍不住插嘴）真怪呀，龙隐居分明是一家人居住的格局，竟然三家人共有——

刘武才　有什么稀罕的？祖宗仿照三国刘备、关羽、张飞义结金兰，房子是按兄弟大小顺序从上房到下房再到仓房分下来的，明朝是哪家的，到民国就是哪家的——

张镇西　哦，我留下仓房的花窗，你刘家愿不愿和张家换屋子住？

刘文才　（小声地）祖宗讲清楚了哪家住哪间，我听祖宗的。

张镇西　关家——

大金妻　（精明地）你当真以为关公是财神，姓关的都是财神孙子啊。不换！

张镇西　（忽然爆发地）花窗不给卖！房子不肯换！就晓得拿着老祖宗当抹脸布用！史老板，你只管把花窗搬走，哪家敢拦，我就把哪家的屋子当洞房，伙计们，搬！

〔张镇西上楼……

〔刘武才烦躁地拉着胡琴。

〔帮工三下五除二把花窗搬出了龙隐居……

〔众人不忍看着缺少了花窗的龙隐居，叹着气回到自己屋中……

〔关独峰从西房二层下到空无一人的天井…

关独峰　（淡淡一笑）岂知世间金银宝，借你闲看几十年……

〔关独峰走到水缸边舀了瓢水喝，又借着晚霞最后一点光线读书了……

〔刘青罗提着鼎锅走到天井角落的水缸边……

刘青罗　（佩服地）独峰哥，刚才他们吵吵闹闹，只有你一直读书，一句话也没得。

关独峰　（头也不抬地）男人只说三分话，留得七分打天下……

〔关独峰的文气让刘青罗钦佩得五体投地……

刘青罗　（试探地）独峰哥，刚才你奶奶讲我面如桃花身如柳，我觉得她老人家是哄我讲笑的，你讲咧？

〔关独峰的目光终于从书上抬起，看到缸面清水中青罗的倒影，一下呆住了，慢慢抬头看着青罗俊秀的面容……

关独峰　（呆呆地）青罗，我有好久没看到你了？

刘青罗　（有些羞涩地）一个院子，天天都见到。

关独峰　哦，天天见到的，怪了，你哪么子突然——

刘青罗　突然，突然什么啦？

关独峰　（声音变小了）你的样子……像你的名字了……

刘青罗　（明知故问）我哪么子会像……青罗……

关独峰　你的名字缘于唐朝韩愈的“江作青罗带”一句，你想想，从象鼻山边上流过的漓江什么样子？

刘青罗　（装傻地）独峰哥学问大，独峰哥讲……

〔刘武才从楼上楼梯口探出脸来，拿一面小镜子在照着……

〔关独峰看到刘武才，紧张地离开从刘青罗，快步回屋……

刘武才　（调侃地）蠢哦，连漓江从象鼻山边上流过去是什么样子都不晓得。

刘青罗　（不高兴地）你晓得，你讲啊。

刘武才　这种话，你还是听独峰讲才更有味道……

〔刘青罗转身望了一眼关独峰住的西房二楼，抿嘴一笑回屋了……

〔关大金挑着一担水回屋。

〔龚桂花提着泥鳅慌张地从门外跑进来，街坊老歪跟着追了进来……

〔关伯伯和关伯娘出西房门，关伯伯坐在堂屋八仙桌旁修黄花梨盒子，关伯娘在天井边打理酸坛……

龚桂花　文才——

刘文才　你哪去那么久才回来啦？

龚桂花　莫讲了，脑子一懵懂，跟老歪打了个赌，哪晓得他跟到屋里来了。

老　歪　哪个喊你跑啊。

刘文才　（急了）打了个什么赌啦？

龚桂花　哎，刚买了泥鳅，就看到老歪手捧一张荷叶，荷叶上放了四块嫩活的水豆腐，我问了一声他是在哪一摊要的，这个死赖皮就讲打个赌——

刘青罗　赌什么啦？

老　歪　我讲老子要是赌输了，就白送那四块豆腐给你妈，你妈要是赌输了，给老子啵一下嘴巴！

刘文才　你这个野仔。

老　歪　赌注我定，想怎么赌随便她。

关伯娘　死痞烂贱，哪有一个女人家会和男人家赌啵嘴巴的？

老　歪　偏偏有一个女人家她就答应了——

〔老歪向龚桂花逼去，刘文才拿出剃刀，边护着龚桂花边骂……

刘文才　你莫乱来……

张镇西　（好奇地）大街之上，没得纸牌麻将，你们拿什么赌啊？

老　歪　文才老婆一看十字街中间站了个警察——

刘武才　干吗？

老　歪　她喊老子去找警察帮我提裤子。

张镇西　警察抵死不会帮你提裤子，你输定了！

老　歪　（得意地撩起衣服）你先看看老子的裤头带，再讲是哪个输。

张镇西　老歪，你硬是穷到蔸了哟，竟然拿根稻草做裤头带。

老　歪　（得意地）这根稻草值钱呀，我就这样走到十字街中间，往警察跟前一站，肚子一鼓气，啪的一声，稻草断了，裤子刷地落了下来，老子素来不穿底裤，警察一看老子没穿底裤，赶紧帮老子提起裤子扎好，文才，你老婆欠下的这一口，老子横直是要啵的！

〔老歪一把拉过龚桂花手上的篮子，欲亲桂花……

〔龚桂花恼怒地把豆腐摔到老歪脸上……

张镇西　（下楼）老歪，你欺负的是龙隐居的人，老子是要管的……

〔关大金悄悄举起了扁担……

〔镇西的仗义反而让龚桂花觉得脸面挂不住了……

龚桂花　（板脸道）老歪惨的是刘家男人的脸面，用不着关家和张家的人来管！

〔张镇西和关大金只得走到一边，等着看刘文才如何下手，刘文才却呆呆地看着老歪……

龚桂花　（恼火地）刘文才，你手里捏的是把剃刀，不是吹火筒——

〔刘文才赶紧把剃刀朝老歪举起来……

〔老歪看了剃刀一眼，抹了把脸上碎豆腐……

老　歪　（挑衅地）文才，老子这几根猫胡子蛮久没刮了，烦请你帮修个面。

刘文才　（气愤地）老虎不发威，你把老子当猫耍！

〔刘文才一把捧起老歪的脸，一刀便将老歪鼻子底下的胡子刮掉一半……

〔坐在椅子上的关伯伯站了起来，张镇西叫了声好，刘武才靠在窗边拍巴掌。

老　歪　（强忍恐惧地）有种你的剃刀往下巴底下来啊——

〔刘文才一把捏稳老歪的喉结，想下刀却又不敢——

龚桂花　（着急地）文才，你不敢割喉结，下巴上划道口子也不敢？听到没有啦，放他的血呀！

刘文才 （一下怔住了）血……

〔老歪斜眼盯着刘文才，刘文才举剃刀的手抖了起来……

张镇西 （奚落地）文才叔，你这种男人我最看不得，懒管你们刘家的闲事，得了钱，去买个银簪子送给准备过门的老婆先——

〔张镇西下。

龚桂花 （羞辱难当地发狠道）刘文才，老娘不是吓你，你今天要是不让老歪见血，老娘仰起嘴巴给他啵——

刘青罗 妈，你晓得的，我爸见不得血……

龚桂花 你莫管。

刘武才 是的，我哥三岁的时候打死一只蚊子，看了一眼手心的血就一头跌到地上，不省人事……

关伯娘 桂花，你莫逼他了，龙隐居哪家杀鸡宰鸭，都要事先喊他躲到屋里莫看……

龚桂花 （决绝地）不管你们讲什么，刘文才你听好了，老娘数三声，你若是不敢让老歪见血，老娘就把嘴巴递给他，随他啵——

刘文才 （差不多哭出来了）老婆，算了嘛——

龚桂花 （爆发地）嫁你十七年，你窝囊了十七年，老娘忍了十七年，今天老娘没想忍了！刘文才，你和老歪都是站着屙尿的男人，你今天这泡尿要是没有老歪屙得远，以后，在别个眼里，你就是一个蹲着屙尿的女人！

刘文才 （眼泪流出来了）老婆，你莫逼我——

龚桂花 莫啰唆，老娘开始数数了，壹——

〔刘文才看着老婆，又看看剃刀，手抖动不已……

刘青罗 （跑到妈妈身边，哀求地）妈，算了嘛！

刘武才 嫂子，算了嘛！

关大金 桂花——

龚桂花　（使劲把篮子砸向大金）你一个聋子插什么话！今天，哪个也莫拦我，耶嘿，刘文才，你还得空筛糠是乜，好，贰——

〔大金默默地把桂花篮子里洒落在地的泥鳅捡回篮里……

〔被逼到绝境的刘文才终于把脸从老婆脸上移开，死死盯着老歪的脖颈，慢慢把刀贴到喉结处……

〔老歪开始发抖了，龚桂花欣慰地笑了……

龚桂花　不逼你，你就不晓得哪么站着屙尿，好，老娘数最后一个数，叁——

〔刘文才的剃刀从手中落下，他瘫坐在地上……

老　歪　啊！（发现自己没受伤）吓死老子了。

刘文才　（羞愧难当地）我、我、我见不得血，当真见不得血啊……

〔龚桂花颜面全无地走到刘文才跟前……

〔此时，大金拿着扁担欲走向老歪，关伯伯黑着脸把大金拉回屋。

龚桂花　（心冷地）刘文才，抬起你的三角眼，看看你老婆在做什么——

〔龚桂花边走边推着老歪到八仙桌旁的椅子上坐下，然后一屁股坐在老歪大腿上……

龚桂花　老歪，老娘给你也是三个数，数完若是不啵，老娘掉脸就走！壹——

〔龚桂花话音未落，老歪啪地一下亲在龚桂花嘴唇上……

〔刘青罗在自家门口难过哭泣。

〔龚桂花走到水缸边端着泥鳅看了一眼，失望地把剩下泥鳅全部倒入下水道……

刘青罗　（跑到龚桂花旁）妈，你哪么子把泥鳅倒了啦，不是讲给炖给爸吃的？

龚桂花　（绝望地）你爸吃了，他也做不成男人的事！

〔龚桂花一脚踢翻刘文才，啜泣着跑回东房……

〔老歪得意地走了……

〔刘武才砰一声关窗。

刘文才　（仰天流泪道）天老爷啊，我刘文才哪天才能像个男人呀……

〔刘文才捡起剃刀，恨恨地在围裙上磨剃刀……

刘青罗　（难过地）独峰哥，老歪这么子欺负我爸——

关独峰　越横越蛮人越穷，横蛮原来天不容，这种人，天要收的……

〔张镇北带着李副官匆匆跑了进来……

〔张镇北发现刘文才蹲在地上。

张镇北　文才叔，李副官又来找你了！

〔刘文才赶紧起身。

〔除了龚桂花，刘家人、关家人、张家其余的人闻声出门来到天井。

刘文才　那我赶紧跟李副官去给白长官剃头。

李副官　不是去给白长官剃头，是音乐家张曙先前挨日本飞机炸死了，桂林的文化人要把他送到南门将军桥，我想请你帮他修个面，再把他送走——

刘青罗　（害怕地）去不得，去不得……

张镇北　哎呀，张曙刚来桂林八天就挨炸死了，李副官看不过眼，觉得要是张曙连脸都没整干净就送走了，唉，桂林人也没有脸面对这些来桂林的文化人。

李副官　刘师傅，前线打仗的兵，好喜欢张曙先生写的歌，这是个对抗战贡献很大的作曲家，有劳你代表桂林人给他修修面，他死在桂林，桂林人应该让他体体面面地走……

刘文才　（感动地）你是让一个剃头佬代表桂林人？哦，我从来没帮死人剃头修面，不过，李副官发话了，我去帮他整一下，人呢？

李副官　张曙的朋友把他送来了，请。

〔十来个文化人用一辆用鲜花装饰的板车把张曙的遗体推到龙隐居前的灯杆下，文化人拉着一条横额：用血腥的战斗作我们的回答！

〔龙隐居众人一同走到巷子里，刘文才走出龙隐居大门，还没走到板车跟前，却忽然停住了脚……

刘文才　镇北，你帮我看一眼，张曙先生的头上看不看得到血？

张镇北　挨炸得只剩一个空脑壳了，剩下那点头发——

刘文才　剩下的头发哪么子啦？

张镇北　血把头发粘成一坨了……

〔刘文才浑身一紧，脸色惨白地掉头往回走，扒开众人，径直走回屋内……

李副官　（不解地）他不是答应帮张曙修面了吗？哪么子掉头回去了？

刘青罗　（哀求地）长官，你另找个剃头佬嘛，我爸见不得血。

李副官　（忽然爆发）这个老野崽，你跟老子听到，不光张曙的头发被血粘成一坨，从抗战那天起，中国的每一寸泥巴，都被血泡成了一个个血坨坨，桂林男人是抗战中最有血性的兵，你一个男人家连血都不敢见，硬是把桂林男人的脸丢尽了！

〔李副官气愤地把帽子摔到地下，刘青罗边哭边捡起帽子帮李副官戴上。

刘青罗　（哀求地）叔叔，痞仔烂仔当他的面去亲他老婆，他都不敢放他的血，你就莫逼一个晕血的人去帮一个血淋淋的外乡人剃头了……

〔李副官沮丧地示意文化人把拉张曙那架板车拉走。

〔忽然，万峰发现刘文才走了出来。

关万峰　文才叔。

〔李副官示意送行众人停下。

〔众人的目光都望到龙隐居门口——刘文才的眼睛用一块黑布蒙着，手捧黄花梨木盒，在小女刘碧玉挽扶下走出大门，一直走到板车跟前。

〔龚桂花从屋里出来，在院中的楼梯边听着外面的动静。

张镇北　你肯帮张曙先生修面？那你刚才——

刘文才　刚才我没是没肯，是没敢，不过，李副官讲了，我是代表桂林人给他剃头，他死在桂林，桂林人要让他体体面面地走……

李副官　蒙着眼睛，你能剃头？

刘文才　我是蒙到眼睛练的剃头手艺，为什么？我怕把别个刮出血，不光吓到自己，还收不到剃头的钱——

张镇北　（不舒服地）剃板车上的这个头，莫过你也要收钱？

刘文才　屋里四张嘴，不收钱，没得饭吃。拖板车的你今天挣钱了，你给钱，我收下；唱渔鼓讨饭的今天没讨到钱，你给我唱个渔鼓，我也当钱收下。（走向板车）这个躺到板车里的人靠写歌过日子，若是唱个歌给我听，我照样当钱收下。只可惜人死了，嘴巴开不得。不过，李副官的话，我是当金子收下了。好了，往生的人在赶去西天的良辰，哪个帮我捧一下盒子……

〔张镇北上前捧住盒子，李副官掀开盖着张曙的白布，刘文才从盒内取出蓝土布盖在张曙身上，拿出剃刀，然后把自己蒙着眼睛的脸朝天仰起，一手扶住板车上的人头，想给板车上的逝者剃头修面，手却抖得下不去刀……

〔文化人轻轻唱起了张曙的歌曲《丈夫去当兵》：日落西山满天霞，对面山上来了一个俏冤家，眉儿弯弯眼儿大，头上插了一朵小茶花。

刘文才　（侧耳听着）张曙先生，你这个歌，剃头佬当钱收下了，收了你的钱，我服伺你，莫动哒，我下刀了！

〔刘文才的手不抖了，他挥起剃刀，在张曙的歌声中，果断地在板车上的逝者头上刷刷地走着盲刀……

哪一个山里没有树
哪一个田里没有瓜
哪一个男子心里没有意
要打鬼子可就顾不了她

〔剃罢，刘文才摸索着把剃刀放入盒内，转身便朝龙隐居走去……

李副官　（看着板车里，仿佛怕吵醒逝者一般）好手艺，张曙先生这张脸平静得跟睡着了一样……

〔人们崇敬地看着往回走的刘文才，李副官向刘文才行了个军礼，文化人护送板车下。

〔老歪在人群中探出头来看热闹……

〔龚桂花站在龙隐居门前看着自己的丈夫……

〔刘文才走到龙隐居门口，扯下蒙眼的黑布，看到土蓝布上的血迹，立即双脚一软，瘫坐垫脚石前，刘青罗和刘碧玉想去扶父亲，龚桂花一脚抢出大门……

龚桂花　（热泪盈眶地）莫扶他！刘文才，剃了这个头，你在众人眼里硬锵起来了，身下是你祖宗留下的垫脚石，站起来给众人看看，你是桂林城守军的后人啊！

〔刘文才努力了几次，腿还是软得站不起来……

〔龙隐居的人失望地回院里去了。

〔龚桂花看看站不起来的丈夫，一行眼泪刚流下来，便看见老歪在西边不怀好意地盯着自己，她转身想往东走……

刘文才　（声音发抖地）老婆，我晓得，我又给你丢人了，你、你要去哪里呀……

龚桂花　（擦去眼泪）嫁来龙隐居十七年了，还能去哪里？青罗，碧玉，扶你爸回屋歇一下，我去水东门菜市再买点泥鳅豆腐……

〔龚桂花下。

〔老歪走到蹲着起不来身的刘文才身边，说不清什么意思地盯着刘文才……

老　歪　为你这种男人买泥鳅豆腐，可惜了泥鳅炖豆腐这道桂林名菜……

〔青罗与碧玉上前扶起刘文才，看见张镇西盯着手上的一根银簪脸色阴沉地上……

刘青罗　镇西哥，银簪没送给新娘子——

张镇西　（看着天空低声地）新娘子……今天挨日本鬼炸死了……

〔收光。

第二幕

时　间　民国三十年冬春之交

地　点　龙隐居

〔幕间黑暗中，一束光投在一个黄花梨木匣和一页翻开的诗集上，《义勇军进行曲》合唱声、鸟鸣声、桂林独有的叫卖声让人回到那个时代的桂林城……

〔光启：二年过去，门上题着龙隐居的门匾不见了，龙隐居的东房、西房、楼上、楼下，若干扇明朝风格的花窗不见了，缺失部分以简陋的木框贴报纸替代，覆盖那个被弹片削出来的弹洞的竹席已经朽了……

〔初春的清晨，巷子不时路过打鱼、买菜、挑水、卖担子米粉的街坊……

〔刘武才坐在门口扯胡琴，远处传来《义勇军进行曲》的声音……

〔关独峰在西房二层窗口读书，坐在天井摘菜的关伯娘走到龙隐居大门口眺望，刘青罗端着洗衣盆从屋里出来……

刘青罗　关奶奶。

关伯娘　青罗，起来了。

〔远处传来《义勇军进行曲》的合唱声，刘武才又在楼上扯起了二弦，看见关独峰在读书，青罗赶紧跑上楼……

刘青罗　叔，头皮给你扯麻了，上学没学过图音课呀？你的弦子音不准，晓不晓得啦？

刘武才　叔叔扯得好好的，弦子不准怪外头论天唱歌。歌和戏它是打架的，他们一唱，我的弦子就不准了。好了，好了，不扯了，出摊！

〔刘武才说完拿起胡琴和凳子回屋……

〔关万峰背着书包从楼上下来，看到关伯娘在摘的小白菜，走到门边的酸坛掏酸吃……

〔青罗下楼后，望一眼独峰，坐在盆前用搓板洗衣服……

关万峰　奶奶，大前天豆豉炒小白菜梗，前天辣椒酱炒小白菜叶，昨天是小白菜叶炒小白菜梗——

关伯娘　唉，都民国三十年了，难民一天比一天多，桂林的菜价硬是大风天的风筝，眨个眼就高得看不懂了……

〔万峰走到水缸边舀水喝了一口……

关万峰　全靠祖宗留下的龙隐居，没得米了，刘家卖扇窗，没得菜了，关家卖扇门，卖到今天，龙隐居丑到看不得了……

关伯娘　有什么法咧？你的聋子爸爸倒粪草的活路也没得了，爷爷病了这么久，想吃一回豆瓣鱼也没舍得买，身强力壮的男把爷，有小白菜吃你就念阿弥陀佛吧。

〔张镇北和张镇西两兄弟拿着脸盆、盐罐子下楼梯往水缸走……

张镇西　这一阵总见万峰早起——

〔张镇北心事重重地在一角蘸着盐巴刷牙……

关伯娘　万峰从来没像他哥那么子苦读书，哪会早起？

张镇西　（神秘地）关奶奶，你是没晓得，从那回万峰和碧玉钻到桌子底躲飞机，万峰跟吃了药一样，看着看着嘴巴上的绒毛变黑了，去年秋天开始——

〔万峰急忙跑过去阻止镇西，把镇西推向一边不让说，镇西兴奋地边跑边接着说……

张镇西　去年秋天开始，差不多隔个十天半个月，万峰就会早早起来，偷偷摸摸到水缸边打水——

刘青罗　（好奇地）打水干什么？

张镇西　（坏笑地）洗底裤！

〔刘青罗装听不见低头搓衣服，张镇西哈哈大笑。

〔碧玉从屋里出来撞见万峰，万峰回头一跑撞在了关家门框上……

刘碧玉　你们扯什么板路那么好笑啦？

张镇西　讲万峰做梦，梦到和你去了大草原。

刘碧玉　（高兴地）万峰哥，你梦到和我去大草原做什么啦？

关万峰　（尴尬地）什么也没做……

刘碧玉　（拉住万峰）你哄我，肯定做了，不然镇西哪么子笑得跟喝了笑婆婆的尿。万峰，做梦的事，又不是真的，讲给我听一下要什么紧啦？

〔刘青罗把碧玉拉到一边……

刘青罗　（小声地骂道）镇西这个傻脓包在讲万峰早起……唉，好丑的，你莫听就是了。

刘碧玉　（看着天井里的人）啊，你没是讲万峰去大草原的事啊？

张镇西　（悄悄拉过一直想心事的镇北耳语）这个女把爷硬是一根节疤没打通的吹火筒——没开着窍。

〔张镇北被镇西从自己的心事中拉出……

张镇北　（懵懂地）啊？你讲什么？

张镇西　（对镇北耳语）万峰跑马了！

张镇北　（不解地重复道）万峰跑马？

〔难堪至极的碧玉瞪了万峰一眼，关万峰脸红耳赤地跑出龙隐居……

〔张镇西在一旁大笑，刘碧玉厌恶地盯着他。

张镇北　（斥责镇西）没得一点当哥的样子。

〔刘武才在楼上整理出摊的报纸，唱起桂剧《春秋配》北路唱段“清早起送朋友扬鞭走马……”

刘青罗　小叔叔，烦死人了，你就莫起哄唱戏了嘛！

刘碧玉　（似乎被韵白唤醒）唱戏？姐，龙隐居的日子快把人烦死了，我看桂戏班在招人，你和妈讲，我去学唱桂戏了。

刘青罗　不行，当年小叔叔想唱戏，爷爷讲，龙隐居的人不准做戏子的，小叔叔一辈子就靠卖报纸过日子了！

刘碧玉　桂林满街都是唱抗日戏的人，风光得很，龙隐居凭什么看不起唱戏的？

〔刘碧玉拔腿便出龙隐居，刘青罗追了上去……

刘青罗　碧玉——

〔心事重重的张镇北和神情有些异样的张镇西兄弟上楼梯回屋……

〔刘碧玉跑远了，刘青罗目送妹妹远去的方向，看到一片阳光洒下……

刘青罗　（有些释然地）离开龙隐居去学唱戏也蛮好。

〔回到龙隐居的刘青罗发现在楼上窗口的关独峰正遥望天井上方天空……

刘青罗　（感慨地）独峰哥，从民国二十七年你屋里没得钱供你上学，你一直在屋里不理别个，只管自己读书……

关独峰　我想上西南联大，离开龙隐居——

刘青罗　（有些担心地）离开龙隐居，你会不会忘记去年秋天那个晚上——

〔关独峰把手上的书从二楼放绳把一本书用竹篮递给楼下的刘青罗……

刘青罗　《西厢记》……（痴痴地）独峰哥，你把写了你小叔叔关双金名字的《西厢记》给了我，原来你还有一本。好巧哦，我和你一样，也是看到第四本的第一折，这一折，好痞的啵……崔莺莺在这一折里问张生，羞人答答的看甚么？（见独峰动情地看着自己，嗔道）看你这傻子相，我也问你，羞人答答的看甚么呀？

关独峰　（略带韵白味道地）我将你做心肝儿般看待，点污了小姐清白……

刘青罗　（动情地）张生这个书生其实蛮好的，晓得小姐的清白金贵……

〔刘武才怀抱胡琴，背了一大袋报纸杂志下楼，看到对面的独峰和青罗，他停下了脚步……

〔关伯伯拄着拐棍撑着病体从西房出来，发现青罗在独峰窗下，气哼哼地用拐杖头砸着西房门……

〔刘武才被突如其来的敲击声吓一跳，报纸掉了一地……

〔刘青罗吓得赶紧把书放回竹篮，往家跑去……

〔张镇北站在窗前整理警察的大盖帽……

张镇北　武才叔，又去卖报纸捞钱啊。

刘武才　（牢骚满腹地）哪有钱捞，前线缺枪少炮的，政府库银吃紧，连乡里人进城掏粪都要交税，卖报纸那点钱交税都不够。自古未闻粪有税，如今唯有屁无捐……

张镇北　（制止道）哎——

刘武才　（举起报纸）《救亡日报》上讲的重庆新鲜事……

张镇北　（不满地）你还卖《救亡日报》啊？

刘武才　皖南事变时，《救亡日报》开了个天窗，这年头怪，开天窗的报纸好卖——

张镇北　（恐吓地）你——

刘武才　（打趣地）我卖报去了！

〔刘武才出门，下……

关伯伯　唉，和日本还没打出个名堂，国民党和共产党又闹翻了……

〔大金妻和马五婆领着一个矮个子胖姑娘从门外进来，走到关伯伯身前……

大金妻　爸，妈，马五婆把水妹领来了——

关伯娘　马五婆来了。

〔马五婆推出水妹，关伯伯和关伯娘看着水妹感觉很满意……

关伯伯　（朝楼上喊）独峰，下来——

〔关独峰顺着梯子从楼上下来……

关独峰　爷爷，什么事啦？

关伯伯　你去我屋里，和水妹坐一下。

关独峰　（瞪了水妹一眼）又不认得，我和她有什么坐法？（转身欲走）

关伯娘　（拉住关独峰，小声地）你到了成家的年纪，这是你爷爷托五婆给你找的老婆——

〔咣当一声，刘青罗手上装满水的盆子落在地上，众人都奇怪地看着刘青罗，关独峰过去捡起脸盆，放到刘青罗手上，然后，转身爬上木梯，回到房间……

大金妻　独峰，爷爷喊你去他屋里和水妹坐坐，你回自己屋里做什么？

关独峰　（面无表情地）没是回屋里，是回山里。

大金妻　山里？

关独峰　读书随处静土，闭门即是深山。

〔关独峰言罢，把楼上的窗子关上，气得关伯伯直捣拐杖……

关伯娘　独峰，爷爷病了这么多天，你晓不晓得？

刘青罗　（小心地）关爷爷，独峰读书读得这么苦，是想考西南联大——

〔关独峰没有回声，关伯娘忽然哭了起来，上前扶着关伯伯，对着楼上哭诉……

关伯娘　独峰呀，爷爷眼下六十八了，身子一天不如一天，心里就剩一件事，看一眼重孙子，晓得关家香火在龙隐居续上了，才安心。

〔众人都望着楼上，窗子没开……

马五婆　（生气地）关伯伯，大金媳妇给我讲，你老人家娶孙媳妇只要一个标准——屁股大的矮婆，我好不容易找到水妹，人带来了，你家独峰烂起张脸给哪个看啦！

刘青罗　（忍不住道）关爷爷，自古男人讨老婆都想讨面如桃花身如柳的女人，关家偏偏给一表人才的关独峰找矮婆——

关伯伯　（冷冷地）嘴巴一张，看见肚肠，你心里想，独峰该找你是不是？

刘青罗　（嘟哝地）找哪个也不能找矮婆……

关伯伯　你妈面如桃花身如柳，生下你和碧玉两个女；独峰他妈矮婆一个，生下独峰、万峰两兄弟，你问做什么帮独峰寻个矮婆，一句话，矮婆仔多！

〔楼上窗子忽然开了，关独峰伸出头来，愤怒地看着关伯伯……

关独峰　书中自有颜如玉这句话讲了几千年，为了这句话，我把几千年的书读完了，这时，你告诉我矮婆仔多。我是人，不是猪，生那么多仔做什么？

〔关独峰说完立即埋首书中……

关伯伯　（悲从中来）生那么多仔做什么？前几天，盐街司马家七个仔被一颗炸弹炸死五个，司马伯爷搂着两个剩下的孙子，眼望五个孙子的棺材，七十岁的老人家转身给自己的儿媳妇跪下了，磕了三个响头，谢她这些年肚子没歇过，给司马家生下七个仔，死了五个，司马家的种还留在桂林城。独峰啊，你听爷爷一句话，这年头，漂亮的女人不值钱，有本事多生仔的女人价值千金啊！

〔刘文才手捧芋头和龚桂花从屋里出来……

刘文才　来来来，尝尝刚出锅的芋头。

龚桂花　好粉的——

〔张镇北送穿着一身崭新军装的张镇西从楼上走下来……

张镇西　关爷爷——

关伯伯　（意外地）镇西，你当兵了？

〔张镇西掏出一张有印章的公文给关伯伯看……

关伯伯　（念）家有壮丁，抗日出征，光宗耀祖，保国为民，广西省政府主席黄旭初……

张镇北　不分男女老幼，八个桂林人，就有一个人要去当兵，镇西接到征兵令了！

〔楼上的关独峰放下手中的书往下看……

〔张镇西和龙隐居的人一一道别，龚桂花拿起几个芋头塞到镇西口袋里……镇西走到水缸边，舀起一瓢水，品着漓江水甘甜的味道慢慢咽下。

张镇西　（壮怀激烈地）龙隐居的各位，镇西就此别过！

〔在窗边坐着的关独峰站起身子……

〔张镇西走向张镇北，从口袋里掏出一根银簪……

张镇西　哥，我走后，你赶紧讨个老婆，这根簪子，你给嫂子，求她给张家留个种，只要清明张家会有后人去坟头给我拔草，打起仗来，我不怕死！

〔远处军号凄厉，张镇北收下银簪，与张镇西互行军礼道别。

张镇北　（豪气地）兄弟，走好！

〔镇西扭头出了龙隐居……

〔张镇北转身上楼……

〔关伯伯走向龙隐居大门看着张镇西远去的背影……

关伯伯　（不寒而栗地）独峰啊，你晓得征兵令哪天会到关家？只要穿上那身军服走出这个门，十去九不回……

〔关独峰如同耳朵聋了一样，只管将头埋在书中……

〔关伯伯气得直喘气……

水　妹　（感激地）关爷爷，水妹长这么大，没得人喜欢过，只有你老人家高看我这又矮又丑的女子，（望一眼楼上的独峰）你孙子讨嫌我，我没得命伺候你老人家，不过，听了你的话，我晓得了矮婆的命……

马五婆　（不解地）矮婆的命……

水　妹　两个哥哥，一个在台儿庄战死，一个在武汉战死。抗战这些年，男人死得比女人多好多。一个女人家，又矮又丑，活在世上本来没得什么意思。听了关爷爷的话，我晓得矮婆的命，不是给男人多喜欢，是给男人留下香火……

关伯伯　（感动地）好明白事理的姑娘家呀，关家要的就是你这样的女人，等你生下关家重孙子那天，我带着关家人给你下跪磕头……

马五婆　（不高兴地）关伯伯，现在不是你老人家讨小，是你孙子讨老婆，民国了，讨老婆要去市府扯证，你总不能拿绳子绹起你孙子去办结婚登记吧？水妹，走。

关伯伯　（喝道）慢！

〔关伯伯冲到木梯跟前，推开想拉住他的大金妻、关伯娘、水妹等人，吃力爬上木梯，用拐杖猛敲西房楼上的壁板……

〔关独峰依然埋头书中……

关伯伯　关独峰，我晓得你看上了面如桃花腰如柳的刘青罗——

〔站在一旁的刘文才懵了……

〔龚桂花慌张地一把拉住刘青罗……

龚桂花　（震惊地）他讲什么？

关伯伯　（决绝地）如果你今天不死了娶刘青罗的心，爷爷今天就死了活在世上的命——

龚桂花　（害怕地）青罗呀，独峰看上了你？哪个看上你都得，单单关独峰看上你，妈是没答应的。

刘青罗　（困惑地）为什么？

〔龚桂花不由分说地将刘青罗拉回家，把门锁上……

关独峰　（如同念给刘青罗一般大声念着手中《西厢记》台词）妾千金之躯，一旦弃之，此身皆托于足下，勿以他日见弃，使妾有白头之叹……

关伯伯　（痛心疾首地）独峰啊，爷爷教了一辈子的书，你晓不晓得你现在读的都是屁话啊！你若不听爷爷的话，爷爷索性就跳下去，一死百了……

〔关独峰忽然站起，将书扔下天井……

关伯伯　你做什么？

关独峰　（意气用事地）爷爷讲我读的都是屁话，孙子听爷爷的话，从此不读了！

刘青罗　独峰——

关伯伯　（松了口气地）仗也不会打一百年，书还是要读，只要你听爷爷的话，娶妻生子，爷爷卖完老窗老门，也要送你去西南联大读书。

〔关独峰从屋里将一摞书从窗子中扔下天井，然后，纵身从窗子跳到天井……

大金妻　（害怕地）独峰，你想做什么？

〔刘青罗在门里使劲儿敲门板……

刘青罗　妈，你放我出门，我有话跟独峰讲——

〔龚桂花死拽着门扣不松手……

关独峰　（略带韵白地念着《西厢记》的台词）您与我助威风擂几声鼓，杖佛力呐一声喊。绣旗下遥见英雄俺，我教那百万贼兵吓唬破胆……

〔关独峰说完，狂喊着跑出龙隐居，大金妻赶紧追了出去……

〔关伯伯坐在木梯上气得直喘，关伯娘想去追关独峰，又怕老头子掉下来……

关伯娘　（极害怕地）老头子，你不会把独峰逼癫了吧？

关伯伯　（不容商量地）癫了也要把水妹讨回家！

〔水妹在天井收拾散落满地的书。

〔刘青罗从窗口跳出，跑到捡书的水妹旁边一跺脚……

水　妹　你差点踩到我的手。

刘青罗　你的手会搞邋遢独峰的书……

〔刘青罗抢过水妹的书跑回屋。

〔关大金带着史良才进来，关伯娘把马五婆和水妹请进西房……

关大金　爸，爸，史先生来了。

史良才　关伯伯，您老可好？

刘文才　（伤感地）龙隐居没剩几块老东西了，还有哪家要卖老门老窗呀？

〔龚桂花走到水缸边收拾东西。

〔张镇北开窗往楼下看。

关伯伯　事到如今，也不瞒诸位了，关家不是卖老窗老门，关家要把西房上下两层租给史先生，史先生，你先看房子。

〔大金领着史良才进西房。

刘文才　（不解地）租西房上下两层？关伯伯，你当真是老糊涂了，老祖宗那张黄绢上的话你忘了？

关伯伯　（欲擒故纵地）黄绢上讲什么？

张镇北　每一辈人，刘、关、张三户的男丁至少要留一人留守龙隐居……

关伯伯　留来做什么？就一件事，传宗接代！

张镇北　关家有独峰、万峰两个男丁不假，不过，镇北有点不明白，你租了西房去外头住，哪么子还能留在龙隐居传宗接代呢？

关伯伯　独峰这个月就要成亲，传宗接代，重任在肩。

刘文才　你把西房上下两层租出去，又让独峰在龙隐居传宗接代，你讲的是桂林话，我这个桂林人哪么听不懂咧？

关伯伯　换个讲法你就懂了。文才，泥鳅炖豆腐你吃了两年多了，我半夜起来屙尿，哪么看到满院子飘的都是泥鳅的冤魂——

龚桂花　（恼怒地）你这把漏风的嘴巴好比棺材板上的老鼠洞，吹出来的都是阴风，你讲清楚，什么喊做泥鳅的冤魂？

关伯伯　前年你放了话的，哪怕吃到桂林周边的泥鳅绝种，也要生个有茶壶把把的男把爷，屙的头泡童子尿端给伯伯当药喝。两年多过去了，伯伯也没喝到茶壶把把屙的头泡童子尿，你讲，那些死去的泥鳅冤不冤？

龚桂花　死老鬼，你但凡得点空，就咒老娘生不出男把爷——

〔看见史良才和关大金从屋里出来，刘文才把龚桂花扯到一边……

刘文才　（担忧地）关家前脚给独峰相亲，后脚把古董贩子请来，张嘴祖宗黄绢上的男丁，闭嘴在龙隐居传宗接代，我哪么觉得……关伯伯对刘家的东房有点像、像做贼的说梦话——想偷！

龚桂花　偷……（对着关伯伯骂道）我看你是做贼的偷黄连——自讨苦吃！东房从明朝起就是刘家的，关家凭什么打东房的主意？

关伯伯　（淡淡地）你讲东房是刘家的，麻烦你拿房契给史先生看看。

刘文才　（一怔）房契？从明朝到民国，龙隐居的人哪个见过房契？镇北，你见过？

〔关伯伯示意大金进屋拿东西……

张镇北　黄花梨盒子里只有黄绢，哪有房契？关爷爷，你老人家也拿不出房契吧？

关伯伯　忘记告诉你们了——

〔关伯伯招手，大金捧着黄花梨盒子出来，关伯伯打开盒底夹层，从中取出一张发黄的纸……

关伯伯　（气壮地）二百多年，龙隐居的房契一直藏在关家！

〔关伯伯的话令刘、张两家的人十分震惊……

〔史良才接过关伯伯手中的房契小心地打开，这是一张有许多虫眼的房契，众人围上去仔细看着……

张镇北　（狐疑地）房契在关家，真的假的？

龚桂花　假的！

史良才　（用放大镜看着）还真是明朝的房屋官契，不是卖房的房契，是赠房的房契，官契的见证人是明朝桂林总督张同敞，赠房人是瞿式耜。

张镇北　瞿式耜？

关伯伯　南明文渊阁大学士，兼兵部尚书。

史良才　南明时，清兵一路南下，明朝永历皇帝朱由榔逃到桂林王城，听到平乐被清兵袭击，马上要逃，要瞿式耜一起逃。瞿式耜说：“我负有保卫桂林城的责任，就算为此城牺牲，也心甘情愿。”瞿式耜在桂林城坚守了四年，这幢龙隐居当为此时所置。

〔张镇北没听史良才说什么，一直踮脚看房契，忽然，他庆幸地笑了……

张镇北　房契上的仓房、楼上长廊写着张家祖宗的大名，关爷爷——

关伯伯　（冷静地）爷爷从来没讲过仓房、楼上长廊不是张家的……

〔刘文才一直在看那张房契，似乎看出了什么……

刘文才　东屋上下二层旁边哪么尽是洞眼，刘家的名字呢？

龚桂花　（着急地）那不是洞眼，是虫眼——

关伯伯　（有威慑力地）那不是虫眼，是天眼——

刘文才　天眼？

关伯伯　对，天眼，透过天眼，看得清清楚楚，房契上，东房、西房只有一个姓——关！

龚桂花　（蒙了）那、那刘家呢？

史良才　从房契上看，除了张家有仓房和走廊，其余房子和后院都是关家的。

刘文才　就凭这张被虫子咬过的旧纸片？

史良才　这可是明朝房屋官契。

龚桂花　官契又怎样？

史良才　官契证明龙隐居为瞿式耜所赠，受赠人只有关与张两姓人家——

〔史良才拿着放大镜继续看房契……

刘文才　（呆呆地）刘、关、张，义结金兰的三兄弟变成两兄弟了……

〔看着刘文才无措的样子，关伯伯口气缓和下来……

关伯伯　几百年的老邻居，西房的租金，给你一半，够你到外面租间屋子住。

龚桂花　（望向东房，反思道）从前年开始，这死老鬼就在想把刘家撵出龙隐居的馊主意，房契上的洞眼根本没是虫子咬出来的，是你这个死老鬼做手脚做出来的！

〔龚桂花、刘文才冲向史良才，欲抢房契，史良才站到椅子上高举房契……

〔刘青罗推开窗子，坐在窗前，故意亮出手上的《西厢记》……

〔关伯伯和大金害怕地看了眼刘青罗手上的《西厢记》，忧虑地走到一边……

史良才　（举起放大镜）用镜子看，房契上是真真儿的虫眼儿，蛀书虫，老北平叫蠹鱼儿，没牙。做出的虫眼儿想骗过这把德国造的放大镜，没门儿。刘家嫂子，关家要回东房从法律上已经站住了脚，上了法院，您就得搬出去！

刘文才　（胆怯地）镇北老弟，你是警察，你懂法，凭这张有虫子眼的纸，关家就能霸占刘家住了快三百年的东屋？

张镇北　（同情地）民国内务部保护人民财产令第三条规定，明朝私产受民国政府保护。

〔龚桂花忽然冲向关伯伯，凑近关伯伯耳边……

龚桂花　（低声咆哮）死老鬼，你说一句老实话，你是不是因为独峰不愿意讨水妹，所以要把青罗，连同刘家一起撵出龙隐居？

关伯伯　（悲凉地）桂花，我不晓得该哪么答你这句问话，你自己回头看一眼东屋，你女儿手上捧的是什么书？

〔龚桂花看向自家，只见刘青罗示威一般地捧着一本《西厢记》在窗前读……

龚桂花　（一下傻了）青罗，你手上哪么拿了这本《西厢》？

〔青罗大方地亮出书的封面……

刘青罗　（没有表情地）独峰送的。

龚桂花　（如雷轰顶地）你这个死妹仔！

〔龚桂花害怕地把青罗推下窗台，并把窗关了，跑回关伯伯身边……

关伯伯　（声音发抖地）桂花，青罗手上那本《西厢》，上头还写着独峰他小叔叔双金的名字，现在到了青罗手上，你们若不搬出去……

龚桂花　（终于明白关伯伯的苦心，喃喃地）文才，我们没得房契，我们搬！

〔龚桂花转身欲回屋，刘文才拉住龚桂花。

刘文才　桂花，莫急！

龚桂花　（死心地）这日子过不下去了！

刘文才　（敷衍地）哪么会过不下去呢？一辈辈的人一直传一个事，说老祖宗在龙隐居藏了宝贝，后世的人只要找到宝贝，就能成桂林城最受景仰的人。

张镇北　这几年，家家的日子都过不下去，家家都在龙隐居寻找宝贝，块块砖都敲过，根根柱子都敲过，连瓦都掀开过，一个铜板也没见过，龙隐居有宝？有鬼啵！

〔龚桂花甩开刘文才回屋，刘文才欲跟回屋，史良才一开口，刘文才又停下了。

史良才　哎，您还甭小看龙隐居，一般民居坐北朝南，龙隐居偏偏坐南朝北，我那天上山看了一下，龙隐居大门虽说偏在大墙一侧，可若是从门中间画条直线，正好从明朝桂林城的北门楼当间儿穿过去。想想老北平那条南北中轴线……关伯伯，这间西房，我真得租下来，没事儿在这儿探究一下龙隐居的来龙去脉。

〔史良才把房契递给关伯伯，关伯伯让大金把房契藏进黄花梨盒子拿进西屋。

〔一阵锣鼓越来越近，大金妻哭哭啼啼地从巷子深处跑到龙隐居门前……

大金妻　（哭道）哪么搞嘛……哪么搞嘛……独峰自己报名参军了……

张镇北　啊？自己报名参军了？

〔一身军装的关独峰在一些市民敲锣打鼓地簇拥下来到龙隐居前，老歪和一些街坊也来看热闹，关伯伯及龙隐居的众人来到门口……

〔刘青罗想出去见关独峰，被龚桂花死死拉在院里……

关大金　（不相信地）独峰，你、你当兵了？

〔独峰将一张公文放到关伯伯手中……

关伯伯　出征抗战军人及家属优待证明书，（痛心地）独峰，你读了十把年的书，连不孝有三，无后为大都不懂，书白读了！

关独峰　我如果不肯娶妻生子，自然是不孝，我不肯娶水妹，没是讲我不肯娶妻，只是我肯娶的那人是刘青罗——

〔深受感动的刘青罗从龙隐居冲了出来……

刘青罗　（哭喊着）独峰哥——

〔绝望的关伯伯的拐杖闪电一般地抽在刘青罗腿上，刘青罗一下摔在地上，她还想朝前扑去，龚桂花死死抱住她，不许她朝前半步……

〔关伯伯与关大金死死抱住关独峰……

关伯伯　（气都喘不上来地）独峰娶哪个都得，就是不能娶刘青罗！

龚桂花　（泪流满面地）青罗嫁哪个都得，就是不能嫁关独峰！

〔关独峰挣开关伯伯和关大金。

关独峰　（正色道）我正式宣布，刘青罗为抗战出征军人关独峰之未婚妻，国民政府《出征抗敌军人家属婚姻保障条例》规定，抗日军人在出征期间，如果对抗日军人之未婚妻采取胁迫利诱或诈术与其定婚者，处以三年以下有期徒刑，并处以五千元以下罚金！

〔刘青罗甩开龚桂花。

刘青罗　（气壮地）讲得好，哪个喊我嫁别个，抓他去坐牢！罚他倾家荡产！

〔关独峰和刘青罗注视着走向对方，紧紧抱在一起。

关独峰　（眼含热泪，低声地）青罗，你还要记住条例这一条——如果抗日军人生死不明，满三年后，未婚妻可以向法院声明死亡宣告……

刘青罗　（哭喊着）独峰哥，你不能死，我不准你死……

水　妹　（喃喃地自语）你要是真的死了，这一辈子连老婆都没讨，就过完了……

〔关独峰一把扶住刘青罗双肩……

关独峰　（无比深情地在刘青罗耳边道）我将你做心肝儿般看待，点污了小姐清白……

刘青罗　（满脸热泪地回应）张生这个书生其实蛮好的，晓得小姐的清白金贵……

〔关伯娘、大金妻抹泪抱住了独峰。

〔史良才掏出一本小书，递给独峰。

史良才　（恳切地）战争太残酷，在前线，《西厢记》牵扯人向身后看，而子弹从前面打来；这是诗人艾青到桂林第一天写下的诗《我爱这土地》，有空儿看看……

〔关独峰接过那本书……

〔张镇北与独峰行互行军礼告别。

张镇北　走好！

〔远处传来凄厉的军号声，人们敲响锣鼓……

〔独峰毅然转身而去……

〔水妹慢慢蹲在关独峰刚才站立过的垫脚石边，看垫脚石上面，用手指量着什么……

马五婆　（悄声地）水妹，量什么啦？

水　妹　（喃喃地）独峰出征去了，垫脚石的灰土上留了他一个脚印……

史良才　（对关伯伯道）唉，关伯伯，事已至此，身子骨要紧，天也不早了，要不，咱把那张租约签了？

龚桂花　（走向关伯伯，低声地）独峰走了，你老人家看看，还用不用把刘家撵出龙隐居？

关伯伯　（难过地）唉，我是想把刘家撵出龙隐居，没想到，最后把独峰撵出了龙隐居……

史良才　您老什么时候搬空西房，进住东房——

关伯伯　（猛然老泪纵横）独峰打仗去了，我要东房有什么用啊……

〔刘青罗忽然一阵干呕，龚桂花害怕地看着女儿……

龚桂花　（声音发抖地）青罗，你、你不会是有、有、有了吧……

〔刘青罗毫不羞愧地点了点头……

〔一个提着藤箱的流浪文人走来，关伯娘怔怔地看着来人，忽然，她扑上前，抱住了流浪文人……

关伯娘　（哭喊着）双金，双金，满崽啊，你还晓得回来看妈啊……

关伯伯　（满嘴苦水地）这个时候……你还回来……

〔关双金死死地看着龚桂花……

关双金　桂花……

〔刘青罗快步走到关双金面前打量……

刘青罗　（敏感地）你是独峰的叔叔——

关双金　（感慨地看着青罗）你、你是桂花生的那个娃仔，你十九岁了……

刘青罗　你怎么晓得——

〔失控的龚桂花一把从刘文才身上摸出剃刀，指着关双金……

龚桂花　刘文才，你要是个男人，就去把这个男人杀了！

〔刘文才接过剃刀呆呆地走向关双金，想举刀，却被张镇北拦住……

刘文才　（痛苦地）都跑出去十几年了，你回来做什么嘛……

〔刘文才放下剃刀痛苦地走开……

〔老歪走到龚桂花面前，拍了拍胸脯……

老　歪　让你看看什么喊作男人！

〔老歪上前一拳将关双金打倒地上……

〔刘青罗又干呕起来……

龚桂花　（痛哭地）我造的孽啊……

刘青罗　（冷静地）妈，是我自己愿意跟独峰，不怨你……

龚桂花　怨妈，全怨妈，那年我嫁到龙隐居——

关伯伯　（害怕地）桂花，讲不得——

龚桂花　（情绪失控地）青罗都怀上关家的种了，我的嘴巴捂得住，她的肚子捂不住呀，更莫讲关双金还回来了……

刘青罗　(有些明白地)妈，我不管你跟关家有什么烂事，如果你觉得没过门怀仔让你丢人了，我可以离开龙隐居，为独峰，为抗日军人，肚子里的仔，过不过门，青罗都要生下来……

〔刘青罗扭头跑下……

龚桂花　(泣不成声地)生不得，生不得，关家仔，天下人都生得，你生不得……

〔轰隆一声，如山倾倒——终于支撑不住的关伯伯瘫倒在龙隐居门前……

〔收光。

第三幕

时　间　民国三十三年春

地　点　龙隐居

〔幕间黑暗中，一束光投在一个黄花梨木匣和一页翻开的诗集上，阵阵闷雷声中夹杂着隐隐约约《义勇军进行曲》的合唱声……

〔光启：龙隐居的老窗老门一块不剩了，五花八门的东西代替了窗子与门的位置，衰落极了……

〔乌云压顶，天边传来隐隐雷声……

〔天井中央，腿盖旧毯子的关伯伯坐在旧竹椅睡着了一般，关大金、大金妻在堂屋的东房一侧糊火柴盒，糊好的火柴盒小山一样堆在地上……

〔墙外的电线杆下，关双金摆了个代写书信的小摊，正在帮一位老妇人写书信……

〔一个卖马蹄糕的小贩挑着担子从巷子走过……

〔刘武才坐在东房一层旁的楼梯口扯胡琴，远处传来微弱的《义勇军进行曲》他的琴音依然不准，龚桂花从东房走出将一件毛衣放到椅背上……

龚桂花　武才，没得米下锅了，又打好一件毛衣，拿去卖了。

〔刘文才从屋里出来，神情冷淡的龚桂花如同没看见似的回屋……

刘文才　（心烦意乱地）哎，武才，这个破弦子你从早扯到晚烦不烦啦。

刘武才　（感慨地）你还去出摊？文化人的歌声越来越小声，剃头的人就越来越少，半个月，没见哥哥拿回一文剃头钱，要不是嫂子打毛衣卖，刘家怕是早就鼎锅吊起来当钟敲了！

〔刘武才边说边拿出小镜子照着……

刘文才　没得人剃头，起码耳朵得个清闲。

〔刘文才挑着剃头担子正要往外走，老歪捧着泥鳅豆腐从大门外进来……

〔刘文才放下剃头担子，不快地摸出剃刀在磨刀皮条上蹭着……

〔关双金跟在老歪后头进龙隐居……

老　歪　（朝东房里喊）桂花嫂子，借你的锅头，帮我炖一碗泥鳅豆腐！

刘武才　（略带桂剧韵白地）忍一时得寸进尺，退一步变本加厉！

老　歪　（威胁地）刘武才，卖点报纸，假装有学问是吧？老子赌你再讲一句——

刘武才　（不怵地）好，你愿意长学问，我就劳神跟你摆点学问！民国二十七年，你啵我嫂子时，我哥忍了一时，从此，你进这个院子比赶圩还勤快。我哥再退一步，看着嘛，今天你把豆腐和泥鳅倒进刘家的锅头，明天就想坐上刘家的床头——

老　歪　（嚣张地）你哥为什么要忍？为什么肯退？龚桂花这种烈马，他骑不了！

〔刘文才手中的剃刀掉到地上……

刘武才　哥，听到没有，他称雄，你忍让他一时，他就会让你忍让他作恶一世——

〔刘文才捡起剃刀，恨恨地在磨刀皮条上继续蹭着……

老　歪　（恐吓道）刘武才，老子捧你时，你是个陶瓷杯子；老子松手时，你就成了陶瓷渣子的啵！

刘武才　（血性骤起地）讲起来老子也是桂林城守军之后，你今天不把老子变成陶瓷渣子，老子还不依你咧！

老　歪　（虚张声势地）好，从今往后，每个礼拜的一、三、五老子打你，二、四、六留给你养伤！

〔老歪抄起椅子便往刘武才冲去，被楼上穿警服的张镇北一声喝止……

张镇北　老歪，又想进拘留所喂蚊子是吧？

〔老歪赶紧放下凳子，死痞赖贱地给警察张镇北哈腰……

老　歪　没有、没有。

张镇北　那你来做什么？

老　歪　来找桂花嫂子耍的。

关双金　（忍不住地）刘文才，治安条例规定，勾引已婚妇女者，只要老公举报，镇北他们做警察的就可以依法拘留他十天！

〔龚桂花打着毛衣从东屋出来，冷笑地看着关双金……

龚桂花　哈哈哈，如果某人有胆举报，有人怕是二十一年前就蹲拘留所了！

〔目光呆滞的关大金在墙角掏出小酒瓶不停地喝酒……

〔刘武才叹着气上楼……

老　歪　（撩拨地）桂花，帮我把泥鳅豆腐炖好，你生仔的事我包了。

龚桂花　（奚落地）这种事，你回去和你妈做，连门都不用出！

〔幕内传来老女人家收破烂的吆喝声：收鸭毛……

龚桂花　（小耍地）听到没有，你妈喊你回去了！

〔老歪无趣地走了……

〔心情郁闷的关双金狠狠地敲击火柴盒模子……

〔刘武才在楼上烦躁而急促地拉起了胡琴，琴音愈发不准……

〔关万峰突然从西房楼上窗子探出头来……

关万峰　（发泄地）哎呀，龙隐居我实在住不下去了！

〔拉二弦和敲火柴盒模子的声音停了下来。

大金妻　（担心地）万峰，好好的，哪么讲这种话？

关万峰　五年多了，楼上楼下、对门对户，不是有仇就是有恨，见面要么不讲话，讲话就是话里藏刀。这头，敲火柴盒的声音从天亮响到天黑，那头吵死人不偿命的胡琴从早晨扯到半夜。住到这个气都透不过来的死屋，我觉得活着没得一点味道！

〔龙隐居一下沉寂了，关大金依然举着小瓶喝酒……

〔史良才从门口进来，却无人有心思搭理他……

〔关伯娘端着一碗稀饭从西屋走到天井，推了推闭目昏睡的关伯伯……

关伯娘　老头子，醒醒，该吃饭了。

关伯伯　（缓缓睁眼道）不吃……

关伯娘　眼下就靠这口稀饭吊着你这条老命。

关伯伯　（直直地望着关伯娘）哦，不喝稀饭就能死啊……

〔关伯伯没有表情地抬手把关伯娘手上的粥碗打落，大金妻赶紧上前收拾……

〔关伯娘捂嘴啜泣……

〔关大金走到父亲身边……

关大金　爸，你想做什么？

关伯伯　（气虚地喊道）我——想——死——

关大金　（点头道）好、好！

〔史良才见状，掏出一本旧书，翻开一页……

史良才　（轻轻念道）莫笑老夫轻一死，汗青留取姓名香……

〔关伯伯浑身一战，睁眼看着史良才……

关伯伯　（喃喃地）这、这是哪个讲的？

史良才　瞿式耜！

〔史良才翻开旧书递给关伯伯看……

史良才　这是瞿式耜的绝命诗，他独守桂林空城至最后一刻，喝着三花酒，看着抓捕自己的清兵来到跟前，吟诗道：莫笑老夫轻一死，汗青留取姓名香……

关伯伯　（受到震动地）莫笑老夫轻一死，汗青留取姓名香……

〔刘青罗沉脸走进龙隐居大门，龚桂花急忙上前拉着女儿……

龚桂花　青罗，你回来了……

刘青罗　（对母亲道）放开手！

〔刘青罗狠狠地盯着关大金……

大金妻　（不解地）做什么啦？

〔刘文才闻声走出东房门口……

〔刘青罗拿出一张报纸……

刘青罗　这个聋子去报馆，以我的名义登声明，解除关独峰未婚妻身份——

龚桂花　抗日军人生死不明，满三年后，未婚妻可以声明死亡宣告，聋子去登这个声明是为你好——

刘青罗　你还有脸做声？

关伯伯　青罗，聋子去报馆，是我喊他去的……

〔刘武才和关万峰、张镇北各自站在楼上的窗前往下看。

刘青罗　（盯着关伯伯）姓关的，我问你，我跟独峰为什么不能在一起？

关伯伯　（欲言又止地）唉，你和关家——

刘青罗　（指着关双金和龚桂花）他回来那天，我已经明白，我是这个坏女人和关双金的孽种，我跟独峰是堂兄妹……我不明白，民国天下，有多少堂兄妹成了夫妻，你们为何偏对我下毒手，还差点没把我踢死？

刘文才　（一惊）差点没把你踢死？

刘青罗　我肚子里的把爷都四个月了，独峰他爸走到我面前，说是独峰他爷爷喊他来的，说完，一脚踢在我的肚子上，再把我送去医院。

龚桂花　关伯伯也是没得法，天王老子劝，你都不肯去打胎——

刘青罗　（愤怒地）我不肯打胎，你们就可以踢掉独峰的血脉？独峰讲过，我是从象鼻山底下流过的漓江，我今天来告诉你们，别人未婚妻只等三年，刘青罗宣布，只要象鼻山底下的漓江还有水，（忽然失控）我就等——就等——就等——

〔关大金看着几近疯狂的青罗，从身上掏出一封公函，递给刘青罗……

〔刘青罗震惊地看着打开的公函……

刘青罗　（不敢相信地念）陆军下士关独峰殉国通知书……独峰死了……

〔关大金点头。

大金妻　（如闻晴天霹雳）独峰死了？

关大金　（借着酒劲喊道）死了三年！三年了！

大金妻　（顿时崩溃）你为什么讲独峰是失踪，我的仔啊……

〔大金妻使劲捶打关大金，关大金埋头喝酒……

〔关伯娘大哭，关双金急忙搀扶……

刘青罗　（不肯相信地）不、我不信，那么活蹦乱跳的人会死……

关伯伯　（老泪纵横地）死了，真的死了，我亲手逼死了我的孙仔——

〔关伯伯不停地咳嗽……

刘青罗　（绝望地）不对，你晓得独峰死了，哪么还会叫聋子把独峰唯一的骨血踢到流产？你讲话啊！

〔关伯伯躲开刘青罗的目光，刘青罗求助一般地看着周围无语伫立的人们……

刘青罗　关家人，刘家的人，龙隐居的人，你们出声啊……

关双金　（忍受不了地对关大金吼道）我的亲哥哥，独峰的亲老子，事情都到了这步田地，你该开口了！

关伯伯　（哀求地）双金，讲不得……

〔蹲在地上的关大金如同什么也没发生，仍然用小瓶喝酒，龚桂花一把抢过关大金的酒瓶，猛灌了几口，关大金抢回酒瓶，把龚桂花推开……

龚桂花　（醉意地）三花酒，几口进喉咙，人就麻了，麻了就敢把脓胞疮戳爆了！青罗呀，妈嫁到龙隐居时，刘文才吃大烟把刘家吃空，把身子吃垮，晓得实情的我想死，多亏关双金在城墙上给我念《西厢记》……独峰临行前在你耳边念的那句，我将你做心肝儿般看待，你妈当年在城墙上听过，所以我——

〔刘青罗死死盯着关双金……

刘青罗　所以你嫁的是刘文才，关双金还是点污了小姐清白……

〔关大金把空了的酒瓶一扔……

关大金　（醉意上涌地）你们讲什么，聋子听不到，聋子讲什么，你们听得清楚。那天你妈喊我，帮她递纸条，约双金夜里去城墙见面，鬼迷心窍，那张条子我没给双金，自己上了城墙……

〔刘青罗恐惧地盯着眼前这些既熟悉又陌生的人们，似乎意识到要发生自己不愿意知道的事情了……

龚桂花　（不顾一切地）那天，夜黑雨大，我摸上城墙，一个人跟疯子一样扑到我身上——

关大金　（酒劲上涌地）等关双金的手电筒照到我们两个身上的时候，你才晓得是我关大金——

〔刘文才拿出剃刀在磨刀皮条上蹭着……

龚桂花　（痛楚地）那一下，我觉得头上厚厚的云，跟天塌一样压在我头顶，气都透不上——

关双金　我哥跪在桂花跟前，我用两只手打他，板板打在耳朵，他从此聋了——

〔关伯伯瘫坐椅上，沉重地回忆着……

关伯伯　我跟在后面，看到了跪着求饶的大金，桂花要闹，是我求她不做声——城墙外头就是龙隐居，那时，独峰在他妈的肚里已经八个月了……

龚桂花　（对青罗道）两个月后，我肚子有了你……

刘青罗　（支撑不住地）不、不是这样、是你们喝麻了讲酒话——

关伯伯　青罗，聋子和你妈酒醉心明白，句句话是真的……

刘青罗　（死活不肯相信）不，你们都想骗我，关双金回来那天我就晓得了，我是关双金的女，我和独峰是堂兄妹——

〔刘青罗往东屋走，龚桂花边说边跟在后边，刘青罗摇手示意不要再说了……

龚桂花　你听我讲，我去打过胎，打不下来，刘文才在床上是废人，要是看出我有孕，肯定晓得我在外面有人了……

刘青罗　（疯了似的）我和独峰是堂兄妹——

〔刘青罗进门后“砰”一声把门关了。

龚桂花　青罗——

〔刘文才害怕青罗出事，赶紧打开窗子查看屋内情况……

大金妻　（心碎地摇晃着家公）爸，这个事你瞒了我二十一年呐！

关伯伯　（满腹苦水地）我难呀，那时你生完独峰还在月子里，你人矮心不矮，要是晓得老公做了这种缺德事——

大金妻　（泪流满面地）抵死要带着我的仔走，永远离开关家！

关伯伯　这头不能让你晓得实情，那头对文才要有个交待，我吞下一嘴的苦水，喊双金为了关家之后——

关双金　（痛楚地）为了关家之后，我背着奸夫的名义，从此浪迹天涯……

刘文才　（如梦初醒）我晓得桂花怀孕那天，真的以为是双金造的孽……关伯伯，你——

关伯伯　我当你会大闹一场，没曾想到，你回屋里关门三天，再开门时，戒了大烟，学了门剃头手艺，更难得的是你把青罗当亲生的养……

刘文才　青罗长得像桂花。那个事不怪桂花，怪我抽大烟。桂花摆在桂林城，也当得上美人二字，为了真做这个美人的老公，一跺脚我竟然把大烟戒了，身子硬铆蛮多，等生下我的碧玉后，我以为只要瞒住青罗的身世，刘、关、张三家就可以在龙隐居相安无事……

关伯娘　（看着破旧的龙隐居）唉，从日本鬼子打过卢沟桥那天起，龙隐居跟老水塘一样，风来了，浪起了，塘底的渣滓都翻起来了，浑得不成样子……

〔刘青罗换上十六岁那年穿的白袄，开门从东房出来……

刘青罗　（冷静得让人害怕）你们把塘水弄邋遢了，我要洗干净自己，做龙隐居最干净的那个人！

〔一声炸雷，大雨倾盆而下，龚桂花和关大金同时冲向雨里的刘青罗，刘青罗一把推开龚桂花和关大金……

刘青罗　（对天诉说）张生这个书生其实蛮好的，晓得小姐的清白金贵——

〔疯了一样的刘青罗转身向大门外跑去，龚桂花哭着追了出去，关双金也跟着追了出去，刘文才、关大金也着急地跟到大门口。

〔空着一条裤腿架着拐杖背着皮箱的退伍军人张镇西在巷子里与刘青罗和龚桂花擦肩而过……

〔刘文才看着镇西，上前打招呼……

刘文才　镇西？

〔张镇西没吭声地进了龙隐居，张镇北快速地跑下楼，刘武才也走下楼……

张镇北　（不敢相信地）镇西回来了，你的腿呢？

〔张镇西没理哥哥，眼含热泪地看着关伯伯……

张镇西　关爷爷，我把独峰带回来了——

〔众人震惊地看着张镇西背上的皮箱，张镇北和刘文才帮镇西小心地把箱子从背上解下，放到地上……

〔镇西打开皮箱，史良才端起供桌上的一盏灯上前看着……

关伯伯　（指着箱子里）这、这是……

张镇西　这是独峰的骨头……

关伯伯　（不敢相信地）独峰的骨头？

张镇西　独峰的骨头，我一块不少地找到了，火车、汽车看我背死人骨头，都不搭我，我用一条腿走了几百里路，把独峰背回来了——

大金妻　（心碎地）独峰——

张镇西　（如对着睡着的人说话一般喃喃地）独峰，你回家了，你爷爷、你奶奶，你爸，你妈，你弟弟，张家的人、刘家的人都在你身边，你睁眼看看呐……

〔关伯娘、大金妻失声痛哭……

关伯伯　（猛喝道）哭什么？独峰是为抗日而死，来，送独峰，见祖宗！

〔关大金接过史良才手中的灯在前面引路，张镇北、关万峰小心地托起箱子，庄重地把箱子放到神龛下。

关伯伯　镇西，你晓不晓得独峰是哪么死的？

张镇西　我受伤住院时，同房是他那个排的伤兵，听他讲，是这本书——

〔张镇西掏出一本被血染过的小书……

史良才　（诧异地）艾青的《我爱这土地》？

张镇西　关独峰他们排奉命增援食盐仓库，立下军令状死守三天。关独峰真的是书生呀，炮火里给士兵念这首诗。他讲龙隐居有份按了血手印的黄绢，有那个血手印，后人不敢离开龙隐居。他让士兵们也在诗页上面按血手印起誓，说死也不放弃脚下的土地，没人敢按，只有他这个书生咬破指头，按了血手印……

大金妻　后来呢？

张镇西　（如同看见战斗情景）后来，鬼子围上来了，几百把刺刀被太阳照得铮亮，一个排的兵都吓得要跑，那个伤兵劝他一起跑，独峰讲，这本诗是他从桂林带来的，他按了血手印，他身后不远，就是甲天下的桂林山水，就是龙隐居，他不能跑……鬼子冲锋了，人都跑完了，只剩他一个人趴在阵地上跟鬼子打，胸口中了两枪还跟鬼子拼。逃跑的排长心里过不去了，又带队伍打回食盐仓库，掩埋了他的尸首，还做了记号，那个伤兵带回了这本按了血手印的诗……

张镇北　（恨恨地）这些临阵逃脱的怕死鬼！

张镇西　第三次长沙会战过后，我那个连队调到长沙，在食盐仓库，我找到伤兵讲的记号，挖出独峰的遗骨，没多久我又被炸断腿……

关伯伯　（擦着眼泪）这是本什么书？独峰为什么要在上面按血手印？

张镇北　是啊，那些身经百战的排长、老兵都挨吓到临阵脱逃，为什么只有一个在诗页上面按了血手印的书生，能够死守那个地方？

史良才　（无限感慨地）这是艾青到桂林第一天写下的诗，关独峰出征那天我送给他的，没想到，这首诗成了独峰的绝唱……

〔史良才接过那本被血浸透的诗集……

关伯伯　史先生，我老眼昏花，诗上讲的什么，能让我的孙子心甘情愿地把命送了……

史良才　关伯伯，您坐下，我给您读。

〔万峰和大金妻扶关伯伯坐下，张镇北扶镇西坐下。

史良才　（轻声地）《我爱这土地》，作者，艾青……假如我是一只鸟，我也应该用嘶哑的喉咙歌唱，这被暴风雨所打击着的土地，这永远汹涌着我们的悲愤的河流，这无止息地吹刮着的激怒的风，和那来自林间的无比温柔的黎明。然后我死了，连羽毛也腐烂在土地里面——为什么我的眼里常含泪水？因为我对这土地爱得深沉……

〔史良才把这本诗集递给关伯伯……

关伯伯　（抚摸诗页）这就是独峰按的血手印……

关伯娘　（泪流满面地）独峰啊独峰，你读书读懵了啊，这几行我听都听不明白的诗，哪么子会让你在那里死守啊……

史良才　（感慨道）明知大势已去，明知败局已定，总有这样一些人，敢于用死来呼唤后人担起对这片土地的责任。瞿式耜守卫桂林城时说过一句话：城存与存，城亡与亡。在明朝，他是这么做的，到了抗战，关独峰也是这么做的……

〔关伯伯顿悟，他从关伯娘捧着的黄花梨盒子拿出黄绢，挣扎着站起来……

关伯伯　（用残疾的手举着黄绢痛彻心扉地）龙隐居的祖宗，你们看仔细了，这把骨头硬啊，块块是桂林城守军后代的骨头，（指着龙隐居里的人）你、你、还有我，一个个做出的事情，对不起祖宗还有独峰按下的血手印！龙隐居已经不像样子了，多亏关独峰死了，死得好啊，死得好！给刘、关、张三姓守城人添了大光彩啊！

〔关伯伯拿过诗集，交给万峰。

关伯伯　万峰——

关万峰　爷爷……

关伯伯　你先前讲，活着没得一点味道了，其实，爷爷比你还想死。现在，爷爷想明白了，人活到只要做好一件事，就没有白活……

关万峰　爷爷，什么事？

关伯伯　用你的这一世，把祖宗给你的这个姓名擦得亮点，再亮一点，让你的名字在后人心里飘香！

〔水妹抱着一个大布包从门外走了进来……

水　妹　关爷爷！关奶奶！

大金妻　水妹，你哪么来了？

〔水妹拿出一张报纸给大金妻……

水　妹　我看到刘青罗登了脱离未婚妻关系的声明，就来了——

关伯娘　（不解地）来、来做什么？

水　妹　（不好意思地）青罗不做独峰的未婚妻，就轮到水妹做独峰的老婆了。

关伯娘　（难过地指木箱）独峰不是失踪，是……唉，那个箱子里是独峰的骨头……

〔水妹走到皮箱旁边，意外却安静地看着箱子，一会儿，她从布包里掏出一双布鞋……

大金妻　（意外地）布鞋——

水　妹　独峰，你出征那天，在垫脚石的灰土上留了一个鞋印，我用手量了尺寸，从你出征，三个月我做一双鞋，三十六个月，我做了十二双，都拿来了，正好给你上路穿……

〔水妹从布包里拿出一双双布鞋，放在箱子面上面，关伯娘赶紧拉开水妹……

关伯娘　（难过地劝道）水妹，奶奶晓得你愿意嫁给独峰，可他这辈子没得福气娶你做老婆了，你走吧……

〔水妹像是没听懂关伯娘的话，又回到木箱边摆放布鞋……

关伯伯　（苦口婆心地）水妹，报纸上天天都登失踪三年军人未婚妻的声明，没是她们情薄意寡，实在是这个世道，女人家一个人过日子太难了……

水　妹　（轻声地）那些女人等的是今生，水妹等的是来世，想法没一样……

关伯娘　（不忍地）水妹，你赶紧走吧，给独峰做鞋子的事莫传出去，你还要嫁人的！

水　妹　（倔强地）你们不用劝了，做不了独峰生前的老婆，我做独峰死后关家的媳妇。讲白了吧，我是桂林人，你们是桂林抗日烈士的家属，水妹愿意以孙媳妇的名义，伺候两位老人。

〔水妹跪下，给关伯伯和关伯娘磕头……

〔大金妻上前扶起水妹……

关伯伯　（被深深打动地）这孙媳妇我认了！来，你们把独峰送到屋后城墙上。老婆子，你把水妹做的布鞋埋在独峰身边，给他讲一声，是他媳妇水妹做的……

〔张镇北、刘武才等人把木箱抬起来走进西房，关伯伯领着众人跟在后面去了后院，只剩刘文才在龙隐居门前等候妻女……

〔面如死灰的龚桂花从东边走来，刘文才赶紧迎上去。

刘文才　桂花——

〔龚桂花没理跟在身后的刘文才，走进龙隐居，一直走到水缸边，定定地望着缸中的水面……

刘文才　（着急地）桂花，青罗咧，我的青罗去哪里了？桂花，你讲话啊！

龚桂花　（喃喃地）青罗，跳下了漓江，真的成了流过象鼻山的青罗带……

〔龚桂花哭着回到东房，刘文才追到屋里……

〔众人从西房出来，看见穿着时尚的刘碧玉领着戴眼镜的佟大节从门外进来，几年未见，她的举手投足已然有梨园大家风范……

刘碧玉　（对大家）大家晚上好！（看见镇西）镇西哥哥回来了！

关万峰　（激动地）碧玉，你唱的《拾玉镯》我去看了的，扮相、唱功都好！

〔龚桂花和刘文才闻声出来与女儿见面……

史良才　（给佟大节拱手）哟，佟先生！

佟大节　（上海口音的普通话）哟，史先生，又来龙隐居淘货？

史良才　（笑着摆了摆手，跑到门前对看着巷子远处说）瞧，来了。

〔几个苦力用板车拉着十几扇花窗上，史良才让他们把花窗搬进龙隐居……

史良才　自打知晓龙隐居与瞿式耜有关后，我起了个念想，龙隐居如能复兴，国家当离复兴不远，费了把力气，把龙隐居流出去的东西又置换回来……

〔龙隐居的几家人感慨地望着倚墙排放的花窗……

张镇西　史先生，你没抬手，龙隐居这十几张脸被打得火辣辣的……

刘文才　（看着佟大节问）碧玉，这位是——

刘碧玉　省立艺术馆馆长欧阳予倩的弟子佟大节先生，西南剧展快开幕了，我想请佟先生帮桂剧写个颂扬民族气节的戏，他听史先生讲过，龙隐居是明朝抗清英雄瞿式耜赠给先人的，佟先生觉得这个题材可以搞戏——

史良才　（击掌道）好点子！

佟大节　史先生，小弟请教一个问题，龙隐居这个名字的来历——

史良才　源于桂林龙隐岩。唐代，龙隐岩出现第一块摩崖石刻，至今，小小岩洞有187处摩崖石刻，内容包罗政治、经济、军事、文化、民族；形式上诗词、曲赋、铭文、对联；书法上楷、草、隶、篆——

佟大节　（忽然悟道）这个洞里隐的哪儿是龙啊，分明隐的是桂林，隐的是华夏……

关伯伯　（醍醐灌顶地）龙隐岩隐的是桂林？隐的是华夏？那龙隐居隐的是——

张镇北　（思索地）是哦，祖宗起名龙隐居，想隐藏什么呢？

刘武才　莫想那么多了，这几年，龙隐居早就翻得底朝天了，什么宝也没出，只出了一个桂戏名角刘碧玉，连白长官都钦点她的戏。（试探地）碧玉呀，小叔叔扯了半辈子弦子，做梦都想给名角扯一回——

刘碧玉　你……有点音不准……

〔刘武才惭愧地缩起了头……

张镇西　碧玉，我把独峰的骨头背回来了，（指着堂屋神龛）独峰没听过你的戏，喊你小叔叔帮你扯一回，你给独峰唱一板嘛！

〔刘碧玉震惊地看着堂屋的神龛……

刘碧玉　独峰哥，出征官兵最爱听的是《梁红玉》，我唱给你听！（转身对刘武才说）小叔叔，等我叫了板，你起北路起板，会扯吧？

刘武才　（自信地）会扯，今天没得那些歌声吵耳朵，保准把弦子扯准！（配合碧玉身段，念着锣鼓点）咣才咣才咣才——咣！

〔刘碧玉圆场后英武亮相……

刘碧玉　（韵白）大宋天子驾前，安国夫人梁红玉，今日与金兵血战，为此登台点将！众将官，站列两旁，听本督传令——

〔刘武才刚想运弓，忽然，警报声大作，一个凄厉的吻哨之音从远远的天空逼近，众人不解地仰头寻找哨音来源，张镇西脸色骤变——

张镇西　（拼命大喊）躲炮听音——飞机炸弹到头顶了——

〔伴着飞机临空的音响，四处爆炸声骤起，炸弹的吻哨越来越大地朝着龙隐居压来，张镇北和关万峰两人护住碧玉，众人捂着耳朵，害怕地等着那声巨响……

〔收光。

第四幕

地　点　龙隐居

时　间　民国三十三年11月11日

〔幕间黑暗中，一束光投在一个黄花梨木匣和一页翻开的诗集上，黑暗中枪炮声不断传来……

〔光启：龙隐居墙外巷子多了一堆稻草，枪声依然猛烈……

〔龙隐居的老门、老窗、都装回了老地方，龙隐居又恢复到完整的样子……

〔身负重伤的李副官一手捂着伤口，一手提着手枪从巷子东边踉跄而来，昏倒在那堆稻草里面……

〔关大金、大金妻、关双金和捧着黄花梨木盒的关万峰从巷子西边上……

〔关大金走到紧锁的龙隐居门前，伸手跟老婆要大门钥匙……

大金妻　（紧张地）死聋子，你找死呀，日本兵进城了，你不要命地往龙隐居跑什么？

关双金　爸瘫了不愿走，妈讲在龙隐居陪爸一起死，聋子是放心不下。

〔关大金打开门锁，众人赶紧跑进龙隐居……

〔老歪正在天井用撬棍撬着铺天井的青石，看见众人进来，他愣住了……

关双金　（气愤地）老歪，龙隐居刚恢复得有点样子，你把石板撬起来做什么？

老　歪　（无赖地）龙隐居的人一直讲，祖宗藏宝龙隐居，枪炮一响，龙隐居的人丢下宝跑光了，你敢丢，我敢捡——

关双金　（黑脸道）你马上和老子滚出龙隐居！

老　歪　（耍蛮地）老子要是不滚——

〔楼上发出清脆的拉枪栓声，老歪抬头，只见在楼上倚窗而立的张镇西举着一杆汉阳造正对着自己……

老　歪　（害怕地）那是不可能的……（急下）

〔水妹和关伯娘架着关伯伯从西屋出来……

〔关双金听见动静，赶紧跑到门口看——浑身汗水的史良才拉着一架板车从西边上……

关双金　（不解地）史先生，你当真是要古董不要命啊！

史良才　这两把明朝交椅，放龙隐居正合适！

〔史良才刚搬下交椅，便见龚桂花扶着受伤的张镇北从东边上，刘碧玉随上，张镇西走到大门旁边持枪警戒，史良才和他们赶紧进了龙隐居……

关伯娘　镇北伤了，碧玉没得事吧？

龚桂花　莫讲了，那天我刚逃到阳朔，就和文才走散了，听一个人讲在北门鹦鹉山见到碧玉救伤兵——

关万峰　碧玉救伤兵？

龚桂花　死喽，早就讲过日本鬼子会从北门打进桂林城，我就这一个女了，老娘掉头就往城里跑，到处找碧玉，还好，镇北带她躲了起来——

张镇西　哥，你是可以撤退的警察，怎么还跑到北门鹦鹉山跟日本人打——

龚桂花　多亏镇北在北门打，日本人攻上来的时候，全靠镇北带碧玉藏到一个小山洞，整整躲了三天——

〔琴声在楼上响起，依旧音不准，众人抬头，只见刘武才坐在门口拉二弦……

关伯娘　（害怕地）这种时候，你还有心思扯二弦！你怕鬼子没晓得屋里有人是吗？

刘武才　（遗憾地）那天碧玉答应让我帮她扯一回二弦唱一板，她刚叫板，我的弓子还没运，日本飞机的炸弹就落到龙隐居门口，虽然炸弹死火没炸，给众人留了条命，不过，日本人把一场雅事给老子搞黄了！

龚桂花　（不解地）你和刘文才不是带着黄花梨盒子走了吗？

刘武才　都走到平乐了，我不过提了一句，黄绢上有祖宗按下的血手印，我哥的脚又迈不动了，思前想后，他又回来了。

〔龚桂花急忙走到东房门口，刘文才从门屋出来……

龚桂花　文才，你——

刘文才　（嘟哝地）捧到这个盒子，心里想走，又没敢走……

张镇西　（焦急地）日本人已经破城，一时半刻就到龙隐居，哥，你带着这些人赶紧动身！

〔众人收拾东西准备走，一直低头不语的张镇北抬起头来……

张镇北　我不能走。

张镇西　为什么？

张镇北　守在北门山上的时候，我想起一个怪事——

关万峰　怪事？

张镇北　祖宗定下张家起名字的规矩，每一辈男丁中间那个字按辈分是忠、孝、义、威、镇、据，不管哪一辈人，男丁老大最后一个字一定要用“北”这个字——

史良才　桂林城的地势决定，迎敌北门首当其冲，当年清兵便是从北门入城，而你们祖宗在明朝就是桂林城北门的守军——

张镇北　（有些醒悟地）哦，所以张家长男，只能叫忠北、孝北、义北、威北、镇北、据北……

张镇西　（点头道）哥，你是张家老大，叫镇北……

张镇北　（大彻大悟地）镇北两个字，是祖宗二百九十三年前给我下的军令——镇守北门！

张镇西　（没有商量地）你还走得动，要赶紧走！

张镇北　（不容置疑地）独峰为了自己按的一个血手印死守食盐仓库，一步不退，祖先在黄绢上按了三个血手印喊我镇守北门，我更不能走！

〔张镇西用汉阳造对着张镇北——

张镇北　你想做什么？

张镇西　（极有威慑力地）我想喊你滚出龙隐居，顺着王城根往南滚，一直滚到看不见桂林城插日本军旗的地方……

张镇北　（暴怒地）老子的桂林城，日本人插旗子？我人走掉了，脸跌到泥巴里了！

张镇西　（吼道）你给老子走！

张镇北　（不容商量地）你要怕死你走，你哥横直不走！

张镇西　（放下枪哀求地）哥呀，你哪么想不明白呢？下一辈张家的男丁应当叫据北，你死了，张家连个崽都没有，哪个据守北门？

〔龙隐居被这句话问得一片死寂，刘碧玉缓缓走上前，拉着张镇北的手到龚桂花和刘文才跟前……

刘文才　（不解地）你们这是——

刘碧玉　唱戏的时候，有钱的，有势的，有文化的都有人想跟我睡，我是新剧人，不做那种伶不如娼的事。在洞里躲的这三天，我和镇北跟夫妻一样睡了三天——

关万峰　（如雷轰顶地）你和镇北……跟夫妻一样……睡了三天……

刘碧玉　睡了三天……

〔关万峰疯了一样地大叫着冲向刘碧玉，被刘文才和刘武才拉住……

龚桂花　万峰，你癫了？

关万峰　（失去理智地）癫了！癫了！从和你碧玉在桌子底下躲日本飞机我就癫了！闭眼做梦是你刘碧玉，睁眼想见的人是你刘碧玉，你唱《拾玉镯》，我卖血去买票，没想到你是这种人……

刘碧玉　（冷静地问）我是什么人？

关万峰　（失去理智地）你跟张镇北没得一点感情，居然和他睡了三天，你还好意思问我你是什么人？贱人！

刘碧玉　（轻轻地）我和没得一点感情的张镇北睡，你晓得为什么？

关万峰　（怔怔地）为什么？

刘碧玉　我在鹦鹉山抢救伤员，鬼子的大炮让我明白《义勇军进行曲》那句“冒着敌人的炮火”是什么意思，到处是弹坑，到处是火苗，到处是死人。我看了，没死一个女人，死的都是男人。日本鬼子在七星岩用了毒气，毒死了我们好多人，鬼子这不是打仗，是要灭种啊。我们女人家打不了仗，生个仔总会吧。女人生下一个带茶壶把把的，国家就多一个预备战士。只要种不绝，国家不会亡。为这个，我才心甘情愿地和镇北睡！

关伯伯　（感叹地）大义大德啊！一个连男人都没碰过的女子，给一个估计连今天都活不过的男人留种，刘碧玉这个名字，她用这三天三夜擦得铮亮……

〔刘碧玉请刘文才和龚桂花到祖宗牌位下的椅子坐下……

刘碧玉　我梦到我肚子里有了那个叫张据北的男丁，爸，妈，镇北要守在这里，我要赶紧找个稳妥的地方安胎、生仔，把张据北养大再带回龙隐居。

刘文才　碧玉——

〔刘文才把黄花梨盒子的黄绢拿给碧玉……

刘碧玉　我和镇北在龙隐居磕三个头，算是你们把满女嫁了……

〔张镇北把张镇西给的那支银簪掏出来给碧玉插上，碧玉和镇北牵着黄绢，给刘文才和龚桂花跪下……

关伯伯　新人跪拜，一拜天地祖宗，二拜父母高堂，夫妻对拜……

〔轰轰枪声不停传来，刘碧玉和张镇北磕了三个头，龚桂花扶起他俩……

龚桂花　（擦着眼泪）女人，但凡身子给的是真男人，就算只做了一日夫妻，一辈子也抵值……

〔刘文才把黄花梨盒子交给了刘碧玉，碧玉把黄绢放进黄花梨盒子。

〔忽然，枪炮声停了……

张镇西　（紧张地）不好，枪声没得了，鬼子很近了，大家赶紧走……

〔碧玉抱着黄花梨盒子匆匆出了龙隐居，门外，史良才在龙隐居门前的垫脚石边上，翻阅一本残卷……

〔水妹一把拉住关万峰，走到关伯伯跟前……

水　妹　本来水妹想陪老人家死在龙隐居，听了碧玉的话，我懂了，我是关家长嫂，顶要紧的事情是让弟弟万峰讨上媳妇，为关家怀孕、生仔，让关家的后人捧着黄花梨盒子回龙隐居，接着守桂林城！

〔水妹拉着捧着黄花梨盒子的万峰走了……

关伯伯　大金，双金，万峰他妈，你们也赶紧走……

〔关大金比画着手势示意自己留下照顾父母，推着大金妻和双金往外走……

〔关双金看了一眼龚桂花，又留了下来……

张镇北　（担心地）不晓得鬼子离龙隐居几远，我送一下碧玉……

〔张镇西把汉阳造给哥哥……

张镇北　你没得腿，枪，你留着用——

〔张镇西摸出一颗手榴弹……

张镇西　手上有这个，门口有炸弹……

〔张镇西拄着拐杖走出龙隐居，掀开那堆稻草一角，露出一颗扎进泥里的航空炸弹……

〔关大金和关双金扶着关伯伯出来了，关伯娘、刘文才、刘武才、龚桂花也跟出来看那颗炸弹……

张镇西　炸弹落在这里几个月，没炸，政府也没得人来处理，也好，鬼子真敢来龙隐居，手榴弹引爆炸弹，大家快活！

〔一直埋头书卷的史良才忽然举着残卷跳了起来……

史良才　（狂喜地）是了，指定是了……

关伯伯　什么是了？

史良才　这本清代残卷上记载，清兵攻进桂林城后，把东门、南门、西门三块城匾拆下，不远千里运到紫禁城邀功，只有北门城匾不翼而飞……

张镇西　北门城匾不翼而飞？

史良才　瞿式耜在桂林城与清兵恶战，北门城匾被炮打碎，瞿式耜亲自替北门题写新匾，他没有依照旧例书写北门二字，而是写上了桂林城三个大字……刘、关、张三家多年在龙隐居寻宝，什么都翻遍了，只有一个地方没翻过，那个地方埋藏的应当就是祖宗所言之宝——

张镇西　哪个地方？

〔史良才指着门前的垫脚石……

史良才　垫脚石！

〔张镇北在一旁持枪警戒，关大金、关双金、刘文才、刘武才来到垫脚石跟前，关双金拿过撬棍，将撬棍插入泥中，四个人一起使力，终于把垫脚石翻了起来——垫脚石原来是个石函，中间藏了块油纸包裹的木匾！

〔众人都呆呆地看着……

关伯伯　（不敢相信地）龙隐居的宝见天了……

〔关伯伯掀开包裹油布，抚摸城匾上“桂林城”三个字……

关伯伯　（崇敬地）桂……林……城……

史良才　可以断定，清兵破城之日，瞿式耜让刘、关、张三个守军把这块城匾藏到龙隐居，破城后清兵搜遍全城没找到。今天，日军破城之时，城匾重见天日。天意啊，鬼子以为攻进了桂林城，他们怎知，桂林城仍在龙隐居！

〔一阵枪声传来，明白今日必死的关伯伯冷静下来，拿出诗集《我爱这土地》……

关伯伯　（死心已决地）刘、关、张三个守军的后人呀，是时候了，按手印！

〔刘武才、关大金、张镇北代表三姓在《我爱这土地》诗集上按血手印。

关伯伯　（威严地）把城匾镶上龙隐居！

〔史良才从院里搬出木梯、刘武才爬上梯子，把城匾镶在门楣原来龙隐居留下的凹槽里。

关伯娘　（忽然起意）我想点盏灯……

〔关伯伯坐在门前的交椅上，关伯娘、龚桂花、张镇北各自回家把楼上楼下的灯点亮，花窗透出来温暖的灯光令龙隐居显得周正而大气……

〔史良才感慨看着龙隐居里进出的人……

史良才　（感叹道）在这样门槛进出的男子，只能是中国人；在那扇窗子边依偎的女子，只能是中国人；在那把太师椅上挺直身板的老爷，只能是中国人，如此，一幢老宅，龙隐其中……

〔忽然，稻草动了一下，张镇北赶紧用枪对着稻草——李副官从稻草中挣扎着站起来……

张镇北　什么人？莫动，李副官？是李副官——

〔一串枪声传来，张镇北赶紧拿枪警戒……

〔刘武才扶着坐不稳的李副官……

刘文才　（眼睛躲开李副官的脸上的血）那年你来龙隐居喊我去给白长官剃头，可惜没剃成——

李副官　（惨淡一笑）看过你蒙到眼睛帮张曙剃头，好手艺。张曙进地府时，看到你剃的那个头，大鬼小鬼会高看一眼——

〔一阵枪声近了，李副官一把推开刘武才，把枪举到脑门……

刘文才　且慢！

李副官　（决绝地）我是白长官的人，不能给日本鬼活捉……

刘文才　晓得，我帮你剃个头，修个面，到地府串门体面点。

〔刘文才用黑布蒙住双眼，取出蓝布给李副官蒙上，然后摸出剃刀……

〔刘文才捧起李副官的头，果断地在他头上走刀，剃罢，李副官把蓝布还给刘文才，刘武才摸出一面小圆镜放到李副官面前，李副官在小圆镜中端详自己的样子……

李副官　（欣慰地）比讨老婆那天还爽神，剃了这个头上路，此生足矣！

〔李副官用手枪顶住胸口开了一枪……

〔刘武才背起李副官便往龙隐居里面去……

关伯伯　你扛他去哪里？

刘武才　王城城墙，跟独峰做伴……（急下）

〔刘文才想取下蒙眼睛的黑布，龚桂花拦住了……

龚桂花　手上都是血，解开蒙眼布，你又晕血……

〔蒙眼的刘文才不知所措地站在那里……

〔忽然，人们都呆住了——脸色惨白的老歪举着双手慢慢走了过来，不时恐惧地回头看身后……

龚桂花　（惊呼）来了两个鬼子——

〔一阵调弦的声音不合时宜地从龙隐居后面传过来——刘武才在城墙上调着胡琴的弦……

刘武才　哎，怪了，想拉个南路散板送李副官上路，忘记了，眼下脑子只有一个调子……（发现城墙下有枪口正对着自己）日本那个野仔把枪举起来了，不抢板就拉不成了……

〔刘武才拼命拉响脑中那个调子，竟是《义勇军进行曲》的过门，一声枪响，刘武才的头垂下，一会儿，他抬起头来……

刘武才 （满足地）这回……音准了……

〔刘武才死去……

〔老歪吓得蹲到地上，龚桂花看着老歪……

龚桂花 （不敢相信地）你的裤裆哪么子湿了一大块，我一直当你是站到屙尿的男人，你哪么子蹲到屙尿了？

老　歪 （惊恐地看着西边）那个日本兵指你了——

龚桂花 指我做什么？

〔幕内传来日本人的日语喊叫声——

老　歪 （浑身发抖地）日本兵是喊你过去——

〔龚桂花看着身后的刘文才、关双金、关大金，谁都没动……

龚桂花 （唏嘘道）日本畜生想解老娘裤头带的时候，身边的男人变成了蹲着屙尿的女人……

老　歪 （害怕地）你快点过去啊，不然，日本人一开枪，大家一起挨打死……

龚桂花 （意决地）这个天下没得一个男人配解我龚桂花的裤头带，今天，我自己解一回，让你们看看，龚桂花的裤头带哪么子解，才解得出味道……

〔龚桂花对着日本人方向妩媚一笑，正想走，没想到关大金冲到她前面挡着……

〔一声枪响，关大金应声跪下，他忏悔地看着龚桂花……

关伯伯 （闭目仰天道）莫笑老夫轻一死，汗青留取姓名香。

〔关大金倒地死去……

〔日本人又在狂喊……

老　歪 （恐慌地给龚桂花作揖）求你快点去啦，不然，日本人又开枪啦……

〔龚桂花厌恶地盯着老歪，绕过地上的关大金又朝西边走去，刚走两步，没想到关双金挥着撬棍向鬼子冲去……

〔一声枪响，关双金倒下死去……

关伯伯　莫笑老夫轻一死，汗青留取——（他说不下去了）

关伯娘　（低声续道）姓名香……

〔龚桂花走到刘文才跟前，从刘文才的围裙袋中悄悄摸出剃刀，刘文才一把攥住龚桂花手上的剃刀，夺过剃刀放回袋中……

刘文才　（低声地）我的手艺比你好……

〔蒙着眼睛的刘文才一把将龚桂花扛起，他似乎是要把妻子送到日本人跟前，讪笑着走向日本兵喊叫的幕内……

〔幕内，随着日本兵一声惨叫，传来一声枪响和刘文才中枪的叫声，接着又传来日本兵一声惨叫，又传来一声枪响和龚桂花中弹的叫声……

关伯伯　（仰天长叹地）刘文才、龚桂花的名字会香一百年、一千年、一万年。

〔中弹的刘文才口含剃刀扛着垂死的龚桂花上，他扯下蒙眼黑布，看着刀上的鲜血……

刘文才　（舒畅地）蒙着眼睛在日本兵喉结那个地方横着扼一刀——

龚桂花　这一回……你没有晕血——

刘文才　刀上溅的是狗血，我敢看——

龚桂花　（欣慰地把自己的脸贴到丈夫脸颊上）文才，你总算站着屙尿了……

〔龚桂花微笑着死去，刘文才紧紧抱着死去的妻子……

刘文才　你这个傻女人家，死了还认得笑……

〔刘文才抱着龚桂花死去……

〔忽然，日军大队伍整齐的军靴行进的声音隐隐传来，越来越近……

〔老歪看着军靴声传来的方向……

老　歪　（恐怖之极地）日本人排着队来了？一百个，没是，三百个、五百个……

〔老歪露出谄媚的神情并高高地举起双手向西边走去，被张镇北一枪打倒……

〔整齐的军靴与石板路面的撞击之声以不可阻挡之势朝着龙隐居逼近，没有子弹的张镇北以哨兵标准持枪姿势站立龙隐居门前……

张镇北　（庄严地命令道）此乃桂林城龙隐居，闲人不得靠近，立即离开！

〔三声枪响，张镇北倒在门槛上，他挣扎着抬头，眷恋地看着龙隐居门楣上桂林城的城匾……

张镇北　（喃喃地）城存与存，城亡与亡……（死去）

关伯伯　（忽然想起一事）哎，史先生，想来瞿式耜算是自己找死，他是江苏人，哪么子专门找桂林这个地方死呢？

史良才　（欣慰地）行刑前，瞿式耜目之所及，满目桂林山水，他对刽子手说：我生平最爱山水佳景，此地颇佳，可以去矣！

〔日本军人喊起日军入城时的口号，军靴声以排山倒海之势朝龙隐居推进，关伯伯给张镇西点了点头，张镇西笑着看了一眼日军的方向，拉断手榴弹的拉弦，把手榴弹扔到炸弹的引信位置……

〔切光，黑暗中，传来一声惊天动地的爆炸声……

〔被炸得七零八落的龙隐居碎片飘在半空，演员从炸毁的龙隐居废墟中缓缓走到台前谢幕……

——剧终

| 作品点评 |

2015年，张仁胜亲自编剧并执导桂林方言话剧《龙隐居》。刘、关、张是南明桂林三个守军，他们曾在桂林北门跟清兵打得你死我活，立下战功。龙隐居是南明重臣瞿式耜赠送刘、关、张三家的一户民居，它是一家人的格局，为三家人共有。将近300年后的抗日战争时期，中国又一次面临亡国灭种的危机。《龙隐居》将南明桂林抗战和民国桂林抗战两段历史做了巧妙的连接，通过讲述同住龙隐居的刘、关、张三家底层百姓的情感纠葛以及龙隐居的来龙去脉，反映抗战时期桂林城的命运以及中国人在国破家亡之际的历史担当。

我的印象中，张仁胜的作品多写人性中的积极因素，然而，《龙隐居》却隐藏了太多人性的黑暗面。比如无赖老歪，比如关大金，甚至关伯爷，这个龙隐居的长者，分明是他的儿子欺辱了刘文才和龚桂花夫妇，但多年来，他对刘氏一家尖酸刻薄，完全忘记了关家对刘家的亏欠。正如关万峰所言："（龙隐居）楼上楼下，对门对户，不是有仇就是有恨，见面要么不讲话，讲话就是话里藏刀。"关独峰和刘青罗两个年轻晚辈，虽然率性纯真，却又秉承了与生俱来的原罪。作品中有一个比喻："龙隐居跟一口老水塘一样，风来了，浪起了，塘底的渣滓都翻起来了，浑得不成样子……"这个比喻是很有地域色彩的。如果说和平年代人性之恶可能有所抵制，那么，乱世之中，人性之恶确实有如塘底渣滓泛起，造就一塘浑水。可以看出，此作在某种意义上是鲁迅、老舍国民性叙事在新世纪的承续。

不过，揭露国民劣根性并非《龙隐居》的主旨，随着剧情的发展，大多数剧中人物的行为心理都有悄然的变化。衡阳保卫战，惨烈程度让身经百战的老兵都吓到临阵逃脱，手持艾青诗歌的新兵关独峰却敢于死守阵地，以身殉国。作品借剧中人物史良才解释关独峰的行为动机："中华这个民族，总有这样一些读书人，把自己和这个民族和这块土地扭结得很紧，并敢于用死来呼唤后人担起对这片土地的责任。"桂林沦陷前夕，刘碧玉参加学生军上前线救死扶伤，当她看到一个个年轻中国男人在战场上死去，明白了一个事理：中国要想不亡，就要有死不绝的男人。为此，她与并不相爱却马上要以身殉国的张镇北在北门一个小山洞同居怀孕，为的是要为中国男人留种。在桂林沦陷那一天，关伯爷、关大金、关双金、张镇北、张镇西、刘文才、刘武才秉承瞿式耜"城存与存，城亡与亡"的遗言，与攻进龙隐居的日军同归于尽。

"兄弟阋于墙，外御其侮。"刘、关、张本是以义相交的三兄弟，然而其后代却成为勾心斗角的三家人。张仁胜不仅写出了龙隐居隐秘的罪孽，而且也写出了龙隐居自我的救赎。

《龙隐居》中的龙隐居得名于桂林龙隐岩。桂林龙隐岩有自唐至明 187 块摩崖石刻，摩崖石刻是桂林特有的中国石刻史书。由是，龙隐居成为桂林、成为华夏的象征。在中国纪念抗日战争胜利70周年的日子里，张仁胜专门为桂林市戏剧创作研究院编导《龙隐居》这样一个话剧作品。以我愚见，桂林这座曾经的国际反法西斯名城，确实需要一台有巨大时间跨度、思想深度和情感浓度的戏剧作品，来表现这座城市不仅有山水甲天下的风流，而且有卓然独立天地间的风骨。从小里看，张仁胜试图写出桂林人桂林城的性格；从大里说，他意欲隐喻中华民族在生死存亡之际必然爆发的大义抉择。正如张仁胜本人在《龙隐居》开排仪式上的发言所说："桂林方言话剧《龙隐居》试图通过桂林城三户人家在抗日战争时期生离死别、恩怨情仇的故事，让观众看到中国人共同的精神，看到中华民族五千年没变过的一个特质：在民族存亡之际，中华民族伟大爱国主义传统总会闪耀出照亮后世的光辉。"

——黄伟林:《剧作家张仁胜创作漫议》,《歌海》2015年第4期

花桥荣记

（根据白先勇先生同名小说改编）

张仁胜

时　间　20世纪40年代至60年代

地　点　台北与桂林

人　物

我　　　花桥荣记老板娘，早年在桂林人称米粉丫头，后在台北人称春梦婆

营　长　春梦婆丈夫，军队营长

米粉丫头　年轻时的“我”

黄奶奶　米粉丫头的奶奶

秀　华　营长侄女

卢先生　桂林人，后为台北长春国校国文教员

卢兴昌　卢先生爷爷

罗小姐　卢先生恋人

作品信息

《花桥荣记》(话剧)原载《歌海》2017年第2期。

李半城　原为广西柳州木材商，后落魄台北

秦癞子　原广西容县县长，后为台北市政小公务员

三光板　桂林人，花桥荣记大师傅

顾太太　包租婆，湖北人

阿春妈　台湾本地人，阿春的母亲，洗衣妇

阿　春　洗衣妇

擦鞋匠　长春路擦鞋匠，后为阿春情人

米粉师傅　桂林米粉作坊师傅

瘦徒弟　桂林米粉作坊徒弟

照相师　桂林照相师傅

小金凤　桂剧名角

各色群众若干

第一场

〔字幕：1956年春。

〔爆竹声中，“我”捧着一块扎着红绸的花桥荣记牌匾站在一边，“我”侄女秀华、包租婆顾太太、提着洗衣木盆的洗衣妇阿春妈带着年幼的阿春、背着擦鞋箱的擦鞋匠及各色街坊在边上看热闹。

〔荣记大师傅三光板爬上竹梯，接过“我”举起的牌匾，将牌匾在骑楼砖柱的铁架子上用螺丝固定……

顾太太　（看着牌匾）花桥荣记……哎哟，你这个桂林婆娘真是舍不下家传祖业，硬把桂林米粉开到台北长春路。

我　　　多谢各位街坊前来为荣记开张捧场！

顾太太　牌匾好漂亮，请名人写的？

我　　盘下这个门面，眼下钱包比脸都干净，哪里还有钱请名人写字哟，只能请桂林小老乡，哦，就是租你家房子的那个卢先生帮写。卢家是桂林大户，卢先生的字正经跟过名师学过。

顾太太　（多嘴地）卢先生在长春国校教国文，收入养自己也算过得去了，哎，他还在屋子门口养一笼鸡，不顾鸡屎臭、苍蝇飞，到点就守着鸡笼捡鸡蛋，捡了鸡蛋不舍得吃，拿去市场卖——

我　　也许有家小拖累？

顾太太　听说有个未婚妻留在桂林，眼下连音信都没有，拖累个鬼哟，这个守财奴帮你写牌匾，要了多少钱？

我　　他倒是没要钱，不过卢先生开了玩笑，开张后让我请他吃三天米粉。

顾太太　你看是不是，这种人属貔貅，只进不出，老娘把话放在这里，你今天开张了，他要是不来吃回牌匾润笔，下回打牌我喂你和三把。

〔擦鞋匠凑过来……

擦鞋匠　恭喜发财，哎，老板娘，花桥在桂林，台北又没有花桥，你怎么也叫花桥荣记？

我　　（炫耀地）桂林过台湾的人多呀，但凡桂林女人，听到花桥荣记四个字，口水跟王城的福泉井一样，咕咚、咕咚冒个不停。但凡桂林男人，就算是去相亲，看到花桥荣记的牌匾，脚板底就不听媒婆指挥，硬要拐进粉店，先吃三碟，再讲讨老婆的事情。

〔众人轰笑……

阿春妈　你当是开妓院哟，那么讨男人稀罕。

秀　华　哎，还真有那么稀罕，那年，我叔当营长，带着兵打从花桥过，明明喊着口令朝前走，哪晓得一闻到米粉香味，我叔和一队大兵都在原地踏步。

我　　（嗔道）胡说！

秀　华　叔叔的魂儿从那天起丢到了荣记——他一眼看上了收钱那个姑娘家、水东门外第一水灵的米粉丫头——我婶娘从此成了官太太！

〔众人又是一阵轰笑……

我　　你们看我这个侄女，拿婶娘当古讲，让街坊笑话。

顾太太　不算讲古吧？春梦婆，你家先生虽说只是营长，不过，你一个米粉丫头，嫁给营长做官太太，也不算委屈。如果不是你先生后来——

我　　（脸色阴了）开张的大喜日子，不提那个打靶鬼。

擦鞋匠　（小心地）打靶鬼？讲哪个呀？

顾太太　（打圆场地）大喜日子，不讲这些。春梦婆呀，桃花头上戴，相公来得快。（小声地）哎，荣记米粉开张了，莫不是哪个小白脸看上老板娘，桃花运也要开张了？

我　　男人三十一枝花，女人三十豆腐渣，桃花运隔着十字路口看见我，明明是绿灯，怕是也不肯过来跟我打照面。

顾太太　那你头戴桃花——

我　　（叹了口气）花桥在这个时节开满了桃花。花桥荣记在长春街开张，老桂林的人来了，看不到花桥，心里说不准会冒酸水。给他们看枝桃花，或许他们能想起花桥的旧时模样，心里好受点。

秀　华　唉，真是的，看见花桥荣记的牌匾，真有点想满目桃花的花桥了。

阿春妈　（八卦地）哎，秀华，别扯远了，你说说，你叔是怎么把你婶娘勾搭上手的？

顾太太　（鄙视地）阿春妈，守寡才一年，就想听点荤事儿过干瘾？

阿春妈　（没羞地）我守寡才一年都想过干瘾，顾太太好像比我多守了七年，你就不想取春梦婆勾搭男人的真经，弄个公的回家圆房。

我　　阿春妈，你家阿春是小姑娘，你这个做妈的不好乱讲话。再说了，我当时那么小的年纪，哪懂得勾搭男人——

秀　华　是的，是的，婶娘当时也就十七岁，正低着头打算盘，没看见叔叔直勾勾的眼睛正望着自己——

我　　（回忆地）倒是奶奶慌慌张张地说，长官想吃粉，你还埋头打算盘，让长官干等？

秀　华　婶娘这才看到我叔叔，赶紧问了叔叔一句：粉要腌马肉还是腊马肉？叔叔慌忙收了目光，赶紧喊当兵的向后转，齐步走。

〔众人又是一阵轰笑……

我　（故嗔道）秀华，你这鬼丫头，好像在边上看着一样。你叔叔第一回见我，你的鼻孔还冒鼻涕泡。

阿春妈　那……秀华怎么晓得这么清楚？

我　秀华的男人是他叔叔那个营的排长——

顾太太　哦，营长看上米粉丫头的故事，秀华指定是在鸳鸯枕上听排长讲的——

我　秀华的那个男人叫阿卫，鼻子挺拔，面皮干净，讲话又乖——

秀　华　（戳到痛处）哎哟，婶娘，到点了，我、我要去麻袋厂上班了，先走一步……

〔秀华急急地走了……

擦鞋匠　秀华的男人……也成打靶鬼了？

我　唉，倒是没收到男人的阵亡通知书，不过十几年过去了，她男人一直没有下落……

顾太太　可怜见的……

擦鞋匠　（看着秀华背影）老板娘，你这侄女，倒是蛮像桂林山水的——

阿春妈　（尖酸地）哎哟，擦鞋佬，你是台湾本地人，见了我家阿春这个台湾妹，也没见你夸阿春长得像日月潭。你也没去过桂林，你怎么就看出了秀华蛮像桂林山水？

擦鞋匠　（向往地）听人讲过，桂林山水甲天下，来擦鞋的女人，但凡是桂林的，都是清水汪汪的眼睛、嫩嫩滑滑的脸蛋、软软绵绵的口音，猜都猜得出，是桂林山水养出桂林女人这种甲天下模子。

阿春妈　哎哟，也没见擦鞋佬碰过几个女人，对女人倒是蛮懂得喔。

擦鞋匠　懒理你，肚饿了，点菜，吃饭。

我　（傲气地）对不起！吃米饭你找别家，花桥荣记只做米粉，不卖炒菜米饭！

擦鞋匠　有钱都不赚？

我　(自豪地)不赚，我的花桥荣记要打出桂林米粉在台湾的名气——

〔落魄感明显的李半城提着一口讲究的皮箱上，他抬头看着柱子上的花桥荣记牌匾……

李半城　花桥荣记……哎嗨，哪个胆子如此之大，敢在被海水困住的孤岛开桂林米粉店？

我　哟，老人家，欢迎光临小店，来一碗米粉？

李半城　来一碗米粉？你开的是冒牌花桥荣记吧？

我　老先生，这话从何说起？

李半城　一根米粉装一小碟、一两米粉装五小碟，切六片马肉、点七颗黄豆、撒八点葱花，这是桂林马肉米粉的老规矩。

我　我懂你老人家的意思，不过是说马肉米粉讲究，只用碟盛，不用碗装——

李半城　你张嘴就是来一碗桂林米粉，长春路这间花桥荣记，我看就是冒牌货嘛！

我　(不快地)荣记开张撞到你这把乌鸦嘴，硬是撞到了鬼哟！你当我不懂马肉米粉？明朝和清朝争夺桂林王城，几十万大军骑马打仗，桂林城马肉一下子就多了。我祖上把桂林米粉里的牛肉改成马肉。一时间，桂林满城马肉米粉，马肉哪么腌，哪么腊，仿的都是我祖上的手艺。

三光板　是的、是的，听讲后来天下太平，没人骑马打仗，把马肉又改回牛肉加锅烧。直到抗战，平时一匹马不见的桂林城，嗬嗬，满街都是驮枪拉炮的高头大马——

我　马肉一多，我爷爷黄天荣又捡起祖上手艺，开了花桥荣记，专营马肉米粉。请问老人家，黄天荣的亲孙女怎么成了冒牌货？

李半城　如此说来，你算是花桥荣记的嫡传。可你在台北开花桥荣记，怎么敢把小碟改成大碗，也不怕砸了花桥荣记的名声？

我　那没得法，台湾没得马肉卖，只能卖卤菜粉。哎，听老先生的口气，指定吃过桂林花桥荣记的马肉米粉，今天一见老字号，喉咙又伸出手来了？

李半城　对不起，在桂林城时，老朽去的是另一个字号的粉店。

我　是去荣记排不上队，才去吃别家马肉米粉吧？

李半城　耶，有点嚣咧。

我　哪敢哟。想当年，荣记的马肉米粉，两个小钱一碟，一天总要卖百把碟，从十字街到水东门的男女老少，早上一睁眼，第一个念头就是吃一碟荣记马肉米粉，晚来一点，还吃不着呢，等吃的人排起的那个队，硬是好比一条千年老蛇——

李半城　怎么讲——

我　长嘛！你吃的哪家——

李半城　我在柳州，隔三差五常去桂林，桂林马肉米粉，我只吃阳桥义利居的。

〔秦癫子提着公文包上，看见花桥荣记的牌匾，刚想说话，发现李半城，驻足一边……

顾太太　阳桥义利居的味道超过花桥荣记？

李半城　没尝过花桥荣记的味道，不好比。

擦鞋匠　马肉比花桥荣记放得多？

李半城　莫猜了，讲起来你们怕是不信，老朽得意阳桥义利居那口，看的不是米粉好丑——

三光板　吃米粉不看米粉的好丑，看什么？

李半城　门脸！义利居的门脸，早上看一眼，爽神一整天。

擦鞋匠　（不信地）那个门脸，不会比被美国环球电影选中的台湾第一美女叶枫漂亮吧？我那天看了叶枫小姐一眼，也就爽神十分钟，什么门脸，比叶枫的脸还好看？

〔秦癫子走出……

秦癫子　义利居的门脸自然比不过美女叶枫的脸好看，诸位，这位又老又朽的老东西，为何把义利居的门脸吹到天上？一句话，他是柳州的李半城先生。

三光板　（景仰地）哎哟，李半城，在桂林就听讲过，在柳州做木材生意，赚了大钱，半座柳州城的房子都是他的，在桂林也买了不少房子出租。

秦癞子　没错，阳桥义利居的门脸是租李先生的房子，半城先生常从柳州去桂林收租，自然不吃花桥荣记，只吃阳桥义利居喽。（拱手）半城先生，别来无恙？

李半城　哦，想不到，容县县太爷不在容县，也跑台湾来了。秦县长，你那美若天仙的小婆，欠我半年房租，看来你今天打算交了。

秦癞子　对不起，租约规定交金圆券，政府宣告改用台币，金圆券作废了。

李半城　秦县长，你家小婆欠我房租的事，堂堂容县县太爷，不是想赖掉吧？

秦癞子　我那二房是租了你的兰井巷房子，江山风雨飘摇，我从容县跑到桂林，想带她来台湾，人不见了，我没找你要人，你倒找我要钱——

李半城　兵荒马乱，你的二房跟其他男人跑了，你找我要什么人？

秦癞子　听兰井巷的人讲，是你逼租把她逼走的，我一直在找你算账，没想到花桥荣记开张，让我碰上你这个老东西。

〔秦癞子一把揪住李半城的衣领，“我”急忙上前劝架……

我　哎哟，秦县长丢了天仙小婆，李先生丢了半城房子，一起来这个鸟不屙屎的岛上。都是广西人，来来来，小店今天开张，看在广西同乡的情分上，二位吃碗粉，帮衬一下桂林老字号。

李半城　（傲慢地）不吃，我讲过了，我只吃阳桥义利居。

〔李半城提着箱子作出欲走之状，却又没走……

秦癞子　闻到米粉香味，走不动吧？

李半城　乱讲。

秦癞子　乱讲？老板娘讲一回桂林米粉四个字，你猛吞口水三大口。

李半城　哪个讲的？

秦癞子　你的喉结暴露的！大家看，我一讲桂林米粉，他就吞口水。

李半城　天热，喉咙有点干，吞口水润一下——

秦癞子　莫吹牛了，浪得虚名李半城，不敢进店，看你这个落水相，我约摸，你是掏不出一碗米粉钱吧？

李半城　（大气地）掏不出一碗粉钱？老子若是真想吃粉，可以掏钱买下花桥荣记！粉店每天只做一碗粉，专供老子一个人吃，你就是送小妾给老子睡，也不给你做第二碗！

三光板　（起哄地）秦县长跟李半城打个赌嘛，他要掏出一碗粉钱，你请他吃；他掏不出来，喊你一声爸！

〔众人起哄……

秦癫子　你若是掏不出一碗粉钱，你要管我叫爸！李半城，赌不赌？

李半城　（躲闪地）我晓得，你花名唤作秦癫子，堂堂李半城和一个癫子打赌，你当我也是癫子呀？

〔阿春妈熟练地将两手插入李半城的衣兜……

李半城　你做什么？

阿春妈　（起哄地）洗衣婆，帮人洗衣服前要翻口袋，装有多少钱，一秒钟保你翻出来，哎，来了！

〔阿春妈举起两张残破的毛票，躲避着抢小票的李半城追赶，把她肥硕的胸脯一下猛地“擂”到秦癫子身上，秦癫子很是受用地眯起眼睛……

三光板　（对擦鞋匠低语）阿春妈这个女人家，那么大坨胸脯，直直地“擂”到秦县长身上……

擦鞋匠　（不解地）什么叫……“擂”到秦县长身上？

三光板　（老鸟地）桂林话，你看呀，阿春妈把胸前那两坨好肉当鼓槌，把秦县长的胸膛当鼓面，鼓槌擂上鼓面——

擦鞋匠　（悟道）哦，懂了。

顾太太　（鄙视地）秦县长，还真给你说对了，这点钱，确实不够买一碗米粉！

〔李半城尴尬地站在那里，“我”赶紧上前帮他打圆场……

我　（打圆场）出门忘带钱包也是常有的事，人家是响当当的李半城，老话说，瘦死的骆驼比马大，来来来，都是广西人，今天先吃粉，有空过来再给钱不迟。

〔李半城跟在“我”身后往店里去，秦癞子上前拦住……

秦癞子　不行！讲清楚了的，你赌输了，要喊我一声爸！

李半城　（急了）老子也和你讲清楚，老子有的是钱！

秦癞子　有钱你拿出来，让我看一眼，我马上掏钱请你吃米粉！

李半城　（软下来）好了、好了，君子不和小人斗狠，你今天请我吃一碗米粉，你家小婆欠下的半年房租就算清了。

秦癞子　莫扯古代的事情，先讲眼前！你讲有钱，把钱掏出来给我看一眼，掏呀！

〔众人起哄，李半城被逼无奈，恼羞成怒的他忽然把皮箱摆在地上，打开箱盖，从里面抓出一把花花绿绿的房契……

李半城　（吼道）给你们看！给你们看个够！一百七十九张房契，证明老子有一百七十九处房屋，莫讲买下一碗米粉，就是买下整条长春路铺面都还有得剩！

〔众人看着箱子里的房契惊呆了……

〔“我”拿起几张房契仔细看着……

我　这是柳州的，盐埠街35号……窑埠街21号……谷埠街1号……这是桂林的，百梓街3号……车井巷9号……没想到，半城先生不离身的箱子，居然装了一箱房契……

李半城　从广西跑到台湾，只要出门，我都提着这个箱子，怕丢了……

我　一直提着半座城走，不嫌累……

李半城　（顿时老泪纵横）这箱房契若还再丢了，我当真活不成了……

顾太太　（跟阿春妈低语）一箱子废纸，老头子还当宝收着，一身落魄相，藏都藏不住，子女指定也是不孝顺的……

李半城　（耳尖地）乱讲，我儿子就要讨老婆了，眼下他去台中开铺子，过几天，就会给我寄支票。老板娘，到时我到花桥荣记包月，二两米粉，加三份卤菜，看哪个还敢讲我没有钱！

〔李半城珍惜地将房契收回，把箱子盖上，走到“我”身边……

李半城　看见你头上这枝桃花，我想起三月天去桂林收租，总要过花桥看花……

秦癫子　（触景生情地）唉，看到这枝桃花，想起那年我跟二房在花桥照过一回相……李半城的房子没得了，在台湾还有一箱房契看着过瘾；我有两个老婆，却连一张照片都没带到台湾，下班回宿舍，孤家寡人，唉，夜长……

三光板　（被触动地）都混成了村里人唱的山歌……（哼唱山歌）哥难挨，自己锁门自己开；自己铺床自己睡，半边席子长青苔……

〔戴着眼镜的卢先生匆匆上，见“我”赶紧打拱手……

卢先生　老板娘，开张大吉！今天讲国文，心一直静不下来，惦记着赶紧放学，到花桥荣记尝老板娘的手艺。

我　　　卢先生呀，真要谢你哟，街坊都说花桥荣记的牌匾写得好！三光板，赶紧冒一碗米粉给卢先生——算了，我亲自动手放卤水，咸淡稳妥点。

〔“我”和三光板进店……

卢先生　（兴奋地自语）以后罗小姐来了，也能吃到桂林米粉了……

顾太太　卢先生，有空帮人写牌匾，没有空交房租——

卢先生　（拉顾太太到一边）眼下金价低，我想进点儿，房租请顾太太宽限两个月。

顾太太　我倒是想宽限你，不过，我家女儿的美国大学不宽限她的学费，你看——

〔卢先生赶紧掏出几张钞票，恋恋不舍地递给顾太太……

卢先生　理解，理解……

〔“我”从店里出来，把冒着热气的米粉端到卢先生跟前……

我　　　卢先生，花桥荣记开张第一碗米粉，你先尝！

〔众人都羡慕地看着卢先生的筷子上下翻飞地捞着米粉……

〔卢先生迫不及待地将一块肉放进嘴里，嚼了两下，却忽然停止咀嚼，似乎味道出了问题……

我　　　（略感紧张地）哪么，咸了？

卢先生　（迟疑地）不、不是咸了，是、是不对……

三光板　该放的料子都放齐了，卤菜也是老方子，怎么会不对？

卢先生　花桥荣记我吃过，粉里面的肉是、是马肉……

我　（释然道）不打仗，没有马肉卖，卤菜是牛肉，按桂林卤菜秘方炮制，你细嚼几下，就品出味道了。

卢先生　（有点哽咽）对不起，哦，对不起，我……

我　卢先生，怎么……

卢先生　这一天，我心神不宁，想的都是桂林花桥荣记的马肉味道，那个味道，今生怕是再也尝不到了……

〔卢先生掩饰地将碗里的米粉往嘴里扒拉，却不时擦眼睛，被触动的“我”走到一边，默默看着远方……

〔在“我”的思绪中，长春街缓缓地向后台转去……

我　（独白）我晓得，卢先生忘不了桂林的花桥荣记……打从卢先生的爷爷那辈起，卢家就离不得荣记的米粉。记得卢先生的爷爷从湖南坐火车回桂林，下了车，不是先回家，而是让黄包车先把他拉到荣记。那时，我虽然小，算盘倒是打得蛮精，爷爷让我给荣记当掌柜……

第二场

〔随着“我”的独白，从前的桂林花桥荣记店堂缓缓地转到“我”的眼前，“我”呆呆地看着还小的“我”——

〔米粉丫头全身笼罩在暖意融融的煤油灯光线中，正在收银柜后面打算盘算账，黄奶奶在边上用红线串铜钱，不时看一眼孙女，露出慈爱的笑容……

米粉丫头　奶奶，你老人家一直看着我笑，笑什么嘛?

黄奶奶　(举起串好的几串铜钱)荣记的生意旺，今日又卖了一百二十七碟马肉米粉，看看奶奶串的铜钱，我孙女日后嫁妆不必愁了。

米粉丫头　（羞涩地）奶奶，讲这种事好丑哦。

黄奶奶　有什么丑的？奶奶像你这么大，都在你爷爷屋里做童养媳三年了，你爷爷对我——

米粉丫头　（好奇地）爷爷对你哪么样啦？

黄奶奶　（逗孙女）嗨，小妹仔打听这个，好丑。

米粉丫头　（缠人地）奶奶，讲嘛。

黄奶奶　（吊干瘾地）你这么想晓得，莫非也想给人做童养媳？

米粉丫头　（故作生气地）奶奶乱讲话，人家不理你了！

〔米粉丫头噘嘴低头打算盘，“我”站在台北长春路动情地看着“我”的过去时光……

我　怪了，奶奶这句话，好像看穿了我心里的秘密，让我心头一跳。仔细想想，打从开春以来，我好像一直在花桥荣记等什么人。等什么人呢？我也不晓得，只晓得，在这个春天，人，有点儿不一样的想法了……

〔满面倦意的卢兴昌提着箱子进到店堂，米粉丫头赶紧迎上去……

米粉丫头　卢老爷，天晏了，跟上回你来一样，米粉又卖完了……

卢兴昌　哦，从湖南回桂林，刚下火车，晓得这个点来荣记吃不到米粉，不过，还是忍不住要来荣记坐坐。没有正事儿，你们忙你们的，我坐坐就走。

黄奶奶　卢爷爷你硬是赶得巧，回回都是打烊以后才来荣记。

米粉丫头　卢爷爷，卢府佣人坐的板凳，都比荣记的板凳值钱，你怎么从外省一回来，就急着来坐荣记的板凳呢？

卢兴昌　来看看你这个名扬水东门外的米粉丫头呀。黄奶奶，你家孙女三个月没见，又出落了不少，一眼望过去，有点像在龙隐岩的半山腰看花桥，灵秀得很……

〔米粉丫头不好意思地走到一边……

黄奶奶　那是的，花桥荣记开在花桥边，听人讲，桂林的十分灵气，花桥至少占了三分，丫头在花桥边长大，沾了点花桥的灵秀，呵呵……

米粉丫头　卢爷爷拿我讲笑，奶奶你也当真……

卢兴昌　（认真地）爷爷不是讲笑啵，只可惜我家孙子小你十把岁，不然，我当真要托媒人上门来说这门亲……

〔米粉丫头不好意思地跑进里屋……

黄奶奶　卢爷爷逗得我孙女抹不开脸了，你那个孙子，我带丫头去你家送米粉时见过，白净清秀，像个读书人，将来跟爷爷一样，要做官的。

卢兴昌　那要看他自己的造化了。

黄奶奶　卢爷爷你坐，我去给你泡杯茶。

〔黄奶奶进屋，米粉丫头从门帘后探出头来，好奇地看着卢兴昌，只见他闭上眼睛，如同练什么功法似的做着深呼吸……

〔片刻，卢兴昌眼睛一睁，疲倦神色一扫而空……

卢兴昌　（舒畅地自语）坐够了，该回府了。

〔卢兴昌站起来要走，米粉丫头赶紧出来……

米粉丫头　卢爷爷，你茶都没喝一口就走呀？

卢兴昌　走了，走了，明天早上，还是老规矩，把米粉送到我府上，我孙子馋了好几天了。

米粉丫头　卢爷爷放心，我会选点上好的腊马肉，让少爷好好香香嘴巴。

卢兴昌　好懂事的丫头，累了一天，不吵你们了，赶紧歇了吧。

〔米粉丫头看着卢兴昌想说什么却又欲言又止……

卢兴昌　丫头，想跟爷爷讲什么？

米粉丫头　（不好意思地）我、我还是想晓得，卢爷爷从外省回桂林，火车到站，荣记也过了打烊的钟点，你老人家做什么总、总要先来花桥荣记坐一坐才回家呢？

卢兴昌　黄包车从花桥荣记门前过，荣记的米粉虽然卖完了，香味还从门缝里往街上钻，闻到这个香味，爷爷的腿就挨香味绊住了，赶紧喊黄包车停下，进来吸上两口……

米粉丫头　卢爷爷讲笑吧？

卢兴昌　爷爷不是讲笑，爷爷有个老毛病，几十年都医不好——

米粉丫头　什么老毛病？

卢兴昌　只要离开桂林，几天闻不到米粉味道，周身酸软无力，哈哈哈……

〔黄奶奶端茶出来……

黄奶奶　你怕是鸦片鬼没抽上烟嘛，少吃一餐米粉，哪里会周身酸软哟，呵呵呵……

卢兴昌　哎，黄奶奶，当真是啦，几天闻不到米粉味道，我就跟鸦片鬼犯烟瘾一样，浑身不舒服。

米粉丫头　（不相信地）不会吧？鸦片鬼犯起烟瘾来，皇帝龙椅都不肯坐，心里只有鸦片烟馆。

卢兴昌　讲起来好笑，花桥荣记，就像是卢爷爷的鸦片烟馆。你们不晓得，火车离桂林越近，我想桂林米粉的瘾头就越大，比犯鸦片瘾还难熬——

米粉丫头　是肚子饿了吧？

卢兴昌　不是饿，是魂儿挨你家米粉的味道勾走了。一进花桥荣记，阵阵奇香扑面而来。稳稳当当坐下来，从从容容吸几口，哎，就跟鸦片鬼过足了烟瘾，神清气爽。好了，爷爷的瘾过足了，该走了……

〔卢兴昌走了，米粉丫头关上门，赶紧坐到卢兴昌刚刚坐过的凳子，闭上眼睛使劲吸气……

黄奶奶　你闻到什么了？

米粉丫头　讲不出，就是觉得这股味道让人心里踏实……

黄奶奶　我讲咧，自从嫁进荣记，夜夜睡得踏踏实实，原来，仰仗的是这个味道……

米粉丫头　这么说起来，花桥荣记这个味道到了我这一辈，也不能断才是。

黄奶奶　那是自然。

米粉丫头　奶奶，你不急睡吧？

黄奶奶　有事？

米粉丫头　想请奶奶给我讲讲，米粉能香到桂林人过不去花桥荣记的门脸，粉里有什么？又怕奶奶急着睡觉。

黄奶奶　（欣慰地）早死三年大把睡，你等一下呀，奶奶拿件东西给你！

〔黄奶奶急急地回屋去了，米粉丫头又深深地吸了口气，细细品味空气中弥漫的香气……

〔“我”感慨地看着过去时的桂林花桥荣记……

我　（独白）天天闻着这个味道过日子，没觉得这个味道有什么特别。离开了，在台湾再想这个味道，忽然觉得吧，飘来飘去的味道就是一条红绳子，红绳子的一头捆紧桂林人的魂儿，不管你飘到哪里，身后总有这根绳子牵着，让你一次次地回头。飘远了，你已经什么也看不见了，你还是忍不住回望，回望绳子的那头——花桥。那晚，奶奶拿着一个小布包从屋里出来，她老人家跟我讲的关于桂林米粉的几句话，从此印在了脑子里面……

〔黄奶奶捧着一个精致的木盒从屋里出来，放到孙女手上……

黄奶奶　你打开盒子看看。

〔米粉丫头接过木盒打开盖子，从盒里取出一个小一些的木盒……

米粉丫头　奶奶，这是——

黄奶奶　再开。

〔米粉丫头又打开小一些的木盒，从盒里取出一个更小的木盒……

米粉丫头　什么宝贝啦，要装几层盒子？

黄奶奶　打开看……

〔米粉丫头小心地打开最小的木盒，从里面取出一张叠着的白绸……

黄奶奶　看看上面有什么？

〔米粉丫头打开白绸，念着上面的字……

米粉丫头　草果、大茴香、小茴香、花椒、陈皮、槟榔、桂皮、丁香、桂枝、胡椒、甘草、沙姜、八角，还有……哟，后面还有六味药材——

黄奶奶　（压低声音）嘘，药材莫念出声，小心伙计听去。

米粉丫头　（会意地）哦，药材才是秘方，嗯，好像都是熬汤的香料。

黄奶奶　（神秘地）别人做米粉只拿香料熬汤，你爷爷用香料加上药材腌制马肉。记到哦，越是肥马肉越香，马肉切条，拌好香料药材，放在缸里腌五天，取出，开水一涮，北风天，晾十日。选用时温水去灰，大锅过油，捞起切成薄片。

米粉丫头　难怪花桥荣记的马肉，好看得跟玛瑙一样，晶莹剔透，油光水亮，入口细嫩。飘出去的香气，能缠住卢爷爷的腿。

黄奶奶　是的！

〔米粉丫头小心把白绸装回木盒，然后，把三个木盒套成一个。

米粉丫头　奶奶，花桥荣记的秘方孙女记下了。

黄奶奶　记下秘方，能做出平常人家的桂林米粉味道，不过，让米粉把人缠得走不动路，最要紧的是——

米粉丫头　是什么？

〔黄奶奶功夫大师一样慢慢眯上了眼睛，一阵桂剧锣鼓声隐隐传来，越来越响亮，米粉丫头惊讶地看到身插帅旗的桂戏人物梁红玉圆场上，英武亮相……

黄奶奶　花桥荣记不过是桂林米粉一支，你要记住，桂林米粉名扬天下，最要紧的是：以锅烧为元帅——

梁红玉　（桂戏韵白）大宋天子驾前，五军都督府安国夫人梁红玉，奉旨会同我家元帅镇守江淮，今日与金兵血战，为此登台点将，众将官——

黄奶奶　以黄喉、白肝、连田牛肉巴、百叶肚为大将——

〔四名扎长靠的桂戏武生在锣鼓声中二龙出水上，亮相……

〔探子急上……

探　子　报，金兵杀过来也——

黄奶奶　以黄豆、葱花、芫荽、蒜末、辣椒为兵卒——

〔四名宋兵龙套执枪在锣鼓声中上……

梁红玉　且看梁红玉独登鼓台，金山战鼓怒震江淮——

黄奶奶　小小一碗粉之上，布下千军万马——

梁红玉　三军杀气直逼天外——

众将士　杀——

〔锣鼓声中，梁红玉率众将士圆场下……

黄奶奶　抗战以来，各省小吃都涌来桂林城开店，一场大战，尸横遍野，独独桂林米粉无人可敌，一直是桂林城小吃霸主。

米粉丫头　（感慨地）奶奶，你讲的是桂林米粉，我哪么跟去戏院听戏一样过瘾？

黄奶奶　讲来巧，小金凤唱《梁红玉》，这话就是看完戏，你爷爷跟奶奶讲的。

米粉丫头　（回味地）以锅烧为元帅……哎，奶奶，马肉米粉不用锅烧，爷爷哪么和荣记的秘方扯拢一堆？

黄奶奶　自己去想，想通了，不管做米粉还是做其他，一通百通。

〔“我”看着黄奶奶端起油灯，领着米粉丫头往里屋去了……

〔从前的花桥荣记渐渐在思绪中转走了，只有“我”还在台北的月光下看着奶奶和小时候的自己远去……

我　（独白）在我日日夜夜回望桂林的目光中，时光转呀转个不停，转到了1963年。尽管台湾经济不景气，花桥荣记还是在台湾要死不活地撑了八年。也是巧，那天傍晚，我刚回想卢爷爷去桂林花桥荣记的旧事，卢家少爷就来台北花桥荣记来吃他的包月。也难为他，八年晚餐，只吃二两桂林米粉……

第三场

〔长春路花桥荣记转了出来，柱子上的牌匾有些旧了，“我”看着三光板爬在梯子上，在路灯昏暗的光线中，用红油漆在“花桥荣记”几个字边上写了四个字：米饭炒菜……然后，给模糊不清的花桥荣记填色。

〔卢先生上……

我　卢先生，你总是打烊了才来，忙哦？

卢先生　给学生补课，来晚了，米粉还有吧？

我　你的包月就是包米粉，我哪敢不给你留。

〔卢先生看见三光板的笔刷粗细不均地把花桥荣记弄得不像样子……

卢先生　（不悦地）大师傅，颜体给你这么一涂，好端端的牌匾，弄成小学生描红。

我　没得法，这几年，在台湾挣钱不多，就是台风多，你写的花桥荣记几个字，给台风吹得快看不见了，再不涂得显眼点，小店更没得人来。

〔擦鞋匠背着箱子过来……

擦鞋匠　老板娘，米饭半斤，油渣焖豆角一盘。

〔卢先生忽然看见三光板刚写上的米饭炒菜四个字……

卢先生　（喃喃地）米饭炒菜……

我　卢先生，字写错了？

卢先生　（不好意思地）没、没有，看到花桥荣记底下写上米饭炒菜几个字，一时有点不惯……

我　（长叹一声）唉，你也晓得，荣记早就卖饭了，就是不好意思写到牌匾上。卢先生，对不起喔，你写的牌匾——

卢先生　哦，没什么，花桥荣记是你们黄家的，写什么你们随意，刚才是我多嘴了。

擦鞋匠　（有点得意地）吃粉，我这个台湾人吃不饱，花桥荣记不卖饭，我就不进花桥荣记。

我　是啊，没人来吃，花桥荣记真的要吊起鼎锅当钟敲了。唉，打从开始卖饭，夜夜梦到我爷爷奶奶，总是黑起个脸，骂我辱没花桥荣记门风。

三光板　怪不得老板娘早上一醒，就给供奉祖宗的佛龛上香。卢先生，你先进店里坐，我给你冒粉。

擦鞋匠　我的菜赶紧炒！

三光板　（嘟囔地）你点的菜，比擦一双皮鞋还便宜，亏你好意思说这么大声。

〔三光板和卢先生进到店里……

〔擦鞋匠正想跟进去，发现喝了酒的李半城唱着桂戏《天雷报》上，他一人唱张元秀和周氏两人唱腔……

李半城　（唱）我二老好比二孤鬼，大庙不收小庙存。叫一声娇儿来了吧，怎么这又是清风亭……

〔李半城脚下一绊，摔在地，望着擦鞋匠喊道……

李半城　（白）扶我来……

〔擦鞋匠把李半城扶起来……

擦鞋匠　哎呀，怎么又喝多了……

〔"我"拦住想进门店的李半城……

我　李老头，这不是清风亭，这是花桥荣记。你那不给你寄钱的儿子在台中，不在我的店里。

李半城　（醉意地）耶嗨，不给进？告诉你一个事，你就打鼓敲锣请我进了。

我　哦，什么好事？

李半城　以前是久不久在你这里吃一餐，现在正式告知你，李半城以后在花桥荣记包月！老板娘，你要发大财了！

我　（冷笑道）发大财？这几年木薯酒喝多了，你的鸡爪疯犯得越来越密，吃一碗饭，打一个碗，小店不折本就阿弥陀佛了。

李半城　怪了，不管在柳州在桂林，我只喝三花酒，喝了大半辈子，手也不抖；这鬼地方的酒不过喝了几年，手就扯鸡爪疯了。

〔不知什么时候来的秦癫子从暗影中走出……

秦癫子　老话讲，水是酒中之血，米是酒中之肉，酒曲是酒中之骨。三花酒离不开漓江水——台湾的水怎么能和漓江比呢？

李半城　晓得，晓得，酿酒得用漓江水浇灌出来的大米，酒曲必用漓江边的草药熬制，酿出的酒还要在漓江水边的象鼻山岩洞窖藏三年。

秦癫子　听我那个二房讲，每年春天，窖藏的三花酒从岩洞请出来分装那天，漓江边的蜜蜂都不去采花，全部寻着酒香飞到象鼻山。

我　（笑骂道）你当蜜蜂是你这种骚公鸡，闻到女人味就扇翅膀？

〔阿春妈急上，指着秦癫子大骂起来……

阿春妈　你这个老色鬼，这么不要脸……

我　阿春妈，怎么啦？

〔三光板听见动静跑了出来……

阿春妈　吃完夜饭，阿春去洗澡，觉得洗澡房板子缝后面有人，喊我去看是哪个。我追出来，只见有个背影一晃，人就不见了……

秦癫子　既然你没看见真人，为何血口喷人，讲我偷看阿春洗澡？

阿春妈　你的背影在花桥荣记进进出出了八年，你当老娘认不出来？

秦癫子　阿春妈，我正告你，本人是政府公务员，你要是没有证据，我可以上法庭告你诽谤公务人员！

〔阿春不知什么时候来了，八年，她由小姑娘已长成十七岁的大姑娘了……

阿　春　（冷冷地）你要证据是吗？刚才，我把一盆洗澡水朝板子缝淋去，你身上有没有水淋过的印子？

〔秦癫子赶紧捂住身上的衣服，跟板子缝一样长条的水渍还是露了出来……

阿春妈　（跳脚道）水印子跟蜈蚣一样趴在你衣服上，你还敢说不是你！

〔“我”忙拦住阿春妈……

我　阿春妈，你可能认错人了，秦县长在荣记吃完夜饭就走了——（忽觉不对）秦癫子，你不是走了吗，怎么这个时候还在这里——

秦癫子　（无奈地）内急，慌不择路找个僻静处小解，见板子缝透光，想看看有没有人发现我屙尿，一不小心，看见阿春——

阿春妈　（夸张地）果然是你，哎呀，阿春刚十七岁，身子就给臭流氓看到了，我不活了……

〔阿春没有表情地走到秦癫子跟前……

阿　春　（冷静地）老实讲，看到没有？

秦癫子　看、看是看到了，我发誓，真的不是有意的——

阿　春　（依然冷静地）老实讲，好不好看？

秦癫子　好、好看……

阿　春　你讨过二个老婆，有一个还是名甲天下的桂林女人，你看女人，眼光不会错。妈，女儿只要男人讲好看，你日后就有指望了。这个案子结了，秦癫子，你……滚吧。

〔秦癫子不相信地看着阿春……

秦癫子　我、我可以走了？

阿春妈　（尖叫道）不行！你看了我女儿阿春——

阿　春　（不屑地）看了就看了，又没少一块肉，好像妈没给人看过似的。

三光板　对的、对的，偷看女人洗澡，用桂林话讲，秦癫子是饱死眼睛饿死……那个，呵呵。

阿春妈　（哭闹道）阿春才十七岁呀……

阿　春　（不耐烦地）十七岁你已经生下我了，妈，反正你马上就要结第三回婚，跟人走了，你就莫帮我在长春路立烈女牌坊了。诸位街坊，我妈嫁去花莲，以后哪个要洗衣服，尽管找阿春，拜托喔，拜拜。

〔阿春转身扭着屁股回去了……

擦鞋匠　哎，阿春这两步走的，像日月潭风光了。

三光板　（揶揄道）小心阿春听到了拿胸口“擂”你……

阿春妈　（委屈地）好，女大不由娘，老娘不管了！

〔阿春妈瞪了秦癫子一眼，忿忿而去……

我　　　（厌恶地）秦癫子，你把广西人的脸，全丢到阿春的洗澡盆里去了！

秦癫子　发誓，是去屙尿，不是偷看洗澡，唉，信不信由你喽。

〔秦癫子走了……

〔卢先生端着碗从店里走了……

卢先生　老板娘，打从明天起，我的晚餐，也、也改米饭吧……

我　　　（有点吃惊地）你、你不是讲过，一天也少不得米粉味道的？

卢先生　从小吃花桥荣记，跟我爷爷一样，闻不到米粉味道，周身酸软。

我　　　那、那你怎么要改米饭，我做的米粉不好吃？

卢先生　（善意地）也怪不得你，你爷爷传下的熬汤大锅，是一口从明朝熬到民国没洗过的老锅，换了锅，哪个也熬不出花桥荣记那口汤。

我　　　老汤锅没法子背到台湾，不过，藏着熬汤秘方的木盒子我带出来了，台湾东西这么贵，八年来，熬汤的香料药材我一样不少——

卢先生　（怀疑地）一样不少？

我　　　（心虚地）哦，有几味药材只有桂林有，台湾买不到，你不能怪我不放。

卢先生　（点头道）花桥荣记离了桂林，味道差了蛮多。就算不讲那口老汤，光说米粉——

我　　　（急切地）我要米粉那家也是桂林人，磨浆、揉团、煮熟、压榨，都是桂林老套路——

卢先生　唉，为何按桂林米粉老套路做的，做出来的却不是桂林米粉——

我　　　（长叹一声）唉，因为台湾少了一样东西——

卢先生　少了什么？

我　　　漓江水……

〔舞台缓缓地转动，台北长春路转到台后……

第四场

〔“我”在台北看着从前的桂林米粉作坊热气腾腾的场景转到眼前……

〔两个徒弟推着磨浆的大磨转动，两个徒弟张着白布把磨好的米浆滤水，三个徒弟把滤干水的米粉揉成粉团，一个徒弟拉着风箱，一口大锅冒着腾腾热气在蒸粉，一个徒弟在石臼中用木杵舂碓蒸过的粉团，两个徒弟操作着榨粉机将米粉压榨出来，米粉丫头跟在黄奶奶后面走进米粉作坊……

〔“我”在台北呆呆地看着……

我　（独白）那年跟奶奶去米粉作坊要粉，第一次看见籼米如何变成柔软筋道的桂林米粉，晓得了桂林米粉只有漓江水才能泡出来……

黄奶奶　做米粉好辛苦哟，籼米泡软，磨成米浆，滤、揉、煮、碓、榨，才成了小碟中的米粉，几十年，花桥荣记只用这家作坊的米粉。

米粉丫头　（悄声地）奶奶，米粉作坊有股味道，好熟悉，又想不起来在哪里闻过。

黄奶奶　（小声地）这个米粉师傅，鼻子比狗还灵，一闻味道就晓得米粉是好是丑。

〔蓄须的米粉师傅从外面进来，一抽鼻子，忽然扯出一根竹片猛敲石磨……

米粉师傅　（怒吼道）停！都跟老子停下来，站成一排！

〔作坊里的徒弟都停下手中活路，排成一排看着米粉师傅……

〔米粉师傅抓起一板做好的米粉闻了一下，便将整板的米粉呼啦倒进潲水缸……

米粉丫头　（惋惜地）师傅，做好的米粉怎么倒进潲水缸啦？

〔米粉师傅没理米粉丫头，又过去闻一下蒸过的粉团、闻一下揉好的粉团、闻一下滤布、闻一下磨出的米浆，然后，久久地闻着泡籼米的大缸，抬脸看着那排人……

米粉师傅　（黑脸道）今天泡籼米的水是哪个挑的？

〔一个瘦徒弟胆怯地上前一步……

瘦徒弟　我……

米粉师傅　水从哪里挑来的？

瘦徒弟　漓、漓江……

米粉师傅　你跟老子趴到条凳上！

〔瘦徒弟乖乖趴到条凳上，米粉师傅二话没说，抓起竹片朝屁股狠抽过去，瘦徒弟惨叫一声……

米粉师傅　再讲一遍，水从哪里挑来的？

瘦徒弟　（咬牙道）漓江……

〔米粉师傅狠狠照着瘦徒弟的屁股连抽三竹片，瘦徒弟跟杀猪一样惨叫……

瘦徒弟　（求饶地）师父，徒弟晓得错啦——

米粉师傅　错在哪里？

瘦徒弟　（哭道）头二十七担水，徒弟都是去漓江挑的，只有最后一担想躲个懒，在路边水塘要了一担……

〔米粉师傅从水缸里掏出一把生米，走到瘦徒弟跟前……

米粉师傅　（不容抗拒地）张嘴！

〔瘦徒弟乖乖张开了嘴……

〔米粉师傅将一把米都塞进瘦徒弟嘴里……

米粉师傅　这把泡好的籼米，你把它嚼成米浆，等你把水塘杂味品出来后，再回作坊做工挣钱。

〔瘦徒弟嚼着籼米哭着走了……

米粉丫头　（小心地）师傅，取花桥荣记的米粉……

米粉师傅　（惭愧地）唉，只能空着手回去了。

米粉丫头　那里不是有十几板米粉——

米粉师傅　（无颜地）这种米粉不能给人吃，只能喂猪。

〔米粉师傅把一板接一板的米粉端起往潲水缸里倒……

米粉丫头　（吃惊地）十几板米粉，你都要倒掉啵？

米粉师傅　（诚恳地）桂林人是喝漓江水长大的，桂林人的舌头刁，容不得一丝邋遢味道。桶里那担水是漓江水，你尝尝那水，再闻闻泡米的水，就晓得了……

〔米粉丫头似乎明白了，从缸里捧起一把米，嗅了一下；她又从泡米缸里掬起一捧水，俯首细细地嗅着……

黄奶奶　你刚才问米粉作坊是什么味道，闻出来没有？

米粉丫头　（感慨地）作坊被漓江水泡了几十年，就剩漓江水的味道了。也是喔，漓江水泡出来的桂林米粉，天生漓江味道，桂林米粉放再多料子，最要紧的味道，还是漓江味道……

黄奶奶　孙女，一个人能喝一世漓江水、吃一世漓江水泡出来的米粉，是前世修来的福，奶奶享了一世这个福。你这一世也莫离开桂林，也享一世这种福，记下了？

米粉丫头　奶奶，我这一世，是不肯离开桂林的……

〔"我"揩去眼角的泪水，看着从前的米粉作坊缓缓转回从前……

我　（独白）我跟台湾人说桂林米粉是漓江泡出来的，没人信。听奶奶说过，灵渠通到漓江后，秦始皇到桂林微服私访，他喜欢用鲤鱼须下酒，桂林人就捞漓江鲤鱼取须子。鲤鱼王怕鲤鱼绝种，就用漓江水种出来的大米，磨浆后做成鲤鱼须一模一样的米粉给秦始皇吃。秦始皇说好吃，世世代代的桂林人都去漓江捞鲤鱼须子吃。我想吃一辈子鲤鱼须，才应承奶奶一世不离开桂林，没想到还是离开了。在我回望桂林的目光中，长春路的花桥荣记艰难地来到了1967年……

第五场

〔长春路花桥荣记转了出来，不是吃饭的时间，擦鞋匠坐在摊上修鞋，顾太太、阿春、三光板几个坐在麻将桌前望着"我"……

顾太太　春梦婆，莫做春梦了，快来摸牌！

〔"我"走到桌前坐下，拿骰子抛了一下，四个人开始摸牌……

〔卢先生带着几个学生从街上走过，兴高采烈地跟“我”打招呼……

卢先生　老板娘，晚饭我带香港表哥过来吃，你多备点菜。

我　好的！

〔卢先生带学生下……

我　讲起来，卢先生也算体面人，高高的，除了背有点佝，一杆葱的鼻子，青白的脸皮，轮廓都还在那里。

顾太太　原该是副很体面的长相，可是不知怎的，一头头发先长白了，笑起来，眼角子两撮深深的皱纹，看着很老，有点血气不足似的。

阿　春　我常常在街上撞见他，身后领着一大队蹦蹦跳跳的小学生，过街的时候，他便站到十字路口，东张西望地跑过街去。

三光板　看见他那副有耐心的样子，总使我想起从前养的那只性情温驯的大公鸡来，那只公鸡是会带小鸡的，它常常张着双翅，把一群鸡崽孵到翅膀下面去。

我　聊起来才晓得，卢先生的爷爷原来是桂林卢兴昌卢老太爷。卢老太爷从前在湖南做过道台，是我们桂林有名的大善人，水东门外那间培道中学就是他办的。哎，三条！

顾太太　白板。

三光板　四筒。

阿　春　东风。

我　七条。讲起来，从来也没见过这么规矩的男人，省吃省用，除了拉拉弦子，哼几句戏，什么嗜好也没得。

顾太太　六条。天天晚上，总有五六个小学生来补习。补得的钱便拿去养鸡。

三光板　五饼。那些鸡呀，就是卢先生的祖爷爷祖奶奶！

顾太太　您家还没见过他侍候那些鸡呢，那份耐性！

阿　春　东风。每逢过年，卢先生便提着两大笼芦花鸡到菜市场去卖，一只只鲜红的冠子，光光亮的羽毛，总有五六斤重。

我　　哎呀，刚才出错牌了，该出七条，卢先生的鸡我也买过两只，屁股上割下一大碗肥油来。

顾太太　这么些年来，他会放息，利上滚利，卢先生的积蓄，起码有四五万——

阿　春　（憧憬地）卢先生有四五万，那……老婆是讨得起的了。

顾太太　（看不起地）卢先生讨得起老婆，不过，卢先生不会讨你这个洗衣婆。

阿　春　是的，是的，卢先生要讨也是讨顾太太这种包租婆，虽然年纪大点，上了床还勉强能用，咯咯咯……

顾太太　呸，阿春你这张嘴，让恶男人撕过才会老实。

三光板　（玩笑地）阿春，你“擂”卢先生几回，卢先生说不定会讨你这个洗衣婆喔。

顾太太　春梦婆，你侄女秀华有男友没有？七饼……

〔秀华正好上，大家一阵笑声……

秀　华　婶娘，打牌喔。

我　　秀华来了，有事？

秀　华　哦，也没什么事，就是来跟婶娘讲一声——

我　　哎，顾太太的七饼是不是，胡了！擦鞋匠，你过来帮我顶角。

〔擦鞋匠放下手中的活计，坐上桌子摸麻将，“我”拉着秀华到一边……

我　　阿卫有了音信？

秀　华　没有，麻袋厂裁人，我失业了……

〔秀华眼圈红了……

我　　失业又不是死人，抹什么泪嘛？你眉清目秀，又不是没男人要，刚才顾太太还问你有人没有——

秀　华　婶娘莫理这些碎嘴婆娘，你晓得，我放不下阿卫的。

我　　你和阿卫有感情，为他守一辈子，你这份心，是好的。

秀　华　阿卫和我讲过，世道乱，容易妻离子散，想团圆，最要紧的是个“等”字——

我　　等？你看着你婶娘，就是你一个好榜样。难道我和你叔叔还没有感情吗？

等到今天，你婶娘等成了这副样子——不是我说句后悔的话，早知如此，十几年前我就另打主意了……

秀　华　来台湾的头几年，你还四处打听……

我　　　没得音讯，后来夜里常常梦见你叔叔，总是一身血淋淋的，我就知道，他已经先走了……

秀　华　我也常梦到阿卫，他总对我笑。婶娘，阿卫没死，还在哪个角落等我……

我　　　就算阿卫还在，你未必见得着他，要是他已经走了呢？你这番苦心，乖女，也只怕白用了。

〔秀华哭了起来，顾太太一直在竖着耳朵听着……

我　　　莫哭，听婶娘讲，那个桂林老乡卢先生也是一个人跑来台湾，听顾太太讲，卢先生的积蓄起码有四五万。

秀　华　他有四五万，干我什么事？

顾太太　（插嘴道）你茗呀，你的人嫁给卢先生，卢先生的四五万积蓄就嫁给你了。

我　　　是的，眼下你连工作都没有了，嫁给卢先生，生活不就有着落了嘛。

〔秀华转身就走，“我”追上去拉住她……

秀　华　（失望地）婶娘，失业了，想找婶娘帮忙找一份工作，你倒给我介绍卢先生，阿卫要是晓得——

我　　　（难过地）该醒了，痴情妹子，十几年了，莫讲阿卫杳无音信，就算有音信，一道海峡隔着两岸，他来不了台湾，你回不去桂林……再等下去，你就跟婶娘一样，人老珠黄，还是孤身一人……孤身一人的日子，不好过呀……

秀　华　（不相信地）你是真后悔啦？婶娘，想想叔叔带兵去花桥荣记找你这个米粉丫头那天吧，你真的忘了叔叔对你的好了？你可以忘，我不能忘！

〔秀华甩脱“我”的手，哭着跑了……

〔“我”抬起头来，看着花桥荣记的牌匾……

我　　　（喃喃地）想想叔叔带兵去花桥荣记找你这个米粉丫头那天……你真的忘了叔叔对你的好了……我想忘啊，来台湾十几年我一直想忘啊，可我忘得了吗……

〔舞台缓缓地转动，台北长春路的花桥荣记转回从前……

第六场

〔随着“我”的独白，从前的桂林花桥荣记店堂缓缓地转到“我”的眼前。早晨的阳光从窗楣间、亮瓦中铺进店铺，“我”动情地看着那间熟悉的坐满吃粉客人的店堂，伙计们发出响亮的“二两腊马肉”、“三两腌马肉”的吆喝声，桌上坐着不少吃粉的士兵，没座的客官走出门外吃……

〔米粉丫头在银柜收钱，黄奶奶从里屋出来，发现卢兴昌也坐着吃米粉，过去打招呼……

黄奶奶　卢大老爷，早安。

卢兴昌　（小声地）有点日子没来荣记，一来，怎么这么多军爷来吃粉?

黄奶奶　（低声笑道）桂林行营的兵，上个礼拜，排队从花桥荣记门前过，那边高个子是个营长，看到我家米粉丫头，路都不会走了，一连三天，带着兵仔来过早。你帮我打听打听，营长有没有家室?

〔卢兴昌端着米粉来到营长身边，装作借用桌上的酱油……

卢兴昌　长官，蛮闲，带行营的弟兄跑到水东门外吃米粉。

营　长　花桥荣记的米粉香味飘到十字街，我鼻子尖，寻着香味过来吃了一碗。哎，怪了，一碗就上瘾了，早上出完操，就急着来荣记过瘾。

卢兴昌　（开玩笑地）你当是汤里放了大烟壳子，这么容易上瘾?依我看，要怪就怪你太太赖床，没给长官做早点——

营　长　惭愧，功未成、名不就，尚无妻室。

卢兴昌　哦，也好，一个人自由。你慢吃，老朽先走。

营　长　老人家慢走。

〔卢兴昌走到黄奶奶跟前……

卢兴昌 （小声地）黄奶奶，营长没娶妻室，米粉吃完了，还捧着碟子装吃，一直偷瞄米粉丫头，呵呵……军官高大英俊，米粉丫头是水东门外有名的美人，宝马金鞍——般配得很哟。

〔卢兴昌走了，有心的黄奶奶走到柜台前，碰了一下米粉丫头……

黄奶奶 哎，伙计忙不过来，你去把高个子军爷那张桌上的碟子捡一下。

米粉丫头 （不高兴地）几张桌子都给他的兵坐满了，客人都跑到门外蹲着吃。

黄奶奶 哪有开店怕人多？高个子军爷吃出味道，天天带军爷来吃，荣记就发达了。

米粉丫头 （嘟哝地）他论天这个样子，吃完了也不走，坐在那里瞄呀瞄地，我脸上又没长花，也不晓得他瞄哪门。

〔米粉丫头走到营长桌前收拾盘子……

米粉丫头 （不客气地）长官，吃完了喔，麻烦你和你的兵腾出位子，不然，客人都到门外蹲着吃，荣记生意还做不做了？

营　长 （客气地）对不起，我还没吃完。

米粉丫头 （讥讽地）还没吃完？刚才一个苍蝇飞过来，想在你的碟子里找点吃的，连米粉渣都没看到，苍蝇难过得都哭了，你晓不晓得？

营　长 （笑了起来）刚品出点味道，你就赶我走呀？

米粉丫头 （不信地）你品出了什么味道？

营　长 （认真地）这种味道，不可信口开河乱讲，你容我用心再品一阵，完了讲给你听。天赐佳品，当敬重才是。

米粉丫头 （小有感动地）天赐佳品？没想到一个舞刀弄枪的军爷，把花桥荣记的米粉看得这般重……

营　长 烦你再来四碟，腊、腌马肉各二碟，我想，如果米粉丫头亲手把米粉端来，那味道我会品得更准……

〔营长掏出票子给米粉丫头，米粉丫头看着他的眼睛，忽然他目光有异样之感，接钱后快步地走向厨房……

〔营长挥手示意士兵离开，士兵们纷纷离开，店里只剩营长一个人……

〔“我”在台北静静地望着这个日后成为丈夫的军人……

〔米粉丫头端着四碟米粉从厨房出来，看到空无一人的店铺，更觉异样，迟疑着不敢走到营长身前……

营　长　（体贴地）穿的是虎皮，人可是猫，再说了，我是吃粉，又不是吃你……

〔米粉丫头把米粉放到桌上，转身想走，营长叫住了她……

营　长　讲好了的，你把米粉亲手端来，我用心品一阵，再讲你听，我品出了什么味道，你不想听了？

米粉丫头　（迟疑地）想、想听……

〔营长夹起一块马肉扔进嘴里，慢慢咀嚼了许久……

米粉丫头　咬不动？

营　长　咬得动。

米粉丫头　那怎么咽不下去？

营　长　味道太美，不舍得咽下去。唉，这种味道，要是一辈子天天有得品，方不枉人活一世。

米粉丫头　容易，想吃就来花桥荣记。

营　长　行伍之人，四海为家，若想一辈子天天有得品，除非——

米粉丫头　除非什么？

〔营长盯着米粉丫头……

营　长　除非娶个会做马肉米粉的女人为妻……

米粉丫头　（脸红道）长官，桂林会做马肉米粉的女人多的是——

营　长　再多，也无人做得出花桥荣记的味道。

米粉丫头　（心跳地）长官，你慢慢吃，我忙去了……

营　长　不急，刚吃了一块腌的马肉，我再吃一块腊的马肉，我就讲给你听，我品出了什么味道。

〔营长又夹起一块马肉入口，很快嚼了几下便咽下了，然后看着米粉丫头……

营　长　好味道，当得起天赐佳品美名。

米粉丫头　（好奇地）长官到底品出什么味道……

营　长　腊的马肉香，腌的马肉甜——

〔米粉丫头扑哧笑出了声……

米粉丫头　但凡桂林人，都晓得腊的马肉香，腌的马肉甜，哪用得着再买四碟米粉来品？

营　长　不过，有一种味道，来花桥荣记的客人，只有我一人品了出来——

米粉丫头　（好奇地）什么味道？

营　长　（绕开话题）你平日里是去漓江洗头——

米粉丫头　有什么稀奇？桂林妹子，但凡离得江边近，都去漓江洗头。

营　长　不过，只有你洗头那块石头的左边有一蔸桂花树——

米粉丫头　（惊讶地）你怎么晓得？

营　长　桂花树在上游，桂花跌落漓江，花瓣顺水流到你洗头的地方，因此，你的头发比一般桂林妹子的头发多一股香气……

米粉丫头　（不敢相信地）一蔸树的桂花泡一江水，你真的能闻出来？

营　长　桂花的香味叫什么，你知道吗？

米粉丫头　（心跳地）不、不知道……

营　长　天香。桂林人来花桥荣记，都是闻到了花桥荣记的米粉香；我来花桥荣记，闻到的是你头上的天香……

〔米粉丫头忽然脸红地捂住脸……

米粉丫头　你、你坏，闻人家头发……

营　长　（紧张地）对不起，我忘了你年纪小，吓着你了，认罚，认罚，再要四碟米粉。

米粉丫头　（娇嗔道）不给吃，我要罚你——

营　长　罚我做什么？

米粉丫头　（鼓足勇气地）罚你……带我去看小金凤的戏。

〔营长如同接到军令一样双脚一个立正，朝门外大喊……

营　长　集合！

〔军爷们迅速跑进店里排好队……

营　长　（命令道）立正！向右看齐！向前看！本营长带你们来花桥荣记是有任务的，现在任务胜利完成，以后弟兄们见了这个女人，叫什么？

军爷们　（响亮地）营长太太！

〔米粉丫头捂着脸跑进里屋，黄奶奶一脸笑意地提着几串用红绳串好的铜钱走了出来……

黄奶奶　哎哟，穿了几年铜钱，这下用上喽，呵呵……

〔“我”注视着桂林的花桥荣记缓缓转进过往的岁月……

我　　（独白）这个人日后成了我的丈夫，我成了官太太，跟他去过一些大地方。见过我的长官背后总夸，说是桂林女人拿得出手。也难怪，我们那里，到处青的山，绿的水，人的眼睛也看亮了，皮肤也洗得细白了。几时见过台北这种地方？今年台风，明年地震，任你是个大美人胎子，也经不起这些风雨的折磨哪！秀华若是一直干等阿卫，再过两年，眉眼间那点水灵也要等干了。不行，卢先生这条线还是得帮她搭上……

第七场

〔在“我”的独白中长春路花桥荣记转了出来，顾太太、阿春、三光板、擦鞋匠还坐在麻将桌前望着“我”……

擦鞋匠　老板娘，这把牌还得你自己打，不然，点炮了我没得钱给。

〔“我”坐回麻将桌……

顾太太　你家侄女死心眼，卢先生都不肯嫁。

我　　　秀华刚失业，心情不好，我再劝劝。

顾太太　女人到了这一步，还讲什么爱情喔，老话讲，嫁汉、嫁汉，穿衣吃饭，趁年轻，赶紧嫁了，不要到了你我这把年纪，还得自己挣饭票。

〔李半城提着箱子、夹着一把胡琴走了过来……

三光板　哎，李老鬼，往日只见你提箱子，怎么今日把胡琴也提出来了？

顾太太　是不是儿子没寄钱，被包租婆撵出门了？

李半城　（强撑地）有这一箱子房契，哪个敢撵我？

我　　　李半城，你欠的饭钱，该给了。

李半城　（萎缩地）儿子来信，讲支票已经寄了出来。你今天先让我吃，明日我若是不给你，阎王收我的老命。

我　　　你都白吃一个多月了，每天问你要钱，你都拿老命来赌咒，你的命不值钱，晓不晓得？

李半城　（讨好地）都是广西老乡——

我　　　莫提广西老乡了，个个的荷包都是干瘪瘪的，点来点去，不过是些家常菜，想多榨几滴油水，竟比老牛推磨还要吃力。

三光板　不过，这些年来，也全靠这批穷顾客的帮衬，才把这爿店面撑了起来。

李半城　是的，是的，也是广西老乡帮衬，老板娘才财源茂盛达三江……

我　　　（气不打一处来）达你个头！这些年，你一扯鸡爪疯，就打烂荣记一个碗，开饭店打烂碗好晦气的，晓不晓得？我那点财气，都让你打碗的晦气冲没得了，晓不晓得！

李半城　（卑微地）老板娘，让我这餐先赊一顿——

我　　　（冷冷地）小本生意赊不起，烦你另找大户去赊。

三光板　（嘲笑地）你有胡琴，会唱戏，去擦鞋匠旁边扯起弦子唱，说不定有人丢钱的。

〔李半城默默走到一边，盘坐地上，真的扯起胡琴，但是，他的手扯鸡爪疯，握不住弦子，他索性扔下胡琴，放开沙哑的喉咙唱起来……

李半城　（唱）我二老好比二孤鬼，大庙不收小庙存。叫一声娇儿来了吧，怎么这又是清风亭……

〔“我”生气地走到李半城身边……

我　李老鬼，快到饭点了，你在这里鬼嚎，哪个还肯进花桥荣记吃饭？

李半城　（低声地）我进……

我　李老鬼，你也是做过生意的人，将心比心，你若讲得出一个不给钱吃白饭的理由，我再赊你一餐，你讲呀，讲呀！

李半城　（忽然老泪纵横）我今天……七十寿辰……

〔“我”怔住了，看了李半城一会儿，心软了，回头招呼三光板……

我　给李老鬼下一碗面……

〔三光板进去了，顾太太收好麻将，跟阿春都走了……

〔秦癫子神色不太正常地上……

我　秦癫子，饭点一到，你比去政府上班还准点。

〔秦癫子如同没听见“我”的话，低着头走进了花桥荣记……

〔擦鞋匠凑近“我”……

擦鞋匠　秦癫子真是疯癫了，听讲他以前有二房老婆，来台湾了，老婆没得了，女人瘾又没戒——

我　晓得，他原在市政府做得好好的，跑去调戏人家女职员，给开除了，就这样疯了起来，容县县太爷，落魄成长春路花痴！

〔三光板捧着一碗面条过来递到李半城手中，李半城接过面条时，手一抖，碗掉地上，一碗面条落到地上……

我　（无奈地）李老鬼，你自己也看到了，不是我不让你来花桥荣记吃饭，是你老到吃不成饭了。

李半城　（喃喃地）是的，是的，是我老到吃不成饭了，我走了，不讨扰老板娘了……

〔李半城提着箱子、夹着胡琴低头走了两步，却又走回“我”跟前，把胡琴递给“我”……

李半城　老板娘，这把胡琴是我在桂林买的，我有鸡爪疯，扯不了了，留给花桥荣记吧。

我　人家来吃饭，哪个扯胡琴？

李半城　来花桥荣记的桂林人多，说不准哪个想家了，就扯一板，唱两句桂戏……

〔李半城蹒跚地提着箱子走了……

〔卢先生兴高采烈地上……

卢先生　老板娘。

我　哎哟，卢先生，你先前讲，晚饭你带香港表哥过来吃，叫我多备点菜，我都备好了，你表哥到了没有？

卢先生　人是到台北了，不过，表哥不是一般人，（压低声音）他在香港，做大陆客的……哦，台湾戒严期，我不好随便讲。表哥来还有点公干，要等下子才能过来。

我　也好，我正好跟你讲个事。

卢先生　哦，什么事？

我　我侄女秀华——

卢先生　哦，我见过，桂林妹子，白白净净，人也斯文，一看就晓得不是台湾婆娘。

我　是的，是的，当年是你爷爷办的培道中学校花，追的人好多。哪晓得，她跟了个排长，那个排长呢，又失踪了，她一个人来了台湾……

〔“我”发现卢先生对我讲的话没什么兴趣，好像被李半城留下的胡琴吸引了……

我　（不太高兴地）卢先生，你听到我讲什么没有？

卢先生　听到的，听到的，哎，你手上这把胡琴看上去有年头了……

我　李老鬼的，没得钱给，留把胡琴顶饭钱。哎，听顾太太讲，你晚上除了拉拉弦子，哼几板戏，什么嗜好也没得，这把胡琴你拿去吧。

〔卢先生珍惜地接过胡琴，试着拉了个桂戏过门……

我　琴一响，不由的便心痒了起来。从前在桂林，我是个大戏迷，小金凤、七岁红他们唱戏，我天天都去看的。刚听你扯个过门，就晓得桂林戏你蛮懂的。

卢先生　不过是有时心烦，胡拉乱唱几句。

我　唉，几时能听到小金凤唱，心就不烦了。

卢先生　我也是最爱听她的戏。

我　她那出《回窑》，把人的心都给唱了出来，卢先生，反正还要等表哥，你唱一段好耍嘛。

卢先生　桂戏这种戏，不在桂林唱，唱不出那个味道。

我　说起来，花桥荣记也算桂林老店，在台湾，你找不出第二个比花桥荣记离桂林更近的地方，卢先生，你就唱一个嘛。

卢先生　好，献丑了，我来一段小金凤的《薛平贵回窑》。

〔卢先生调好弦子，用旦角的声音唱了起来……

卢先生　（唱）十八年老了我王宝钏……

〔“我”顿时泪流满面……

我　（独白）一句“十八年老了我王宝钏”把我的泪唱了出来，我在乐群剧社听小金凤唱这句的时候，我是那么年轻，身边坐着我的年轻的薛平贵……

〔随着“我”的独白，长春路的花桥荣记慢慢转回从前桂林的旧戏院……

第八场

〔“我”看到桂林一个旧式的戏曲舞台和两张坐椅慢慢转到眼前……

〔台子一侧立着水牌，上书：薛平贵回窑，王宝钏——小金凤扮演……

〔王宝钏在台上与薛平贵做戏，米粉丫头和营长坐在一起看戏……

王宝钏　（唱）十八年老了我王宝钏……（白）既是儿夫回来，你要往后退一步……

薛平贵　（白）哦，退一步……

〔“我”忍不住跟着王宝钏的道白……

王宝钏、我　（白）再往后退一步……

薛平贵　（白）再退一步……

王宝钏、我　（白）再要退后一步……

薛平贵　（白）哎呀，往后就无有路了啊……

王宝钏、我　（白）后面有路，你……也不回来了啊……

〔“我”擦着满脸的泪水，王宝钏和薛平贵仍在戏台上唱与做，戏台上却忽然如哑剧一般没有声音，场子里只回荡着“我”的独白……

我　人家王三姐等了十八年，到底把薛平贵等着了，我、卢先生，还有秀华，也等了十八年，却没有等着。我怕是永远等不着了，也看不出卢先生、秀华还有多少年才能等着，或许跟我一样，永远等不着了。离乡的人，最听不得乡音，偏偏又忍不住想听；分离的人，最看不得《回窑》，却偏偏忍不住想看。记得那天看戏的时候，我还交待过他……

〔戏台上，王宝钏与薛平贵夫妻相认，看得入神的米粉丫头欣慰地靠在营长肩头……

米粉丫头　（小声地）你也是军爷，不准你离开桂林去征东征西的，让我一人苦守寒窑。

营　长　（小声地）有你在桂林，一辈子，我也舍不得离开……

〔戏台上的声音恢复了正常，薛平贵与王宝钏夫妻团圆……

薛平贵　（唱）平贵离家十八年，

王宝钏　（唱）受苦受难王宝钏。

薛平贵　（唱）今日夫妻重相见，

王宝钏　（唱）只怕相逢在梦间……

〔戏台和观众席在薛平贵和王宝钏的唱腔里转回从前……

第九场

〔台北的花桥荣记在“我”的思绪中转了回来，卢先生握着胡琴呆呆地想着什么……

我　　卢先生，戏唱完了，人还没有从戏里走出来……

卢先生　唉，想起了小时候，跟罗小姐去乐群剧社看小金凤唱《回窑》的事情，有点惆怅……

我　　罗小姐？哪个罗小姐？

卢先生　（珍惜地）留在桂林的未婚妻……

我　　你的未婚妻？桂林谁家的小姐？

卢先生　她爸是罗锦善。

我　　就是开缀玉轩的那个罗锦善？我常去买他家的织锦缎做衣服。

卢先生　是，缀玉轩是罗小姐爸爸开的，织锦缎名气大，官太太常去。

我　　哦，你未婚妻原来是罗家姑娘。

卢先生　我和她从小一起长大的，她是我培道的同学。

我　　怪不得，卢先生在台湾一直没找人……

〔顾太太上……

顾太太　哟，卢先生，一脸喜气，收都收不住哟。我去你房间找你——

卢先生　（紧张地）顾太太，房租我已经交齐了——

顾太太　不是收租，我是来问一声，卢先生是不是要办喜事了？我还有一间大一点的屋子可以租——

卢先生　没有，没有……

顾太太　没有你会布置房间？还添了一床大红丝面的被窝。

〔卢先生幸福地低下了头，从怀里掏出一封信来……

卢先生　是、是她的信……

我　　　罗小姐有音信了？

卢先生　香港表哥和罗小姐联络上了，她本人已经到了广州——

我　　　从广州偷渡香港，听说不少钱——

卢先生　香港办偷渡的黄牛，带一个人入境要十根金条，正好五万五千块，早点我也凑不出来。表哥这次来，专门帮我把钱带给黄牛……

顾太太　哎哟，春梦婆，你看卢先生两手紧紧地捏住那封信不肯放，好像揪住他的命根子似的。

〔阿春慌乱地跑上……

阿　春　出事了！出大事了！

我　　　出什么大事了？

阿　春　在巷子口那个小公园里，一棵大枯树上，老头子上吊死了……

我　　　（大惊地）啊，上吊死了？哪个老头子上吊死了？

阿　春　在你花桥荣记包月的李老头啊！吓死人了，一双破棉鞋落在地上，一顶黑毡帽滚跌在旁边，那口箱子歪在一边，你们去看嘛，估计他用箱子垫脚，把头伸去绳套里……

〔顾太太、三光板、擦鞋匠跟着阿春跑下……

〔“我”扭头回到店里……

〔卢先生闷头擦着那把李半城留下的胡琴……

〔“我”提着一个旧瓷盆和一叠纸钱走了出来，点着后，把纸钱扔到盆里……

我　　　李先生呀，虽说是广西老乡，也帮不上你什么忙。给你烧点纸钱，好让你在冥府能买张船票回老家……

卢先生　唉，人回不去广西，魂儿能回老家，也是好的……

我　　　卢先生，李老头平日总唱桂戏《天雷报》，你扯一板，送他的魂儿走一程……

〔“我”扭头又往店里去……

卢先生　老板娘，你去干什么？

我　先前，李老头说他今天七十大寿，我让三光板给他煮了碗寿面，他扯鸡爪疯，一碗面都掉尘土里了。我再给他做一碗，广西路远，吃不饱，李老头没力气回去……

〔“我”哭着进去了，卢先生扯起胡琴，轻轻唱起了《天雷报》……

卢先生　（唱）我二老好比二孤鬼，大庙不收小庙存。叫一声娇儿来了吧，怎么这又是清风亭……

〔“我”端着一碗粉出来，放在烧纸钱的瓷盆边上……

我　李老头，面条没了，我给你冒了一碗米粉。你回广西，会去桂林看你的门面，要是阳桥义利居不开门，你去水东门外的花桥荣记，荣记的米粉你没吃过，腌的马肉甜，腊的马肉香，你尝尝……

〔在“我”的念叨声中，长春街的花桥荣记转回桂林……

第十场

〔“我”看着被油灯照亮的桂林花桥荣记店堂缓缓地转到“我”的眼前，我呆呆地看着还小的“我”——

〔米粉丫头全身笼罩在暖意融融的煤油灯光线中，正在收银柜后面打算盘算账，黄奶奶在边上用红线串铜钱，不时看一眼孙女，露出慈爱的笑容……

〔落魄的李半城提着那口箱子从门外走入店堂，动情地看着黄奶奶和米粉丫头……

李半城　黄奶奶……

〔李半城看得见黄奶奶和米粉丫头，她俩却看不见李半城……

李半城　（对米粉丫头说）我从台北长春街来，你交代过我，吃两碟荣记马肉米粉，一碗放腌马肉，一碗放腊马肉……

〔李半城坐到桌前等着……

〔“我”也想走进桂林花桥荣记的店堂，但是，好像有一层玻璃门挡在我面前一样，走不进去……

我　（独白）李半城的魂儿回到广西，听了我的话，他去了花桥荣记。我也想跟着李半城的魂儿回那间熟悉的店堂，可我回不去，好像有一层玻璃门挡在我的面前，人走不过去。那一下，我心里好难过，活着的人回不去，死了才能回老家……难过完了又想呀，死了能回家，心里终归有了盼头，这样想来，死，对李半城未尝不是好事……

〔在“我”的独白中，长春路的花桥荣记转了回来……

第十一场

〔静静的街道，只有擦鞋匠在等客，“我”看见卢先生脸色灰败地走来……

我　卢先生，怎么啦？脸色不好，两眼通红……

〔卢先生没理“我”，径自低着头走……

我　卢先生，再走，就过花桥荣记的门脸了，交了包月钱，不吃了？

〔卢先生站住，呆呆地看着“我”……

卢先生　吃、吃什么？

我　你是在花桥荣记包月，忘了？是不是罗小姐要到了，心里惦记得要紧，都忘了吃饭这个事儿？

卢先生　（喃喃地）呃……罗小姐……呃……

我　你嘴巴一张一张地，咿咿乌乌，半天迸不出一句话来，你倒是说，罗小姐出什么事了？

卢先生　（悲愤地）他不是人！

我　　　谁不是人？

卢先生　香港表哥！

我　　　上次你带来花桥荣记吃饭那个表哥？

卢先生　（两眼通红地）就是他，不是人，不是人啊！

我　　　不着急，你坐下讲，怎么回事？

卢先生　他讲帮忙把罗小姐偷渡到香港，收我五万五千块钱，那钱是我给学生补习、薪水、放贷、养鸡，省吃俭用十几年攒下的，他全吞了，全吞了啊！

我　　　罗小姐没到香港，你表哥拿钱跑了？

卢先生　他倒没跑，我看罗小姐迟迟没有消息，托人去香港问他，你猜他怎么说——

我　　　风头紧，偷渡的事先缓缓？

卢先生　屁！他竟说不知道有这么一回事！

我　　　哦，你被表哥骗了，唉，你那表哥这么做，生娃仔没有屁眼，死了不得托生。

卢先生　（呜呜地哭）他生娃仔没有屁眼，死后不得托生，对我有什么用？罗小姐再也来不了……

我　　　钱是人赚的，再攒几年——

卢先生　（放声大哭）我攒了十五年啊……

我　　　唉，真是难为你这样一个男人了……

〔秀华端着一碗米粉从店里出来，她似乎听到了卢先生的话，什么没说，默默把米粉放到卢先生手中……

卢先生　（擦泪道）秀华妹子费心了，我吃不下，你端回去吧。真的，我没有事……

秀　华　（眼圈红红地）看到先生流眼泪，让我想起白居易《琵琶行》中的一句——

我　　　哪句？

秀　华　卢先生晓得的……

〔秀华看着卢先生……

卢先生　你也在等人，我也在等人，你讲的是“同是天涯沦落人”这一句……

〔秀华没吱声，端着粉低头回店里去了……

我　唉，秀华那里，阿卫音信全无，你挨骗得这么惨，看来罗小姐也难来了。你还记得过年时，我把你和秀华都拘了来——

卢先生　你做了一桌子的桂林菜，烫了一壶热热的绍兴酒。

我　那晚，秀华一句阿卫没提过，我喊你和秀华喝双杯，你脸竟红了。

卢先生　（忽然警觉地）你……提这个事，什么意思？

我　秀华答应我，她不等阿卫了，罗小姐来不了，你说是坏事，要我说也是好事。卢先生，响鼓不用重槌擂，你看我们秀华这个人怎么样？

卢先生　不要开玩笑……

我　什么开玩笑？那天你走后，我们秀华直赞你呢！

卢先生　（黑脸道）我和你讲观音阁，你和我讲到瓦窑去了，你到底想讲什么板路？

我　（故作轻松地）你快请请我，我替你做媒去，这杯喜酒我吃定了！

卢先生　（正色道）请你不要胡闹，我在大陆早订过婚的！

我　（忽然火了）你订过婚？我还结过婚呢！可我的老公在哪里？你是不是觉得台湾和桂林就隔着一片海，总有一天会和罗小姐见面？

卢先生　会见的，总有一天会见的……

我　（尖刻地）那片海，除了菩萨，没有人过得了。罗小姐不是菩萨，她过不来。你撒泡尿照照自己，已经是一头花白的头发了，晓不晓得，你等不起了！

〔卢先生直勾勾地望着“我”，把碗放到“我”的手中，慢慢转身走了……

卢先生　（喃喃地）等不起了……我等不起了……

〔阿春上，高耸的胸脯结结实实地“擂”在卢先生的胸脯上……

〔卢先生像被撞傻了一样，竟然呆呆看着阿春的胸脯……

阿　春　（夸张地）哎哟，卢先生这么斯文的人，也学坏，盯着人家看……

〔卢先生似乎意识到自己的不妥，低头快步去了……

阿　春　（喊道）卢先生，等下子，一起走嘛……（追下）

〔秀华从店里出来，看着卢先生的背影……

我　　　当年我跟奶奶去卢家送过米粉，好体面的一间公馆，撤退后我们自己军队一把火烧了……

秀　华　那时，你就见过卢先生？

我　　　见过，卢府园子里种满了有红有白的芍药花，卢先生那时上下都叫卢少爷，奶奶讲他白净清秀，像个读书人，将来跟他爷爷一样，要做官的，谁晓得今天……

秀　华　年纪不算顶大，背都驼了……婶娘，卢先生心里放不下罗小姐，你就不要逼他了……

我　　　唉，卢先生和你一样，等不到头还要死等……

秀　华　有个在高雄做生意的，媒人跟我提了好几次，我一直拖。听了卢先生的事，觉得婶娘讲得对，等不起了，真的等不起了。婶娘，我去高雄了，万一哪天阿卫真的找来了，你莫跟他说我嫁人的事，就说我……死了……

〔秀华抹着眼泪跑了……

〔远处传来一阵杂乱的追赶声，三光板、阿春等人都过来看……

〔秦癫子跑上，他歪着头、斜着眼，右手伸在空中乱抓乱捞，满嘴冒起白泡子……

秦癫子　滚开！滚开！县太爷来了。

〔一个卖菜婆抡着一根扁担跑了上来，后面还跟着一群看热闹的人，卖菜婆抡起扁担对着秦癫子罩头一棍，当场打得他额头开了花，看到卖菜婆抡起扁担还要打，“我”急忙拦住了……

我　　　再打就出人命了！

卖菜婆　（气愤地）这种人打死不用偿命！

阿　春　卖菜婆，秦癫子又偷看女人洗澡了？

卖菜婆　他到我菜摊跟前，伸手就摸老娘的胸口——

阿　春　（蔑视地）你那胸脯一点肉头没有，摸就摸一下了，什么也摸不着，哪用得着往死里打？

卖菜婆　（气恼地）你胸脯肉头厚，你给他摸呀！

三光板　（起哄地）阿春，拿胸脯“擂”一下秦癫子，给他看看什么叫胸脯！

卖菜婆　（不解地）什么叫用胸脯“擂”一下秦癫子？

擦鞋匠　桂林话，女人把胸前两坨好肉当鼓槌，把男人的胸膛当鼓面，鼓槌擂上鼓面——

我　　　好了，好了，卖菜婆，他摸了你一把，你把他的头打开了花，一个不欠一个。走吧，不然警察当治安案件处理，大家都麻烦……

〔卖菜婆气哼哼地走了……

秦癫子　（愣愣地）头好痛，给我冒一碗米粉。

我　　　你怕米粉是药，还治病喔。

三光板　你莫讲，桂林那些穷人家，娃仔发烧哭闹，也不吃药，就去买碗米粉，娃仔吃完就不哭闹了。

顾太太　卢先生也讲过喔，嘴唇是他在台湾一道不可愈合的伤口，只有一味药可治——桂林花桥荣记的米粉。

阿　春　不过，卢先生还讲过，那味药在桂林水东门外，长春路这间卖的是假药。

我　　　放你的狗屁！秦癫子，赶紧去诊所，你的头开花了。

秦癫子　（笑眯眯地）我的头没开花，是花桥底下的桃花开了，我那小老婆撑把油纸伞在花底下照相……

我　　　（独白）不知为什么，秦癫子说到花桥的桃花开了的时候，我的心动了一下，像是看到了花桥底下用粉红颜色涂满的江边。都是桃花，我见过好多人去照相，女人家总爱在肩头挑一把红纸伞，讲是圆圆的红纸伞和花桥桥拱的倒影配在一起好看……

〔在“我”的独白中，长春路的花桥荣记缓缓转到从前的花桥……

第十二场

〔在“我”的独白中，从前那片茂密如林的桃花转了出来，桃树后露出花桥荣记的一角……

我　(独白)不知为什么，我总觉得秦癫子和小婆不配在花桥底下照相，只有卢先生和罗小姐那种青梅竹马的情人和花桥搭在一起，照出来相才会像幅山水画。正想着这事，卢先生和罗小姐就到花桥了……

〔一对青年恋人打着一把大红的油纸伞从桃林里露出身影……

〔一个照相师傅给他俩照相……

照相师　哎，笑一下，照相是瞬间，相片是永恒，笑得再漂亮一点，好！

〔照相师傅走了，他俩还在幸福地笑着……

卢先生　花桥的春天好静喔，要不，温习一下昨日国文学的汉乐府？

罗小姐　上邪，我欲与君相知，长命无绝衰。

卢先生　山无陵，江水为竭，冬雷震震——

罗小姐　夏雨雪，天地合，乃敢与君绝……

〔年轻的卢先生和罗小姐的笑容如相片一般凝固了……

〔“我”在台北长春路看着他俩……

我　(独白)相爱的人都要讲情话，我那口子不会，他讲过最好听的话是这句：这种味道，要是一辈子天天有得品，方不枉人活一世。我跟他讲，想吃就来花桥荣记。他说，行伍之人，四海为家，若想一辈子天天有得品，除非娶个会做马肉米粉的女人为妻……你呀你，有娶做马肉米粉女人的运，却没有品一辈子这种味道的命……

〔一声惊雷，雨声哗哗啦啦，那片桃花和年轻的卢先生、罗小姐缓缓转回久远的从前……

第十三场

〔在哗哗啦啦的雨声中，台北长春路的花桥荣记缓缓转了出来……

〔三光板撑着伞从店里出来，把“我”接到骑楼下……

三光板　老板娘，刮台风菜贵，你要赶紧催一下卢先生和秦癫子交钱，柜上没得钱买菜喽！

我　唉，卢先生和秦癫子都是好几日不见了，不行，我得去找他俩！

〔顾太太打伞上，走进骑楼下，一把揪住“我”的膀子……

顾太太　哎哟，这些男人家，笑死人了！

我　又有什么新闻了，我的顾大奶奶？

顾太太　讲不出口，讲不出口哟！

三光板　（大咧咧地）你是包打听，谁家媳妇偷汉子，她都好像守在人家床底下似的，有什么讲不出口的？

顾太太　这是怎么说？卢先生那么好一个人，也这么胡搞起来。您家再也猜不着，他跟什么人姘上了。

三光板　什么人？

顾太太　阿春！那个洗衣婆。

我　（不敢相信地）我的娘！

三光板　姘阿春不奇怪呀，跟她妈一样，人还没见，一双奶子先便“擂”到你脸上来了，也不过二十零点，一张屁股老早发得圆鼓隆咚。搓起衣裳来，肉弹弹的一身。两只冬瓜奶，七上八下，鼓槌一般。

顾太太　那见了男人，又歪嘴，又斜眼。我顶记得，那次在菜场里，一个卖菜的小伙子，不知怎么犯着了她，她一双大奶先欺到人家身上，“擂”得那个小伙子直往后打了几个踉跄。

我　　顾太太，你说卢先生跟阿春胡搞——

顾太太　阿春替卢先生送衣服，一来便钻进他房里，我就知道，这个台湾婆不妥得很。有一天下午，我走过卢先生窗户底，听见又是哼、又是叫，还当出了什么事呢。我踮起脚往窗帘缝里一瞧，呸——

三光板　（着急地）看见什么了？

顾太太　光天化日，两个人在房里也那么赤精大条的，那个死婆娘骑在卢先生身上，蓬头散发，活像头母狮子！撞见这种东西，老板娘，您家说说，晦气不晦气？

三光板　（笑了起来）难怪，你最近打牌老和十三幺，原来瞧见宝贝了。

我　　（叹气道）卢先生倒好，找了一个洗衣婆来服侍他，日后他的衣裳被单倒是不愁没有人洗了。

顾太太　（拍手道）天下的事就怪在这里了——

我　　她不服侍卢先生？

顾太太　她服侍卢先生？卢先生才把她捧在手上当活宝贝似的呢，人家现在衣服也不洗了。

三光板　我看她指甲擦得红通通的——

顾太太　对喽，她大模大样坐在那里听收音机的歌仔戏，卢先生反而累得像头老牛马，买了个火炉来，天天在房中炒菜弄饭给她吃。最气人的是，卢先生连床单也自己洗，他哪里洗得干净？晾在天井里，红一块，黄一块，看着不知道多恶心。

〔顾太太忽然闭嘴，鄙视地看着街那头……

〔卢先生提着菜篮跟在穿木屐的阿春后面给她打伞，上……

三光板　（小声地）哎，看呐，阿春脸上涂那两坨胭脂……

顾太太　（小声地）脚指甲都涂上了蔻丹，劈劈啪啪踏得混响，很标劲，很嚣张喔。

三光板　（小声地）啧啧啧，我还以为卢先生戴着顶黑帽子呢，哪晓得他竟把一头花白的头发染得漆黑，染得又不好，硬邦邦地张着；脸上大概还涂了雪花膏，那么粉白粉白的。

我　（叹气道）这才多少日子，一双眼睛都坑了下去，眼塘子发乌，一张惨白的脸上就剩下两个大黑洞。

〔“我”走出骑楼，想跟卢先生打招呼，卢先生把头一扭，装着不认识，跟在那个台湾婆的屁股后头便走了……

我　唉，看见卢先生，你猜我想起什么了？

三光板　指定是想起从前在桂林看戏，一个叫白玉堂的老戏子来，五十大几了，还唱扇子生。

我　对头，有次我看他的《宝玉哭灵》，坐在前排，他一唱哭头，那张敷满了白粉的老脸上，皱纹陡地统统现了出来，一张嘴，便露出了一口焦黑的烟屎牙，看得我心里直难过，把个贾宝玉竟唱成了那副模样。

〔两个防疫人员装扮的人抬着一副担架上，擦鞋匠手拿着一把大红油纸伞跟上，防疫员抬担架下……

我　哪家人死了？

擦鞋匠　秦癫子。

我　（大吃一惊）啊，秦癫子，怪不得打从台风来那天就不见他来过花桥荣记。

擦鞋匠　长春路被淹后，大水沟冒出一窝窝的死鸡死猫来，有的烂得生了蛆，太阳一晒，一条街臭烘烘。卫生局来消毒、打捞的时候，从沟底把秦癫子钩了起来。

三光板　什么时候死的？

擦鞋匠　不晓得，他裹得一身的污泥，硬邦邦的，像个四脚朝天的大乌龟，谁也不知道他是什么时候掉到沟里去的，死的时候手上还死抓着这把油纸伞。

〔“我”接过油纸伞撑开了看……

三光板　那次挨卖菜婆把头打开花，秦癫子还讲花桥底下的桃花开了，她那小老婆撑把油纸伞在桥底下照相，唉，花痴一世……

我　（呆呆地）三光板，把那个烂瓷盆端来。

三光板　做什么？

我　　你莫管，再冒一碗米粉，一起端过来……

〔三光板下……

顾太太　唉，莫看秦癫子一天吃女人豆腐，除了偷看过阿春洗澡，也就是隔着衣服动点手脚，被开除又疯了，死得蛮惨。

擦鞋匠　真不如人家卢先生，总讲等未婚妻，转身把阿春睡了。

顾太太　（撇嘴道）阿春那种货，你擦鞋匠想睡，她也是依你的。

〔三光板一手提着旧瓷盆，一手端着米粉出来……

〔“我”把瓷盆放到地下，打开大红油纸伞，用火柴点着，放入瓷盆……

三光板　（不解地）李老头死，你给他烧了一把纸钱，秦癫子死，你怎么烧油纸伞呢？

我　　他这把油纸伞是买给小婆去花桥照相用的，烧了，让这个花痴了了他这个心愿。

〔“我”把米粉放在瓷盆前……

我　　秦癫子，我给你冒了一碗米粉，吃饱了，你有力气走回广西，去桂林找你的小婆。要是在兰井巷找不到，你去花桥找，桃花开了，她在那里等着和你照相。这回的相片你要收好，莫跟到台湾时那样忘了带照片……

三光板　（没头没脑地）老板娘，我要是哪天死了，你要交代我回桂林城的花桥荣记去做伙计，我怕忘了路，又回到台湾这家花桥荣记……

我　　（轻轻地）若是我先死呢，你也是这么交代我，（忽然痛哭）横直我是要回家的！现在，就是现在，我跟癫了一样地想，想在那棵桂花树下洗头……

〔长春路的花桥荣记缓缓地转回从前的漓江……

第十四场

〔从前的桂林漓江边上一株桂花树缓缓地转了出来，“我”从台北长春路直接走到桂花树前的一块礁石上，把头上的长发解开，在漓江水中漂洗……

我　　（独白）在梦中，我一次又一次来到这株桂花树旁边洗头，每次梦中来到这里，枝上总是没有一朵花，我洗着洗着，就会哭醒，醒了后问自己，桂花树没有花，我哭什么呢？

〔营长慢慢地走近“我”……

营　长　（空灵地）你平日里是去漓江洗头——

我　　（空灵地）有什么稀奇？桂林妹子，但凡离得江边近，都去漓江洗头。

营　长　（空灵地）不过，你洗头那块石头的左边有一蔸桂花树——

我　　（空灵地）你怎么晓得？

营　长　（空灵地）桂花树在上游，桂花跌落漓江，花瓣顺水流到你洗头的地方，因此，你的头发比一般桂林妹子的头发多一股香气……

我　　（空灵地）一蔸树的桂花泡一江水，你真的能闻出来？

营　长　（空灵地）桂花的香味叫什么，你知道吗？

我　　（空灵地）不、不知道……

营　长　（空灵地）天香。桂林人来花桥荣记，都是闻到了花桥荣记的米粉香；我来花桥荣记，闻到的是你头上的天香……

〔营长说完，慢慢消失了……

我　　（独白）我知道桂花树没有花，我为什么哭了……那年，他是闻着我头发里的香味儿找到我的，后来，我到了台湾，他一直没来……不是他不找我，是我没用桂花泡过的漓江水洗头，头发没有他说的天香，闻不到天香的他就会一直找不到我……他一定找得很苦，而我却一直在台北长春路用这里的水洗头……好不容易在梦里去漓江洗一回，谁知桂花树还是没花，我哭了……桂花树啊，今夜我又来到漓江洗头，求求你开花吧，头发有了你的香味，他才能找着我呀……

〔金黄的桂花雨从天而落，纷纷扬扬地落在“我”的长发上……

〔“我”转着圈迎接漫天桂花雨，然后挽好头发，离开那棵桂花树……

我　（轻轻地）薛平贵，我的头发香了，你在哪儿呀……

〔随着“我”的独白，那棵桂花树缓缓转到找不回的从前……

第十五场

〔台北长春路的花桥荣记缓缓转了回来……

〔“我”取下一缕长发，静静地嗅着……

〔一阵慌乱的奔跑声，擦鞋匠穿着一条裤衩光着脚跑了出来，卢先生举着一根柴火棍追了上来……

卢先生　（声嘶力竭地）我打死你这个擦鞋佬，偷人偷到我床上了！

〔擦鞋匠忽然一把抓住卢先生手上的柴火棍，然后，一脚把卢先生踢倒地上……

擦鞋匠　要打你打阿春，是她一胸脯把老子“揺”到你家床上！

〔擦鞋匠转身跑了，阿春披着散乱的头发跑了上来，顾太太跟在阿春后面跑上……

阿　春　（气恼地）姓卢的，你喊得长春路都翻了，你是怕外人不晓得你老婆偷人是吧？

〔卢先生起身恨恨地盯着阿春，忽然，抬手打了阿春两个耳光……

阿　春　（意外地）啊，在床上你跟病了三年的老头一样，到大街上你竟敢打老娘耳光呀！

〔阿春三脚两跳她便骑到了卢先生身上，连撕带扯，一口过去，把卢先生的耳朵咬掉了大半个……

卢先生　（惨叫道）救命啊！救命啊——

〔“我”和顾太太赶紧把阿春从卢先生身上拉开……

卢先生　（捂耳惨叫道）啊，你把我的耳朵咬掉了半边……

阿　春　（恶狠狠地）咬掉耳朵你就晓得叫了？你再敢动老娘一根毫毛，老娘咬掉你的命根子，让你做了太监还得给老娘倒洗脚水！

〔阿春转身气哼哼地回去了……

〔卢先生蹲在一边委屈地哭着……

顾太太　天下也有那样凶狠的女人？卢先生要是不赶阿春走，一定死在那个婆娘的手里。

〔卢先生忽然站了起来，生气地走到顾太太跟前……

卢先生　（生气地）老话讲，宁拆一座庙，不拆一门亲，你讲的话坏良心！

顾太太　（生气地）卢先生，早先，你在租我的房子里和阿春做出了那种丑事，我已经算倒了大霉，依我的性子，当天就要把你撵出去。好了，既然卢先生嫌我坏良心，麻烦你今天就搬出去！

〔卢先生的腰一下弯了下来……

卢先生　（呆呆地）到点了，我得去学校了，先走了……

〔卢先生目光空洞、一瘸一拐地走了……

〔顾太太气哼哼地走了，“我”正想走，三光板捧着那个装着花桥荣记秘方的盒子出来……

我　（紧张地）你拿这个盒子做什么？

三光板　这个盒子装着荣记的秘方，只是老板娘从来不给三光板看，一直用油纸包了藏在神龛里头和祖宗一起供——

我　（意外地）你怎么晓得？

三光板　刚才，有只老鼠把盒子拖下地……

〔“我”紧张地接过盒子，大吃一惊……

我　（沮丧地）白蚁蛀了……

〔“我”把盒子一层层打开，盒子里的白绢不见了，只倒出来一些碎绢块……

我　（喃喃地）在长春路开花桥荣记，用不上这个秘方，不到二十年，只剩这点绸子渣了……

三光板　（着急地）长春路用不上，万一将来让你去水东门外重开花桥荣记，没得这个秘方，你拿什么开？

我　（怀疑地）你……觉得将来有一天，我还能去水东门外重开花桥荣记？

三光板　三国开篇就讲，天下大势，合久必分，分久必合；你也讲过，那片海人过不去，菩萨能过，万一哪天菩萨显灵，也是讲不到的事情。

我　菩萨显灵那天，秘方不在不要紧，只要记住奶奶那几句话……

〔桂戏锣鼓隐隐绰绰地传来……

我　（自语地）奶奶，爷爷和你讲过，桂林米粉以锅烧为元帅，以黄喉、白肝、连田牛肉巴、百叶肚为大将，以黄豆、葱花、芫荽、蒜末、辣椒为兵卒，小小一碗粉，布下千军万马——

黄奶奶　（画外音，空灵地）在桂林，哪里的小吃都扛不过桂林米粉。

我　（自语地）马肉米粉不用锅烧，爷爷讲这个话是什么意思？

黄奶奶　（画外音，空灵地）你吃过中药，中药能治百病，不过，名医配起药来，讲究两个字。

我　（自语地）哪两个字？

黄奶奶　（画外音，空灵地）配伍！但凡二味药材以上，就得在方子里立名帅、配大将、布精兵，只有配对了，才能药到病除。

我　（自语地）爷爷传下来的是做桂林米粉的秘方，又不是做药的道理。

黄奶奶　（画外音，空灵地）懂了配伍二个字，小到做粉、大到做人，你爷爷讲，就算是做菩萨，按做药的道理做，才做得好。

〔锣鼓声消失……

我　晓得没有，天下事，但凡围着最要紧的那个“帅”做出格局，才能做好。

三光板　晓得了，有一天桂林花桥荣记摆在你面前，只要找准什么为“帅”，爷爷的味道你是做得出来的……

我　（双手合什地）我面对一个花桥荣记，找准“帅”不难；菩萨面对这片海，会以什么为“帅”？菩萨啊，我等得太久了，你显灵吧……

〔包着耳朵的卢先生领着一群放学的小学生上，小学生叽叽喳喳，打打闹闹的，卢先生走在前面，突然他站住回过头去……

卢先生　（怒喝道）不许闹！

〔小学生都吓了一跳，停了下来，其中有一个小毛丫头却骨碌骨碌地笑了起来，卢先生一步跨到她跟前……

卢先生　（气急败坏地）你敢笑？你敢笑我？

〔小毛丫头甩动着一双小辫子，摇摇摆摆笑得更厉害了……

〔卢先生啪的一巴掌便打到了那个小毛丫头的脸上，把她打得跌坐到地上去，“哇——”的一声大哭了起来……

卢先生　（歇斯底里地）你这个小鬼，你也敢来欺负老子？我打你，我就是要打你！

〔两个长春国校的男老师却把卢先生架着拖走了，卢先生一边走，两只手臂犹自在空中乱舞，满嘴冒着白泡子，还想伸手去揪小毛丫头的辫子……

卢先生　我要打死她！我要打死她！

〔卢先生被拖下去了，小学生们吓得哭的哭，叫的叫，被其他老师领下去了……

我　　　菩萨啊，在花桥荣记，早先等死了两个，现在又等疯了一个……三光板，你去帮我冒一碗米粉，这里总做不出花桥荣记的味道，你把盒子里的残绢放进汤里，味道应该就正了……

三光板　（有点害怕地）老板娘，你不是也等疯了吧？

我　　　还没有……

三光板　那你怎么忽然要吃粉？还要放盒子的残绢？

我　　　报纸上，有个书生写了这么一段话：少小吃粉是随它的味儿，成人后吃粉，是品它的味儿。离开桂林再吃粉，只能是念它的味儿。悲欢离合，升降沉浮，酸甜苦辣，生离死别，都能在米粉中品出来……

三光板　（眼睛热了）好，好，老板娘，我去给你冒粉，你等到呀……

我　　（独白）我那天吃了三光板冒的粉，第二天，我想给卢先生送一碗过去，顾太太说卢先生死了，头靠在书桌上，手里捏着一管毛笔，头边堆着一叠学生的作文簿，验尸官验了半天，也找不出毛病来，便在死因栏上填了“心脏麻痹”。

〔“我”望着柱子上陈旧不堪的花桥荣记牌匾……

〔三光板提着瓷盆、夹着纸钱、端着米粉从店里出来……

〔“我”点燃纸钱扔进盆里……

我　　卢先生，你还欠花桥荣记二百五十块钱，我们做小生意的，哪里赔得起这些闲钱？恐怕要到你的屋子拿点东西做抵押，你莫在意啊？

〔“我”端起那碗米粉，放到瓷盆前，想了想，又捧了起来，将碗里的米粉往自己嘴里送去，咽不下去，“我”却拼命往嘴里填……

三光板　（小心地）老板娘，你不是讲广西远，死人吃点米粉，魂才有力气走回去，这碗粉，你不给卢先生吃了？

我　　（吞咽哭声）吃了这碗米粉就能回去，我也……想回去呀……

〔“我”忽然放下了碗，捂住了嘴，看着长春街的花桥荣记缓缓转回从前……

我　　（独白）剩下的半碗米粉，想想罗小姐还在花桥等卢先生，我留给卢先生吃了……吃了，他就能回去了，我估摸他回去是去和罗小姐照相的……那天，我去卢先生房里找抵押物，东西早给顾太太拿完了，只剩李老头留下的那把弦子还挂在墙壁上，落满了灰尘。弦子旁边，悬着几幅照片，我走近一瞧，中间那幅最大的，可不是我们桂林水东门外的花桥吗？我赶忙爬上去，把那幅照片拿了下来，走到窗户边，用衣角把玻璃框擦了一下，借着亮光，觑起眼睛，仔细地瞧了一番……

第十六场

〔一个巨大的相框后面的一片茂密如林的桃花转了出来，桃树后露出花桥荣记的一角……

〔一对青年恋人打着一把大红的油纸伞从桃林里露出身影……

〔一个照相师傅给他俩照相……

照相师　哎，笑一下，照相是瞬间，相片是永恒，笑得再漂亮一点，好！

〔照相师傅走了，他俩在相框里还在幸福地笑着……

卢先生　花桥的春天好静喔，要不，温习一下昨日国文学的汉乐府？

罗小姐　上邪，我欲与君相知，长命无绝衰。

卢先生　山无陵，江水为竭，冬雷震震——

罗小姐　夏雨雪，天地合，乃敢与君绝……

〔年轻的卢先生和罗小姐的笑容在相框里如相片一般凝固了……

我　（独白）照片上，卢先生还穿着一身学生装，清清秀秀，干干净净的，戴着一顶学生鸭嘴帽。我再一看那位罗家姑娘，就不由得暗暗喝起彩来。果然是我们桂林小姐！那一身的水秀，一双灵透灵透的凤眼，看着实在叫人疼怜。两个人，肩靠肩，紧紧地依着，笑眯眯的，两个人都不过是十八九岁的模样……

〔“我”走到相框跟前抚摸着……

我　（独白）我便把那幅照片带走了，我要挂在我们店里，日后有广西同乡来，我好指给他们看，从前我爷爷开的那间花桥荣记，就在漓江边，花桥桥头，那个路口上……

〔收光。

——剧终

| 创作评论 |

《花桥荣记》是张仁胜所写的第二个桂林题材的话剧。其第一个桂林题材话剧《龙隐居》人物冲突层出不穷，风格基调壮怀激烈，或许有《雷雨》“沉郁中暴发”的气质；第二个桂林题材话剧《花桥荣记》以小餐馆为人物活动场景，展示各色人物众生相，人物少冲突，命运有悬念，似乎有《茶馆》“被放逐的哀婉”的韵味。不过，与《茶馆》暗蕴时代风云不同，《花桥荣记》更愿意表现人物内心情感，虽然它也有历史背景，但它并不重视社会变迁，而是重视人物变化，重视人物内心的执念，重视人性中那些可能永恒的元素。

前面我们解读了话剧《花桥荣记》情感内容的家国情怀、符号内涵的地域文化和艺术表现的诗性审美，最后，还值得一提的是，在高度尊重原作的基础上，话剧《花桥荣记》中增加了中药配伍的理念和菩萨过海的意象。这是两个超越了地域文化和既往时间的文化符号：它暗示我们历史问题的解决不仅需要智慧，而且需要情怀；提醒我们无论是阅读小说《花桥荣记》还是观看话剧《花桥荣记》，都没有必要局限于地域文化视角，而应该有文化中国的视野甚至普世价值的理念；提醒我们不仅要回望过去，更应该前瞻未来。毕竟，白先勇写作《花桥荣记》的时间离今天已经将近半个世纪，这半个世纪使海峡两岸的关系有了各种新的可能。这是话剧《花桥荣记》为我们留下的一个文化悬念。因为这个文化悬念的存在，话剧《花桥荣记》为观众传达了某种小说《花桥荣记》未曾传达的希望。

——黄伟林：《动人心弦的话剧诗——话剧〈花桥荣记〉解读》，《南方文坛》2017年第3期

戏剧版的《花桥荣记》在继续沿用嵌套式叙事结构时，改变了原著的叙事主线，增加、扩充了爱情与亲情多条叙事线，填满了十八年的等候时空。在主题上，沿袭了原著作者对生命及人性的怜悯，蕴含爱情、亲情及魂归故里等多种情感，冲淡了悲情色彩，注入了温暖与怜惜。在改编技巧上，注重米粉作为核心符号的刻画，充

分调动人们的视觉、听觉和味觉，是最具有桂林味道的一个文本。

——刘铁群:《从小说〈花桥荣记〉到话剧〈花桥荣记〉——谈〈花桥荣记〉的剧本改编》,《歌海》2017年第2期

具有历史感的乡愁是白先勇小说《花桥荣记》中的主题，这个主题在话剧《花桥荣记》中得到了更为集中浓烈的展示。乡愁与漂泊中的传承、富有白先勇意味的美学品格、遗弃与不适应感支撑着话剧《花桥荣记》的乡愁书写。

——李雪梅:《话剧〈花桥荣记〉中的乡愁书写》,《歌海》2017年第2期